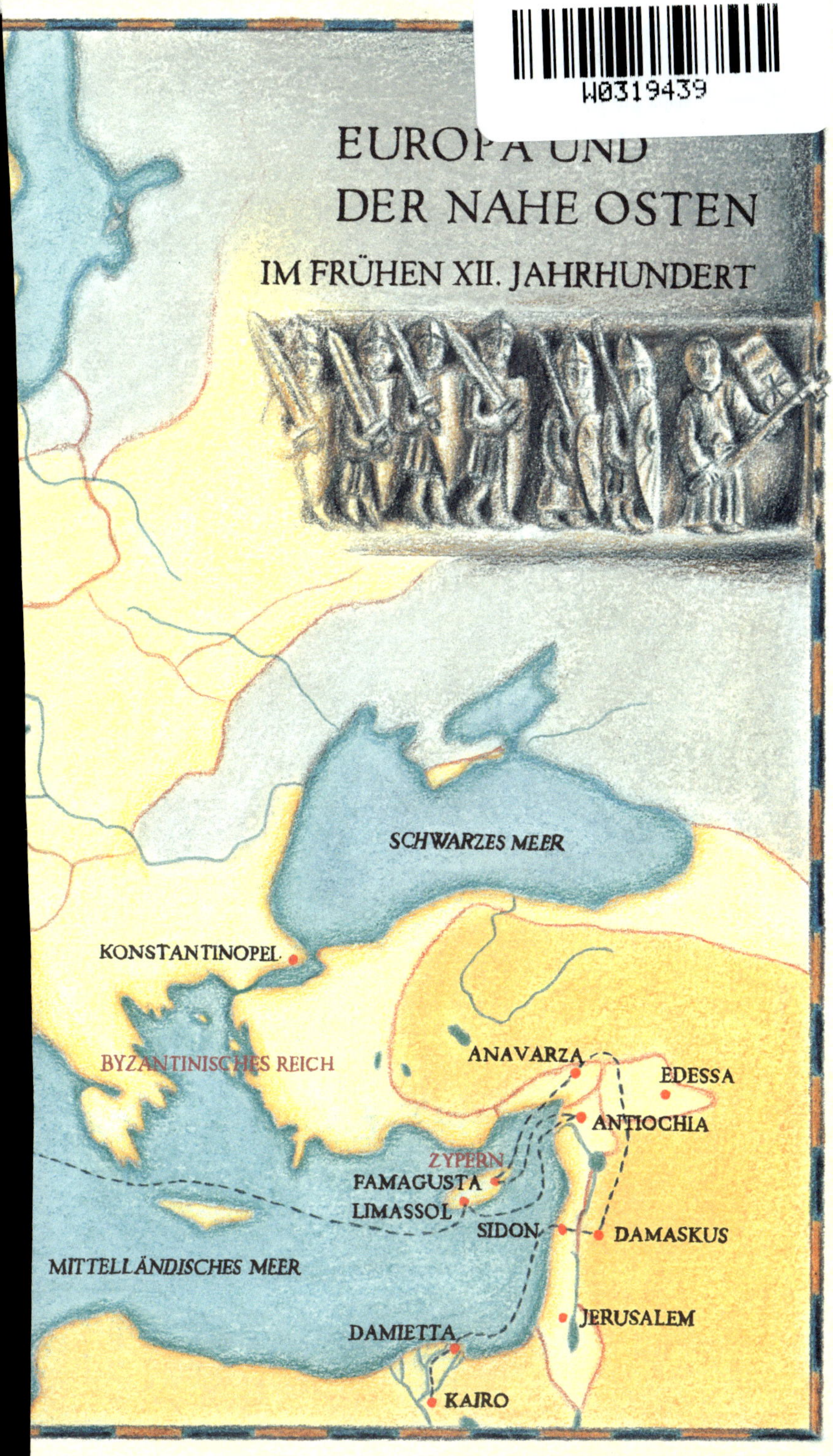
EUROPA UND
DER NAHE OSTEN
IM FRÜHEN XII. JAHRHUNDERT
SCHWARZES MEER
KONSTANTINOPEL
BYZANTINISCHES REICH
ANAVARZA
EDESSA
ANTIOCHIA
ZYPERN
FAMAGUSTA
LIMASSOL
SIDON
DAMASKUS
MITTELLÄNDISCHES MEER
JERUSALEM
DAMIETTA
KAIRO

Stephen Lawhead

Der Gast des Kalifen

Stephen Lawhead

Roman

Deutsch von
Rainer Schumacher

Gustav Lübbe Verlag

Der Gustav Lübbe Verlag ist ein Imprint der Verlagsgruppe Lübbe

Übersetzung aus dem Englischen von Rainer Schumacher
Titel der amerikanischen Originalausgabe:
The Black Rood: The Celtic Crusades Book II

Textredaktion: Cornelie Kister
Schutzumschlag: Guido Klütsch, Köln
Fotos: AKG, Berlin
Illustrationen und Kartenzeichnungen: Tina Koch, Alfeld/Leine
Satz: Kremerdruck GmbH, Lindlar
Gesetzt aus der ITC Goudy Oldstyle aus der Linotype Library
Druck und Einband: Friedrich Pustet, Regensburg

Printed in Germany
ISBN 3-7857-2098-x

Sie finden uns im Internet unter: http://www.luebbe.de

5 4 3 2 1

Für
Fred und Catherine

Die Hauptpersonen des Romans

Die Bruderschaft

Gordon Murray, der Erzähler
Caitlin, seine Frau
Pemberton, Erster Prinzipal des Inneren Tempels
Genotti, Zweiter Prinzipal des Inneren Tempels
De Cardou, Evans und Zaccaria Mitglieder des Inneren Tempels

Rossides, Professor, Lehrer des Griechischen in Edinburgh

Melos, Duncans Gastgeber in Paphos
Naxos, Abt von Agios Moni

Die Leute von Caithness

Duncan Murdoson
Murdo Ranulfsson, Herr zu Banvarð in Caithness
Ragna, seine Frau
Torf-Einar, Murdos Bruder
Rhona, Duncans Frau
Catríona, ihrer beider Tochter
Emlyn, Abt von St. Andreas
Padraig ap Carradoc, sein Neffe, Mönch der Célé Dé
Niniane, Tochter von Abt Emlyn, Frau von Eirik

Eirik, Murdos Bruder, Bischof von Caithness
Ingrid, Dienerin
Sarn Kurzfinger, Fischer

Die Herren des Westens

Papst Honorius III.
Hugo von Payens, Großmeister des Ordens der Armen Soldaten Christi und des Tempels Salomons zu Jerusalem (Templer)
Renaud de Bracineaux, Komtur der Templer in Antiochia
Gislebert, Sergeant der Templer
Bohemund II., Fürst von Antiochia
Gerhardus, Matthias und Thomas, Ritter von Antiochia

Dodu, ein Schlepper an der Rhône
Balthasar, gen. Bezu, Waffenschmied in Arles
Dominic, Kapitän aus Otranto

Die Armenier

Roupen, Sohn des Fürsten Leo von Armenien
Leo, Fürst der Rubenier zu Anavarza
Elena, seine Frau Throros und Konstantin, Roupens Brüder

Die Kopten und Griechen

Jordanus Hippolytus, Händler in Famagusta
Sydoni, seine Tochter
Julian, sein verstorbener Sohn
Gregior und Omar, Diener in Jordanus' Haus
Nurmal, Pferdehändler in Mamistra

Wazim Kadi, Gefängniswärter in Kairo

Demitrianos, Abt von Agios Moni auf Zypern
Ambrosis und Thomas, Schreiber im Kloster Agios Moni

Die Muslime

Muhammad Ibn al-Hafiz, Kalif von Kairo
Hassan, Wesir, sein Sohn

Ghazi, Emir der Danischmandiden (Seldschuken)
Sahak, sein armenischer Schreiber, zugleich Übersetzer
Der Atabek von Albistan
Kaisin Tanzuk, Sultan von Jezirah
Buri, Sohn des Toghtekin, Atabek von Damaskus
al-Mutarshid, Kalif von Bagdad

10. November 1901: Paphos, Zypern

Der Ruf kam, als ich an meinem Schreibtisch saß. Die Nachmittagspost war soeben eingetroffen – der Büroburschе hatte das Bündel in meine Ablage gelegt –, und ich dachte mir nichts dabei, als ich den ersten Umschlag öffnete. Erst die cremefarbene Karte, die ich daraufhin herausschüttelte, erregte meine Aufmerksamkeit. Ich drehte die Karte um. Nur zwei Worte standen dort: *Heute Nacht*, doch sie veranlassten mich, eine kerzengerade Haltung einzunehmen.

Ich spürte, wie mein Magen sich zusammenzog, als eine unbeherrschbare Erregung von mir Besitz ergriff. Dem folgte ein aufgebrachtes Seufzen, als ich mich wieder in den Stuhl zurückfallen ließ und die Karte auf Armeslänge von mir hielt, als wolle ich die unwiderstehliche Forderung leugnen, die in diesen zwei Worten ihren Ausdruck fand.

Um die Wahrheit zu sagen, war seit der letzten Zusammenkunft des Inneren Kreises bereits geraume Zeit vergangen, und ich vermute, dass sich eine gewisse Selbstzufriedenheit in mir breit gemacht hatte, die sich nun diesem plötzlichen und unerwarteten Eindringen in mein wohl geordnetes Leben widersetzte. Ich starrte die beleidigenden Worte an und kämpfte gegen den Drang an, so zu tun, als hätte ich sie nicht gesehen. Schließlich schob ich die Karte sogar in einen Papierstapel und versuchte, sie zu vergessen.

Zu guter Letzt siegten jedoch meine Neugier und mein ausgeprägtes Pflichtbewusstsein über den Wunsch, zu vergessen. Also ergab ich mich in mein Schicksal, klingelte nach einem Burschen und übergab ihm eine rasch geschriebene Notiz an meine Frau, in der ich ihr erklärte, ich sei zu einer dringenden Verabredung gerufen worden, sodass sie heute Abend ohne mich zurechtkommen müsse; sie solle nicht auf mich warten, da ich vermutlich erst sehr spät wieder nach Hause kommen würde. Wie es das Glück wollte, verriet mir ein kurzer Blick in mein Notizbuch, dass in meinem Haushalt heute ohnehin eine Riege wohlmeinender älterer Damen tagte, die ihre übermäßigen mütterlichen Energien für die Verbesserung der Gesellschaft durch Verbreiten von Lesekultur und Abstinenz von hochgeistigen Getränken einsetzten – mit Ausnahme von Sherry. Sicherlich, das war ein nobles Ziel, doch zugleich waren die Methoden seiner Erreichung geradezu unglaublich langweilig. So verwandelte sich mein anfänglicher Ärger augenblicklich in unbändige Freude; ich war froh, eine Entschuldigung zu haben, um den Leiden eines Abends zu entgehen, an dem man Langeweile zu einer Kunstform perfektionieren würde – wenn man denn meine bisherigen Erfahrungen als Maßstab nahm.

Nachdem ich mich von dieser drückenden häuslichen Pflicht befreit hatte, eröffneten sich mir eine Vielzahl neuer Möglichkeiten. Ich dachte darüber nach, das Diner im Club zu mir zu nehmen, entschied mich aber schließlich für ein frühes Abendessen, was mir genug Zeit für die Droschkenfahrt zu der kleinen Kapelle geben würde, wo sich unsere geheime Verbindung bisweilen traf. Mit reuevollem Herzen, doch erfüllt von einer kindlichen Erregung dachte ich über die Alternativen nach, die sich mir boten. In der Hanover Street gab es mehrere neue Restaurants, die mir von einem meiner jüngeren Kollegen empfohlen worden waren. Schließlich entschied ich mich.

Nachdem ich mein Tagespensum abgearbeitet hatte, blieb ich noch eine Weile im Büro und erledigte ein paar kleinere Aufgaben, bis ich sicher war, dass die anderen Angestellten nach Hause gegangen waren, sodass niemand mir folgen konnte, auch nicht durch Zufall. Es schadet niemandem, wenn ich bei diesen seltenen Gelegenheiten, da wir uns treffen, ungewöhnliche Vorsicht walten lasse, doch ohne Zweifel dienen diese Maßnahmen mehr meinem persönlichen Amüsement als sonst irgendetwas; allerdings fühle ich mich dadurch einfach besser. Ich will auf jeden Fall vermeiden, dass der Innere Kreis durch einen Fehler meinerseits, sei er auch noch so klein, kompromittiert wird.

Nach einem Pint Porter im Wallace Arms machte ich mich auf den Weg zu Alexander's Chop House, wo ich bei einem Glas erstklassigen Bordeaux einen passablen gerösteten Hasen in Senfsoße aß, bevor ich schließlich eine Droschke bestellte. Da es ein für die Jahreszeit ungewöhnlich milder Abend war, bat ich den Kutscher, das Verdeck zurückzuschlagen, und so genoss ich eine herrliche Fahrt durch die Stadt hinaus aufs Land. Ich verabredete mich mit dem Kutscher für die Rückfahrt, und nachdem er außer Sichtweite war, ging ich die letzte Meile zur Kapelle zu Fuß, um mich dort mit den anderen zu treffen.

Als ich mich dem Ort näherte, sah ich jemanden vor mir den Weg entlangeilen; ich erkannte den Mann als DeCardou, doch grüßte ich ihn nicht. In der Öffentlichkeit beachten wir einander nie. Selbst den niederen Rängen der Bruderschaft legt man nahe, andere Mitglieder auf der Straße nicht zu grüßen, auch nicht im Vorübergehen. Für die Novizen ist das Ausdruck einer Disziplin, die sie, pflichtgetreu umgesetzt, beizeiten in unserer Verbindung aufsteigen lassen könnte; für den Inneren Kreis ist diese Ignoranz jedoch eine Notwendigkeit – heute mehr denn je, falls so etwas überhaupt möglich ist.

Zugegebenermaßen scheint solch ein geheimnisvolles Verhalten weit weg von der ehrlichen Einfachheit des Lebens auf der griechischen Insel zu sein, auf der ich mich jetzt befinde. Hier, in den sonnendurchfluteten Hügeln über Paphos, fällt es einem leicht, die Sturmwolken zu vergessen, die sich im Westen zusammenbrauen. Doch die Schrift steht an der Wand und ist für jedermann deutlich zu lesen. Selbst ich, der neueste Rekrut unseres heiligen Ordens, erkenne die Gefahren, die ein oder zwei Jahre zuvor noch nicht existiert haben, und die sich von nun an nur noch vergrößern werden. Falls ich je die Wichtigkeit der Bruderschaft bezweifelt haben sollte, nun tue ich es nicht mehr.

Unser Treffen in dieser Nacht war feierlich und ernüchternd. Wir trafen uns in der Sternenkammer, die unter der Kanzel verborgen ist, da sie eine angenehmere Umgebung für Gespräche bietet als der Hauptraum. Ich nahm meinen Platz an dem runden Tisch ein, und nach dem Eröffnungsritual und dem anschließenden Gebet bat Genotti, die Versammlung mit einem Bericht über die Interessen der Bruderschaft in Südamerika eröffnen zu dürfen und über die Notwendigkeit, in dem sich rasch verschlechternden politischen Klima zu intervenieren. »Während der Friedensvertrag zwischen Brasilien und Chile, der im Januar vergangenen Jahres abgeschlossen wurde, nach wie vor in Kraft ist«, begann er, »hören auch die Bemühungen nicht auf, ihn zu unterminieren. Es ist mir zu Ohren gekommen, dass Agenten von Caldero, einer gefährlichen, anarchistischen Gruppierung, einen Angriff auf den Palast des chilenischen Präsidenten planen. Für diesen Angriff wird man Brasilien verantwortlich machen. Das ist Teil der Bemühungen, den Konflikt zwischen den beiden Regierungen wieder offen ausbrechen zu lassen.«

Evans, ein Weiterer aus unserem Bund, verlieh seiner Sorge ob dieser Gruppierung Ausdruck und fragte Genotti, welche Vorgehensweise er empfehle. »Es ist meine feste Überzeugung«, sagte dieser, »dass der Stab des Präsidenten gewarnt werden muss, damit entsprechende Schutzmaßnahmen ergriffen werden können. Und ich schlage ebenfalls vor, dass mit Zustimmung der Bruderschaft Gelder freigemacht werden, um einen Agenten auszubilden, welcher bei Caldero eingeschleust werden soll, um die Gruppe von innen heraus zu zerstören.«

Normalerweise hätte ein solcher Vorschlag eine ausführliche Diskussion nach sich gezogen hinsichtlich der Art und Weise, wie dieser Plan in die Tat umgesetzt werden könnte. Diesmal jedoch erhob sich Pemberton, bevor es zu einer Diskussion kommen konnte, und dankte Genotti im Namen der Bruderschaft für dessen Bericht und Empfehlungen.

»Aber wie auch immer«, sagte er, und seine Stimme nahm einen düsteren Tonfall an, »es wird zunehmend klar, dass unsere Bemühungen, was die Manipulation von Regierungen betrifft, nicht weitergeführt werden können. Es ist gefährlich und vielleicht sogar zerstörerisch mit Blick auf die vorrangigen Ziele des Inneren Kreises – nicht zuletzt, weil die ständige Einmischung in die Machtstrukturen souveräner Staaten ein schwer einzuschätzendes Potenzial besitzt, uns von unserem eigentlich Daseinszweck abzulenken.«

Groß und hager in seiner roten Robe mit dem goldenen Kreuz über dem Herzen, ließ Pemberton seinen Blick den Tisch entlangschweifen, um sich zu vergewissern, dass jeder ihn verstanden hatte. »Des Weiteren, Gentlemen, wird immer offensichtlicher, dass die Welt einen neuen, Furcht erregenden Kurs eingeschlagen hat. Und wir können nicht hoffen, von den wachsenden zerstörerischen Kräften unberührt zu bleiben, die ihren Einfluss auf die verschiedenen Völker unseres Planeten mehr und mehr ausweiten. Südamerika ist in Aufruhr, und Osteuropa gleitet immer rascher in Anarchie und Chaos ab; an Dutzenden von Orten brauen sich die Wolken des Krieges zusammen.«

Indem er ein unleugbares Beispiel nach dem anderen anführte, enthüllte uns unser weiser Führer nicht nur die Gestalt, sondern auch das Ausmaß des Bösen, welches sich auf die ahnungslose Welt herabzusenken drohte. »Neue Bedrohungen verlangen neue Strategien. Um es kurz zu machen, Gentlemen: Wir müssen unsere Methoden den veränderten Bedingungen anpassen, wenn wir überleben wollen. Wir müssen uns auf einen neuen Kreuzzug vorbereiten.«

Er fuhr fort, uns den Schlachtplan darzulegen, der die Zukunft unserer Gemeinschaft von dieser Nacht an bestimmen sollte. Nachdem er geendet hatte, standen wir, die Anhänger des Sanctus Clarus und Wächter des Wahren Weges, auf, um unsere heiligen Eide zu erneuern und uns dem neuen Kreuzzug zu weihen.

Unser uralter Feind bewaffnet sich und seine unzähligen Günstlinge mit neuen und unendlich mächtigen Waffen der Massenvernichtung, sodass auch wir als Soldaten des Heiligen Lichts uns in jener Nacht für den kommenden Konflikt rüsteten. Im unsterblichen Geist der Célé Dé beschworen wir den uralten Mut der unerschrockenen keltischen Kreuzfahrer herauf, die diesen Weg vor uns gegangen waren, und Schulter an Schulter stellten wir uns zu ihnen in die Schlachtreihe.

Der Krieg wird kommen. Das ist nicht nur eine Drohung; es ist unvermeidbar. Für den Augenblick jedoch, während ich auf Zyperns glitzernde See hinausblicke, die nach Blüten duftende Meeresbrise rieche, die Wärme der Sonne auf meinen Wangen spüre und mich der dauerhaften Liebe meiner Frau sicher weiß, für den Augenblick werde ich den letzten Rest von Güte genießen, der von einer menschlicheren Ära übrig geblieben ist; denn ist auch dieser Rest verschwunden, wird niemand je wieder etwas Derartiges empfinden.

Doch was morgen geschieht, geschieht erst morgen. Solange die Sonne noch scheint, werde ich mich an der wunderbaren Jahreszeit erfreuen, um gegen die Tage des Bösen gewappnet zu sein.

Erstes Buch

Fest des Hl. Georg
Anno Domini 1132

Meine liebste Caitríona,

das Schlimmste ist geschehen. Wie der alte Sarn Kurzfinger sagen würde: Es herrscht Flaute, und es gibt kein Entkommen.

Mein ruhmreicher Traum ist zu Staub zerfallen. Er starb in der alles mordenden Hitze einer namenlosen syrischen Wüste – zusammen mit achttausend guten Männern, deren einziges Verbrechen es war, einem sturen, anmaßenden Jüngling die Treue zu schwören. Ich könnte um sie weinen, wäre da nicht die Tatsache, dass ich, der ich nicht weniger dickköpfig und hochmütig als der fehlgeleitete Junge bin, ihnen schon bald ins Grab folgen werde.

Die Sarazenen bestehen darauf, dass ich ein geschätzter Gast des Kalifen von Kairo sei. In Wahrheit ist das allerdings nur eine höfliche Umschreibung dafür, dass ich als Gefangener in seinem Haus lebe. Sie behandeln mich gut. Seit meiner Ankunft im Heiligen Land habe ich tatsächlich sogar noch nie solche Höflichkeit und Kultiviertheit kennen gelernt. Dennoch kann ich den Palast nicht verlassen, solange ich nicht vor den Kalifen gerufen worden bin. Es ist an ihm, über mein Schicksal zu entscheiden, und ich weiß nur allzu gut, wie die Entscheidung lauten wird.

Doch so mag es sein; der große Kalif verfolgt seine Feinde im Süden und wird in nächster Zeit nicht in der Stadt zurückerwartet. So bleibt mir genug Zeit und Freiheit, alles niederzuschreiben, was es zu sagen gibt, damit du weißt, warum dein Vater alles, was er liebte, für nur eine einzige Gelegenheit riskiert hat, jenen Preis zu gewinnen, der alle anderen übertrifft.

Einiges von dem, was ich hier erzählen werde, ist dir bekannt. Sollte das ermüdend für dich sein, bitte ich dich, es zu ertragen, und dich daran zu erinnern, dass dies hier, mein Testament, nicht nur für dich allein bestimmt ist, sondern auch für jene, die sich uns in unseren Mühen anschließen werden. So Gott will, wird alles erzählt sein, bevor das Ende kommt.

Nun denn, wo soll ich anfangen? Lass uns mit jenem Tag beginnen, da Torf-Einar von den Toten zurückgekehrt ist.

Ich war mit deinem Großvater Murdo in der Kirche und beaufsichtigte die Steinmetze. Den Sommer zuvor hatten wir eine Fuhre behauener Steine für die Bögen und Schwellen erstanden, und nun bereiteten wir den Ort für die Ankunft der Schiffsladung vor, die jederzeit eintreffen konnte. Dein Großvater und Abt Emlyn standen an einem Tisch im Hof und studierten die Zeichnungen, die Bruder Paulus für das Gebäude angefertigt hatte, als plötzlich einer der Mönche über die Felder gerannt kam, um uns mitzuteilen, dass ein Boot in die Bucht einlaufe.

Rasch versammelten wir ein paar Leute, um die Neuankömmlinge willkommen zu heißen; dann gingen wir zur Bucht hinunter. Das Schiff war klein – nur ein Inselboot –, doch es stammte nicht von Orkneyjar. Auch war es keines von König Sigurds Fischerbooten, wie einige zunächst vermutet hatten. Die Seeleute hatten das Boot in flaches Wasser gerudert, und als wir die Bucht erreichten, hoben sie gerade ein großes Bündel heraus. Vier Seeleute standen im Wasser und drei an Deck, die den länglichen, auf einem Brett festgebundenen Gegenstand vorsichtig hinuntersenkten. Offenbar war das Bündel ungewöhnlich schwer, denn es kostete die Männer sichtlich Mühe, es auf dem Weg zum Ufer nicht fallen zu lassen.

»Das sind Händler aus Eíre«, vermutete eine der Frauen. »Ich frage mich, was sie uns da wohl gebracht haben?«

»Sieht mir wie ein Bündel alter Lumpen aus«, bemerkte ein anderer.

Die Seeleute wateten an Land. Als sie näher kamen, erkannte ich, dass es sich bei dem Brett um eine Art Trage handelte, auf dem ein Körper festgebunden war. Sie legten das Bündel aus Lumpen und Knochen vor uns auf den Strand und traten rasch zurück, als wären sie geradezu unglaublich froh, die lästige Arbeit endlich hinter sich gebracht zu haben. Ich glaubte, bei dem Körper müsse es sich um einen armen Seemann handeln, vielleicht ein Mitglied der Besatzung, das auf See gestorben war.

Doch kaum hatten die Männer die Trage abgesetzt, da begann der vermeintliche Leichnam zu schreien und um sich zu schlagen. »Bindet mich los!«, brüllte er. »Lasst mich aufstehen!«

Jene am Strand zuckten unwillkürlich zusammen und wichen einen Schritt zurück. Murdo jedoch trat näher und beugte sich über die wogende Masse aus Fleisch und Lumpen. »Torf?«, fragte er und beugte sich noch ein wenig weiter vor. »Bist du das, Torf-Einar?«

Zum Erstaunen aller, die diesem Ereignis beiwohnten, erwiderte der Fast-Leichnam: »Wer sollte ich wohl sonst sein? Und jetzt bindet mich verdammt noch mal los, und lasst mich aufstehen!«

»Gott im Himmel!«, rief Murdo. »Ist das wirklich wahr?« Er winkte nach einigen seiner Männer und sagte: »Seht. Mein Bruder ist von den Toten zurückgekehrt. Helft mir, ihn loszubinden.«

Zusammen mit dem Abt und einigen anderen trat ich vor, und gemeinsam lösten wir die Fesseln meines lange verloren geglaubten Onkels. Er war aus dem Heiligen Land zurückgekehrt, wo er seit der Großen Pilgerfahrt gelebt hatte. Er war der älteste der beiden Brüder meines Vaters, und zusammen mit dem anderen Bruder, Skuli, hatte er sich Balduin von Bouillon angeschlossen, und als Gegenleistung für ihre treuen Dienste hatte dieser ihnen Land in Edessa gegeben.

Wenn man ihn nach seinen Brüdern gefragt hatte, hatte Murdo stets geantwortet, sie seien auf der Jagd nach Reichtum im Heiligen Land gestorben. Zeit meines Lebens hatte ich nie an dieser Aussage gezweifelt. Warum auch? Nie hatten wir auch nur ein Wort von ihnen gehört – kein Brief und noch nicht einmal ein knapper Gruß aus dem Mund eines zurückkehrenden Pilgers –, obwohl sie im Laufe der Jahre mit Sicherheit genug Gelegenheit dazu gehabt hätten. Das war auch der Grund, warum Murdo in diesem Augenblick sagte, Torf-Einar sei von den Toten zurückgekehrt. In gewissem Sinne stimmte das sogar, denn niemand hatte damit gerechnet, Torf-Einar jemals wiederzusehen – weder in dieser noch in der nächsten Welt.

Doch jetzt war er hier. Zwar schien er in meinen Augen nur noch aus Haut und Knochen zu bestehen, aber er war lebendig, allerdings von recht aufbrausendem Naturell. Von seinem großen Reichtum war jedoch noch nicht einmal das Blinken eines Silberlöffels zu sehen. Der Mann, den ich auf der groben Trage sah, hatte mehr mit einem von Wunden übersäten Bettler gemein, wie sie in den Schatten der Klostermauern von Kirkjuvágr herumlungern, denn mit einem Herrn von Outremer. Selbst der niederste Schweinehirt eines solchen Herrn hätte einen beeindruckenderen Anblick geboten als mein Onkel; das schwöre ich.

Auf jeden Fall banden wir ihn los und erfuhren dabei auch den Grund, warum er auf einer Planke ans Ufer getragen worden war: Seine Beine waren nur noch eine einzige Masse aus eiternden Wunden. Er konnte nicht gehen. Mehr noch, er konnte sich sogar kaum aufsetzen. Dennoch hatte er etwas dagegen, festgebunden zu sein, und er hörte nicht auf, um sich zu schlagen, bis wir die Fesseln gelöst und fortgeschafft hatten.

»Nach all diesen Jahren … Warum bist du ausgerechnet jetzt zurückgekehrt?«, fragte Murdo und setzte sich auf die Fersen.

»Ich bin nach Hause gekommen, um zu sterben«, antwortete Torf-Einar. »Glaubst du etwa, ich würde es ertragen, in diesem gottverlassenen Land verscharrt zu werden?«

»Das Heilige Land *gottverlassen?*«, wunderte sich Emlyn und schüttelte verwirrt den Kopf.

Torfs schrumpeliges Gesicht zog sich wie eine Faust zusammen, und er spie: »Heiliges Land! Pah! Ein Schweinestall ist erbaulicher als dieser verfluchte Ort und eine Schlangengrube freundlicher.«

»Was ist mit deinen Ländereien?«, erkundigte sich Murdo. »Was mit deinem unermesslichen Reichtum?«

»Scheiß auf die Ländereien!«, knurrte Torf-Einar. »Und scheiß auch auf den Reichtum! Sollen ihn sich die Heiden holen. Doppelgesichtige Dämonenbrut – jeder Einzelne von ihnen. Die Pest auf die schwarzen Völker. Sollen sie doch zum Teufel gehen!«

Er erregte sich derart, dass er wieder begann, um sich zu schlagen. Rasch sagte Murdo: »Ruhig jetzt, Torf. Du bist bei deiner Sippe. Niemand wird dir hier ein Leid antun.«

Wir trugen ihn zum Dún und taten unser Bestes, um es dem alten Mann so bequem wie möglich zu machen. Ich nenne ihn einen ›alten Mann‹, weil er mir damals so erschien. In Wahrheit war er nur wenige Jahre älter als mein Vater. Die Verwüstungen eines Lebens in ständigem Kampf und, wie ich glaube, der Hurerei hatten ihm jedoch das Fleisch von den Knochen gezogen. Seine Haut, schwarz gebrannt von der unerbittlichen Sarazenensonne, war so brüchig wie altes Leder; sein ausgebleichtes Haar bestand nur noch aus wenigen Büscheln, und seine Gliedmaßen waren so von Wunden übersät, dass sie wie knorrige Baumstümpfe wirkten. Alles in allem sah der einst ansehnliche Herr wie ein abgenagter Beinknochen aus, den man auf den Misthaufen geworfen hatte.

Wir brachten ihn ins Haus und legten ihn in die Halle. Murdo ließ eine Pritsche herbeischaffen und neben den Herd in eine Ecke stellen; dann baute man davor einen Wandschirm auf, um Torf ein wenig Ruhe vor dem ständigen Kommen und Gehen in der Halle zu verschaffen, doch auch um andere vor dem entsetzlichen Anblick zu bewahren – dessen bin ich sicher.

Die Frauen eilten umher und gaben dem Bruder ihres Herrn etwas zu essen und auch bessere Kleider – Letzteres war allerdings nicht schwer, denn selbst eine zerfledderte Hundematte wäre besser gewesen als Torfs halb verfaulte Lumpen. Meine Frau Mutter hätte es vorgezogen, wenn er ein Bad genommen hätte, bevor er unter ihr Dach kam, doch davon wollte er nichts wissen.

Als eine Magd sich ihm mit heißem Wasser und einem kleinen Stück schottischer Seife näherte, beschimpfte er sie so grausam, dass sie in Tränen ausbrach und davonrannte. Er rief den Himmel an, seinen Eid zu bezeugen, dass er erst wieder gebadet werden wolle, wenn man ihn für das Grab vorbereitete. Zu guter Letzt erklärte Murdo, man solle ihn allein lassen, und Frau Ragna musste sich dem fügen. Doch gestattete sie keiner ihrer Mägde und Zofen, ihn zu bedienen, und sagte, dass der Stallbursche sich um ihn kümmern solle, solange er noch nicht einmal die einfachsten Grundregeln der Höflichkeit beherzige. Nach einiger Zeit fiel mir allerdings auf, dass sie selbst sich sogar des Öfteren um ihn bemühte.

Dass Torf-Einar tatsächlich zum Sterben nach Hause gekommen war, wurde bald offensichtlich. Seine Wunden hörten nicht auf zu eitern, sodass sie ihm nach und nach auch noch den letzten Rest an Kraft raubten. In jener ersten Nacht wollte es der Zufall, dass ich an der Stelle vorüberkam, wo er auf der Pritsche lag, die mein Vater ihm hatte bereiten lassen, und ich hörte etwas, was ich für das Wimmern eines Tieres hielt. Vorsichtig trat ich um den Wandschirm herum, um mich zu vergewissern, dass nichts im Argen lag. Ich sah, wie einer der Hunde über die Verletzungen an den Beinen leckte. Der Schmerz ließ den armen Torf im Schlaf jammern.

Jesus verzeih mir, aber ich hatte weder die Kraft, daneben zu stehen, noch, das Tier zu vertreiben. Ich drehte mich einfach um und überließ Torf-Einar seinen unglücklichen Träumen.

Im Laufe der nächsten Tage lernte ich viel über das Leben im Osten. So krank, wie er war, erzählte Torf doch jedem alles, der ihm in seinem Fieber zuhören wollte. Aus Mitleid nahm ich es häufig auf mich, ihm das Abendessen zu bringen, um meiner Mutter ein wenig von dieser qualvollen Arbeit abzunehmen, und während er aß, pflegte ich mich neben ihn zu setzen. So hörte ich viel über Torfs Leben in der Grafschaft Edessa. Dabei erfuhr ich auch, was aus dem armen Skuli geworden war.

Getreu seinem Wort hatte Herr Balduin Torf und Skuli Land als Gegenleistung für ihre Dienste gegeben, und er war ausgesprochen großzügig in seinen Gaben gewesen. Den beiden Brüdern hatte der Graf aneinander grenzende Ländereien geschenkt, sodass ein großes, einheitliches Gebiet entstanden war, das sie miteinander teilen konnten. »Unsere Festung in Khemil wurde von einem Palast mit fünfzig Räumen gekrönt«, prahlte Torf eines Abends, während ich ihn mit Schweinsbrühe und Schwarzbrot fütterte. Seine Zähne waren verfault und schmerzten ihn; also musste ich das Brot in Stücke brechen und in der Brühe aufweichen, bevor ich es ihm gab. Er kaute eine Weile mit dem Gaumen darauf herum und schluckte es schließlich hinunter. »Fünfzig Räume! Hast du das gehört?«

»Das sind sehr viele Räume«, gestand ich ein. Mein Onkel war offensichtlich nicht nur krank, sondern auch nicht mehr ganz bei Verstand.

»Wir hatten achtundsechzig Diener und vierzig Dienerinnen. Unser Schatzhaus besaß eine Tür so dick wie der Leib eines Mannes, und sie war mit Eisen beschlagen … Es bedurfte zweier Männer, sie zu öffnen. Der Raum selbst war so groß wie ein Kornspeicher und aus dem Felsgestein herausgebrochen.« Wieder kaute er eine Zeit lang auf seinem Brot herum, dann fügte er hinzu: »So wahr mir Gott helfe, in den ersten Tagen war dieser Raum stets bis an die Decke gefüllt.«

Ich nahm an, er würde lügen, um seine traurige Geschichte weniger armselig klingen zu lassen, denn vermutlich hatte er von diesen Reichtümern nur geträumt, und es widerte mich an, dass er so dumm und goldgierig war. Aber, meine liebe Cait, *ich* war der Dummkopf an jenem Abend.

Nachdem ich in den Osten gekommen bin, habe ich rasch herausgefunden, dass Torf die Wahrheit gesprochen hat. Mit meinen eigenen Augen habe ich Paläste gesehen, die jenen in Khemil wie einen Kuhstall wirken lassen, und Schatzkammern größer als selbst die Halle deines Großvaters Murdo – Schatzkammern gefüllt mit solchen Mengen an Gold und Silber, dass sogar der Teufel in seiner Gier vor Neid erblasst.

In jener Nacht jedoch glaubte ich Torf nicht ein einziges Wort von dem, was ich für Prahlerei hielt. Ich fütterte ihm sein Brot und machte kleinere Bemerkungen, wann immer ich sie für angebracht hielt. Die meiste Zeit über saß ich allerdings einfach nur an Torfs Seite und hörte zu, während ich gleichzeitig darauf bedacht war, seinen von unzähligen Wunden gezeichneten Körper so selten wie möglich anzublicken.

»Es gab einen Obstgarten auf unseren Ländereien – Hunderte von Birnbäumen –, drei große Olivenhaine und einen Feigenhain. Abgesehen von der Hauptfestung in Khemil besaßen wir innerhalb unserer Grenzen noch Rechte in zwei kleinen Dörfern und einem Marktflecken. Außerdem verlief die Straße von Edessa nach Aleppo durch den südlichen Teil unserer Länder, und der Graf hatte uns das Privileg verliehen, Zoll einzunehmen. Alles in allem war es ein guter Ort.

In jenem ersten Jahr herrschten wir wie die Könige. Jerusalem war gefallen, und wir bekamen unseren Anteil an der Beute. In Edessa sammelte Graf Balduin große Macht und noch größere Reichtümer an. Er machte uns zu seinen Vasallen – unter Balduin waren Skuli und ich Herren von Edessa –, zusammen mit anderen, die ihm ebenso treu gedient hatten wie wir. Dieses ganze erste Jahr über haben wir nicht ein einziges Mal die Schwerter erhoben oder die Pferde gesattelt, es sei denn zur Jagd. Wir aßen die edelsten Speisen, tranken den besten Wein und gaben uns damit zufrieden, uns unser Reich aufzubauen.

Dann ist Skuli gestorben. Das Fieber hat ihn mir genommen. Hör mir gut zu: Die Wüsten des Ostens sind eine Brutstätte für alle möglichen Krankheiten, ein Hort der Pestilenz. Sechs Tage lang hielt Skuli durch, doch am siebten war es vorbei. Am Tag, da ich Skuli beerdigte – am *selben* Tag –, erreichte uns in Edessa die Nachricht, dass auch Gottfried gestorben war. Er war ebenfalls dem Fieber zum Opfer gefallen. Oder vielleicht war es auch Gift ...«

Er schwieg und ergab sich seinen Gedanken. Um ihn sanft wieder in die Gegenwart zurückzuführen, fragte ich: »Wer war Gottfried?«

Torf blinzelte und warf mir einen misstrauischen Blick zu. »Hat Murdo dir nie etwas erzählt?«

»Mein Vater hat mir sogar sehr viel von der Großen Pilgerfahrt erzählt«, erwiderte ich ein wenig beleidigt.

Spöttisch verzog der alte Mann den Mund. »Er hat dir überhaupt nichts erzählt, wenn du noch nicht einmal Gottfried von Bouillon kennst, den ersten König von Jerusalem.«

Ich hatte von dem Mann gehört, allerdings nicht von meinem Vater – das stimmte; Murdo sprach nur selten über den Kreuzzug. Abt Emlyn jedoch redete kaum von etwas anderem. Ich erinnere mich daran, wie ich zu seinen Füßen gesessen habe, während er uns von seinen und Murdos Abenteuern im Heiligen Land erzählte. Wie du sehr wohl weißt, verstand es der alte Mönch, gute Geschichten zu erzählen, und ich wurde niemals müde, ihm zuzuhören. Daher wusste ich in der Tat sogar recht viel über Herrn Gottfried, den Verteidiger des Heiligen Grabes, und seine unermessliche Torheit.

An diesem Abend war ich jedoch mehr daran interessiert, was Torf wusste; also fragte ich: »Gottfried war Balduins Bruder, nicht wahr?«

»Das war er, und ein Mann so tapfer, wie ich nie wieder einem begegnet bin. Auf dem Schlachtfeld war er ein Löwe; niemand vermochte ihm zu widerstehen. Doch wenn er nicht gerade die Ungläubigen schlug, lag er auf den Knien und betete. Alle hielten ihn für einen Heiligen.« Torf hielt kurz inne, als wolle er sich noch einmal die Größe des Mannes ins Gedächtnis zurückrufen. Dann fügte er hinzu: »Gottfried war ein Esel.«

Nach allem, was er bisher gesagt hatte, überraschte mich diese Bemerkung. »Wieso?«, fragte ich.

Torf aß ein weiteres Stück Brot und deutete dann auf die Schüssel mit der Brühe. Ich reichte sie ihm, und mit lautem Schlürfen leerte er sie in einem Zug. Schließlich stellte er sie wieder beiseite und lehnte sich zurück. »Warum?« Er blickte mich mit seinen spöttischen Augen an. »Ich vermute, du gehörst auch zu jenen, die glauben, der Papst solle ihn heilig sprechen.«

»Ich glaube nichts dergleichen«, versicherte ich ihm.

»Er war ein guter Mann, aber gewiss kein Heiliger«, erklärte Torf-Einar in säuerlichem Tonfall. »Der Teufel soll mich holen, aber ich habe nie wieder einen Mann gesehen, der so viel dämliche Fehler begangen hat. Einen nach dem anderen und so schnell ... Er schien beinahe zu fürchten, nicht schnell genug zu sein, um noch weitere Dummheiten anstellen zu können. Gottfried mag ja ein tapferer Kämpfer gewesen sein, ein König war er nicht. Das hat er mit der Eisernen Lanze bewiesen.«

Wie du dir sicher vorstellen kannst, ließ mich Torfs Erwähnung dieses Gegenstands unwillkürlich erstarren. Ich versuchte, mein Erstaunen zu verbergen, doch Torf erkannte, dass ich wusste, wovon er sprach, und so sagte er: »Ah ... dann hat dir dein Vater ja doch zumindest *etwas* erzählt, oder?«

»Ein wenig«, erwiderte ich, auch wenn das nicht ganz der Wahrheit entsprach. Murdo verlor nie auch nur ein Wort über die Eiserne Lanze. Auch hier stammte mein ganzes, spärliches Wissen von unserem guten Abt.

»Hat er dir auch erzählt, wie dieser Schwachsinnige sie im selben Augenblick, da er sie in die Finger bekam, dem Kaiser gegeben hat?« Torf stieß ein knappes, grausames Lachen aus, das in einem Husten mündete.

»Nein«, antwortete ich, »das hat mir mein Vater nie erzählt.«

»Er hat's aber getan! Bei unserem Herrn Jesus Christus, ich schwöre, er hat's getan«, gluckste Torf-Einar böse. »Nur Gottfried konnte etwas derart Wertvolles einfach so wegwerfen. Dieser Schwachkopf. Es war auch noch seine erste Tat als Herrscher von

Jerusalem, und was hat er als Gegenleistung dafür bekommen? Nichts!«

Dann fuhr Torf fort, mir zu berichten, wie Gottfried, nur Augenblicke nachdem er zum Herrscher von Jerusalem ausgerufen worden war, vom kaiserlichen Gesandten getäuscht und dazu verführt wurde, ihm die Heilige Lanze zu übergeben, welche die Kreuzfahrer in Antiochia entdeckt und mit deren Hilfe sie die verabscheuungswürdigen Mohammedaner wiederholt in die Flucht geschlagen hatten. Um der Schande zu entgehen, den Griechen den wertvollsten Besitz der Christenheit aushändigen zu müssen, hatte der neue Herr von Jerusalem beschlossen, die Reliquie an Papst Urban in Rom zu senden, der sie sicher aufbewahren sollte.

»Entweder das, oder wir hätten gegen den Kaiser kämpfen müssen«, gestand Torf widerwillig. »Und wir waren keine Gegner für die kaiserliche Garde. Sie hätten uns bis auf den letzten Mann niedergemacht. Es wäre ein Gemetzel geworden. Niemand kreuzt die Klingen mit den Unsterblichen und überlebt, um später davon zu erzählen.«

Mir schien es eher, als wären es die Herren des Westens und nicht die Griechen gewesen, die Gottfried in diese heikle Lage gebracht hatten, und das sagte ich auch.

»Pah!«, spie Torf. »Die Griechen sind hinterhältige Teufel. Sie saugen Verrat und Betrug mit der Muttermilch ein. Gottfried hätte wissen müssen, dass er einen dieser hinterlistigen Griechen nie mit solch einer armseligen Betrügerei übertölpeln konnte.«

»Sein Plan scheint mir einfach genug gewesen zu sein«, erklärte ich. »Von Betrug vermag ich allerdings nichts zu sehen. Was hat er falsch gemacht?«

»Er hat die Lanze mit nur einer Hand voll Ritter nach Jaffa geschickt, und die Seldschuken haben sie in einen Hinterhalt gelockt. Hätte er nur ein paar Tage lang gewartet, hätte er die Reliquie in Begleitung einer ganzen Armee schicken können – die meisten Ritter beabsichtigten damals, das Heilige Land alsbald zu verlassen –, und dann hätten die Türken sie nie bekommen.«

»Die *Türken* haben sie genommen?«, fragte ich ungläubig.

»Habe ich das nicht gerade gesagt?«, knurrte Torf. »Natürlich haben sie sie genommen, diese diebischen Teufel.«

»Hast du nicht vorhin noch erzählt, Gottfried hätte sie dem Kaiser gegeben?«

»Er *wollte* sie dem Kaiser geben«, erwiderte Torf-Einar gereizt. »Wenn du deinen Mund geschlossen hieltest, anstatt ständig vor dich hin zu plappern, dann würdest du vielleicht noch etwas lernen, Junge.«

Torf nannte mich einen Jungen, obwohl ich bereits Weib und Kind mein Eigen nannte. Ich vermute, ich kam ihm sehr jung vor... oder er hielt mich seines Respekts nicht für würdig. Ich erwiderte, dass ich von nun an versuchen würde zu schweigen, damit er ungestört mit seiner Geschichte fortfahren könne.

»Es wäre eine Gnade gewesen«, brummte er gereizt. »Ich habe gesagt, dass dic Seldschuken sich die Heilige Lanze genommen haben, und wäre es nach ihnen gegangen, hätten sie sie heute noch. Doch Bohemund vermutete schon, dass Gottfried irgendeine dumme List versuchen würde, und so beschloss er, ein Auge auf die Reliquie zu haben. Als Gottfrieds Ritter Jerusalem verließen, machte sich der Fürst von Antiochia sofort an die Verfolgung.«

Fürst Bohemund von Tarent wusste selbstverständlich über die Lanze Bescheid. Das ist derselbe Bohemund, der König Magnus in seine Dienste genommen hat, um die Ränge seiner in vielen Kämpfen dezimierten Armee aufzustocken, und unser König hat viel von dieser Freundschaft gewonnen. Magnus ist es auch, dem wir unsere Ländereien in Caithness verdanken.

Torf war sich dieser Tatsachen durchaus bewusst. Er sagte: »Gottfried und Balduin liebten Bohemund nicht gerade, und Gleiches gilt für seinen Vasallen König Magnus. Aber egal...« Er ließ seinen Blick durch die aufgeräumte, weite Halle schweifen. »Auf jeden Fall war der König gut zu euch, wie ich sehe. Ein Mann muss sich seine Freunde nehmen, wie sie kommen, stimmt's?«

»Ich denke schon.«

»Du *denkst!*« Er lachte mich aus. »Das ist die Wahrheit, und das weißt du auch. In dieser Welt muss ein Mann alle Gelegenheiten wahrnehmen, die sich ihm bieten. Du machst deinen Handel und hoffst auf das Beste. Wäre ich an Murdos Stelle gewesen, hätte ich vermutlich das Gleiche getan. Ich nehme ihm das nicht übel.«

»Ich bin sicher, er wird vor Freude in die Luft springen, wenn er das hört«, murmelte ich.

Das hätte ich nicht sagen sollen, denn Torf-Einar fluchte laut und erklärte, er könne meinen Anblick nicht länger ertragen. Ich überließ ihn seiner üblen Laune, ging zu Bett und fragte mich, ob ich jetzt je erfahren würde, was Torf über die Eiserne Lanze wusste.

Torf-Einar war in der Tat zum Sterben nach Hause gekommen. Schon bald wurde offensichtlich, dass er den letzten Rest seiner Gesundheit für die Reise hierher geopfert hatte. Trotz unserer Pflege besserte sich sein Zustand nicht. Stattdessen mussten wir beobachten, wie ihn Tag für Tag ein wenig mehr von seiner Kraft verließ.

Am nächsten Abend fütterte ich ihn schweigend. Meiner Unhöflichkeit vom Vortag hatte ich es zu verdanken, dass er sich weigerte, mit mir zu reden, und ich fürchtete, er könne sterben, ohne mir vorher alles über die Eiserne Lanze erzählt zu haben. Ich sprach mit meinem Vater darüber, doch dieser schien sich nicht dafür zu interessieren. Er riet mir, die Dinge einfach auf sich beruhen zu lassen. »Es sind nur Geschichten«, bemerkte er leicht verärgert. »Ohne Zweifel kennt er viele derartige Erzählungen, wie sie in Tavernen zum Besten gegeben werden.«

Als ich darauf bestand, es müsse mehr hinter dieser Geschichte stecken, wurde er wütend und schnappte: »Das sind *Lügen*! Gefährlicher Unsinn, Duncan! Gott weiß das. Vergiss es einfach!«

Nun, wie konnte ich? Am nächsten Abend fand ich einen besser gelaunten Onkel vor, und so sagte ich: »Du hast mir erzählt, Gottfried sei ein Dummkopf gewesen, weil er die Heilige Lanze verloren habe. Wenn die Türken ihm einen Hinterhalt gelegt haben, verstehe ich nicht, was er dagegen hätte unternehmen können.«

»Du weißt ja vermutlich alles«, schnaufte Torf verächtlich.

»Warst du dabei?« Spöttisch verzog er das Gesicht. »Wäre Bohemund nicht gewesen, hätten sich die diebischen Türken mit ihrer Beute aus dem Staub gemacht.«

»Was hat Bohemund getan?«

»Er hat die Türken verfolgt und nicht weit von Jaffa gestellt«, antwortete Torf. »Sie kämpften die ganze Nacht hindurch, und als am nächsten Morgen die Sonne aufging, hatte Bohemund die Heilige Lanze in seinem Besitz.«

»Dann war es Bohemund, der die Lanze dem Kaiser gegeben hat«, stellte ich fest.

»Das hat er«, bestätigte Torf.

»Verzeih mir, Onkel«, sagte ich vorsichtig, denn ich war fest entschlossen, ihn nicht wieder zu beleidigen; »aber mir scheint, als sei Bohemund nicht besser gewesen als Gottfried.«

Torf blickte mich stirnrunzelnd an, und ich glaubte schon, er wolle mir nicht antworten. Nach einer Weile sagte er jedoch: »Zumindest hat Bohemund für all den Ärger etwas bekommen. Im Tausch für die Lanze hat er sich die Unterstützung des Kaisers gesichert – und das ist um ein Vielfaches mehr wert als eine einfache Reliquie, das kann ich dir sagen.«

Das kam mir seltsam vor. Ich konnte nicht verstehen, warum Torf Herrn Gottfried so beschimpfte, während er gleichzeitig Bohemund die Absolution erteilte, dessen Taten mindestens ebenso zweifelhaft waren. Da ich erkannte, dass weitere Fragen ihn nur unnötig erregen würden, verzichtete ich darauf. Doch in der Nacht dachte ich immer und immer wieder darüber nach und beschloss, am nächsten Tag Abt Emlyn in dieser Sache zu befragen.

Am folgenden Morgen fand ich den guten Abt bei der neuen Kirche, und es gelang mir, mit ein paar gut gewählten Fragen sein Interesse zu erregen. Er blickte von den Zeichnungen auf, die vor ihm lagen, und fragte: »Mit wem hast du gesprochen, mein Freund?«

»Ich bringe Torf-Einar jeden Abend sein Essen«, antwortete ich.

»Und er hat dir diese Geschichten erzählt?«

»Ja, einige von ihnen.«

Der Priester hob die Augenbrauen und schürzte die Lippen. »Nun, vielleicht weiß er wirklich ein wenig darüber.«

Irgendetwas an Emlyns Tonfall machte mich misstrauisch. »Aber du glaubst ihm nicht«, bemerkte ich.

»Es ist nicht an mir, dir darauf zu antworten«, erwiderte der Abt ausweichend. Nun hatte ich niemals Grund gehabt, an den Worten des guten Priesters zu zweifeln – ebenso wenig wie sonst irgendjemand –, doch seine Antwort erschien mir merkwürdig, und ich vermutete, er wusste weit mehr, als er mir zu sagen bereit war.

»Wer dann sollte es mir erklären?«, erkundigte ich mich in sanftem Tonfall. »Mein Vater vielleicht?«

Erneut legte Emlyn die Stirn in Falten. »Manchmal«, antwortete er bedächtig, »ist es besser, die Toten die Toten begraben zu lassen. Ich glaube, dein Vater wird es dir nicht danken, wenn du deine Nase zu tief ins Wespennest steckst.«

»Das ist wohl wahr«, gestand ich widerwillig ein. »Ich habe ihn schon gefragt.«

»Was hat er gesagt?«, fragte der Kirchenmann.

»Er sagte, das seien alles nur Geschichten«, erklärte ich ihm. »Geschichten, wie sie Reisende in der Taverne erzählen – Lügengeschichten.«

Ein weiteres Mal runzelte der Abt die Stirn, schwieg aber. Das vergrößerte jedoch nur meine Entschlossenheit, denn dass an der Geschichte mehr dran war, als man mir sagen wollte, wurde immer offensichtlicher. Allerdings bekam ich an diesem Tag nichts mehr aus dem guten Abt heraus.

Tatsächlich wäre ich vermutlich nie ins Herz des Mysteriums vorgestoßen, hätte Torf sein Leben ausgehaucht, bevor er vom Schwarzen Stamm gesprochen hatte.

In jener Nacht versagten ihm die Kräfte. Das Fieber brach durch, und er fiel in einen todesähnlichen Schlaf. Murdo rief ein paar Mönche aus der Abtei des heiligen Andreas herbei, um für den alten Mann zu tun, was sie tun konnten; auch Emlyn eilte herbei, zusammen mit einem Mönch namens Padraig.

Wie es der Zufall will, ist Padraig Emlyns Neffe – der Sohn seiner einzigen Schwester – ein nachdenklicher, gutwilliger Mönch, und das trotz der Tatsache, dass er in Eíre aufgewachsen ist. Unser guter Abt hat natürlich auch eigene Kinder: zwei Töchter. Eine von ihnen lebt mit der Sippe ihres Mannes südlich von Caithness in Inbhir Ness. Die andere, Niniane, ist selbst Priesterin und so sanft und weise wie ihr Vater. Allerdings hat sie das Pech, mit meinem Bruder Eirik verheiratet zu sein.

Nun denn, es ist weithin bekannt, dass die Célé Dé in der Heilkunst außergewöhnlich gut bewandert sind. Sie sind Meister im Zubereiten von Tränken von unübertroffener Kraft und Wirksamkeit. Bruder Padraig machte sich am Herd an die Arbeit, und kurze Zeit später hatte er ein Elixier gebraut, das er dem Sterbenden mit einem Löffel verabreichte. Das wiederholte er in regelmäßigen Abständen die ganze Nacht hindurch, und gegen Morgen – o Wunder über Wunder – war Torf-Einar wieder erwacht.

Allerdings war er noch immer sehr schwach, und es war nicht zu übersehen, dass er sich nie wieder erholen würde; doch er fühlte sich sichtlich wohler, und das Feuer des Fiebers in seinen Augen war verschwunden. Er schien wieder ein wenig in Frieden mit sich selbst zu sein, als ich ihn grüßte. Ich fragte ihn, ob ich ihm irgendetwas bringen könne.

»Nein«, antwortete er mit hohler, rauer Stimme, »es sei denn, du bringst mir ein Stück des Schwarzen Stamms, um meine Beichte abzulegen. Etwas anderes würde mir ohnehin nicht helfen.«

»Was ist ein Schwarzer Stamm?«, erkundigte ich mich. »Sollte es so etwas in der Nähe geben, bin ich sicher, dass mein Vater es dir besorgen kann.«

Das veranlasste Torf, die spröden Lippen zu einem Lächeln zu verziehen. Er schüttelte den Kopf. »Ich bezweifle, dass er hier etwas davon finden wird«, krächzte er. »Es gibt auf der ganzen Welt nur vier Stücke davon, und zwei davon sind für immer verloren.«

Ein solch seltenes Ding faszinierte mich. »Aber was ist das, und was hat es mit deiner Beichte zu tun?«

»Hast du noch nie vom Wahren Kreuz gehört?« Er betrachtete mich mit trüben Augen.

»Natürlich habe ich schon davon gehört«, antwortete ich. »Jeder hat davon gehört.«

»Es ist ein und dasselbe, Junge, ein und dasselbe. Der Schwarze Stamm ist nur ein anderer Name für das Wahre Kreuz.«

Das ergab keinen Sinn für mich. »Wenn das so ist, warum nennt man ihn dann ›schwarz‹?«, fragte ich misstrauisch. »Und warum gibt es so viele Stücke davon?«

Torf lächelte schwach und befeuchtete seine Lippen mit der Zungenspitze. »Wenn ich dir das erzählen soll«, erwiderte er, »dann brauche ich etwas, um meine Kehle anzufeuchten.«

Ich drehte mich zu Bruder Padraig um, der gerade die Halle betreten hatte und sich nun dem Krankenbett näherte. »Er fragt nach Bier«, sagte ich. »Darf ich ihm etwas geben?«

»Ein wenig Bier könnte ihm durchaus gut tun«, antwortete der Mönch. »Oder zumindest«, er zuckte mit den Schultern, »kann es ihm nichts schaden.«

Während der Kirchenmann sich daranmachte, noch etwas von seinem Elixier zu brauen, ging ich in die Küche, um Bier zu holen, und kurz darauf kehrte ich mit Krug und Becher wieder zurück. Den großen Krug stellte ich auf den Boden, schöpfte einen Becher und gab ihn Torf, der ihn gierig leerte. Er trank noch einen weiteren, bevor er bereit war, mit seiner Geschichte zu beginnen.

»So«, sagte er schließlich und ließ sich wieder auf die Pritsche hinuntersinken. »Warum bezeichnet man den Kreuzesstamm als schwarz, fragst du. Ich sage dir, weil er schwarz *ist* – alt und schwarz.«

»Und warum gibt es so viele Teile davon?«

»Weil Balduin das Kreuz hat aufteilen lassen«, erklärte Torf und lachte trocken.

Ich wollte ihn gerade fragen, warum Balduin so etwas hätte

tun sollen, doch in just diesem Augenblick betrat Abt Emlyn die Halle, um zu sehen, wie es dem Kranken die Nacht über ergangen war. Ich glaube, Emlyn erwartete, einen Leichnam zu sehen, aber stattdessen fand er Torf sitzend und mit mir redend. Nachdem er ein paar Worte mit Padraig gewechselt hatte, trat er zu uns und setzte sich neben das Krankenbett. »Mir scheint, dass Gott in seiner Güte uns deine Gesellschaft noch ein wenig länger erhält, mein Freund«, sagte Emlyn.

»Gott hat damit nichts zu tun«, erwiderte Torf. »Es ist der Teufel, der mich unter die Erde bringen wird.«

»Sag so etwas nicht«, schalt Emlyn und schüttelte sanft den Kopf. »So weit hast du dich nicht von Gott entfernt; dessen bin ich sicher.«

Spöttisch schürzte Torf die Lippen. »Pah! Ich habe keine Angst. Ich habe stets getan, was mir gefiel, und ich bin bereit, dem Fährmann den Preis dafür zu zahlen. Mach, dass du wegkommst, Priester. Du wirst mir nicht die Beichte abnehmen.«

»Wie du willst«, gab Emlyn nach, »aber du sollst wissen, dass ich in der Nähe bleiben und alles tun werde, um dir den Übergang ins nächste Leben zu erleichtern.«

Torf runzelte die Stirn, und ich fürchtete, er könne Emlyn mit einem Fluch davonjagen; also sagte ich rasch: »Mein Onkel wollte mir gerade erzählen, wie es dazu kam, dass man das Wahre Kreuz in Stücke geschnitten hat.«

»Ist das so?«, wunderte sich Emlyn.

»Das ist so«, bestätigte Torf.

»Dann stimmt es also, was ich gehört habe«, sagte der Abt. »Das Heilige Kreuz Christi ist wiedergefunden worden.«

»Ja, sie haben es gefunden«, erwiderte Torf, »und ich war dort.« Ich bemerkte ein Licht in seinen Augen; die Geschichte schien ihn zutiefst zu bewegen.

»Außergewöhnlich!«, murmelte Emlyn.

»Es war Gottfried, der das Kreuz gefunden hat … in der Grabeskirche«, erzählte uns Torf. »Er war mit seinem Kaplan und einigen

Priestern zum Beten dorthin gegangen. Zu diesem Zeitpunkt waren die Herren des Westens bereits wieder in ihre Heimat aufgebrochen, und nur Gottfried, Balduin und Bohemund waren zurückgeblieben, um Jerusalem zu verteidigen. Nun, Bohemund war mit dem kaiserlichen Gesandten nach Konstantinopel gesegelt, um die Heilige Lanze in griechische Gefangenschaft zu überführen. Balduin bereitete sich auf die Rückkehr nach Edessa vor, und wir alle waren begierig darauf, ihm zu folgen, denn dort würde er seinen Edlen die Länder geben, die er ihnen versprochen hatte.«

»Einiges davon weiß ich«, sinnierte Emlyn und nickte vor sich hin.

»Ja, nun, in der Nacht bevor wir Jerusalem verlassen wollten, erreichte uns die Nachricht, dass al-Afdal, der Emir von Ägypten, per Schiff in Askalon gelandet war und mit fünfzigtausend Sarazenen auf Jerusalem marschierte. Anstatt zu warten, bis die Stadt belagert wurde, beschloss Gottfried, sich dem Feind im Feld zu stellen, bevor er Hilfe von den besiegten Türken bekommen konnte. Alles zusammengenommen besaßen Gottfried und Balduin nur siebentausend Mann, und nur fünfhundert davon waren Ritter. Der Rest war Fußvolk.

Gottfried überließ es Balduin, die Männer auf den Kampf vorzubereiten, und ging selbst in die Kirche, um trotz der erschreckenden Übermacht des Feindes den Sieg für uns zu erbitten. Während Gottfried betete, versank einer seiner Priester in Trance und hatte eine Vision. Ich kann nicht sagen, wie es geschehen ist, aber soviel ich gehört habe, erschien ihm ein Mann in Weiß und zeigte ihm einen Vorhang. Dieser Weiße Priester forderte den Mönch auf, den Vorhang aufzuziehen und zu nehmen, was sich dahinter verbarg. Als der Priester wieder erwachte, war der Vorhang jedoch verschwunden, und er starrte auf eine weiß getünchte Wand.

Ohne Zweifel hätte die Geschichte hier geendet, wenn Gottfried nicht davon erfahren und gesagt hätte: ›Eine Wand mag auch als Vorhang dienen.‹ Also befahl er, die Wand einzureißen, und siehe da! Das Wahre Kreuz!«

»Lob sei Gott«, keuchte Emlyn und faltete ehrfürchtig die Hände.

»Es heißt«, fuhr Torf fort, ohne den Gefühlsausbruch des Priesters zu beachten, »dass die Sarazenen nach der Eroberung der Stadt von den Griechen jene Kirchen, die sie nicht zerstört hatten, in Moscheen verwandelten. In der Grabeskirche fanden sie das Wahre Kreuz über dem Altar, doch selbst diese heidnischen Teufel wagten es nicht, Hand an die Reliquie zu legen; also mauerten sie sie ein, um sie so vor den Blicken der Menschen zu verbergen. Nun befiehlt Gottfried, die Wand einzureißen, und da ist es: Das Wahre Kreuz ist gefunden. Der König erklärt, dies sei ein Zeichen von Gottes Wohlgefallen und befiehlt jedem, vor der heiligen Reliquie niederzuknien und für den Sieg in der kommenden Schlacht zu beten.

Das ist jedoch sehr schwer, denn die Kirche ist klein, und es gibt viele Kämpfer in der Stadt. Also ordnet Gottfried an, das Kreuz zu uns zu bringen, und wir alle sinken vor ihm auf die Knie. Skuli und ich befinden uns in den vorderen Reihen, und wir sehen das Kreuz, als die Priester an uns vorübergehen; zwei Priester, geführt von Gottfrieds Kaplan, tragen es, und zwei weitere folgen ihnen mit Weihrauchfässern.

Ich hebe den Blick, als es vorüberzieht, und ich sehe einen langen, groben, leicht gekrümmten Balken. Er ist vielleicht eine Rute lang und so dick wie die Hüfte eines Mannes. Ich weiß, dass dies das Wahre Kreuz ist, denn es ist schwarz vom Alter, und seine Oberfläche ist von den Händen unzähliger Pilger glatt gerieben.

Die Gebete werden gesprochen, und die Mönche kehren in die Kirche zurück. Als sie das Kreuz davontragen, ruft jemand von hinten: ›Lasst das Kreuz vor uns in den Kampf ziehen!‹ Mehr braucht es nicht. Sofort rufen alle: ›Lasst das Kreuz vor uns in den Kampf ziehen!‹

Gottfried hört die Rufe und befiehlt, dass man die Ordnung wiederherstellen solle. Er sagt: ›Es hat Gott gefallen, uns die heiligste aller Reliquien in die Hände zu geben als Ausdruck seines Wohlgefallens ob der Erneuerung der Heiligen Stadt. So wie wir unseren Glauben an Gott bewahren, so bewahrt der Herr seinen Glauben an uns. In eben diesem Augenblick marschieren die Feinde Christi gegen uns‹, und Gottfrieds Stimme bebt vor gerechtem Zorn. ›Ich sage, dass dieses Kreuz – dieser Schwarze Stamm – vor uns in die Schlacht ziehen soll. Von diesem Tag an soll es das Symbol der Verteidiger Jerusalems sein, auf dass jene, die das Schwert gegen uns erheben, wissen mögen, dass Christus selbst sein heiliges Heer gegen die Feinde unseres Glaubens zum Sieg führt.‹

Die Mönche beginnen zu singen: ›Freut euch, ihr Völker, Gottes Volk! Denn Er wird das Blut seiner Diener rächen; Er wird Rache an Seinen Feinden nehmen und Buße für dieses Land tun.‹ Und so fing alles an …« Mit diesen Worten sank Torf erschöpft wieder zurück.

Ich starrte ihn verwundert an. Es erstaunte mich, dass er sich noch so genau an einen Tag erinnerte, der so lange zurücklag. Bruder Padraig, der näher gekommen war, um die Geschichte zu hören, winkte mir, den Becher wieder aufzufüllen. Ich schöpfte Bier und hielt dem Kranken den Becher an die Lippen. Torf trank und erholte sich wieder ein wenig.

»Ruh dich jetzt aus«, schlug Emlyn vor. »Wir werden später weiterreden, wenn du dich wieder besser fühlst.«

Torfs Lippen verzogen sich zu einem bitteren Lächeln. »Ich werde mich nie mehr besser fühlen als jetzt«, flüsterte er. »Aber das ist auch gleich. Es gibt nur wenig mehr zu erzählen. Am nächsten Morgen ritten wir von Jerusalem fort und trafen zwei Tage später auf der Straße nach Askalon auf die Araber. Sie rechneten mit keinem Angriff und hatten daher ihr Heer noch nicht formiert. Zwei Ritter trugen das Kreuz zwischen sich, und Gottfried führte den Angriff. Wir stürzten uns auf al-Afdals verwirrtes Heer und zerstreuten seine Männer in alle Winde. Wie die Hasen sind die Ungläubigen zu ihren Schiffen zurückgeflohen.«

Torf trank noch etwas, dann schob er meine Hand mit dem Becher beiseite. »Das war das erste Mal, dass der Schwarze Stamm vor uns in die Schlacht gezogen ist, aber es sollte nicht das letzte Mal sein.« Fast traurig schüttelte er den Kopf. »Nicht das letzte Mal, bei Gott …«

»Wie kam es, dass das Heilige Kreuz in mehrere Stücke geteilt wurde?«, fragte ich.

Torf drehte den Kopf, um mich anzusehen, und ich sah, dass der Lebensfunke in seinen Augen immer schwächer wurde. »Gottfried hat das getan. Als die Männer sahen, dass ihnen der Sieg sicher war, wann immer das Kreuz vor ihnen in die Schlacht zog, weigerten sie sich, ohne es zu kämpfen.« Er schluckte und schloss die Augen. »Aber die Türken und Sarazenen waren unerbittlich, und das Kreuz konnte nicht überall zugleich sein.«

»Also hat er es aufgeteilt«, mutmaßte ich.

Torfs Nicken war so schwach, dass es kaum wahrzunehmen war. »Was hätte er sonst tun sollen? Ich schwöre, dass der Mann nie weiter als eine Armlänge vorausgeblickt hat. Da jeder nach einem Stück des Kreuzes schrie, hat Gottfried befohlen, es in zwei Teile zu schneiden.«

»Und die Kirche hat ihm das erlaubt?«, fragte Emlyn entsetzt.

»Ja, die Priester haben ihm sogar dabei geholfen«, antwortete Torf mit immer dünner werdender Stimme. »Der Patriarch von Jerusalem erhob Einwände, doch zu guter Letzt überzeugte Gottfried ihn von der Notwendigkeit seines Tuns.«

»Du sagtest doch, es sei in *vier* Teile aufgeteilt worden«, erinnerte ich ihn.

Ein Hauch von Verärgerung zeigte sich auf Torfs Gesicht. Er öffnete ein Auge und erwiderte: »Eine Hälfte haben sie nach Antiochia geschickt, um die Eiserne Lanze zu ersetzen, die der Kaiser an sich genommen hatte. Diese Hälfte benutzten die Armeen des Nordens, während die andere Hälfte in Jerusalem blieb, um im Süden ins Feld zu ziehen.«

»Über die Jahre hinweg wurden aus den zwei Stücken vier«,

mutmaßte der Abt. »Es ist nicht schwer, sich vorzustellen, wie so etwas geschehen konnte.«

»Du hast gesagt, nur zwei seien übrig geblieben«, hakte ich nach. »Was ist aus den anderen beiden geworden?«

Torf seufzte. Das lange Reden zehrte an seiner ohnehin rasch nachlassenden Kraft. »Ein Stück hat man inzwischen dem Kaiser gegeben, und zwei sind den Ungläubigen in die Hände gefallen.« Wieder seufzte er, und seine Stimme wurde leiser. »Mehr kann ich nicht sagen.«

Nach einer Weile rührte er sich nicht mehr. Ich glaubte schon, er sei gestorben, doch Bruder Padraig legte ihm ein Ohr auf die Brust und verkündete: »Er schläft.« Dann musterte er den Sterbenden und fügte hinzu: »Ich glaube nicht, dass er bald wieder aufwachen wird.«

Widerwillig stand ich auf. In den wenigen Tagen, da ich Torf-Einar kannte, hatte ich gelernt, den barschen, alten Kreuzfahrer zu mögen. Um ehrlich zu sein, Cait, er hatte etwas in mir entfacht. Obwohl ich mein ganzes Leben lang Geschichten über die Große Pilgerfahrt gehört hatte, schien mir das alles doch stets etwas gewesen zu sein, das viel zu weit weg und vor viel zu langer Zeit stattgefunden hatte, als dass es mich interessiert hätte. Torfs unerwartetes Erscheinen machte mir zum ersten Mal bewusst, dass der Kreuzzug noch nicht zu Ende war. In weit entfernten Ländern kämpften noch immer Männer; im Heiligen Land galt es noch immer, große Taten zu vollbringen.

Auch warf Torfs Erscheinen eine Reihe Fragen für mich auf. Warum reagierte mein Vater mit solcher Teilnahmslosigkeit auf die Rückkehr seines Bruders? Ich hatte Murdo nie als harten, gefühllosen Mann erlebt. Und doch schenkte er seinem sterbenden Bruder weder Beachtung noch Mitleid … und er zeigte noch nicht einmal einen Hauch von Neugier, was Torfs Leben im Osten betraf. Was war zwischen den beiden vor all diesen Jahren vorgefallen?

War es Furcht, die ich in der Stimme meines Vaters gehört

hatte, als ich ihn nach der Eisernen Lanze gefragt hatte? Oder war es etwas anderes gewesen?

Nach einem kurzen Gespräch mit Padraig stand Abt Emlyn auf, um die Halle zu verlassen, und ich folgte ihm in den Hof hinaus, fest entschlossen, Antworten auf meine Fragen zu bekommen.

»Ich glaube, dein Onkel wird bald vor den himmlischen Thron treten«, sagte Emlyn, als ich ihn im Hof einholte. »Ich erwarte nicht, dass er die Nacht überlebt. Ich sollte es deinem Vater sagen. Er wird es wissen wollen.«

»Mir scheint es eher so«, wagte ich zu bemerken, »als wisse mein Vater bereits alles, was er über Torf-Einar wissen will.«

Der kleine, rundliche Abt blickte kurz zu mir hinüber. »Du denkst, sein Bruder kümmere ihn nicht«, erwiderte er. »Aber da irrst du dich, mein junger Duncan. Murdo sorgt sich sogar sehr um ihn.«

»Dann weiß er das recht gut zu verbergen«, entgegnete ich säuerlich.

Emlyn blieb mitten im Schritt stehen und drehte sich zu mir um. »Es ist mehr an dieser Geschichte, als du weißt. Murdo hat gute Gründe für sein Verhalten und seine Gefühle. Und ich werde ihm bestimmt nicht vorschreiben, wie er sich in dieser Angelegenheit verhalten oder *fühlen* soll.«

Die Leidenschaft, mit der diese Worte gesprochen wurden, verblüffte mich; auch Emlyn, glaube ich, war ein wenig überrascht davon, denn sogleich fügte er in sanfterem Tonfall hinzu: »Die Wunden, die damals geschlagen wurden, waren sehr tief, Duncan. Ich glaube, Torfs Rückkehr hat sie wieder aufbrechen lassen, und es sind sehr schmerzhafte Wunden.«

Ich akzeptierte den Tadel und schlug vor: »Dann wäre es vielleicht an der Zeit, diese alten Wunden ein für alle Mal zu heilen.

Womöglich ist das ja auch der Grund, warum Torf-Einar nach Hause gekommen ist.«

Abt Emlyn setzte sich wieder in Bewegung. »Da könntest du Recht haben. Vielleicht ist es wirklich an der Zeit, dass wir …« Seine Stimme verhallte, während er über die Frage nachdachte.

Ich eilte ihm hinterher. »Was?«, verlangte ich zu wissen. »Zeit für was?«

Abwehrend hob er die Hand und sagte: »Überlass das mir. Ich werde mit deinem Vater sprechen.«

»Und dann?«, rief ich ihm hinterher.

»Und dann werden wir sehen.«

Der Abt ging davon, und ich war für den Augenblick allein und hatte nichts zu tun … ein recht seltener Umstand für mich. Ich beschloss nachzusehen, ob Rhona beschäftigt war. Vielleicht verspürte sie Lust, mit mir zu dem kleinen Sandstrand unter den Klippen südlich der Bucht zu reiten. Rhona und ich waren nun sieben Jahre verheiratet, und in dieser Zeit hatten wir drei Kinder gezeugt: zwei Jungen und ein Mädchen.

Unglücklicherweise waren die beiden Jungen im Sommer ihres ersten Jahres gestorben. Cait, das kleinste und dünnste Neugeborene, das ich je gesehen hatte, überlebte auch das zweite Jahr. Das alles scheint mir nun schon so lange her zu sein, doch an jenem Tag strahlte die Sonne hell, die Luft war trocken, und ich hatte noch immer die Absicht, eines Tages einen Sohn zu haben. Es schien mir ein wunderbarer Tag zu sein, um ein Kind zu zeugen … oder um es zumindest zu versuchen.

Ich fand Rhona vor dem Lagerhaus auf einem Stuhl, wo sie Zwiebeln die Schalen abzog und in eine Schüssel legte. »Um Farbstoff für Caitríonas neues Kleid zu machen«, erklärte sie. Als sie meinen Gesichtsausdruck bemerkte, lachte sie und fragte: »Hast du etwa geglaubt, ich wolle dir die Zwiebelhaut zum Abendessen kochen?«

»Wenn du sie kochst, würde ich sie auch essen«, erwiderte ich.

»Oh, das würdest du …?«, begann sie. Ich nahm die Schüssel

von ihrem Schoß und zog sie in die Höhe. »Und was hast du jetzt wieder im Sinn?«

»Es ist ein schöner Tag, meine Liebe. Komm mit mir raus.«

»Ich dachte, du müsstest an der Kirche arbeiten.«

»Die Steine sind noch nicht eingetroffen, und nach den Arbeitern kann Vater auch allein schauen. Ich dachte, wir könnten vielleicht zum Strand reiten.«

Rhona trat näher und neigte den Kopf zur Seite. »Glaubst du, ich hätte nichts Besseres zu tun, als den ganzen Tag mit dir durch die Gegend zu ziehen?« Ein Zucken um ihre Lippen verriet, dass sie nur mühsam ein Lächeln unterdrücken konnte. »Es ist gut, dass andere Leute viel zu tun haben, zumal der junge Herr dieses Anwesens ein fauler Taugenichts ist.«

»Nun«, erwiderte ich und rümpfte die Nase, »wenn du nicht mit mir gehen willst, nehme ich an, dass ich auch eine der Dienerinnen fragen könnte. Die mit den sanften braunen Augen würde vielleicht keine Einladung von Herrn Murdos gut aussehendem Sohn verschmähen und …«

»Herrn Murdos gut aussehender Sohn«, sagte Rhona, und diesmal kämpfte sie mit einem Lachen. »Zufälligerweise ist mir zu Ohren gekommen, dass Bischof Eirik nach Inbhir Ness geritten ist, um dort einige Dinge für die Abtei zu erledigen.«

»Gute Frau«, sagte ich und zog sie zu mir heran, um ihr einen Kuss zu stehlen, »ich habe von mir selbst gesprochen und nicht von meinem Bruder, dem Bücherwurm.« Dann wollte ich sie küssen, doch sie wandte ihr Gesicht ab, sodass meine Lippen nur ihre Wangen berührten.

»Nicht hier! Mitten auf dem Hof, wo jeder uns sehen kann!«, keuchte sie, legte die Hände auf meine Brust und schob mich sanft zurück.

»Dann komm mit mir.« Ich schlang meine Arme um ihre schlanke Hüfte und band die Schürze los, die ihr blassgrünes Gewand bedeckte. »Der Tag ist schön und du auch. Lass uns das genießen, solange wir noch können.«

»Da hat wohl irgendjemand zu lange den Maisängern gelauscht«, sagte Rhona und zog sich die Schürze über den Kopf. »Also schön, ich werde mit dir gehen, Duncan Murdossohn.« Sie bückte sich nach der Schüssel mit den Zwiebelschalen. »Aber zuerst muss ich die hier wegbringen.«

»Ich werde die Pferde satteln und dich dann am Tor treffen«, sagte ich, stahl ihr einen weiteren Kuss und eilte davon.

Die Pferde waren rasch bereitgemacht, und schon bald galoppierten wir über die mit Farn und Ginster bewachsenen Hügel südlich des Guts. Das Land meines Vaters war groß, doch der gute Boden ist dünn und an den meisten Stellen mit Felsen übersät; auch hat Herr Murdo nicht so viele Pächter wie andere Herren, was bedeutet, dass jeder umso härter arbeiten muss, wenn er denn überleben will. Dennoch gibt es im Westen gute Felder und gutes Weideland, und in der großen Bucht im Schutze der beiden langen Landspitzen ist gut Fischen.

Banvarð ist uns gnädig genug gewesen, und wenn unser Reichtum auch nicht so groß war wie der anderer, von der Natur begünstigteren Güter, so ernteten wir doch genügend Korn und züchteten ausreichend Vieh, um uns selbst und unsere Untertanen zu ernähren, und anschließend hatten wir stets noch genug übrig, um es auf den Märkten der Umgebung verkaufen zu können. Dem nach zu urteilen, was meine Mutter mir über ihre Jugend auf Orkneyjar erzählt hatte, schien mir das Leben in Caithness ähnlich zu sein. Und wie meinem Vater, so kam auch mir das Leben in den wilden, einsamen Hügeln entgegen.

Nicht dass wir Orkneyjar für immer den Rücken gekehrt hätten. Um Himmels willen, nein! Regelmäßig trieben wir Handel in Kirkjuvágr, und Murdo nahm oft an den dortigen Ratsversammlungen teil. Überdies hielt der König einmal im Jahr Hof in Orphir, und wir machten ihm stets unsere Aufwartung. Auch wenn wir jetzt Herren von Schottland waren, die Schwarzen Inseln hielten uns noch immer in ihrem Bann. Tatsächlich vermochte man sie an klaren Tagen sogar über das Meer hinweg zu sehen; wie Sturmwolken verteilten sie sich am Horizont und reckten ihre Hügel aus der umgebenden See wie eine Schar Seehunde die Köpfe.

An dem Tag, da Rhona und ich zum Strand hinausritten, waren meine Gedanken jedoch woanders. Mit der Sonne im Rücken, meiner schönen Gemahlin an der Seite und mit einem guten Pferd unter mir freute ich mich des Lebens. Ich spürte die frische Seeluft in meinem Gesicht, roch die feuchte Erde und den Duft der Wiesenblumen, und das Blut pochte in meinen Adern.

Wir erreichten die Bucht, und ich band die Pferde auf den Klippen fest, wo sie ein wenig Gras fressen konnten. Dann kletterten Rhona und ich zum Strand hinunter und ließen uns inmitten des Schilfs in einer von der Sonne gewärmten Mulde nieder. Rhona öffnete das Bündel, das sie mitgebracht hatte, und holte einen Laib Brot, ein Stück Käse und einen Apfel hervor, die wir mit dem Messer unter uns aufteilten. Nach unserer kleinen Mahlzeit legten wir uns zurück und genossen die Wärme des Sands und der Sonne und das Geräusch der gemächlich an den Strand rollenden Wellen. Bereitwillig fügte sich Rhona in meine Umarmung, und wir ergaben uns unserer Liebe; anschließend dösten wir Arm in Arm.

Ich erwachte mit dem Kopf auf der Brust meiner Frau. Die Sonne stand bereits tief im Westen; die Flut breitete sich am Fuß der Düne aus; die Schatten der Klippen fielen auf unsere einst von der Sonne beschienene Mulde, und es war deutlich kühler geworden. Ich hob den Kopf und küsste meine Frau. Sie erwachte mit einem Schaudern. »Wir sollten besser wieder zurückreiten«, schlug ich vor, »bevor sie noch die Hunde nach uns schicken.«

»Nur noch einen Kuss, mein Liebster«, sagte Rhona und zog mich wieder zu sich hinab.

Rasch kleideten wir uns an, kehrten zu den Pferden zurück und ritten langsam zum Dún zurück. Wir genossen den Anblick der untergehenden Sonne, die den Himmel in ein scharlachrotes Feuer tauchte.

Doch noch bevor wir die Straße erreichten, die zur Feste hinaufführte, wusste ich, dass etwas nicht stimmte.

Wir trieben unsere Pferde an und galoppierten durch das offene Tor in den leeren Hof. Ich stieg ab und half Rhona aus dem Sattel. Die Pferde ließ ich einfach stehen, und meine Frau und ich eilten zur Halle, wo wir auf Bruder Padraig trafen. Es bedurfte nur eines kurzen Blickes in sein Gesicht, und ich fragte: »Dann ist es also vorbei?«

»Euer Onkel ist gestorben«, antwortete er schlicht.

Ich nickte. »Möge Gott seiner Seele gnädig sein«, flüsterte ich und spürte, wie Rhona ihre Hand in die meine legte.

»Der Herr und die Frau sind bei dem Toten«, berichtete uns Padraig, »und Abt Emlyn spricht die Totengebete.«

»Die arme Seele«, seufzte Rhona »War jemand bei ihm, als er starb?«

»Ich war an seinem Lager, gute Frau«, antwortete der Mönch. »Er ist nicht mehr aus seinem Schlaf erwacht. Ich wollte ihn bei Sonnenuntergang wecken, um ihm einen Schluck meines Tranks zu geben, doch da war seine Seele schon entflohen.«

Wir gingen hinein und fanden eine beachtliche Menschenmenge um das Totenbett versammelt: Diener und Mägde zum größten Teil, doch auch ein paar Pächter und ein halbes Dutzend Mönche. Sie alle hatten die Köpfe gesenkt und die Hände gefaltet, während der Abt leise Gebete für den Verstorbenen sprach. Rhona und ich stellten uns hinter die Mönche und lauschten, bis Emlyn seine Gebete beendet hatte, woraufhin die guten Brüder sich um das Totenbett versammelten, es in die Höhe hoben und aus der Halle trugen.

Ich trat neben meinen Vater und sagte: »Es tut mir Leid, dass er von uns gegangen ist. Ich werde das Gefühl nicht los, dass wir mehr für ihn hätten tun können.«

Murdo schüttelte den Kopf. »Er wollte nichts von uns in diesem Leben, außer dass wir ihn in Frieden sterben lassen. Worum er gebeten hat, das haben wir ihm gegeben.« Er schien noch mehr sagen zu wollen, doch plötzlich wandte er sich ab und folgte den Mönchen in den Hof hinaus.

Meine Mutter legte mir die Hand auf den Arm, als sie an mir vorüberging. »Alle Dinge finden mal ein Ende«, flüsterte sie und drückte mir den Arm. »Lass auch dies hier enden.«

Ich wunderte mich über diese Worte und hätte meine Mutter auch gefragt, was sie damit meinte, doch sie ging rasch davon, und Rhona trat neben mich. »Es ist traurig«, seufzte sie.

»Vor ein paar Tagen hat es noch niemanden gekümmert, ob er stirbt oder lebt«, erinnerte ich sie. »Es hat sich nicht viel geändert.«

Rhona blickte mich von der Seite her an. »*Alles* hat sich verändert«, sagte sie.

Frauen, so glaube ich, empfinden vieles anders. Ich tue nicht so, als würde ich sie verstehen.

Torfs Leichnam wurde in das nahe gelegene Kloster getragen, wo man ihn für die Beisetzung wusch und in sauberes Leinen wickelte. Ich hatte oft gehört – und heute weiß ich, dass es wahr ist –, dass die römische Kirche im Angesicht des Todes alle Hoffnung fahren lässt. Die Riten, die den Abschied einer Seele begleiten, sind feierlich und ernst; die römischen Priester bemühen sich nicht im Mindesten, die Trauer der Hinterbliebenen zu mindern. Es ist, als betrachteten sie den Tod als Strafe für die Kühnheit, das Geschenk des Lebens aus den Händen des allmächtigen Schöpfers entgegengenommen zu haben, oder als das erbärmliche und unvermeidbare Ende des sündigen Fleisches.

Die Célé Dé jedoch betrachten den Tod als Freund, den ihnen der Allwissende in seiner Gnade geschickt hat, um seine Kinder von den Qualen der sterblichen Existenz zu erlösen und sie in sein ewiges Paradies zu führen. Wenn Körper und Herz zu krank werden, um weitermachen zu können, kommt Bruder Tod, um den leidenden Geist in sein rechtmäßiges Heim zu überführen. Dementsprechend wurde der Aufbruch der Seele nur von Trauerliedern für die Hinterbliebenen begleitet, doch das Glück dessen, der vorausgegangen war, wurde gepriesen.

Während der Leichnam für die Beerdigung vorbereitet wurde,

entschloss sich Murdo, in einer Ecke des Kirchhofs ein Grab auszuheben. Auch wenn Torf-Einar, wie er selbst gesagt hatte, nicht gerade zu den besten Schafen des Herrn gezählt hatte, so war er dennoch ein Teil der Herde. Ich bot an, bei der Arbeit zu helfen, doch mein Vater wollte das Grab allein bereiten.

Bei Sonnenuntergang wurde der Leichnam hinausgebracht und zur Grabstätte getragen, wo sich die meisten Einwohner der Siedlung versammelt hatten. Die Sonne war strahlend untergegangen und hatte den ganzen Himmel mit ihrem Licht in Brand gesetzt. Im goldenen Zwielicht glitzerte das leinene Grabtuch wie der teuerste Samt, und die Gesichter der Mönche und Trauernden glühten. Wir sangen ein Totenlied für den gestorbenen Krieger, dann stimmte Abt Emlyn einen Psalm an. Schließlich sprach er ein Gebet und lud die nächsten Verwandten des Toten dazu ein, ein wenig Erde ins Grab zu werfen. Murdo trat vor, nahm eine Hand voll Erde und ließ sie fallen. Ich folgte seinem Beispiel. Ich vermute, dass ich mich trotz unserer kurzen Bekanntschaft auf irgendeine natürliche Art mit Torf-Einar verwandt gefühlt habe. Trotz seines lasterhaften Lebens war er noch immer Teil der Familie, und wir taten für ihn, was wir für jedes Familienmitglied getan hätten.

Während die Mönche das Grab zuschaufelten, sangen wir einen Psalm. Das tiefe Loch war rasch gefüllt, und darüber wurde ein einzelner, flacher Stein errichtet, in den der Name des Verstorbenen eingeritzt war. Schließlich gingen wir wieder Richtung Halle, um dort zum Gedenken Torf-Einars zu essen und zu trinken. Als wir die Halle erreichten, blickte ich nach oben und sah zwei Sterne über dem steilen Rieddach – einen für Torf und einen für Skuli, entschied ich. Im selben Augenblick begannen die Mönche erneut zu singen, und ich hatte den Eindruck, als strahlten die beiden Sterne mit einem Mal heller. »Leb wohl, Torf«, murmelte ich zu mir selbst. »Möge es dir auf deiner Reise von nun an gut ergehen.«

An diesem Abend speisten wir im Gedenken an Torf-Einar,

und nach mehreren Runden Bier stand Murdo auf und sprach kurz über seinen Bruder. Er erzählte von ihrem gemeinsamen Leben, wie sie auf Orkneyjar aufgewachsen waren und von der Liebe und Bewunderung seines Vaters für dessen erstgeborenen Sohn. Ich konnte jedoch nicht umhin zu bemerken, dass er nicht ein Wort über ihren Aufenthalt im Heiligen Land verlor. Und so wusste ich nun mit Gewissheit, dass die alte Wunde im Herzen meines Vaters, von der Emlyn gesprochen hatte, sich wieder geöffnet hatte.

In dieser Nacht klammerten Rhona und ich uns im Bett aneinander, freuten uns unserer Liebe und feierten das Leben, das durch unsere Adern strömte.

Am nächsten Tag widmeten wir uns wieder unseren alltäglichen Arbeiten in der Siedlung. Das lang erwartete Schiff mit den Steinen traf ein, und wir machten uns an die schweißtreibende Arbeit, es zu entladen und die schweren Blöcke zur neuen Kirche zu schleppen. Murdo stellte so viele Männer für diese Aufgabe ab, wie er entbehren konnte, ohne dass andere Pflichten in der Siedlung vernachlässigt wurden; dennoch war es harte Arbeit. Am Ende des Tages waren wir allesamt vollkommen erschöpft, und Torfs Tod und Beisetzung waren nur noch so bedeutend wie die Ringe im Wasser, nachdem man einen Kiesel hineingeworfen hat.

Im Laufe der nächsten Wochen dachte ich jedoch immer wieder an die ein oder andere Kleinigkeit, die Torf mir über das Heilige Land erzählt hatte. Einmal fragte ich Murdo diesbezüglich etwas, doch er antwortete mir, was Torf gesagt habe, solle man besser vergessen. »Es war das Geplapper eines fieberkranken Mannes«, erklärte er schlicht. »Er ist tot, und so ist es nun mal. Ich will nicht mehr darüber reden.«

Natürlich weckte das meinen Appetit nur umso mehr. Den ganzen Rest des Sommers und die gesamte Erntezeit hindurch verlangte es mich nach neuem Wissen über die Große Pilgerfahrt und ihre vielen Schlachten, doch erfuhr ich nur wenig Neues. Niemand auf dem Gut oder in den anderen Siedlungen hatte das

Kreuz genommen oder die Reise aus anderen Gründen angetreten – abgesehen von Abt Emlyn und Murdo, meinem Vater. Als ich den guten Abt danach fragte, was im Heiligen Land geschehen sei, das meinen Vater so wenig darüber reden ließ, antwortete dieser: »Eines Tages wird er die Zeit vielleicht für gekommen halten, darüber zu sprechen. Ohne Zweifel ist es so am besten.«

Gegen Ende der Erntezeit dieses Jahres verkündete mir Rhona, dass unsere Bemühungen um ein weiteres Kind Früchte getragen hatten: Im Frühling würde es so weit sein. Cait, ich erinnere mich daran, wie ich dich angesehen habe, nachdem meine geliebte Frau mir die frohe Nachricht übermittelt hatte. Du saßest neben dem Herd und rührtest mit einem Holzlöffel in einem Topf herum, den dir deine Mutter gegeben hatte, damit du ihr helfen konntest.

»Hast du das gehört, meine Kleine?«, habe ich gerufen. »Du wirst einen Bruder bekommen!«

Oh, ich war so sicher, dass das Kind ein Junge sein würde – endlich. Wir träumten diesen glücklichen Traum den ganzen langen, kalten Winter hindurch. Während Rhonas Bauch wuchs, bemerkte sie häufig, dass sie noch nie ein solch großes und kräftiges Kind getragen habe: ein sicheres Zeichen dafür, dass es im Frühjahr einen Jungen geben würde.

Am Ende des Winters warteten wir unruhig auf die festgesetzte Zeit. Eines Morgens erwachten wir vom Tropfen geschmolzenen Schnees, der vom Dach zu Boden fiel und dort große Pfützen bildete. Ich spürte, wie Rhona sich neben mir bewegte. Ich drehte mich zu ihr um und sah, dass sie mich anblickte. »Hast du gut geschlafen, mein Herz?«, erkundigte ich mich.

»Wie hätte ich schlafen können?«, erwiderte sie. »Dein Sohn gönnt mir keinen Augenblick Ruhe. Er hat die ganze Nacht hindurch getreten und sich gewunden.«

Ich legte die Hand auf ihren großen, runden Bauch und sagte: »Das ist nur, weil er so begierig darauf ist, herauszukommen und seine Familie kennen zu lernen.«

»Es ist, weil er der Sohn seines sturen Vaters ist«, entgegnete Rhona süß und streichelte mir übers Haar.

Die kleine Cait wachte auf und kroch zu uns ins Bett. Sie kuschelte sich zwischen uns und strampelte mit den Beinen, während sie laut ein Lied sang. Es war ein schöner und glücklicher Augenblick mit meinen Lieben, und ich genoss ihn aus ganzem Herzen. Wenn ich jetzt daran zurückdenke, weiß ich ihn nur umso mehr zu schätzen … Zumal ich nun weiß, welch dunkle Tage uns bevorstanden.

Die Wehen setzten früh am nächsten Morgen ein, doch Rhona ging bis Mittag ihrer üblichen Arbeit nach; erst dann wurden die Schmerzen unerträglich. Ich rannte los, um meine Frau Mutter zu suchen, die sofort mit einer Dienerin und einer älteren Frau aus der Siedlung herbeieilte, welche oft als Hebamme diente. Sie nahmen die Angelegenheit in die Hand, und Ragna schickte mich zur Kirche, Murdo zu helfen; sobald es mit der Geburt so weit war, versprach sie, mich zu rufen.

Ich war noch immer an der Kirche, als Ingrid, die Dienerin, kurze Zeit später herbeigerannt kam. »Herr Duncan, Ihr müsst Euch beeilen.«

»Was?«, sagte ich und kletterte vom Baugerüst herunter. »Ist mein Sohn schon geboren?«

»Die Frau sagt, Ihr sollt so schnell wie möglich kommen«, erwiderte Ingrid und rang nervös die Hände.

Ich packte sie an den Schultern, um sie zu beruhigen. »Sag mir, was geschehen ist.«

Mein Vater hörte den Tumult am Boden und rief von oben herab, was denn los sei. Ich erklärte es ihm rasch, und er schickte mich fort; er selbst wollte erst Abt Emlyn suchen, bevor er mir folgen würde.

Ich rannte den Hügel hinab zum Dún, durch das offene Tor in den Hof und zu unserem Haus. Mehrere Frauen standen vor der Tür. Ich drängte mich zwischen ihnen hindurch und ging hinein. Ragna erwartete mich am Bett; ihr Gesicht war ernst und traurig.

»Es bleibt dir nicht viel Zeit, mein Sohn«, sagte sie mit sanfter Stimme und ergriff meine Hand. »Sie wollte dich sehen.«

Ich hörte die Worte, sah jedoch keinen Sinn darin. »Was stimmt nicht, Mutter?«

»Die Geburt hat irgendetwas in Rhona zerrissen«, antwortete sie in ruhigem Ton. »Sie wird es nicht überleben.«

»A-aber …«, stammelte ich. »Aber es wird ihr doch gut gehen … und das Kind … wir werden …«

»Später ist noch genügend Zeit zum Reden«, unterbrach mich Ragna und führte mich zum Bett. »Nimm all deinen Mut zusammen, mein Sohn, und geh zu deinem Weib.«

Ich trat neben das Bett. Rhona öffnete die Augen und lächelte schwach. Ihr Gesicht war grauweiß, die Blässe des Todes. Ungläubig starrte ich sie an. Vor kurzer Zeit hatte dieses Gesicht vor Liebe und Leben noch förmlich geglüht. Wie war es möglich, dass sich so etwas derart rasch veränderte?

Rhona hob den Finger und winkte mich näher heran. Ich beugte mich vor, um mein Ohr an ihre Lippen zu legen. »Es … Es tut mir so Leid … mein Liebster«, sagte sie. Ihre Stimme war kaum mehr als ein Flüstern. »Ich habe versucht, dir einen Sohn zu schenken …«

»Schschsch«, flüsterte ich, um ihr Leid zu lindern. »Ruh dich aus. Wir werden später darüber reden.«

»Ich liebe dich.« Ihre Lippen bewegten sich kaum. »Küss mich.«

Ich presste meine Lippen auf die ihren – sie waren so trocken wie Zwiebelschalen und kalt wie Eis.

»Leb wohl, mein Herz …«, seufzte sie.

Ein Zittern durchfuhr ihren Körper. Ich ergriff ihre Hand und drückte sie. Flach und langsam atmete Rhona aus; dann rührte sie sich nicht mehr.

»Leb wohl«, sagte ich; das Wort schnürte mir die Kehle zu, und gleichzeitig kamen mir die Tränen. Ich hob ihre Hand an meine Lippen und hielt sie dort. Dann nahm ich Rhona ein letztes Mal in die Arme und drückte meine Wange gegen ihre … bis ich die Hand meiner Mutter auf der Schulter spürte, die mich sanft zurückzog. Ich ergab mich in die Umarmung meiner Mutter, und so standen wir eine Zeit lang reglos da, während Frau Ragna mir Worte des Trostes und der Ermutigung zuflüsterte.

Dann erschienen Abt Emlyn und mein Vater. Der Abt betrat den Raum und wusste sofort, was geschehen war. Er ließ die runden Schultern sinken, und sein sonst so fröhliches Gesicht war ein Bild des Elends. Murdo rannte zum Bett, als wolle er dem Leben befehlen, wieder in den Körper meiner geliebten Rhona zurückzukehren; erst als er die bleiche Haut und den leeren, nach oben gerichteten Blick bemerkte, wurde ihm klar, dass er nichts mehr tun konnte. Er drehte sich zu mir und Ragna um und legte mir den Arm um die Schulter.

»Duncan, mein Sohn«, sagte er und zog mich zu sich heran. »Es tut mir so Leid.«

So standen wir drei einige Zeit beieinander und ließen unseren Tränen freien Lauf. Abt Emlyn trat vor, streckte die Hände über den noch warmen Leib, begann zu singen – nicht auf Latein oder Griechisch, sondern in der alten, ehrenvollen Sprache der Kelten – und bat die Schnelle Sichere Hand, die Seele meiner Geliebten aufzunehmen und sie in ihre ewige Heimat zu überführen. Dann faltete er Rhona die Hände auf der Brust, richtete ihre Glieder und befahl den Zofen, Rhonas edelste Gewänder herauszusuchen.

Zu mir sagte er: »Gott hat seine gläubige Tochter zu sich ins Paradies gerufen. Heute Nacht werden wir ein Klagelied singen ob der Leere, die sie hinterlassen hat. Morgen jedoch werden wir ihr Leben feiern und uns für sie freuen, denn sie hat endlich ihre wohlverdiente Belohnung bekommen. Sieh sie dir noch ein letztes Mal an, mein Freund. In Kürze werde ich zurückkehren und den Leichnam mit mir nehmen, um ihn für die Beisetzung vorzubereiten.«

Ich blickte ihn entsetzt an. Schon so bald?, dachte ich. Warum muss es schon so bald sein? Doch ich sagte nichts und nickte nur.

Emlyn ging, und ich wandte mich wieder dem Bett zu. Rhona wirkte schon wesentlich ruhiger; ihre angespannten Gesichtszüge hatten sich gelöst, sodass es den Anschein hatte, sie schliefe friedlich. Einen flüchtigen Augenblick lang hüpfte mein Herz vor Freude. Ich hatte das Gefühl, schreien zu müssen: »Seht! Es war alles nur ein schrecklicher Irrtum! Sie lebt!«

Aber nein. Vom Schmerz des Todeskampfes befreit, hatte Rhona lediglich wieder ein wenig von ihrer natürlichen Ruhe zurückgewonnen. Erneut beugte ich mich über sie, strich ihr die feuchten Haarsträhnen aus dem Gesicht und küsste sie auf die Stirn. »Geh mit Gott, meine Seele«, sagte ich und richtete mich wieder auf. In diesem Augenblick bemerkte ich ein kleines, regungsloses Etwas neben dem Bett. Mit Windeln zu einem kleinen Bündel gewickelt lag dort der winzige Körper meines Sohnes. Von dunklen Haaren umrahmt krampfte sich sein kleines Gesicht gegen eine Welt zusammen, die er niemals kennen lernen würde.

Ich starrte den kleinen Körper an und fühlte meine geliebte Mutter neben mir. »Der Kleine hat nicht einen einzigen Atemzug getan«, berichtete sie mir. »Wir konnten nichts tun.«

Ich nickte und legte die Hand auf die Brust des Kindes – fast bedeckte sie seinen ganzen Körper. »Gott segne dich, mein Sohn. Mögen wir uns am Hof unseres Herrn Jesus Christus wiedersehen.«

Wir warteten bei den Toten, bis die Mönche kamen, um sie ins Kloster zu bringen. Ich brachte es weder über mich, sie zu begleiten, noch half ich bei den Vorbereitungen zur Beisetzung. Stattdessen ging ich zum Meer hinunter und wanderte bis Sonnenuntergang am Strand entlang. Schließlich schickte Emlyn mir Bruder Padraig hinterher, um mich zur Halle zurückzuholen. »Speis und Trank sind bereit«, sagte er. »Alle warten nur noch auf Euch.«

»Nein«, erwiderte ich barsch. »Geht zurück, und sagt Ihnen, sie sollen ohne mich essen.«

»Herr Duncan«, sagte der Mönch so sanft und voller Mitgefühl, dass ich es nicht über mich brachte, ihm erneut zu widersprechen; also gestattete ich ihm, mich zur Halle zurückzuführen. Als ich eintrat, schaute ich mich rasch um, und zufälligerweise war Niniane die Erste, die ich sah. Sie trat auf mich zu und nahm mich in die Arme. »Mein lieber, lieber Duncan«, seufzte sie. »Es tut mir ja so Leid.«

Ich ließ mich einen Augenblick lang trösten, dann fragte ich: »Wie kommt es, dass du hier bist?«

»Ich war auf dem Weg zur Abtei. Ich bin gerade rechtzeitig gekommen, um dabei zu helfen, den Körper – *ihren* Körper – vorzubereiten.«

Vor lauter Trauer hatte ich nicht mehr wahrgenommen, was um mich herum geschah. »Ist Eirik bei dir?«

Sie schüttelte den Kopf. »In Inbhir Ness gab es Ärger. Der Sohn eines Edelmanns, der dort zu Besuch war, hat aus Versehen den Sohn eines örtlichen Clanoberhaupts getötet. Der Clan hat Blutrache geschworen, und der unglückliche Junge hat im Kloster Zuflucht gesucht. Eirik hielt es für das Beste, dort zu bleiben, bis die Angelegenheit geklärt ist.«

Niniane blickte mich unglücklich an. »Rhona war mir eine gute Freundin, und nun will ich versuchen, das Gleiche für dich zu sein. Ich werde dir helfen, so gut ich kann.«

Ich dankte ihr freundlich und begleitete sie zur Tafel, wo gerade das Essen aufgetragen wurde. Neben meiner Mutter, auf deren Schoß die kleine Cait saß, hatte man mir einen Platz freigehalten. Du, mein Herz, die du nichts von den dunklen Ereignissen um dich herum wusstest, du hast die Hände nach mir ausgestreckt und wolltest mit mir spielen. Aber ich konnte nicht. Ich saß einfach nur da, blickte mit trüben Augen in dein glückliches, kleines Gesicht und war deinem kindlichen Flehen gegenüber taub.

Alles, woran ich denken konnte, war, dass ich mit meinem toten Weib mit Freuden den Platz getauscht hätte. Immerhin war alles meine Schuld. Hätte ich nicht darauf bestanden, einen Sohn zu haben, wäre meine geliebte Rhona noch am Leben. Dann würde ich jetzt neben *ihr* sitzen, und es wäre *ihr* Gesicht gewesen, *ihre* strahlenden Augen, in die ich blickte – es wäre Rhona gewesen, die ihre Hand nach mir ausstreckte …

Viel wurde gesungen in jener Nacht, doch ich erinnere mich an fast nichts davon. Emlyn sang ein Klagelied – das weiß ich noch –, und einige der Frauen aus der Siedlung sangen ebenfalls, während Padraig die Harfe spielte. Doch mein Geist und mein Herz waren bei meiner Geliebten, die kalt und allein auf einer Bahre in der Kirche lag, und ich fand keinen Trost in den freundlichen Gesichtern um mich herum.

Nie gab es einen unglücklicheren Mann als mich in jener Nacht. Nachdem schließlich alle zu Bett gegangen waren, verließ auch ich die Halle. Eine Zeit lang wälzte ich mich in meinem leeren Bett hin und her, und da ich ohnehin nicht schlafen konnte, stand ich schließlich auf und wanderte bis zum Morgengrauen über die Klippen oberhalb der dunklen, ruhelosen See.

Nach der Totenmesse in der alten Holzkirche begruben wir Rhona auf dem neuen Kirchhof. Ihre letzte Ruhestätte hätte ihr gefallen, glaube ich, denn in der Nähe wuchs ein Pflaumenbaum, und sie hatte Pflaumen stets geliebt. Es war der letzte Baum auf dem Kirchhof, und er sollte auch nicht gefällt werden. Lange Zeit kniete ich neben dem mit Steinen bedeckten Grab und fragte mich, wie ich ohne das Licht meines Lebens, ohne meine Seele weiterleben sollte, die hier unter einem Haufen Dreck und Stein begraben lag.

Auch die nächsten Tage brachten mir keinen Trost. Teilnahmslos ging ich meinen alltäglichen Arbeiten nach. Ich war ein Mann jenseits aller Hoffnung, des Lebens beraubt, und ich sah nichts Gutes, hörte kein freundliches Wort und freute mich an nichts und niemandem um mich herum. Nachts streifte ich über die Klippen.

Dieser erbärmliche Gemütszustand hielt an, bis ich es nicht mehr ertragen konnte. Eines Nachts, während der Vollmond über dem Hof leuchtete, stand ich auf und ging hinaus. Meine Füße fanden den vertrauten Weg, der zum Ufer hinunterführte. Voller Verzweiflung und meiner Trauer müde ging ich zum Strand und ins Meer hinaus.

Gott helfe mir, aber ich konnte den Schmerz nicht länger ertragen. Ich spürte, wie das kalte Wasser meine Knie umspülte, doch ich ging weiter. Falls ich in diesem Augenblick überhaupt etwas gedacht habe, dann, dass mein Leiden bald vorüber und ich bei meiner Geliebten sein würde.

Ich spürte, wie das Wasser um mich herum stieg – zu meinen Schenkeln, dann zu meiner Hüfte –, doch noch immer ging ich weiter und hätte auch nicht angehalten. Aber als das schwarze Wasser meine Brust umspülte, hörte ich eine Stimme vom Ufer her rufen: »Duncan! Wartet!«

Ich erkannte die Stimme; es war Padraig.

Ich wollte mich jedoch nicht von meinem Vorhaben abbringen lassen, und so ignorierte ich die Stimme und watete entschlossen weiter. Dann hörte ich das Platschen von Schritten; Padraig folgte mir. Noch immer reagierte ich nicht und ging tiefer ins Wasser hinein.

»Duncan!«, rief der Mönch. »Hierher, Duncan! Ich habe etwas für Euch!«

Ich ignorierte ihn weiterhin. Das Wasser reichte mir nun bis zum Hals, und die Wellen zogen an mir und hoben mich von den Füßen. Padraig rief mir erneut etwas hinterher … und dann hörte ich noch eine andere Stimme: die Stimme eines ängstlichen, weinenden Kindes. Als ich daraufhin über die Schulter zurückblickte, sah ich den Mönch mir mit Caitríona in den Armen folgen. Der Anblick meiner Tochter war so unerwartet, dass ich stehen blieb und mich umdrehte.

»Was soll das?«, rief ich. »Bringt sie weg von hier!«

Padraig watete näher, und, meine liebste Cait, dein winziges Gesicht war von Angst verzerrt und du strecktest die Hände nach mir aus, auf dass ich dir helfen und dich retten möge – vor dem Wasser, der Nacht und der Fremdartigkeit dessen, was hier geschah.

»Na, kommt schon!«, rief Padraig. »Wollt Ihr etwa gehen, ohne Eurer Tochter Lebewohl zu sagen? Besser noch: Warum nehmt Ihr sie nicht mit?« Er streckte mir das Kind entgegen.

»Bringt sie zum Ufer zurück, Ihr Narr!«, brüllte ich wütend.

Padraig schüttelte den Kopf.

Ich funkelte ihn an. »Seid Ihr wahnsinnig geworden?«

»Hier«, sagte er und hielt sie mir erneut entgegen. Cait begann zu kreischen, als ihre Beine das kalte Wasser berührten. »Nehmt sie, und macht der Sache ein Ende. Es wäre eine Gnade.«

»Ihr *seid* wahnsinnig«, knurrte ich.

»Vielleicht«, gestand mir Padraig zu. »Trotzdem wäre es besser, glaube ich, wenn sie in den Armen ihres liebenden Vaters stürbe, als beide Eltern zu verlieren, bevor sie alt genug ist, sich an sie zu erinnern. Wenn Ihr Eurem Leben ein Ende machen wollt, dann bitte. Aber dann könnt Ihr genauso gut dem ihren ein Ende setzen.«

Außer mir vor Zorn stapfte ich zurück und riss ihm das Kind aus den Händen. »Törichter Pfaffe! Ihr wisst nichts über Kinder. Gar nichts!«

»Das stimmt«, erwiderte er schlicht. »Aber ich weiß, dass das Wasser eiskalt und die Nacht weit fortgeschritten ist, und ich vermisse mein warmes Bett. Können wir jetzt vielleicht zurückgehen?«

Das schreiende Kind in den Armen, watete ich ans Ufer. Schweigend kehrten wir dann zum Dún zurück; als wir das Haus erreichten, hatte Cait zu weinen aufgehört. Padraig verabschiedete sich von mir, und ich ging hinein, wickelte mein geliebtes Mädchen in einen warmen Umhang ihrer Mutter und brachte sie zu Bett. Dann blieb ich neben ihr sitzen, bis sie eingeschlafen war.

Schließlich schlief ich ebenfalls ein und wurde erst wieder am nächsten Morgen von Stimmen vor der Tür geweckt. Da ich davon ausging, Padraig habe überall herumerzählt, was vergangene

Nacht geschehen war, wurde ich verlegen und erwartete, draußen von tadelnden Gesichtern empfangen zu werden. Doch es waren nur einige Frauen aus der Siedlung, die mir und Caitríona etwas zu essen brachten. Sie reichten mir ein paar Körbe und gingen wieder, nachdem sie mir angeboten hatten, wann immer es nötig sei, auf das Kind aufzupassen.

Die Frauen waren ohne ein weiteres Wort gegangen, trotzdem erwartete ich den ganzen Tag über, dass irgendjemand den Vorfall von vergangener Nacht erwähnen würde. Niemand verlor auch nur ein Wort darüber.

Nach der Vesper sah ich Padraig aus der Kapelle kommen und ging zu ihm, um ihm dafür zu danken, dass er niemandem von meinem beschämendem Verhalten erzählt hatte. Er blickte mich seltsam an. »Beschämendes Verhalten? Was sollte das wohl sein?«, fragte er.

»Dass wisst Ihr doch«, murmelte ich ein wenig verärgert, weil er es mich offen aussprechen ließ. »Ich bin zum Meer hinuntergegangen und …«

»Wie merkwürdig«, unterbrach er mich in sanftem Tonfall, und auf seinem Gesicht war nicht der Hauch von Tücke zu erkennen. »Vergangene Nacht bin auch ich im Schlaf zum Meer gegangen. Nun, sosehr ich mich auch bemühe, ich kann mich nur an sehr wenig erinnern.« Er beugte sich zu mir. »Unter uns gesagt, ich wäre Euch dankbar, wenn Ihr dem Abt gegenüber nichts davon erwähnen würdet. Nach dem Nachtgebet dürfen wir das Kloster nämlich nicht mehr verlassen.«

»Nun«, erwiderte ich, »Euer Geheimnis ist bei mir sicher. Seht nur zu, dass es nie wieder vorkommt.«

»Oh, das habe ich schon hundertmal bereut.« Er musterte mich von Kopf bis Fuß. »Auch glaube ich nicht, dass ich je wieder Grund zum Schlafwandeln haben werde.«

Damit war die Angelegenheit erledigt und wurde nie wieder erwähnt, weder von Padraig noch von sonst irgendjemandem. Lass mich dir sagen, Cait, dass auch ich diese Nacht seitdem hundertmal bereut habe. Doch Gott ist gut: Aus diesem schmachvollen Vorfall entwickelte sich eine Freundschaft, die nicht mit Gold aufzuwiegen ist, denn von dieser Nacht an wurde Padraig mein treuester Gefährte und geistiger Ratgeber – mein *anam cara*, wie er es nennt: mein Seelenverwandter.

Eine weitere Folge der Torheit jener Nacht war, dass ich darüber nachzudenken begann, wie ich für dieses feige Versagen Buße tun könnte, und es musste eine selbst auferlegte Buße sein. Einige mögen das vielleicht für übermäßig fromm oder vielleicht sogar verrückt halten, doch sollen sie denken, was sie wollen: Ich weiß, wie kurz ich in jener Nacht davor gestanden habe, das göttliche Geschenk des Lebens einfach so wegzuwerfen. Wenn ich mich ertränkt hätte, Cait, hätte ich mich selbst zu einer Ewigkeit in Elend verdammt. Das weiß ich. Stattdessen jedoch hat der Herr mich über die Maßen gesegnet. Auch wenn ich jetzt hier in einem prächtigen Gefängnis sitze und auf mein Todesurteil warte, so bin ich doch der dankbarste aller Männer, denn ich habe wahre Freundschaft gekannt. Auch danke ich dem Herrn für das anmutige, glückliche Kind, das meine Tochter ist, und dafür, dass man mir gestattet hat, so viel für das unsichtbare Reich unseres Erlösers zu tun.

Nun, mach daraus, was du willst. Wie auch immer das geheimnisvolle innere Herz funktionieren mag, das Gott uns Menschen gegeben hat, in jedem Fall begann ich über ein großes Werk der Buße nachzudenken, das ich für meine Tat leisten wollte. Während ich darüber nachdachte, fand ich Erlösung vom Entsetzen und der Trauer über den unglücklichen Tod meiner geliebten Frau. Meine Lebenslust kehrte wieder zurück und mit ihr ein neues Verlangen nach geistigen Dingen.

Padraig bemerkte meine neu gefundene Hingabe als Erster. Eines Abends, als wir nach der Vesper bei einem Becher Bier beisammen saßen, sagte er: »Pass auf, Duncan. Wenn du so weitermachst, willst du demnächst noch Priester werden.«

»Was wäre daran falsch?«, erwiderte ich mit Trotz in der Stimme. »Glaubst du, ich wäre nicht dafür geeignet? Mein Bruder ist Priester, erinnerst du dich? Ich weiß sehr wohl, was es dafür braucht. Ich könnte …«

»Ich gebe auf!« Er hob die Hände. »Das war ein Scherz. Du würdest sicher einen feinen Priester abgeben, daran zweifele ich nicht.«

Trotz dieser Worte hörte ich einen Vorbehalt in seiner Stimme. »Aber?«

Er schob die Unterlippe vor und betrachtete mich nachdenklich, sagte aber nichts.

»Komm schon. Was geht dir im Kopf herum?«

»Ich würde niemals jemanden entmutigen, Priester zu werden …«

»Doch mich entmutigst du. Hey! Na, das lob ich mir.«

»Du missverstehst mich«, sagte er rasch. »Es gibt viele Priester unter den Célé Dé, doch nur wenige Edelleute. Unser Herr und Gott hat dich reich bedacht, Duncan. Wenn du ihn dafür ehren willst, dann nutze die Gaben, die er dir dafür gegeben hat.«

»Du meinst, ich solle ihm als Edler dienen?«

Padraig breitete die Arme aus. »Sieh dir einmal an, was dein Vater alles zum Wohle der Célé Dé erreicht hat. Kannst du dir vorstellen, dass es auch nur halb so viel gewesen wäre, wäre er ein Mönch gewesen?«

Ein paar Worte, so leicht dahingesagt … aber sie lenkten meine Gedanken in eine neue Richtung. Ich dachte darüber nach, was mein Vater als junger Mann getan hatte: Als er sich der Großen Pilgerfahrt angeschlossen hatte, war er sogar noch um einiges jünger gewesen als ich. Schließlich beschäftigten mich diese Gedanken fast jeden wachen Augenblick, und schon bald dachte ich an nichts anderes mehr. Konnte es sein, fragte ich mich, dass auch ich dazu ausersehen war, als Pilger ins Heilige Land zu ziehen?

Einige Abende später erwähnte ich per Zufall diese Gedanken gegenüber meinem Vater. Wir saßen an der Tafel und aßen zu

Abend; wie immer in Murdos Halle, so leisteten uns auch diesmal ein paar Pächter und Freunde Gesellschaft. Unter anderem waren einige der Steinmetze, die an der Kirche arbeiteten, zum Essen eingeladen worden; das Bier floss reichlich und lockerte die Zungen.

Die Unterhaltung wandte sich Torf-Einars Rückkehr zu und wie es ihm im Heiligen Land ergangen war. Einige sagten, sie hätten gehört, Torf habe ein großes Vermögen im Osten zurückgelassen, und andere begannen darüber Vermutungen anzustellen, wie groß dieses unbekannte Vermögen wohl sein mochte und ob es in Gold oder Silber bemessen war. Ihre Unwissenheit und Leichtfertigkeit erregte meinen Unmut, und ich sagte: »Vielleicht werde ich eines Tages selbst ins Heilige Land ziehen, dieses Vermögen für mich beanspruchen und König von Edessa werden.«

Meine Mutter, die gerade damit beschäftigt war, den Dienern Anweisungen zu erteilen, und die somit dem Gespräch nur mit halbem Ohr zugehört hatte, drehte sich plötzlich zu mir um und starrte mich an, als hätte ich angekündigt, die Halle mitsamt der Anwesenden abbrennen zu wollen. Gleichzeitig verschwand von einem Augenblick auf den anderen das Lächeln aus dem Gesicht meines Vaters, und langsam drehte er den Kopf in meine Richtung. Hätte ich die schlimmste vorstellbare Gotteslästerung begangen, ich glaube nicht, dass sein Gesichtsausdruck entsetzter gewesen wäre. Er schluckte das Stück Brot herunter, auf dem er gekaut hatte, und versuchte, seinen wachsenden Zorn zu unterdrücken. »Das war schlecht gesprochen«, erklärte er mit einer Stimme, der die Anspannung deutlich anzumerken war. »Solch törichte Gedanken sind Teufelswerk.«

Ich wollte ihm erwidern, dass dies keineswegs nur Torheit sei, dass ich in der Tat über solch ein Vorhaben nachgedacht hätte, doch aus den Augenwinkeln heraus sah ich Frau Ragna mir warnend zuwinken. Die Reaktion meiner Eltern schmerzte mich; doch die Schnelligkeit und die Kraft, mit der meine unschuldige Bemerkung den Zorn Herrn Murdos heraufbeschworen hatte, überraschte mich so sehr, dass ich, statt zu widersprechen, eine Entschuldigung murmelte und ihn um Verzeihung bat.

Die Spannung des Augenblicks schmolz dahin, und das Gespräch wurde fortgesetzt; nur das Heilige Land wurde nicht mehr erwähnt. Bei der erstbesten Gelegenheit stand ich auf und ging hinaus. Als ich am nächsten Morgen zur Kirche kam, nahm mich mein Vater beiseite. »Deine Mutter glaubt, es sei voreilig von mir gewesen, wie ich dich gestern Abend gescholten habe. Sie glaubt, ich hätte dich für Worte verdammt, die nur so dahingesagt und nicht den Atem wert gewesen seien, den es gebraucht hat, sie zu sprechen.«

Ich blickte ihm in die Augen. »Und was denkst du?«

Er wandte sich ab. »Ich glaube, dass meine gute Frau sehr weise ist, und im Laufe der Jahre habe ich gelernt, ihrem Urteil in solchen Dingen zu vertrauen.« Er zuckte mit den Schultern und drehte sich wieder zu mir um. »Wenn du mir sagst, dass sie die Wahrheit erkannt hat, und wenn du mir versprichst, nie wieder von solchen Dingen zu sprechen, werde ich dir voll und ganz und mit Freuden vergeben und nie wieder ein Wort darüber verlieren.«

»Vergeben?«, sagte ich mit einer Stimme rau von Empörung. »Ist es jetzt schon eine Sünde, vom Heiligen Land auch nur zu *sprechen*? So sicher, wie ich dein Sohn bin, werde ich auch in Zukunft denken und sagen, was ich will.«

Er funkelte mich an. »Nur ein Narr scherzt über Dinge, die er nicht versteht, und dich habe ich bisher nie für einen Narren gehalten, mein Sohn.«

Um nicht etwas zu sagen, was ich später bereuen würde, drehte ich mich um und ging davon. »Es gibt noch eine andere Möglichkeit«, sagte ich schließlich doch und blickte über die Schulter zurück.

»Und was wäre das?«, knurrte mein Vater.

»Dass es kein Scherz war!«

Murdos unvernünftiger Eigensinn bestärkte mich noch in meiner Entschlossenheit, wie ich gestehen muss. Ich dachte an all die Dinge, die mir Torf-Einar über das Heilige Land erzählt hatte, und stellte mir vor, wie es wohl sein mochte, dorthin zu ziehen.

An diesem Tag arbeitete ich nicht auf dem Bau; stattdessen verbrachte ich ihn auf einem Boot jenseits der Landspitze, um dort mit drei Pächtern Makrelen fürs Räucherhaus zu fangen. Da der Fang gut war, kehrten wir erst kurz vor Einbruch der Dunkelheit wieder zurück, und dann verbrachten wir noch die halbe Nacht damit, die Fische auszunehmen, um sie am nächsten Morgen direkt ins Räucherhaus zu bringen. Am anderen Tag war ich gerade damit beschäftigt, Makrelen an die Birkenstangen zu hängen, als Abt Emlyn sich mir näherte.

»Also hat mein Vater jetzt dich geschickt, um mich zu tadeln«, sagte ich spöttisch. »Ohne Zweifel ist er es leid, diese Last allein zu tragen.«

Der freundliche Kirchenmann blickte mich an und seufzte. »Du ähnelst sehr einem anderen jungen Mann, den ich einst kannte«, sagte er. »Stur wie ein Fels.«

»Wenn du nach dem Grund für all den Ärger suchst«, erklärte ich ihm, »dann suchst du ihn am falschen Ort. Der Fehler liegt nicht bei mir, sondern bei meinem Herrn und Vater.«

»Komm«, forderte mich Emlyn auf und winkte mich an seine Seite. »Geh ein Stück mit mir.«

Ich verspürte das Verlangen, mich ihm zu widersetzen. »Ich habe zu tun«, erklärte ich.

»Komm mit mir, Duncan.« Emlyn war sanft, aber hartnäckig. »Der Fisch kann warten.«

Wer kann dem guten Abt schon widerstehen? Schon bald fand ich mich an seiner Seite. Wir gingen durch den Hof hinaus in Richtung Pier. Bald erreichten wir den Pfad zum Meer, dem wir an einem Feld entlang folgten, wo einige Pächter Disteln schnitten. Der Wind kam aus dem Norden, und ich roch einen Hauch von Salz in der klaren, frischen Luft – ein Vorbote kühlen, schönen Wetters.

Schließlich erreichten wir den von Kieseln übersäten Strand

und wanderten eine Zeit lang an ihm entlang. Winzige weiße Krabben huschten zwischen dem verrotteten Seetang an der Flutgrenze umher und verschwanden, sobald wir näher kamen. Schließlich atmete der Abt tief durch und sagte: »Ich bin beunruhigt, Duncan.«

Ich glaubte zu wissen, was als Nächstes kommen würde. Ich wartete auf den unvermeidlichen Tadel und bereitete mich darauf vor, mich gegen die ungerechtfertigten Vorwürfe zur Wehr zu setzen.

»Murdo ist nicht mehr er selbst.«

Das überraschte mich so sehr, dass ich mitten im Schritt stehen blieb und mich zu Emlyn umdrehte. »Was?«

»Dein Vater und ich sind nun schon seit vielen Jahren miteinander befreundet, aber ich habe ihn noch nie so reizbar und schlecht gelaunt erlebt.«

»Ich auch nicht.«

»Bei meinem Leben, ich weiß nicht, warum er auf einmal so unangenehm geworden ist.«

»Und launisch.«

»Ja«, stimmte mir der Abt zu. »Normalerweise ist Herr Murdo der ruhigste und unerschütterlichste Mann, den ich kenne. Es schmerzt mich, zusehen zu müssen, wie er Tag für Tag unglücklicher wird.« Er blickte mich an und runzelte besorgt die Stirn. »Wovor, glaubst du, hat er Angst?«

»Wie kommst du auf Angst?«, erwiderte ich. »Ich wüsste nicht, dass mein Vater je vor etwas Angst gehabt hätte. Ich glaube, er ist einfach nur ein wenig bequem geworden, und daher missfällt es ihm, wenn jemand eine andere Meinung vertritt als er.«

Emlyn schüttelte sanft den Kopf. »Du weißt, dass das nicht stimmt.«

»Vermutlich nicht«, räumte ich ein; »aber warum sagst du, dass er Angst hat?«

»Wenn du tief genug blickst, wirst du feststellen, dass Furcht der Grund für die meisten unserer Sünden und Fehler ist.«

»Er hat Angst, dass ich ins Heilige Land gehen könnte.«

Ich wollte das nicht sagen; doch die Worte waren mir über die Lippen gekommen, noch bevor ich Gelegenheit gehabt hatte, darüber nachzudenken. Aber wie auch immer, im selben Augenblick, da ich sie hörte, wusste ich, dass sie der Wahrheit entsprachen.

Emlyn widersprach mir nicht. »Warum, glaubst du, sollte er sich davor fürchten?«

»Weil«, begann ich langsam, »er glaubt, ich könnte wie Torf-Einar werden und meiner Familie und meinem Geburtsrecht den Rücken zukehren.«

»Vielleicht hat es wirklich etwas damit zu tun«, erwiderte der Kirchenmann. Wir setzten uns wieder in Bewegung. Eine sanfte Brise trieb die Wellen ans Ufer, und ihr Plätschern erfüllte die Luft.

»Dein Vater spricht nie über die Große Pilgerfahrt«, fuhr Emlyn nach einer Weile fort.

»Nein, das tut er nicht.«

»Deinem Vater hat die Große Pilgerfahrt nur unendliches Leid gebracht ... wie so vielen anderen auch. Durch sie hat Murdo fast alles verloren, was er im Leben geliebt hat. Seit seiner Rückkehr arbeitet er hart daran, diesen Verlust zu ersetzen, und das ist ihm auch bemerkenswert gut gelungen.«

»Torf-Einars Erscheinen hat ihn daran erinnert«, sinnierte ich.

»Mehr als das«, versicherte mir der Abt. »Wäre Torf-Einar nicht zurückgekehrt, wäre die Vergangenheit vielleicht nur eine Erinnerung geblieben, wenn auch eine schmerzliche.«

Ich begann zu verstehen, was er mir sagen wollte. »Murdo hat Angst, auch mich zu verlieren, wenn ich ins Heilige Land gehe.«

»Alles in allem betrachtet, ist das auch keine unbegründete Furcht.« Emlyn sah mich an, doch ich hielt meinen Blick stur geradeaus gerichtet. Ich wollte ihm nicht in die Augen blicken.

»Ich verstehe. In dieser Frage bist du also mit ihm im Bunde.«

»So ist es nicht, Duncan.«

»Was wäre, wenn ich dir sagen würde, Gott habe mir befohlen, ebenfalls auf Pilgerfahrt zu gehen? Was würdest du mir dann raten?«

Emlyn antwortete nicht sofort, und so glaubte ich, ihn am Haken zu haben. Kühn nutzte ich den Vorteil aus. »Nun, Herr Abt?«, verlangte ich zu wissen. »Gehorchst du meinem Vater oder Gott? Was wird es sein?«

Als er nicht antwortete, drehte ich mich zu ihm um und sah, dass er die Augen zusammengekniffen hatte und aufs Meer hinausblickte, als suche er etwas. »Da ist ein Schiff«, sagte er. »Da kommt jemand.«

»Wo?« Rasch suchte ich den Horizont ab.

»Dort«, antwortete Emlyn und deutete auf einen Punkt jenseits der Landzunge. »Wer mag das wohl sein?«

Dann sah auch ich einen winzigen Punkt, der langsam größer wurde. Es war ein recht großes Schiff mit rotem Segel, und es lag flach am Wind. Plötzlich wusste ich, wer das war. »Eirik!«

Nur einen Augenblick später eilten Emlyn und ich zurück zum Dún, um den anderen zu sagen, dass mein Bruder endlich wieder zurückgekehrt war.

In dieser Nacht hießen wir Eirik mit einem bescheidenen Fest willkommen und boten ihm den Ehrenplatz an der Tafel an. Er war glücklich, wieder in Gottes eigenem Land zu sein, wie er sagte, und weit weg von den Schotten des Südens und ihren endlosen Streitereien.

»Man könnte glauben, die Würde des Einzelnen sei das seltenste und teuerste Gut der Welt, wenn man sieht, wie sie sich ständig darum sorgen und darüber wachen«, erzählte er. »Und hat einer von ihnen erst einmal ein Quäntchen dieses seltenen Stoffs ergattert, ist er der unglücklichste Mann, den ihr je gesehen habt, aus Furcht, irgendjemand könne sie mit einem unbedachten Wort besudeln.«

»Das ist nur allzu wahr«, pflichtete ihm Emlyn bei. »Ich habe mal von einem Mann aus Dunedin gehört, der einen Bettler erschlagen hat, weil dieser auf seinen Schatten getreten war.«

»Sind alle im Süden so streitsüchtig?«, fragte Ragna. »Wenn ja, dann möchte ich dort niemals hin.«

»Was sagt Ihr, Herr Murdo?«, fragte einer der Steinmetze. »Ihr und Abt Emlyn seid weiter südlich gewesen als jeder andere hier. Ist das Volk dort unten wirklich so blutrünstig?«

Murdo funkelte den Fragenden an. »Sie sind sogar noch weit schlimmer«, antwortete er düster, und auch wenn die Frage offensichtlich die Aufforderung zu einer Geschichte gewesen war, weigerte er sich, mehr zu sagen.

Eirik waren die schlechten Manieren seines Vaters nicht entgangen; klugerweise entschied er sich, das Thema zu wechseln. Er fragte die Steinmetze nach der neuen Kirche, die inzwischen schon etwas mehr als nur ein Haufen Balken, Dreck und Steine war. Dieses Thema erwies sich als äußerst dauerhaft, und als das Mahl beendet war, hatten wir nahezu jeden einzelnen Stein besprochen.

Nach dem Abendessen kam Eirik zu mir und bekundete mir sein Beileid ob Rhonas unglücklichem Tod. Ich dankte ihm, und er fragte mich: »Was ist mit Vater geschehen, während ich fort war? Ein Bär mit Kopfschmerzen knurrt weniger als er. Fühlt er sich nicht gut?«

»Es geht ihm schon gut«, antwortete ich, »doch ein Geist ist zurückgekehrt und verfolgt ihn nun.«

Eirik hob verwirrt die Augenbrauen und bat mich, ihm mehr zu sagen. Ich erzählte ihm von Torf-Einars unerwarteter Rückkehr und dem langsamen Tod unseres Onkels. »Ich beginne allmählich zu verstehen«, sagte Eirik. »Die alten Wunden sind wieder aufgebrochen.«

»Emlyn hat genau das Gleiche gesagt«, erwiderte ich. »Ich glaube, die beiden teilen ein Geheimnis – Vater und Emlyn meine ich.«

Das faszinierte Eirik, und es schmeichelte mir, dass mein älterer Bruder mir förmlich an den Lippen hing; also fuhr ich unbekümmert fort: »Ich glaube, dass irgendetwas geschehen ist, als sie gemeinsam auf Pilgerfahrt waren – irgendetwas, worüber zu sprechen sie einander verboten haben.«

Auch wenn ich in Wahrheit überhaupt nichts darüber wusste, war ich in diesem Augenblick der Wahrheit näher gekommen, als irgendjemand hätte ahnen können.

»Emlyn soll ein Geheimnis haben?«, wunderte sich Eirik. »Das muss wirklich etwas Furchtbares sein.«

»Oh, ja«, sagte ich sorglos. »Welch dunkle Tat sie auch immer verbergen mögen, die Erinnerung daran hat ihren hässlichen Kopf wieder emporgereckt, und seitdem leidet unser Vater.«

»Und du sagst, es hätte etwas mit Torf zu tun?«, fragte Eirik.

»Vielleicht«, antwortete ich, »aber nicht er war es, der das gesagt hat. Vielmehr schließe ich es aus dem, was Torf gesagt hat.«

»Und was hat er gesagt?«

»Nun, er sprach von vielen Dingen. Größtenteils hatten sie mit dem Leben im Heiligen Land zu tun. Er sprach von den Schlachten, in denen er gekämpft hat, von den Schätzen und so weiter. Vater wollte ihm nicht zuhören. Er nannte Torfs Geschichten Lügen und gefährlichen Unsinn.«

»Hat er das wirklich?«

Eirik dachte einen Augenblick lang darüber nach; dann fragte er: »War Murdo von Anfang an so reizbar? Oder hat das Ganze an einem bestimmten Punkt begonnen?«

»Von Anfang an«, antwortete ich ihm. »Von dem Augenblick an, da er Torf-Einar sah, war er …« Ich hielt kurz inne, als mir zu Bewusstsein kam, was mein Bruder *wirklich* gefragt hatte. »Nein, wenn ich jetzt so darüber nachdenke«, sagte ich und schwieg erneut, um nachzudenken. »Es fing an, als Torf von den Reliquien erzählt hat.«

Das faszinierte Eirik nur umso mehr. »Was für Reliquien?«, fragte er und beugte sich vor.

»Die Heilige Lanze und der Schwarze Stamm. Als ich unseren Vater nach diesen Dingen fragte, hat er sich zum ersten Mal so aufgeregt. Er sagte, das seien alles Lügen, und er weigerte sich, auch nur ein weiteres Wort darüber zu verlieren. Als ich Emlyn daraufhin befragte, weigerte er sich ebenfalls, mit mir darüber zu sprechen. Er sagte, es sei nicht an ihm, mir das zu erklären.«

»Das ist wirklich sehr geheimnisvoll«, bemerkte Eirik. Ich sah deutlich, wie es hinter seiner Stirn arbeitete.

»Und es wird vermutlich auch ein Geheimnis bleiben. Es gibt keine Macht auf Erden, die Herrn Murdos Meinung ändern könnte.«

»Das stimmt«, bestätigte Eirik, schürzte die Lippen und nickte. »Aber wir werden sehen. Wir werden sehen.«

Mein älterer Bruder ist unermüdlich, wenn es darum geht, das

Unmögliche zu erreichen. Sag ihm, etwas sei unmöglich oder undurchführbar, und genau das wird er tun wollen – und er wird sich erst zufrieden geben, wenn er Erfolg hat. Seine Kraft scheint schier unerschöpflich zu sein und keine Grenzen zu kennen. Als Kind habe ich ihn oft dabei beobachtet, wie er sich bei allen möglichen hoffnungslosen Unterfangen bis zum Letzten verausgabt hat.

Glaub nicht, dass ich ihn übertrieben streng beurteile, Cait; er wäre der Erste, der dir das bestätigen würde. Du brauchst ihn nur zu fragen, und er wird es dir sagen. Er ist stolz darauf! Vor allem, weil er bisweilen tatsächlich Erfolg hat – meist ebenso zu seinem wie zum Erstaunen anderer. Einer dieser unmöglichen Erfolge ist zum Beispiel die Tatsache, dass er in einem Alter in den Rang eines Bischofs erhoben worden ist, da die meisten Priester davon zu träumen beginnen, dereinst Abt zu werden. Ein anderer solcher Erfolg ist Niniane. Solltest du je die Geschichte *dieser* Werbung hören wollen, Cait, dann frag einmal deine liebe Tante. Die Geschichte ist es wirklich wert.

Im Laufe der nächsten Tage machte sich Eirik an die Lösung des Problems. Ich sah, dass er ständig darüber nachdachte, auch wenn er seine priesterlichen Pflichten erfüllte. Er arbeitete bis in den Herbst hinein daran. Hätte ich meinen Bruder nicht gut genug gekannt, ich hätte geglaubt, er hätte es vergessen; doch dem war ganz und gar nicht so. Eirik wartete nur auf eine passende Gelegenheit, um zuzuschlagen. Du musst verstehen, dass er gegen einen Mann antreten wollte, dessen Fähigkeit, das Unmögliche zu meistern, sogar noch Eiriks übertraf: Herrn Murdo Ranulfsson persönlich. Ohne Zweifel glaubte Eirik, wenn er die Gelegenheit jetzt versäumte, würde sie niemals wiederkehren. Und das stimmte auch, doch die Hand Gottes hatte schon längst in das Geschehen eingegriffen, wie du bald sehen wirst.

Kurz nach der Ernte verließ Eirik die Abtei und machte sich auf eine Rundreise durchs Land unseres Vaters. Er nahm vier Brüder mit, lud ein paar Vorräte und Handelswaren auf ein Pferd und machte sich auf den Weg. Er war erst drei Tage fort gewesen, als er plötzlich wieder zurückkehrte und verkündete, er habe eine Vision gehabt. Alle versammelten sich um ihn, um zu hören, was geschehen war.

»Wir lagerten in der Nähe eines Baches«, erzählte er uns, »und ich kümmerte mich um das Feuer, während die guten Brüder einen Brei zubereiteten. Ich beugte mich über die Flammen, als ich plötzlich jemanden aus dem nahen Wald nach uns rufen hörte. Ich schaute mich um und fragte die Brüder, wer das wohl sein könne, denn die nächste Siedlung war weit entfernt; doch sie hatten nichts gehört.

Ich wartete ein wenig, und die Stimme rief erneut. Hatten die guten Brüder auch nur das leiseste Geräusch gehört? Nein, das hatten sie nicht. Hier«, sagte der Bischof, »fragt sie. Sie werden es euch bestätigen.«

»Was habt ihr gehört?«, fragte einer der Pächter.

»Wir haben nichts gehört«, antwortete ein Mönch.

»Und während ich darüber nachdachte, was das wohl zu bedeuten hatte, trat ein Mann aus dem Wald. Er war ganz und gar in Weiß gehüllt, und er nannte mich beim Namen. Als ich unseren Besucher begrüßte und ihn den Brüdern vorstellen wollte, konnten diese ihn nicht sehen.«

»Wir haben ihn nicht gesehen«, bestätigten die Kirchenmänner. »Wir haben nichts gesehen und nichts gehört.«

Die Pächter blickten einander ob dieses Wunders mit großen, staunenden Augen an, und ich glaubte den Braten allmählich zu riechen.

Merkwürdig war nur, dass Murdo vollkommen still war; er wirkte seltsam nachdenklich.

»Dieser Fremde bat mich, ihn ein Stück zu begleiten, und um die Wahrheit zu sagen, wollte ich das nicht«, fuhr Eirik fort. »›Fürchte dich nicht, mein Bruder‹, sagte der Weißgewandete. ›Dir wird kein Leid geschehen.‹ Also fragte ich: ›Wer seid Ihr, Herr?‹ Denn ich dachte, dass vielleicht ein Engel herabgestiegen sei, um mit mir zu sprechen.«

»Oh, ja«, murmelten die Pächter wissend, als wäre es das Selbstverständlichste von der Welt, mit einem Engel zu sprechen.

Eirik hob die Hände, um Schweigen zu gebieten, und fuhr dann fort: »Der Fremde blickte mich an und sagte: ›Ich bin ein Freund, und deiner Familie wohl bekannt.‹ Und ich wusste nicht, was ich darauf erwidern sollte. ›Wie kann das sein?‹, fragte ich schließlich. ›Ich habe Euch noch nie zuvor gesehen.‹ Das ließ den Fremden lächeln. ›Bruder Eirik‹, sagte er zu mir, denn er kannte ja, wie gesagt, meinen Namen, ›komm, ich muss mich an meine Arbeit machen.‹

Er drehte sich um, entfernte sich ein Stück vom Lager und winkte mir, ihm zu folgen. Das tat ich auch, und er sagte: ›Der Tag ist nahe, da die Kirche, die dein Vater baut, mein Heim sein wird. Sag Murdo, er soll nach mir Ausschau halten.‹

Ich stimmte zu, die Botschaft auszurichten, und fragte: ›Welchen Namen soll ich ihm nennen?‹ Und nun folgt der seltsamste Teil der Geschichte, denn der Fremde hob nur die Hand zum Lebewohl und antwortete: ›Sag ihm, der Herr des Versprechens ist mit seinem Diener höchst zufrieden.‹

Und dann«, schloss Eirik seinen Bericht ab, »verschwindet er im Wald, wie er gekommen ist.«

Die Pächter schnatterten voller Staunen, und als ersichtlich wurde, dass der Bischof ihnen nichts mehr zu berichten hatte, gingen sie kopfschüttelnd und voller Ehrfurcht ob dieser wunderbaren Begebenheit davon.

»Ich habe die Nachricht überbracht, Vater«, sagte Eirik. »Was hat sie zu bedeuten?«

»Es war *deine* Vision«, erwiderte Murdo in scharfem Tonfall. »Sag du es mir.« Mit diesen Worten machte er auf dem Absatz kehrt und ging rasch davon.

Der Bischof schickte seine Mönche zur Abtei, und ich ging mit Eirik Richtung Halle. »Das hast du gut gemacht«, lobte ich ihn, als wir endlich allein waren. »Wie hast du das mit dem Weißen Priester herausgefunden?«

Eirik blieb mitten im Schritt stehen und drehte sich zu mir um. »Woher weißt du, dass es ein Priester war?«, verlangte er zu wissen.

»Du wirst es wohl gerade gesagt haben.«

»Ich habe nichts dergleichen gesagt«, erklärte Eirik, und ich spürte, wie sich mir die Nackenhaare sträubten.

»*War* er ein Priester?«, fragte ich.

»Du weißt ganz genau, dass er einer war«, antwortete Eirik. »Doch diesen Teil der Geschichte habe ich absichtlich verschwiegen. Du musst es von jemand anderem wissen.«

»Ebenso wie du«, warf ich ihm vor. »Ich weiß, was du hier zu tun versuchst. Die Pächter magst du mit deinem Gerede von Visionen in der Nacht ja vielleicht täuschen, aber mich nicht, und ich bezweifele auch, dass Murdo darauf hereinfallen wird.«

Eirik betrachtete mich mit einer Mischung aus Verärgerung und Mitleid. »Duncan, Duncan, was sagst du da? Glaubst du wirklich, ich hätte diese Geschichte erfunden? Ist es das, was du denkst?«

»Natürlich hast du sie erfunden«, erwiderte ich. »Mir ist das egal, aber …« Er rollte mit den Augen und schüttelte den Kopf. »Was? Willst du etwa behaupten, du hättest die Wahrheit gesagt?«

»Im Namen von allem, was heilig ist, es ist die reine Wahrheit«, erklärte er. »Es ist genauso geschehen, wie ich es euch erzählt habe. Warum sollte ich mir solch eine Geschichte ausdenken?«

»Um ein Geheimnis zu lüften …«

Nun verstand mein Bruder, worauf ich hinauswollte. »Murdos und Emlyns Geheimnis … Ist es das, was du meinst? Du glaubst, ich hätte mir diese Geschichte ausgedacht, um sie zu einem Geständnis zu überlisten?«

»Ja«, gestand ich. »Das habe ich geglaubt. Und ich hoffe auch, dass es funktioniert.«

»Bruder«, erwiderte Eirik und lächelte, »du bist weit verschlagener, als ich bisher gedacht habe. Ich glaube, du hast die Hinterlist des jungen Herrn Murdo geerbt; so viel ist jetzt klar. Aber so wahr Gott mein Zeuge ist«, schwor er ernst, »es ist genauso geschehen, wie ich gesagt habe.«

»Also gut«, räumte ich ein und nahm ihn beim Wort. »Aber glaubst du auch, dass es etwas bewirken wird?«

»Es könnte«, erwiderte Eirik und klopfte sich nachdenklich mit dem Finger auf die Unterlippe. »Wir müssen schlau wie die Füchse sein. Sprich mit keinem von beiden darüber. Überlass das mir. Ich glaube, ich weiß, wie wir vorgehen müssen.«

Dann trennten wir uns, und Eirik eilte in die Abtei zurück.

»Wann?«, rief ich ihm hinterher.

»Bald«, antwortete er. »Überlass das mir.«

Zum Abendessen erschien Eirik mit mürrischer, strenger Miene. Er sprach nur wenig und starrte auf sein Essen, als befürchtete er, es sei vergiftet. Wenn jemand ihn ansprach, erhielt er nur ein freudloses Nicken oder ein halbherziges Grunzen zur Antwort. Eiriks Trübsinn befiel die anderen im Raum, sodass die Unterhaltung halbwegs zum Erliegen kam und die Leute nur noch im Flüsterton miteinander sprachen aus Furcht, den schwermütigen Kirchenmann zu stören.

Als Gastgeber versuchte Murdo zunächst, die düstere Stimmung seines Sohns zu ignorieren. Als das jedoch schließlich unmöglich wurde, fragte er: »Bist du krank? Du siehst aus, als hättest du dir die ganze Last der Welt auf die Schultern geladen.«

Langsam hob Eirik den Blick, als sinniere er über den Grund für alles Leid der Menschen. »Kümmere dich nicht um mich, Vater«, gab er feierlich kund. »Die Last, die ich zu tragen habe, ist die meine; niemand muss mir dabei helfen.«

»Gibt es nichts, was wir für dich tun können?«, erkundigte sich Frau Ragna.

»Ich fürchte nicht«, antwortete Eirik und seufzte laut. »Es war meine Vision, und es macht mich krank, noch nicht zu wissen, was sie zu bedeuten hat. Also werde ich darüber nachdenken, bis ich es herausfinde oder wahnsinnig geworden bin.«

Er stand auf und schickte sich an aufzubrechen. »Es tut mir Leid. Ich hätte heute Abend nicht an die Tafel kommen sollen. Ich habe Euch ein gutes Mahl verdorben, und dafür bitte ich Euch um Verzeihung.« Er verneigte sich vor seiner Mutter. »Frau Mutter, ich wünsche Euch eine gute Nacht.«

Herr und Frau tauschten einen Blick aus. Ragna drängte ihren Gatten mit den Augen. »Warte«, sagte Murdo und rief Eirik zurück. »Vielleicht gibt es ein Heilmittel für dein Leiden. Komm zurück, und setz dich. Iss etwas. Ich werde den Abt rufen, und wenn du dich wieder ein wenig besser fühlst, werden wir reden.«

»Herr Vater«, sagte Eirik und nahm seinen Platz wieder ein, »darf ich hoffen, dass Ihr etwas wisst, was meinem Geist Frieden schenken könnte?«

»Vielleicht«, ließ sich Murdo entlocken. »Vielleicht. Aber dies hier ist nicht der geeignete Ort, um darüber zu sprechen. Iss etwas, mein Sohn. Womöglich hast du ja doch noch etwas Appetit in dir. Der Abt wird gleich hier sein.«

Murdo befahl einem der Diener, den Abt zu holen, und die Gespräche wurden wieder ein wenig lebendiger. Wie ich bemerkte, dauerte es nicht lange, bis Eirik seinen Appetit wiedergefunden hatte. Als Abt Emlyn schließlich eintraf, war mein Bruder bereits beim dritten Laib Gerstenbrot und der zweiten Schüssel Eintopf.

Der stattliche Abt setzte sich an die Tafel, lehnte ein Stück Fleisch ab, nahm aber gerne einen Becher braunen Biers. Begierig, das Ende der Geschichte zu erfahren, fielen die anderen Gäste in Schweigen, und alle Augen richteten sich auf den Kopf der Tafel.

»Mein guter Abt«, begann Murdo, dem das Ganze sichtlich unangenehm war, »mir scheint, dass unser Bischof aufgrund seiner außergewöhnlichen Vision einiges zu leiden hat.«

»Ist das so?«, erwiderte Emlyn und blickte den jungen Kirchenmann mitleidig an. »Ich wünschte, Ihr wärt damit zu mir gekommen, mein Freund. Was ist das Problem?«

Eirik erklärte es ihm kurz, woraufhin Emlyn sich an Murdo wandte. »Wenn das kein Zeichen unseres Herrn und Erlösers ist, dann weiß ich nicht, was es sonst sein könnte.«

»Das war auch mein Gedanke«, erwiderte Murdo. Er stand auf und rief nach einem Diener. »Bring einen Krug Bier in die Schatzkammer.« Dann wandte er sich an seine Gäste. »Ich bitte euch um Verzeihung, meine Freunde; doch diese Angelegenheit müssen wir leider vertraulich besprechen. Bitte, bleibt, so lange ihr wollt. Meine gute Frau wird dafür sorgen, dass die Krüge gefüllt bleiben.«

Mit diesen Worten standen die drei Männer auf und machten sich auf den Weg zur Tür hinaus. Jene, die an der Tafel zurückblieben, überkam plötzlich die Erkenntnis, dass sie nun vermutlich nie des Rätsels Lösung erfahren würden. Ich selbst zählte mich ebenfalls zu ihnen, denn schließlich hatte man mich nicht eingeladen, an dem Gespräch teilzunehmen. Ich blickte den dreien hinterher und war zutiefst enttäuscht.

Das Mahl endete, und die Gäste zerstreuten sich. Eine Zeit lang saß ich noch mit meiner Mutter an der Tafel, starrte ins Kaminfeuer und kam mir so verloren vor wie ein Hund, der von seinem Herrn verstoßen worden war. Nach einer Weile erschien Haldi, einer der jüngeren Diener, mit den Bierkrügen. Ragna rief nach ihm, als er auf die Tür am anderen Ende der Halle zuhielt.

»Bring mir das Tablett hier rüber, Haldi«, sagte sie. Er kam und stellte das Tablett auf den Tisch. Frau Ragna entließ ihn mit den Worten: »Sie werden wohl eine Weile reden. Hilf in der Küche; dann kannst du zu Bett gehen. Ich werde dem Herrn sein Bier selber bringen.«

Haldi dankte ihr und rannte davon, froh, heute einmal früher mit der Arbeit fertig zu sein. Dann stand meine Mutter auf, gähnte und sagte: »Ich bin auch ein wenig müde, und ich glaube, ich werde jetzt ebenfalls zu Bett gehen. Wärst du so lieb und bringst deinem Vater das Bier, Duncan?«

»Aber ja doch, gute Frau«, erwiderte ich, »ich gehorche Euch mit Freuden.«

Sie küsste mich auf die Wange und wünschte mir eine gute Nacht. Dann schnappte ich mir das Tablett, um nicht einen einzigen weiteren Augenblick zu verschwenden, und eilte in die Schatzkammer, wo gerade das Geheimnis von Eiriks Vision enthüllt wurde.

Die Schatzkammer war ein recht kleiner Raum in der Mitte des Hauses. Sie besaß keine Fenster, sondern nur eine niedrige Tür. Die Wände bestanden aus gutem, festem Stein und waren ausgesprochen dick. Ich glaube, sie war der erste Teil des Hauses, der gebaut worden war, und der gesamte Rest – die Schlafzimmer, Lagerräume, Werkstätten, die Küche und die Halle – wurden um sie herum errichtet. Wie ich gelernt habe, besitzen im Osten die meisten Herrscher solch einen Raum, doch im Norden ist er eher selten. Der Grund dafür ist, dass der Reichtum der Männer des wilden Nordens im Land selbst begründet liegt – in den Feldern, dem Vieh und dem Weideland – und nicht in Gold und Silber.

Reichtum wie diesen hat Murdo genug; so viel steht fest. Doch er besitzt auch einen Schatz, der jeden König vor Neid hätte verzweifeln lassen, wäre es denn bekannt gewesen. Murdo ist stets sehr vorsichtig gewesen, was seinen Schatz betrifft; er spricht nie von ihm und betritt den Raum nur selten, der ihn beherbergt. Einmal, als Junge von sechs oder sieben Sommern, stahl ich den großen Eisenschlüssel aus seinem Versteck, der mir Zutritt zu diesem Raum verschaffen sollte und wartete, bis alle mit irgendetwas beschäftigt waren, dann ließ ich mich selbst hinein, um zu sehen, was sich in der Kammer verbarg.

Selbst meinem kindlichen Auge war der Raum klein und niedrig erschienen. In der Mitte der Kammer stand ein Tisch mit einem Stuhl und einem Kerzenleuchter mit halb heruntergebrannten Kerzen. Es gab vier große Eichentruhen – eine an jeder

Wand –, und jede Truhe war mit breiten Eisenbändern verstärkt und verschlossen. Ich hatte keinen Schlüssel für irgendeines der Schlösser, doch die Entdeckung der Truhen war so aufregend für mich wie der Fund eines Silberschatzes. Ich drückte mein Auge ans Schloss der größten von ihnen und sah etwas Goldenes darin funkeln.

Schritte vor der Tür hielten mich davon ab, auch die anderen drei auf ähnliche Weise zu untersuchen. Aber jener eine Blick reichte aus, meine kindliche Vorstellung über Tage hinweg zu beschäftigen.

Doch die Wahrheit ist noch weit erstaunlicher, Cait. Eines Tages wirst du sie selbst entdecken.

In jener Nacht galten meine Gedanken jedoch nicht dem Schatz. Ich betrat den niedrigen, von Kerzen erleuchteten Raum mit dem Tablett in der Hand, und bevor irgendjemand etwas zu meiner Anwesenheit bemerken konnte, begann ich die Becher zu füllen, als wäre das meine übliche Arbeit. Emlyns füllte ich als ersten, dann ging ich zu Eirik und schließlich zu Murdo. Mein Vater dankte mir, besann sich dann jedoch und fragte mich, was mit Haldi sei?

Ich antwortete ihm, dass die Frau ihn geschickt habe, dem Koch zu helfen, und mich habe sie gebeten, seinen Platz einzunehmen. »Wenn du schon einmal hier bist«, sagte Eirik, »dann kannst du auch genauso gut bleiben und es dir anhören.«

Der Vorschlag gefiel meinem Vater ganz und gar nicht; das war schwer zu übersehen. Er wollte Eirik gerade widersprechen, als Abt Emlyn sich zu Wort meldete. »Ja, lass Duncan bleiben.«

»Hältst du das für klug?«, fragte Murdo zweifelnd.

»Wenn du von ihm erwartest, dass er der Wahrheit dient«, erklärte der Abt, »dann muss er sie auch erfahren. Ja, lass ihn bleiben.«

Seine Worte jagten mir einen Schauder der Erregung über den Rücken. Steckte vielleicht sogar noch mehr dahinter, als ich vermutet hatte?

Murdo hatte die Stirn noch immer in Falten gelegt, und alle warteten wir auf seine Entscheidung. »Also gut«, gab er schließlich nach. »So sei es.« Er winkte mir, die Tür zu schließen und mich zu setzen.

Ich tat, wie mir geheißen, und hockte mich auf die große Eichentruhe, deren Inhalt ich vor Jahren hatte ausspähen wollen. »Wir haben gerade von der Vision deines Bruders gesprochen«, berichtete mir mein Vater. »Was ich nun sagen werde, wissen nur drei Menschen auf der Welt. Emlyn, mein alter Freund, ist einer von ihnen. Deine Mutter ist der andere.«

Er hielt kurz inne, als wisse er plötzlich nicht mehr, ob er fortfahren solle oder nicht. »Sprich«, ermahnte ihn Emlyn. »Ich glaube, so ist es am besten.«

Murdo nickte. Er drehte sich zu Eirik um und sagte: »Vor langer Zeit, als ich ein junger Mann war – eigentlich noch ein Kind – sah auch ich den Weißen Priester …«

Das überraschte mich.

»Ich sah ihn zweimal«, fuhr er fort. »Einmal in Antiochia und einmal in Jerusalem. Er erschien mir und forderte mich auf, ein Königreich für ihn zu errichten.« Murdo hielt kurz inne, während er sich erinnerte und fügte mit einer weit ausholenden Geste, die nicht nur das Haus, sondern auch das Land mit einschloss, hinzu: »Das zu tun, habe ich mir alle Mühe gegeben.«

»Das Versprechen«, sagte Eirik. »Er sagte, der Herr des Versprechens sei zufrieden. Er hat Gefallen an deinem Tun gefunden, Vater.«

Murdo nickte nachdenklich. »Vieles ist im Heiligen Land geschehen, und das meiste davon sollte besser vergessen werden. Auch wenn ich meinem Schwur treu geblieben bin, so fürchtete ich in letzter Zeit doch, seine Erfüllung nicht mehr mitzuerleben. Tatsächlich hatte ich schon geglaubt, nie mehr von dem Weißen Priester zu hören.«

»Bis heute«, sagte Eirik.

»Bis heute«, bestätigte Murdo.

»Verzeih mir, Vater«, mischte ich mich ein. »Aber wer ist der Weiße Priester? Ist er ein Geist?«

»Vielleicht«, antwortete mein Vater. »Er könnte ein Engel sein. Ich weiß es nicht. Er sagte mir, sein Name laute Andreas, und er erschien in der Gestalt eines Mönchs – zumindest sah er für mich wie einer aus.« Erneut versank er kurz in seinen Erinnerungen. »Doch auch wenn ich es nicht so genau weiß, so glaube ich doch, dass er mich durch alles geleitet hat, was dann folgte. Von jenem Tag bis heute hat er mich bei jedem meiner Schritte geführt.«

Murdo fuhr fort zu erzählen, wie er tief in den Katakomben unter der Kirche der Heiligen Maria vor den Mauern von Jerusalem gewesen war, als er den Weißen Priester ein zweites Mal gesehen hatte. »Ich war nur einen Augenblick lang allein und wartete auf die Rückkehr der anderen; da ist er mir erschienen«, erklärte Murdo, und seine Stimme nahm einen sanften Tonfall an, als seine Erinnerungen ihn Jahre zurück in die Vergangenheit zu diesem wunderbaren Treffen führten.

»Wir redeten miteinander, und er forderte mich auf, ihm zu dienen. Ich fragte, was er wolle, das ich tun soll, und er sagte, er wolle, dass ich ihm ein Reich errichte, wo seine Schafe in Frieden weiden könnten. Er sagte: ›Errichte es weit, weit weg vom Ehrgeiz kleingeistiger Menschen und ihrem Streben nach Macht und Reichtum. Mache es zu einem Königreich, wo die Menschen in Frieden dem Wahren Weg folgen können, und wo das Heilige Licht den Suchenden den Weg weist.‹ Seht ihr«, sagte Murdo und lächelte verlegen, »nach all den Jahren kann ich mich noch an jedes einzelne Wort erinnern.«

»War das das erste Mal, dass du vom Wahren Weg gehört hast?«, fragte ich.

»Nein, nein«, erwiderte Murdo, den die Frage offenbar ein wenig überrascht hatte. »Es war Emlyn, der mir davon erzählt hat. Ronan und Fionn – ihr erinnert euch doch sicherlich; du und Eirik, als ihr noch Kinder wart, habt ihr sie ein-, zweimal getroffen – Ronan und Fionn haben mich auch gelehrt. Doch damals habe ich mir nur wenig von dem zu Herzen genommen, was sie gesagt haben. Ich habe Priester gehasst – und das aus gutem Grund, wie euch viele bestätigen werden.«

»Dann ist das hier noch weit bemerkenswerter, als ich vermutet habe«, bemerkte Eirik.

»Wie das?«, fragte Emlyn. »Die Célé Dé waren schon immer die Hüter des Wahren Weges und die Bewahrer des Heiligen Lichts.«

»Und das glaube auch ich aus tiefstem Herzen«, erklärte mein Bruder. »Aber heute ist mir in einer Vision ein Mann erschienen, der mir gesagt hat, er komme zu uns, um hier zu leben. Warum scheint jeder über den Weißen Priester Bescheid zu wissen außer mir?«

»Vor dem heutigen Tag habe ich noch nie darüber gesprochen«, erwiderte Murdo. »Für Emlyn gilt das Gleiche. Wer sollte denn noch von ihm wissen?«

Eirik deutete mit dem Finger auf mich. »Duncan weiß es«, antwortete er und erzählte ihnen von unserem Gespräch kurz nach seiner Rückkehr.

»Ist das wahr, Duncan?«, fragte Murdo, und ich gestand, dass es sich tatsächlich so verhielt. »Wie bist du an dieses Wissen gelangt?«

»Torf-Einar hat es mir erzählt, bevor er gestorben ist«, antwortete ich und berichtete, was ich über die heiligen Reliquien und ihren geheimnisvollen Wächter wusste. »Torf sagte, in Antiochia sei der Weiße Priester den Pilgern erschienen und habe ihnen befohlen, in der Kirche nach der Lanze der Kreuzigung zu graben.« Um meine Unschuld zu beteuern, breitete ich die Arme aus und fügte hinzu: »Ich hatte ja keine Ahnung, dass das Teil eines Geheimnisses war.«

Im Laufe des Gesprächs war Abt Emlyn immer schweigsamer und nachdenklicher geworden. Er warf Murdo einen sanften, doch tadelnden Blick zu. Mein Vater wurde daraufhin immer unruhiger und platzte schließlich heraus: »Also gut!« Er stieß den

Finger nach dem Abt. »Wenn deine Nörgelei dann aufhört, werde ich ihnen alles erzählen.«

Mit diesen Worten ging er zu einer der Truhen, und ich glaubte schon, er wolle sie aufschließen. Stattdessen schob er jedoch eines der Eisenbänder beiseite und zog einen langen Stab hervor mit einem flachen Haken an der Spitze. Meine Neugier wuchs, als er dann in die Mitte der Kammer trat und sich eine Bodenplatte aussuchte. Er schob den flachen Haken in den Zwischenraum der Steine, stemmte die Platte auf und hob sie hoch.

Anschließend kniete er nieder, griff in einen von Steinen ummantelten Hohlraum und holte ein langes, dünnes Lederbündel hervor, dass er zum Tisch brachte, wo er es öffnete. Eirik und ich rückten näher heran, um besser sehen zu können, und auch Emlyn trat an den Tisch, faltete die Hände, und sein rundes Gesicht nahm einen verzückten Ausdruck an.

Unter dem Leder befand sich eine Schicht feinen Leinens und darunter noch eine. Mein Herz schlug immer schneller, bis schließlich auch das letzte Stück Tuch beiseite geschlagen wurde und … und ein Teil alten, verbogenen und verrosteten Eisens zum Vorschein kam. Aufgrund der Ehrfurcht, mit der sowohl Murdo als auch Emlyn das Eisen betrachteten, wusste ich, dass es ein sehr wertvolles, nein, ein geradezu *heiliges* Ding sein musste; aber sosehr ich mich auch bemühte, ich konnte mir nicht vorstellen, was der Grund dafür war. Enttäuscht betrachtete ich den dünnen Stab. Das?, dachte ich. Das ist das Geheimnis, das sie über all die Jahre hinweg gehütet haben?

Eirik wiederum war sprachlos vor Staunen. Er schnappte hörbar nach Luft, sank auf die Knie, hob die Hände und schloss die Augen. Dann senkte er den Blick zu Boden und schien zu beten. Murdo sah den Stab weiterhin ehrfürchtig an.

»Was ist das?«, fragte ich schließlich.

Mein Vater blickte zu Emlyn. Der Abt streckte den Arm aus, hielt die Hand über das Ding und sagte: »Seht! Die Eiserne Lanze.«

Ich betrachtete das Ding erneut. Es war weniger als eine Spanne lang und in der Mitte leicht verbogen; an einem Ende besaß es einen Stumpf, der Überrest einer Klinge, und am anderen ein kleines Loch. Konnte dieses alte Eisen, das ich für ein zerbrochenes Küchengerät oder Werkzeug gehalten hatte – ein Bratspieß vielleicht –, konnte dieses Ding wirklich der Speer sein, der die Seite unseres Erlösers durchbohrt hat?

»Wenn das so ist«, erwiderte ich, »dann frage ich mich, warum in eben diesem Augenblick nicht der Kaiser höchstpersönlich mit seinem Heer vor unseren Mauern liegt und warum der Papst in Rom nicht demütig zu uns pilgert.«

»Hüte deine Zunge, Junge«, warnte mich Murdo. »Das grenzt schon an Blasphemie. Ich will so etwas aus deinem Mund nie wieder hören.«

Emlyn hob beschwichtigend die Hand und sagte: »Du hast versprochen, ihnen alles zu erzählen.« Und an mich gewandt fuhr er fort: »Eine einfache Erklärung wird deine Bedenken schon bald zerstreuen, Duncan. Der Grund, warum man uns mit diesem unglaublichen Schatz in Frieden lässt, ist, dass weder der Papst noch der Kaiser oder sonst jemand in der gesamten Christenheit weiß, dass die Heilige Lanze hier bei uns ist. Die ganze Welt glaubt, die heilige Reliquie ruhe in den Schatzkammern Konstantinopels.«

»Das hat auch Torf-Einar geglaubt«, bestätigte ich. »Er erzählte mir, dass er dabei gewesen sei, als Fürst Bohemund die Lanze dem kaiserlichen Gesandten übergeben hat. Er hat es mit eigenen Augen gesehen.«

»An jenem Tag waren viele Leute dort«, versicherte mir der Abt. »Ich selbst war auch unter ihnen. Oh, ja. Ich stand am Kai von Jaffa, als Bohemund erschien. Und auch ich sah, wie er die Heilige Lanze dem Gesandten des Kaisers mit Namen Dalassenos übergab.«

Murdo gestattete sich ein schwaches, zufriedenes Lächeln. »Die Menschen sehen nicht immer, was sie zu sehen *glauben*«, erklärte er, griff nach dem Bierkrug, goss sich einen Becher ein und leerte ihn. Dann erzählte er, was wirklich geschehen war. In jener Nacht enthüllte er uns sein lange gewahrtes Geheimnis – so wie er es auch dir enthüllen wird, meine liebe Cait, wenn du älter bist.

»Warum hast du bis jetzt nie darüber gesprochen?«, fragte ich, nachdem er geendet hatte.

»Hättest du auch nur die Hälfte von dem gesehen, was ich in Jerusalem gesehen habe«, antwortete Murdo, »würdest du mich jetzt nicht fragen.«

»Es war schrecklich!«, rief Abt Emlyn. »Wie Wölfe unter Lämmern labten sie sich am Fleisch der Unschuldigen. Ihre Gier kannte keine Grenzen, und was sie nicht fortschleppen konnten, zerstörten sie.« Der gute Abt zitterte fast vor Abscheu. Er senkte den Kopf und schloss mit trauriger Stimme: »Sie brachen ihre Eide und brachten Schande über sich im Angesicht Gottes und der Menschen. Sie hatten die Gelegenheit, der Welt die Güte wahrer Christen zu zeigen. Stattdessen jedoch benahmen sich die, die sich für die besten aller Menschen hielten, am schlimmsten von allen.«

Und nach kurzem Schweigen fügte er hinzu: »Das macht die Arbeit der Célé Dé nur umso wertvoller und wichtiger.«

»Vielleicht«, bemerkte Eirik, »ist das auch der Grund, warum der Weiße Priester diesen Ort zu seinem Heim machen will.«

»Ohne Zweifel«, sinnierte Murdo. »Ohne Zweifel hast du Recht damit.«

Ehrfürchtig legte er die Hand auf die Heilige Lanze; dann hob er sie in die Höhe und reichte sie mir. Meine Finger schlossen sich um das alte Eisen; es war kalt, wie zu erwarten war, und ein wenig schwerer, als es aussah. Abgesehen davon hatte die Lanze jedoch nichts Bemerkenswertes an sich. Ich reichte die alte Waffe an Eirik weiter, der den Kopf senkte, als er sie empfing, und ein kurzes Gebet sprach. Nachdem er das Gebet beendet hatte, banden wir die heilige Reliquie wieder in ihre Leinen- und Lederhülle und legten sie in das Versteck unter dem Boden zurück.

In jener Nacht beschäftigte mich die seltsame Geschichte, die ich gehört hatte, so sehr, dass ich nicht einschlafen konnte. Ich hatte mein ganzes Leben in diesem Haus verbracht, und nicht ein einziges Mal hatte ich auch nur vermutet, dass es in seinen Mauern einen der heiligsten Gegenstände beherbergte, den die Welt je gesehen hat. Und nun hatte ich ihn berührt und in meinen Händen gehalten. Ich dachte an die Herren des Abendlandes, ihre Gier und Bosheit, und an die unerträgliche Überheblichkeit des Papstes, der unbekümmert Tausende ins Grab geschickt hatte. Während ich schlaflos im Bett lag und über diese Dinge grübelte, erwachte in mir ein gerechter Zorn darüber, dass solch gottlose Menschen über die Armen und Demütigen herrschten, die der Herr ihrer Obhut anvertraut hatte.

Als die ruhelose Nacht schließlich einem milden Morgen wich, hatte ich einen Plan gefasst, der mich zum Guten oder Schlechten meinem Schicksal entgegenführen sollte.

Ich erzählte niemandem von meinem Plan. Ich wollte die Entscheidung noch eine Weile wachsen und reifen lassen. Ohnehin ist es besser, sich nicht kopfüber in etwas hineinzustürzen, was man sich im Laufe einer schlaflosen Nacht ausgedacht hat. Im Licht des Tages entdeckt man häufig Schwachstellen in einem Plan, die in der Dunkelheit der Nacht verborgen geblieben sind, und ich verspürte nicht den Wunsch, tollkühn zu sein.

So ging ich meinen üblichen Arbeiten nach, und niemand ahnte etwas. Eirik setzte seine Rundreise fort – diesmal schloss sich auch Niniane seinem Gefolge an –, und Abt Emlyn reiste nach Orkneyjar. Murdo richtete all seinen Eifer auf den Bau der Kirche und ließ jeden, einschließlich sich selbst, von früh bis spät arbeiten.

Wir alle gingen frohen Herzens unserer Tätigkeit nach, doch sprachen wir nie auch nur ein Wort über das, was in jener Nacht enthüllt worden war oder über den unglaublichen Schatz, der in der Mitte des Hauses verborgen lag.

Schließlich wurden die Tage trüb und die Nächte länger. Der Bau an der Kirche kam nur noch schleppend voran, und immer häufiger mussten die Arbeiter die letzten Verrichtungen bei Fackellicht erledigen. Einige der Steinmetze würden über Winter bei uns bleiben, um zu verhindern, dass Eis und Schnee das Erreichte bis zum Frühjahr wieder zunichte machten; andere jedoch waren bereits begierig darauf, wieder in ihre Heimat im Süden zurückzukehren. Täglich blickten sie in den Himmel, und als die ersten Gänse von Orkneyjar nach Süden flogen, zogen auch sie in wärmere Gefilde.

Murdo hatte zugestimmt, jeden, der gehen wollte, nach Inbhir Ness bringen zu lassen, von wo Schiffe nach Eoforwik segelten. Ich fuhr mit, hauptsächlich, um bei der Rückfahrt zu helfen; ein Mann allein kann ein Boot zwar segeln, doch mit zweien ist es einfacher, und mein Vater ist ausgesprochen eigen, was sein Boot betrifft.

Mit Sarn Kurzfinger an der Ruderpinne kamen wir die Küste entlang gut voran. Es war schon einige Zeit her, seit ich das letzte Mal in Inbhir Ness gewesen war, und ich freute mich schon auf all die Neuigkeiten, die ich dort hören würde – besonders auf solche über das Heilige Land. Da das Wetter schön war und es aussah, als würde es sich auch die nächsten Tage so halten, überredete ich Sarn, einen Tag in der Stadt zu bleiben. Er war von der Idee sogar recht angetan, und nachdem wir die Steinmetze zu einem Schiff gebracht hatten, das noch in dieser Nacht Richtung Süden ablegen wollte, wanderten wir durch den Hafen und redeten mit den Seeleuten.

Ich fand niemanden, der mir etwas über das Heilige Land hätte erzählen können, doch der Hafenmeister riet uns, den Trinkhallen am Kai einen Besuch abzustatten; vielleicht würden wir dort ja etwas erfahren. Das taten wir auch, hatten aber auch hier keinen Erfolg. Niemand wusste etwas. Nach der zweiten Halle und dem dritten Becher Bier fragte Sarn: »Warum wollt Ihr so viel über das Heilige Land wissen, junger Herr?«

»Warst du nie einfach nur neugierig, Sarn?«

»Einmal schon«, antwortete er nachdenklich. »Ich wollte wissen, wo ein Dachsjunges hin verschwunden war.« Er hob die Hand, und ich sah, dass sein Mittelfinger kürzer war als die anderen. »Ich habe es herausgefunden, und das hat mir die Neugier vergällt.« Er schwieg einen Augenblick lang; dann fügte er hinzu: »Deswegen gefällt mir auch die See so gut: keine Dachse.«

Wir leerten unsere Becher und wanderten wieder durch die

Stadt, um einen klaren Kopf zu bekommen. Ich sah eine alte Frau, die aus Lammhaut und Leder Schuhe fertigte; sie hatte gerade ein kleines Paar Kinderschuhe fertig gestellt, das mit gestickten Vögeln aus roten und blauen Fäden verziert war. Ich kaufte es für meine Tochter. Dieses Paar Schuhe hat deine Füße den ganzen Winter über warm gehalten, Cait, und ich glaube, du würdest sie noch immer tragen, wären deine Füße nicht inzwischen zu groß dafür.

Es gab auch einen Bäcker im Ort, der mit gewürztem Fleisch und Rüben gefülltes Brot herstellte. Ich kaufte ihm zwei davon ab sowie etwas Schwarzbrot und Wurst für unser Abendmahl. Aus einer der Trinkhallen am Kai besorgten wir uns noch einen Krug Bier und zogen uns schließlich für die Nacht ins Boot zurück.

Sarn und ich aßen unser Essen und lauschten den Gesprächen der Seeleute um uns herum. Einige von ihnen waren betrunken und begannen zu singen. Nach einer Weile gaben sie das Singen jedoch auf; stattdessen kämpften sie nun miteinander, und schließlich landeten drei von ihnen im Wasser. Ihre Schiffskameraden fischten sie wieder heraus, und gemeinsam zogen sie davon, um sich etwas zu trinken zu suchen. Danach wurde es deutlich ruhiger am Pier, sodass Sarn und ich uns in unsere Umhänge wickeln und schlafen konnten.

Am nächsten Morgen brachen wir bereits sehr zeitig auf, und als die Sonne über dem Horizont erschien, waren wir schon auf dem offenen Meer. Bei unserer Rückkehr nach Banvarð schoben wir das Boot an den Strand und sicherten es für den Winter. Murdo war froh, dass die Steinmetze so schnell eine Passage gefunden hatten, denn – so erklärte er – umso begieriger würden sie nächstes Frühjahr sein, wieder zurückzukehren.

Obwohl diese Bemerkung zweifellos ohne jeden Hintergedanken gemeint war, ließ sie mich doch verzagen. Zunächst glaubte ich, nur enttäuscht zu sein, weil meine Versuche in Inbhir Ness fehlgeschlagen waren, etwas über das Heilige Land zu erfahren. Zwar hatte ich ohnehin nie damit gerechnet, etwas wirklich

Wichtiges herauszufinden, aber ich hatte es zumindest gehofft. Als die Tage immer dunkler wurden, verdüsterte sich auch meine Stimmung. Ich wurde zunehmend reizbar und pflegte meist zu knurren, wann immer mich jemand ansprach. Ich regte mich über jede Kleinigkeit auf und grollte meinen Mitmenschen ob eingebildeter Kränkungen.

Eines Nachts träumte ich von Rhona, und der Traum weckte wieder die Trauer in mir, die ich besiegt zu haben glaubte. Ihr Verlust schmerzte mich mehr denn je. Ich verbrachte ganze Tage damit, ins Kaminfeuer zu starren, während draußen der Wind durch die Bäume heulte. Zu anderen Zeiten wanderte ich durch den Schnee am Strand entlang, bis meine Füße taub und mein Gesicht blau geworden war. Immer wieder wachte ich mitten in der Nacht erschrocken auf und hatte das Gefühl, erwürgt zu werden. Dieses immer wiederkehrende, seltsame Gefühl ängstigte mich so sehr, dass ich mich weigerte, die Augen zu schließen, wann immer ich mich hinlegte.

Dann erkannte ich schließlich die Ursache für meine Verzweiflung: Mein Plan war herangereift, doch ich wollte mich ihm nicht stellen. Nachdem ich mich vom Fest der heiligen Brighid bis Sankt Thomas damit beschäftigt hatte, war es nun an der Zeit, ihn in die Tat umzusetzen. Da ich mich jedoch vor dem Widerstand fürchtete, den man meiner Entscheidung mit Sicherheit entgegenbringen würde, zögerte ich, und das war der Grund für all mein Elend.

Mein Vater würde meine Entscheidung nicht gutheißen; das wusste ich. Trotz alledem beschloss ich, meinen Plan zum Weihnachtsfest bekannt zu machen, in der Hoffnung, dass die allgemeine Festtagsstimmung jeden Widerspruch gegen meine Absicht verstummen lassen würde. Nach dieser Entscheidung hoben sich die düsteren Wolken von meinem Gemüt, und ich nahm es auf mich, bei den Festtagsvorbereitungen zu helfen, wofür meine Mutter mir ausgesprochen dankbar war.

Zum Weihnachtsfest war ich guter Stimmung; einige der

Pächter bemerkten mir gegenüber, dass ich wohl nun endlich den Verlust meines Weibes überwunden hätte. Dementsprechend wurde ich auch zum Objekt der Aufmerksamkeit bestimmter Töchter, deren Eltern ohne Zweifel auf eine gute Heirat für ihr Kinder hofften. Wenn ich auch die Schmeichelei der jungen Frauen durchaus genoss, so bemühte ich mich doch zugleich, keine Hoffnungen in ihnen zu wecken. Mein Geist und mein Herz waren mit anderen Dingen beschäftigt, und nichts sollte mich von meinem Entschluss abbringen. Trotzdem mangelte es mir nicht an weiblicher Gesellschaft, und so verbrachte ich ein ausgesprochen angenehmes Weihnachtsfest.

Nun jedoch, meine liebe Cait, wünschte ich bisweilen, ich hätte eine von ihnen um deinetwillen zum Weib genommen. Es wäre ein Segen gewesen, hätte ich dir eine Mutter gegeben, ehe ich fortgezogen bin. Doch ach, dieser Gedanke kam mir viel zu spät.

Ich wartete auf eine passende Gelegenheit, um meinen Plan zu enthüllen. Schließlich, in der letzten Nacht der Feiertage, dem Jahreswechsel, versammelten wir uns für das Fest der Zwölften Nacht. Murdos Halle war voller Menschen: Pächter, Mönche und Freunde von Orkneyjar. Die Fässer waren mit gewürztem Bier gefüllt, die Kessel voller Fleisch und Gemüse, und in Krügen dampfte gewürzter Wein. Nachdem der Herr uns dazu aufgefordert hatte, nahmen wir an der langen Tafel Platz und begannen zu essen und zu trinken.

Als die ersten Kessel geleert waren, wurden weitere Gerichte gebracht und vor uns auf den Tisch gestellt: in Bier gekochte Wurst, Fisch mit Fenchel und mit Sauerkraut geröstete Ochsenzunge. Auf jedem Tisch lagen kleine Berge eines besonderen runden Brotes, wie es nur für diese eine Nacht im Jahr gebacken wurde. Wir aßen und tranken nach Lust und Laune von diesen Köstlichkeiten, und nachdem der erste Hunger gestillt war, erhob sich Abt Emlyn und winkte den Anwesenden zu schweigen.

»Meine Freunde!«, rief der Kirchenmann über das fröhliche Murmeln hinweg. »Bei solch glücklichen Gelegenheiten wie dieser ist es angebracht, kurz innezuhalten und dem wahren Herrn dieses Festes dafür zu danken, dass er uns, sein Volk, so reich beschenkt hat.« Mit diesen Worten faltete er die Hände und senkte den Kopf. Sein Dankgebet war schlicht und feierlich und vor allem kurz – alles Qualitäten, die den guten Abt bei seiner Herde äußerst beliebt machten, besonders letztere. Wenn Emlyn betete, hatte nie jemand das Gefühl, der alte Kirchenmann nütze das Gebet als Mittel, seine Gemeinde zu tadeln. Auch nutzte er solche Gelegenheiten nie, um seine Gelehrsamkeit unter Beweis zu stellen und andere, weniger Gebildete auf diese Art zu demütigen – eine Versuchung, der bei weitem viel zu viele Kirchenleute nicht widerstehen konnten. Wenn Emlyn betete, sagte er seinem Herrn und Schöpfer, den er so offensichtlich liebte, nur, was er gerade dachte.

Nachdem das Gebet beendet war, erhob sich Murdo, mein Herr und Vater. Er befahl allen, ihre Becher und Schüsseln zu füllen, und sagte: »Lasst uns auf das neue Jahr trinken, das soeben begonnen hat! Möge der Gott der Güte und des Lichts uns segnen, und möge unser Land in allen Dingen blühen!« Wir tranken darauf, und er sagte: »Wenn es unserem Schöpfer gefällt, werden wir nächstes Jahr um diese Zeit beisammen sein, um die neue Kirche einzuweihen.«

»Amen!«, rief Abt Emlyn. »So sei es!«

Erneut hoben wir die Becher, und dann stand ich auf. Voller Erwartung drehten sich alle zu mir um.

»Vor Gott und dieser tapferen Gemeinschaft«, sagte ich, »verpflichte ich mich, zum Wohle meiner Seele nach Jerusalem zu pilgern. Wenn es Gott gefällt, wird er meiner Reise Erfolg bescheren, und ich werde in der Stadt unseres Erlösers für unser Land beten und Gottes Segen für uns alle erbitten.«

Staunen war die vornehmliche Reaktion auf diese unerwartete Erklärung; überraschtes Murmeln erfüllte die Halle. Emlyn stand rasch auf und eilte an meine Seite. Fragend blickte er mich an. »Bist du wirklich dazu entschlossen?«, fragte er.

»Das bin ich«, antwortete ich.

Er nahm mich in seine starken Arme und sagte: »Gott segne dich, mein Sohn! Es war Gott, der Herr selbst, der dir dieses Ansinnen ins Herz gelegt hat.«

Ich dankte ihm und war plötzlich von anderen umschwärmt, die mir alles Gute wünschten. Einige der Jüngeren boten an, mich zu begleiten, und andere wollten mir Vorräte und Gold spenden, um mich auf meiner Reise zu unterstützen. Alle, so schien es, waren erfreut über Ziel und Zweck meiner Pilgerfahrt.

Alle mit Ausnahme des einen, dessen Zustimmung mir am wichtigsten war: Murdo. Mein Vater blickte mich an, als hätte ich ihm einen Pfeil ins Herz geschossen. Dann, sehr, sehr langsam, kam er auf mich zu. Der Ausdruck auf seinem Gesicht machte den guten Wünschen und der guten Laune rasch ein Ende, und ein unruhiges Schweigen breitete sich in der Halle aus. Ich hörte das Prasseln des Kaminfeuers, als mein Vater vor mich trat, und ich sah, wie seine Augen vor Zorn brannten.

»Das war unbedacht gesprochen«, keuchte er unerwartet sanft; doch es war offensichtlich, dass er seine Stimme nur mit Mühe im Zaum halten konnte. Völlig verstört gesellte sich meine Mutter zu ihm.

»Mein Herr«, sagte ich, »ich habe mich schon lange mit dem Gedanken getragen, das zu tun. Ich glaube, Gott hat mich gerufen, ihm auf diese Weise zu dienen.«

»Wir werden später darüber reden«, entgegnete Murdo steif.

»Lasst uns jetzt sprechen«, widersprach ich ihm tollkühn.

»Später«, beharrte Murdo. »Jetzt ist nicht der geeignete Zeitpunkt dafür, einen Familienstreit auszutragen.«

Ich wollte ihm gerade erklären, dass dieser Zeitpunkt so gut wie jeder andere sei, als ich die Hand meiner Mutter auf dem Arm spürte, die mich zurückhielt. Mit einem knappen Kopfschütteln flehte sie mich an zu schweigen.

»Wie Ihr wünscht, mein Herr«, erwiderte ich und entsprach damit Ragnas stummer Bitte. »Wir reden später darüber.«

Das Fest nahm seinen Lauf, doch gute Laune stellte sich erst langsam wieder ein, und ich fühlte mich wie ein rüpelhafter Hund, den ein verärgerter Bär mit einem Schlag seiner mächtigen Tatze zur Räson gebracht hatte. Eine Zeit lang saß ich einfach nur da und versuchte, den Tadel abzuschütteln; es war sinnlos. Die Wunde schwärte, und ich konnte meinen Unmut kaum zügeln. Nach einer Weile ergab sich die Gelegenheit für mich, unbemerkt aus der Halle zu schlüpfen.

Ich ging hinaus in die frostige Nacht und spürte den eisigen Wind in meinem erhitzten Gesicht. Was, fragte ich mich, hatte ich eigentlich erwartet? Hatte ich wirklich geglaubt, Murdo würde in die Hände klatschen und mich für meine Absicht mit Lob und guten Wünschen überhäufen?

Nein. Es war genau das geschehen, was ich befürchtet hatte, nichts weiter. Den Ärger hatte ich mir selbst zuzuschreiben. Doch ein Trost blieb mir: Zumindest hatte ich meine Absicht kundgetan; was auch immer nun geschehen mochte, mein Plan war nicht mehr länger ein Geheimnis.

Den ganzen nächsten Tag über wartete ich darauf, in die Kammer meines Vaters gerufen zu werden, damit er mich maßregeln konnte; doch es kam kein Ruf. Der Tag verging, ohne dass irgendjemand etwas sagte. Wir verabschiedeten unsere Gäste und brachten sie auf den Weg. Aus Rücksicht auf mich erwähnte auch keiner von ihnen meine Ankündigung der vergangenen Nacht. Anschließend verbrachte ich den Rest des Tages mit der kleinen Cait und speiste mit meiner Mutter zu Abend.

»Er ist so wütend auf dich, Duncan«, sagte Ragna nach einer Weile und schürzte verärgert die Lippen. »Er hat den ganzen Tag geknurrt wie ein Wolf mit Zahnschmerzen und weigert sich, mit uns zu essen.« Sie legte die Kelle beiseite, mit der sie sich gerade Suppe aus der Schüssel genommen hatte, und sah mich an. »Du musst zu ihm gehen und ihm sagen, dass alles nur ein großer Fehler war.«

»Wie kann ich das?«, fragte ich. »Es mag ihm nicht gefallen; aber ein Fehler war es nicht. Ich gedenke nach Jerusalem zu gehen – genau wie ich gesagt habe. Sicher, mein Herz wäre leichter, wenn er mir seinen Segen geben würde, aber ob er nun zustimmt oder nicht, ich *werde* gehen.«

Frau Ragna runzelte die Stirn. »Duncan, bitte, du weißt nicht, was du sagst.«

»Weiß ich das wirklich nicht?«, erwiderte ich. »Lebe ich nicht schon lange genug in diesem Haus, um zu wissen, was ich tue?«

»Das habe ich nicht gemeint«, sagte sie und schob mir die Schüssel zu. Sie faltete die Hände und beugte sich über den Tisch zu mir hinüber. »Als er von der Pilgerfahrt zurückgekehrt ist«, erzählte sie, »schwor dein Vater, dass weder er noch sonst jemand aus seiner Familie je wieder einen Fuß ins Heilige Land setzen würde. Du widersetzt dich ihm darin, und ich fürchte mich vor dem, was nun kommen wird.«

»Es tut mir Leid, Mutter«, erwiderte ich. »Aber ich wusste nichts von diesem Schwur.«

»Ich wünschte, du hättest etwas gesagt, mein Sohn. Du hättest doch mit uns reden können.« Sie betrachtete mich mit traurigen Augen. »Ist diese Pilgerfahrt wirklich so wichtig für dich?«

»Das ist sie«, antwortete ich mit feierlichem Ernst. »Seit Rhonas Tod habe ich an nichts anderes mehr gedacht. Ich glaube, Gott hat mir dieses Verlangen ins Herz gelegt, und nur er allein kann es mir wieder nehmen.«

»Wenn du gehst, wird das deinen Vater umbringen«, erklärte Ragna. Sie runzelte die Stirn und ergriff meine Hand. »Glaub mir, Murdo könnte es nicht ertragen, wenn du gehst. Die Qual wäre zu viel für ihn.«

»Es ist meine Qual«, entgegnete ich in scharfem Ton, »nicht seine.«

Frau Ragna schüttelte sanft den Kopf. »Nein«, widersprach sie, »es ist die seine; denn im Gegensatz zu dir weiß er, was dich erwartet. Er war dort, Duncan, und er kennt die Gefahren, denen du dich wirst stellen müssen. Er könnte nicht mit dem Wissen leben, welches Leid du ertragen musst.«

»Wenn Gott mir das Verlangen eingegeben hat zu gehen, und ich gehe nicht«, erwiderte ich, »was soll ich dann tun? Wie soll *ich* damit leben?«

Ich verließ Banvarð, ohne noch einmal mit meinem Vater gesprochen zu haben, und diesen bitteren Abschied bereue ich bis heute. Glaube mir, Cait, ich würde die ganze Welt und ihre Schätze dafür geben, wäre ich nur mit dem Segen des einen Mannes aufgebrochen, dessen Zustimmung allein mir die Kraft gegeben hätte, all die Prüfungen zu bestehen, denen ich mich habe stellen müssen. Doch Murdo rückte nicht von seiner Meinung ab. Er weigerte sich, mit mir zu sprechen, es sei denn, ich gäbe meinen Plan auf; doch das konnte ich nicht.

Seitdem hatte ich oft Gelegenheit, mich zu fragen, was er wohl gesagt hätte, hätte er den *wahren* Grund für die Pilgerfahrt gekannt. Hätte es einen Unterschied gemacht?

Wer kann das sagen?

Du musst Folgendes wissen, meine Seele, und erinnere dich immer daran: Ich fürchte mich nicht vor dem Tod. Für mich bedeutet das Ende dieses Lebens den triumphalen Übergang zum nächsten. Aber der Gedanke, dass ich in diesem fremden Land sterben soll, ohne die Gesichter jener wiederzusehen, die ich über alles liebe, erfüllt mich mit solchem Schmerz, dass es mir den Atem raubt.

Doch wie auch immer, geduldig ertrage ich mein Los um deinetwillen und bete, dass der Kalif noch eine Weile auf sich warten lässt, damit ich beenden kann, was ich begonnen habe.

Wie ich zugeben muss, ist es eine ausgesprochen seltsame Gefangenschaft, in der ich mich befinde. Man reicht mir die besten Speisen und Getränke und erfüllt mir meine bescheidenen Wünsche ohne die Demütigungen, die sonst üblicherweise Teil einer Gefangenschaft sind. Ich habe sogar einen Diener, der mir aufwartet, und in vielerlei Hinsicht werde ich tatsächlich wie ein geehrter Gast mit aller gebührenden Höflichkeit und allem Respekt behandelt. Und ich nehme diese Gaben dankbar an, denn ich weiß, wie rasch sich alles ändern kann.

Die Mohammedaner sind ein edles Volk; wäre Frieden möglich, so glaube ich, dass wir einander als Brüder erkennen würden. Doch leider ist bereits zu viel Blut auf beiden Seiten vergossen worden, als dass Vergebung möglich wäre. Es wird niemals Frieden zwischen unseren Völkern geben, es sei denn, unser Herr Jesus Christus bringt ihn uns bei seiner Rückkehr. Das glaube ich von ganzem Herzen.

Nun werde ich dir berichten, wie ich nach Marseille gelangte.

Am Morgen, da ich das Boot nahm, bat ich Sarn, mich zu begleiten. Ich sagte ihm nicht, wohin ich fahren wollte. Am Abend zuvor hatte ich mich von allen verabschiedet – nur dass es niemand wusste –, war bei Sonnenaufgang aufgestanden und zur Bucht hinuntergegangen, um Sarn in seinem Nest aus Rudern und Segeltuch zu wecken. Bei warmem Wetter schlief er stets in der kleinen Hütte unter den Klippen am Strand.

Ich ließ ihn in dem Glauben, dass wir Fischen gehen würden, bis wir die Landspitze umrundet hatten; dann befahl ich ihm, nach Inbhir Ness zu segeln. Nun fiel ihm auch das Bündel auf, das ich an Bord gebracht hatte. »Wo wollt Ihr hin, junger Herr?«, fragte er.

»Ich gehe eine Zeit lang fort«, antwortete ich.

»Auf Pilgerfahrt?« Ein verschlagener Ausdruck huschte über sein offenes, ehrliches Gesicht und verlieh ihm ein leicht schwachsinniges Aussehen.

Natürlich wusste jedermann in unserem Land von meiner Absicht, auf Pilgerfahrt zu gehen – *und* vom unnachgiebigen Widerstand meines Vaters dagegen. In der gesamten Siedlung war immer und immer wieder darüber gesprochen worden, und die meisten hatten sich auf die eine oder andere Seite geschlagen.

»Hast du eine Wette auf mich abgeschlossen?«

Sarn lächelte. »Ja, Herr«, gestand er ohne Hinterlist. »Ihr seid der Sohn Eures Vaters. Einige andere sagten, Ihr würdet bleiben, doch ich wusste, dass Ihr gehen würdet.«

»Wenn du mich nach Inbhir Ness gebracht hast, kannst du zurückkehren und deinen Gewinn einstreichen«, sagte ich ihm.

»Der Wind ist gut. Wir werden noch vor Sonnenuntergang dort sein«, verkündete er und blickte in den Himmel. Dann deutete er auf mein kleines Bündel und sagte: »Seid Ihr sicher, dass Ihr genug Proviant dabei habt, um damit bis nach Jerusalem zu kommen? Der Abt sagt, es sei weit weg von hier.«

»Ich habe genug«, erwiderte ich. »Es reicht für drei oder vier Tage. Danach bin ich in Gottes Hand. Er wird schon für mich sorgen.«

»Habt Ihr ein Schwert?«, fragte Sarn, der noch immer zweifelnd mein Bündel betrachtete.

»Sollte ich ein Schwert brauchen, werde ich mir schon eins besorgen«, antwortete ich. »Wahre Pilger brauchen keine Waffen.«

Sarn runzelte die Stirn ob dieser Bemerkung, schwieg aber und wandte sich wieder der Ruderpinne zu, sodass ich Muße hatte, über die Aufgabe nachzudenken, die mir bevorstand. Es war meine Absicht, dem Beispiel meines Vaters zu folgen und nach Inbhir Ness zu gehen und mir dort eine Passage als Seemann auf einem Schiff gen Süden zu erbetteln. Ich glaubte nicht, dass es länger als zwei, drei Tage dauern würde, ein entsprechendes Schiff zu finden. Auf jeden Fall hätte ich nicht geglaubt, Sarn noch einmal wiederzusehen, nachdem ich ihm im Hafen Lebewohl gewünscht hatte.

Doch zwei Tage später saß ich noch immer am Kai, als er wieder zurückkehrte. Ich sah das Boot, als es in den Hafen einlief und erkannte es sofort; mich verließ der Mut. Vor meinem geistigen Auge sah ich meinen Vater, wie dieser mich nach Hause schleppte.

Doch es war nicht Murdo, den Sarn da mitgebracht hatte. Es war Padraig.

»Wenn du gekommen bist, um mir die Reise auszureden, dann geh wieder zurück«, erklärte ich ihm offen. »Ich habe mich entschieden. Ich bin auf Pilgerfahrt.«

Der große, sanftäugige Mönch betrachtete mich nachsichtig. »Dann bin auch ich ein Pilger«, erwiderte er.

»Was meinst du damit?«, fragte ich misstrauisch. »Hat mein Vater dich nun geschickt, mich wieder heimzubringen, oder nicht?«

»Herr Murdo sagt, wenn du jetzt gehst, so gehst du für immer. Du solltest noch nicht einmal daran denken, wieder nach Hause zu kommen, denn die Toten kehrten nie zurück.«

»Soll das heißen, ich bin für ihn gestorben?«

»Das hat er mir aufgetragen, dir zu sagen.«

»Nun, du hast es mir gesagt. Jetzt kannst du wieder zurückgehen und ihm berichten, dass ich tun muss, was Gott von mir verlangt.«

»Mein Onkel hat schon vermutet, dass du so etwas sagen würdest«, bemerkte Padraig gelassen. »Abt Emlyn hat gesagt, wenn du wirklich fest entschlossen seist, deinen Plan in die Tat umzusetzen, dann solle ich dich begleiten.«

»Mich begleiten? Den ganzen Weg bis nach Jerusalem?«

»Ja, mein Herr«, bestätigte der Mönch mit einem Lächeln. »Ich werde Euch zugleich Diener und Führer sein.«

»Ich danke dir, Padraig«, erwiderte ich. »Aber das ist einzig und allein meine Entscheidung. Du bist frei, wieder nach Hause zurückzukehren. Sag dem Abt, dass ich nur für mein eigenes Leben die Verantwortung übernehmen kann. Ich danke ihm jedoch für seine Freundlichkeit.«

»Sarn wird es ihm sagen. Ich gehe mit dir.« Er hob die Hand und erklärte: »Hör mich an: Eine Pilgerfahrt ist ein heiliges Unternehmen. Wir gehen im Glauben, oder wir gehen gar nicht. Aber wenn wir mit der Hoffnung im Herzen reisen und auf unseren Erlöser vertrauen, müssen wir uns vor nichts fürchten, denn wir werden Engel treffen, die uns helfen.«

»Sieh mal – sosehr mich deine Gesellschaft auch freuen würde, ich kann dir nicht erlauben, mich nach Jerusalem zu begleiten«, erwiderte ich. »Du hast keinen Proviant, keinen Umhang, nichts.« Ich deutete auf seine nackten Füße und fügte hinzu: »Du hast ja noch nicht einmal Schuhe.«

Padraig lächelte. »Mein Umhang und mein Stab sind im Boot. Sollte ich noch etwas anderes benötigen, wird Gott in seiner unermesslichen Güte es mir schon zukommen lassen.«

Sarn, der das Gespräch bis jetzt schweigend von der Reling aus verfolgt hatte, ergriff das Wort. »Das Gleiche habt *Ihr mir* gesagt, junger Herr.« Er lachte leise.

»Du hältst dich da raus«, schnappte ich und funkelte die beiden an. Das Tageslicht wurde rasch schwächer, und die Dämmerung senkte sich herab; würde ich sie jetzt zurückschicken, würden sie die Flussmündung erst in tiefer Nacht erreichen. »Also gut«, gab ich nach. »Ihr könnt die Nacht über bei mir bleiben, aber am Morgen müsst ihr sofort wieder aufbrechen.«

Padraig sagte nichts darauf, sondern machte sich sofort daran, ein Feuer zu entfachen. Sarn band das Boot an einem Pfosten fest, den man in die Ufererde getrieben hatte und der einen Teil der Hafenmauer bildete. Als das erledigt war, holte er ein Bündel hervor, das Brot, Trockenfisch, Räucherfleisch und alles andere enthielt, was man für eine Mahlzeit brauchte. »Da ist noch ein Krug mit Bier«, sagte er. »Frau Ragna dachte, Ihr könntet noch einen guten Schluck vertragen, bevor Ihr ins Heilige Land zieht.«

Ich kletterte über den Bug ins Boot und fand den Krug sofort. »Woher wusstest du, dass ich noch immer hier bin?«

Der Seemann zuckte mit den Schultern. »Es lagen keine Handelsschiffe im Hafen, als ich Euch verlassen habe. Wären hinterher welche eingelaufen, wären sie sicherlich nicht so schnell wieder aufgebrochen.«

»Ab jetzt sollten wir dich wohl besser Sarn den Listigen nennen.«

Er lächelte. »Das Bier hätten wir getrunken, ob Ihr nun hier gewesen wärt oder nicht.«

»Seht nur zu, dass ihr nicht zu viel davon trinkt«, warnte ich gut gelaunt. »Ihr brecht früh am Morgen auf – ihr *beiden*, zusammen.«

Wir aßen unser Mahl, und die Nacht senkte sich über uns. Entlang des Ufers wurden Fackeln entzündet, und mit einem Krug Bier in der Hand saßen wir am Boot und betrachteten die flackernden Lichter. Es war sehr ruhig. Im Hafen lagen nur wenige Schiffe, und die meisten Seeleute hielten sich in den Tavernen auf.

»Im Augenblick laufen, scheint's, nicht allzu viele Schiffe ein«, bemerkte Sarn. »Wie lange wollt Ihr warten?«

»So lange wie nötig«, antwortete ich ein wenig verärgert über die Frage. »Ich habe gestern mit einem Mann gesprochen, der im Frühjahr in Rouen gewesen ist. Er hat erzählt, dass die Franken Männer für einen Marsch ins Heilige Land aufstellen.«

»Rouen«, wiederholte Padraig. »Dort haben Herr Ranulf und andere Edle sich dem Kreuzzug angeschlossen.«

»Genau dort«, bestätigte ich.

»Dann sollten wir vielleicht auch dorthin gehen«, schlug der Mönch vor.

»Hatte ich nicht genau das geplant?«, erwiderte ich mit wachsender Verärgerung. »Das heißt, sobald ich ein Schiff auftreiben kann.«

»Du hast bereits ein Schiff«, klärte mich Padraig auf. »Sarn könnte uns hinbringen.«

Hätte ich die Idee nicht einfach nur lächerlich gefunden, wäre meine Verärgerung über diesen Vorschlag sicherlich groß gewesen. »Das könnte er«, entgegnete ich voller Hochmut, »wenn er denn eine Karte und genügend Vorräte für solch eine Reise hätte.«

Sarn strahlte übers ganze Gesicht. »Hab ich.«

Ich starrte ihn an. Hatten die beiden sich gegen mich verschworen? »Das Boot ist zu klein«, begehrte ich auf. Ich hatte mir eigentlich vorgestellt, wie mein Vater auf einem Langboot der Nordmänner ins Heilige Land zu segeln.

»Klein? Ja«, stimmte mir Sarn freundlich zu. »Aber das Boot ist seetüchtig und das Wetter gut. Es wäre ein Leichtes.«

»Woher hast du die Karte?«, fragte ich.

»Das Kloster hat uns die Karte zur Verfügung gestellt«, antwortete Padraig und erklärte, dass Abt Emlyn persönlich das Anfertigen der Kopie beaufsichtigt hatte.

»Und Vorräte habt ihr auch?«

»Genug für drei Mann und mehrere Wochen«, bestätigte Sarn. »Auch wenn der Herr Abt nicht glaubt, dass sie so lange vorhalten werden.«

»Wir können morgen früh aufbrechen«, erklärte Padraig. »Das heißt, natürlich nur, wenn du keine Einwände hast.«

»Da ihr beide derart entschlossen zu sein scheint«, sagte ich, »werde ich es euch erlauben. Ihr dürft mich nach Rouen begleiten, und ich freue mich über eure Gesellschaft. Sobald wir den Hafen jedoch erreichen«, fuhr ich fort und hob warnend den Finger, »werdet ihr sofort kehrtmachen und nach Hause zurückkehren. Habt ihr verstanden?«

Beide blickten mich seltsam an.

»Habt ihr das verstanden?«, wiederholte ich.

»Es ist ein weiter Weg bis ins Frankenland«, sinnierte Padraig. »Vielleicht sollten wir erst einmal abwarten, was wir dort vorfinden.«

Also brachen wir am nächsten Morgen im selben Augenblick nach Rouen auf, da wir genug Licht hatten, um durch die Flussmündung zu navigieren. Es herrschte ein gleichmäßiger Wind, und das Wetter war schön; die ersten fünf, sechs Tage machten wir gute Fahrt, wobei wir Tag und Nacht in Sichtweite der Küste blieben. Manchmal schlugen wir an Land ein Lager auf; meistens jedoch schliefen wir auf dem Boot. Nur einmal verloren wir das Land aus den Augen, als uns für eine Nacht und den halben Tag Nebel den Anblick der Küste raubte.

Erst als wir in Sichtweite der fränkischen Küste kamen, verschlechterte sich das Wetter, und wir wurden vom Ausläufer eines Sturms getroffen. Der Wind heulte und warf von Zeit zu Zeit hohe Wellen über die Reling; Sarn und ich schöpften mit Krug und Schüssel Wasser. Bis der Sturm vorüber war, blieben wir vor der Küste; dann sangen wir erleichtert Dankespsalmen und segelten nach Süden in die Mündung des Flusses, den die Franken Seine nennen.

Die Stadt Rouen liegt ein gutes Stück den Fluss hinauf, und da auf dem Wasser reger Verkehr herrschte, fiel es uns leicht, den richtigen Seitenarm zu finden. Wir folgten einfach einem großen flämischen Handelsschiff und erreichten zwei Tage später unser Ziel. Während Sarn sich um das Boot kümmerte, redeten Padraig und ich mit einigen See- und Steuerleuten, um herauszufinden, wer von ihnen Richtung Süden fuhr. Padraigs Latein war gut, und ich stellte befriedigt fest, dass mir die Sprache schon bald leichter fiel, je mehr ich mich wieder an ihren Rhythmus gewöhnte.

Es sah so aus, als wären wir an den rechten Ort gekommen, denn am Kai herrschte reges Treiben. Auf nicht weniger als drei Schiffen bot man mir eine Passage im Gegenzug für meine Arbeit an. Nachdem ich die Angelegenheit mit Padraig besprochen hatte, entschied ich mich für ein dänisches Schiff, das sich auf dem Weg nach Genua befand, einem der Orte, die auf Sarns Karte markiert waren. Wir wanderten gerade den Kai entlang, um den Herrn des Schiffs über meine Entscheidung in Kenntnis zu setzen, als plötzlich zwei Männer daherkamen. Ihr Erscheinen verursachte solch ein allgemeines Aufsehen, dass Padraig und ich uns zur Seite wandten, um zu sehen, was da los war.

Groß und schlank schritten die beiden mit dem Selbstvertrauen von Königen einher. Ihre mit dunklen Bärten verzierten Gesichter waren hager und edel, und sie suchten die Wasserfront ab. Die Langschwerter in ihren Gürteln waren frisch poliert und glänzten, und ihre hohen Stiefel waren neu. Sie trugen schlichte Hemden – das eine braun, das andere weiß. Der in Weiß, so bemerkte ich, trug auch ein breites Kreuz aus rotem Stoff auf der Brust.

Eine Gruppe von Seeleuten, die auf dem Pier saß, stand plötzlich auf. Ich hörte einen von ihnen einen Namen murmeln. Ich drehte mich zu dem Mann um und fragte ihn, was er gerade gesagt habe. Er deutete auf das rote Kreuz und antwortete: »Templer.«

Ich drehte mich wieder zu Padraig um, wiederholte das Wort und fragte: »Hast du diesen Namen schon einmal gehört?« Er gestand sein Unwissen und schlug vor, dass wir uns der Menge anschließen sollten, die sich rasch um die beiden Männer versammelte, um zu hören, was sie zu sagen hatten.

»Freunde!«, rief der Mann im weißen Hemd. »Kommt näher!« Er winkte die Leute zu sich heran, und als sich eine ausreichend große Menge um ihn herum gebildet hatte, verkündete er: »Im Namen unseres Erlösers grüße ich euch und bitte euch um freundliche Nachsicht. Mein Name ist Renaud de Bracineaux, und wie ihr an dem Kreuz auf meinem Gewand erkennen könnt, gehöre ich den Armen Soldaten Christi und des Tempels Salomons an.«

Ein aufgeregtes Raunen ging durch die Menge. Was auch immer dieser Orden der Armen Ritter sein mochte, er erregte großes Interesse und Leidenschaft unter den Leuten, und noch immer schlossen sich Weitere der Menge an.

»Ich will euch nicht lange von eurem Tun abhalten«, fuhr der Ritter fort. »Ich will euch nur kund und zu wissen tun, dass unser erhabener Großmeister Hugo von Payens vor kurzem aus Jerusalem hier eingetroffen ist, um Männer von edler Geburt dazu zu bewegen, in unseren Orden einzutreten, der sich den Schutz der Pilger im Heiligen Land und des Wahren Kreuzes zur Aufgabe gemacht hat.«

Diese letzten Worte brannten mir förmlich in den Ohren. Ich war entschlossen, diesen Ritter unter vier Augen zu sprechen, und ich überlegte mir gerade, wie ich das wohl bewerkstelligen sollte, als er sagte: »Ich danke euch für eure Höflichkeit. Falls jemand wünschen sollte, uns zu sprechen, mein Sergeant und ich werden bis zum Sonnenaufgang in Rouen bleiben.«

Mit einem Segen entließ der Ritter die Menge, die sich daraufhin auflöste. Mehrere junge Männer wollten mehr hören und folgten den beiden Rittern vom Kai hinunter. Padraig und ich schlossen uns ihnen an, und schon bald fanden wir uns vor einem niedrigen Holzhaus wieder mit einem Marktstand vor der Tür, wo ein Mann Brot, Bier und gerösteten Fasan verkaufte. Frisch abgesägte Baumstümpfe bildeten die Stützen von langen Bänken, auf denen die Gäste ihre Mahlzeit genossen.

»Freunde«, sagte Renaud, »es wäre ein wahrer Segen, wenn ihr mir und Gislebert bei unserem Mittagessen Gesellschaft leisten würdet.«

Natürlich nahmen wir alle die Einladung bereitwillig an, woraufhin der Templer dem Gastwirt rief, er solle uns großzügig mit seinen Waren versorgen. Der Wirt und sein Weib eilten sofort herbei und brachten Krüge mit schäumendem braunen Bier, Körbe mit Brot und Teller mit geröstetem Fasan. Padraig und ich suchten uns einen Platz auf einer der Bänke. Die jungen Männer redeten aufgeregt und stellten viele Fragen, die der Ritter alle geduldig beantwortete, wobei er unter anderem erklärte, was notwendig war, um dem Orden beizutreten – und er berichtete auch von der reichen Belohnung, die jene erwartete, welche den weißen Mantel überstreiften.

Wir tranken und aßen unseren Teil und hörten bei allem, was gesagt wurde, aufmerksam zu. Rasch fand ich heraus, dass dieser Orden der Ritter des Tempels ein mönchischer Orden war, der ausschließlich Edelleuten vorbehalten war, welche sich für eine gewisse Zeit dem Dienst an unserem Herrn verschrieben; in dieser Zeit mussten sie ihrer Familie und all ihrer Reichtümer entsagen und ein Gelübde der Armut, Keuschheit und der unbedingten Treue ihren Brüdern gegenüber schwören.

Im Austausch für dieses Gelübde erhielten die neuen Brüder ein Pferd, einen Ringharnisch, ein Schwert, Schild, Kriegshelm und einen edlen weißen Mantel mit dem auffallenden roten Kreuz.

»Hörst du das, Padraig?«, flüsterte ich. »Das sind Mönche – Mönche mit Schwertern. Das ist wunderbar.«

Er nickte und blickte die Ritter erstaunt an. Wer hatte je von so etwas gehört?

Als die jungen Franken gingen und versprachen, später mit der Erlaubnis ihrer Eltern wieder zurückzukehren, sich dem Orden anschließen zu dürfen, wandte der Templer sich an mich. »Und was ist mit Euch, mein Freund?«, fragte er in freundlichem Tonfall. »Kann ich Euch irgendwie behilflich sein?«

»Ich danke Euch von ganzem Herzen für Eure Großzügigkeit«, erwiderte ich in meinem besten Latein. »Da ich selbst ein Pilger auf dem Weg ins Heilige Land bin, war vieles von dem, was ihr gesagt habt, für mich von großem Wert.«

»Welch glücklicher Zufall, nicht wahr, Gislebert?«, rief der Ritter seinem Gefährten zu. »Mein Freund«, sagte er zu mir. »An Eurer Sprache erkenne ich, dass Ihr ein Edelmann seid. Seid versichert, dass Euch die höchsten Ränge offen stehen, solltet Ihr Euch unserer heiligen Bruderschaft anschließen. Unser Herr Jesus Christus bedarf der Dienste von Männern wie Euch, um das Heilige Land vor den Ungläubigen zu verteidigen.«

Ich gestand, dass das Angebot, mich den Armen Rittern Christi anzuschließen, durchaus verlockend sei, doch erklärte ich auch, dass ich bereits ein anderes Gelübde abgelegt hätte, das zu brechen ich mich nicht in der Lage sähe.

»Ich verstehe«, erwiderte Renaud mitfühlend. »Dennoch, ich würde meine Pflicht verletzen, würde ich Euch nicht darauf hinweisen, dass sich Euch hier eine seltene Gelegenheit bietet, die vielleicht für Euch von Wert sein könnte.«

»Und was ist das für eine Gelegenheit?«

»Unser erhabener Großmeister hat die Erlaubnis von Papst Honorius III. erhalten, jeden Bruder, der es wünscht, für begrenzte Zeit zu ordinieren.«

»Wie lange würde ich denn dienen müssen?«, fragte ich fasziniert ob dieser neuen Möglichkeit.

»So lange, wie der Herr unser Gott es Euch ans Herz legt, mein Freund«, antwortete Renaud. »Ich persönlich würde zwei Jahre für eine ausreichende Zeit im Dienst der Bruderschaft halten, auch wenn ich Männer kenne, die sich uns für fünf oder gar sieben Jahre verpflichtet haben. Einige wenige haben auch nur für ein Jahr das Gelübde abgelegt, ganz wie der Heilige Geist es ihnen befiehlt.«

»Ich verstehe.«

»Ich erwähne das«, sagte er, lächelte und entblößte dabei eine Reihe strahlend weißer Zähne, die sich deutlich von dem schwarzen Bart abhoben, »weil Ihr mir ein kluger und fähiger Mann zu sein scheint, und noch dazu einer, der seine Gelübde ernst nimmt. Überdies reist Ihr in Begleitung eines Mönchs; daher bin ich überzeugt, dass Ihr unsere heilige Pflicht besser versteht als die meisten anderen. Bitte sagt mir, falls ich Euch falsch eingeschätzt haben sollte.«

»Ihr habt durchaus Recht, mein Herr«, erwiderte ich.

»Dann gestattet mir vorzuschlagen, dass Ihr Euren eigenen Eid nicht aufgebt, sondern seine Erfüllung lediglich für einen Sommer aufschiebt.«

Ich stand auf und sagte: »Seid versichert, dass ich Euer Angebot sorgfältig überdenken werde.« Erneut dankte ich ihm für seine Großzügigkeit und wünschte ihm Lebewohl.

Der Templer erhob sich ebenfalls, nickte seinem Sergeanten zu, den Wirt für Speis und Trank zu bezahlen, und schloss sich mir an, um ein Stück mit mir zu gehen. »Morgen müssen wir unseren Weg fortsetzen«, sagte er und fuhr fort zu erklären, dass auch seine Ritterbrüder durch die Städte und Dörfer des Landes zogen, um Männer für den Dienst im Heiligen Land zu werben. »Am Ende des Sommers werden wir in Marseille zusammenkommen«, sagte er. »Von dort segeln wir dann nach Otranto, wo wir uns Bohemund anschließen und ins Heilige Land reisen werden.«

Während er sprach, entflammte ein Streit zwischen dem Wirt und dem Templersergeanten. Da meine Aufmerksamkeit Renaud galt, hörte ich nicht, wie die Auseinandersetzung begann. Doch plötzlich schrie der Wirt: »Aber das ist nicht genug! Herr, Ihr habt nach dem Besten gefragt, und das Beste habt Ihr auch bekommen!«

Aus dem Augenwinkel heraus sah ich, wie der Wirt entsetzt die Arme in die Höhe riss ob der wenigen Münzen, die man ihm gegeben hatte. »Das ist mehr als genug«, erklärte ihm Gislebert schlicht. »Sei ruhig. Mehr bekommst du nicht.«

Er wollte sich umdrehen, doch der Wirt streckte die Hand aus, um ihn davon abzuhalten. Der Templer reagierte, als hätte man ihn mit einem Schwert angegriffen. Er wirbelte herum und riss die Hand in die Höhe, bereit zuzuschlagen. »Sei still, du!«, zischte er. »Soll die ganze Stadt erfahren, dass du ein Dieb bist?«

»Gibt es Ärger, Sergeant?«, rief Renaud und zeigte somit schließlich doch noch Interesse an dem Streit.

»Ich habe ihn um zehn Denier gebeten«, erklärte der betrübte Wirt. »Das ist ein gerechter Preis. Fragt jeden, den Ihr wollt. Das ist ein gerechter Preis.« Er streckte die Hand aus, um die kleine Menge Münzen zu zeigen, die darin lag. »Aber er hat mir nur sieben gegeben! Nur *sieben*! Das ist nicht gerecht.«

Der Templer hob die Hand, um den Mann zum Schweigen zu bringen. »Gib ihm, was er verlangt, Gislebert«, sagte er und fügte hinzu: »Lass uns in Zukunft vorsichtiger sein, mit wem wir Handel treiben.«

»Das ist ein gerechter Preis«, beharrte der Wirt auf seiner Meinung und ließ sich die zusätzlichen Münzen von dem sichtlich verärgerten Sergeanten geben. »Fragt jeden in der Stadt. Man wird es Euch sagen.«

Niemand hörte ihm mehr zu. Der Templer hatte sich bereits wieder zu mir umgedreht und sagte: »Wir müssen uns jetzt auf den Weg machen, mein Freund. Aber vergesst nicht: Solltet Ihr Eure Meinung ändern, heißen wir Euch in unseren Reihen gern willkommen. Nur«, fügte er hinzu, »müsst Ihr Euch rasch entscheiden. Es ist ein weiter Weg bis nach Marseille.«

Wieder versprach ich ihm, über alles nachzudenken, was er mir gesagt hatte, dankte ihm für Speis und Trank und wünschte ihm Lebewohl. *»Pax vobiscum«*, sagte der Ritter und hob die Hand zum Segen. »Möge Gott der Herr mit Euch sein.«

»Et cum spiritu tuo«, erwiderte Padraig.

Schweigend folgten wir unseren eigenen Spuren zum Kai hinunter, wo wir uns unter die Händler und Träger mischten, die mit ihren Körben, Fässern und Kisten über das Pier wanderten. Unfähig, seine Neugier noch länger im Zaum zu halten, fragte Padraig: »Denkst du wirklich daran, dich ihnen anzuschließen?«

»Es klingt verführerisch«, gestand ich. »Aber nein, meine Gedanken sind woanders.«

»Und was denkst du?«

»Ich denke«, antwortete ich, »dass ein Pilger auf dem Weg ins Heilige Land sich nichts mehr wünschen könnte, als an der Seite von Gottes Rittern dorthin zu reisen.«

Wir verbrachten den Rest des Tages und einen Großteil des nächsten damit, mehr über Marseille herauszufinden. Denn obwohl Padraig bekundete, den Ort zu kennen, hatte er keine Ahnung, wie weit entfernt die Stadt war oder wie man dorthin gelangte. Wir zeigten Sarns Karte den Steuerleuten von nicht weniger als sechs der größeren Schiffe und fragten sie, ob sie uns zeigen könnten, wo darauf Marseille zu finden sei. Zwei von ihnen hatten noch nie von einer Stadt dieses Namens gehört; einer kannte den Namen und erklärte, Marseille läge an der Südküste des Frankenlandes, doch wusste er nicht, wie man dorthin gelangte; und drei Steuerleute versuchten, uns Sarns Karte abzukaufen.

Dann, als die Sonne kurz davor stand, hinter dem Horizont zu verschwinden, näherte sich ein schlanker junger Mann unserem Liegeplatz. Sarn und ich saßen auf dem Pier und sprachen über unser Problem, und Padraig durchstöberte unsere Vorräte, um etwas Geeignetes zum Abendessen zu finden. Der Fremde trat zu uns und verneigte sich tief. *»Pax vobiscum«*, sagte er. »Ich wäre Euch äußerst dankbar, wenn Ihr mir sagen könntet, ob ich mit den Herren spreche, die sich nach Marseille erkundigt haben.«

Seine Sprache war zwar makellos, doch mangelte es ihr an Wärme; fast schien es, als müsse er die Worte über die Lippen *zwingen*. Ich sah ihn mir genauer an. Seine Augen waren groß und dunkel, was angesichts der blassen Haut besonders auffiel; sein Haar war schwarz und dick und derart kurz geschnitten, dass seine Locken wie eine handgestrickte Kappe wirkten. Seine Gliedmaßen waren dünn; die Kleidung, die den knochigen Leib umgab, bestand jedoch aus feinstem Stoff und war gut geschnitten. Am Daumen trug der Mann einen großen Goldring, und eine fette Börse hing an seinem breiten Gürtel, der ein weites Hemd umspannte. Ein großes Messer mit beinernem Heft ragte aus den Falten.

»Das ist richtig«, erwiderte ich und erklärte, dass wir uns der Templerflotte anschließen wollten, die ins Heilige Land segelte.

Die großen, dunklen Augen, die bisher ein wenig trüb gewirkt hatten, strahlten plötzlich ob meiner Worte. »Ist das Euer Boot?«, fragte der junge Mann und deutete auf das treue Gefährt hinter uns.

»Das ist es, ja«, bestätigte ich.

»Und Ihr seid der Schiffsherr, nicht wahr?«, fragte er mit vor Erregung zitternder Stimme.

»Das Boot gehört meinem Vater«, erwiderte ich; »doch im Augenblick bin ich sein Herr; das stimmt.«

»Wunderbar!«, rief der junge Mann so aufgeregt, dass ich fürchtete, er würde gleich in Ohnmacht fallen. Nachdem er sich wieder ein wenig beruhigt hatte, sagte er: »Bitte, haltet mich nicht für unverschämt, aber ich würde Euer Boot gern mieten.«

»Ich bewundere Eure Kühnheit«, erwiderte ich; »doch ich muss Euch enttäuschen. Mein Boot ist nicht zu vermieten. Wisst Ihr, wir …«

»Ich habe Geld«, warf er rasch ein. »Ich werde Euch zahlen, was immer Ihr verlangt. Es ist sehr wichtig, dass ich so schnell wie möglich nach Anavarza, in meine Heimat, zurückkehre.«

»Ich fürchte, ich muss Euch erneut enttäuschen«, erwiderte ich und erklärte ihm, dass es – soweit wir wüssten – ein weiter Weg bis zu unserem Ziel sei und dass wir, wie jeder sehen könne, nur dieses eine Gefährt besäßen. Mit vier Männern an Bord wäre es nicht nur unbequem, sondern auch gefährlich. »Es tut mir sehr Leid«, sagte ich. »Aber Rouen besitzt einen geschäftigen Hafen. Ohne Zweifel werdet Ihr jemand anderen finden, der Euch mitnehmen kann.«

Unglücklich verzog er das Gesicht, und ich glaubte schon, er würde in Tränen ausbrechen. Er ließ den Kopf hängen und blickte auf seine Füße. Dann atmete er tief durch und sagte: »Wie gesagt, möchte ich nicht unverschämt erscheinen, doch meine Not ist so groß, dass ich beharrlich sein muss, wo andere nachgeben würden. Falls ich Euch dadurch beleidigen sollte, bitte ich Euch um Verzeihung. Mir scheint jedoch, dass Ihr beabsichtigt, übers Meer nach Marseille zu segeln.«

Sarn lächelte. Sein Latein war gut genug, um das meiste von dem zu verstehen, was der junge Mann sagte. »Man segelt nun einmal am besten auf dem Meer«, erwiderte er trocken.

»Natürlich«, gestand ihm der Fremde zu. »Einem Mann von Euren offensichtlichen Fähigkeiten muss es so erscheinen. Ich möchte Euch nur auf etwas hinweisen, was vielleicht Eurer Aufmerksamkeit entgangen ist. Es gibt auch noch einen anderen Weg.«

»Und Ihr kennt diesen anderen Weg?«, fragte ich.

»Den kenne ich in der Tat.«

»Und Ihr würdet ihn uns zeigen?«

»Ja, natürlich. Würde ich auf Eurem Boot mitfahren, läge es dann nicht in meinem ureigensten Interesse, unser Ziel auf dem schnellstmöglichen Weg zu erreichen?« Er lächelte triumphierend. »Was sagt Ihr, mein Freund? Mit Freuden würde ich Euch als Führer dienen.«

Nun war es an Sarn, die Stirn zu runzeln. Er beugte sich dicht zu mir. »Ich mag den Kerl nicht«, flüsterte er. »Wie können wir sicher sein, dass er wirklich weiß, was zu wissen er behauptet?«

»Wir werden es herausfinden«, antwortete ich und wandte mich wieder an den jungen Mann. »Ich muss gestehen, dass mich Eure Worte neugierig machen. Vielleicht wollt Ihr ja mit uns zu Abend essen, damit wir beisammensitzen und die Angelegenheit in Ruhe besprechen können.«

Mit einem kurzen Blick zu Padraig, der noch immer verschiedene Dinge fürs Abendessen zusammensuchte, sagte der junge

Mann: »Ihr seid sehr gütig, Herr. Ich werde mit Euch zu Abend essen, doch Ihr müsst mir gestatten, etwas dazu beizutragen.«

Trotz meiner Versicherung, dass dies nicht notwendig sei, eilte er davon – doch nur um kurze Zeit später in Begleitung eines Mannes wieder zu erscheinen, der in der einen Hand ein großes Bündel und in der anderen zwei Krüge trug. Auf Weisung des jungen Mannes stellte der Träger Bündel und Krüge auf den Boden, verneigte sich knapp und ging wieder davon.

»Bitte«, sagte der junge Fremde und bedeutete uns, das Bündel zu öffnen. Sarn gehorchte, löste den Knoten und entdeckte Speisen für ein wahres Festmahl. Er fand am Spieß gebratenen Fasan und mehrere Arten Fisch, frisch gebackenes Brot, Trockenfrüchte und süßes Gebäck; es gab auch Bohneneintopf und Schweinefleisch in Kräutersoße sowie kleine Honigkuchen – genug für uns alle, und wir würden sogar noch etwas übrig behalten.

Der Fremde deutete auf die beiden Krüge und erklärte: »Ich wusste nicht, ob Ihr Wein oder Bier bevorzugt; also habe ich beides gebracht.«

Sarn war höchst erfreut über das bevorstehende Festessen und grinste glücklich. »Vielleicht sollten wir uns doch anhören, was er zu sagen hat«, flüsterte er und begann, das Essen aufzubauen.

Ich rief Padraig, sich zu uns zu gesellen, und bat den jungen Mann, sich zu setzen. »Ich bin Duncan Murdosson aus Banvarð in Caithness«, stellte ich mich vor. »Und das hier sind Sarn Kurzfinger, mein Steuermann, und Padraig ap Carradoc, mein Freund und Ratgeber.«

Der junge Mann bekundete, erfreut zu sein, unsere Bekanntschaft zu machen, verneigte sich und erklärte: »Ich bin Roupen, Sohn des Fürsten Leo von Armenien.« Er setzte sich auf den Kai und verschränkte die Beine.

Padraig segnete die Speisen, dann verteilte er Schüsseln und Becher, und wir begannen zu essen. Das Essen war hervorragend, und schon bald leckten wir uns die Finger. Unser junger Freund jedoch stocherte in seinem Essen herum, als sei es geradezu widerwärtig und unverdaulich. Von Zeit zu Zeit lächelte er Sarn matt an, der nicht anders konnte, als die edlen Speisen immer wieder laut zu preisen.

»Mir scheint, Eure Gabe hat Euch das Wohlwollen unseres Steuermanns gesichert«, bemerkte ich und schenkte dem jungen Herrn einen Becher Wein ein. »Doch ich kann nicht umhin festzustellen, dass es Euch offenbar an Begeisterung für unser Mahl mangelt.«

»Leider ist das so«, seufzte er. »Auch wenn es sicherlich sehr schmackhaft ist, darf ich diese Nahrung nicht zu mir nehmen.«

Sarn hörte das und fragte: »Seid Ihr vielleicht ein Jude?«

Roupen lächelte unglücklich. »Ich bin weder Jude noch Mohammedaner – egal was andere auch immer glauben mögen. Die Armenier sind schon seit tausend Jahren Christen.« Traurig blickte er auf das Essen. »Meine Appetitlosigkeit ist auf eine unbekannte Krankheit zurückzuführen, die mich plagt, seit ich in diesem Land bin.«

»Es tut mir Leid, das zu hören.«

»Ihr seid sehr freundlich. Doch ich war glücklicher als mein Leibwächter und mein Berater; beide wurden krank und starben.« Er fuhr fort zu erzählen, wie er als Teil einer königlichen Gesandtschaft nach Paris gekommen war, in der Hoffnung, formelle Beziehungen mit dem König der Franken aufzunehmen. Insgesamt waren es fünfzehn Frauen und Männer gewesen, und alle waren sie von der geheimnisvollen Krankheit befallen worden und innerhalb weniger Tage gestorben. »Auch ich war schwer krank, und wochenlang lag ich im Schatten des Todes. Dennoch habe ich nach Gottes Willen als Einziger bis jetzt überlebt.«

»Welch tragisches Schicksal«, erwiderte ich und füllte seinen Becher wieder auf. »Ich kann Euren Wunsch durchaus verstehen, so schnell wie möglich wieder nach Hause zurückzukehren.« Ich reichte ihm den Becher, den er auch entgegennahm und wofür er sich mit einer Verbeugung bei mir bedankte.

Wir tranken gemeinsam, dann fragte ich: »Dieser andere

Weg... Irre ich mich sehr, wenn ich sage, dass er den Fluss hinunterführt?«

Der junge Herr nickte und hob zwei Finger. »Es gibt zwei Flüsse, die nur ein kleines Stück auseinander liegen. Für größere Schiffe sind sie zu eng und flach, aber Euer Boot wird keinerlei Schwierigkeiten damit haben.«

Sarn beugte sich an mein Ohr und flüsterte mir etwas zu. »Mein Steuermann will wissen, ob Ihr diese Flüsse selbst schon befahren habt.«

»Zweifelt Ihr an meinen Worten, Herr?«, erwiderte der junge Mann plötzlich erregt. »Die Route, die ich Euch vorschlage, ist dieselbe, auf der meine Gefährten und ich durchs Land der Franken gereist sind. Ich bitte Euch, versichert Eurem Steuermann, dass dieser Weg durchaus zu meistern ist, abgesehen von einem kurzen Stück, das per Wagen zurückgelegt werden muss. Andernfalls hätte ich es gar nicht erst erwähnt.«

»Bitte missversteht ihn nicht«, entgegnete ich. »Es ist nicht Eure Ehrlichkeit, um die er sich sorgt. Es ist Eure Erinnerung.« Ich erzählte ihm von Sarns Karte, die dieser auf unserer Reise zu vervollständigen hoffte.

Der junge Herr lächelte schwach. »Erneut muss ich Euch um Verzeihung bitten. Was ich in diesem Land erlebt habe, hat mich übermäßig misstrauisch gemacht, und allzu oft lasse ich mich zu einem vorschnellen Urteil hinreißen. Ich bitte Euch um Nachsicht. Es wird nicht wieder vorkommen.«

Wir tranken noch etwas, und der junge Mann schien sich wieder zu entspannen. Ich hatte bereits entschieden, dass seine Kenntnisse des Flusswegs für uns wertvoll waren, doch wollte ich ihm das nicht ohne die Zustimmung meiner Gefährten sagen. So bat ich ihn nach dem Essen, uns für einige Zeit zu entschuldigen, damit wir uns beraten konnten. Wir sprachen in unserer eigenen Zunge, sodass es ihm unmöglich war, uns zu verstehen.

»Ich sage, wir wären gut beraten, diesen Mann an Bord zu nehmen«, begann ich. »Eine Reise den Fluss hinunter ist der über die offene See in jedem Fall vorzuziehen. Ich sage, wir nehmen ihn beim Wort und lassen ihn uns an unser Ziel führen.«

Padraig nickte zustimmend. »Er ist ein Bruder in Christo, und er sucht unsere Hilfe. Offensichtlich geht es ihm nicht gut. Ihn abzuweisen wäre eine Beleidigung des Himmels, die wir später noch bereuen könnten.«

»Es ist wahr, dass unser Boot klein ist«, sagte Sarn; »aber wenn er mir mit der Karte hilft, wird es mir ein Vergnügen sein, den wenigen Platz mit ihm zu teilen.« Er nickte, dachte noch einmal über seine Entscheidung nach und fügte dann hinzu: »Nur muss er seine Zunge im Zaum halten. Wenn er das fertig bringt, werden wir schon gut miteinander auskommen.«

»Dann sind wir uns also einig«, schloss ich. »Ich werde es ihm sagen.«

Roupen war den Tränen nahe, als er von seinem Glück erfuhr. Er ergriff meine Hände und schwor mir ewige Dankbarkeit. »Nun denn«, sagte er, nachdem er sich wieder ein wenig gefasst hatte, »also müssen wir nur noch den Preis für die Passage festlegen.«

»Wir haben uns darauf geeinigt, Euch im Tausch dafür mitzunehmen, dass Ihr uns den Weg zeigt«, erklärte ihm Padraig. »Weitere Bezahlung ist nicht notwendig.«

Doch davon wollte der junge Mann nichts hören. »Der Dienst, den Ihr mir erweist, ist für mich geradezu unermesslich wertvoll. Ich werde für die Passage zahlen, und das mit Freuden. Auch wird mein Vater nicht zögern, Euch für Eure unschätzbare Hilfe fürstlich zu entlohnen.«

Er löste die Börse vom Gürtel, öffnete sie und schüttete mehrere Goldmünzen in seine Hand. Er zählte zwanzig Goldbesant ab, teilte sie in zwei gleich große Stapel und schob einen davon in meine Richtung.

»Das ist für die Fahrt nach Marseille«, erklärte er. »Und wenn wir dort ankommen, werdet Ihr noch einmal das Gleiche bekommen.« Dann reichte er mir den zweiten Stapel. »Das hier ist für den Proviant, den wir für die Reise benötigen werden. Ich bin der

Sohn eines Fürsten, und wo immer ich hingehe, ich bin das Beste an Speis und Trank gewöhnt. Daher erwarte ich auch, dass dieses Boot entsprechend ausgestattet wird.«

Ohne Widerspruch und mit Freuden nahm ich das Gold entgegen – was, wie ich bemerkte, Padraig ein wenig überraschte. Sicher, dies hier war keine Angelegenheit von Höflichkeit oder Edelmut. Als ich von Banvarð aufgebrochen war, hatte ich kaum genug Geld für einen Fisch in der Tasche gehabt. Ich hatte meinen Glauben bekundet, Gott würde schon für mich sorgen, und das Auftauchen des jungen Herrn Roupen schien die Antwort unseres Herrn auf unsere Not zu sein. Es wäre nicht gerade weise gewesen, die offene Hand des Allmächtigen auszuschlagen.

Nachdem wir uns also geeinigt hatten, sagte ich: »Sobald wir alles, was wir brauchen, besorgt haben, werden wir morgen so früh wie möglich aufbrechen. Kommt zu uns, sobald ihr bereit seid. Wir werden hier auf Euch warten.«

Roupen lächelte leicht verlegen. »Wenn es Euch nicht zu viel ausmacht«, sagte er, »würde ich es als angenehm empfinden, die Nacht auf dem Boot zu verbringen. Dann bräuchtet Ihr auch nicht auf mich zu warten.«

Später wies Sarn mich darauf hin, dass das weniger eine Frage des Wartens, sondern des Vertrauens sei. »Dieser Junge hat Angst, dass wir ohne ihn verschwinden könnten«, sagte er. »Immerhin haben wir jetzt sein Gold; wir brauchen ihn nicht mehr.«

»Unser Freund tut gut daran, vorsichtig zu sein«, erwiderte ich. »Von uns vieren hat er am meisten zu verlieren. Ich denke, wir sollten ihm sein Misstrauen nicht verübeln, bis er uns besser kennen gelernt hat.«

»Ich denke, wir sollten ihm sagen, dass wir weder Diebe noch Halsabschneider sind«, erklärte Sarn. »Sonst wird er uns irgendwann noch vor Müdigkeit umfallen, weil er uns Tag und Nacht beobachtet.«

»*Du* sagst es ihm«, erklärte ich. »Er wird dir für deine Sorge dankbar sein.«

Als er sah, dass ich das ernst meinte, näherte sich der Steuermann dem jungen Herrn und erklärte ihm in holprigem Latein, dass wir christliche Pilger und keine Diebe seien, die darauf aus waren, ihm den Bauch aufzuschlitzen und ihn bei der erstbesten Gelegenheit über Bord zu werfen. Was Roupen aus dieser Versicherung machte, vermag ich nicht zu sagen; doch Sarn schien sichtlich zufrieden damit zu sein, seine unschuldigen Absichten bekundet zu haben.

Wir wiesen unserem edlen Passagier das Deck als Schlafplatz zu. Sarn schlief auf der Ruderbank und Padraig und ich auf dem Pier. Als der Hafen am nächsten Morgen wieder zum Leben erwachte, kauften wir alles, was wir brauchten, und nach einem kurzen Gebet machten wir uns auf den Weg den Fluss hinauf.

Einen Fluss hinaufzufahren ist anstrengender, als über das offene Meer zu segeln. Es hat jedoch auch seine Vorteile. Wenn der Wind einmal abflaut, kann man noch immer aussteigen und am Ufer entlanggehen – Gleiches gilt bei starker Strömung oder entgegengesetztem Wind – und das Boot ziehen. Auch fließt ein Fluss immer in dieselbe Richtung, sodass man sich nur schwer verirren kann. Die Franken nennen diesen Fluss Seine, und viele Tage lang war er unser Begleiter.

Roupen sagte, die nächste Stadt, durch die wir kommen würden, wäre Paris, die wir in fünf Tagen erreichen müssten. Tatsächlich erreichten wir sie sogar schon nach vier Tagen. Wir hielten gerade lange genug dort an, um unseren Proviant aufzustocken, dann machten wir uns sofort wieder auf den Weg, denn die Händler von Paris waren ein hochmütiges Pack, das ein wenig zu sehr nach dem Gold in unseren Börsen gierte.

Nachdem wir uns erst einmal an diese neue Art des Reisens gewöhnt hatten, empfand ich die Tage als ausgesprochen angenehm. Manchmal marschierten, manchmal segelten wir; gelegentlich schleppten wir auch das Boot mit Tauen am Ufer entlang. Auch wenn das gegen die Strömung bisweilen recht mühselig war, so konnte sich doch keiner von uns beschweren, da wir uns regelmäßig abwechselten. Dennoch waren wir nach einem Tag Treideln von ganzem Herzen froh, dass wir nur ein kleines Fischerboot und kein voll beladenes Langschiff hatten.

Das Wetter blieb größtenteils schön, und es wurde immer

trockener, je weiter wir ins Herz des Frankenlandes vordrangen. Auf dem Weg kamen wir durch mehrere Siedlungen. Einige waren groß und besaßen steinerne Kirchen; die meisten jedoch waren ausgesprochen klein. Üblicherweise bestanden sie aus einer kleinen Ansammlung armseliger Hütten entlang einer verschlammten Straße, winzigen Feldern und ein, zwei Viehställen. Wann immer es nötig war, kauften wir frische Vorräte. Oft handelten wir mit den Bauern selbst, meist jedoch mit ihren Frauen, die freilich weit mehr auf ihren Vorteil bedacht waren.

Auf diese Art bekamen wir frische Eier, Milch, Brot, Fleisch und Käse und, je weiter der Sommer fortschritt, auch Obst: Äpfel, Pflaumen, Birnen und Beeren. Durch diese gute Nahrung begann der junge blasse Herr schon bald, seine Gesundheit zurückzugewinnen. Sein Gesicht nahm wieder Farbe an, und seine Kraft kehrte zurück. Dennoch ermüdete er noch immer weit rascher als der Rest von uns; aber was er tun konnte, das tat er auch, und das, ohne sich auch nur ein einziges Mal zu beschweren.

Da Roupens Magen kein fettes Fleisch vertragen konnte, versorgten wir ihn mit Flussfischen. Sarn entwickelte ein bemerkenswertes Geschick darin, Forellen zu fangen, die wir beinahe ebenso sehr genossen wie die Makrelen daheim. Sarns Fähigkeit, die Fische aus dem dunklen Wasser zu locken, schien Roupen zu faszinieren. Er beobachtete Sarn mit solcher Konzentration, wann immer dieser die Leine auswarf, dass der Seemann es sich schließlich auf sich nahm, dem jungen Armenier das Fischen beizubringen. Im Austausch dafür bot Roupen Sarn an, ihm mit seinem Latein zu helfen.

Schließlich wurden die beiden gute Freunde. Sarn ist ein sehr vorsichtiger und zurückhaltender Mensch; er gibt nur wenig von sich selbst preis, es sei denn, er ist davon überzeugt, dass seine Gabe nicht verschwendet ist. In Roupen sah er jemanden, der seine Freundschaft zu schätzen wusste, und der junge Herr fand in dem Seemann einen treuen Gefährten, der nichts von ihm verlangte außer Freundlichkeit.

So kam es, dass Roupen unter Sarns Einfluss einen Großteil seiner Steifheit und seines Misstrauens uns gegenüber verlor. Eines Tages überraschte er uns alle, als er lauthals lachte, weil er sich über etwas amüsierte, was Sarn gerade zu sagen versuchte. Er warf den Kopf zurück, griff sich an die Seite und schüttelte sich vor Heiterkeit, während wir ihn erstaunt anstarrten. Unter dem Schleier von Trübsinn, der über ihm gelegen hatte, kam langsam ein junger Mann zum Vorschein, der – so vermutete ich – in den letzten Jahren nicht einen einzigen Augenblick der Freude gekannt hatte.

Sein plötzlicher Ausbruch machte mich neugierig, doch ich wollte ihn nicht in Verlegenheit bringen, und so wartete ich bis zum nächsten Tag, bevor ich ihn näher befragte. Sarn und Padraig zogen gerade das Boot; ich stand am Ruder, und Roupen machte Knoten in ein Seil, das Sarn ihm zum Üben gegeben hatte.

»Wie ist es bei dir zu Hause?«

Roupen dachte einen langen Augenblick darüber nach; dann antwortete er: »Es ist, als lebe man in einer Kirche – einer großen Kirche voller Priester, Bußfertiger und Pilger. Im Palast meines Vaters ist ständig Gottesdienst; überall schweben Weihrauchwolken, und stets läuten die Glocken. Von meinem Vater, dem Fürsten, bis hinunter zum gemeinsten Stallburschen betet jeder sechsmal am Tag.«

»Einige würden das als Paradies bezeichnen«, bemerkte ich.

»Vielleicht wäre es das ja auch«, erwiderte Roupen, »wenn nicht die ganze Welt versuchen würde, uns zu vernichten. Jeder ist gegen uns, und wir sind ständig auf der Hut, um nicht von unseren Feinden zermalmt zu werden.«

Als ich ihn fragte, wie sein Volk dazu gekommen war, sich so viele Feinde zu machen, erklärte er, dass es schon immer so gewesen sei.

»Die lateinische Kirche erkennt unseren Glauben nicht an«, sagte er unglücklich. »Sie halten uns für schlimmer als die Ungläubigen, und Konstantinopel wird nicht eher ruhen, bis wir der

Herrschaft des Kaisers unterstehen. Da wir überdies zuerst und vor allem Christen sind, plagen uns ständig die Mohammedaner.

Das war auch der Grund, warum mein Vater eine Gesandtschaft zum König der Franken geschickt hat. Wir hatten gehofft, uns mit einem oder mehreren Herren des Westens verbünden zu können, die ihre Autorität dazu benutzen könnten, die Kreuzfahrer davon abzuhalten, uns anzugreifen. Als Gegenleistung wollten wir ihnen anbieten, dabei zu helfen, die Pilgerwege instand zu halten und die Pilger vor Wegelagerern und Türken zu beschützen.«

»Hat der König euch angehört?«

Traurig schüttelte Roupen den Kopf. »Wir hatten noch nicht einmal Gelegenheit, bei ihm vorzusprechen. Wie es üblich ist, wandten wir uns an seine Berater und Höflinge, die auch unsere Geschenke entgegennahmen und versprachen, dem König unser Anliegen vorzutragen, doch die Audienz wurde aus dem ein oder anderen Grund immer wieder verschoben. Als der König schließlich erklärte, dass er uns empfangen wolle, hatte die Krankheit ihre Arbeit bereits getan, und es war niemand mehr übrig, den er hätte empfangen können – mit Ausnahme von mir, und ich war zu krank, um auch nur den Kopf zu heben, geschweige denn, ein längeres Gespräch mit dem König zu führen.« Er seufzte und ließ die Schultern hängen. »Als es mir wieder besser ging, war der König mit seinem Hof schon längst zur Jagd nach Norden gezogen.«

»Zumindest lebst du noch und kannst es noch einmal versuchen«, bemerkte ich. »Ohne Zweifel ist das auch der Grund, warum Gott dich verschont hat – damit du deinem Volk helfen kannst.«

»Vielleicht«, räumte Roupen widerwillig ein. »Doch ich habe nie verstanden, warum Gott *irgendetwas* tut. Wenn der Herr der Heerscharen will, dass ich meinem Volk helfe, hätte er mir einfach gestatten sollen, mit dem König zu sprechen, wie wir geplant haben …« Er hielt kurz inne und dachte nach; dann fügte er hinzu: »*Und* er hätte das Leben von vierzehn Menschen retten können.«

»Die Wege des Herrn sind in der Tat unergründlich«, stimmte ihm Padraig zu. Ich hob den Kopf und sah, dass das Boot nahe ans Ufer getrieben war. Padraig hörte uns wohl schon eine Weile zu, hatte sich doch erst jetzt dazu entschlossen, mitfühlend etwas zu bemerken. »Ich werde dafür beten, dass der Große König dir seinen Plan auf eine Weise enthüllt, die du verstehen kannst.«

Wir tauschten mit Sarn und Padraig die Plätze, steckten unsere Arme durch die Schlingen der Schlepptaue und setzten uns und damit auch das Boot wieder in Bewegung. Der Tag war schön, die Sonne heiß, und schon bald träumte ich von Schottland.

Ich dachte an dich, meine liebste Cait, und fragte mich, was du jetzt wohl gerade machtest. Vor meinem geistigen Auge sah ich dich beim Beerenpflücken mit Ragna oder eine Gans mit einer Weidenrute jagen. Ich dachte an Abt Emlyn, und es tröstete mich ein wenig zu wissen, dass er für uns beten würde, egal was auch immer uns auf dieser Reise widerfahren mochte. Das wiederum rief mir den wahren Grund dieser Pilgerfahrt ins Gedächtnis zurück – ein Geheimnis, das ich bisher mit keinem Lebenden geteilt hatte, noch nicht einmal mit Padraig. Ich wusste, dass ich es ihm schon bald würde sagen müssen, aber ich glaubte, es würde schon nichts schaden, wenn ich noch ein wenig damit wartete.

Der Tag, an dem es dann so weit war, war ein Sabbat.

Nachdem wir unser Nachtlager aufgeschlagen hatten, hielt Padraig einen Gottesdienst für uns. Ich saß am Ufer und lauschte seiner klaren, kräftigen Stimme, die die uralten gälischen Worte sang, während ein Stern nach dem anderen am Himmel erschien. Ich saß dort und glaubte, noch nie etwas so Schönes gehört zu haben, und ich wünschte mir, Rhona wäre an meiner Seite, um es mit mir zu teilen.

Obwohl die Tage nur langsam vergingen, näherten wir uns unaufhaltsam dem schwierigsten Teil unserer Reise: dem Übergang über die Hügel, auf deren anderer Seite das Tal der Saône lag.

Als wir die Siedlung erreichten, die das Ende des befahrbaren Teils des Stroms markierte, fanden wir dort Männer, die sich ihren

Lebensunterhalt damit verdienten, Boote, Menschen und Waren von einem Tal ins andere zu befördern. Gegen eine Gebühr waren sie bereit, für sicheren Übergang von einem Fluss zum anderen zu sorgen. Da Roupen bereits schon einmal mit diesen Männern zu tun gehabt hatte, übernahm er die Verhandlungen. Sarn gefiel es gar nicht, sein Boot diesen rauen Fremden anvertrauen zu müssen, und so begleitete er den jungen Herrn, um ihm dabei zu helfen, den Transport unseres Gefährts zu organisieren.

Zufrieden mit der Abmachung, die sie getroffen hatten, kehrten sie kurze Zeit später wieder zurück. »Der Schlepper wird morgen früh mit seinem Wagen und seinen Ochsen hier sein«, informierte uns Sarn. »Wir müssen all unsere Sachen ans Ufer bringen, damit er das Boot aus dem Wasser ziehen kann.« Er deutete auf einen Ort ein Stück flussaufwärts, wo lange Pinienbalken eine Art Rampe am flachen Ufer bildeten. »Dort sollen wir warten.«

Am nächsten Morgen waren wir bereit. Zur Mittagszeit warteten wir immer noch. Inzwischen waren zwei weitere Boote eingetroffen, und beide waren aus dem Wasser gezogen und abtransportiert worden, und noch immer war nirgends auch nur eine Spur von unserem Schlepper zu sehen. Zweimal schickte ich Sarn, den Mann zu suchen – ohne Erfolg. Als er schließlich erschien, war der Tag schon fast vorüber. »Hier bin ich«, rief er. »Ich bin Dodu. Zu Euren Diensten.«

»Man hat uns gesagt, Ihr würdet heute Morgen kommen«, schnappte ich. »Wir haben den ganzen Tag hier herumgestanden.«

Dodu entschuldigte sich und erklärte, er habe beim Aufbruch am Morgen bemerkt, dass eine seiner Achsen angebrochen gewesen sei, und die Reparatur habe länger gedauert, als er gehofft hatte. Er hätte ja seinen Sohn geschickt, um uns Bescheid zu geben, doch das Kind habe sich den Fuß verletzt und liege nun im Bett.

Die Sprache des Schleppers war schlicht, sein Latein das eines Kindes. Er lächelte und breitete die Arme aus. »Mit einer angebrochenen Achse loszufahren wäre sinnlos gewesen«, sagte er. »Solche Dinge werden nur schlimmer, nie besser.« Ich stimmte ihm zu, und er machte sich an die Arbeit, wobei er fröhlich vor sich hin summte und seinen zwei sanften braun-weiß gefleckten Ochsen ermutigende Worte zurief.

Der Wagen hatte nur zwei Paar Räder unter einem schweren Gestell, das man mit Hilfe einer Kette je nach Größe des zu transportierenden Bootes verstellen konnte. Nachdem er das Boot aus dem Wasser gezogen hatte, wuchteten wir den Bug mit langen Stangen auf den Wagen und befestigten es mit Tauen. Die Ochsen stemmten sich in ihr Joch und zogen das Boot ein Stück das Ufer hinauf, bis wir auch das Heck auf den Wagen schieben konnten. Dann legten wir unsere Ausrüstung ins Boot zurück und sicherten den umgelegten Mast an Bug und Heck. Als wir schließlich fertig waren, war die Sonne bereits untergegangen, und wir hatten Hunger. Dennoch war ich begierig darauf, wenigstens noch ein Stück des Weges zurückzulegen, bevor wir für die Nacht ein Lager aufschlugen. Also setzten wir uns in Bewegung.

Da es schon seit vielen Tagen nicht mehr geregnet hatte, war der Weg, den die Schlepper benutzten, trocken und fest. Wir verließen die Bäume, die am Ufer wuchsen, und stiegen einen steilen, gewundenen Pfad empor, der zum Gipfel des ersten Hügels führte. Die Hitze des Tages schwand rasch dahin, und die Luft war erfüllt vom Rufen nach Hause fliegender Vögel.

Die Ochsen bewegten sich langsam auf ihren stämmigen Beinen, und ihre Hufe wirbelten bei jedem Schritt kleine Staubwolken auf. Der Schlepper ging mit der Gerte in der Hand neben ihnen her und trieb sie mit Pfiffen und Zungenschnalzen an. Er war eine einfache, bescheidene Seele – einer jener Männer, die zwar nicht gerade mit Verstand im Überfluss gesegnet sind, dies jedoch durch ihre Freundlichkeit wieder wettmachen. Dodu besaß eine derart liebenswerte Natur, dass ich ihm seine Verspätung rasch verzieh, und schon bald fühlte ich, wie der Frieden des Abends mich erfüllte. Wir marschierten eine Weile, bis wir den Gipfel des ersten Hügels erreichten. Ich blickte zurück ins Tal und den Weg hinunter, den wir gekommen waren.

Der Fluss war hinter den Bäumen verborgen, die im Dunklen eine zerklüftete schwarze Wand bildeten, welche sich bis ins Zwielicht hinein erstreckte. Die milde Nachtluft duftete nach trockenem Gras und Salbei, und vom Tal wehte der Geruch der Kochfeuer zu uns herauf. Eine Steinmauer trennte die Straße von einem kleinen Feld. Es war nun schon recht dunkel, sodass wir uns entschieden, hier unser Nachtlager aufzuschlagen. Sarn machte Feuer, und Padraig kochte einen Eintopf aus getrockneten Bohnen und Hafer, zu dem wir hartes Schwarzbrot aßen.

Nach der Mahlzeit sang Padraig ein Lied, und Dodu erzählte uns eine Geschichte über einen Mann aus dem Dorf, der im Moos neben einem Kuhstall ein Bild der Heiligen Jungfrau gefunden hatte. Alle kamen herbei, das Wunder zu bestaunen, einschließlich des Herrn des Landes und des örtlichen Priesters, die den Fund zu einem göttlichen Zeichen erklärten, dem es Respekt zu zollen galt.

Das Weib des Finders war im Winter zuvor erblindet, berichtete Dodu, und als man nun die Frau vor den Kuhstall brachte, begannen ihre Augen zu brennen. »Wie ein Wasserfall strömten ihr die Tränen über die Wangen«, sagte der Schlepper. »Sie schrie und wischte sich mit dem Ärmel über die Augen, und als sie den Kopf wieder hob, war ihr Augenlicht wiederhergestellt.«

Roupen hörte aufmerksam zu und stocherte beiläufig mit einem Stock im Feuer herum. »Wurde sonst noch jemand von dem wundersamen Bild geheilt?«, fragte er, und sein Gesicht leuchtete in der Glut des Feuers.

»Leider nein«, antwortete Dodu. »Aber natürlich verbreitete sich die Kunde rasch, und von überall her kamen die Kranken und Lahmen, um das Bild zu sehen.«

»Was ist passiert?«, erkundigte sich Sarn.

»Es regnete, und das Bild wurde weggespült. Seit diesem Tag«, schloss er, »ist es nie wieder gesehen worden.«

Sarn nickte weise, und Padraig lächelte vor sich hin; doch Roupen stieß ein Geräusch aus, als wäre ihm ein Käfer in die Nase gekrochen. Der Schlepper warf dem jungen Herrn einen entrüsteten Blick zu. »Was? Bezweifelt Ihr etwa, dass ich die Wahrheit gesagt habe? Ich kann Euch den Kuhstall zeigen und auch die Frau!«

»Ich bin sicher, dass du das kannst«, erwiderte Roupen und fuhr fort, im Feuer herumzustochern. »Ich bezweifele deine Worte nicht im Mindesten. Es erscheint mir nur recht seltsam, dass Gott sich so viel Mühe mit Moos und einem geheimnisvollen Bild machen sollte. Wenn er das Augenlicht der Frau wiederhergestellt sehen wollte, warum hat er sie dann nicht einfach geheilt? Oder besser noch: Warum – wenn er denn der armen Frau helfen wollte – hat er sie überhaupt erblinden lassen?«

»Wer seid Ihr«, verlangte Dodu wütend zu wissen, »dass Ihr behauptet, die Wege des Allmächtigen zu kennen?«

»Ich bin niemand«, erwiderte Roupen in trübsinnigem Tonfall. »Bitte, erreg dich nicht über etwas, was ich gesagt habe. Es ist nur das Summen einer Mücke in deinem Ohr, nicht mehr.«

Mit diesen Worten brach er den Stock entzwei und warf ihn ins Feuer. Er zog die Knie ans Kinn, starrte in die Flammen und schwieg für den Rest der Nacht.

Nach diesem Zwischenfall war die Unterhaltung so gut wie beendet, und schließlich schliefen wir alle dort ein, wo wir saßen, und wachten beim Morgengrauen wieder auf, um unseren Weg fortzusetzen. Wir kamen langsam, aber stetig voran und hatten die Straße für uns allein; weder kam uns jemand entgegen, noch wurden wir von anderen Reisenden überholt. Wie auch schon am Tag zuvor schlugen wir bei Sonnenuntergang unser Nachtlager neben der Straße auf, doch diesmal wurden wir schon vor dem Morgengrauen wieder geweckt, und zwar vom Geräusch den Hügel heraufkommender Pferde.

Ich hörte als Erster das Klappern der Hufe und stand sofort auf. Kurz darauf trat Padraig an meine Seite. »Wie viele?«, fragte er und spähte in die Dunkelheit. »Kannst du sie sehen?«

»Nein«, antwortete ich. »Weck die anderen. Das könnte Ärger bedeuten.«

Der Mönch hatte sich gerade darangemacht, meine Anweisung in die Tat umzusetzen, als eine Stimme rief: »Heda! Was haben wir denn hier?«

Die Pferde hielten an. Ein paar gedämpfte Worte wurden gewechselt, dann kam einer der Reiter allein näher. Er tauchte aus der Nacht auf – ein großer, grobschlächtiger Kerl mit ausgefranstem Mantel über den breiten Schultern. Einen Augenblick lang blickte er uns einfach nur an. Offensichtlich versuchte er, uns abzuschätzen.

»Heil und Willkommen«, sagte ich und trat kühn vor. »Ihr seid früh auf dem Weg.«

Der Mann beugte sich vor und klopfte seinem Pferd den Hals. »Es ist eine Sünde, den Tag im Bett zu verschwenden«, erwiderte er und grinste selbstsicher. »Außerdem vermeiden wir auf diese Art größere Menschenmengen.«

»Da ihr es offensichtlich eilig habt«, entgegnete ich, »wollen wir euch nicht aufhalten. Da ist die Straße. Sie gehört ganz und gar euch.«

Noch immer lächelnd blickte der Mann zum Boot und zu den Ochsen, die in der Nähe angebunden waren. »Das ist eine schwere Arbeit«, bemerkte er, »Boote über die Hügel zu schleppen, meine ich. Vielleicht können wir euch einen Dienst erweisen.«

»Wir haben kein Geld«, log ich. »Wir könnten euch nicht bezahlen.«

»Habe ich irgendetwas von Bezahlung gesagt?«, fragte der Mann in einem Tonfall, als fühle er sich von meiner Bemerkung zutiefst beleidigt. »Ich bin sicher, dass wir auch so zu einer Übereinkunft kommen können.« Er machte eine Handbewegung, und seine Gefährten ritten heran. Ich hörte das kalte Rasseln von Stahl, als Schwerter aus ihren Gehängen gezogen wurden, und drei weitere Reiter mit Kurzschwertern in der Hand erschienen aus der Nacht.

Padraig, der die anderen inzwischen geweckt hatte, trat wieder neben mich. »Im Namen Christi«, forderte er mit sanfter Stimme, »lasst uns in Frieden.«

Das Lächeln des ersten Reiters verwandelte sich in ein böses Grinsen, als er ein Schwert unter seinem Umhang hervorholte. »Wir beabsichtigen nur, eure Last ein wenig zu mindern, mein Freund, weiter nichts. Macht uns keinen Ärger, dann werdet auch ihr keinen bekommen. Steht auf! Alle! Stellt euch da rüber!« Er deutete auf eine Stelle ein paar Schritte entfernt.

Padraig und ich gehorchten sofort. Der Schlepper, der noch immer halb schlief, rieb sich die Augen und wankte meckernd nach vorne, dicht gefolgt von einem knurrenden und auf Nordisch fluchenden Sarn. Roupen, vorsichtig und schweigsam, war der Letzte. Als er von der Straße trat, um seinen Platz neben mir einzunehmen, sah ich, wie seine Hand vor seinem Bauch zuckte und sein Gürtel sich löste. Er ließ ihn hinter sich auf den Boden fallen.

Während der Anführer der Räuber uns im Auge behielt, begannen seine Spießgesellen damit, unsere Habe aus dem Boot zu werfen. Dabei gingen sie mit solchem Geschick und solcher Zielstrebigkeit vor, dass jeder deutlich erkennen konnte, dass sie diese Art von Arbeit gewöhnt waren.

Was sie fanden und des Stehlens für wert befanden, warfen sie auf einen Haufen und schnürten es in Bündeln zusammen, die sie dann an ihren Sätteln befestigten, während wir ihnen machtlos zusehen mussten. Als sie schließlich ihre Aufmerksamkeit den Ochsen zuwandten, trat Dodu vor. »Nein! Nein!«, schrie er. »Nehmt alles andere! Nehmt unser Essen! Nehmt unsere Ausrüstung! Aber lasst mir meine Tiere!«

»Halt's Maul, Kerl!«, warnte der Anführer. »Geh wieder zurück!«

Doch der Schlepper schenkte ihm keine Beachtung. Er rannte in Richtung der anderen Diebe, die gerade die Ochsen losbanden. Der Räuberhäuptling drehte sein Pferd herum; sein Arm schoss vor, und ich hörte ein dumpfes Krachen. Dodu stöhnte und fiel in den Staub. Padraig setzte sich sofort in Bewegung, um ihm zu helfen.

Der Anführer der Wegelagerer drehte sich wieder zu uns um und brüllte: »Du da! Bleib stehen, oder es ergeht dir genauso!«

Ich zog Padraig zurück. »Macht nur weiter«, knurrte ich. »Nehmt euch, was ihr wollt, und dann macht, dass ihr wegkommt.«

Nachdem sie den Ochsen Stricke angelegt hatten, führte einer der Diebe sie weg. Die anderen kehrten zu ihren Pferden zurück und kletterten in die Sättel. »Seht ihr? Es war uns eine Freude, euch ein wenig von eurer Last abnehmen zu können.« Er deutete mit der Schwertspitze auf Roupens Börse, die noch immer auf dem Boden lag. »Wenn ihr jetzt noch so freundlich wärt, mir diesen Gürtel samt Börse zu reichen, sind wir sofort von hier verschwunden.«

Roupen rührte sich nicht. Er starrte stur geradeaus und hatte die Lippen zusammengepresst. Also rief der Räuberhäuptling nach einem seiner Männer, der sich den Gürtel schnappte und den jungen Armenier anschließend von Kopf bis Fuß durchsuchte. Als er nichts weiter fand, reichte er Gürtel und Börse seinem Anführer, der gierig danach schnappte. Schließlich wendete der Mann sein Pferd und schickte sich an davonzureiten. »Töte sie«, rief er über die Schulter zurück.

Der Räuber, der Roupen durchsucht hatte, hob sein Schwert. Eine Zeit lang war er unentschlossen, wen von uns er als Ersten erschlagen sollte. Da Roupen ihm am nächsten war und überdies der Schwächste zu sein schien, beschloss er, das Gemetzel mit ihm zu beginnen. Ich wartete, bis er sich zu dem jungen Mann umdrehte, dann streckte ich einfach den Fuß aus, sodass er im Gehen darüber stolperte. Der Schläger fiel auf alle viere, hielt das Schwert jedoch umklammert. Die Klinge traf auf die harte Erde und bog sich am Heft durch. Ich sprang herbei, trat dem Mann unmittelbar über dem Handgelenk auf den Unterarm und hörte ein lautes Knacken.

Vor Schmerz und Überraschung schrie der Räuber laut auf. Ich bückte mich und riss ihm die Waffe aus der Hand.

»Steh auf«, befahl ich ihm. Langsam setzte er sich auf, funkelte mich an und rieb sich den verletzten Arm.

Sarn rannte zum Boot und blickte hinein. »Sie haben uns alles genommen!«, rief er. »Sogar die Wasserschläuche!«

Inzwischen war Padraig dem armen Schlepper zur Hilfe geeilt, hatte Dodu auf den Rücken gerollt und legte ihm nun das Ohr an Nase und Mund. »Er lebt«, verkündete der Mönch. Dann tastete er vorsichtig Kopf und Nacken des Verletzten ab und fügte hinzu: »Kein Blut. Ich glaube, er wird überleben; aber wir müssen versuchen, ihn aufzuwecken.«

Ich lief zu Padraig, um ihm dabei zu helfen, und überließ Roupen und Sarn die Aufgabe, den Dieb zu fesseln. »Bindet ihn nur ja gut fest«, ermahnte ich sie. »Er soll gut verpackt sein, wenn wir ihn dem nächsten Magistrat übergeben.«

Padraig auf der einen und ich auf der anderen Seite setzten wir den reglosen Leib des unglücklichen Schleppers auf. Wir waren noch immer damit beschäftigt, als wir Sarn plötzlich schreien hörten. Ich blickte zu ihm hinüber und sah ihn auf dem Rücken liegen und um sich schlagen, während der Räuber zu seinem Pferd rannte. Er sprang in den Sattel, trat dem Tier in die Flanken und galoppierte seinen inzwischen weit entfernten Kameraden hinterher, sodass wir wieder für uns allein waren.

Im Dunkeln konnten wir ohnehin nicht viel tun; also kümmerte sich Padraig zunächst einmal um die große Beule auf Dodus Kopf, während ich das Feuer wieder entfachte, um das wir uns dann versammelten und auf die Dämmerung warteten.

Das Tageslicht bestätigte, dass Sarn Recht gehabt hatte: Die Diebe hatten uns in der Tat alles geraubt – außer dem Boot, und das konnten wir ohne die Ochsen nicht von hier fortbewegen.

»Wie weit ist es bis zur nächsten Siedlung?«, fragte ich den Schlepper.

»Weit genug«, antwortete er in weinerlichem Tonfall. »Diese

Ochsen waren mein Ein und Alles. Ohne sie bin ich mittellos. Ruiniert!« Er packte sich an den Kopf und stöhnte. »Ich bin ruiniert.«

»Wie weit?«, wiederholte ich. »Sag es mir, Dodu.«

Er dachte einen Augenblick lang nach. »Wenn das der zweite Hügel ist …«, begann er.

»Das ist er«, bestätigte ich. »Wir sind an keinen weiteren vorübergekommen. Das war der zweite.«

»Dann sind da noch drei weitere bis zur nächsten Siedlung – ein Marsch von einem halben Tag«, seufzte er und schloss die Augen.

»Ein halber Tag vorwärts und zwei zurück«, sagte ich. »Ich nehme an, wir gehen weiter.«

»Aber wir werden dort keine Hilfe bekommen. Dort gibt es nur zwei Höfe und einen Schweinestall. Sie haben nichts – noch nicht einmal einen Hund.«

»Und danach?«, fragte ich. »Wie weit ist es danach?«

»Es gibt keine weiteren Siedlungen dahinter«, seufzte Dodu. »Nicht bevor wir die Saône erreichen. Nur eine Mühle gibt es noch, und der Müller hat Ochsen, mit denen er den Mühlstein dreht.«

»Wie weit ist die Mühle von hier entfernt?«

»Vier Tage«, antwortete der Schlepper. »Und Müller Barbeau ist ein ausgesprochen unangenehmer Mensch.«

Ich überließ den Schlepper seinem Elend, stand auf und ging zum Boot. Mit meinem ganzen Gewicht drückte ich gegen das Heck. Die Wagenräder knarrten, als es sich ein kleines Stück vorwärts bewegte.

»Was hast du im Sinn?«, erkundigte sich Padraig. »Wir können das Boot unmöglich den ganzen Weg bis zum Fluss ziehen.«

»Aber wir können es genauso wenig hier lassen«, wandte Sarn rasch ein. »Wenn ihr es nicht mitnehmen wollt, dann bleibe ich auch hier. Ich werde mein Boot nicht im Stich lassen.«

»Haltet Frieden!«, ermahnte ich die beiden. »Ich bin ebenfalls nicht bereit, das Boot einfach so aufzugeben. Wenn wir es bis zur nächsten Siedlung schleppen, können du, Sarn, und Roupen dort warten und es bewachen, während wir zur Mühle gehen und Hilfe holen.«

Padraigs Blick wanderte den Hügel vor uns hinunter und den nächsten, weit entfernten wieder hinauf. »Die Strecke wird nicht kürzer, wenn wir sie anstarren«, sagte ich.

»Dann sollten wir uns wohl besser auf den Weg machen.«

Wir banden die Taue, mit denen wir das Boot auf dem Fluss getreidelt hatten, ans Heck des Gefährts. »Zwei Mann an jedes Tau«, sagte ich und reichte Padraig eines der Enden. »Wir werden das Boot Schritt für Schritt den Hang hinunterlassen.«

»Und der fünfte Mann?«, wunderte sich Sarn.

»Der wird sich bereithalten, einen Balken vor die Räder zu schieben, sollte der Karren zu schnell werden.«

»Und wo bekommen wir diesen Balken her?«, fragte Dodu.

Ich blickte zunächst zum Mast, doch der war zu lang und zu unhandlich für einen allein. Auch wollte ich nicht riskieren, dass er unter den Wagenrädern beschädigt wurde. »Bis wir einen geeigneten Ast finden, werden wir Steine nehmen.«

So machten wir uns schließlich mit Padraig und Sarn an dem einen und Dodu und mir an dem anderen Tau sowie Roupen mit zwei großen Steinen, die wir einer alten Feldmauer entnommen hatten, an den Abstieg. Zunächst versprach es leicht zu werden. Nachdem wir den Wagen erst einmal auf der Straße hatten, fiel diese so flach ab, dass wir lediglich die Seile gespannt halten mussten, damit das Gefährt nicht zu schnell rollte. Den halben Weg den Hügel hinunter bemerkte der Schlepper: »Das ist gar nicht mal so schlecht. Jetzt weiß ich wenigstens, wie sich meine Ochsen im Joch fühlen.«

»Warte, bis wir da hinten wieder raufmüssen, bevor du dir wünschst, mit deinen Ochsen den Platz zu tauschen«, erwiderte Padraig.

Wir erreichten den Fuß des Hügels und hielten an, um uns ein wenig auszuruhen. Die Sonne stieg höher, und der Tag wurde wärmer. Ein paar vereinzelte Wolken wanderten über den Himmel, doch sie spendeten keinen Schatten. Die Luft war ruhig, und kein noch so schwacher Windhauch verschaffte uns ein wenig Kühlung. Wir blickten einem langen, heißen Tag entgegen – einem Tag ohne Essen, das uns hätte stärken, und ohne Wasser, das uns hätte erfrischen können.

Der Anstieg zum nächsten Hügel erwies sich als nicht so steil, wie es aus der Ferne den Anschein gehabt hatte. Roupen, der auf dem Weg den letzten Hang hinunter kaum etwas zu tun gehabt hatte, musste seine Anstrengungen nun mehr als verdoppeln. Ständig rannte er von einer Seite des Bootes auf die andere, um Steine unter die Räder zu legen, damit der Wagen nicht wieder zurückrollte, nachdem ein kräftiger Ruck an den Seilen es ein wertvolles Stück nach oben bewegt hatte.

Durch harte Arbeit erreichten wir gegen Mittag den Hügelkamm, wo wir anhielten, um uns abermals auszuruhen. In beide Richtungen suchten wir die Straße ab, doch nirgends sahen wir andere Reisende oder sonst ein Zeichen menschlichen Lebens. Padraig fand eine kleine Quelle in einem Felsspalt ein Stück den Hügel hinunter. Wir alle stiegen hinab, um zu trinken; dann kletterten wir wieder hinauf, um im Schatten des Bootes neue Kraft zu schöpfen.

Die größte Hitze des Tages hindurch dösten wir vor uns hin; dann standen wir wieder auf und packten die Taue mit steifen Händen. Erneut war der Weg hinab recht angenehm, und wir kamen rasch voran. In weniger als der Hälfte der Zeit, die wir für den Aufstieg gebraucht hatten, fanden wir uns am Fuß des Hügels wieder.

Der nächste Hügel schien nur wenig steiler zu sein als der erste, den wir heute Morgen bestiegen hatten, und so war ich fest davon überzeugt, dass wir den Gipfel noch vor Sonnenuntergang erreichen würden. »Dort oben werden wir unser Nachtlager aufschlagen«, verkündete ich und ermahnte meine Gefährten durchzuhalten. »Dort gibt es ein paar Bäume, die uns Schutz bieten werden. Aber jetzt sollten wir erst einmal weitermachen, damit wir auch wirklich vor Einbruch der Nacht dort oben sind.«

Diese Worte riefen missbilligendes Stöhnen bei den anderen hervor; dennoch nahmen sie wieder pflichtbewusst ihre Plätze ein. Wir alle waren erschöpft; die Mühen des Tages hatten uns all unsere Kraft gekostet. Mit jedem Schritt mussten wir darum kämpfen, das Boot auch nur ein winziges Stück vorwärts zu bewegen. Am Ende erwies sich meine Hoffnung, den Gipfel vor Einbruch der Nacht zu erreichen, als trügerisch. Der Mond stand bereits hoch am Himmel, da hatten wir gerade erst die Hälfte des Anstiegs zurückgelegt, und die Sterne erfüllten schon lange die Nacht mit ihrem Licht, als wir die Räder nach beiden Seiten mit Steinen sicherten und uns ins lange Gras unter den Bäumen fallen ließen. Zu müde, um zu reden, schliefen wir sofort ein.

Der nächste Tag verlief ähnlich wie der vorherige – außer dass wir inzwischen unter Schlafmangel und schmerzenden Gliedmaßen litten und der Hügel vor uns deutlich steiler als jene waren, die wir gestern erobert hatten. »Die Siedlung liegt in dem Tal auf der anderen Seite«, erklärte Dodu. »Es gibt dort eine große Lichtung und einen kleinen Fluss. Zumindest werden wir dort etwas Wasser und Essen bekommen.«

»Worauf warten wir dann noch?«, verlangte Sarn zu wissen. »Je eher wir die Siedlung erreichen, desto schneller bekommen wir etwas in den Magen.«

Der erste Teil des Aufstiegs verlief gut, doch als der Hang plötzlich deutlich steiler wurde, konnten wir das Boot nicht länger ziehen, sondern mussten schieben. Die Sonne verwandelte den Hang in einen Glutofen, und bald konnten wir vor lauter Schweiß in unseren Augen kaum noch etwas sehen. Die Muskeln in meinen Schultern, Beinen und im Rücken verkrampften sich; meine Kehle trocknete aus, und meine Zunge schien anzuschwellen. Immer wieder verfingen sich meine Füße in irgendetwas, sodass ich Mühe hatte, aufrecht stehen zu bleiben. Bei jedem langsamen, schmerzenden Schritt focht ich einen Kampf des Willens und der Entschlossenheit aus; doch nach und nach mühten wir uns hinauf, bis wir schließlich vollkommen erschöpft auf dem Gipfel zusammenbrachen und in den Himmel hinaufstarrten, während der Schweiß uns in Strömen über den Körper lief. Nach einer Weile setzte ich mich auf und blickte ins Tal hinunter. Wie Dodu gesagt hatte, bestand die Siedlung lediglich aus ein paar Hütten mit kleinen Feldern zu allen Seiten. Ein Stück davon entfernt stand ein kleines, mit Steinen ummauertes Schweinegehege, ein paar Heuschober, eine Scheune und hinter den Feldern war Wald. Das mochte nicht viel sein, doch Gott sei gepriesen, es war nicht weit und der Hang hinab nicht steil.

Das Ziel unserer Mühen in Sicht sagte ich zu meinen Gefährten: »Die harte Arbeit ist vorüber. Wir müssen den Wagen nur noch den Hang hinunterbekommen; dann können wir uns endlich richtig ausruhen – und wir werden auch etwas zu essen und zu trinken haben. Heute Nacht werden wir im Heu und nicht im Dreck schlafen. Kommt! Unser Abendessen wartet!«

»Ich frage mich, ob sie auch Bier haben?«, bemerkte Sarn.

»Ich wäre schon mit Wasser und Brot zufrieden«, erklärte Padraig.

»Eins kann ich euch sagen«, sagte der Schlepper, der noch immer keuchte, als er sich erhob. »Dort unten lebt die Frau, die das beste Bier zwischen Seine und Saône braut. Und sie macht auch den besten Räucherspeck. Ich kaufe ihr immer etwas ab, wenn ich hier vorbeikomme.«

»Warum hast du uns das bis jetzt verschwiegen?«, verlangte Sarn zu wissen. »Das hättest du uns als Erstes sagen müssen.«

»Ich wollte euch kein unnötiges Leid zufügen«, antwortete Dodu. »Allein an so etwas zu denken kann einen Mann mit leerem Magen alles um ihn herum vergessen lassen.«

Unsere Schatten waren lang, als wir uns erhoben, um zum letzten Mal die Taue zu ergreifen. Mit lautem Stöhnen und viel Zähneknirschen ließen wir den Wagen mit dem Boot einen Schritt nach dem anderen den Hang hinunter. Mit jeder Bewegung kam der Hof näher, und ich konnte das Bier schon fast riechen. Allerdings wurde ich unvermittelt aus meiner Vorfreude gerissen, als Sarn mit dem Fuß gegen einen Stein stieß und stürzte. Ich hörte ihn schreien und sah ihn in den Staub fallen, und das Seil entglitt ihm aus den Händen. Plötzlich aus dem Gleichgewicht gebracht blieb Dodu stehen und zog mit aller Kraft zurück. Unglücklicherweise konnte er das Gewicht nicht allein halten und wurde von den Beinen gerissen.

Bevor ich mich versah, stürzten Padraig und ich den Hügel hinab und versuchten verzweifelt, den immer schneller werdenden Wagen aufzuhalten. Roupen eilte uns zur Hilfe. Er rannte herbei und schob einen schweren Ast vor die Räder, doch der Wagen war bereits zu schnell. Die Räder sprangen über den Ast hinweg und rollten weiter.

Es blieb uns nichts anderes übrig, als das Tau loszulassen, um uns zu retten. Padraig stolperte; doch er hielt fest und wurde durch den Staub geschleift. »Lass los, Padraig!«, schrie ich und machte es ihm vor.

Das Boot raste den Hang hinunter, und der Wagen ratterte und knatterte, während er über die zerfurchte Straße hüpfte. Schneller und schneller ging es bergab. Das Gefährt schlingerte hierhin und dorthin und nahm immer mehr Fahrt auf.

Padraig rappelte sich auf und klopfte sich den Staub vom Gewand. »Betet zu Gott, dass er nicht das Haus trifft«, sagte er.

Noch während er sprach, prallte eines der Wagenräder auf die Kante einer Furche. Die Vorderräder drehten sich und brachten den Wagen auf einen neuen Kurs – genau auf die nächstgelegene Hütte zu. Padraig rannte los und schrie aus vollem Hals: »Achtung! Achtung! Macht, dass ihr da wegkommt!«

Ob irgendjemand diese Warnung gehört und entsprechend gehandelt hat, vermag ich nicht zu sagen. Aber plötzlich rannten wir alle den Hang hinab und dem entflohenen Boot hinterher.

Trotz unserer Erschöpfung und den schmerzenden Muskeln rannten wir wie die Wahnsinnigen auf die Siedlung zu und riefen aus Leibeskräften: »Achtung! Aus dem Weg!«

Der hinabrasende Wagen traf eine Unebenheit und steuerte ins hohe Gras neben der Straße; das verlangsamte ihn ein wenig.

Neben der Hütte stand eine Steinmauer, die Teil des Schweinepferchs war. Der Wagen pflügte durch das Gras, und das Boot schrammte an der Wand vorbei, wobei zwei oder drei Steine herausgerissen wurden. Das verlangsamte den Wagen weiter, doch nicht genug, um den bevorstehenden Zusammenstoß zu vermeiden.

Der Kiel des Bootes traf den Misthaufen und schleuderte Dung und Abfall in die Luft. Der Wagen wurde in die Höhe geschleudert und landete mit einem entsetzlichen Krachen im Haus.

Padraig erreichte das Trümmerfeld als Erster. Er steckte den Kopf durch das Loch in der Wand und rief hinein, ob irgendjemand verletzt sei. Ich war der Nächste am Haus. »Ich glaube nicht, dass jemand hier ist«, sagte der Mönch und drehte sich zu mir um.

Sarn, der nur zwei Schritte hinter mir gewesen war, kam zu uns. »Ist das Boot beschädigt?« Er kletterte hinauf und sah nach.

Roupen, dessen dürre Gliedmaßen vor Erregung zitterten, trat neben mich. »Noch nie in meinem Leben habe ich so etwas gesehen«, keuchte er und schnappte nach Luft. »Das war …« Er hielt kurz inne und suchte nach einem geeigneten Wort. »Das war … großartig!«

»Der Rumpf ist noch heil!«, verkündete Sarn sichtlich erleichtert.

»Ich frage mich, wo alle hingegangen sind?«, bemerkte Padraig und ging ums Haus herum.

»Ist niemand da?«, fragte Roupen. Er steckte den Kopf durch die eingestürzte Wand, sah sich rasch um und sagte: »Das ist Glück. Ohne weiteres hätte da jemand getötet werden können.«

Sarn kletterte aus dem Boot und begann damit, die Stelle zu untersuchen, wo der Rumpf an der Steinmauer entlanggeschrammt war. Padraig tauchte wieder auf, um uns zu sagen, dass keine Tiere in den Pferchen seien, ebenso wenig wie Menschen auf den Feldern. Dann verschwand er wieder, um die Häuser auf der anderen Straßenseite zu erkunden.

»Ist Bier da?«, fragte Dodu, der als Letzter ankam. Mit leuchtend rotem Gesicht und schnaufend ob der ungewohnten Anstrengung setzte er sich auf ein Wagenrad und wischte sich mit dem Ärmel den Schweiß aus dem Gesicht. »Ich sterbe gleich vor Durst.«

»Es ist niemand hier«, berichtete ich ihm.

»Unmöglich«, erwiderte der Schlepper. »In all den Jahren, da ich hier vorbeikomme, war immer jemand hier.«

»Sieh selbst nach«, sagte ich. »Das Haus ist leer, ebenso die Felder.«

In diesem Augenblick kehrte Padraig mit einem Holzeimer wieder zurück. »Ich habe den Brunnen gefunden«, sagte er und reichte mir den Eimer. Ich gab ihn an Roupen weiter, der schlicht den Kopf hineinsteckte und in tiefen Zügen trank.

Während der Eimer seine Runde machte, fragte ich Padraig, was er sonst noch herausgefunden hatte. »In den Krippen ist Futter«, berichtete er, »und in den Trögen Wasser. Das Lagerhaus ist voll mit Korn. Also haben wir zumindest Wasser und etwas zu essen.«

Dodu stöhnte und schüttelte den Kopf. Sarn trat ums Heck des Bootes und sagte: »Wir haben Pech. Der Mast ist gebrochen. Die Spitze ist zersplittert, als sie das Haus getroffen hat.«

»Lässt er sich wieder instand setzen?«

»Vielleicht«, antwortete der Seemann unglücklich. »Wir werden es wohl versuchen müssen.« Kopfschüttelnd ging er wieder davon.

»Was sollen wir jetzt tun?«, fragte Roupen.

»Padraig hat Wasser und was zu essen gefunden«, antwortete ich. »Lass uns nachsehen, ob wir vielleicht noch etwas anderes auftreiben als nur Getreide.«

Während Dodu und Roupen die Bauernhäuser durchsuchten, machten Padraig und ich uns daran, ein Feuer im Hof zu entfachen. Dazu holten wir uns Holz von einem Stapel neben der Tür und Zunder aus dem Inneren des nun in Trümmern liegenden Hauses. Während ich mich bemühte, das Feuer zu entzünden, fand Padraig einen Kochtopf, den er mit Wasser aus dem Brunnen füllte; dann holte er eine ordentliche Menge gequetschten Hafers aus dem Lagerhaus. Schließlich brachte er das Ganze zu mir, und als das Feuer endlich in Gang war, stellte er den Topf in die Flammen und setzte sich daneben, um ihn im Auge zu behalten.

Dodu und Roupen erschienen aus dem Nachbarhaus. Der junge Herr trug einen kleinen Beutel in der einen und eine Schüssel in der anderen Hand. Dodu hatte einen Krug und einen Holzbecher dabei. »Ich wusste doch, dass es hier Bier gibt«, sagte er und stellte den Krug vorsichtig vor seine Füße. Dann setzte er sich und füllte den Becher mit der süßen braunen Flüssigkeit.

»Ich habe Salz gefunden«, sagte Roupen und hielt mir den Beutel hin. Aus der Schüssel zauberte er zwei Eier hervor und ein Stück harten, milchig weißen Käse. Die Eier gab er Padraig mit den Worten: »Vielleicht sollten wir sie kochen.«

»Ich habe eine bessere Idee«, erwiderte der Mönch. Er nahm Roupen die Schüssel ab, schlug die beiden Eier am Rand auf und gab ihren Inhalt in das Tongefäß. Dann nahm er den Käse, brach ein Stück davon ab und bröselte es in die Schüssel. Anschließend rührte er das Ganze mit dem Finger um, bis eine einheitlich blassgelbe Masse entstanden war.

Roupen schaute ihm fasziniert zu. »Bist du der Koch in deinem Kloster?«

Padraig lächelte. »Die Abtei ist nicht groß«, erklärte er. »Deshalb wechseln wir uns bei den verschiedenen Arbeiten ab.« Dann gab er den Inhalt der Schüssel in den Kochtopf, in dem das Wasser langsam zu wallen begann. Schließlich griff er nach dem Salzbeutel, nahm eine kleine Hand voll heraus und ließ sie ebenfalls in den Kochtopf rieseln. »Nun denn«, sagte er, schnappte sich einen Stock und schälte die Rinde ab, »jetzt warten wir also.«

Wir ließen den Bierbecher im Kreis herumgehen, um uns zu beschäftigen, während wir darauf warteten, dass es im Topf zu köcheln begann. Sarn hatte offenbar beschlossen, dass der Mast warten musste, bis er etwas im Magen hatte; er gesellte sich zu uns und verlangte seinen Teil vom Bier, den Dodu ihm auch gab – allerdings widerwillig. Nach einer Weile begann das Essen zu kochen, und Padraig rührte es mit dem Stock um. Sarn ging ins Haus, um nachzusehen, ob Dodu vielleicht einen Krug Bier übersehen hatte. Ich legte mich zurück, schloss die Augen und lauschte auf das Brodeln aus dem Topf. Der Geruch des Breis ließ mir das Wasser im Mund zusammenlaufen, und mir knurrte der Magen. Ich erinnerte mich gerade an meine letzte Mahlzeit, bevor ich mein Heim verlassen hatte, als ich spürte, wie jemand meinen Arm berührte.

Ich öffnete die Augen und sah, dass Roupen über mir kniete; sein Blick war auf den Hof hinter uns gerichtet. Ich rollte mich herum und blickte ebenfalls in diese Richtung, doch sah ich nur die Bäume hinter dem Feld. »Was siehst du?«, fragte ich.

»Da ist jemand«, flüsterte er.

Padraig hörte auf zu rühren. Er legte den Stock quer über den Topf und spähte in die Schatten des Waldes.

»Bist du sicher?«, fragte ich. Der junge Mann nickte. Ich stand auf und winkte Padraig zu mir. »Wir werden nachsehen müssen.« Und an Roupen gewandt: »Du bleibst hier und bewachst den Topf. Rühren nicht vergessen!«

Padraig und ich marschierten über den Hof aufs Feld und auf die Bäume zu. Wir achteten auf jede noch so kleine Bewegung, doch in den Schatten war nichts zu erkennen. Schließlich blieben wir am Rand des Feldes stehen, und ich rief in den Wald hinein: »Komm raus! Wir haben dich gesehen. Du brauchst keine Angst zu haben. Wir brauchen deine Hilfe. Komm raus, damit wir miteinander reden können.«

Wir warteten. Weder war ein Geräusch aus dem Wald zu hören, noch sahen wir eine Bewegung. Ich wollte gerade noch einmal rufen, als Padraig sagte: »Lass es mich einmal versuchen.« Er trat ein paar Schritte allein vor und hob die Hände zu einem priesterlichen Segen. »*Pax tecum!* Im Namen unseres Erlösers grüße ich dich.« Er hielt kurz inne und wartete einen Augenblick lang; dann fügte er hinzu: »Ich habe einen Brei gekocht. Komm, und teile ihn mit uns.«

»Was tust du da?«, beschwerte ich mich. »Es reicht ja kaum für uns.«

Padraig ignorierte mich und rief: »Der Brei ist fertig! Komm, und iss.«

»Wir können nicht das ganze Land durchfüttern!«, meldete ich mich erneut.

»Schschsch, Duncan. Sei still.«

Der übermäßig großzügige Mönch wiederholte seine Einladung, und wir warteten noch etwas. Ich glaubte schon, Roupen habe sich geirrt; der Hunger ließ ihn vermutlich die seltsamsten Dinge sehen. Bevor ich Padraig dies jedoch erklären konnte, hörte ich ein Rascheln, und ein weißhaariger alter Mann trat aus dem Wald; in der einen Hand hielt er ein kleines Messer und in der anderen einen abgebrochenen Ast. Die Augen in seinem faltigen Gesicht funkelten trotzig.

»Friede sei mit dir, Vater«, sagte Padraig. »Wir sind Pilger, und wir wollen dir nichts Böses.«

Der alte Mann trat noch zwei Schritte vor und blieb dann wieder stehen. Er hob den Ast und deutete damit auf Padraig. »Bist du wirklich ein Priester?«, fragte er in einfachem Latein.

»Das bin ich«, bestätigte ihm Padraig, der noch immer die Hände erhoben hielt. »Komm, lass uns das Brot zusammen brechen, und dann kannst du uns sagen, was hier geschehen ist.«

Der Mann ließ seine Waffe fallen und nickte den beiden alten Frauen, die hinter ihm kauerten, ermutigend zu. »Alles in Ordnung!«, rief er. »Der hier ist ein Priester!«

Nach diesen Worten sprangen die Frauen auf und fielen über Padraig her; sie packten seine Hände, küssten sie und priesen Gott. Einen Augenblick lang ließ der Mönch es zu, dass man ihn so behandelte, dann jedoch drehte er sich um und trieb seine neue Herde zum Haus.

Als wir den Hof erreichten, gingen die alten Leute sofort zu der Stelle, wo Roupen neben dem Topf wartete und starrten sehnsüchtig auf den dampfenden, brodelnden Brei. In diesem Augenblick erschienen Sarn und Dodu; auch im zweiten Haus hatten sie nichts Brauchbares gefunden.

Die alten Leute erkannten den Schlepper und rannten auf ihn zu. »Dodu! Dodu!«, riefen sie und redeten in einer fremden Sprache auf ihn ein. Dodu klopfte ihnen auf die Schultern und hörte zu; sein Gesichtsausdruck wurde immer bekümmerter. Schließlich hob er den Kopf und sagte auf Latein: »Sie sind ausgeraubt worden – vor zwei Tagen. Ohne Zweifel waren das dieselben Räuber, die auch uns überfallen haben.«

Dodu hörte sich noch weitere Einzelheiten der Geschichte an; dann sagte er: »Sie haben alle Schweine mitgenommen – es waren sechs, wisst ihr – und auch die beiden Kühe. Annas Mann hat versucht, sie davon abzuhalten, und sie haben ihm auf den Kopf geschlagen.« Der alte Mann machte eine Handbewegung und zeigte, wo der Schlag seinen Freund getroffen hatte; sein Mund verzog sich zu einem Spiegel der Qual und der Abscheu. »Er ist gestern gestorben«, fuhr Dodu fort. Er tauschte noch ein paar Worte mit dem alten Bauern aus und fügte traurig hinzu: »Sie haben ihn in den Wäldern am Fluss begraben, wo sie sich versteckt hielten.«

Die alten Frauen nickten energisch und deuteten auf die Bäume hinter ihnen. Sicherlich hatten sie uns den Hügel hinunterkommen gesehen, und da sie einen weiteren Angriff gefürchtet hatten, waren sie in die Wälder geflohen. Das hatte sie vermutlich vor Schaden bewahrt, als das Boot gegen ihr Haus geprallt war. Ich wies sie darauf hin, führte sie dann zu der entsprechenden Stelle und zeigte ihnen die Trümmer. Sie schnalzten mit den Zungen und murmelten miteinander in ihrer Sprache, doch alles in allem schienen sie mehr an unserem Brei interessiert zu sein als an der Ruine ihrer ärmlichen Behausung.

Eine der alten Frauen kletterte durch das Loch in der Wand ins Haus und begann, etwas in den Trümmern zu suchen. Schließlich brachte sie zwei Holzschüsseln heraus und reichte sie ihrer Freundin. Aus einer anderen Ecke holte sie einen Beutel hervor, den sie an mich weitergab. Als ich ihn öffnete, fand ich hartes Brot darin. Als Nächstes entdeckte sie einen Holzlöffel. Damit ging sie zum Topf und entband Roupen mit einem knappen Nicken von seiner Pflicht.

Sie setzte sich neben den Topf, holte ein wenig von dem Brei mit dem Löffel heraus, blies darauf, um ihn abzukühlen und kostete ihn. Sie verzog das Gesicht. Dann rief sie dem alten Mann etwas zu, der sich daraufhin rasch in Bewegung setzte. Er ging zum Lagerhaus und verschwand – und ein paar Augenblicke später tauchte er mit einem braunen Bündel so groß wie ein Baby wieder auf und brachte es seiner Frau.

Die Frau legte das Bündel auf ihren Schoß und öffnete es. Ein feines Stück Räucherschinken verbarg sich darin. Sie zog ein kleines Messer aus ihrem Ärmel und begann, Streifen aus dem Fleisch zu schneiden und in den Brei zu werfen. Als Nächstes holte der alte Mann zwei Zwiebeln hervor, die die Frau ebenfalls klein schnitt und mit dem Holzlöffel in den Brei einrührte.

Nach einer Weile hatte sich der Duft, der aus dem Topf aufstieg, auf wundersame Weise und um ein Vielfaches verbessert. Die alte Frau schmeckte erneut die Mischung ab und lächelte ein breites, zahnloses Lächeln. Wir nahmen unsere Schüsseln und versammelten uns um den Topf, um unsere Portionen in Empfang zu nehmen. Das harte Brot bröselten wir in den dampfenden Brei. Schließlich hoben wir die Schüsseln an die Lippen und aßen unsere erste Mahlzeit seit drei Tagen.

Das Essen reichte, um den Hunger zu vertreiben, und es gab uns genügend Kraft, um den Wagen vom Haus wegzuziehen. Den Rest des Tages verbrachten wir damit, bei den Aufräumarbeiten zu helfen und die wenigen übrig gebliebenen Habseligkeiten der alten Leute ins andere Haus zu schleppen, das aufgrund eines Lochs im Dach seit Jahren schon nicht mehr benutzt worden war.

An diesem Abend backten die alten Frauen Fladenbrot und kochten Schinken in Bier; dann wickelten sie die Fleischscheiben in die Fladen und gaben sie uns so zum Essen. Es war eine einfache Mahlzeit, doch ausgesprochen schmackhaft, und sie machte satt. In dieser Nacht schliefen wir zum ersten Mal ohne Hungerkrämpfe im Magen – abgesehen von Roupen, dessen empfindlicher Magen solch schweres Essen nicht vertragen konnte. Er aß mit uns, doch zahlte er den Preis dafür: Entsetzliche Blähungen hielten ihn fast die ganze Nacht über wach. Früh am nächsten Morgen, als die anderen noch schliefen, machten Padraig und ich uns auf den Weg zu der Mühle an der Saône.

Ich war zu dem Schluss gekommen, dass unsere beste Hoffnung darin bestand, so rasch wie möglich den Fluss zu erreichen. Wenn wir Glück hatten, konnten wir einen der dortigen Schlepper dazu bewegen, mit uns hierher zurückzukehren, um unser Boot zu holen. Wie wir ihn bezahlen sollten, war zwar ein Problem, doch laut Dodu hatten wir ohnehin einen Dreitagesmarsch vor uns, und bis dahin würde mir schon etwas einfallen; davon war ich fest überzeugt.

Aber wie auch immer, auf jeden Fall war klar, dass wir in dieser Siedlung keine Hilfe bekommen würden. Hier lebten nur arme Bauern, die durch grausame Diebe noch ärmer geworden waren, welche ihnen ihr Vieh und ihre wenigen Habseligkeiten geraubt hatten; unsere Anwesenheit stellte außerdem eine zusätzliche Belastung für sie dar. Es würde schon schwer genug werden, die Zurückgebliebenen zu ernähren: Sarn und Dodu, die das Boot bewachen, und Roupen, der sich ausruhen und wieder zu Kräften kommen sollte.

Zumindest waren Sarn und Dodu in der Lage, für ihr Essen zu arbeiten, denn ich hatte dem Bauern versprochen, dass die beiden Männer ihr Haus reparieren würden, während wir fort waren. Roupen riet ich jedoch, es langsam angehen zu lassen. Da seine Verdauungsprobleme in der vergangenen Nacht mehr als offensichtlich gewesen waren, war eindeutig, dass er sich noch nicht ganz von der Krankheit erholt hatte, an der seine Freunde gestorben waren. Die wenige Kraft, die ihm geblieben war, hatte er auf der Seine beim Treideln und dem Transport des Boots über die Hügel verbraucht. Ich glaubte, ein paar Tage Muße würden ihm gut tun.

Roupen hatte jedoch andere Pläne, wie ich bald herausfinden sollte, als Padraig und ich gegen Mittag eine Rast einlegten. Die alten Frauen hatten uns mit einem Beutel Brot und zwei Wasserschläuchen versorgt. Nachdem wir den ganzen Morgen über stramm marschiert waren und nur einmal angehalten hatten, um etwas zu trinken, setzten wir uns nun zum Essen am Straßenrand nieder. Wir teilten uns ein Stück Brot und redeten miteinander, als plötzlich Roupen hinter uns in Sicht kam. Sobald er nahe genug herangekommen war, um mit uns reden zu können, stand ich auf und sagte: »Ich dachte, wir hätten vereinbart, dass du bei den anderen bleibst. Stimmt etwas nicht?«

»Nein, nein«, antwortete er. »Ich dachte nur, ihr könntet vielleicht meine Hilfe brauchen.«

Ich dankte ihm und erwiderte: »Padraig und ich sind durchaus in der Lage, mit den Schleppern zu verhandeln. Du kannst dich genauso gut ausruhen und deine Kräfte für die Reise schonen, die noch vor uns liegt.«

»Ohne Zweifel wird eure Überzeugungskraft nur von der des großen Moses übertroffen«, erwiderte der junge armenische Fürstensohn. »Aber wenn die Schlepper der Saône sich nicht wesentlich von jenen unterscheiden, die wir bis jetzt gesehen haben«, fuhr er fort, »dann halte ich es für mehr als unwahrscheinlich, dass ihr sie davon überzeugen könnt, ohne Bezahlung für uns zu arbeiten.«

Ich räumte ein, dass das wahr sei, doch wies ich ihn darauf hin, dass ja auch er seine Börse an die Räuber verloren habe. »Da du kein Geld hast, weiß ich nicht, wie du uns in dieser Angelegenheit helfen könntest.«

Der dünne junge Mann lächelte und reckte die Faust in die Luft. Er trat näher, bis sich seine Hand genau vor meinen Augen befand; dann öffnete er sie und enthüllte den großen Goldring, den er auch in der Nacht getragen hatte, da wir ausgeraubt worden waren.

»Ich dachte, sie hätten dir alles abgenommen«, sagte ich. »Ich habe doch gesehen, wie der Kerl dich durchsucht hat.«

»Ich habe ihn im selben Augenblick im Mund versteckt, da Padraig mich geweckt hat.« Wieder lächelte er, und ich sah plötzlich eine Kühnheit an ihm, die mir bis jetzt nicht aufgefallen war.

»Und hätten sie mich gründlicher durchsucht, hätte ich ihn hinuntergeschluckt.«

Es kam mir in den Sinn, dass dies hier ein junger Mann war, der vielleicht zum ersten Mal in seinem Leben wirkliche Freude verspürte. Nicht mehr länger zufrieden damit, zurückgelassen zu werden, war er uns einen halben Tag lang gefolgt, um an dem teilzunehmen, was als Nächstes geschehen mochte. Ihn jetzt wieder zurückzuschicken wäre ein Schlag gewesen, den er uns nicht so rasch vergeben hätte. Da es ihm offenbar so viel bedeutete, gab ich schließlich nach.

»Dann komm mit«, sagte ich und reichte ihm den Wasserschlauch und ein Stück Brot. »Wir freuen uns über deine Gesellschaft.«

So kam es, dass ein Teil unserer Reisegemeinschaft drei Tage später den kleinen Ort mit der Mühle an den Ufern der Saône betraten. Der Siedlungsplatz war gut gewählt: Die kleine Stadt lag genau an einer Flussbiegung und die Mühle ein Stück weiter flussaufwärts. Jenseits der Mühle befand sich eine schmale, felsige Furt; dort war das Wasser zu rau und zu flach für Boote. Unterhalb der Siedlung verbreiterte sich der Fluss jedoch weit genug, um schiffbar zu sein. Als wir nun vom Hügel ins Tal hinabblickten, sahen wir mehrere Boote im Wasser. Ob diese nun gerade angekommen waren oder bald wieder abfahren würden, vermochten wir nicht zu sagen.

Ich beschloss, keine Zeit zu verschwenden, sondern direkt zum Wasser hinunterzugehen und mit den Schleppern zu reden, um zu sehen, wie die Lage war. Die Straße führte uns zuerst zur Mühle, an der wir jedoch rasch in Richtung Dorf vorbeigingen. Als wir gerade an ihr vorüber waren, blieb Roupen plötzlich mitten auf der Straße stehen und drehte sich um.

Padraig und ich gingen noch ein paar Schritte weiter, bevor wir bemerkten, dass er nicht mehr bei uns war. Ich warf einen Blick über die Schulter zurück und sah ihn stocksteif auf der Straße stehen und auf die Weide neben der Mühle starren, wo der Müller seine Ochsen und das andere Vieh hielt. Die Weide war klein und von einer niedrigen Steinmauer umgeben. Zwei Kühe und ein Paar Ochsen standen an ihrem Ende neben der Mühle. Ich rief nach Roupen, und als dieser nicht antwortete, sagte Padraig: »Er hat etwas gesehen.«

Noch immer begierig darauf, so schnell wie möglich weiterzugehen und mit den Schleppern zu sprechen, weigerte ich mich anzuhalten, wo unser Ziel doch so nahe war. »Was ist?«, verlangte ich verärgert zu wissen.

Ohne den Blick von der Weide abzuwenden, hob Roupen die Hand und deutete auf das Vieh. »Das sind Dodus Ochsen«, sagte der junge Herr.

Ich musterte die beiden großen Tiere und sagte: »Lass uns nicht voreilig urteilen. Immerhin sieht ein Ochse wie der andere aus.«

Ich blickte zu Padraig, der wenig hilfreich mit den Schultern zuckte und sagte: »Selbst wenn das, was du sagst, wahr ist, weiß ich nicht, was wir deswegen unternehmen könnten. Wir haben andere ...«

Bevor er den Satz beenden konnte, hallte ein geradezu unglaublich lautes Quieken hinter der Mühle zu uns herüber. Roupen setzte sich in Richtung des Geräuschs in Bewegung. »Da wird jemand umgebracht«, sagte er.

»Ja«, stimmte ihm Padraig in sanftem Tonfall zu. »Ein Schwein.«

Das Quieken ertönte erneut, wilder noch und schrecklicher. Die unglückliche Kreatur litt geradezu unglaubliche Qualen, und noch immer machte niemand ihrem Leiden ein Ende.

»Das nenne ich schlechtes Schlachten«, bemerkte ich. »Außerdem ist es recht ungewöhnlich, so früh im Jahr Schweine zu schlachten, es sei denn, hier ist wirklich alles anders als bei uns.«

»Es sei denn«, fügte Roupen hinzu, »es sind nicht *deine* Schweine.«

Mit diesen Worten machten wir uns auf den Weg zurück zur Mühle, einem riesigen Holzgebilde aus Eichenstämmen, deren Zwischenräume mit Mörtel verputzt waren. Ein großes Wasserrad drehte sich langsam im Strom, nicht weit von der Furt entfernt. Der Hof war groß und mit Steinen gepflastert, sodass große Wagen nicht einsinken konnten, wenn es geregnet hatte.

Der Steinbelag war jedoch das einzig Ordentliche und Saubere hier. Als wir näher kamen, traf uns der Gestank der Mühle wie ein Schlag ins Gesicht: Dung und ranziges Stroh lagen in schmutzigen Haufen zu beiden Seiten der niedrigen Scheune, die sich direkt an das Haus anschloss, und erfüllten die Luft mit einem Geruch, der einem die Tränen in die Augen trieb und den Magen umdrehte. Berge menschlicher Ausscheidungen häuften sich auf dem Boden unter den oberen Fenstern der Mühle, und der Hof war von Hundekot übersät – zusammen mit Pferdeäpfeln, die einfach dort liegen gelassen worden waren, wo die Zugtiere sie fallen gelassen hatten.

»Unser Müller ist ein ausgesprochen derber Bursche«, bemerkte Padraig.

Das Haus selbst hätte dringend ein paar Reparaturen vertragen können; das Dach war einst mit hübschen roten Ziegeln bedeckt gewesen, doch nun fehlten viele – manche lagen sogar zerbrochen auf dem Hof –, einige dieser Löcher hatte jemand allerdings mit einfachen flachen Steinen ausgebessert. Das Mühlrad war grün von Moos, das in langen schleimigen Fäden von Speichen und Schaufeln hing.

Die Scheunentür war herausgefallen und lehnte an der Wand. Die steinerne Umwandung des Ochsenpferchs im Inneren war an einer Stelle zusammengebrochen, doch die schadhafte Stelle war nicht mit Steinen repariert worden – die herausgefallenen Brocken lagen noch immer verstreut um die Bruchstelle herum –, sondern mit Brettern und Stricken. Zwei knochige, dünne braune Ochsen standen mit gesenkten Köpfen an der Wand; offenbar fehlte den Tieren die Kraft, sich auch nur einen Schritt zu bewegen. Außerdem teilten sie den ohnehin schon viel zu kleinen Pferch mit fünf fetten Schweinen, die mit gefesselten Läufen in ihrem eigenen Kot lagen.

Am anderen Ende des Hofs lag ein riesiger Mühlstein, der von einer Stange gedreht wurde, welche wiederum quer an einer anderen befestigt war. Wären nicht die vier Männer neben dem Mühlstein gewesen, ich hätte geglaubt, die Mühle wäre schon vor langer Zeit verlassen und die Tiere ihrem Schicksal überlassen worden. Aber ich sah den alten Mühlstein, und jetzt wusste ich auch, was Dodu damit gemeint hatte, als er gesagt hatte, der Müller halte sich Ochsen zum Mahlen: Wenn der Sommer zu trocken war und der Flusspegel so tief sank, dass das Wasserrad nicht mehr angetrieben werden konnte, mussten die Tiere ins Joch und den Stein drehen.

Die Männer waren mit irgendeiner Arbeit beschäftigt und schenkten uns keinerlei Beachtung, als wir den stinkenden Hof betraten. Ein weiteres lautes Schweinequieken zerriss die Luft; die Ähnlichkeit zu menschlichen Schreien war erschreckend, und Übelkeit stieg in mir auf, als sich bestätigte, was ich bereits vermutet hatte.

Ein Junge – vielleicht acht oder neun Jahre alt – hielt einen Speer in der Hand und machte sich ein Vergnügen daraus, das arme Schwein möglichst langsam zu töten. Angefeuert von jenen, die um ihn herumstanden, quälte das Kind das Tier mit sichtlicher Freude. Der Junge hatte dem Schwein bereits beide Augen ausgestochen und ihm den Rücken aufgeschlitzt. Jetzt stieß er dem Tier den Speer in die Seite und riss ihn vor und zurück, während sein brüllendes Opfer, dessen Beine gebunden waren, Blut spie.

Der Ausdruck wahnsinniger Freude auf dem Gesicht des Jungen erfüllte mich mit kaltem Zorn. Ich empfand das Geschehen an sich schon als zutiefst verabscheuungswürdig, doch dass die Männer das Kind sogar noch anfeuerten, war geradezu monströs. Ich wollte mich schon in Bewegung setzen, als ich Padraigs Hand auf meinem Arm spürte. »Sei vorsichtig«, warnte er. »Dies hier ist ein böser Ort.«

Ich schüttelte ihn ab und erwiderte: »Sie müssen für das bestraft werden, was sie tun.«

»Sie *werden* auch bestraft werden. Daran solltest du nicht zweifeln«, versicherte er mir. »Aber vielleicht bist nicht du das Werkzeug dieser Strafe. Ich glaube, Gott hat andere Pläne für dich.«

»Und was soll ich deiner Meinung nach tun?«, verlangte ich zu wissen.

»Womöglich genügt schon deine Gegenwart, dass sie sich schämen«, erklärte Padraig.

»Und wenn nicht?«

»Das liegt in Gottes Hand, Duncan.« Er blickte mir tief in die Augen. »Wirklich.«

»Also gut«, lenkte ich ein. Ich atmete tief durch und besänftigte meinen Zorn. Als ich mich schließlich wieder ein wenig beruhigt hatte, trat ich auf die Männer zu und rief ihnen einen Gruß entgegen, um sie wissen zu lassen, dass wir hier waren. Auf mein Rufen hin drehte sich einer der Männer langsam um und betrachtete mich mit trüben, feindseligen Augen.

»Was willst du?« Seiner tiefen Stimme war deutlich anzumerken, dass ihn die Störung ärgerte.

Hinter mir hörte ich Roupen nach Luft schnappen und Padraig zuflüstern: »Das ist der Mann, der uns ausgeraubt hat.«

Auch wenn mich das ebenso erschreckte wie Roupen, durfte ich nicht zulassen, dass der Mann bemerkte, dass ich ihn erkannt hatte. Also sagte ich: »Wir wollten Euch fragen, ob Ihr uns nicht vielleicht Eure Ochsen für ein oder zwei Tage borgen könntet.«

»Frag einen Schlepper«, grunzte der Mann und drehte sich wieder um. »Ich mahle Korn für meinen Lebensunterhalt.«

»Ihr müsst wissen«, erwiderte ich und trat näher, »dass wir auf der Straße ein wenig Pech hatten. Wenn wir Euch davon überzeugen könnten, uns zwei Eurer Ochsen zu leihen, wäre alles wieder in Ordnung. Selbstverständlich würden wir Euch für Eure Hilfe auch entlohnen.«

Wütend wirbelte der große Mann herum. »Bist du nicht nur dumm, sondern auch taub?«, brüllte er, und Speichel flog ihm aus dem Mund.

Auf sein Brüllen hin drehten sich auch noch zwei weitere Männer um. Einer von ihnen bückte sich und hob ein Holzstück auf, das neben dem Mühlstein lag, und packte es wie eine Keule.

»Ich würde nicht fragen«, erklärte ich dem Mann, »wenn unsere Not nicht groß wäre. Nur für ein paar Tage, nicht mehr ... und wir würden die Tiere gut behandeln.« Letzteres sagte ich, um ihn in Verlegenheit zu bringen, doch das bemerkte er nicht.

»Das ist eine Mühle und kein Stall!«, schrie er. »Mach, dass du wegkommst, oder ich hetze dir die Hunde auf den Hals!« Er trat einen Klumpen Hundekot in meine Richtung.

Der Mann mit dem Holzstück hob dieses hoch in die Luft, als wolle er jeden Augenblick damit zuschlagen. Ich konnte nichts mehr gewinnen, wenn ich sie noch weiter reizte, und so zog ich mich rasch zurück. Ich hatte jedoch erst ein, zwei Schritte getan, als ich plötzlich einen Schlag spürte; das Holzstück hatte mich genau zwischen den Schulterblättern getroffen. Ich blickte nicht zurück, sondern straffte die Schultern und ging unter dem grölenden Lachen des Müllers und seiner Freunde weiter.

»Nun?«, verlangte der junge Herr zu wissen. »War das der Mann, der uns ausgeraubt hat?«

»Nein«, antwortete ich ihm, »dieser Mann ist älter und schwerer; aber die Ähnlichkeit ist einfach zu groß, um nur Zufall zu sein.«

Padraig nickte zustimmend. »Ob es Brüder sind?«

»Das ist meine Vermutung.«

»Ob sie nun Brüder, Schwestern oder Mann und Weib sind«, knurrte Roupen in ungewohntem Zorn, »ich sage, die Ochsen dort draußen gehören Dodu, und die Schweine sind mit Sicherheit jene, die den armen Bauern gestohlen wurden.«

»Halte Frieden«, ermahnte ich ihn. »Aber so sicher, wie der Tag auf die Nacht folgt, so bin auch ich jetzt davon überzeugt.«

»Warum laufen wir dann weg?«

»Wir laufen nicht weg«, entgegnete ich und setzte mich wieder in Bewegung. »Wir suchen uns nur einen Ort zum Ausruhen.«

»Ausruhen?«, Roupen kochte vor Wut. »Während sie uns auslachen und diese Tiere ungestraft quälen?«

»Nein«, widersprach ich. »Während wir auf die Dunkelheit warten, auf dass sie uns hilft.«

Unzufrieden verzog Roupen das Gesicht. »Feiglinge«, murmelte er.

Padraig trat zu ihm. »Er meint«, erklärte der Mönch und legte dem jungen Mann die Hand auf die Schulter, »dass wir bis jetzt so schwach wie Tauben waren und daher nun so listig wie Schlangen werden müssen, um diese bösen Männer für ihre Taten zur Rechenschaft zu ziehen.«

»Wir haben diesem Burschen Gelegenheit gegeben, uns höflich und gerecht zu behandeln«, fügte ich hinzu, »doch von nun an, werden wir unsere Geschäfte auf eine Art tätigen, die er versteht.«

»Was hast du vor?«, fragte Roupen.

»Wart es ab«, antwortete ich und ging weiter.

Wir legten uns auf einem benachbarten Feld unter eine große Heuraufe und dösten den ganzen langen Nachmittag hindurch. Sich in der Hitze des Tages auszuruhen war ausgesprochen angenehm, und erst als die Sonne bereits unterging, regten wir uns wieder. Ich hatte mir das Mühlenhaus und den Hof genau angesehen und wusste nun, wie wir vorgehen würden.

Meine einzige Sorge galt den Hunden, die der Müller erwähnt hatte. Auch wenn ich die Tiere nicht gesehen hatte, so war ihre Existenz doch durch die unzähligen Hundehaufen auf dem Hof offensichtlich gewesen. Ich wusste weder, wie viele es waren, noch, ob sie groß und wild waren, oder ob es sich lediglich um kleine, aber laute Tiere handelte.

»Die Ochsen werden uns keinerlei Schwierigkeiten bereiten«, erklärte ich meinen Mitdieben. »Es sind die Schweine, die sich als schwierig erweisen könnten. Selbst wenn es uns gelingen sollte, die Hunde nicht zu wecken, werden die Schweine zu quieken beginnen, sobald wir uns ihnen nähern.«

Wir besprachen diese Fragen eine Zeit lang, dann sagte Padraig: »Überlass die Schweine mir. Ich werde mich schon um sie kümmern.« Mit diesen Worten stand er auf und ging aufs Feld hinaus, wo er sich flach auf den Bauch legte und die Arme ausbreitete.

»Was macht er da?«, fragte Roupen.

»Er betet«, antwortete ich.

»Für die Schweine?«

»Für uns alle.«

Kurze Zeit später war auch das letzte Tageslicht verschwunden, und ein blaues Zwielicht hatte sich über das Tal gesenkt. Ich legte mich zurück und lauschte, während in der kleinen Flusssiedlung Stille einkehrte. Aus den Bäumen am Ufer drang das laute Krächzen von Krähen in ihren Nestern zu uns herüber und von den Feldern das vertraute Muhen der Kühe, die in ihre Pferche und Ställe zurückkehrten. Hier und dort bellte ein Hund oder klingelten Ziegenglocken. Als es schließlich vollkommen dunkel war, machten wir uns an die Arbeit.

Nachdem Roupen an der Straße Stellung bezogen hatte, um den Weg zwischen Mühle und Ort zu beobachten und uns zu alarmieren, sollte jemand kommen, eilten Padraig und ich zu der Weide, wo Dodus Ochsen standen. Es war, wie ich erwartet hatte: Die Mauer war schlecht gemacht, und die Tiere waren für die Nacht nicht in den Stall gebracht worden. Auch hatte sich sonst niemand um sie gekümmert; sie waren ganz sich selbst überlassen. Rasch fanden wir eine Schwachstelle in der Mauer und lehnten uns dagegen, bis sie zusammenfiel.

Dann schoben wir die herausgefallenen Steine beiseite, um den Durchbruch zu weiten, damit die Tiere die Stelle passieren konnten. Sonst mussten wir nichts weiter tun, um die Ochsen zu befreien, und so eilten wir auf die Weide. Ich löste die Fesseln der geduldigen Tiere und führte sie hinaus, während Padraig mir mit den Milchkühen folgte.

Wieder bei Roupen auf der Straße sagte ich: »Wir haben, weshalb wir gekommen sind. Jetzt können wir wieder gehen. Alles wird gut werden. Wenn wir weitermachen, könnten wir alles verlieren.« Ich blickte meine Mitverschwörer nacheinander an. »Was meint ihr?«

»Wenn du diese Schweine nicht befreien willst, ich will es«, erklärte Roupen entschlossen. »Es ist nicht recht, dass es diesen Verbrechern so gut ergeht.«

»Die Schweine bedeuten uns nichts«, sagte Padraig. »Aber für den Bauern, sein Weib und seine Schwester bedeuten sie den

Unterschied zwischen Leben und Tod. Ich denke, wir sollten es versuchen.«

»Nun gut«, sagte ich, »dann sind wir uns also einig. Was auch immer geschehen mag, niemand wird diese Entscheidung bereuen.« Und an den jungen Armenier gewandt fügte ich hinzu: »Bring die Ochsen und Kühe weg. Wir werden uns mit dir wieder auf der Straße treffen.«

»Ich begleite euch«, erwiderte er.

»Ochsen sind langsam und können leicht eingeholt werden«, erklärte ich ihm geduldig. »Wenn wir verfolgt werden, wäre es besser, du bist mit ihnen außer Sichtweite.«

»Ich begleite euch«, wiederholte Roupen und verschränkte die Arme vor der Brust.

Bevor ich noch weitere Einwände erheben konnte, hob Padraig die Hand. »Lasst uns alle zusammen gehen. Wenn es Ärger gibt, könnten wir ein drittes Paar Hände gut gebrauchen.«

Da ich einsah, dass man mich überstimmt hatte, gab ich auf. Wir banden die Tiere neben der Straße an und machten uns auf den Weg zur Mühle. Am Rand des Hofs angelangt, blieben wir stehen und lauschten. Alles war ruhig, abgesehen von dem steten Knarren des Wasserrads, das sich im Fluss drehte. Kein Licht drang aus dem Inneren des Hauses. Der Mond stand hoch am Himmel und warf ein wässriges Licht auf den leeren Hof. Durch das offene Tor der Scheune sah ich das Gehege mit den halb verhungerten Ochsen darin und die dunklen Schatten der fünf überlebenden Schweine.

»Ich sehe keine Hunde«, flüsterte ich. »Sie müssen drinnen sein.«

»Oder sie schlafen«, bemerkte Roupen.

»Wie auch immer, wir müssen so leise wie möglich sein, um sie nicht zu wecken.«

Vorsichtig huschten wir über den Hof. Der Gestank traf mich abermals wie ein Schlag ins Gesicht. Ein Haufen Eingeweide und andere Fleischabfälle markierten die Stelle, wo das Schwein abgestochen worden war, und dieser Haufen trug nun sein Übriges zu dem Übelkeit erregenden Geruch bei. Am Pferch angekommen, hatten wir keinerlei Mühe, eine Öffnung in die verwahrloste Ummauerung zu brechen – wir mussten sogar aufpassen, dass die Mauer nicht von allein in sich zusammenfiel und durch den Lärm den Müller und seine Hunde weckte.

Nachdem wir einen ausreichend großen Durchbruch geöffnet hatten, wandte ich mich an Padraig. »Wenn du irgendwelche Runen kennst, um Schweine zum Schweigen zu bringen, dann wäre jetzt der geeignete Zeitpunkt, sie anzuwenden.«

Zu meiner Überraschung erwiderte er: »Das habe ich bereits getan.« Dann befahl er Roupen und mir, ein gutes Stück wegzutreten und uns nicht mehr zu bewegen.

Als er durch die Maueröffnung trat, blieb der schlaue Mönch kurz stehen, presste die Hände aneinander und senkte den Kopf. Nach einem Augenblick bekreuzigte er sich und ging weiter. Er trat mitten zwischen die Schweine und bückte sich, um ihre Fesseln zu lösen, wobei er die ganze Zeit über leise auf die Tiere einredete. Schon bald hatte er sie auf den Beinen und führte sie hinaus auf den Hof. Sie folgten ihm wie treue Hunde.

Padraig blieb nicht stehen, als er an uns vorüberkam, sondern verließ forschen Schrittes den Hof und ging hinaus auf die Straße – und selbst dann hielt er nicht an; vielmehr folgte er dem Weg, den wir gekommen waren. Ich warf einen letzten Blick auf die Mühle, um mich zu vergewissern, dass wir nicht entdeckt worden waren und sagte zu Roupen: »Wir sollten uns besser beeilen und das Vieh holen, sonst lassen Padraig und seine Schweine uns noch zurück.«

Der Mond war höher gestiegen und erleuchtete die Straße vor uns mit seinem milchigen Licht bis hinauf in die Hügel. Als wir das Vieh schließlich in Bewegung gesetzt hatten, war Padraig uns schon ein gutes Stück voraus. Inmitten seiner zufrieden wirkenden Schweine stieg er den Hang hinauf.

Es mag seltsam klingen, doch ich kannte Padraig, seit er als

Jüngling zum ersten Mal in die Abtei gekommen war, und seit dieser ersten Begegnung war kaum ein Tag vergangen, da ich ihn nicht gesehen oder mit ihm gesprochen hätte, auch wenn wir uns erst verhältnismäßig spät wirklich angefreundet hatten. Dennoch entdeckte ich ständig neue und seltsame Züge an ihm; seine Fähigkeit, mich immer wieder zu erstaunen, kannte keine Grenzen.

In diesem Sinne glich er seinem Onkel, Abt Emlyn, der mit Wort oder Tat ständig die gesamte Siedlung in Staunen versetzte. Es war, als würde der Brunnen, aus dem man täglich Wasser schöpfte, immer wieder neue Tiefen enthüllen. Padraig und Emlyn waren natürlich Kelten, und das erklärte einiges, wenn auch nicht alles. Die Abtei und ihre Lehren waren ebenfalls mit für diese Seltsamkeit verantwortlich – wie sehr, dass konnte ich damals nicht wissen. Doch, Cait, ich sollte sehr bald herausfinden, dass die Abtei des heiligen Andreas für weit mehr verantwortlich war als nur für die Eigentümlichkeiten zweier Kirchenmänner.

Nachdem wir den ersten Hügel überquert hatten und außer Sichtweite der Mühle waren, blieb Padraig stehen und gestattete uns, ihn einzuholen. Er stand mitten auf der Straße umgeben von seiner Herde, die mehr einer andächtigen Gemeinde denn einem Rudel Schweine glich. »Ich hätte ja auf euch gewartet«, sagte er, »aber ich wusste nicht, wie lange die Rune noch wirken würde. Ich hielt es für das Beste, weiterzugehen, bis wir uns weit genug von diesem bösen Haus entfernt haben.«

»Wie hast du das gemacht?«, fragte Roupen. »Wären es Mäuse gewesen, sie hätten nicht leiser sein können.«

»Ich habe ihnen gesagt, dass ich sie nach Hause bringe«, antwortete der Mönch. »Ich habe sie gebeten, still zu sein, damit die bösen Männer, die in dem Haus leben, nicht kommen und uns aufhalten würden.«

»Das hast du gut gemacht«, lobte ich ihn. »Niemand ist aufgewacht, und auch von den Hunden haben wir noch nicht einmal ein Schnarchen gehört.«

»Und doch«, sagte Padraig und blickte die Straße hinter uns hinab, »*ist* man dir gefolgt.«

Ich drehte mich um und rechnete mit dem Schlimmsten, doch ich sah nur zwei verloren aussehende Ochsen, die hinter uns herwankten. Ich vermute, die Tiere waren durch das Loch in der Mauer gegangen, und als sie das andere Vieh gesehen hatten, waren sie schlicht der Herde gefolgt. »Was sollen wir jetzt tun?«, fragte Roupen.

Auch wenn mir der Gedanke nicht gefiel, mit den beiden Tieren erwischt zu werden – die anderen brachten wir ja schließlich nur ihren rechtmäßigen Eigentümern zurück –, brachte ich es doch nicht übers Herz, sie wieder zurückzubringen. »Wenn sie uns folgen wollen, dann weiß ich nicht, wie wir sie davon abhalten sollten. Außerdem wäre es grausam, sie an jenem Ort zurückzulassen.«

Ohne anzuhalten, marschierten wir fast bis Sonnenaufgang; erst dann begannen wir, nach einem Ort Ausschau zu halten, wo wir den Tag verbringen konnten. Ich hatte bereits beschlossen, dass es klüger war, den Tag über zu rasten und bei Nacht zu gehen. Am Morgen würde der Müller vermutlich das Fehlen des Viehs bemerken und sich auf die Suche nach ihm machen. Zwar hatte ich keine Pferde bei der Mühle oder in der näheren Umgebung gesehen, doch der diebische Bruder des Mannes besaß welche, und wenn man diesen zur Hilfe rufen würde, hätte er uns rasch eingeholt.

Am Fuß eines der nächsten Hügel fand ich, was ich suchte: eine Gruppe von Bäumen nicht weit weg von der Straße, und doch so am Hang gelegen, dass sie vom Weg aus kaum einsehbar waren. Während Padraig und Roupen die Tiere in das Wäldchen führten, brach ich ein paar mit Blättern bewachsene Äste von einem Busch, marschierte den letzten Hügel wieder hinauf und begann, unsere Spuren zu verwischen.

Als ich schließlich fertig war, ging die Sonne auf. Ich warf einen letzten Blick in Richtung Siedlung, dann rannte ich in den Schutz des Wäldchens. Es bestand größtenteils aus Buchen, und obwohl die Bucheckern noch nicht reif waren, rissen wir ein paar Äste herunter, damit die Schweine darauf herumkauen konnten, bevor wir uns selbst hinlegten und warteten. »Bei Sonnenuntergang gehen wir weiter«, erklärte ich und reichte den Wasserschlauch an Roupen. »Wir werden abwechselnd die Tiere bewachen müssen, damit sie sich nicht einfach so davonmachen.«

Padraig übernahm die erste Wache und Roupen die zweite; ich schlief ein und wurde gegen Mittag von einem Klopfen geweckt. Ich blickte mich rasch um und sah Roupen mit einem Stock in der Hand auf einem Felsen sitzen; er schlug mit dem Stock gegen den Fels, während er die Schweine beobachtete, die im Boden nach Futter wühlten. »Wo ist Padraig?«, fragte ich.

»Er sagte, er hätte etwas gehört und ist zur Straße gegangen, um nachzusehen«, antwortete der junge Mann und gähnte. Er hob den Stock und deutete in die entsprechende Richtung.

Ich rannte durch den Wald und gesellte mich zu Padraig, der an einem Baum lehnte. »Hast du was gesehen?«, fragte ich.

»Vor einer Weile sind zwei Männer zu Pferd hier vorbeigekommen«, antwortete er. Ich fragte ihn, ob es jemand gewesen sei, den wir kannten. »Schwer zu sagen, aber ich glaube, einen von ihnen haben wir schon mal gesehen.«

Wir warteten, und nach einiger Zeit hörte ich das gleichmäßige Trommeln von Pferdehufen. Nur Augenblicke später erschienen die beiden Reiter. Sie ritten in leichtem Trab und hatten die Köpfe gesenkt; offensichtlich hielten sie nach Spuren Ausschau. »Sie sind uns so weit gefolgt«, sagte ich. »Lass uns beten, dass sie uns nicht noch weiter verfolgen.«

Wie Padraig gesagt hatte, hatte einer der Reiter tatsächlich etwas Vertrautes an sich. Auch wenn das von unserem Standpunkt aus schwer zu beurteilen war, glaubte ich, dass der Mann dort drüben der Räuberhäuptling persönlich war. Die beiden Reiter kamen an der Stelle vorbei, wo wir die Straße verlassen hatten, wurden langsamer und blieben ein Stück weiter entfernt stehen, wo der Anstieg den nächsten Hügel hinauf begann. Dort blieben sie für eine Weile und blickten hierhin und dorthin, während wir sie aus dem Schutz der Bäume heraus beobachteten.

Zu guter Letzt nahmen die Reiter die Zügel wieder auf und ritten weiter; wir beobachteten sie, bis sie außer Sichtweite waren, doch blieben wir auch dann noch wachsam. Abgesehen von einem Hirten mit einer Herde Schafe und Ziegen sahen wir niemanden mehr, und bei Sonnenuntergang trieben wir unsere eigene Herde wieder zusammen und kehrten auf die Straße zurück. Wir marschierten die ganze Nacht hindurch, und die größte Gefahr, der wir begegneten, war ein schlecht gelaunter Dachs, der sich für den Herrn der Straße hielt.

Dodu war über die Maßen erfreut, seine Ochsen wiederzuhaben, und die Bauern waren bass erstaunt, ihre Schweine und Kühe zurückzuerhalten. Wie die meisten Landbewohner, so wussten auch sie, was Not bedeutet; Glück war ihnen jedoch unbekannt. Demzufolge wussten sie nun auch nicht, was sie mit der plötzlichen Vergrößerung ihres armseligen Besitzes anfangen sollten. Sie blinzelten und schüttelten die Köpfe, während sie den Tieren die Flanken und Hälse klopften, und die ganze Zeit über betonten sie immer und immer wieder, dass sie noch nie ein solches Wunder gesehen hätten. Ich beschloss, ihnen auch das andere Paar Ochsen zu überlassen. Wenn die Tiere erst einmal gut gefüttert waren und ihre Kraft zurückgewonnen hatten, würden sie den Bauern auf dem Feld und im Wald ausgesprochen nützlich sein.

Als ich dem alten Bauern das sagte, kamen ihm die Tränen. Unfähig zu sprechen, ergriff er meine Hand und küsste sie. Dodu bat ich: »Bitte sag ihm, dass die Ochsen kein Geschenk sind. Ich zeige mich lediglich für seine Gastfreundschaft erkenntlich, und außerdem hoffe ich, dass sie ihn ein wenig für die Zerstörungen entschädigen, die wir angerichtet haben.«

Dodu wiederholte meine Worte, woraufhin der Bauer sich sichtlich verlegen verneigte und davonschlurfte, um nach seinen neuen Tieren zu sehen. Später kam Dodu zu mir und berichtete, dass die Bauern bereits damit begonnen hatten, mit den Milchkühen die Felder zur Aussaat vorzubereiten. »Und«, sagte er, »als die Tiere erschöpft waren, haben die alten Leute den Pflug selber gezogen. Vergangenes Jahr sind sie nicht in der Lage gewesen, beide Felder zu bestellen; dieses Jahr ist das jedoch anders.« Er lächelte und fügte hinzu: »Ich glaube, Ihr habt ihnen mit Eurem Geschenk das Leben gerettet.«

In den paar Tagen, in denen wir fort gewesen waren, hatte Sarn nicht nur das klaffende Loch im Haus repariert, sondern auch den gebrochenen Mast. Trotz der schlichten Werkzeuge, die ihm zur Verfügung gestanden hatten, erklärte er sich mit dem Ergebnis zufrieden. »Der Mast ist jetzt zwar ein Stück kürzer«, sagte er, »aber er wird reichen.«

Ich lobte ihn für seine Arbeit und berichtete ihm, was bei der Mühle geschehen war. »Wir werden vorsichtig sein müssen, wenn wir wieder dorthin zurückkehren.«

»Lasst sie ruhig versuchen, uns Ärger zu machen, junger Herr«, knurrte er. »Ich warte nur darauf, einen dieser Diebe in die Finger zu bekommen; dann wird er den Zorn eines wahren Nordmanns kennen lernen.«

Am nächsten Morgen verabschiedeten wir uns von dem Bauern; die Frauen brachten uns noch ein paar kleine Brotlaibe und ein großes Stück Schinken. Sie steckten den Proviant in einen Beutel, drückten ihn ohne ein weiteres Wort Dodu in die Hand und gingen wieder. Dann beobachteten sie uns von der Tür des frisch reparierten Hauses aus.

Drei Tage später stiegen wir den Hügel über der Siedlung an der Saône hinab. Ich dachte darüber nach, die Mühle zu umgehen und den Ort auf einem anderen Weg zu betreten, doch solch einen anderen Weg gab es nicht. Also schritten wir kühn voran und eilten in Richtung der Landestelle der Schlepper.

Als wir an der Mühle vorüberkamen, gestattete ich mir einen kurzen Blick zur Seite, um zu sehen, ob wir entdeckt worden waren, doch in Haus und Hof herrschte Stille; niemand war zu sehen. Auch der Landesteg war leer, und wir verschwendeten keine Zeit, das Boot zu Wasser zu lassen. Während Dodu und seine Ochsen ihre Arbeit taten, ging Roupen in die Stadt, um von den dortigen Händlern Proviant zu kaufen.

Kurze Zeit später war das Boot bereit, und ich war begierig darauf, aufzubrechen, bevor der Müller und sein diebischer Bruder bemerkten, dass wir in der Siedlung waren; doch der junge Herr war noch immer nicht zurückgekehrt. »Was kann ihn nur aufgehalten haben?«, murmelte ich und befahl Sarn und Padraig, beim Boot zu bleiben und sich zum Ablegen bereitzuhalten, während ich selbst mich auf die Suche nach unserem Gefährten machte.

Es fiel mir nicht schwer, ihn zu finden. Denn als ich auf der schmalen Straße zwischen den Häusern ging, hörte ich einen Chor wütender Stimmen, die von dem kleinen Platz aus festgestampfter Erde herüberschallten, der dem Ort als Marktplatz diente. In der Platzmitte stand ein Brunnen und um ihn herum die Stände und Karren der örtlichen Kaufleute und Bauern.

Ich eilte auf den Platz und sah eine Menschenmenge, die sich neben dem Brunnen versammelt hatte; sie riefen aufgeregt durcheinander wegen etwas, das vor ihnen stattfand. Ich trat näher und hörte das Knallen eines Riemens auf Fleisch, gefolgt von einem Stöhnen. Ich drängte mich durch die Menge nach vorne und sagte mit lauter Stimme: »Wenn du nicht für den Rest deines Lebens Suppe durch einen Schilfhalm schlürfen willst, dann rate ich dir, lass den Riemen fallen.«

Der Schläger hielt mitten im Schlag inne und drehte sich langsam um. Roupen lag zu seinen Füßen, und seine Arme, die er über den Kopf gelegt hatte, um sich zu schützen, waren von leuchtend roten Striemen übersät. Schweigen senkte sich über die Menge, als ich vortrat. Ich hatte nur die Absicht, dem Schlagen ein Ende zu bereiten; kämpfen wollte ich nicht. Überdies besaß ich ohnehin keine Waffe, mit der ich den Schläger hätte herausfordern können.

»Du«, sagte der Raufbold, der mich sofort erkannte, und auch wenn es in jener Nacht auf der Straße dunkel gewesen war, so wusste auch ich, wen ich da vor mir hatte. Der damals so fröhliche Dieb kochte nun vor Wut und war somit umso gefährlicher. »Komm näher«, sagte er, »und ich werde dir das Gleiche geben, was dein Jude bekommen hat. Und dann werden wir über das Vieh reden, das ich vermisse.«

Ich rührte mich nicht. »Lass ihn gehen«, erwiderte ich. »Du kannst keinen Streit mit ihm haben. Er hat dir nichts getan.«

Irgendjemand in der Menge brüllte: »Er ist ein stinkender Jude! Er hat einen Goldring gestohlen und versucht, ihn zu verkaufen!«

»Er ist kein Jude«, erklärte ich der Menge. »Er ist ein Christ. Mehr noch: Er ist der Sohn von Fürst Leo von Armenien, dessen Ring er trägt, und dem diese Stadt Rede und Antwort wird stehen müssen, wenn sein Sohn und Erbe hier zu Schaden kommt.« Ich hielt kurz inne, um den Leuten Gelegenheit zu geben, darüber nachzudenken, dann fügte ich hinzu: »Fürst Leo befiehlt zehntausend Soldaten, während ihr keinen einzigen habt ... es sei denn, ihr betrachtet dieses Untier, das ich hier vor mir sehe, als solchen.«

Ein unsicheres Raunen ging durch die Menge. Die Menschen schienen die Auspeitschung nun weit weniger leidenschaftlich zu unterstützen als noch wenige Augenblicke zuvor. Ein oder zwei der Ängstlicheren stahlen sich sogar schon heimlich davon.

»Und wer bist du«, verlangte der Dieb zu wissen, »dass du dich ihm an die Seite stellst?«

»Ich bin sein Beschützer«, erwiderte ich, und ohne auf den Schläger zu achten, ging ich zu Roupen und beugte mich über ihn. »Könnt Ihr aufstehen, Herr?« Noch immer auf dem Boden kauernd nickte er. »Gut, dann wollen wir uns wieder auf den Weg machen.«

Der Dieb griff im selben Augenblick an. Ich hatte das jedoch erwartet und war bereit. Er attackierte von meiner blinden Seite her und hatte die Arme ausgestreckt, um mich in seinem Griff zu erdrücken. Ich blieb hocken und ließ ihn kommen. Im letzten Augenblick senkte ich meine Schulter und stieß sie mit aller Kraft in ihn hinein. Ich traf ihn unmittelbar unter den Rippen und trieb ihm die Luft aus den Lungen. Er wurde zurückgeworfen und fiel mit dem Rücken auf die harte, ausgetrocknete Erde.

Um das Urteil nicht länger hinauszuzögern, warf ich mich auf ihn und drückte ihm das Knie in die Kehle. Unfähig zu atmen wand er sich und schlug um sich, während seine Gesichtsfarbe von Rot zu Blau wechselte.

»Tötet ihn nicht!«, schrie irgendjemand.

Ich hob den Kopf und blickte in die Menge. »Ihr wart zum Töten nur allzu bereit, als ihr glaubtet, es sei ein Jude, den ihr erschlagt. Ich gebe diesem Verbrecher nur eine Kostprobe seiner eigenen Speise, und ihr fleht für ihn um Gnade. Ich wünschte, ihr hättet das auch für einen unschuldigen Fremden unter euch getan.«

Der Raufbold unter mir hörte auf, sich zu wehren; seine Augenlider flatterten; seine Augen rollten in den Kopf zurück, und seine Gliedmaßen erschlafften. Erst dann ließ ich ihn los. Langsam stand ich auf. »Mörder!«, keuchte irgendjemand. »Er hat Garbus umgebracht!«

»Der hässliche Kerl ist nicht tot«, erklärte ich. »Er schläft nur – auch wenn es der Stadt vielleicht besser ergehen würde, wenn es anders wäre.«

Ich beugte mich vor, schob meine Finger unter den Gürtel des Räubers und riss ihn hart in die Höhe. Das bewirkte zweierlei: Zum einen stöhnte der Dieb laut auf, als plötzlich wieder Luft in seine Lungen drang, und zum anderen, sehr zum Erstaunen der Zuschauer, fiel Roupens Goldring aus dem Versteck im Gürtel des Mannes und rollte über den Boden.

Ich hob den Ring auf und gab ihn Roupen. »Kommt, mein Herr, das Boot wartet. Dort werden wir uns den Staub dieses Ortes von den Füßen schütteln.«

Ich legte dem jungen Mann den Arm um die Schulter und zog ihn fort. »Was ist mit den Vorräten?«, fragte Roupen, als wir den Platz verließen.

»Flussabwärts werden wir andere Siedlungen finden«, antwortete ich. »Was wir brauchen, können wir auch dort kaufen. Ich will nichts mehr mit diesem Ort zu tun haben.«

Als wir zum Boot zurückkehrten, wünschte ich Dodu, dem Schlepper, Lebewohl. Es tat ihm Leid, uns gehen zu sehen, und er sagte, würden daheim nicht Weib und Kinder auf ihn warten, er würde es als Segen betrachten, mit uns ins Heilige Land zu ziehen. Ich erwiderte, wir würden auf dem Heimweg nach ihm fragen. »Immerhin schulde ich dir noch etwas dafür, dass du unser Boot hierher gebracht hast.«

»Nein, nein!«, rief er. »Ihr habt meine guten Ochsen gerettet. Ich sollte *Euch* etwas bezahlen!«

»Dennoch«, sagte ich, »freue ich mich schon darauf, diese Schuld irgendwann begleichen zu können. Bis dann, mein Freund. Ich wünsche dir alles Gute.«

Einige der neugierigeren Stadtbewohner waren uns zum Landesteg gefolgt. Als Sarn das Boot in den langsam dahinfließenden Fluss hinausschob, wandte sich Padraig an die Zuschauer. Auf Dodu deutend sagte er: »Dieser Mann ist ein Freund von mir. Von heute an werdet ihr ihn wie einen Bruder behandeln, denn eines Tages werde ich zurückkehren, und sollte ich erfahren, dass man ihm irgendein Leid zugefügt hat, werde ich den Zorn Gottes auf diesen Ort herabbeschwören. Glaubt ja nicht, dass ihr der Strafe für eure Sünden entkommen werdet.«

Die Leute starrten uns mit offenen Mündern an; Padraigs Worte hatten sie zutiefst entsetzt. Die Strömung trug das Boot davon, und wir ließen die Menschen auf dem Landesteg stehen und uns voller Staunen hinterher blicken. Auch Roupen war einigermaßen erstaunt. Nachdem wir erst einmal sicher auf dem Fluss waren, zog er den Ring vom Finger, bot ihn mir an und sagte: »Du hast mir das Leben gerettet und dabei dein eigenes aufs Spiel gesetzt.

Mein Vater wird dich reich belohnen. Betrachte dies als Zeichen und Vorgeschmack auf die Reichtümer, die dich erwarten.«

Ich dankte ihm für seine Aufmerksamkeit, lehnte die Gabe jedoch ab und sagte: »Wenn ich deinen Ring nehme, besitzt du nichts mehr, womit du in der nächsten Siedlung Vorräte kaufen könntest. Wie du weißt, war das die Abmachung, die wir getroffen haben.«

»Das ist wahr«, bestätigte er und steckte den Ring widerwillig wieder an. »Doch wie auch immer, ich stehe in deiner Schuld, und ich werde nicht eher ruhen, bis sie beglichen ist.«

Die nächste Siedlung lag zwei Tage den Fluss hinunter. Bis dahin litten wir wieder Hunger, doch Gott war uns gnädig: Wir trafen am Mittag des Markttages ein, und der Markt war reich bestückt und die Kaufleute begierig, Handel zu treiben. Im Tausch für Roupens Ring bekamen wir zwei Beutel Hackfleisch, eine gepökelte Schweinekeule, fünf Brotlaibe, ein halbes Rad Hartkäse, ein paar Streifen Trockenfleisch und verschiedene andere Nahrungsmittel wie Eier, Nüsse, getrocknete Bohnen und Pökelfisch. Wir kauften auch ein Fass Cidre, wie ihn das zähe Volk dieser Gegend fast ausschließlich trinkt.

Andernorts hätten wir vielleicht mehr für unser Gold bekommen – es war immerhin ein edler Ring –, aber wir waren bereits vollkommen ausgehungert und wussten nicht, wie weit es bis zum nächsten Markt war; außerdem war der Raum auf unserem Boot beschränkt, und zu viel zusätzliches Gewicht hätte es vermutlich zum Kentern gebracht. Wir handelten, so gut wir konnten, und tatsächlich bekamen wir auch, was wir benötigten; doch anschließend blieb uns nichts mehr übrig. Während Sarn und Padraig den Proviant auf dem Boot verstauten, erkundigten Roupen und ich uns nach dem Weg, der vor uns lag. Auch wenn der junge Herr den Fluss bereits heraufgekommen war und somit die ungefähre Strecke kannte, so konnte er sich doch nicht genau daran erinnern, wie lange die Reise gedauert hatte.

»Vielleicht neun Tage«, sagte der Kaufmann, den ich fragte. »Zu dieser Jahreszeit allerdings«, er tippte sich mit einem schmutzigen Fingernagel an die Zähne, »bei diesem niedrigen Wasserstand …, da könnte es vielleicht auch etwas länger dauern.«

Wir dankten ihm für seine Hilfe und wandten uns zum Gehen. Der Mann rief uns jedoch zurück und sagte: »Es ist nicht sonderlich schwer. Haltet Euch einfach an den Hauptkanal, bis Ihr Lyon erreicht, wo sich der Fluss mit einem anderen verbindet und den Namen wechselt.«

»Und wie nennt man ihn dann?«

»Die Rhône«, antwortete er. »Dort müsst Ihr Euch wieder an den Hauptkanal halten, dann dürftet Ihr keinerlei Schwierigkeiten haben. Ich sollte es wissen; ich war schon oft genug in Lyon.«

»Aber wir wollen nach Marseille«, erklärte ich ihm. »Ist es von dort aus noch weit?«

»O ja. An Eurer Stelle würde ich Marseille vergessen und stattdessen nach Lyon gehen. Das ist besser so. In Lyon habe ich immer gute Geschäfte gemacht; die Leute dort sind sehr reich. Es ist anders als hier. Aber ich will mich nicht beschweren. Die Menschen hier arbeiten hart und wissen den Wert ihrer Waren zu schätzen.«

Wir dankten ihm erneut für seinen hervorragenden Rat und setzten abermals an zu gehen, woraufhin er sagte: »Nach Lyon sind es noch sieben Tage – oder eher acht, würde ich sagen – bis Avignon, und von dort geht es ein Stück übers Meer nach Marseille. In Avignon solltet Ihr ein paar Tage bleiben. Die Kathedrale ist einen Besuch wert – oder sie wird es sein, wenn sie denn irgendwann einmal fertig wird. Sie haben gerade erst mit dem Bau begonnen, doch selbst der Rohbau ist atemberaubend. Noch nicht einmal Paris besitzt eine derart prächtige Kirche.«

Roupen und ich kehrten zum Boot zurück. »Unser junger Herr Roupen hätte uns warnen können, dass es so weit ist. Er scheint sich an nahezu überhaupt nichts von seiner Hinreise zu erinnern«, bemerkte ich.

»Bereust du, dass wir ihn mitgenommen haben?«, fragte der Mönch.

Einen Augenblick lang dachte ich darüber nach. »Nein ... zumindest *noch* nicht«, antwortete ich. »Aber es ist noch ein weiter Weg bis nach Marseille.«

Es war, wie der Kaufmann gesagt hatte: Vier Tage später erreichten wir ohne Schwierigkeiten Lyon und sechs Tage darauf Avignon, das – wie ich sehr zu meinem Unmut feststellen musste – noch nicht einmal in der *Nähe* des Meeres lag. Unser Ziel war noch mehrere Tagesreisen weit entfernt.

Da ich das Gefühl hatte, uns laufe die Zeit davon, reisten wir weiter, ohne auch nur einen einzigen Blick auf die Stadt und ihre prächtige Kathedrale zu werfen. Als wir die erste Sandbank südlich der Stadt erreichten, war es bereits spät am Tag, und wir beschlossen, die Nacht am Ufer zu verbringen, bevor wir ab morgen das Boot wieder würden ziehen müssen. Wir gingen an einer Stelle an Land, wo das Schilf mannshoch war und unser Lager wie eine Palisade umgab. Das Boot zogen wir aufs Ufergeröll, und Padraig machte sich sofort daran, aus dem Wenigen, was uns noch verblieben war, ein Abendessen zuzubereiten.

Kaum hatten wir uns jedoch zum Essen gesetzt, als wir von einer Wolke Stechmücken attackiert wurden. Trotz des Feuerrauchs, der uns diese lästigen Biester für gewöhnlich vom Leib hielt, schwärmten diese wilden Flieger um uns herum und bissen uns bei jedem Vorbeiflug. Mehr Dämon als Insekt, vertrieben sie uns mit ihren ständigen Angriffen rasch von unserem Essen. Um uns Erleichterung zu verschaffen, wickelten wir uns von Kopf bis Fuß in unsere Umhänge ein und beendeten unsere Mahlzeit in wachsendem Unmut.

Anschließend legten wir uns zum Schlafen nieder, auch wenn die Luft noch recht warm war und der Himmel hell. Die ganze Nacht über hielt ich mein Gesicht bedeckt, sodass ich kaum in der Lage war zu atmen, und ständig hatte ich ein Summen im Ohr. Am Morgen wachten wir früh wieder auf. Alle waren wir kaum ausgeruht und litten unter Tausenden von winzigen Wunden, die die Mücken uns geschlagen hatten. Keiner von uns wollte auch nur einen einzigen Augenblick länger hier bleiben. Wir nahmen uns noch nicht einmal die Zeit zum Frühstücken, sondern griffen sofort nach den Tauen und zogen das Boot über den Uferschotter, um so rasch wie möglich von hier zu verschwinden.

Es war glühend heiß, und es stank – Letzteres vor allem aufgrund des stehenden Wassers inmitten der Sandbänke. Der stets gegenwärtige Gestank warmen, schleimig grünen Wassers stieg uns in die Nase und vertrieb alle Gedanken an Essen aus unseren Köpfen. Also aßen wir nichts, sondern gönnten uns nur dann und wann einen Augenblick der Ruhe, um einen Mund voll Wasser zu trinken. Von unserem Proviant war nur noch wenig übrig geblieben, und der Geruch und die Mücken nahmen uns den Appetit; also schleppten wir das Boot ungeachtet der Hitze des Tages immer weiter und weiter.

Als schließlich die Sonne im Westen versank und ihren Griff um das Land lockerte, kehrten die Stechmücken in Scharen wieder zurück. Erneut verbrachten wir eine schier endlose und unerträgliche Nacht in unsere Umhänge gehüllt. Jeder, der über unser Lager gestolpert wäre, hätte vermutlich geglaubt, wir seien tot und zur Beisetzung in Leichentücher gewickelt worden.

Nach drei Tagen dieses aussichtslosen Kampfes gegen die Mücken fanden wir endlich einen tieferen Kanal, und auch wenn hier nur eine kaum merkliche Brise wehte, setzte Sarn das Segel, damit wir das Ungeziefer so rasch wie möglich hinter uns lassen konnten.

Ein gutes Stück flussabwärts hielten wir noch einmal an, um uns aus unseren Vorräten ein letztes, mageres Abendmahl zu bereiten: Haferbrei mit kleinen Stücken Trockenfleisch. Wie ausgehungerte Hunde fielen wir darüber her, leckten unsere Schüsseln aus und reisten weiter. Der Kanal war gut schiffbar, und der Mond schien hell. So segelten wir die ganze Nacht hindurch und erreichten spät am nächsten Tag Arles. Wir waren müde, von Mückenstichen übersät, halb verhungert, und wir hatten kein Geld mehr, um uns etwas zu essen zu kaufen.

Zu betteln war unter meiner Würde, doch sollte es notwendig sein, würde ich auch das demütig ertragen. Roupen erklärte, lieber verhungern als betteln zu wollen, und Sarn bemerkte, dass Betteln ohnehin keinen Unterschied mehr machen würde, da wir ja bereits am Verhungern seien. »Unsere einzige Hoffnung«, sagte ich, »liegt darin, Marseille so schnell wie möglich zu erreichen und die Templer um Mitleid zu bitten.«

Padraig hatte jedoch andere Pläne. »Vielleicht werden die Templer uns helfen«, räumte er gleichmütig ein, als ich diesen Vorschlag machte, »auch wenn ich nicht weiß, warum sie das tun sollten.«

»Wenn du etwas Besseres anzubieten hast, würde ich es jetzt gerne hören.« Ich legte die Hand ans Ohr und beugte mich zu ihm hinüber. »Nun? Ich warte.«

»Wenn du einmal mit dem Jammern aufhören würdest, könntest du vielleicht tatsächlich etwas hören, was des Hörens wert ist«, erwiderte er gereizt. »Wie es der Zufall will, hat dein Vater auf seinem Weg ins Heilige Land einst hier Halt gemacht ... Oder hast du das vergessen?«

Ich *hatte* es vergessen. Doch andererseits wusste ich aufgrund Murdos Widerwillen, über die Pilgerfahrt zu sprechen, ohnehin nur wenig über diesen Ort. Das meiste von dem, was ich über Arles gehört hatte, stammte von Emlyn, von dem auch Padraig sein Wissen hatte – allerdings wusste er offensichtlich weit mehr als ich.

»Sie haben hier überwintert«, sagte ich. »Es gibt ein Kloster hier. Wir könnten die Mönche um Nahrung bitten, wenn es das ist, was du meinst.«

»Komm. Ich werde dir zeigen, was ich meine.« Er machte sich auf den Weg den Kai entlang, und ich eilte ihm hinterher. Roupen und Sarn ließen wir zurück, um das Boot festzumachen und unsere Wasservorräte wieder aufzufüllen.

Padraig suchte sich einen Weg zum Marktplatz in der Nähe des Hafens. Wie in den meisten Siedlungen dieser Größe, so gab es auch hier eine beachtliche Zahl älterer Einwohner, die sich auf dem Platz versammelten und bei einem Schwätzchen die Zeit vertrieben. Padraig grüßte sie respektvoll, und da sie sahen, dass wir Fremde waren, wollten sie wissen, wo wir herkamen und wo wir hingingen. Ich erzählte ihnen von unserer Absicht, ins Heilige Land zu pilgern, und alle nickten feierlich. Natürlich hatten alle von der Großen Pilgerfahrt gehört, und einige von ihnen behaupteten, Leute zu kennen, die daran teilgenommen hatten; demzufolge hatten sie auch so manche Geschichte zu erzählen. Wir unterhielten uns mit ihnen, bis sie von unserer Rechtschaffenheit überzeugt waren; dann sagte Padraig: »Mein Onkel überwinterte hier auf seiner Fahrt ins Heilige Land. Er war ein Priester, der in Begleitung einiger Nordmänner reiste. Vielleicht erinnert sich einer von euch an sie.«

Die alten Männer schüttelten die Köpfe. Nein, sie erinnerten sich nicht, aber sie waren sicher, dass es durchaus so hätte gewesen sein können.

»Damals hat hier auch ein Waffenschmied gelebt. Er hat sich mit dem Vater dieses Mannes hier angefreundet.« Mit diesen Worten deutete der Priester auf mich und beeindruckte unsere Zuhörer zutiefst. »Ich frage mich, ob er vielleicht noch hier lebt.«

Unsere Gewährsmänner wurden sehr aufgeregt. Der Mann lebe noch immer hier, auch handele er sogar noch mit Waffen aller Art, die er allerdings lediglich an die Edelleute der Umgebung verkaufe. »Die Templer waren bei ihm«, berichtete ein zahnloser Alter stolz. »Das sind kämpfende Priester, wisst ihr? Das Beste ist gerade gut genug für sie.«

Als sie nun erfuhren, dass wir uns auf dem Weg nach Marseille befanden, um uns der Templerflotte anzuschließen, waren sie erfreut, uns mitteilen zu können, dass vor kurzem ein Templerschiff in den Hafen eingelaufen sei, um die Waffen an Bord zu nehmen, die vor einem Jahr bestellt und bezahlt worden waren. »Sie waren auf dem Weg nach Marseille, wo sie drei Tage später die Segel in Richtung Heiliges Land setzen wollten.«

»Vor wie vielen Tagen war das?«, erkundigte ich mich.

»Vor vier«, antwortete der alte Mann. »Inzwischen dürften sie abgesegelt sein. Falls es die Templer waren, die Ihr gesucht habt, mein Freund, dann fürchte ich, Ihr habt sie verpasst.«

Einer der anderen Männer meldete sich zu Wort. »Was redest du da, Arnal? Die Templer sind erst vor zwei Tagen hier gewesen.«

»Es ist schon vier Tage her«, beharrte der Mann mit Namen Arnal. »Du glaubst wohl, ich könne einen Tag nicht mehr vom anderen unterscheiden, wie?«

»Wann hast du wohl je einen Tag vom anderen unterscheiden können?«, erwiderte sein Freund. »Ich sage dir, die Templer waren erst vor zwei Tagen hier. Charles erinnert sich genauso gut daran wie ich.« Er wandte sich an einen dritten Mann und fragte ihn, vor wie vielen Tagen die Templer hier gewesen seien. Der alte Mann beugte sich vor, stützte sich auf seinen Stock und dachte einen Augenblick lang nach; dann öffnete er den Mund und schloss ihn wieder, dachte noch ein wenig nach und verkündete schließlich: »Vor drei Tagen.«

»Da hast du's? Siehst du?«, rief Arnal triumphierend. »Ich habe dir ja gesagt, dass es nie im Leben erst vor zwei Tagen war.«

»Wo könnten wir diesen Waffenschmied wohl finden?«, erkundigte ich mich und riss die Männer aus ihrem Streit. »Vielleicht könnte er uns ja weiterhelfen.«

Sie sagten uns, wie wir Bezus Schmiede finden konnten, und wir dankten ihnen für ihre unschätzbare Hilfe und eilten auf der Suche nach der Schmiede davon. Wir kamen an der Priorei des heiligen Trophime vorbei, wo, wie Padraig sich erinnerte, Emlyn und seine Mönchsbrüder so manchen trüben Wintertag mit den Priestern von Arles debattiert hatten. Der Tag neigte sich seinem Ende zu, während wir durch die Straßen und Gassen in die Altstadt eilten.

»Sie sagten, Bezus Schmiede sei einst ein römisches Torhaus gewesen«, sinnierte Padraig. Er deutete auf die breite Steinmauer, die sich hoch über die Dächer der niedrigen Häuser erhob, welche sich an ihren Fuß drängten, und sagte: »Dort ist das alte Tor, und dort ist auch die Schmiede.«

Die Schmiede war in die Mauer hineingebaut. Daneben war deutlich zu erkennen, wo der alte Durchgang zur anderen Seite mit Schutt und Mörtel zugemauert worden war. Schwarzer Rauch stieg aus einem eckigen Kamin, und aus dem Inneren des Gebäudes drang Hämmern auf die Straße. Die niedrige, breite Tür stand offen. Der Mönch ging hinein und rief nach dem Besitzer, um ihn darauf aufmerksam zu machen, dass er Besuch hatte.

Ich trat ebenfalls durch die Tür und sah einen breitschultrigen Mann mit dichtem Bart, dessen Gesicht im Licht eines glühenden Eisens in seiner Hand rot leuchtete. Sein Hemd war ein verdreckter Lumpen voller kleiner Brandlöcher, die herumstiebende Funken hineingebrannt hatten. Er betrachtete uns ohne sonderliches Interesse und wandte sich dann wieder seiner Arbeit zu.

Ich war enttäuscht. »Seid Ihr Bezu?«, fragte ich, doch der Mann antwortete nicht.

Stattdessen wurde meine Frage von einem Mann beantwortet, der plötzlich aus der Dunkelheit des Raums hinter der Schmiede trat. Der Mann war klein, weißhaarig und untersetzt; er lächelte. Sein glatt rasiertes, rundes Gesicht glühte in der Hitze des Schmiedefeuers, und er trug ein langes Gewand aus feinstem Stoff, das in der Mitte von einem Ledergürtel zusammengehalten wurde, an dem ein Schwert befestigt war. Er sah uns freundlich an und sagte: »Ich bin Balthasar von Arles. Zu Euren Diensten, meine Freunde.«

Ich bat ihn um Verzeihung und sagte ihm, dass wir nach einem Waffenschmied mit Namen Bezu suchten.

»Meine Freunde, von denen ich viele habe, nennen mich Bezu«, erklärte er mir. »Ihr dürft das auch, wenn Ihr wollt.«

»Es ist uns eine Ehre, Euch kennen zu lernen, Meister Bezu«, sagte ich. »Ich bin Duncan Murdosson, und dies hier ist mein Freund und Gefährte Bruder Padraig.«

»Ein Mann, der in Begleitung eines Priesters reist, muss sehr fromm sein«, bemerkte Bezu fröhlich, »oder so gottlos, dass er ständiger Aufsicht und Buße bedarf.«

»Oder aber«, erklärte ich, »dieser Mann befindet sich schlicht auf Pilgerfahrt.«

»Ah, ja. Ich vermute, das wäre die wahrscheinlichste Erklärung.« Bezu lachte und sagte: »Ihr habt mich gesucht? Nun, hier bin ich. Wie kann ich Euch helfen?«

»Ich bin gekommen, um Euch kennen zu lernen und um Euch zu danken«, erwiderte ich.

»Mich kennen zu lernen und mir zu danken?«, wunderte er sich. »Ich freue mich, Eure Bekanntschaft zu machen, Herr. Aber wofür solltet Ihr mir danken?«

»Vor vielen Jahren«, antwortete ich, »habt Ihr den Winter über einem jungen Mann Zuflucht gewährt. Wie ich, so stammte auch er von den Inseln des Nordens und befand sich auf Pilgerfahrt. Sein Name war Murdo.«

Der Blick des alten Waffenschmieds verschleierte sich, als seine Gedanken in die Vergangenheit reisten. »Wisst Ihr«, sagte er mit nachdenklichem Gesichtsausdruck, »ich glaube tatsächlich, einst einen jungen Helfer dieses Namens gehabt zu haben. Ich habe schon seit Jahren nicht mehr an ihn gedacht, aber nun, da Ihr ihn erwähnt, erinnere ich mich. Nun, er war noch ein Jüngling.« Bezu musterte mich aufmerksam, als versuche er herauszufinden, ob er mich schon einmal gesehen hatte. »Aber wie auch immer, was habt Ihr damit zu tun, mein Freund?«

Ich lächelte und sagte: »Dieser Jüngling, mit dem Ihr Euch angefreundet habt, ist mein Vater.«

Bezu riss die Augen auf. Er starrte mich an und schüttelte verwirrt den Kopf. »Euer Vater, sagt Ihr?«

»Niemand anders.«

Rasch erklärte ich ihm, dass Padraig der Neffe eines der Mönche sei, die mit meinem Vater gereist waren, und dass wir beschlossen hatten, unseren kurzen Aufenthalt in der Stadt zu nutzen, ihm, Bezu, für die Freundlichkeit zu danken, die er Murdo vor so vielen Jahren erwiesen hatte.

»Aber das war nichts!«, verwahrte sich Bezu. »Ihm war kalt, und er hatte Hunger. Ich habe ihm lediglich etwas zu essen und einen Platz zum Schlafen gegeben. Er hat dafür gearbeitet. In der Tat hätte ich es sogar begrüßt, wenn er geblieben wäre. Er war ein guter Arbeiter, und in jenen Tagen hatte die Große Pilgerfahrt gerade erst begonnen; ich brauchte ein, zwei junge Männer, um mir zur Hand zu gehen.«

Bezu grinste und schüttelte erneut den Kopf, als hätte ihn ein Schlag getroffen, der ihn ganz benommen vor Freude machte. »Meine Freunde!«, verkündete er plötzlich. »Kommt, und speist mit mir heute Abend. Wir werden dieses glückliche Zusammentreffen mit einem Festmahl feiern. Dann könnt Ihr mir auch erzählen, was aus meinem Gehilfen von einst geworden ist, seit ich ihn zum letzten Mal gesehen habe. Kommt! Mein Haus ist nicht weit weg von hier.«

»Nichts würde uns mehr gefallen, als mit Euch das Brot zu brechen, Bezu«, erwiderte ich, »aber wir reisen in Begleitung zweier Freunde, die am Hafen auf uns warten.« Rasch erklärte ich ihm, dass wir so schnell wie möglich nach Marseille gelangen mussten, um uns dort der Templerflotte anzuschließen.

»Die Templer«, sagte Bezu. »Ihr müsst wissen, dass einige von ihnen vor kurzem hier waren. Was habt Ihr mit den Soldaten Christi zu schaffen?«

Um die Geschichte nicht unnötig in die Länge zu ziehen, erzählte ich ihm, dass wir beabsichtigen, sie darum zu bitten, uns auf einem ihrer Schiffe ins Heilige Land mitzunehmen. »Morgen oder übermorgen segeln sie von Marseille ab. Wir müssen uns beeilen, wenn wir uns ihnen anschließen wollen, bevor sie Segel setzen.«

Der alte Waffenschmied nickte nachdenklich; dann rieb er sich die Hände und erklärte: »Das ist ja ein ausgesprochen glücklicher Zufall … wirklich ausgesprochen glücklich. Ihr könnt mir bei einem Problem helfen, das mir in letzter Zeit großes Kopfzerbrechen bereitet hat.«

»Wir wären glücklich, Euch auf jede nur erdenkliche Art helfen zu können …«, erwiderte ich und fügte hinzu, »vorausgesetzt natürlich, dass wir es anschließend noch immer rechtzeitig nach Marseille schaffen.«

»Aber das ist es ja gerade«, sagte Bezu. »Wie gesagt, die Templer waren vor ein, zwei Tagen hier. Sie kamen, um die Waffen abzuholen, die sie vor einem Jahr in Auftrag gegeben hatten. Inzwischen besitze ich noch zwei weitere Schmieden – habt Ihr das gewusst? Das ganze Jahr über hatten wir Tag und Nacht zu tun. Die Hämmer haben nicht einen Augenblick lang geschwiegen. Nun«, fuhr er fort und legte mir vertraulich seine harte Hand auf den Arm, »sie haben mich gebeten, ein paar Dolche für sie anzufertigen. Es sind besondere Waffen – für ihre Anführer. Kommt, ich werde sie Euch zeigen.«

Er drehte sich um und führte uns in einen winzigen Raum, der aus der alten römischen Mauer herausgebrochen worden war. Dort deutete er auf ein leuchtend rotes Stück Stoff, das einen Gegenstand auf dem Boden bedeckte, und bat Padraig, den Stoff beiseite zu ziehen. Der Mönch bückte sich, tat, wie ihm geheißen, und ein kleines, eisenbeschlagenes Holzkästchen kam zum Vorschein. »Öffnet es«, sagte Bezu. »Es ist nicht verschlossen.«

Padraig öffnete das Kästchen, dessen Innenseite mit roter Seide ausgeschlagen war, auf der sechs edle Dolche ruhten; die Klingen der Waffen waren mit eingelegtem Silber verziert, und ihre Hefte bestanden aus purem Gold. Jeder einzelne Dolch trug das Templerkreuz auf dem Knauf mit einem kleinen Rubin in der Mitte.

»Das sind wahrlich hervorragende Klingen«, erklärte ich. »Ich habe noch nie etwas Vergleichbares gesehen.«

Der Waffenschmied griff in das Kästchen und holte eine der Waffen heraus. »Ja, sie sind sehr gut«, bestätigte er und überprüfte die Ausgewogenheit der Klinge, bevor er sie an mich weiterreichte. »Mit den Goldarbeiten habe ich nichts zu tun. Ich habe einen alten Freund, einen Handwerker ohnegleichen, einen Goldschmied; er macht die Gold- und Silberarbeiten und auch die Gravuren. Wie ich selbst, so hat auch er im Augenblick mehr zu tun, als er bewältigen kann. Dieses Jahr war es besonders schlimm, und die Dolche waren noch nicht fertig, als die Templer hier eingetroffen sind.« Er lächelte. »Ich habe ihnen gesagt, ich würde sie ihnen bringen, sollten sie eintreffen, bevor die Flotte Segel setzt. Da Ihr nun ohnehin nach Marseille unterwegs seid, würde es mir viel Arbeit ersparen, wenn Ihr sie für mich abliefern könntet. Was sagt Ihr?«

Padraig warf mir einen kurzen Blick zu und nickte als Zeichen, das ich das Angebot annehmen solle. »Nun gut«, antwortete ich, »es wäre uns eine Ehre, Euch in dieser Weise dienlich sein zu können. Überlasst es uns, und macht Euch keine Sorgen mehr.«

»Ah«, seufzte der Waffenschmied zufrieden. »Da fällt mir doch ein Stein vom Herzen. Habt Dank. Und jetzt«, erklärte er, »auf zum Abendessen! Kommt mit mir, und sorgt euch nicht um eure Freunde. Ich werde einen meiner Gesellen zum Hafen schicken und sie holen lassen, damit sie uns Gesellschaft leisten können.«

Unnötig zu sagen, dass wir die Einladung mit unziemlichem Eifer annahmen, und wir alle genossen ein üppiges Mahl in Bezus großartigem Haus auf einem Hügel über der Stadt. Die Nacht war schon weit fortgeschritten, als wir uns schließlich vom Tisch erhoben, unserem Gastgeber Lebewohl wünschten und wieder zum Boot zurückkehrten; daher standen wir auch erst spät am nächsten Morgen auf. Während wir uns aufs Ablegen vorbereiteten, erschien unser großzügiger Gastgeber vom gestrigen Abend mit einem großen Stoffbeutel.

»Ah! Ich hatte gehofft, Euch hier zu finden. Vom Festmahl vergangene Nacht ist noch so viel übrig geblieben, dass ich mir dachte, Ihr könntet einiges davon vielleicht mit auf die Reise nehmen«, sagte er und gab den Beutel Sarn, der ihn sofort im Boot verstaute. »Und ich habe Euch auch noch das hier gebracht.«

Bezu nahm eine kleine Börse vom Gürtel und warf sie mir zu. »Für das Ausliefern der Dolche. Ich hätte ohnehin jemanden anheuern müssen, also kann ich es jetzt genauso gut auch Euch geben.«

Ich wollte das Geld gerade ablehnen, als Padraig aus dem Boot sprang und den alten Mann umarmte. »Gott segne Euch, mein Freund«, sagte er. »Möge das Licht des Himmels Euch stets auf den rechten Weg führen, und möge der Herr der Heerscharen Euch persönlich begrüßen, wenn Ihr dereinst in sein Reich einkehrt.« Dann verneigte er sich respektvoll.

Bezu, den dieses unerwartete Ritual offensichtlich ein wenig aus der Fassung brachte, errötete, und da er nicht wusste, was er sonst hätte sagen sollen, erklärte er, dies sei nur ein normales Geschäft gewesen, und lächelte. Wir wünschten einander Lebewohl und legten ab. Der Waffenschmied stand am Ufer und blickte uns hinterher. Ich winkte ihm zu und rief ihm einen letzten Abschiedsgruß zu. Dann drehte ich mich um in Richtung Marseille und hoffte, dass wir nicht bereits zu spät waren.

Caitríona, Herz meines Herzens, nun müssen wir all unseren Mut zusammennehmen. Der Tag, da sich mein Schicksal erfüllt, ist nahe. Der Kalif ist zurückgekehrt.

Man hat mir gesagt, dass man mich bald zu ihm rufen würde. Wazim Kadi, mein liebenswürdiger sarazenischer Gefängniswärter, hat mich aufgefordert, mich darauf vorzubereiten. Morgen oder übermorgen wird man mich vor Kalif al-Hafiz führen, wo ich für meine Verbrechen Rede und Antwort stehen soll.

Wie ich bereits gesagt habe und jetzt noch einmal wiederholen möchte, ist der Ausgang dieser Begegnung ungewiss. Den Tod fürchte ich jedoch nicht. Ich bereue nur, dass ich dich, meine Seele, niemals wiedersehen werde. Ich hatte nur gehofft, noch Zeit genug zu haben, dies hier zu beenden: mein Testament. Doch es scheint, als hätte unser Erlöser in seiner Weisheit ein anderes Schicksal für mich bestimmt.

Ich lese die Seiten, die ich bisher geschrieben habe, und meine Seele weint. Es gibt noch so viel mehr, was ich dir sagen will. Ich verzweifele bei dem Gedanken, dass dich nur Bruchstücke meiner Geschichte erreichen werden; doch ich fürchte, die Zeit war von Anfang an gegen mich, und so kann ich vielleicht von Glück reden, dass du zumindest dieses Wenige in Händen hältst, das ich noch habe niederschreiben können.

Nun, ohne Zweifel war es von Anfang an so bestimmt.

Mir ist nur zweierlei geblieben, was ich dir geben kann, und das sind meine ewige Liebe und dieses unfertige Schriftstück, das mein Zeuge dafür sein soll, dass ich in diesen, meinen letzten Stunden auf Erden nur an dich gedacht habe, meine geliebte Tochter.

Wazim versichert mir, dass mein Brief mit allem ihm gebührenden Respekt behandelt werden wird, und ich habe das Versprechen des Kalifen, dass man ihn dir überbringen wird. Ich vertraue darauf. Das Wort des Kalifen ist unumstößlich. Dennoch habe ich den treuen Wazim gebeten, die Papyri auf irgendeine Art den Templern zukommen zu lassen, sollte es notwendig sein, denn diese werden schon einen Weg finden, dir meine letzten Worte zu übermitteln. So kann ich in Frieden und in dem Wissen ruhen, dass du noch ein letztes Mal von deinem dich liebenden Vater hören wirst – wenn auch aus dem Grab. Denn wenn du dieses Schriftstück in Händen hältst, werde ich schon lange tot sein.

So muss ich nun hier zum Ende kommen. Mangels Zeit wird meine Geschichte unvollendet bleiben. Ich habe auch noch einen zweiten Brief an meinen Vater und meine Mutter vorbereitet. Falls er durch irgendeinen Zufall euch nicht mit diesem hier erreicht, dann sag bitte deinem Großvater Murdo, dass er mit allem Recht gehabt hat: Das Heilige Land ist ein Reich des Teufels und der Dämonen, das nur Wahnsinnige zu erobern versuchen.

Dennoch musste auch ich diesen Versuch wagen.

Leb wohl, meine Liebe, mein Licht. Ich bete zu unserem gnädigen König, dir seine Engel zu schicken, auf dass sie dich Tag und Nacht umgeben und dein Leben von jetzt bis in alle Ewigkeit erhellen.

Leb wohl …

11. November 1901: Paphos, Zypern

In den Tagen und Wochen, die jenem schicksalsträchtigen Treffen des Inneren Kreises folgten, beschloss ich, mich über die entscheidenden Ereignisse zu informieren, die in der Welt um mich herum stattfanden. Inspiriert, doch gleichzeitig zutiefst besorgt ob der Wichtigkeit der vor uns liegenden Arbeit, bemühte ich mich, dem Beispiel der anderen nachzueifern, indem ich mich so weit wie möglich mit dem gegenwärtigen politischen und sozialen Klima in Europa und im Westen vertraut machte, denn ich wusste, dass dieses Wissen mir in der kommenden Schlacht dienlich sein würde. Die Sieben hatten jedoch andere Pläne für mich, wie ich an einem regnerischen Frühlingsnachmittag herausfinden sollte.

Ein frischer Winterwind wehte kalte Luft von der Nordsee heran, rüttelte an den Fenstern und ließ die Lichter auf meinem Schreibtisch flackern. Der Büroschluss war nicht mehr weit entfernt, und ich bereitete mich in Gedanken bereits darauf vor, mich auf dem Heimweg den Elementen stellen zu müssen. Plötzlich hörte ich Schritte auf dem Gang vor meiner Tür gefolgt von einem schnellen Klopfen. »Herein!«, rief ich und blickte von den Papieren vor mir auf, als die Tür sich öffnete.

Zu meiner Überraschung waren es Pemberton und Zaccaria, die mich besuchten. Ich sprang sofort auf, denn noch nie war auch nur ein einziges Mitglied der Bruderschaft durch meine Tür geschritten – und nun waren es gleich zwei! »Willkommen, Gentlemen. Bitte kommen Sie herein«, sagte ich und eilte herbei, um sie von ihren tropfenden Mänteln und Hüten zu befreien. »Draußen herrscht wirklich ein fürchterliches Wetter. Bitte kommen Sie herein, und setzen Sie sich ans Feuer. Sie werden schon bald wieder trocken sein.«

»Danke, Gordon«, sagte Pemberton freundlich. »Ich hoffe, Sie vergeben uns unser Eindringen.«

»Ihr Eindringen? Ich versichere Ihnen, Sie stören mich nicht im Mindesten«, erwiderte ich und schob zwei Stühle vor den Kamin, in dem ein warmes Feuer brannte. »Im Gegenteil, Ihr Besuch stellt sogar eine recht angenehme Abwechslung im Einerlei dieser Anwaltskanzlei dar.«

»Sie sind sehr freundlich«, sagte Zaccaria und setzte sich mit einem Seufzen auf den ihm angebotenen Stuhl. Dann tupfte er sich das Gesicht mit einem Taschentuch ab, um es zu trocknen.

Ich zog meinen eigenen Stuhl hinter dem Schreibtisch hervor, und ein wenig verlegen ob meiner ungewohnten Rolle als Gastgeber fragte ich: »Darf ich Ihnen etwas anbieten, um die Kälte zu vertreiben? Einen Schluck Brandy vielleicht?«

»Eine hervorragende Idee«, erwiderte Pemberton und rieb sich die Hände, um sie zu wärmen. »Das wäre jetzt genau das Richtige.«

Ich trat zu dem kleinen Tablett mit den Karaffen auf meinem Schrank und schenkte den passablen Brandy meiner Firma in drei Kognakschwenker; anschließend verteilte ich die Gläser an meine Gäste. *»Slàinte!«*, sagte Pemberton und hob sein Glas. Wir nippten an unserem Brandy. Ich setzte mich und wartete darauf, dass meine Brüder mir den Grund für ihren Besuch enthüllten.

»Ohne Zweifel werden Sie sich daran erinnern, dass wir bei unserem letzten Treffen von, sagen wir, gewissen *Imperativen* gesprochen haben, die unser künftiges Handeln bestimmen werden«, begann Pemberton und machte es sich auf seinem Stuhl bequem. Er umschlang das runde Glas mit seinen langen Fingern und schwenkte die bernsteinfarbene Flüssigkeit hin und her.

»Das tue ich in der Tat«, erwiderte ich. Die entsetzlichen Gefahren, die bei diesem Treffen heraufbeschworen worden waren, hatten mich seitdem ständig in Gedanken begleitet.

»Wenn ich mich nicht irre, haben Sie sich an der Universität hauptsächlich den alten Sprachen gewidmet, nicht wahr?«, fragte Zaccaria unvermittelt. Er war ein kleiner, energischer Mann mit dunkler Hautfarbe und kräftigem Körperbau, und häufig ist er derart lebhaft, dass manche Menschen ihn irrigerweise für flatterhaft halten.

»Ja, wieso?«, erwiderte ich vorsichtig, denn ich konnte mir noch nicht einmal denken, worauf er hinauswollte. »Nun da sie es erwähnen … Es ist schon so lange her, dass mir das zum letzten Mal jemand vorgeworfen hat, dass ich mich kaum noch daran erinnere.« Ich lächelte.

»Auch Geschichte war Teil Ihrer Studien. Ist das korrekt?«

»Ich hoffe, Sie haben nicht allzu viel Zeit darauf verschwendet, sich darüber zu informieren. Ich fürchte, meine Leistungen als Akademiker sind nicht gerade herausragend.«

Zaccaria lächelte, widersprach mir aber nicht. »Zumindest haben Sie eine gewisse Neigung zur Antike gezeigt, wie man sie heute nur selten findet. Das ist ausgesprochen lobenswert.«

»Sie haben mit Sicherheit auch Latein studiert«, sagte Pemberton. »Hat es Ihnen gefallen?«

»Auf gewisse Weise ja. Mein Tutor war ein trockener, alter Mann, steif wie ein Stock und zudem meist in Gedanken woanders. Man kann ihm jedoch nicht alle Schuld geben; hätte ich auch nur ein Mindestmaß an Wissbegierde gezeigt, hätte ich vielleicht bessere Ergebnisse erzielt. Trotzdem: Vergil, Cicero und Julius Cäsar haben mich durch dick und dünn begleitet. Auch bietet sich mir jetzt, in meinem Beruf als Anwalt, bisweilen die Gelegenheit, das eine oder andere Zitat gewinnbringend einzusetzen.«

»Wie steht es mit Griechisch?«

»Das? Nein«, erwiderte ich. »In Griechisch war ich noch nie sonderlich gut. Ich habe den Versuch, es zu lernen, frühzeitig abgebrochen. Euripides hätte mich fast zur Verzweiflung gebracht. Ich kam geradeso damit zurecht; das war's dann aber auch schon.«

»Das habe ich mir schon gedacht«, bemerkte Zaccaria; er machte ein Geräusch, als hätte er soeben einen lange gehegten Groll gegen meine Familie bestätigt gefunden.

»Dann werden wir genau dort beginnen«, sagte Pemberton. Er trank den letzten Rest Brandy und stellte das Glas beiseite. »Wir halten die Zeit für gekommen, Sie ein wenig besser mit ihrem Erbe vertraut zu machen.«

»Mit meinem *griechischen* Erbe?«, fragte ich. »Es war mir nicht bewusst, dass ich eine solche Abstammung habe.«

»Oh, Sie wären überrascht«, erwiderte Pemberton und lächelte. »Schütteln Sie einen Familienstammbaum nur kräftig genug durch, und Sie wissen nie, was herunterfällt.«

»Ich denke, es wäre passender, von Ihrem Griechisch *sprechenden* Erbe zu reden«, bemerkte Zaccaria.

»Sie sehen mich fasziniert«, sagte ich. »Bitte, fahren Sie fort.«

»Die griechischen Inseln sind bezaubernd. Waren Sie jemals dort?«

»Nur an der Seite Homers.«

»Das ist eine hervorragende Einführung; aber ich muss sagen, noch nicht einmal die homerischen Dichtungen können sich auch nur annähernd mit der Wirklichkeit messen.«

Mit ernster Miene beugte sich Pemberton vor. »Wir haben eine Herausforderung für Sie, Gordon. Möchten Sie sie hören?«

»Ich bitte darum.« Ich stellte mein Glas beiseite und widmete Pemberton meine volle Aufmerksamkeit. Ich glaubte, dieser beispiellose Besuch stehe in engem Zusammenhang mit der neuen Ordnung, die der Innere Kreis erwartete, und da ich mir der Ernsthaftigkeit unserer Bemühungen durchaus bewusst war, versuchte ich mich, so gut es ging, auf das einzustellen, was man nun von mir verlangen würde.

»Wir wollen, dass Sie Griechisch lernen.«

»Griechisch!« Der Vorschlag ließ mich lauthals auflachen. Angesichts der wachsenden Gefahren, die uns bedrohten, hatte ich erwartet, dass man mir ein etwas nobleres, herausforderndes Unterfangen antragen würde. »Was auch immer. Glauben Sie, ich bin dieser Herausforderung gewachsen?«

»Ich denke, Sie sind ihr mehr als gewachsen«, versicherte mir Zaccaria in feierlichem Tonfall.

»Darf ich fragen, warum Sie von mir wollen, dass ich Griechisch lerne?«

»Das braucht Sie im Augenblick nicht zu interessieren«, antwortete Pemberton und schob die Frage beiseite. »Lassen Sie uns einfach sagen, dass sich vor kurzem eine Gelegenheit ergeben hat, von der wir erwarten, dass Sie sie zur Gänze ausschöpfen. Um das zu tun, benötigen Sie jedoch ausreichende Kenntnisse der griechischen Sprache – sowohl der antiken als auch der modernen.«

Ich blickte von einem zum anderen. Meine beiden Besucher meinten es offenbar ernst. Pemberton betrachtete mich sogar mit solcher Intensität, dass ich zu vermuten begann, es stecke weit mehr hinter diesem Vorschlag, als man mir bis jetzt gesagt hatte. Doch der einzige Weg, das herauszufinden, bestand wohl darin, dass ich mich der Herausforderung stellte. Außerdem hatte ich nicht die Absicht, ausgerechnet meinen ersten Auftrag als Mitglied des Inneren Kreises abzulehnen. Abgesehen davon hätte ich bei genauerer Betrachtung vermutlich ohnehin zugestimmt, allein schon aus Neugier, was als Nächstes geschehen würde.

»Nun, warum nicht?«, erklärte ich schließlich. »Ja, natürlich. Ich werde es tun. Mit ein wenig Glück werde ich schon nach kurzer Zeit wie ein Einheimischer sprechen.«

»Das«, erwiderte Pemberton trocken, »hängt davon ab, wie viel Zeit Sie haben werden, es zu lernen.«

»Bitte?«

»Sie haben von jetzt bis September Zeit dafür«, sagte er.

»Gott im Himmel.« Ich rechnete rasch nach. »Das sind ja weniger als sechs Monate.«

»Wenn es nach mir ginge, würde ich Ihnen so viel Zeit geben, wie Sie benötigen. Unglücklicherweise haben wir diesen Luxus aber nicht.«

»Jetzt verstehe ich, warum Sie das eine Herausforderung nennen.«

Ich vermute, nach dem letzten Treffen der Sieben hatte ich erwartet, mit lautem Fanfarengetöse zu großen Taten berufen zu werden. Ich hatte gewagt zu hoffen, dass man mir, wenn meine Zeit zu dienen gekommen war, eine großartigere und aufregendere Aufgabe zuteilen würde, als meinen Kopf mit antiker griechischer Syntax voll zu stopfen. Um die Wahrheit zu sagen: Ich fühlte mich ein wenig herabgesetzt.

Der scharfsinnige Pemberton bemerkte meine Enttäuschung. »Es ist sehr wichtig, Gordon«, sagte er langsam. »Es ist sogar *lebenswichtig*, sonst hätte ich Sie gar nicht erst gefragt. Mehr noch: Dieses Lernen wird Ihnen sehr zum Vorteil gereichen. Das kann ich Ihnen versprechen.«

»In der Tat«, bestätigte Zaccaria. »Nun denn.« Er griff in seine Jackentasche und holte eine Visitenkarte hervor. »Ich habe mir die Freiheit genommen, Ihren Namen einem Bekannten von mir zu geben. Er heißt Rossides, ein Gelehrter allererster Ordnung.« Er reichte mir die Karte. »Er wohnt in der Lothian Street, nahe der Universität.«

Ich nahm die Karte und las den Namen laut vor. »M. Rossides, Dr. phil.« Er stand dort sowohl in Griechisch als auch in Englisch. »Glauben Sie, er wäre bereit, einen Studenten mit geringen Vorkenntnissen wie mich anzunehmen?«

»Oh, das wird er«, versicherte mir Zaccaria ernst. »Er hat schon so manch einen ins Schwimmen geratenen Odysseus durch die Scylla und Charybdis der aspirierten Vokale und maskulinen Verbformen geleitet. Wenn irgendjemand Sie in kürzester Zeit präparieren kann, dann er.« Er streckte den Arm aus und klopfte auf die Karte in meiner Hand. »Ich wage zu behaupten, dass er sogar Ihr Latein wieder auf Vordermann bringen kann.«

»Dann werde ich ihn sofort aufsuchen, sobald ich Gelegenheit dazu habe. Ich werde ihm meine Karte schicken und versuchen, einen Termin für nächste Woche zu vereinbaren.«

»Er erwartet Sie bereits morgen«, informierte mich Zaccaria. »Um Punkt sechs. Verspäten Sie sich nicht. Der gute Professor erwartet Pünktlichkeit von seinen Studenten.«

Als wäre es so geplant gewesen, schlug die Uhr im Flur vor meinem Büro in ebendiesem Augenblick die Stunde, und meine Gäste erhoben sich, um mich zu verlassen. »Ich nehme an, Sie werden jetzt nach Hause gehen wollen«, sagte Pemberton. »Richten Sie Ihrer schönen Caitlin meine besten Grüße aus, und sagen Sie ihr, dass sie sich ihren Terminkalender für den Frühling freihalten soll.« Er lächelte, als genösse er ein kleines Geheimnis. »Ich habe so das Gefühl, dass Sie beide einige Zeit in einem sonnigeren Klima verbringen werden.«

Zweites Buch

Ich habe den Kalifen gesehen. Ehre sei unserem Erlöser, ich lebe immer noch. Auch wenn mir weiterhin der Tod droht, das ist wahr, so scheint mir doch gestattet worden zu sein, einen weiteren Tag in dieser Welt zu verbringen, denn nach einer ausgesprochen kurzen Audienz hat man mich in meine Gemächer zurückgeführt, damit ich für meine Seele beten kann.

Da ich jedoch ohnehin auf meine Erlösung vertraue, werde ich die Zeit nutzen, um dir, meine liebe Cait, noch ein wenig mehr von meiner Geschichte zu erzählen. Zunächst einmal habe ich noch einmal das überflogen, was ich gestern geschrieben habe, und ich werde kein Wort ändern.

Es ist alles so eingetreten, wie ich gesagt habe: Kurz nach Mittag trat Wazim in mein Gemach: »Da'ounk«, sagte er und verneigte sich tief, »die *Stunde* ist gekommen. Seine Hoheit, Kalif Muhammad Ibn al-Hafiz, Beschützer der Gläubigen und Herrscher über Kairo, hat befohlen, Euch vor ihn zu bringen, damit Ihr Euch für Eure Verbrechen verantworten könnt.«

Das ist die Art, wie sie reden.

›Da'ounk‹ nennt mich mein kleiner Wärter, denn seine Sarazenenzunge ist nicht in der Lage, meinen Namen richtig auszusprechen. Und das Wort ›Stunde‹ ist eines, das die arabischen Stämme gerne gebrauchen, besonders die Ägypter; seine Bedeutung ist schwer zu erklären, doch wenn du den Tag von Sonnenauf- bis -untergang viertelst und diese Viertel dann durch drei teilst, hast du den Tag in *zwölf* gleiche Teile zerlegt. Jeden dieser zwölf Teile nennt man eine ›Stunde‹. Dementsprechend gibt es auch zwölf Stunden Dunkelheit, und alle haben sie verschiedene Namen, die ich jedoch nicht kenne. Mehr noch: Die arabischen Philosophen haben mehrere Methoden entwickelt, diese Stunden den Tag über zu zählen; sie beschäftigen sich sehr viel damit, doch ist mir der Grund dafür unbekannt.

Was Wazim mit seinen Worten hatte sagen wollen, war natürlich, dass meine Zeit gekommen sei. Die Männer, die ihn begleiteten, trugen das kühne Rot und Gelb der Palastwache – gelbe Wämse und Hosen mit kurzen roten, offenen Hemden –, dazu große Turbane oder genauer: Kriegshelme, die auf die komplizierteste Art mit langen Stoffstreifen umwickelt sind. In ihren um die Hüften gewickelten Tüchern, die den Arabern als Gürtel dienen, steckten die typischen krummen Schwerter der Sarazenen. Auch trugen sie lange Spieße mit breiten Klingen und geschwungene Dolche in Scheiden mit eingesetzten Juwelen, die an dicken Goldketten um ihre Hälse hingen.

Wazim verbeugte sich tief, als ich mich erhob und vortrat. Ich hatte schon lange beschlossen, nicht mit den Arabern zu debattieren oder zu versuchen, meine Taten auf irgendeine Art zu rechtfertigen. Stattdessen gedachte ich auf unseren Herrn zu vertrauen und mich frohen Mutes meinem Schicksal zu stellen. Da ich somit ruhig und selbstbeherrscht blieb, legten die Wachen keine Hand an mich, und man gestattete mir, aufrecht dem Kalifen gegenüberzutreten.

Ich wurde in einen Teil des Palastes geführt, in dem ich noch nie zuvor gewesen war. Hier waren die Gänge breiter und die Räume prächtiger als alle, die ich bisher zu Gesicht bekommen hatte. Überall glitzerte Gold inmitten der allgegenwärtigen Ornamente, sei es an Möbeln, an den Stoffen, die Wände und Boden bedeckten, oder an den Mauern selbst. Die Dachbalken bestanden aus poliertem Zedernholz und die riesigen Türen aus einem dunklen, harten Holz, das man Ebenholz nennt, glänzend wie polierte Kohle.

Der Thronsaal war größer als jede Festhalle im Westen. Wazim hatte mir einst erzählt, dass bei der Geburt des vorherigen Kalifen fünfzig Reiter in diesem Saal ein Kampfspiel aufgeführt hatten, um die Dutzenden von Menschen zu unterhalten, die sich hier zur Geburt des Thronfolgers versammelt hatten. Ich glaube ihm, denn es war in der Tat ein riesiger Saal. In der Mitte, unter einer echten Palme, vor der man einen zeltartigen Baldachin aufgebaut hatte, stand der goldene Thron von Kairo. Und auf diesem Thron, mit Augen so hart und schwarz wie Feuerstein, saß al-Hafiz der Prächtige höchstpersönlich und blickte mich an.

Von unzähligen Dienern, Ratgebern, Schreibern und anderen Höflingen umgeben – die zumeist auf dicken Kissen saßen, welche man auf dem Marmorboden ausgelegt hatte – erschien mir der Kalif von Kairo weit kleiner, als ich erwartet hatte. Er war von dunkelbraunem Teint und hatte überdies etwas an sich, was darauf hindeutete, dass er einen Großteil seiner Jugend unter der sengenden Wüstensonne verbracht hatte. Seine Haut war faltig wie abgenutztes Leder und sein Haar dick und vollkommen grau. Wie viele heilige Männer, so trug auch er einen langen Bart, der zu zwei Zöpfen geflochten war, welche man wiederum irgendwie an seinem Turban befestigt hatte. Doch abgesehen von diesem Turban, der strahlend weiß und mit einem riesigen blutroten Rubin verziert war, aus dem Pfauenfedern herausragten, war der Kalif wie ein einfacher Händler oder Bauer gekleidet. Seine Gewänder waren makellos und von edler Machart, doch schlicht, ja geradezu bescheiden.

Er saß auf einem breiten Kissen auf seinem Thron und hatte die Beine untergeschlagen, wie es die Araber in ihren Zelten in der Wüste tun. Er runzelte die Stirn, als er mich sah, und ich wusste, dass mein Schicksal besiegelt war.

Dennoch verneigte ich mich so tief, wie Wazim es mir gezeigt hatte, und sprach zum Gruß die wenigen arabischen Worte, die mir mein treuer Wächter beigebracht hatte. »Ehrwürdiger Kalif«, sagte ich, »möge der Eine Gott, der alles erschaffen hat, Euch auf ewig gnädig sein. Ich fühle mich zutiefst geehrt, meinen Herrn zu treffen, dessen Güte und Großzügigkeit mich so lange genährt haben.«

Auch wenn die Worte von Wazim stammten, so waren sie mir doch ernst; ich war dankbar für diese milde Art der Gefangenschaft. Ich wusste, wie leicht es hätte anders sein können.

Die Falten auf der Stirn des großen Mannes vertieften sich noch, doch nicht vor Zorn, sondern vor Verblüffung. Er antwortete nicht; stattdessen spielte er an seinem Schnurrbart und betrachtete mich mit zusammengekniffenen Augen.

»Da du ein gebildeter Mann bist«, erwiderte er schließlich in gutem Latein, »lass uns offen miteinander reden.«

Diese Worte machten mir Mut. Wann immer ein Araber – sei er nun Sarazene, Seldschuke oder Ägypter – dich in deiner eigenen Sprache anspricht, Cait, kannst du dich glücklich schätzen, denn dieser Ehre halten sie nur wenige für würdig. Ich gestattete mir jedoch nicht, mir meine Freude anmerken zu lassen, da man dies als despektierlich aufgefasst hätte. Also erwiderte ich in gleichmütigem Tonfall: »Wie Ihr wünscht, mein Herr.«

Der Kalif musterte mich eine Zeit lang; dann sagte er: »Der Kalif von Bagdad hat dich zu mir gesandt.«

»Das ist wahr, mein Herr. Ohne Zweifel glaubte er, ich sei eine nützliche Ergänzung für Euren illustren Hof.«

Al-Hafiz grunzte ob meines armseligen Scherzes. »Wie lautet dein Name?«

»Ich bin Duncan Murdosson aus Caithness in Schottland. Ich bin auf Pilgerfahrt, mein Herr, und ich hielt mich gerade in Anavarza auf, als die Feste von Emir Ghazi angegriffen wurde. Die Seldschuken haben mich gefangen genommen.«

»Kalif al-Mutarshid sagt, du seist ein Spion und ein Verräter am Islam. Er hat dich zum Tode verurteilt.« Dann fügte er mit einer abschätzigen Handbewegung hinzu: »Ich sehe keinen Grund, warum ich sein Urteil ändern sollte.« An die Wachen gewandt sagte er: »Dieser hier soll sofort hingerichtet werden. Bringt ihn weg.«

Als die Wachen vortraten und mich an den Armen packten, verlangte al-Hafiz zu wissen: »Hast du nichts dazu zu sagen?«

Ich legte mein Schicksal in Gottes Hand und antwortete: »Nein, mein Herr. Alles geschieht nach dem Willen unseres Großen Königs.«

Die Wachen drehten mich herum und führten mich aus dem Saal. Wazim, der uns die ganze Zeit über gefolgt war, murmelte tröstende Worte vor sich hin. Ich schenkte ihm keine Beachtung, denn ich brauchte all meinen Mut, um mich auf das Beil des Henkers vorzubereiten.

Wir erreichten die große Ebenholztür, die aus dem Thronsaal hinausführte, und hielten kurz dort an, während zwei blau gewandete Diener sie öffneten. Da rief der Kalif vom Thron hinter uns: »Ungläubiger, wen meinst du damit?«

Die Wachen drehten mich zum Kalifen um. »Mein Herr?«

Al-Hafiz winkte den Wachen, mich wieder zu ihm zu bringen. »Du sprachst gerade von unserem Großen König. Wen meinst du damit?«

»Ich sprach von unserem Herrn und Gott, dem Herrscher des Himmels und der Erde, dem Gestalter des Schicksals, Schmied der Zeiten und Helden der Gläubigen.« Letzteres waren Titel, mit denen die Mohammedaner den Allmächtigen belegen, die jedoch auch Christen guten Glaubens aussprechen können.

Der Kalif kniff die Augen zusammen – ob nun aus Zorn oder Misstrauen vermochte ich nicht zu sagen. »Es gibt nur *einen* Gott«, erklärte er und deutete mit dem Finger nach oben. »Allah ist der Eine.«

»Das ist in der Tat so, mein Herr«, erwiderte ich und senkte ehrfürchtig das Haupt. »Es gibt keinen Gott außer Gott.«

Die Falten erschienen wieder auf seinem dunklen Gesicht. »Was weißt du von diesen Dingen?«

»Nur wenig, mein Herr. Ich bin nur ein einfacher Pilger …«

»Das hast du bereits gesagt«, unterbrach er mich. »Aber ich glaube, du bist nicht so einfach, wie du dich gibst.« Er runzelte die

Stirn, beugte sich vor, legte das Kinn in die Hand und betrachtete mich, als überlege er von neuem, was er mit mir tun solle. Schließlich fragte er: »Leugnest du, Christ zu sein?«

»Nein, mein Herr«, antwortete ich. »Ich bin Christ. Mit Eurer Erlaubnis möchte ich nur darauf hinweisen, dass ich weder etwas mit Rom noch mit Konstantinopel zu tun habe. Weder der Papst noch der Kaiser gebieten über mich.«

Das überraschte ihn – und seltsamerweise schien ihm diese Überraschung zu gefallen. Es schien, als hätte er schon von Anfang an vermutet, dass ich anders war, und nun hatte sich diese Vermutung bestätigt. Das Stirnrunzeln verschwand, und er betrachtete mich mit vorsichtigem Interesse. »So! Du bist also Armenier. Wir kennen diese Art Christen.«

»Ich bitte um Verzeihung, edler Kalif«, erwiderte ich, »aber ich bin auch kein Armenier.«

»Kein Armenier?«, sagte er. »Was bist du dann für ein Christ? Sag es mir, aber rasch.«

»Mein Herr Kalif, ich gehöre zu den Célé Dé«, erklärte ich. »Wir sind nur eine kleine, unbedeutende Gemeinschaft. Einst waren wir viele, doch unsere Zahl hat abgenommen. Während wir einst ganz Britannien beherrschten, sind wir nun auf ein kleines Gebiet im hohen Norden beschränkt.«

Aus irgendeinem Grund schien ihm das zu gefallen. »Ich habe von diesem *Pritania* gehört«, bemerkte er. »Es liegt weit weg von Rom und Konstantinopel, sagst du?«

»Ja, mein Herr. So weit östlich wie westlich davon und mit drei Meeren dazwischen.«

Ungeduldig wand der Kalif sich auf seinem Kissen. »Da du ein Christ von besonderem Glauben bist«, sagte er, »werde ich dir einen Tag gewähren, um deinen Frieden mit Gott zu machen, bevor ich dich zu ihm schicke.«

»Ich danke Euch, mein Herr«, erwiderte ich und verneigte mich dankbar vor ihm ob seiner Großzügigkeit.

Wieder winkte er den Wachen, und ich wurde aus dem Thronsaal in mein Gemach gebracht, wo ich nun sitze und niederschreibe, was geschehen ist. Auch wenn ich für diese kleine Gnadenfrist dankbar bin, so weiß ich doch nicht, was sie zu bedeuten hat. Aber wie auch immer, dieser Tag gehört mir. Darf ich vielleicht auf weitere hoffen?

Um deinetwillen, Cait, bete ich, dass mir das Beil des Henkers noch ein wenig länger erspart bleibt. Während ich warte, bleibt mir nichts Besseres zu tun, als mit meiner Geschichte fortzufahren. Also beginne ich:

Marseille ist eine laute, geschäftige Hafenstadt. Dort gibt es nicht weniger als fünf Werften, und in allen herrscht von Sonnenaufgang bis weit in die Nacht hinein rege Betriebsamkeit. Die Hälfte der Menschen in der Stadt und der näheren Umgebung verdient ihren Lebensunterhalt damit, bei den Schiffbauern zu arbeiten, und die andere Hälfte versorgt sie mit Waren aller Art. Der Hafen ist gut geschützt, breit und tief, und dort fanden wir endlich auch die Templerschiffe, die sich gerade darauf vorbereiteten, in See zu stechen.

Der größere Teil der Flotte war bereits abgesegelt – insgesamt waren es zweiundvierzig Schiffe –, doch achtzehn lagen noch im Hafen und nahmen Vorräte und Ausrüstung an Bord. Ich befahl Sarn, in der Nähe der Templerschiffe anzulegen; dann eilten Padraig und ich davon, um den Ritter zu suchen, mit dem wir in Rouen gesprochen hatten.

»*Pax vobiscum*«, grüßte ich den ersten Mönchskrieger, den wir sahen. »Gott möge Euch gewogen sein, mein Freund. Wir suchen nach einem Eurer Brüder.« Ich erklärte ihm, dass sein Bruder gesagt habe, wir könnten ihn hier treffen. Er fragte, wer es sei, den wir treffen wollten, und ich nannte ihm den Namen.

»Es war de Bracineaux?«, fragte der Mann und musterte uns von Kopf bis Fuß. »Renaud de Bracineaux? Seid Ihr sicher? Wenn es wirklich Renaud war, dann könnt Ihr Euch in der Tat glücklich schätzen. Er hätte eigentlich mit den ersten Schiffen segeln sollen, doch er ist aufgehalten worden. Er ist noch immer hier.«

Er erklärte uns, Renaud sei einer der Führer des Ordens und dass alle Führer sich im Augenblick mit dem Großmeister darüber berieten, was sich auf ihren Reisen durchs Land ereignet hatte. »Sobald die Versammlung beendet ist, müsste er wieder hierher zurückkehren – morgen vielleicht, oder übermorgen. Dann segeln wir nach Outremer.«

Ich dankte dem Bruder für seine Hilfe, und wir machten uns auf den Weg zurück zum Boot, um dort zu warten. Roupen hatte beschlossen, sich nach einem Schiff umzusehen, das ihn nach Osten mitnehmen würde. Doch nun, da er mittellos war, konnte er nicht mehr für die Passage zahlen, und bei dem Gedanken, sich demütigen zu müssen, verschlechterte sich seine Laune drastisch ... Und das war noch nicht alles: Auch wenn er nicht offen gegen sie redete, so war ihm doch deutlich anzumerken, dass er nicht allzu viel für die Templer übrig hatte. Ich erwähnte dies Padraig gegenüber, dem ebenfalls aufgefallen war, dass der junge Armenier stets das Gesicht verzog, wann immer von den Mönchskriegern die Rede war.

Auch Sarn war unglücklich. Nun, da wir unser Ziel erreicht hatten, wusste er, dass ich ihn nach Hause schicken würde, doch er wollte mit uns nach Jerusalem. Das konnte ich nicht erlauben; aber andererseits konnte ich ihn angesichts der gefährlichen Reise auch nicht allein wieder nach Caithness schicken.

Wie wir aus dieser verzwickten Lage herauskommen sollten, blieb uns auch den restlichen Tag verborgen – und das, obwohl wir in aller Ausführlichkeit über das Problem debattierten. Sarn konnte nicht verstehen, warum ich ihm nicht gestatten wollte, uns auch den Rest des Weges zu begleiten, nachdem er so weit mit uns gekommen war. »Ihr werdet im Heiligen Land starke Diener brauchen«, sagte er immer wieder.

Und ich pflegte darauf zu antworten: »Mein Vater braucht auch starke Diener daheim in Schottland. Und er braucht auch sein Boot.«

»Wollt Ihr mich etwa allein zurückschicken?«, konterte Sarn dann tadelnd.

»Glaub mir; ich wünschte, ich wüsste etwas Besseres, aber daran kann man nun einmal nichts ändern. Du musst wieder nach Hause zurückkehren, wie wir vereinbart haben.«

Am nächsten Morgen kam ein junger Templer an unseren Kai und sagte uns, dass man Renaud von Bracineaux von unserem Erscheinen informiert habe und dass er uns nun zu sehen wünsche. Ich gab Padraig das Kästchen mit Bezus Dolchen, dann folgten wir dem jungen Mann die lange Reihe der Templerschiffe entlang. Schließlich führte der Mann uns eine Planke hinauf aufs Deck des größten Schiffes, das ich jemals gesehen hatte. Renaud stand am Mast und beaufsichtigte das Verladen der Vorräte und Ausrüstungsgegenstände.

Als der junge Mann sich ihm näherte, um unser Erscheinen anzukündigen, drehte Renaud sich um und sagte: »Sieh da! Ihr habt mich also endlich gefunden. Es ist schön, Euch zu sehen, meine Freunde.« Nacheinander legte er uns die Hände auf die Schultern und fragte: »Seid Ihr bereit, das Gelübde abzulegen und Euch unserem Orden anzuschließen?«

»Nichts würde mir mehr gefallen«, erwiderte ich. »Doch wie ich gesagt habe, habe ich bereits einen Eid geleistet, der es mir unmöglich macht, noch andere Verpflichtungen einzugehen.«

Renaud akzeptierte dies ohne Widerspruch. »Es tut mir Leid, das zu hören. Aber Ihr seid trotzdem gekommen. Warum?«

»Wir befinden uns auf Pilgerfahrt ins Heilige Land«, erklärte ich und deutete auf Padraig, »und wir hatten gehofft, Euch um einen Platz auf einem Eurer Schiffe bitten zu dürfen.«

»Ich verstehe.« Er nickte, und seine Begeisterung nahm sichtlich ab. »Das hätte ich mir denken können. Unglücklicherweise muss ich Euch enttäuschen. Auf unseren Schiffen ist nur Platz für Templer und jene, die auf andere Weise mit dem Orden zu tun haben.« Er schenkte uns ein trauriges Lächeln. »Es tut mir Leid, doch es scheint, als wärt Ihr den weiten Weg umsonst gereist.«

Dann wandte er sich mit den Worten von uns ab: »Wenn Ihr mich jetzt entschuldigen würdet. Wie Ihr seht, bereiten wir uns gerade darauf vor, abzulegen. Ich werde anderswo gebraucht.«

Entmutigt stand ich einen Augenblick lang einfach nur da und überlegte, was ich als Nächstes tun sollte. Padraig hielt mir das Kästchen hin. »Ihr seid sehr freundlich zu uns gewesen«, sagte ich zu dem Tempelritter. »Wir wollen Euch nicht länger aufhalten, doch mein Gefährte hat mich gerade daran erinnert, dass wir etwas haben, das Euch gehört.«

»Das wage ich zu bezweifeln«, entgegnete de Bracineaux und setzte sich in Bewegung.

»Balthasar von Arles hat uns damit geschickt«, sagte ich und hob ein wenig die Stimme.

Der Ritter drehte sich wieder zu mir um. »Der Waffenschmied?« Er dachte einen Augenblick lang nach.

»Eben der«, bestätigte ich. »Ihr müsstet Euch an ihn erinnern. Ihr habt eine Ladung Waffen von ihm gekauft.«

»Das haben wir«, gestand de Bracineaux misstrauisch ein. »Aber ich verstehe nicht, was Ihr damit zu tun haben könntet.«

Rasch berichtete ich ihm, wie uns der alte Schmied am Ende unseres Besuchs ein Kästchen mit sechs edlen Dolchen gegeben hatte. Um meine Aussage zu beweisen, zeigte ich sie ihm. »Sie waren noch nicht fertig, als Ihr Eure Bestellung abgeholt habt, und er bat uns, sie Euch zu überbringen.« Ich reichte ihm das Kästchen. »Wir haben getan, was man uns aufgetragen hat, und nun werden wir Euch in Ruhe lassen.«

Der Templer runzelte die Stirn. Dann drehte er sich um und rief nach einem seiner Brüder auf der anderen Seite des Schiffes. Der Mann trat zu ihm, und die beiden unterhielten sich eine Zeit lang leise miteinander. Schließlich sagte de Bracineaux: »Es stimmt, dass die Dolche tatsächlich bei der Lieferung vergessen worden sind. Ich schulde Euch meinen Dank, dass Ihr sie uns gebracht habt, und selbstverständlich werden wir Euch für Eure Mühen entlohnen. Ich bin ein ehrenhafter Mann.«

»Bezu hat uns bereits bezahlt«, erklärte ich. »Ihr schuldet uns nichts.«

Der Templer nickte und musterte Padraig und mich mit einem, wie ich glaubte, reumütigen Ausdruck im Gesicht. »Seid Ihr sicher, dass ich Euch nicht doch davon überzeugen kann, Euch uns anzuschließen?«

»Ich würde mich verpflichtet fühlen, darüber nachzudenken«, antwortete ich, »falls Ihr noch Platz hättet, drei Pilger mit ins Heilige Land zu nehmen.«

»Drei?«, fragte de Bracineaux. »Ihr vermehrt Euch ja wie die Hasen, Herr. Vor einem Augenblick waren es nur zwei.«

»Wir haben noch jemanden bei uns«, sagte ich und erzählte ihm vom jungen Herrn Roupen, dem Edelmann aus Armenien.

Bei der Erwähnung des Namens ›Armenien‹ erwachte das Interesse des Templers mit beachtlicher Geschwindigkeit. »Ich kenne nur eine edle Familie in Armenien«, sagte er, »und das ist die des Fürsten Leo. Könnte es dieselbe sein?«

»Ein und dieselbe«, bestätigte ich. »Herr Roupen ist der Sohn des Fürsten. Ich habe es auf mich genommen, ihm bei seiner Rückkehr ins Heilige Land zu helfen.«

»Ihr müsst in jedem Fall mit uns reisen«, erklärte de Bracineaux daraufhin, ohne zu zögern. »Für Leute wie Euch haben wir noch genug Platz an Bord. Ihr seid uns jederzeit willkommen, und man wird Euch die Reise so angenehm wie möglich machen. Trefft alle Vorbereitungen, die Ihr für nötig erachtet. Morgen bei Sonnenaufgang brechen wir dann auf.«

Ich dankte dem Templer, woraufhin Padraig und ich den Kai hinunter zu der Stelle eilten, wo Roupen und Sarn auf uns warteten. Während wir den Hafen hinuntergingen, bemerkte ich, dass Padraig mich mit säuerlichem Blick betrachtete, als hätte er eine Flasche Essig getrunken.

»Was?«, verlangte ich zu wissen und blieb mitten im Schritt stehen. »Was um alles in der Welt stimmt jetzt schon wieder nicht?«

»Du hast dem Templer erzählt, du hättest bereits einen Eid geleistet«, antwortete er, »und deshalb könntest du nicht das Gelübde der Armen Ritter Christi ablegen.«

»Ja«, bestätigte ich. »Und?«

»Ich weiß nichts von einem solchen Eid.«

»Glaubst du etwa, ich habe ihn belogen?«

»Hast du?«

»Nein. Es war mein Eid und mein Eid allein.«

Padraig verschränkte die langen Arme vor der Brust und musterte mich misstrauisch. »Da ich dein Gefährte in allem bin, glaube ich, solltest du mir erklären, was das für ein Eid ist.«

Ich setzte mich wieder in Bewegung. »Das geht dich nichts an.«

»Duncan!«, sagte er in scharfem Tonfall. Der sanfte Priester hebt selten die Stimme, sodass ich häufig vergesse, dass er durchaus stur sein kann, wenn er will. »Alles, was diese Pilgerfahrt betrifft, geht auch mich etwas an. Ich will jetzt wissen, was für einen Eid du geschworen hast.«

»Und ich werde es dir sagen – aber erst, wenn ich die Zeit für gekommen halte«, rief ich über die Schulter hinweg und ging weiter als Zeichen, dass ich die Angelegenheit damit als erledigt betrachtete.

Kurz darauf gesellten wir uns wieder zu Sarn und Roupen, die darauf warteten, zu hören, wie es uns bei den Templern ergangen war. Roupen war nicht gerade erfreut über das Ergebnis, das wir erzielt hatten. Er knurrte seinen Dank und ging davon, um die Seemänner und Kaufleute im Hafen nach Neuigkeiten aus seinem Heimatland zu befragen. Auch Sarn wirkte gereizt; er schwieg. Lange Zeit starrte er mich einfach nur wütend an, ohne ein Wort zu sagen. Schließlich machten Padraig und ich uns auf, um geeignete Gefährten für Sarn zu finden, die ihn nach Britannien zurückbegleiten konnten.

Unsere Suche fand ein Ende, als Padraig auf einen Pilger mit Namen Robert Tookes stieß, der im Heiligen Land vom Pfeil eines seldschukischen Räubers schwer verwundet worden war und der sich nun mit seinem alten Vater auf dem Weg zurück nach Britannien befand. Die beiden waren vor drei Tagen an Bord eines venezianischen Kauffahrers aus Jaffa in Marseille eingetroffen und suchten nun einen Weg zurück nach England.

Padraig fand sie nahe einer kleinen Kapelle, die dem Hafen als Bethaus diente. Er hatte dort sein Mittagsgebet verrichtet, und beim Hinausgehen war er zufällig auf die beiden gestoßen. Er hörte sie miteinander sprechen, und da er ihre Sprache erkannte, erkundigte er sich, wohin sie unterwegs seien. Sie sagten es ihm, und er brachte sie zum Boot.

Auch wenn Sarn sein Bestes gab, die beiden Pilger zu entmutigen, indem er fortwährend die Stirn runzelte und sie böse anfunkelte, als hätten wir ihn gebeten, mit dem Teufel und seinem Bruder an Bord über den Rand der Welt zu fahren, so blieben sie doch höflich und gut gelaunt, und rasch kamen wir zu einer Übereinkunft: Sie würden für alle Vorräte bezahlen, und Sarn würde sie nach Inbhir Ness mitnehmen, wo sie ohne Mühe ein Boot gen Süden finden konnten.

Nachdem dies abgemacht war, ergriff Robert Tookes meine Hand in Freundschaft. »Wir beide, mein Vater und ich, sind Euch sehr dankbar«, sagte er. »Habt keine Sorge um Euren Mann oder Euer Boot. So wahr Gott mein Zeuge ist, werden wir beide sicher nach Hause geleiten.«

Wir verabredeten, dass sie bei Sonnenaufgang hierher zurückkehren sollten, und sie eilten davon, um Proviant einzukaufen und was sie sonst noch für die Reise brauchten. Endlich lief alles so, wie ich es mir vorgestellt hatte, und ich blickte einer ruhigen, angenehmen Überfahrt entgegen. Zufrieden mit mir selbst lehnte ich mich zurück und genoss ein wohlverdientes Nickerchen, ohne mich an Sarn zu stören, der missmutig knurrte und polternd hin und her stapfte.

Kurz nach Sonnenuntergang kehrte Roupen wieder zurück, und wir aßen zu Abend. »Niemand in diesem fliegenverseuchten Sumpf hat von Anavarza auch nur *gehört*«, beschwerte er sich enttäuscht darüber, nichts über seine Heimat erfahren zu haben. Er saß neben dem ebenfalls trübseligen Sarn, und gemeinsam wirkten die beiden nur umso missmutiger, was Padraig und ich jedoch nach besten Kräften zu ignorieren versuchten. Wir sprachen über dies und jenes, während die Nacht sich langsam um uns herabsenkte. Stille kehrte im Hafen ein, und wir beobachteten die Schwalben über dem Wasser, während im Osten der Mond aufging.

Ich lag auf dem Rücken und dachte gerade, was für eine schöne Nacht dies doch sei, um die Sterne zu beobachten, als Padraig sich zu mir umdrehte und sagte: »Ich glaube, ein Gebet vor dem Schlafengehen würde uns angesichts der Reise, die wir morgen antreten, gut bekommen.« Er stand auf. »Komm. Die Kapelle ist nicht weit entfernt.«

»Wir können genauso gut hier beten«, erwiderte ich unwillig, den friedlichen Hafen zu verlassen.

»Die Kapelle wäre aber besser«, entgegnete der sture Mönch und kletterte aus dem Boot. »Du solltest auch mitkommen, Roupen.«

Ich stand langsam auf und folgte ihm. Roupen lehnte es ab, mitzukommen. Er sagte, er wolle bei Sarn bleiben und ihm helfen, aufs Boot aufzupassen. Ich holte den langbeinigen Priester erst ein, als dieser bereits über den fast vollkommen menschenleeren

Platz marschierte, der dem Pier vorgelagert war. »Die Kapelle wird dir gefallen, Duncan«, sagte er, als ich neben ihn trat. »Dort gibt es eine sehr ungewöhnliche Skulptur.«

Er führte mich zu einem kleinen viereckigen Steingebäude. Ein matter Lichtschein fiel aus den zwei winzigen Fenstern zu beiden Seiten der bogenförmigen Holztür. Ein Eisengriff sicherte die Tür, doch er ließ sich leicht anheben, und Padraig öffnete sie. Rechts und links von einem einfachen Holzaltar brannten zwei große Kerzen, und darüber hing die Skulptur, die Padraig erwähnt hatte.

Die Kerzen waren von einfacher Machart und sonderten einen schwarzen Rauch ab, der nach verbrannten Haaren roch. Ihr trübes Licht tat nur wenig, um die Dunkelheit zu erhellen, doch da der Raum leer war, traten wir näher an den Altar heran, um einen genaueren Blick auf die Skulptur werfen zu können. Dabei handelte es sich um eine Mutter mit einem Kleinkind in den Armen. Ein goldener Heiligenschein zierte sowohl den Kopf der Mutter als auch den des Kindes; beide Figuren waren aus einem einzigen, großen Stück dunklen Holzes geschnitzt. Abgesehen von dem ungewöhnlichen Material war das Bildnis etwas, das man in jeder lateinischen Kirche hätte finden können.

»Fällt dir etwas auf?«, fragte Padraig.

»Der Holzschnitzer war offenbar von beachtlichem Geschick, aber sonst … Ich kann nichts Ungewöhnliches entdecken.«

»Sie sind schwarz«, erklärte Padraig.

»Nun, das Holz ist schwarz«, korrigierte ich ihn.

»Nein«, sagte er. »Sieh sie dir noch einmal genauer an.«

Ich trat näher an die Skulptur heran und beugte mich vor, bis mein Gesicht fast das Holz berührte. Wie ich gesagt habe, waren die Figuren hervorragend gearbeitet. Das Kind reckte eine winzige Hand zum feierlichen Gesicht der Mutter empor, die mit mütterlichem Ernst in die Welt hinausblickte, durch die ihr Sohn dereinst gegeißelt und gekreuzigt werden sollte. Doch abgesehen vom fast düsteren Gesichtsausdruck der Mutter, entdeckte ich noch immer nichts Bemerkenswertes. »Verbirgt sich hier irgendein Mysterium, das ich vielleicht erkennen sollte?«, erkundigte ich mich.

»Sie sind schwarz«, wiederholte Padraig.

»Ja, das haben wir schon festgestellt. Sie sind schwarz …«

»Aber nicht weil das Holz schwarz ist; das ist es nicht. Sie sind schwarz *angemalt.*«

Ich sah noch einmal hin und erkannte schließlich, dass mein Freund Recht hatte. An der Basis waren einige Kratzer in der schwarzen Oberfläche zu sehen, unter denen das helle Holz zum Vorschein kam. »Wie seltsam«, bemerkte ich und berührte das farbige Holz mit dem Finger. »Warum sollte irgendjemand sie schwarz malen? Hat der Schnitzer etwa geglaubt, Christi Mutter sei Äthiopierin gewesen?«

»Man nennt sie die Schwarze Madonna«, verkündete eine Stimme von der Tür her. Roupen hatte seine Entscheidung noch einmal überdacht und sich uns doch noch angeschlossen. Er trat zum Altar, deutete auf die Figur der Mutter und sagte: »Das ist Maria, aber nicht die Mutter Jesu.«

»Wer ist sie dann?«, fragte ich.

»Maria Magdalena.«

»Aber das ist ja lächerlich. Warum sollte Maria Magdalena den kleinen Christus auf dem Schoß halten? Das ergibt keinen Sinn.«

»In der Tat.« Padraig lächelte listig. »Es sei denn, es ist *nicht* der junge Christus, den sie da in den Armen hält.«

Ich wartete darauf, dass einer von ihnen mir erklärte, wen das Kind denn nun darstellen sollte. »Nun, bin ich etwa der Einzige im ganzen Frankenland, der nicht weiß, wer dieses Kind ist?«

»Es ist Jesus' Sohn«, erklärte Roupen.

Seine Antwort erstaunte mich derart, dass es einige Augenblicke dauerte, bis ich begriff, was diese Enthüllung wirklich bedeutete. »Christi *Sohn?*«, rief ich und starrte die winzige Figur an. »Aber das ist ja entsetzlich …!«

Padraig legte mir den Finger auf die Lippen, um mich zum

Schweigen zu bringen, und nickte. »Es gibt jene, die glauben, dass Jesus und Maria Mann und Weib waren. Immerhin spricht die Schrift oft vom Jünger, den Christus geliebt hat. Die meisten Gelehrten nehmen an, dies sei der Apostel Johannes gewesen, doch es gibt keinen Grund, warum nicht auch jemand anders damit gemeint gewesen sein könnte.«

»Außerdem«, fügte Roupen hinzu, »ist allgemein bekannt, dass viele Frauen Jesus folgten und ihn vor allem zu Beginn seines Wirkens tatkräftig unterstützten. Auch das belegt die Heilige Schrift.«

»Aber das hier«, protestierte ich. »Christi *Sohn*! Denkt doch nur einmal darüber nach, was ihr da sagt.«

»Was das betrifft«, erwiderte der Mönch in nach wie vor gleichmütigem Tonfall, »dürfte so ziemlich jeder wissen, dass jüdische Rabbis zumeist verheiratet sind. Ist jedoch einmal einer unvermählt, ist das eher bemerkenswert als andersherum. Wenn, wie die Kirche behauptet, die seinen Namen trägt, unser Herr und Erlöser so menschlich war wie wir alle, warum sollte ihm dann eine Ehe verwehrt geblieben sein? Immerhin ist die Vereinigung von Mann und Weib ein wesentlicher Bestandteil von Gottes Vorstellung, wie eine menschliche Familie auszusehen hat. Warum sollte der Gründer unseres Glaubens nicht denselben Dingen ausgesetzt gewesen sein wie die, die ihm nachfolgten?«

»Maria Magdalena war eine Hure und eine Besessene«, erklärte ich. »Wollt ihr mir etwa weismachen, dass unser geliebter Herr sich mit einer vom Teufel besessenen Hure vereinigt hat?«

»Wieder gehst du nur vom Hörensagen und Mutmaßungen aus. In der Heiligen Schrift steht nirgends geschrieben, dass sie eine Hure war, sondern nur, dass Christus ihr die Dämonen ausgetrieben und sie so geheilt hat. Aller Wahrscheinlichkeit nach ist die Hurenlegende erst später entstanden, als es für den Papst, hm, sagen wir *unangenehm* wurde, einer Frau eine mächtige und einflussreiche Position zuzuerkennen.« Er deutete auf die Skulptur und fuhr fort: »Doch wie auch immer – auf jeden Fall glauben die

Anhänger dieses Kultes, dass Jesus und Maria ein gemeinsames Kind hatten. Nach der Kreuzigung begann man, die Anhänger des neuen Glaubens zu verfolgen, und die Heilige Familie ergriff die Flucht. Zuerst floh sie nach Damaskus und dann nach Rom. Schließlich haben sie sich dann hier niedergelassen.«

»In Marseille?«, fragte ich ungläubig. »Das Ganze wird ja mit jedem Wort fantastischer.«

»In der Tat«, stimmte mir Roupen zu. »Diesen Teil der Geschichte habe ich auch noch nie gehört.«

»Damals hieß der Ort noch Massilia«, erklärte Padraig, »und war ein weithin bekannter römischer Hafen. Korn und Vieh wurden von hier nach Osten verschifft; es herrschte reger Handel in jenen Tagen. Massilia war eine schöne, wohlhabende Stadt – und weit weg von den religiösen Intrigen und Verfolgungen des Ostens. Die Heilige Familie und ihre Anhänger brachten den neuen Glauben mit, und seitdem verehrt man sie in diesem Land – wie ihr hier ja sehen könnt.«

Er erklärte uns dies mit solchem Selbstvertrauen, dass ich nicht umhin konnte, ihn zu fragen: »Woher weißt du das alles?«

Padraig lächelte. »Der Kult der Schwarzen Madonna ist den Célé Dé wohl bekannt. Es ist natürlich ein häretischer Kult, wenn auch harmlos verglichen mit anderen; aber dessen ungeachtet ist und bleibt es Häresie. Wir erfuhren davon, als man einst unseren geliebten Pelagius bezichtigte, diesem Kult anzugehören, unseren großen Lehrer und Fürsprecher. Er wehrte sich natürlich gegen diese Anschuldigung und antwortete seinen Anklägern mit einer kühnen Abhandlung, die bis heute von den Bewahrern des Heiligen Lichts aufbewahrt und studiert wird.«

Dann führte uns Padraig in unseren Gebeten. Nach kurzer Zeit waren wir damit fertig, und Roupen kehrte sofort zum Boot zurück, sodass Padraig und ich allein in der Kapelle zurückblieben. »Du wusstest, dass die Schwarze Madonna hier ist«, sagte ich. »War sie der Grund, warum du mich hierher geführt hast?«

Er schüttelte den Kopf. »Ich hatte keine Ahnung, dass sie hier ist, bevor ich heute Mittag zum Beten hierher gekommen bin.« Er zuckte mit den Schultern. »Aber das ist auch egal. Die Skulptur ist ein Kuriosum, weiter nichts.«

»Warum hast du mich dann hierher geführt?«

»Ich wollte dich daran erinnern, dass die Dinge nicht immer das sind, was sie zu sein scheinen«, antwortete er, »und dass selbst die offenste Erscheinung bisweilen eine tiefere Bedeutung enthält, die sich nur jenen offenbart, die bereit sind, genauer hinzusehen.«

Selbst im trüben Licht der Kerzen sah ich seinen durchdringenden Blick, und ich wusste, dass ich ihm nicht länger ausweichen konnte. »Ich habe dich hierher gebracht«, erklärte er, »damit du mir den wahren Grund deiner Pilgerfahrt nennen kannst.«

Das hätte mich nicht überraschen sollen, doch es ist, wie ich bereits gesagt habe und immer wieder sagen werde: Die Priester der Célé Dé stecken voller Überraschungen. Ich vermute, er hatte diesen Plan sofort nach unserem kurzen Gespräch auf dem Rückweg vom Templerschiff gefasst. Auch wenn ich es vorgezogen hätte, es ihm erst zu sagen, nachdem wir unserem Ziel ein gutes Stück näher gekommen waren, so wusste ich doch, dass ich es nicht mehr länger würde hinausschieben können; also sagte ich: »Nun gut. Dies scheint ja wohl die Nacht der offenbarten Geheimnisse zu sein.«

Padraig lächelte. »Das ist sie.«

»Es ist leicht erklärt«, begann ich, als wir die Kappelle verließen, »und nicht halb so geheimnisvoll wie die Schwarze Madonna. Zuerst muss ich dich fragen, ob du je von der Eisernen Lanze gehört hast?«

»Natürlich.« Er lachte nicht lauthals auf, doch meine Frage amüsierte ihn. »Es ist der Speer der Kreuzigung.«

»Das ist er«, bestätigte ich. »Und da die Priester der Célé Dé ja scheinbar *alles* wissen, nehme ich an, dir ist auch bekannt, dass diese Reliquie in der Schatzkammer meines Vaters ruht.«

»Nun da du es erwähnst, ja.«

»Hast du das schon immer gewusst?«, fragte ich. Ich kam mir wie ein Trottel vor, weil ich geglaubt hatte, irgendetwas vor ihm verheimlichen zu können. Ich blieb stehen und wartete auf seine Reaktion.

»Nein«, erwiderte er. »Tatsächlich habe ich erst einen Tag vor unserer Abreise davon erfahren.«

»Ich nehme an, Abt Emlyn hat es dir gesagt.«

»Das hat er«, sagte Padraig. »Aber mein Onkel hat mich gebeten, nie mit jemandem darüber zu sprechen – es sei denn, dieser jemand spricht wie jetzt zuerst davon.«

»Hast du die Heilige Lanze gesehen?«

»Leider nein. Eines Tages vielleicht … Wer weiß?«

»Nun«, sagte ich und setzte mich wieder in Bewegung, »ich habe sie gesehen und sie sogar in Händen gehalten. Das war in der Nacht, als mir mein Vater erzählt hat, wie er sie vor den Heiden gerettet und aus den Händen der frevelhaften Kreuzfahrer befreit hatte, die die Lanze entweihen wollten. In jener Nacht schwor ich mir, dass ich das Kreuz retten würde, so wie mein Vater die Lanze gerettet hat.«

»Das Wahre Kreuz«, sinnierte Padraig. Ich vermochte nicht zu sagen, ob er meinen Plan nun guthieß oder nicht.

»Torf-Einar hat mir alles über die Schändung dieser heiligen Reliquie erzählt, bevor er starb«, berichtete ich. »Du warst dort, und du hast ihn erzählen gehört, dass man das Kreuz unserer Erlösung in mehrere Teile zerschnitten hat – wie ein Stück Feuerholz.«

»Ich war dort, ja, und ich habe es gehört.« Er entfernte sich einen Schritt von mir und drehte sich langsam zu mir um. »Und das ist der Grund, warum du nicht das Templergelübde ablegen willst?«

»Ich halte es nicht für richtig, da ich nicht weiß, wie und wann ich die heilige Reliquie in meinen Besitz bringen werde. Ich darf mich auf meiner Suche nicht mit anderen Dingen belasten.«

»Das verstehe ich.«

»Und heißt du es auch gut?«

Er antwortete nicht; stattdessen fragte er: »Was wirst du mit dem Kreuz tun – *sofern* du es denn durch irgendeine göttliche Fügung in die Hände bekommen solltest?«

»Ich werde es nach Caithness bringen und in der Schatzkammer meines Vaters neben die Heilige Lanze legen.«

»Ich verstehe.«

Einige Augenblicke schwieg er und blickte in den nachtschwarzen Himmel hinauf, als suche er zwischen den Sternen nach einer Antwort.

»Deinem Plan«, sagte er schließlich, »mangelt es nicht an Kühnheit, und obwohl er nahezu undurchführbar scheint, ist dein Ehrgeiz sicher groß genug, dass er gelingen könnte.«

»Aber heißt du ihn auch gut?«, wiederholte ich.

»Um die Wahrheit zu sagen, das tue ich nicht«, erklärte er mit fester Stimme. »Wenn das der Grund für deine Pilgerfahrt ins Heilige Land ist und warum du alle verlassen hast, die dir am Herzen liegen … dann muss ich dir als Priester und Freund erklären, dass ich das nicht im Mindesten gutheißen kann.«

Tief in meinem Herzen, so vermute ich, hatte ich schon befürchtet, dass er so etwas sagen würde – das war wohl auch der Grund, warum ich es so lange vor ihm geheim gehalten hatte. Ich wusste, dass ihm mein Plan nicht gefallen würde, doch ich brauchte seine Hilfe.

Plötzlich grinste der gerissene Priester und breitete die Arme aus. »Die Wunder des Herrn gehen bisweilen seltsame Wege«, erklärte er. »Und im Gegensatz zu dem, was du offenbar zu glauben scheinst, bittet er mich nur selten um meinen Segen, bevor er etwas tut.«

»Ist das deine Art, mir zu sagen, dass die Idee vielleicht doch nicht so schlecht ist?«

»Nein, es ist eine schreckliche Idee«, versicherte er mir. »Und doch könnte dein Plan einer göttlichen Eingebung entsprungen sein.«

»Also bitte. Dein Vertrauen ist ja geradezu umwerfend«, erwiderte ich leicht verärgert.

»Weißt du es denn nicht?«, fragte Padraig. »Der Herr, unser Gott benutzt oft Torheit, um die Weisen Demut zu lehren. Wenn dein Plan wirklich von Gott stammt, dann können alle Völker der Welt dich nicht aufhalten.«

Ich akzeptierte diese Erklärung, und eine Zeit lang gingen wir schweigend nebeneinander her. Als wir schließlich das Pier erreichten, fragte ich: »Padraig, du hast mir noch nicht gesagt, warum die Madonna schwarz ist?«

»Das weiß ich nicht. Manche sagen, Schwarz sei die Farbe ihres Umhangs gewesen, als sie an diesen Gestaden landete, und so lernten sie die Leute kennen: als die Schwarze Maria. Andere wiederum behaupten, man male ihre Bilder schwarz, um sie von der Gottesmutter unterscheiden zu können, da sie häufig verwechselt werden.« Er dachte kurz nach und fügte dann hinzu: »Der weise Pelagius hat gesagt, die Farbe verberge ein Geheimnis, dass jene, die die Schwarze Maria verehren, mit ihrem Leben schützen.«

»Was ist das für ein Geheimnis?«, fragte ich.

»Das weiß niemand außerhalb des Kultes«, antwortete der Mönch. »Und jene, die sie verehren, geben es nicht preis.«

Die Templer waren schon bereit abzulegen, als Padraig, Roupen und ich uns am nächsten Morgen zu ihnen gesellten. Ich hatte noch warten wollen, bis Sarn sicher auf dem Weg war, und obwohl seine Mitreisenden, die Tookes, schon frühmorgens erschienen waren, hatten wir noch die Lieferung eines Teils des Proviants abwarten müssen. Die Kaufleute tauchten erst kurz nach Tagesanbruch auf. Rasch beluden wir das Boot; dann wünschten wir den drei Heimkehrern Lebewohl.

»Pass auf dich auf, Sarn«, rief ich, als ich das Boot vom Pier abstieß. »Erzähl allen zu Hause, was wir erlebt haben, und lass nichts aus. Bitte sie, für unsere sichere Rückkehr zu beten.« Wir blickten ihnen hinterher, bis sie das Segel gesetzt hatten; dann eilten wir drei Zurückgebliebenen zum Templerschiff. Dort wurden wir höflich empfangen, und kurz nachdem wir an Bord gegangen waren, erscholl der Befehl zum Ablegen.

Wir standen an der Reling und sahen zu, wie Marseille langsam in der Ferne verschwand, während das Schiff die Bucht verließ. Nachdem wir tieferes Wasser erreicht hatten, ließ der Steuermann das Schiff in Richtung Südwesten die Küste entlang wenden, und wir machten es uns auf unserem neuen Gefährt bequem.

Ich werde nun ein Templerschiff beschreiben, da die Schiffe der Ritter Christi vollkommen anders sind als jene, die man auf den Meeren des Nordens findet. Solch ein Schiff besteht aus breiten Balken und hat ungewöhnlich hohe Wände. Es besitzt mehrere Decks, eins über dem anderen, und einen einzigen, geradezu gigantischen Mast. Schiffe wie dieses ragen hoch aus dem Wasser, und sie neigen dazu, selbst bei der kleinsten Welle unkontrolliert zu schwanken. Sie sind instabil und schrecklich schwer zu manövrieren – mir kommt es so vor, als wenn man ein Fass durch eine reißende Flut steuert. Das ist tatsächlich auch der Grund, warum die Seeleute sie ›Rundschiffe‹ nennen.

Daher sind sie auch für die meisten Zwecke zu unhandlich und ungeeignet. Sie eignen sich einzig für den Transport von Männern und Tieren über die ruhigen Wasser des Mittelmeers. Gott bewahre, dass sie je in einen der Stürme geraten, die die Inseln des Nordens im Winter regelmäßig heimsuchen. Ich habe nicht den geringsten Zweifel, dass solch ein Schiff bei der ersten Bö wie ein Amboss sinken würde. Doch wie auch immer, die Venezianer besitzen in jedem Fall eine Vielzahl dieser Schiffe, ebenso wie die Genueser und andere seefahrende Völker dieses Meeres. Unser Schiff gehörte einem Kaufmann aus Otranto, dessen Sohn – ein untersetzter, fröhlicher Mann mit Namen Dominic – ihm als Kapitän diente.

Kurz nachdem Marseille außer Sichtweite war, wurden wir ihm vorgestellt. Er lud uns ein, in seiner Kajüte das Brot mit ihm zu brechen. Du musst verstehen, Cait, wie groß diese Schiffe sein können: Unter dem Oberdeck gibt es eine Vielzahl von Räumen, und manche sind so groß wie die Halle eines Herrn. Und solch einen Raum besaß auch der Kapitän: eine Kammer mit einem Kastenbett und einem langen Tisch, an dem sechs Mann und mehr Platz fanden.

So wurden Renaud, Padraig, Roupen und ich zusammen mit anderen hochrangigen Templern an jenem ersten Abend vom Kapitän zum Abendessen eingeladen. Roupen entschuldigte sich, da es, wie er sagte, wieder einmal in seinem Magen rumorte. Es mag ja sein, dass dies durchaus der Wahrheit entsprach und nicht nur eine Entschuldigung darstellte, um nicht mit uns zusammen sein zu müssen. Dennoch halte ich es für wahrscheinlicher, dass er schlicht keine Lust verspürte, den Abend in Gesellschaft der

Templer zu verbringen, und es ihm sehr gelegen kam, dass er im Augenblick ohnehin nicht viel mit Essen anfangen konnte. Padraig und ich beeilten uns jedoch, die Einladung anzunehmen, und wenn dieses Essen typisch für das Schiff war, dann weiß ich auch, wie es dem Kapitän gelang, trotz der langen Seereisen seine rundliche Gestalt beizubehalten. Es mangelte weder an Fleisch noch an süßem Brot oder anderen Gaumenfreuden: Es gab gebratenen Fasan, geräuchertes Schweine- und Rindfleisch, alle möglichen Arten von Fischen, flaches, in Olivenöl gebackenes Brot – was besonders die Sizilianer zu schätzen wissen – und kleine Gerstenbrote mit Honig. Die ganze Mahlzeit über wurde Wein getrunken, denn die Herren von Tarent lieben ihren Wein, und sie denken sich nichts dabei, ihn nicht nur fässerweise zu servieren, sondern auch zu trinken.

In der Absicht, bei klarem Verstand zu bleiben, versuchten Padraig und ich, uns zu mäßigen, ebenso wie Herr Renaud. Alle anderen verhielten sich jedoch so, als wäre dies das erste Festmahl nach langer Not. Ich war entsetzt über die Menge an Speis und Trank, die meine Gefährten hinunterschlangen; wie die Schweine stopften sie sich Fleisch und Brot in großen Stücken in den Mund und gossen hemmungslos den Wein in sich hinein, bis er ihnen in scharlachroten Bächen die Bärte hinab und über die Ellbogen rann, die sie anschließend auf den Tisch stützten, ohne sich vorher zu reinigen. Meine offensichtliche Verlegenheit schien sie jedoch nicht im Mindesten zu stören, und sie aßen und tranken unbekümmert eine solche Menge, dass man ein Dutzend Bauern damit einen Monat lang hätte ernähren können.

Dominic von Otranto strahlte seine Gäste an und befahl seinen Dienern, dafür zu sorgen, dass die Weinkrüge voll waren und die Becher überquollen. Als Folge dieser Völlerei war die Unterhaltung lebhaft und ungezügelt, und ich lernte viel über das Leben in Outremer, was mir später noch von Nutzen sein sollte. Denn als die Templer erfuhren, dass Padraig und ich noch nie in Jerusalem oder Antiochia gewesen waren, ja noch nicht einmal in Konstantinopel, nahmen sie es freudig auf sich, uns in der Lebensart zu unterweisen, auf die wir in diesen Städten stoßen würden – sie waren sich dabei allerdings nicht sonderlich einig, besonders nicht, was die Einzelheiten betraf.

Dennoch lernte ich, dass das Wetter im Osten heiß und trocken und das Land mit unzähligen Insekten verseucht war, die das Leben dort kaum erträglich machten. Im Sommer trockneten die Flüsse meist aus. Vom Frühling bis zum Winter fiel nicht ein einziger Tropfen Regen, dann jedoch erhoben sich kräftige Winde, die durchs ganze Land fegten und jede Siedlung mit einer dicken Schicht aus Staub bedeckten.

Die Menschen dort, so erklärten die Templer, waren zum größten Teil arm; sie rangen dem felsigen, unfruchtbaren Boden gerade genug zum Leben ab. Nur vereinzelt war es anders, denn durch manche Täler führten Flüsse, die nicht austrockneten, da sie von Quellen in den Bergen gespeist wurden. *Dort* war es dann im Gegensatz zum Rest des Landes geradezu wie im Paradies; die unterschiedlichsten Früchte und Sorten von Gemüse wuchsen in diesen Tälern, und das in Hülle und Fülle.

Die Sprache, die in jenem Land gesprochen wurde, war zum größten Teil unverständlich, das Essen schwer verdaulich und das Wasser nicht trinkbar. Nirgends gab es ein öderes Land – so viel stand fest. Hätte der Herr unser Gott dieses Land nicht aus unerfindlichen Gründen auserwählt, hätte ihm mit Sicherheit niemand auch nur die geringste Beachtung geschenkt.

Was die Menschen betraf, so waren die Frauen entweder vertrocknete Hexen oder alte Weiber, deren hässliche Haut so schrumpelig war wie die von Trauben, die zu lang in der Sonne gelegen haben. Die Männer waren missmutig, verschlagen und rachsüchtig; sie waren geschickt darin, sich immer neue Intrigen auszudenken, und Blutfehden in diesen Landen hatten bisweilen bis ins sechste Glied Bestand. Mehr noch: Egal ob Jung oder Alt, die Männer waren stets zu neuen Missetaten bereit und legten eine schier unglaubliche Gier an den Tag.

»Die Araber sind wahre Teufel, Herr«, erklärte mir ein Templer. »Sie kennen nur Lügen und Blasphemie. Hütet Euch vor ihnen.«

»Sie sind die geborenen Diebe«, fügte ein anderer hinzu. »Sie werden Euch alles stehlen, was Ihr nicht angekettet habt, und Euch im selben Augenblick den Dolch in den Rücken stoßen, da Ihr Euch umdreht.«

»Türke oder Sarazene, alles dasselbe«, fuhr der Erste fort. »Auch den Griechen dürft Ihr nicht weiter trauen, als Ihr spucken könnt.«

»Aber die Griechen sind doch Christen«, wandte Padraig unschuldig ein, »und somit unsere Verbündeten und Glaubensbrüder.«

Schallendes Gelächter folgte auf diese Worte. »Wenn Ihr das glaubt«, grölte ein schwarzbärtiger Templer, »werdet Ihr eines Nachts mit durchgeschnittener Kehle aufwachen und Eure Eier in Eurem Mund wiederfinden.«

Ich erachtete solches Gerede als meines Tadels unwürdig und erwiderte nichts darauf. Doch meine Tischnachbarn gaben eine Geschmacklosigkeit nach der anderen von sich, bis ich es schließlich doch für notwendig hielt, sie auf ihren Mangel an Anstand hinzuweisen. »Das Leben im Heiligen Land muss in der Tat verändert werden«, bemerkte ich, »wenn solch lästerliche Rede Gegenstand zur Freude statt zur Scham ist.«

Ich erwartete, für diese Worte geschmäht zu werden, und bereitete mich darauf vor, als mein Nachbar, ein Riese mit schwarzem Bart, verächtlich das Gesicht verzog. Doch noch während er Luft holte, um mich niederzuschreien, ergriff Renaud das Wort. »Unsere Freunde tun Recht daran, uns an unsere Manieren zu erinnern«, sagte er und forderte jeden seiner Brüder mit Blicken heraus, ihm zu widersprechen. »Jeder von uns wird heute Nacht in seinen Gebeten um Vergebung für dieses Verhalten bitten und in seinem Herzen nach einer angemessenen Buße suchen.«

Dies brachte Ruhe in die wilde Gesellschaft, und das Mahl endete in weit gedämpfterer, wenn nicht gar respektvoller Stimmung. Hinterher suchte mich Renaud an Deck, wo Padraig und ich die milde Abendluft genossen. Der Templer verneigte sich ehrerbietig und sagte: »Gestattet mir, mich bei Euch für das gottlose Verhalten meiner Brüder zu entschuldigen.«

»Ihr müsst Euch nicht bei uns entschuldigen«, erwiderte ich. »Es war nicht unsere Tafel, und so schuldet Ihr uns auch nichts.«

»Dennoch«, sagte der Templer, »wart Ihr beide es, die uns zu Sitte und Anstand gemahnt haben – und Ihr habt Recht daran getan. Meine Männer sind nun schon viel zu lange in keinem Kloster mehr gewesen. Ihnen fehlt die Strenge, und so haben sie sich gehen lassen.«

»Ich weiß, wie Kämpfer sind«, entgegnete ich. »Ihr müsst mir das nicht erklären.«

Renaud lächelte steif. »Wie auch immer ... Bitte, nehmt meine tief empfundene Entschuldigung für diesen bedauernswerten Zwischenfall entgegen. So Gott will, wird es nicht wieder vorkommen.«

Dann wanderten Renaud und ich die Reling entlang. Padraig trottete ein Stück hinter uns her; er hörte uns zu, doch seine Gedanken behielt er für sich. Schließlich erreichten wir das Heck, wo einige Seeleute miteinander redeten und scherzten. Als wir an ihnen vorüber waren und sie uns nicht mehr hören konnten, sagte Renaud: »Es würde mich interessieren zu erfahren, wie es dazu kam, dass Ihr in Gesellschaft von Fürst Leos Sohn reist.«

»Wir haben ihn in Rouen getroffen«, erzählte ich, »wo er eine Passage in seine Heimat gesucht hat.« Ich berichtete, wie der junge Fürstensohn die Krankheit überlebt hatte, der seine gesamte Gesandtschaft zum Opfer gefallen war, und wie er als Folge davon ohne Hilfe in einem fremden Land gestrandet war.

»Wisst Ihr etwas über seine Familie?«, fragte Renaud.

»Ich weiß, dass sein Vater ein Fürst in seinem Land ist, weiter nichts«, antwortete ich. Irgendetwas in der Stimme des Templers weckte in mir den Wunsch, den jungen Mann zu verteidigen. »Doch ob seine Familie nun dem edelsten Haus angehört oder sich zu den niedersten Sklaven zählt, für mich hat das keinen

Unterschied gemacht. Roupen brauchte eine Mitfahrgelegenheit, und wir brauchten jemanden, der uns nach Marseille führen konnte. Also haben wir ein Abkommen getroffen, das beiden Seiten zum Vorteil gereichte, und er hat sich uns als treuer Freund erwiesen.«

Renaud hob die Augenbrauen. »Seid Ihr immer so vertrauensselig?«

»Bis ein Mann mir das Gegenteil beweist«, antwortete ich, und unwillkürlich sträubten sich mir die Nackenhaare, denn was der Templer mit dieser Frage sagen wollte, war offensichtlich. »Ich behandle ihn mit allem gebührenden Respekt. Es ist niemals falsch, andere so zu behandeln, wie man selbst von ihnen behandelt werden will.«

»Nein«, räumte Renaud rasch ein. »Natürlich nicht. Ihr müsst mir noch einmal verzeihen. Ich wollte Euch nicht beleidigen. Ich wollte nur wissen, was Ihr über die Familie Eures jungen Freundes und ihre Umstände wisst.«

»Wie ich gesagt habe, weiß ich nur wenig über Roupens Familie oder deren Umstände. Aber gibt es da vielleicht etwas, was ich wissen sollte?«

Nachdenklich schürzte der Templer die Lippen. »Nur so viel«, antwortete er schließlich. »Der Vater Eures Freundes, Fürst Leo, ist ein unglücklicher Mann in gefährlicher Lage. Ich fürchte, man kann ihm nicht vertrauen.«

»Es tut mir Leid, das zu hören«, erwiderte ich unsicher, denn ich wusste nicht, was Renaud mit dieser Erklärung beabsichtigte.

Wie als Antwort auf mein Zögern fuhr Renaud fort: »Glaubt mir, es macht mir keine Freude, das sagen zu müssen. Ich hege aufrichtiges Mitgefühl für Euren Freund Roupen; er befindet sich in der Tat in einer äußerst misslichen Lage.«

Er blickte über das Wasser zu der nur noch als Schatten erkennbaren Küste hinaus wie zu einer offenen, schwärenden Wunde und fügte hinzu: »Bohemunds Wille übersteigt seine Möglichkeiten oft bei weitem.«

Die Erwähnung des kühnen Fürsten erinnerte mich an die Geschichten über die Begegnung meines Vaters mit ihm, und ich erklärte: »Was Ihr da sagt, interessiert mich sehr. Mein Vater kannte Fürst Bohemund. Sie trafen sich in Jaffa während der Großen Pilgerfahrt, und mein Vater half dem Fürsten, der damals noch Herr von Tarent war, sich die Hilfe des Kaisers zu sichern.«

»Wirklich?«, erwiderte der Komtur mit plötzlich erwachter Neugier.

»O ja«, versicherte ich ihm. »Und der Fürst hat ihm diesen Gefallen vergolten. Wäre Bohemund nicht gewesen, mein Vater wäre vermutlich nie nach Hause zurückgekehrt.«

»Viele haben ihre Heimat niemals wiedergesehen«, erklärte der Templer. Sein Interesse war unübersehbar, und er musterte mich von Kopf bis Fuß, während er sagte: »Aber Ihr missversteht mich: Ich sprach von dem jungen Bohemund, dem Sohn jenes illustren Fürsten. Nicht dass das viel zu bedeuten hätte, denn der Sohn gleicht dem Vater sehr. Doch unglücklicherweise besitzt er unter anderem auch dessen unstillbaren Appetit.«

Er fuhr fort zu erklären, dass Bohemund II., Sohn von Bohemund von Tarent, inzwischen das Mannesalter erreicht hatte und ins Heilige Land gezogen war, um sein Erbe zu beanspruchen. Nicht zufrieden damit, das Fürstentum Antiochia in seinem gegenwärtigen Zustand zu übernehmen, hatte er beschlossen, die Grenzen so weit wie möglich auszudehnen.

»Seitdem er vor vier Jahren ins Heilige Land gekommen ist«, sagte Renaud, »hat der junge Fürst mehrere erfolgreiche Feldzüge unternommen und einen Großteil der Ländereien zurückgewonnen, die nach dem Tod seines Vaters verloren gegangen waren. Er ist ein ruheloser Jüngling und ein hervorragender Kämpfer.« De Bracineaux warf mir einen bedeutungsvollen Blick zu. »Und er wird nicht ruhen, ehe er nicht *alles* zurückgewonnen hat.«

»Und das ist der Grund für all den Ärger«, vermutete ich.

»Genau«, bestätigte der Templer. »Der Nordteil des Landes gehört inzwischen zum Fürstentum Armenien. Als der Vater des jungen Bohemund es sich einst genommen hat, hat sich ihm niemand widersetzt. Damals war das Land schon jahrelang unter seldschukischer Herrschaft gewesen, und die armenischen Fürsten hatten alle Hände voll damit zu tun gehabt, das Wenige zu verteidigen, das ihnen geblieben war.«

Es ist leicht, sich vorzustellen, was geschehen war. Als der Templer mit seiner Geschichte fortfuhr, konnte ich die Ereignisse um den jungen Fürsten förmlich *sehen* wie die Bewegungen von Figuren auf einem Schachbrett. Nachdem die Türken vertrieben worden waren, hatte Roupens Volk rasch seine Herrschaft erneuert, und das ohne Zweifel in der Erwartung, dass ihre Glaubensbrüder ihren rechtmäßigen Anspruch anerkennen würden. In diesem Punkt waren sie jedoch enttäuscht worden; ihre Forderungen nach Wiedergutmachung waren ebenso wenig beachtet worden wie ihre Rufe nach Gerechtigkeit … bis das Unglück über den allzu gierigen Fürsten von Antiochia hereingebrochen war.

Am Ende zerstritt sich Bohemund doch noch mit Kaiser Alexios, und seinem grenzenlosen Ehrgeiz wurde ein Riegel vorgeschoben. Nach einer verheerenden Niederlage gegen die Griechen war der große Fürst gezwungen gewesen, das umstrittene Land abzutreten, welches daraufhin an die armenischen Fürsten gefallen war. So gelang es den Armeniern mit Hilfe des griechischen Kaisers doch noch, ihr altes Territorium wiederzugewinnen.

»Aber der Frieden dieser letzten Jahre wird nicht lange anhalten«, erklärte Renaud düster. »Der junge Bohemund II. ist so eigenwillig und stur wie sein Vater. Ich fürchte, es wird schon bald zum Blutvergießen zwischen diesen beiden Häusern kommen.«

Er schien eine Antwort von mir zu erwarten, doch ich konnte mir nicht vorstellen, warum er mir das alles überhaupt erzählte, und so wusste ich auch nicht so recht, was ich darauf erwidern sollte. »Eure Offenheit ist sowohl willkommen als auch wohltuend«, sagte ich; »aber es hieße, Euch anzulügen, wenn ich behaupten würde, in dieser Angelegenheit irgendwelchen Einfluss zu besitzen.«

»Natürlich«, räumte der Ritter ein. »Ich verstehe. Ich dachte nur, dass Euch dieses Wissen vielleicht nützlich sein könnte – besonders angesichts Eurer Freundschaft mit dem jungen Herrn Roupen. Selbstverständlich weiß ich, dass Ihr Euch Eurer Christenpflicht durchaus bewusst sein würdet, solltet Ihr Euch in der Lage sehen, den jungen Herrn zu beeinflussen.«

Das verwirrte mich ein wenig. Ich wusste nur allzu gut, dass der Templer von mir verlangte, mich in seinem Sinne in die Angelegenheit einzumischen, doch ich wusste nicht, was *genau* er von mir erwartete. »Bitte«, sagte ich, »sprecht offen mit mir. Mir sind die Intrigen und Verschwörungen des Ostens nicht bekannt. Wenn Euch irgendeine Sorge plagt, dann sagt es mir. Ich versichere Euch, ich werde mich Euren Worten nicht verschließen.«

Renaud nickte und verschränkte die Hände hinter dem Rücken. »Als Komtur unseres Ordens in Antiochia hat mich Seine Heiligkeit Papst Honorius damit beauftragt, den Frieden zu wahren – nicht nur in der Stadt, sondern auch im Land. Zugleich bin ich jedoch dem Landesherrn verpflichtet, der uns in seiner Gnade das Recht gewährt hat, in seiner Stadt eine Komturei zu errichten.« Er blickte mich bedeutungsvoll an. »Offener kann ich es Euch nicht erklären.«

Nun erkannte ich endlich, mit welchem Problem er zu kämpfen hatte. Um den Frieden zu wahren, würde er Bohemund im Falle eines Falles die Treue verweigern müssen – eine Tat, die die Vertreibung der Templer aus Antiochia zur Folge haben würde.

Doch auch wenn ich seine Einschätzung der Lage anerkannte – ich hatte keinen Grund, das Gegenteil zu glauben –, konnte ich nicht anders, als zu fragen: »Warum erzählt Ihr mir das alles? Ich bin nur ein einfacher Pilger auf dem Weg ins Heilige Land. Ihr jedoch sprecht von den Angelegenheiten der Könige und Fürsten, und so wäre Euch vermutlich besser gedient, würdet Ihr dort um Rat nachsuchen.«

Renaud lächelte verbittert. »Ihr habt natürlich Recht. Ich werde Euch nicht länger behelligen.« Er schickte sich an davonzugehen.

Ich ergriff ihn jedoch am Arm und hielt ihn fest. »Erzählt uns ruhig, was Euch auf dem Herzen liegt. Wem sollte es schaden?«

Renaud warf einen kurzen Blick auf Padraig und presste die Lippen aufeinander. »Ich habe alles gesagt, was ich sagen wollte.«

»Dann geht«, erwiderte ich und ließ ihn los. »Denn wenn Ihr den Rat eines Priesters der Célé Dé so wenig schätzt, dann verdient Ihr das Leid, das Euer Schweigen mit sich bringt.« Ich deutete auf Padraig und erklärte: »Dieser Mann ist mein Freund und Berater, mein *anam cara*, der wahre Freund meiner Seele. Ich teile meine innersten Gedanken mit ihm, und er ist mir im Leben nicht nur Gefährte, sondern auch Freund. Sprecht mit mir, oder haltet Eure Zunge im Zaum. Es ist Eure Entscheidung. Doch Ihr müsst wissen, dass ich alles, was Ihr von mir verlangt, mit meinem weisen Berater besprechen werde.«

Renaud nickte knapp. Er war nicht gewöhnt, dass man so mit ihm sprach, und es gefiel ihm ganz und gar nicht, doch war er Manns genug, den Sinn in meinen Worten zu erkennen. Weder schickte er mich fort, noch drehte er sich einfach um; stattdessen schluckte er abermals seinen Stolz hinunter und sagte: »Verzeiht mir, Priester.« Mit ehrlicher Demut verneigte er sich vor Padraig. »Ich wollte Euch gegenüber nicht respektlos sein.«

Padraig nickte verzeihend. »Ich vergebe Euch. Wenn es Eure Seele erleichtert, werde ich mich ein Stück von Euch entfernen, damit Ihr in Ruhe mit Duncan sprechen könnt.«

»Nein«, erwiderte der Templer nach kurzem Nachdenken, »das ist nicht notwendig. Ich bin nun schon so weit gegangen; jetzt sollte ich die Angelegenheit wohl auch zu Ende bringen.«

Er drehte sich um und setzte sich wieder in Bewegung; die Hände hatte er nach wie vor hinter dem Rücken verschränkt und den Blick gen Boden gerichtet. Da es allmählich dunkel wurde, eilten Seeleute herbei, um die Fackeln in den eisernen Halterungen an Bug und Mastfuß zu entzünden. Schweigend schlenderten wir übers Deck, bis wir wieder allein waren.

»Was ich nun sagen werde, würde mein Lehnsherr als Verrat

betrachten, sollte es ihm jemals zu Ohren kommen«, erklärte Renaud.

Seiner Stimme war deutlich anzumerken, wie angespannt er war, und ich wusste, dass er nun zum Kern seiner Furcht kommen würde. Ich versuchte, ihn zu beruhigen. »Ich gebe Euch mein Wort: Wir werden Euer Vertrauen nicht missbrauchen.«

»Den ganzen Sommer über hat Fürst Bohemund auf seinen einstigen Besitzungen in Sizilien Männer angeworben«, berichtete uns der Komtur. »Er benutzt Schiffe, die in Diensten der Templer stehen, um diese Männer nach Antiochia zu bringen.«

Ich vermochte noch nicht einmal eine Spur von Verrat in diesen Worten zu erkennen, und das sagte ich dem Ritter auch.

»Nein«, erwiderte er. »Euch das zu sagen ist in der Tat kein Verrat, denn jedermann weiß es. Was jedoch niemand auch nur vermutet, ist, dass der kühne Fürst noch diesen Sommer einen Überraschungsangriff auf Anavarza plant.« Er blieb stehen und drehte sich zu mir um. »Seht Ihr?«, sagte er mit grimmiger Entschlossenheit. »Jetzt habe ich Euch etwas verraten, was die Niederlage meines Herrn und vielleicht sogar den Untergang von Antiochia bedeuten könnte. Dieses Wissen bedeutet Macht. Nutzt sie weise.«

Ich spürte förmlich, wie meine Seele unter der Last dieser plötzlichen Verantwortung zusammenzubrechen drohte, die mir so unvermittelt zugefallen war.

Der Templer blickte mich an, und seine Augen funkelten im Fackellicht. »Ihr habt vorhin von Verschwörungen und Intrigen gesprochen. Lasst Euch einen Rat geben: Traut eher einem Feind denn einem Freund.«

»Das ist ein seltsamer Rat.«

»Aber ein ehrlich gemeinter«, gestand der Templer, »und Ihr werdet schon bald feststellen, wie schwer es ist, Feind und Freund zu unterscheiden.«

So kam es, dass ich bereits an meinem ersten Tag an Bord kopfüber in das Intrigenlabyrinth des ränkeschmiedenden Ostens gestoßen wurde – und ich hatte noch nicht einmal einen Fuß ins Heilige Land gesetzt. Im Laufe der nächsten Tage brütete ich über jedes einzelne Wort, das Renaud mir in jener Nacht gesagt hatte, und machte mir Sorgen. Das Wissen, das er mir gegeben hatte, schwärte in mir; es vergiftete meine Tage und Nächte mit Furcht und trüben Gedanken, denn ich war überzeugt davon, verdammt zu sein, egal was ich jetzt auch immer tun mochte.

Warum hatte der Templer mich ins Vertrauen gezogen? Wollte er mich als Verbündeten an seine Seite ziehen und somit dem jungen Herrn entfremden? Oder wollte er meine Freundschaft zu Roupen auf irgendeine Art ausnutzen? Man konnte seine Worte durchaus so auffassen, doch half mir auch das nicht zu erkennen, was ich tun sollte. Sosehr ich mich auch bemühte, ich fand keine Möglichkeit, wie ich dem Wohl aller dienen konnte.

Und welchen Zweck hätte das alles auch gehabt? Im Augenblick konnte der junge Herr ohnehin nichts wegen des geplanten Angriffs unternehmen, und so würde ihm das Wissen nur Kummer und Leid bescheren. Mehr noch, er könnte sich inmitten von Feinden glauben und etwas Überstürztes tun. Indem ich meine Zunge im Zaum hielt, konnte ich ihm zumindest das ersparen – auch wenn ich einen hohen Preis dafür zahlen musste.

Erst als wir Zypern erreichten, ergab sich die Gelegenheit, mit Padraig über das heikle Wissen zu sprechen, das der Templer uns anvertraut hatte. »Was sollen wir nur tun, Padraig?«, verlangte ich zu wissen, und all mein Kummer und all meine Furcht stieg wie eine schwarze Flut in mir empor. »Was sollen wir nur tun?«

Während die Schiffe frisches Wasser und Proviant an Bord nahmen, nutzten wir die Zeit, um ein wenig durch den schönen Hafen der Stadt Limassol zu wandern. »Du weißt genauso gut wie ich, dass wir nicht einfach danebenstehen und zuschauen können.«

»Habe ich etwa gesagt, dass wir nichts tun sollen?«

»Was dann?« Bevor er darauf antworten konnte, fuhr ich fort: »Erinnere dich nur daran, dass Hunderte, ja vielleicht sogar Tausende von Leben davon abhängen, was wir tun. Ganz zu schweigen von …«

Padraig hob die Hände. »Halte Frieden, Bruder! Hör mal einen Augenblick lang mit dem Jammern auf, und hör mir zu.«

»Dann sprich!«

»Wie es der Zufall will«, begann er, »bist du nicht der Einzige, den diese Frage in letzter Zeit nicht hat schlafen lassen. Ich habe auch darüber nachgedacht, was wir in dieser Angelegenheit unternehmen könnten.«

»Ja, ja, jetzt red schon weiter, Mann!«

»Also gut. Ich bin zu folgendem Ergebnis gelangt: Wir müssen bei der ersten sich bietenden Gelegenheit Fürst Bohemund aufsuchen und von ihm verlangen, seine Entscheidung zu widerrufen, die Armenier anzugreifen.«

Voller Neid ob seiner schier unglaublichen Unschuld starrte ich den Priester erstaunt an. »Du verwunderst mich immer wieder«, sagte ich. »Obwohl du weißt, welch unersättliche Machtgier die Fürsten antreibt, schlägst du trotzdem so etwas vor. Sag mir: Was, glaubst du, wird geschehen?«

»Ich erwarte, dass Gott Bohemunds hartes Herz erweichen wird. Der junge Fürst wird seinen Irrtum erkennen und einen anderen Weg einschlagen, bevor es zu spät ist.«

»Dein Gottvertrauen ist wirklich bemerkenswert«, sagte ich,

»wenn du wirklich glaubst, dass der Fürst sich auch nur ein Wort von dem anhören wird, was du ihm sagen willst – geschweige denn, dass er deinen Rat auch noch befolgt.«

»Das wird seine Entscheidung sein«, erwiderte Padraig. »Unser Weg ist klar: Wir müssen tun, was Gott von uns erwartet.«

Ich blickte dem Mönch in die Augen und wusste, dass er meinte, was er sagte. Wir würden vor Fürst Bohemund treten und ihm verkünden müssen: Lasse ab von deinem Tun, o mächtiger Herrscher! Bereue, und suche Vergebung, oder ertrage die Strafe für deine Sünden.

Ja, und ich konnte mir genau vorstellen, wie unser Ruf nach Reue aufgenommen werden würde.

»Er wird uns für unsere Unverschämtheit bei lebendigem Leib die Haut abziehen lassen und unsere Köpfe auf Lanzen über dem Stadttor für jedermann zur Schau stellen«, murrte ich. »*Das* wird geschehen und nichts anderes.«

»Vielleicht«, gab Padraig mit einem Schulterzucken zu. »Wir können uns jedoch nicht der Gerechtigkeit verweigern, nur weil es unter Umständen schmerzhaft für uns sein könnte.«

»Es wird mehr als nur schmerzhaft sein«, erwiderte ich. »Dessen kannst du sicher sein. Aber nehmen wir einmal an – nur um diese Geschichte einmal weiterzuspinnen –, wir kommen mit heiler Haut davon. Was dann?«

»Wenn er sich dem Frieden des Herrn nicht ergibt, sind wir frei, Roupens Volk zu warnen.«

Ich starrte ihn an. »Und wie kommst du jetzt darauf?«

»Einfach aufgrund der Tatsache, dass jedermann über Bohemunds Taten wird urteilen können, nachdem wir ihm vor aller Augen unsere Sorgen erklärt haben. Entweder zeigt er sich reumütig oder nicht. Falls Bohemund an seinem ruchlosen Plan festhalten sollte, so verweigert er sich damit für alle erkennbar Gottes Frieden. Somit hindert uns dann nichts mehr daran, die Pläne des Fürsten allen zu offenbaren, die davon betroffen sind.«

Ich dachte eine Zeit lang darüber nach. Es schien wirklich der einzige Ausweg aus der Zwangslage zu sein, in die Renaud uns gebracht hatte. »Dann ist es also abgemacht«, entschied ich schließlich. »Wir werden dem Fürsten unser Anliegen sofort vortragen, nachdem wir die Stadt betreten haben. Aber überlass es *mir*, mit Bohemund zu reden. Ich werde an seine Ehre appellieren und ihn nicht auf seine Sünden hinweisen. Wenn de Bracineaux in dieser Angelegenheit mit uns einer Meinung ist – und ich glaube, das ist er, aus welchen Gründen auch immer –, dann wird er uns auch unterstützen. Wenn wir alle drei mit einer Stimme sprechen, haben wir vielleicht das Glück, der vollen Wucht des fürstlichen Zorns zu entkommen.«

»Gut gesagt«, erwiderte Padraig. »Aber wie auch immer unser Gespräch mit dem Fürsten verlaufen mag, wir müssen äußerste Vorsicht walten lassen. Denn wenn Bohemund erfährt, dass der Sohn seines ärgsten Feindes zum Greifen nah ist, wird er den Jungen als Geisel nehmen oder Schlimmeres. Wir müssen Roupen sagen, was wir zu tun beabsichtigen. Sein Leben wird vom selben Augenblick an in Gefahr sein, da wir auch nur einen Fuß nach Antiochia setzen. Wir können ihn nicht länger im Dunkeln lassen.«

Am nächsten Tag, nachdem die Schiffe zum letzten Wegstück nach Outremer aufgebrochen waren, riefen wir den jungen Fürstensohn aufs Oberdeck, wo wir an der Reling entlangschlenderten und beobachteten, wie die zerklüfteten braunen Hügel Zyperns allmählich in der Ferne verschwanden. Als ich sicher war, dass niemand an Deck uns belauschen konnte, berichtete ich Roupen von Fürst Bohemunds Plan, die armenische Festung in Anavarza anzugreifen.

»Ich danke euch, dass ihr mir das erzählt habt«, sagte Roupen und sackte förmlich in sich zusammen. »Ich weiß jetzt, dass ihr wirklich meine Freunde seid. Ich werde mich euch nur noch aufdrängen, bis ich sicher von Bord gekommen bin. Sobald wir in Sankt Simeon angelegt haben, werde ich euch verlassen und mich allein auf den Weg nach Hause machen.«

Auch wenn er mit fester, entschlossener Stimme sprach, so merkte ich ihm doch deutlich die Angst an, die er angesichts der bevorstehenden Ereignisse empfand. Er blickte zu Padraig, als wolle er den Priester um seinen Segen bitten.

»Deine Absicht ist verständlich«, erwiderte ich; »aber es gibt noch einen anderen Weg. Begleite uns nach Antiochia.«

»Nach Antiochia!«, keuchte Roupen wie unter einer schweren Last. »Ich soll zu meinen Feinden gehen? Niemals!«

»Beruhige dich, und hör mir zu. Padraig und ich haben die Absicht, Bohemund gegenüberzutreten und von ihm zu verlangen, von seinem törichten …«, ich bemerkte Padraigs Blick, »… von seinem törichten und sündigen Plan abzulassen, dein Volk anzugreifen. Ich vertraue darauf, dass Komtur de Bracineaux uns in dieser Angelegenheit zur Seite stehen wird.

Wenn Bohemund nun auf die Stimme der Vernunft hört, hast du keinen Grund mehr, ihn zu fürchten, und überdies könntest du noch gute Nachrichten mit nach Hause nehmen.«

»Und wenn er nicht auf euch hört?«, fragte Roupen zweifelnd.

»Dann wirst du so schnell wie möglich nach Hause zurückkehren, um dein Volk zu warnen, und wir werden dir helfen. Wir können nicht für die Templer sprechen, aber ich glaube, wir dürfen auf ihre Hilfe rechnen.«

»Können wir ihnen vertrauen?«, verlangte Roupen zu wissen.

»Das können wir«, antwortete ich. »Renaud weiß, wer du bist – und zwar seit du deinen Fuß auf dieses Schiff gesetzt hast. Würde er dir irgendetwas Böses wollen, hätten wir das bestimmt schon längst zu spüren bekommen. Sein Mönchsgelübde schränkt ihn ein, doch ich glaube, er versucht, dir zu helfen, so gut er kann.«

»Also ziehen wir weiter nach Antiochia … um uns direkt unter Fürst Bohemunds Nase zu verstecken«, erklärte Roupen, der langsam begann, sich mit dem Gedanken anzufreunden. »Und was dann?«

»Wenn wir erst einmal mit Bohemund gesprochen haben, werden wir wissen, wie die Dinge stehen«, antwortete Padraig. »Aber du sollst wissen, dass wir dich sicher nach Hause geleiten werden, ganz gleich was bei unserem Gespräch mit dem Fürsten auch herauskommen mag.«

Unnötig zu erwähnen, dass unsere Ankunft in Antiochia ein paar Tage später von der Furcht vor Entdeckung geprägt war, während wir über die von Palmen gesäumte Straße auf die riesigen Tore zuritten. Oh, wie ich mir wünschte, dass es anders gewesen wäre, denn Antiochia ist in der Tat ein wahres Wunder von einer Stadt.

Aus dem felsigen Grund des langsam dahinfließenden Orontes ragen die strahlend weißen Mauern höher empor als die jeder anderen Festung, die ich jemals gesehen habe. Im goldenen Licht des Sonnenaufgangs schimmert die Stadt wie Bernstein. Vom Flusstor am Ufer bis hin zur hoch gelegenen Zitadelle auf dem steilen Burgberg bietet sich dem Betrachter ein Anblick, der das Herz mit Ehrfurcht erfüllt.

Mit unserer Templer-Eskorte – zweihundert Mann stark und alle zu Pferd, mit leuchtend roten Kreuzen auf den Umhängen und Helmen und Lanzen, die in der Sonne funkelten –, stiegen wir die Hügel hinunter und durchquerten das Tal des Orontes, bis wir auf die Straße trafen, die zur Stadt führte. Wir überquerten eine Brücke, durchschritten das Haupttor und betraten die breite, von Bäumen gesäumte Hauptstraße der Stadt. Rechts und links standen die großen Häuser wohlhabender Familien und dazwischen uralte Basiliken, Markthallen und Kirchen in allen möglichen Größen.

Ich wusste, dass die Eiserne Lanze in einer dieser Kirchen entdeckt worden war, und während wir langsam die Straße entlangritten, blickte ich ständig hin und her in der vagen Hoffnung, den Ort ihrer Entdeckung irgendwie zu erkennen. Sollte ich jedoch wirklich an dieser Kirche vorübergekommen sein, so erfuhr ich es zumindest nie. Denn auch wenn ich eine Vielzahl von Gotteshäusern sah, so wirkte doch keines von ihnen auf irgendeine Art bemerkenswert, was mich ein wenig enttäuschte.

Auch bekam ich keine Gelegenheit, jemanden danach zu fragen, denn kaum hatten wir die Komturei in der Unterstadt erreicht, da verlangte Fürst Bohemund augenblicklich Renaud de Bracineaux zu sehen. Den höherrangigen Templern hatte man Quartiere in der Zitadelle zugewiesen, und besonders von ihrem Anführer Renaud erwartete man, dass er dem Fürsten sofort seine Aufwartung machte, sobald er die Stadt betreten hatte.

Ich hatte den Komtur von meiner Entscheidung in Kenntnis gesetzt, mich bei der ersten sich bietenden Gelegenheit mit einem Bittgesuch an den jungen Fürsten zu wenden, und er hatte meinem Plan zugestimmt – allerdings hatte er nicht gerade Begeisterung gezeigt. Nachdem der Templer von seinem Gespräch mit dem Boten des Fürsten zurückgekehrt war, sagte er: »Ihr habt Glück, mein Freund. Bohemund geruht, mich zu empfangen. Ich werde Euch und den Priester mit mir nehmen; so können wir die Angelegenheit ohne Umschweife hinter uns bringen.«

»Jetzt?«, fragte ich verblüfft. »Wo uns noch der Staub der Straße in den Kleidern hängt?« Um die stickige, alles erfassende Hitze des Tages zu vermeiden, waren wir bereits kurz nach Mitternacht aufgebrochen, damit wir die Hügel bis Sonnenaufgang hinter uns bringen konnten. Es war Sommer, und die Strahlen der Sonne verwandelten das Land in einen Glutofen. Die Erde war vollkommen ausgetrocknet, und jeder noch so vorsichtige Schritt auf den viel benutzten Straßen wirbelte Sand und Staub auf. Je tiefer wir ins Landesinnere vorgestoßen waren, desto heißer und trockener war es geworden, und die zweihundert berittenen Templer hatten derart viel Staub aufgewirbelt, das wir inzwischen aussahen, als hätten wir tagelang in einer Mühle Korn gemahlen, ohne auch nur einmal die Kleider zu wechseln oder uns zu waschen.

»Der Fürst ist selbst erst vor vier Tagen in der Stadt eingetroffen und brennt nun darauf, seinen Feldzug vorzubereiten«, erklärte uns Renaud. »Wenn wir ihn noch rechtzeitig davon abbringen wollen, dann ist das hier vermutlich unsere einzige Gelegenheit.« Er rief seinen Sergeanten zu sich; dann wandte er sich wieder an uns. »Geht, und macht Euch ein wenig frisch«, sagte er. »Gislebert wird Euch in den Palast bringen, sobald Ihr fertig seid. Ich werde dort auf Euch warten.«

Der Sergeant führte uns durch eine niedrige Tür auf einen kleinen Hof, der von mehreren Kasernen im alten römischen Stil umgeben war, den Quartieren der Templer. Der Hof war voller Männer, die ihre Brüder willkommen hießen und sie mit der neuen Umgebung vertraut machten. Gislebert führte uns zu einem Springbrunnen in der Mitte des Hofs. Grimmig, nervös und steif schaute Roupen Padraig und mir zu, wie wir uns Wasser aus dem steinernen Becken ins Gesicht spritzten.

»Ich werde mit euch gehen«, sagte er plötzlich.

»Nein«, widersprach ich. »Das wäre nicht besonders klug.«

»Ich kann hier nicht allein warten. Was ist, wenn jemand Bohemund erzählt, dass ich hier bin?«

»Komtur Renaud hat uns sein Wort gegeben«, erwiderte ich geduldig. »Solange du hier in der Komturei bleibst, bist du in Sicherheit. Aber wage ja nicht, dein Gesicht oben im Palast zu zeigen.«

»Ich fürchte mich nicht«, verkündete Roupen tollkühn. »Ich werde selbst mit Bohemund sprechen.«

»Vielleicht wirst du wirklich Gelegenheit haben, mit dem Fürsten zu sprechen«, erklärte ich. »Aber bevor wir unseren ursprünglichen Plan aufgeben, sollten wir vielleicht erst einmal herausfinden, was für eine Art Mann dieser Bohemund ist.«

»Und was soll ich tun, solange ihr fort seid?«, fragte Roupen unglücklich und trat gegen die steinerne Brunnenwand.

»Geduldig warten«, antwortete Padraig, »und dafür beten, dass unser Gespräch mit dem Fürsten Früchte trägt und Bohemund sich reumütig zeigt.«

»Und wenn er nichts dergleichen tut?«, schnappte Roupen wütend. Er konnte nicht anders, und ich vermochte ihm das auch nicht vorzuwerfen. Wäre ich an seiner Stelle gewesen, hätte ich mich vermutlich genauso verhalten.

»Wir können nur jeweils eine Brücke überqueren«, erwiderte ich.

»Vertrau auf Gott«, ermutigte ihn Padraig. »Öffne dem Herrn dein Herz und ergib dich in seine gnädige Hand. Vertrau auf ihn, und er wird dir in deiner Not zur Hilfe kommen.«

Roupen akzeptierte dies mit düsterer Nachsicht und schwieg. Nachdem wir uns gewaschen und so ansehnlich wie möglich hergerichtet hatten, wandte ich mich noch einmal an den jungen Fürstensohn. »Bleib ruhig, und rühr dich nicht von hier weg. Wir werden so bald wie möglich wieder zurückkehren«, versprach ich und legte ihm die Hand auf die Schulter. »So Gott will, werden wir dir gute Nachrichten bringen.«

Dann folgten wir Gislebert aus dem Hof hinaus und durch ein verwirrendes Labyrinth kleiner Gassen und Treppen hinauf ins Herz der Stadt zur alten Zitadelle, in deren Palast der Fürst von Antiochia Hof hielt.

Bohemunds Palast erinnerte mich an eine hochwohlgeborene Frau, die durch unglückliche Umstände in die Armut getrieben worden war. Ohne Zweifel war die königliche Residenz einst ein wahres Juwel gewesen, doch Jahre der Gleichgültigkeit und der Vernachlässigung durch die Bewohner hatten ihre hervorstechendsten Merkmale verunstaltet. Wertvolle Holzpaneele waren zerfurcht und verkratzt; kostbare Seidenteppiche waren ausgefranst, und einst leuchtende Wandmalereien waren von öligem Rauch und Ruß verklebt. Die polierten Böden waren an vielen Stellen verrottet und von den Schritten unzähliger Stiefel stumpf geworden. Mehrere der äußeren Gänge waren überdies mit allem möglichen Abfall voll gestopft, und der Geruch menschlicher Ausscheidungen stieg dem Besucher sofort in die Nase, da er das Tor durchschritt.

Alles in allem betrachtet umgab den Ort eine Aura des fortschreitenden Verfalls und des Niedergangs. Es tat mir in der Seele weh, zu sehen, wie der Palast langsam vor sich hin moderte, und ich konnte nicht anders, als den gedankenlosen Herrn zu tadeln, der so etwas geschehen ließ. Natürlich gab es weit Schlimmeres auf der Welt, wie ich sehr wohl wusste, doch diese Umgebung strahlte eine – wie soll ich sagen – *bösartige* Gleichgültigkeit aus, die ich einfach nicht ertragen konnte. Welcher Teil davon der gegenwärtige Hausherr zu verantworten hatte, vermochte ich allerdings nicht zu sagen; doch dass der junge Fürst in diesen einst prächtigen Hallen lebte und nichts unternahm, um den Verfall aufzuhalten, verriet mir einiges über den Mann.

Seine persönliche Erscheinung stand jedoch in krassem Gegensatz zu dem erbärmlichen Eindruck, den seine Umgebung vermittelte. Fürst Bohemund war ein vollblütiger, gut aussehender Mann: Er besaß breite Schultern, war groß und schlank und sein Gesicht offen und freundlich. Sein Haar war lang und hell und sein Bart kurz und in zwei gleiche Teile geschnitten, wie es bei den fränkischen Herren Mode ist. Seine großen, kräftigen Hände waren ständig in Bewegung, als mache es sie nervös, kein Schwert in den Fingern zu halten.

Gemeinsam mit Komtur de Bracineaux wurden Padraig und ich von einem Berater des Fürsten in dessen Privatgemächer geführt; bei dem Berater handelte es sich um einen alten Gefolgsmann der Herrscher von Antiochia, welcher uns mit dem müden Blick eines Mannes betrachtete, der in seinem Leben schon viel zu viel gesehen hatte. Der Fürst stand an einem langen Tisch, auf dem ein Mahl aus gebratenem Fasan und Pflaumen angerichtet war. In der einen Hand hielt er ein Messer, mit dem er gerade zustoßen wollte, und in der anderen einen goldenen Becher.

Als die Tür sich für uns öffnete, blickte er auf und rief: »De Bracineaux! Ihr seid da! Gott sei gelobt, Mann. Es ist schön, Euch zu sehen. Man hat mir gesagt, dass Ihr eingetroffen seid, doch ich konnte meinen Ohren ob dieses Glücks kaum trauen. Ich hatte Euch erst in einer Woche erwartet.«

Seinen Rang vergessend sprang er auf uns zu. Er packte den Templer an den Armen und drückte ihn an sich wie einen Bruder. Als er dann die zwei Fremden in Renauds Kielwasser entdeckte, rief er: »Und wer ist Eure Begleitung? Kommt herein, meine Herren! Ich grüße Euch. Gesellt Euch zu mir. Das Mahl ist bereitet. Ich wollte gerade essen.«

»Es wäre uns eine Freude«, erwiderte der Templer. Er drehte sich zu uns um und sagte: »Darf ich vorstellen: Herr Duncan von Caithness und Bruder Padraig, sein Kaplan.«

»Ich bin erfreut, Euch kennen zu lernen, meine Herren«, sagte der Fürst und neigte höflich den Kopf. Er lächelte, und trotz meiner Vorbehalte fühlte ich mich versucht, ihn zu mögen. »Ihr könnt noch nicht lange in der Stadt sein.«

»Wir sind gerade erst angekommen«, erklärte ich.

»Hattet Ihr eine gute Reise?«

»Eine sehr gute sogar, Herr«, antwortete ich. »Verglichen mit der See von Schottland ist das Mittelmeer so glatt und ruhig wie eine Straße.«

»Ich habe von diesem Schottland gehört, wisst Ihr?«, bemerkte Fürst Bohemund. Er drehte sich um und winkte uns, ihm zum Tisch zu folgen. »Es heißt, die Männer und Frauen dort würden sich blau anmalen.« Lächelnd blickte er zu Padraig und mir. »Aber *Ihr* seid nicht blau angemalt, wie ich sehe.«

»Nein, Herr; doch die Pikten sind in der Tat bekannt dafür, sich mit Färberwaid einzuschmieren, bevor sie in die Schlacht ziehen. Das ist zwar ein sehr alter Brauch, aber dann und wann wird er noch angewandt.«

Bohemund lächelte erneut und entblößte eine Reihe gerader weißer Zähne. »Das würde ich gerne einmal sehen.« Er spießte ein Stück Fasan mit seinem Messer auf. »Kommt, meine Freunde! Esst!« Und an seinen Diener gewandt sagte er: »Hemar! Schenk unseren durstigen Freunden Wein ein. Sie sind den ganzen weiten Weg von Schottland hierher gereist.«

Wir folgten der Einladung des Fürsten und machten uns an Fleisch und Obst. Bohemund und Renaud begannen, über die Reise und die Einquartierung der Truppen zu reden, und so hatte ich Gelegenheit, den Fürsten eine Zeit lang zu beobachten. Er war, so entschied ich, ein wenig jünger, als es zunächst den Anschein gehabt hatte. Auch wenn seine Haltung und Sprache die eines weit älteren, selbstbewussten Mannes waren, so glaube ich doch, dass er sich diese Erscheinung nur angeeignet hatte, um seine jugendliche Unreife zu verbergen. Er war wenig mehr als ein Kind, das Männerspiele spielte, und seltsamerweise empfand ich Mitleid für ihn.

Während unsere Gastgeber miteinander redeten, dachte ich

darüber nach, wie ich wohl am besten das Thema des geplanten Angriffs auf Armenien zur Sprache bringen konnte. Ich entschied, dass es am einfachsten wäre, wenn Bohemund selbst darauf zu sprechen kommen und mir so unverfänglich Gelegenheit geben würde, mein Anliegen vorzutragen. Doch der Fürst schien zufrieden damit zu sein, müßig über das Reisen und das Wetter zu reden, und allmählich gewann ich den Eindruck, dass er in Gegenwart von Padraig und mir nicht über seine Pläne sprechen wollte. Also beschloss ich, dass Thema selbst anzuschneiden, da offenbar niemand mir diese Arbeit abnehmen wollte.

Ich stählte mich gerade, genau das zu tun, als der junge Bohemund sich nicht länger zurückhalten konnte und mit dem Knauf seines Messers auf den Tisch schlug. »Nun, de Bracineaux, wir haben uns lange genug gegenseitig auf den Busch geklopft. Jetzt will ich über den Feldzug sprechen. Wie viel Männer könnt Ihr mir geben?«

Der Templer stellte den Becher beiseite und atmete tief durch. »Ich habe eingehend über Eure Bitte nachgedacht«, antwortete er. »Und um offen zu sein, muss ich Euch sagen, dass Ihr mich in eine höchst unangenehme Lage bringt.«

»Ach? Tue ich das?«, wunderte sich Bohemund unschuldig. »Es betrübt mich zutiefst, das zu hören.« Er wirkte nicht im Mindesten entsetzt.

»Ihr müsst verstehen, dass es nicht zu den Pflichten der Templer gehört, offen Krieg zu führen. Unsere Gelübde verlangen von uns, die Straßen zu überwachen und jene zu beschützen, die auf ihnen reisen – alles andere bedeutet einen Bruch unserer Ordensregel. Um es kurz zu machen, Herr: Unsere christlichen Verbündeten anzugreifen wäre ausgesprochen ... *tadelnswert.*«

Bohemunds Gesicht zuckte vor Verärgerung, doch seine Fröhlichkeit behielt er bei. »Kommt schon, Herr«, lockte er, »Ihr wisst, dass auch andere Komtureien sich dem Kampf gegen den gemeinsamen Feind angeschlossen haben. Ich bitte Euch um nichts, was Eure Brüder mir verweigern würden.«

»Ob andere etwas tun oder nicht, müssen sie mit ihrem eigenen Gewissen ausmachen. Was mich betrifft, so kann ich nicht zulassen, dass meine Männer sich als Söldner verdingen.«

»Der Großmeister hat mir versichert, dass es keine Schwierigkeiten geben wird«, erklärte der Fürst ein wenig trotzig.

»Und es wird auch keine geben – solange niemand von meinen Männer verlangt, gegen ihr Gelübde zu verstoßen. Mit allem Respekt, mein Herr und Fürst, wir dienen der Verteidigung, nicht dem Angriff.«

»Wollt Ihr etwa leugnen, dass die Sicherung der Grenzen meines Reiches von außerordentlicher Wichtigkeit für die Sicherheit der Pilger und Bürger dieses Landes ist?«

»Im Gegenteil«, erwiderte Renaud, der sichtlich froh darüber war, endlich in etwas mit dem Grafen übereinzustimmen, »sollten die Grenzen dieses Landes jemals vom Feind bedroht werden, so werden die Templer sich als Erste in die Schlacht stürzen.«

»Ich bin froh, das zu hören«, erklärte Bohemund rasch. »Einen Augenblick lang hatte ich schon an meiner Entscheidung gezweifelt, den Armen Rittern Christi eine solch große und, wie ich hinzufügen darf, eine solch *teure* Unterkunft in meiner Stadt zu gewähren. Immerhin ist ein Fürst, der sich nicht auf den Mut seiner Krieger verlassen kann, seinen Feinden hilflos ausgeliefert.«

»Zweifelt nie am Mut der Templer«, erwiderte Renaud mit vor Wut zitternder Stimme. »Wir haben unsere Leben dem allmächtigen Gott verschworen, und wir werden eher bis zum Tode kämpfen, als dass wir unseren Eid entehren.«

»Warum dann dieses ungebührliche Zögern?«, verlangte Bohemund zu wissen. »Ich sage Euch, dass mein Volk nicht sicher ist, solange die Armenier die Grenzen dieses Landes halten.«

Die Luft knisterte förmlich zwischen den beiden. Als er erkannte, dass er mit seinen Bemühungen bei dem Templer in eine Sackgasse geraten war, wandte sich der Fürst an Padraig und mich. »Ihr müsst uns entschuldigen«, sagte er gereizt. »Mir scheint, der gute Komtur und ich, wir sind uns bei diesem Thema nicht ganz einig.«

Das war die Gelegenheit, sich einzumischen, und ich ergriff sie. »Verzeiht mir, Herr. Ich bin fremd in diesem Land und habe nicht das Recht zu sprechen; doch solltet Ihr mich trotzdem anhören, wäre ich Euch sehr verpflichtet.«

»Wenn Ihr etwas Vernünftiges zu sagen habt, dann sprecht«, schnaufte der Fürst. »Es wäre recht nett, zur Abwechslung mal etwas anderes zu hören als die unaufrichtigen Entschuldigungen dieses feigen Komturs.«

Renaud wollte sich dagegen wehren, besann sich jedoch eines Besseren und hielt seine Zunge im Zaum. Bohemund war jung und ungestüm, und es war schwer, seinen Ehrgeiz zu zügeln. Ihn weiter vor den Kopf zu stoßen würde alles nur noch schlimmer machen.

»Auch wenn ich selbst gerade erst in Antiochia eingetroffen bin, so besitzt meine Familie doch einige Erfahrung in diesem Teil der Welt. Mein Großvater nahm das Kreuz während der Großen Pilgerfahrt und starb in Jerusalem. Mehr noch, mein Vater traf einst den Euren – es war in Jaffa, wenn ich mich recht entsinne, und mein Vater war damals ungefähr so alt wie Ihr jetzt. Meine Familie hat sich stets an dieses Treffen erinnert.«

Padraig runzelte die Stirn und warf mir einen warnenden Blick zu; damit schien er mir sagen zu wollen, dass ich ihm für seinen Geschmack unserem Geheimnis schon viel zu nahe gekommen war.

Dass meine Geschichte dem jungen Fürsten gefiel, war offensichtlich, und ich glaubte, ihn dadurch für mein eigentliches Anliegen günstig zu stimmen. »In der Tat, mein Herr!«, rief er. »Seht Ihr, Renaud? Nicht jeder an diesem gottverlassenen Ort hat so wie Ihr seine Christenpflicht vergessen. Bitte, fahrt fort.«

»Daher«, sagte ich und spürte, wie mein Magen sich zusammenzog, »bete ich, dass Ihr es nicht für allzu vermessen erachtet, wenn ich behaupte, dass Komtur de Bracineaux mit seiner Entscheidung Recht hat, Euch seine Unterstützung für den Angriff auf die Armenier zu verweigern.«

Doch ach, meine Worte trafen den jungen Fürsten nicht so, wie ich gehofft hatte. Er kniff die Augen zusammen, und ein Schatten der Wut huschte über sein Gesicht. »Wie könnt Ihr es wagen?«, knurrte er und wirbelte zu dem Templer herum, um ihn die volle Wucht seines Zorns spüren zu lassen. »Ihr Wurm! *Ihr* habt diesen Leuten das in den Kopf gesetzt! Ihr elender Feigling! Verschwindet aus meinen Augen! *Ihr alle!*«

»Beruhigt Euch, mein Herr«, sagte ich in dem Bemühen, ihn wieder ein wenig friedlicher zu stimmen. »Den Komtur trifft keine Schuld. Was ich denke, ist meine eigene Entscheidung, und hätte ich den Komtur noch nie gesehen, so würde ich doch immer noch das Gleiche sagen: Es ist falsch, die Armenier anzugreifen. Es sind getaufte Christen, Verbündete des Heiligen Römischen Reiches. Es sind Eure Glaubensbrüder, Herr.«

»Sie sind Abschaum!«, brüllte Bohemund, und sein Gesicht verzerrte sich vor Hass. »Mehr noch, sie sind *Ränke schmiedender* Abschaum! Sie haben das Land meines Vaters gestohlen, und ich werde es mir zurückholen!«

Er funkelte uns an, wütend und enttäuscht darüber, dass man ihm von allen Seiten Widerstand entgegenbrachte.

Padraig stand auf und sagte mit seiner sanftesten und freundlichsten Stimme: »Im Namen Gottes bitte ich Euch, Euch eines Besseren zu besinnen. Lasst von Eurem sündigen Plan ab, bevor ...«

Doch Padraig sollte seinen Appell nicht zu Ende bringen, denn der tollkühne Fürst griff nach dem Messer und warf es nach dem Kopf des Priesters. »Wie könnt Ihr es wagen?«, kreischte er. *»Raus hier!«*

Nur knapp gelang es Padraig, der Klinge auszuweichen, die daraufhin gegen die Wand flog und zu Boden fiel. Bohemund sprang auf, stieß gegen den Tisch und warf Becher und Schüsseln um. »Macht, dass Ihr rauskommt! Lasst mich allein!« Sein bleiches Gesicht färbte sich rot vor Zorn.

Als der wütende Fürst nach einem weiteren Messer griff, sprang

Renaud an meine Seite. »Geht!«, drängte er. »Geht zur Komturei zurück, und wartet dort auf mich.«

»Wir werden bleiben und das durchstehen.«

»Lasst uns allein. Ich werde ihn beruhigen und Euch so rasch wie möglich folgen. Geht jetzt.« Dann drehte er sich wieder zu dem Fürsten um und sagte: »Das ist unter Eurer Würde, Herr. Legt das Messer weg, und lasst uns wie Christenmenschen miteinander reden.«

Der Fürst schrie und fuchtelte mit dem Messer herum; er war es leid, zuzuhören. Während er den Komtur anschrie, machten Padraig und ich, dass wir aus der Kammer kamen, eilten durch die langen, niedrigen Gänge des Palastes und stiegen eine Reihe dunkler, enger Treppen zu den ehemaligen Stallungen hinunter. Rasch gingen wir an einigen Templern vorbei, die ihrer Arbeit nachgingen, zur erstbesten Tür und hinaus auf die helle, sonnenbeschienene Straße.

Wir blieben gerade lange genug stehen, um die Straße zu finden, über die wir zur Zitadelle hinaufgelangt waren; dann stiegen wir raschen Schrittes den Berg hinab, achteten jedoch darauf, nicht zu rennen – nichts erregt die Aufmerksamkeit der Menschen mehr als ein Fremder in wilder Flucht. Dann und wann blieb ich stehen, blickte zurück und lauschte, doch ich konnte nichts sehen und hören, was auf eine Verfolgung hingedeutet hätte.

Wir folgten unseren eigenen Schritten die steilen, gewundenen Straßen zur Unterstadt hinunter und wurden nach und nach langsamer, während immer mehr Leben auf den Straßen herrschte, je näher wir den Märkten kamen. Die Anstrengung hatte uns den Schweiß ins Gesicht getrieben, und ich wollte gerade anhalten, um mich ein wenig auszuruhen und meine Gedanken zu sammeln, als Padraig die Komturei entdeckte.

Erst als wir hinter den starken Mauern waren, gestatteten wir uns, uns zu entspannen. Sofort eilten wir zum Brunnen in der Mitte des Hofs und tranken lange und ausgiebig, bevor wir in die Kaserne gingen, wo ein aufgelöster Roupen uns schon erwartete.

»Wir haben versagt«, erklärte ich ihm offen. »Bohemund hat sich geweigert, auf die Vernunft zu hören. Renaud ist bei ihm geblieben, um ihn wieder zu beruhigen, aber ich wage zu bezweifeln, dass es ihm gelingen wird, den jungen Fürsten umzustimmen.«

Roupen nickte entschlossen. »Ich danke euch, dass ihr es wenigstens versucht habt«, sagte er leise. Ich sah deutlich, dass er sich fürchtete, zumal er offenbar all seine Hoffnung in unseren Plan gesetzt hatte.

»Wir sind noch nicht fertig«, sagte ich in dem Versuch, ihn ein wenig zu trösten. »Sobald der Komtur wieder zurück ist, werden wir uns zusammensetzen und entscheiden, was als Nächstes zu tun ist.«

Ach! Wäre das doch nur so einfach gewesen.

Also warteten wir auf die Rückkehr von Komtur de Bracineaux. Padraig und ich nutzten die Gelegenheit, um in der Hitze des Tages ein Nickerchen zu machen, doch blieb jeweils einer von uns wach, um bei Roupen zu bleiben, damit dieser sich nicht allzu sehr aufregte und womöglich noch eine Dummheit beging. In der Komturei, die inzwischen mit Neuankömmlingen förmlich überfüllt war, herrschte ein ständiges Kommen und Gehen; dennoch ging es ausgesprochen friedlich zu. Inmitten all dieses militärischen Treibens gelang es den Kriegermönchen tatsächlich, eine gewisse klösterliche Ruhe zu bewahren.

In der Tat ähnelte die alte römische Garnison sogar einem Kloster: der ruhige Innenhof mit der Kapelle am einen Ende und den Baracken zu beiden Seiten, die genauso gut Mönchszellen hätten sein können; die Küche, in der es ständig geschäftig rumorte; das Refektorium mit seinen langen Tischen und Bänken und die Templer selbst … In ihren weißen Umhängen eilten sie hierhin und dorthin und gingen den unterschiedlichsten Arbeiten nach. Wären da nicht ihre Schwerter gewesen, die sie nur selten ablegten, man hätte sie durchaus für ganz normale Mönche halten können. Natürlich handelte es sich auch bei ihrer Gemeinschaft um einen religiösen Orden, doch waren sie nicht nur Brüder im Glauben, sondern auch Waffengefährten; tatsächlich waren sie sogar zuvorderst eine Waffenbruderschaft, und dann erst ein frommer Orden.

Die meiste Zeit überließen sie uns uns selbst, zumal sie bei weitem genug damit zu tun hatten, die frisch eingetroffene Verstärkung unterzubringen und zu versorgen. Dann und wann hörten wir den ein oder anderen Templer freudig rufen, der einen Landsmann unter den Neuankömmlingen entdeckt hatte; doch im Allgemeinen herrschte Ruhe auf dem Hof.

Gegen Abend begann ich mich allmählich zu sorgen, dass irgendetwas in der Zitadelle schief gelaufen war. Ich machte mich auf die Suche nach dem Sergeanten des Komturs und fand ihn schließlich auch in den Ställen, wo er die neu eingetroffenen Pferde aus dem Frankenland inspizierte. Ich grüßte ihn und berichtete ihm von meinen Sorgen. Er hörte zu, doch ich sah ihm deutlich an, dass er mir nicht ein Wort glaubte. Gislebert mochte ja vielleicht ein guter Kämpfer gewesen sein, doch freundlich war er nicht. Immerhin waren wir Schiffskameraden gewesen; und doch behandelte er mich mit kalter, fast herzloser Gleichgültigkeit, als hätte ich ihn auf irgendeine grausame und unbeschreibliche Art enttäuscht, und als wäre er nun gezwungen, schweigend meine bemitleidenswerte Unzulänglichkeit zu ertragen.

»Ich kann mir das nur so erklären, dass den Komtur irgendein Unglück ereilt hat«, schloss ich, nachdem ich Gislebert die Umstände unseres Treffens mit dem Fürsten erklärt hatte. »Sonst wäre er bestimmt schon längst zurückgekehrt.«

»Ich bin sicher, dass rein gar nichts geschehen ist«, erwiderte Gislebert steif, als wären meine Sorgen die Laune eines überempfindlichen Kindes. »Die Angelegenheiten der Komturei bedürfen bisweilen mehr Aufmerksamkeit, als jemand vermuten würde, der nichts damit zu tun hat.«

Ich nehme an, er wollte mich damit in die Schranken weisen. Auf jeden Fall wandte er sich wieder seiner Arbeit zu und strich dem Pferd vor ihm, einem edlen braunen Hengst, mit der Hand über das Vorderbein. Ich beschloss, dass es wenig Sinn ergab, noch weiter mit ihm zu streiten, und so wandte ich mich zum Gehen. »Wenn er gesagt hat, dass Ihr auf ihn warten sollt, dann vermute ich, hat er auch genau das gemeint«, fügte Gislebert über die

Schulter hinweg hinzu. Als er sich daraufhin abermals von mir abwandte, hörte ich ihn vor sich hin murmeln: »Nur ein Narr würde an ihm zweifeln.«

Ich blieb mitten im Schritt stehen und drehte mich um. »Ich bin kein Narr, Sergeant Gislebert«, sagte ich in scharfem Tonfall, »auch wenn Ihr etwas anderes zu glauben scheint. Und ich hege größtes Vertrauen zu Komtur de Bracineaux. Ja, er hat uns gesagt, wir sollten hier auf ihn warten, und den ganzen Tag über haben wir genau das getan. Aber er hat uns auch gesagt, dass er uns bald folgen wird, und das ist offenbar *nicht* geschehen. Daher und angesichts der schlechten Laune des Fürsten halte ich es keineswegs für Torheit, mich nach dem Wohlbefinden Eures Komturs zu erkundigen.«

Langsam richtete Gislebert sich auf und musterte mich mit angewiderter Distanziertheit. »Ich überlasse es Euch, Gislebert«, sagte ich. »Es kostet Euch nur einen Augenblick, mir das Gegenteil zu beweisen.«

Nach kurzem Schweigen fragte er: »Was soll ich denn Eurem Willen nach tun, Herr?« Die Worte krochen wie Würmer aus seinem Mund.

»Vielleicht würde es Euch nicht allzu viel Umstände bereiten, einen Boten zu den Templern in der Zitadelle zu schicken und sie zu bitten, sich nach dem Verbleib Eures Komturs zu erkundigen.«

»So soll es sein«, erwiderte der Sergeant mit sichtlichem Widerwillen.

»Gut.«

Ich gesellte mich wieder zu Roupen und Padraig, und das Warten begann erneut. Schließlich versank die Sonne am Horizont. Die Stadt wurde in Zwielicht getaucht, und durch die offene Tür wehte der Duft frisch gekochten Essens herein. Da ich mir nun immer größere Sorgen machte, ging ich auf den Hof hinaus, und nachdem ich geraume Zeit ziellos umhergewandert war, setzte ich mich auf den Rand des Brunnenbeckens. Der Himmel war klar, und der Abend schön; ein paar Sterne funkelten hell über meinem Kopf, und über den Dächern zeigte sich bereits der Mond.

Jenseits der Mauern der Komturei sah ich Rauch aus den Kaminen der Häuser aufsteigen.

Ich begann, darüber nachzudenken, was du, meine liebe Cait, im Augenblick wohl in Banvarð machtest. Ich sah dich am Ufer spielen, glitzernde Muscheln sammeln und sie stolz deiner Großmutter zeigen. Ich war noch immer in diesen Tagtraum versunken, als ich hörte, wie jemand den Hof betrat. Ich blickte auf und sah Gislebert, der raschen Schrittes auf mich zukam.

»Es ist, wie Ihr befürchtet habt«, erklärte er schlicht. Sichtlich erregt verzog er das Gesicht, als er mir gezwungenermaßen die schlechte Nachricht überbrachte. »Fürst Bohemund hat den Komtur im Palast behalten.«

»Dann hatte ich also Recht.«

Verlegen zuckte der Sergeant zusammen. »Ich habe mich bei den Mönchen im Palast nach ihm erkundigt. Es geht ihm gut. Er hat mir eine Nachricht zukommen lassen: Ihr sollt die Stadt sofort verlassen. Der Komtur hat versucht, den Fürsten zur Vernunft zu bringen – ohne Erfolg. Bohemund hat eine Suchaktion nach Euch veranlasst. Sobald seine Männer die Unterstadt erreichen, werdet Ihr hier nicht länger sicher sein. Der Komtur sagt, dass Ihr und der junge Herr nicht länger warten dürft. Ihr müsst fliehen.«

»Hat er auch gesagt, wohin wir gehen sollen?«

»Nein, Herr«, antwortete Gislebert. »Doch der Komtur nimmt an, dass der junge Herr begierig darauf ist, so rasch wie möglich nach Hause zurückzukehren.«

»Er ist sogar *sehr* begierig darauf«, erwiderte ich. »Aber sprecht offen mit mir, Gislebert. Was erwartet Renaud von uns?«

Der stämmige Kriegermönch betrachtete mich mit einer Mischung aus Niedergeschlagenheit und Härte. »Das ist alles, was ich weiß, Herr.«

Ich starrte ihn an und wunderte mich über die rätselhafte Wendung, die unser Gespräch genommen hatte. Mir kam der Gedanke, dass diese Zurückhaltung vielleicht auf die Schwierigkeit zurückzuführen war, auf die der Komtur im Vorfeld immer wieder hingewiesen hatte: Ihr Treueid hielt ihn und seine Mitbrüder davon ab, sich direkt den Wünschen ihres Lehnsherrn zu widersetzen. »Gislebert, hat der Komtur Euch auch mitgeteilt, warum er mit dem Fürsten hat sprechen wollen?«

»Bisweilen zieht er mich ins Vertrauen.«

»Ich glaube, ich verstehe, Sergeant Gislebert.«

Er nickte höflich. »Ich nehme an, die Angelegenheit ist damit erledigt.«

»Ja.«

»Und ich nehme auch an, Ihr werdet so rasch wie möglich aufbrechen wollen. Die Stadttore werden bald geschlossen, und es wäre nicht sonderlich klug, noch bis zum Morgen zu warten.«

»Falls das alles ist …«, ich hielt kurz inne, um ihm Zeit zu geben, noch etwas hinzuzufügen, »… dann werden wir uns jetzt auf den Weg machen, Sergeant.«

Padraig und Roupen hörten mir bekümmert zu, während ich ihnen berichtete, was Gislebert herausgefunden hatte. »Wenn wir nicht riskieren wollen, im Laufe der Nacht entdeckt zu werden, müssen wir die Stadt verlassen, bevor man die Tore schließt.«

Es gefiel mir nicht, beim Quartiermeister der Templer um Proviant zu betteln, doch mir blieb keine andere Wahl. Die Märkte, wenn wir denn so rasch einen gefunden hätten, waren um diese Stunden bereits menschenleer, und wir hatten noch einen weiten Weg vor uns. Zum Glück nahm Padraig mir die Aufgabe ab, die notwendigsten Dinge für uns zu besorgen: ein paar Brotlaibe, ein wenig Trockenfleisch und drei Wasserschläuche – genug, um damit bis nach Sankt Simeon zu kommen, wo wir hofften, ein Boot zu finden. Gislebert hätte uns natürlich helfen können, doch der Templer war nirgends zu sehen, bis wir aus der Komturei hinaus und auf die Straße traten. Dann kam er plötzlich angerannt und fügte unseren ohnehin schon großen Schwierigkeiten noch eine weitere hinzu. »Der Komtur hat mal gesagt, sollte er je aus der Stadt fliehen müssen, würde er nach Famagusta gehen«, erklärte Gislebert bedeutungsvoll.

Ich hatte keine Ahnung, wo dieser Ort wohl liegen mochte, ebenso wenig wie Padraig und Roupen.

»Das ist ein Hafen auf der Insel Zypern«, klärte uns der Templer auf. »Dort lebt ein Mann mit Namen Jordanus Hippolytus.«

Ich wiederholte den Namen. »Wäre es der Mühe wert, diesen Mann aufzusuchen? Was meint Ihr?«

»Vielleicht«, antwortete Gislebert zurückhaltend. »Auf jeden Fall ist er bekannt dafür, Reisenden in Not zu helfen.«

Mit diesen vagen, bedeutungsvollen Worten eilte der Sergeant in die Komturei zurück, während wir uns wie wahre Pilger mit nichts als unseren Umhängen über dem Rücken auf den Weg machten, den Wasserschläuchen an der Seite und einem kleinen Bündel mit Proviant, den wir unter uns teilen würden. Wir huschten durch die fast menschenleeren Straßen und erreichten das Stadttor just in dem Augenblick, da die Wachen es für die Nacht schließen wollten. Seltsamerweise waren sie Reisenden gegenüber, die die Stadt nach Einbruch der Dunkelheit verlassen wollten, genauso misstrauisch wie gegenüber Feinden, die versuchten einzudringen. Ich glaube, in dieser Beziehung sind alle Torleute gleich. Sie betrachten jeden, der durch ihre Tore schreiten will, mit ausgesprochenem Argwohn, und das umso mehr, wenn sie gerade beabsichtigen, die Tore für die Nacht zu schließen. Sie hielten uns an, fragten uns aus und musterten uns missbilligend. Wäre nicht Padraig gewesen, der sie als Priester milde stimmte, ich glaube nicht, dass sie uns hätten gehen lassen.

Am Ende gestattete man uns, die Stadt durch ein kleines Ausfalltor zu verlassen – das große Tor war bereits geschlossen –, und so traten wir wieder hinaus auf die Straße, auf der wir erst am Morgen Antiochia betreten hatten. Die Ruhe, die wir den Tag über genossen hatten, kam uns nun zugute. Roupen jedoch war die ganze Zeit derart nervös gewesen, dass er die Gelegenheit nicht genutzt hatte, und so mussten wir nun weit langsamer gehen und häufiger rasten, als ich mir gewünscht hätte; doch wir konnten nichts dagegen tun. Der junge Fürstensohn war nicht zu großen

Kraftanstrengungen fähig, und es wäre auch nicht gerade hilfreich gewesen, wenn wir ihn so weit erschöpft hätten, dass seine Krankheit wieder zum Ausbruch gekommen wäre.

Bei Tagesanbruch gestatteten wir uns, ein wenig zu trinken, und zu Mittag erneut, als wir eine längere Rast einlegten, um etwas zu essen und die Hitze zu vermeiden. Dazu entfernten wir uns aus Vorsicht ein größeres Stück von der Straße und legten uns in den Schatten einiger kleiner Olivenbäume. Wir aßen unser Mahl, und rasch war unser spärlicher Proviant aufgebraucht. Ich blieb wach und behielt ständig die Straße im Auge, damit Verfolger, die Bohemund möglicherweise losgeschickt hatte, uns nicht im Schlaf überraschen konnten. Doch nichts deutete darauf hin, dass der Fürst die Jagd auf uns eröffnet hatte; wir hatten die Straße, den Himmel und die Hügel ganz für uns allein.

Ein kurzes Stück von dem armseligen Hain entfernt stand ein kleiner, schäbiger Bauernhof, auf dessen winzigen Feldern mehr Steine als Korn wuchsen. Nur ein paar elende Halme mit verwelkten Blättern, die bei jedem Windhauch zitterten, neigten ihre Köpfe aus der trockenen Erde. Dass Menschen harte Arbeit auf solch einen hoffnungslosen Boden verschwendeten, hätte mein Mitleid erregen sollen, wäre es in diesem sandgeplagten Wüstenland nicht überall gleich gewesen.

Denn so weit ich sehen konnte, war das Heilige Land nur ein großer Haufen Staub und Dreck, um den sich alle stritten, als wäre es das Land, wo Milch und Honig fließen, ein wunderbares Reich voller Gold und Juwelen statt Felsen und Dornen. Dass irgendjemand sich die Mühe machte, über diese Öde zu herrschen, erstaunte mich; doch dass jemand für dieses Recht auch noch kämpfte und starb, ließ mich an meinem Verstand verzweifeln. Siehe, dachte ich, der Triumph der Gier über den Verstand.

Während wir uns ausruhten, besprachen wir, wie wir unser endgültiges Ziel erreichen wollten: Anavarza in Armenien. »Die Stadt liegt weit weg von hier«, versicherte uns Roupen. »Die Wildnis ist rau und öde; nur wenige Straßen führen durch sie hindurch, und diese wenigen befinden sich überdies in keinem allzu guten Zustand. Wir werden in jedem Fall Hilfe brauchen, um dorthin zu gelangen – Hilfe und gute Pferde.«

Ich fragte, in welcher Richtung Armenien liege und wie man am einfachsten dorthin gelangte. Roupen erklärte, dass sein Heimatland im Norden, in den Ausläufern eines Gebirges mit Namen Taurus läge und dass es mehrere Wege dorthin gäbe. »Die beste Route führt jedoch durch Mamistra«, sagte er. »Von Famagusta ist es leicht mit dem Boot zu erreichen.«

»Ist Mamistra ein Seehafen?«, fragte Padraig.

»Nein, es liegt im Landesinneren – an einem Fluss; aber für Boote und kleine Schiffe ist das Wasser tief genug. Von Anavarza aus betrachtet ist Mamistra der nächstgelegene Zugang zum Meer.«

Nachdem die Sonne ein wenig an Kraft verloren hatte, machten wir uns wieder auf den Weg und marschierten bis zum Sonnenuntergang. Ich hielt weiterhin nach Verfolgern Ausschau, doch ich sah niemanden außer ein paar venezianischen Kaufleuten, die neben der Straße ihr Nachtlager aufgeschlagen hatten. Die Kaufleute – insgesamt waren es sieben – hatten sich in Antiochia nach Handelsmöglichkeiten umgeschaut und waren nun auf dem Weg nach Askalon im Süden. Sie grüßten uns freundlich, luden uns ein, das Abendmahl mit ihnen zu teilen, und fragten uns, wie uns das Leben im Heiligen Land gefiele. Padraig hätte die ganze Nacht lang mit ihnen geredet, doch ich hielt es für besser, ihr Interesse nicht allzu sehr zu erregen, und so bat ich sie, uns zu entschuldigen, denn wir seien den ganzen Tag über gewandert und demzufolge müde.

Dann suchte ich mir einen freien Platz zwischen den Felsen und Dornen, legte mich hin und döste zufrieden vor mich hin, bis Padraig mich bei Tagesanbruch weckte. »Da kommt jemand«, flüsterte er. »Ich habe gerade gebetet, da hörte ich Pferde auf der Straße.«

»Bohemunds Männer?«

»Vielleicht. Sie sind noch zu weit weg, um das zu sagen.«

»Dann haben wir ja noch Zeit, etwas zu unternehmen.«

Wir weckten Roupen, krochen leise aus dem Lager und versteckten uns in einem ausgetrockneten Bachlauf ein paar Hundert Schritt entfernt. Kurz darauf erschienen drei Reiter. Als sie die schlafenden Venezianer erreichten, hielten sie an. Auch wenn wir nicht hören konnten, was gesprochen wurde, so konnte ich es doch vermuten. Die Reiter weckten die Kaufleute und stellten ihnen Fragen; die Venezianer schauten sich um und zuckten mit den Schultern, als wollten sie sagen: »Wir wissen nicht, ob das die Männer waren, nach denen Ihr sucht. Letzte Nacht waren sie bei uns, doch jetzt sind sie verschwunden. Mehr können wir Euch nicht sagen.«

Die Reiter hielten sich nicht länger auf, sondern ritten rasch weiter – ohne Zweifel in der Hoffnung, uns ein Stück weiter die Straße hinauf einzuholen.

Nachdem sie verschwunden waren, warteten wir in dem Graben, bis auch die Kaufleute fortgezogen waren; erst dann setzten wir unseren Weg fort und behielten aufmerksam die Straße im Auge für den Fall, dass die Reiter wieder zurückkehren sollten.

Wir wanderten bis zum Mittag; dann legten wir wieder eine Rast ein und überlegten, erst bei Sonnenuntergang weiterzumarschieren und die Nacht hindurch zu reisen, sodass wir mit etwas Glück den Hafen erreichen würden, bevor am Morgen das erste Schiff den Anker lichtete.

Das taten wir dann auch und verbrachten eine ruhige Nacht auf der Straße. Am nächsten Morgen erreichten wir kurz nach Sonnenaufgang die kleine Hafenstadt Sankt Simeon. Nirgends war auch nur ein Soldat zu sehen, doch zwei der Rundschiffe, mit denen wir hierher gelangt waren, befanden sich noch immer in der Bucht und ließen die kleineren Fischerboote, die friedlich ein Stück vom Ufer entfernt vor Anker lagen, geradezu winzig erscheinen.

Wir eilten die enge Straße zum Hafen hinunter, wo Roupen

sich nützlich machte, indem er mit einem der örtlichen Fischer darüber verhandelte, uns mit dem Boot nach Famagusta zu bringen. Der Fischer kannte den Ort gut und war erfreut, sogleich mit hartem Silber für seine Dienste bezahlt zu werden. Er rief nach seinem Sohn und einem seiner gerade herumlungernden Freunde, damit sie ihm mit dem Boot halfen, und nachdem wir uns mit ein paar Brotlaiben, ein wenig Wein und einigen gekochten Eiern und Ziegenkäse eingedeckt hatten, legten wir ab.

Als das Boot in die Bucht hinausglitt, ließ ich meinen Blick über die Straße und die Hügel schweifen, um ein letztes Mal nach unseren Verfolgern Ausschau zu halten – nichts. Ich kam zu dem Schluss, dass Bohemund wohl nur einen halbherzigen Versuch unternommen hatte, unserer habhaft zu werden; hätte er uns im Ernst gejagt, hätten seine Männer uns schon längst gefangen genommen. So ging ich davon aus, dass er seine Anstrengungen in eine andere Richtung gelenkt hatte, und entspannte mich ein wenig. Bei diesem Rennen, so entschied ich, ging es ohnehin nicht darum, irgendwelchen Verfolgern davonzurennen, sondern Anavarza als Erster zu erreichen. Diesem Ziel beschloss ich mich fortan zu widmen.

Über unsere Reise nach Zypern kann man lediglich sagen, dass sie ausgesprochen rasch und angenehm ereignislos verlief. Am Abend des zweiten Tages erreichten wir Famagusta an der Ostküste Zyperns und machten uns sofort auf die Suche nach dem Mann mit Namen Jordanus. Es würde schon nichts schaden, mit ihm zu reden, dachte ich. Sollte uns der Mann aus irgendeinem Grund missfallen, oder sollten wir entscheiden, dass seine Bekanntschaft wertlos für uns war, würden wir einfach weiterziehen und uns allein einen Weg nach Anavarza suchen.

An diesem Abend, als der Mond über dem stillen Hafen aufging, hätte nichts einfacher und klarer sein können … doch wie ich rasch lernen sollte, war nichts in Outremer einfach und klar. Unsere Suche fand ein rasches Ende, und zwar einfach aufgrund der Tatsache, dass nach Einbruch der Dunkelheit niemand mehr mit Fremden auf der Straße reden wollte. Zu guter Letzt waren wir gezwungen, uns eine Kammer bei einem örtlichen Wollhändler zu nehmen, der Reisenden einen Teil seines großen Hauses gegen ein geringes Entgelt zur Verfügung stellte. Am nächsten Morgen standen wir früh auf und setzten unsere Suche nach Jordanus fort – und zwar mit neuem Schwung, zumal wir allmählich glaubten, uns laufe die Zeit davon, denn mit jedem Tag, den wir vertrödelten, rückte Bohemunds Angriff auf Anavarza näher.

Bevor wir das Haus des Wollhändlers verließen, fragten wir ihn, ob er einen Mann mit Namen Jordanus Hippolytus kenne. Unser freundlicher Gastgeber hatte schon von ihm gehört. »O ja«, versicherte er uns. »Er lebt in der Oberstadt – der Altstadt. Er ist ein Goldschmied – ein edler Mann, ein wahrer Heiliger, der berühmt ist für seine guten Taten … falls ich denn den richtigen Mann im Kopf habe.«

»Der Mann, den du im Kopf hast«, mischte sich die Frau des Händlers ein, »lebt nicht in der Altstadt. Er lebt in einem großen Haus am Ende der Straße hinter dem Hügel.«

Ein Schatten huschte über das heitere Gesicht des Händlers. »Woher weißt du denn, wen ich im Kopf habe?«, verlangte er zu wissen. »Sei ruhig, Weib. Du verwirrst die guten Leute nur.«

»Ich verwirre sie nicht mehr, als du sie bereits verwirrt *hast*«, erwiderte die Frau in scharfem Ton und wandte sich an uns. »Hört auf meinen Rat, und bittet jemanden, Euch den Weg zum Haus hinter dem Hügel zu zeigen.«

»Die Altstadt«, versicherte uns der Händler. »Hört nicht auf mein Weib. Sie denkt offenbar an jemand anderen.«

Mit diesen widersprüchlichen Hinweisen bewaffnet begannen wir unsere Suche in der Altstadt, wie der Kaufmann vorgeschlagen hatte. Für den Preis eines Kümmelkuchens heuerten wir im Hafen einen Jungen an, uns dorthin zu bringen. Er führte uns zum Marktplatz, wo viele Handwerker und Händler Stände errichtet hatten, um ihre Waren zu verkaufen. In Famagusta sprach man Griechisch, und da Padraigs Kenntnis dieser Sprache weit besser war als die meine, nahm er es auf sich, mehr über den Mann herauszufinden, den wir suchten.

»O ja«, sagte ein Handwerker, der Messingschüsseln herstellte, »er ist hier wohl bekannt. Er besitzt viele Schiffe. Wenn Ihr ihn finden wollt, müsst Ihr am Hafen suchen, denn er kümmert sich meist um seine Flotte.«

»Ich danke Euch«, erwiderte Padraig, »doch man hat uns zu verstehen gegeben, Jordanus sei ein Goldschmied, der ein Haus in der Altstadt besitze.«

Als sie sahen, dass Fremde den Markt betreten hatten, eilten einige weitere Händler herbei, die im Augenblick nichts zu tun hatten, um zu sehen, ob vielleicht etwas gebraucht wurde, was sie bieten konnten.

»O nein«, sagte der Mann. »Ich fürchte, da hat man Euch belogen. Er besitzt kein Haus, sondern schläft stets auf einem seiner Schiffe. Sucht nach dem größten Schiff im Hafen. Das ist Jordanus Schiff.«

»Was erzählst du den guten Leuten da, Adonis? Der Mann, von dem du sprichst, ist vergangenen Winter gestorben.«

»Unmöglich!«, rief der Händler mit den Messingschüsseln. »Ich habe ihn doch noch vor zwei Tagen im Hafen gesehen.«

»Dann hast du womöglich einen Geist gesehen«, erwiderte der zweite Mann, ein großer Töpfer mit nackten, haarigen Armen, die über und über mit Ton beschmiert waren. »Seine Schiffe stehen zum Verkauf. Wollt Ihr vielleicht eines kaufen?«, fragte er hoffnungsvoll an uns gewandt.

»Im Augenblick nicht, danke«, antwortete Padraig. »Vielleicht später.«

»Habt Ihr gesagt Jordanus Hippolytus?«, erkundigte sich ein anderer Mann und drängte sich an uns heran. Seine Hände waren rot von Färbemittel, mit dem er Leder bearbeitete, aus welchem er dann Sandalen und Gürtel fertigte. »Ich kenne diesen Mann; aber er hat nie ein Schiff besessen. Er stammt aus Damaskus, wo er Feigen angebaut hat.«

»Ein Feigenbauer aus Damaskus?«, mischte sich der erste Mann wieder ein. »So jemanden gibt es in ganz Famagusta nicht!«

»Und den gibt es doch«, widersprach der Sandalenmacher mit bemerkenswertem Selbstvertrauen. »Er hat eine Tochter, die bisweilen hier auf dem Markt einkauft. Ich habe ihr einmal ein paar Sandalen verkauft, und sie hat gesagt, es seien die besten gewesen, die sie jemals gesehen habe ... besser noch als die in Damaskus. Vielleicht wollt Ihr ja auch ein paar Sandalen kaufen«, bot er uns hilfreich an, »wenn Ihr hier fertig seid. Oder einen Gürtel womöglich?«

»Beim Barte des Heiligen Petrus!«, seufzte der Töpfer. »Diese Männer suchen nach ihrem Freund. Sie wollen deine Sandalen nicht.«

»Ich mache aber sehr gute Sandalen«, verteidigte sich der Sandalenmacher, »und ebenso gute Gürtel. Du solltest selbst einmal vorbeikommen und sie dir ansehen.«

»Schaut mal, meine Freunde«, meldete sich wieder ein anderer zu Wort, »es gibt hier keinen Goldschmied mit Namen Jordanus und auch keinen Schiffseigner. Seit dreiundzwanzig Jahren verkaufe ich meine Waren schon auf diesem Markt, und ich kenne wirklich jeden. Es gibt hier niemanden dieses Namens.«

Die Markthändler begannen, miteinander über Einzelheiten zu streiten, was den von uns gesuchten Mann betraf. Nachdem wir ihnen eine Weile zugehört hatten, drehte sich Padraig zu uns um. »Ich glaube, das Weib des Wollhändlers hat Recht gehabt«, sagte er. »Vielleicht sollten wir zu dem Haus hinter dem Hügel gehen.«

Erneut erwies sich eine vermeintlich leichte Aufgabe als voller Schwierigkeiten. Niemand, den wir fragten, vermochte uns zu sagen, wo das Haus lag. Wie einer der Fröhlicheren, die wir befragten, sagte: »Das Problem ist weniger das Haus als vielmehr der Hügel. Hügel gibt es eine ganze Menge auf Zypern und hinter nahezu jedem liegt ein Haus.«

Roupen verlor den Mut und sprach sich dafür aus, zum Hafen zurückzukehren, ein Boot zu heuern und Famagusta für immer hinter uns zu lassen; aber da wir nun schon so weit gekommen waren und der Tag sich überdies allmählich seinem Ende zuneigte, war ich entschlossener denn je, diesen Jordanus Hippolytus zu finden. Padraig stimmte mir zu. »Wenn wir ihn heute nicht finden«, versprach ich Roupen, »werden wir uns morgen sofort auf die Reise machen.« Also trotteten wir um die Hügel über dem Hafen herum und gingen von einem Haus zum anderen, bis wir schließlich eine alte römische Villa erreichten, die von einer zerbröckelnden Mauer umgeben war.

Auf der Straße vor uns sah ich eine Frau, die einen Krug in den Armen trug. Sie hielt auf die Villa zu und verschwand durch eine niedrige Tür in der Mauer. Es war heiß, und wir waren müde. In der Absicht, die Frau um einen Schluck Wasser zu bitten oder sie zumindest nach dem Weg zum nächsten Brunnen zu fragen, beschleunigte ich meinen Schritt und folgte ihr durch die Tür in den schattigen Hof der einst ansehnlichen Villa. Um den Hof herum standen große, breitblättrige Pflanzen in Tontöpfen, und neben einem in Stein gefassten Brunnenbecken in der Mitte wuchs ein schön zurechtgeschnittener Feigenbaum. Sofort war die glühende Hitze des Tages verschwunden, und ich hatte das Gefühl, eine Zuflucht des Friedens und der Ruhe betreten zu haben.

Padraig und Roupen erschienen hinter mir in der Tür und betraten ebenfalls vorsichtig den Hof.

»So!«, rief eine Stimme aus dem Schatten. »Dann hatte ich also Recht. Ihr *seid* mir gefolgt.«

Ich drehte mich um und sah die Frau, die uns aus dem Schutz einer der großen Topfpflanzen heraus beobachtete; den Krug hielt sie noch immer in den Armen.

»Ich bitte Euch vielmals um Verzeihung, gute Frau«, sagte ich rasch in der Hoffnung, sie damit zu beruhigen. »Ich hatte nicht die Absicht, Euch zu erschrecken.«

»Es bedarf mehr als des Anblicks eines zerlumpten Reisenden, um mich zu erschrecken«, erwiderte sie und trat kühn auf den Hof hinaus. Sie war groß und schlank und besaß langes, dunkles Haar.

Ihr schlichtes blaues Kleid hing in glatten Falten herab – außer an ihrer vollen Brust, gegen die sie noch immer den Krug gedrückt hielt. »Was wollt Ihr hier?«, verlangte sie zu wissen. Sie sprach Latein, kein Griechisch, doch mit einem seltsamen Akzent.

»Bitte, wir wollen uns Euch nicht aufdrängen. Wir …«

»Und doch tut Ihr genau das.« Die Frau blickte mir unverwandt in die Augen, was mich ein wenig nervös machte.

»Erneut bitte ich Euch um Verzeihung«, erwiderte ich leicht verlegen. Ich hatte kaum ein Dutzend Worte gesagt, und doch hatte ich mich schon zweimal entschuldigt. Ich erwiderte ihren Blick, als wolle ich sie herausfordern, es noch einmal zu wagen, mich zu einer Entschuldigung zu drängen. »Wir suchen nach dem Haus eines Mannes mit Namen Jordanus.«

»Warum?«

»Wir haben etwas mit ihm zu besprechen.«

»Lügner!«, rief sie. »Er kennt Euch nicht.«

»Gute Frau?«

»Macht, dass Ihr wegkommt … bevor ich nach den Dienern rufe, dass sie Euch rauswerfen.«

Da erinnerte ich mich daran, was der Sandalenmacher über die Tochter des Jordanus gesagt hatte. Ich blickte an der Frau herunter und sah Sandalen von der gleichen Farbe wie die Hände des Händlers. »Dann ist das hier also sein Haus«, erklärte ich.

»Ja. Aber versucht ja nicht, ihn zu sehen. Er empfängt niemanden.«

»Wir kommen von weit her«, sagte ich. »Von Antiochia, um genau zu sein. Komtur de Bracineaux hat uns hierher gesandt.«

Ein Schatten des Misstrauens huschte über ihr Gesicht. Einen Augenblick lang starrte sie mich an. »Und wer ist dieser Komtur de Bracineaux?«, fragte sie schließlich.

»Man hat mir gesagt, er sei ein Freund von Jordanus Hippolytus.«

»Und er ist auch *Euer* Freund?«

Das war eine einfache Frage; dennoch zögerte ich. Ich blickte zu Padraig, der jedoch nur mit den Schultern zuckte. »Wir kennen Komtur de Bracineaux, und wir respektieren ihn«, erklärte ich, »aber wir sind keine engen Freunde, nein.«

Dieses Geständnis schien sie zu besänftigen. »Ihr dürft hereinkommen«, sagte sie und fügte rasch hinzu: »Aber nur einer von Euch. Ich werde meinen Vater fragen, ob er Euch empfängt.«

»Du gehst, Duncan«, sagte Padraig. Während er und Roupen sich in den Schatten setzten, führte die Frau mich über den Hof, um den Brunnen herum und eine flache, gepflasterte Rampe hinauf, die zum Haupteingang führte. Ohne stehen zu bleiben, stieß sie die große Holztür auf, trat hinein und winkte mir, ihr zu folgen.

Wir traten in die kühle Dunkelheit eines mit Marmor gefliesten Vestibulums. Das einzige Licht stammte von einem kleinen, runden Fenster hoch über der Tür; die dadurch hereinfallenden Sonnenstrahlen warfen einen Lichtkreis auf ein paar blaue Ziegel an der gegenüberliegenden Wand, vor der eine Reihe von Statuen stand – einige menschlich, andere nur halb, doch alle aus dem gleichen wunderbaren milchig weißen Stein gehauen. Auch wenn ich nichts von solchen Dingen verstand, wirkten die Statuen auf mich doch recht natürlich, was ich als Zeichen für das Können ihres Schöpfers betrachtete. Ein Haus, das mit so etwas geschmückt war, nahm ich als Hinweis auf den Geschmack des Eigentümers … und als Hinweis darauf, dass dieser Mann den Reichtum eines Königs besitzen musste.

»Wartet da drin«, befahl mir Jordanus' Tochter und deutete auf eine hinter mir liegende Kammer. »Ich werde nachsehen, ob mein Vater sich gut genug fühlt, Gäste zu empfangen.«

Sie eilte davon, und ich ging in den mir zugewiesenen Raum: eine riesige Kammer, sicherlich dreimal so groß wie Murdos große Halle daheim und voll gestopft mit allen Arten von Tischen, Stühlen, Teppichen, Kissen und anderen kostbaren Dingen. Es gab hier reich verzierte Krüge, Schalen, Schüssel und Teller, die irgendjemand einfach so aufeinander gestapelt und irgendwo abgestellt hatte, und an den Wänden hingen oder standen mehrere Zierwaffen, hauptsächlich Lanzen und Speere.

Zunächst hatte ich geglaubt, der Boden sei mit Fliesen ausgelegt, doch bei näherer Betrachtung erkannte ich, dass es sich um kleine Platten aus blank poliertem Holz handelte, welches unterschiedlich gefärbt und in einem komplizierten Muster gelegt worden war. Auf zwei der Wände waren Bilder von Reitern gemalt, die in Begleitung zweier riesiger Hunde große graue Tiere mit mächtigen Hauern jagten. Die Männer auf den Bildern trugen Speere und kleine runde Schilde, während ihnen ihre Kleidung lose am Leib hinunterhing; sie hatte die grelle Farbe, wie sie die Herrscher des Ostens noch heute bevorzugen. Die weitläufige Decke war blau wie der Mittagshimmel.

Wie ich gesagt habe, war der größte Teil des Raums von einer Ansammlung der unterschiedlichsten Gegenstände belegt. Vieles davon stapelte sich auf sieben riesigen Banketttischen, von denen jeder groß genug war, um zwanzig Gästen Platz zu bieten, und daneben gab es noch ein Dutzend kleinerer Tische; einige davon waren mit Einlegearbeiten verziert, die von großem handwerklichen Können zeugten. Von den Stühlen wiederum waren einige so groß wie ein Königsthron; ich sah sogar ein oder zwei, die selbst dem Jarl von Orkneyjar zur Ehre gereicht hätten.

Ich war so sehr in die Untersuchung meiner Umgebung vertieft, dass ich nicht bemerkte, dass mich jemand beobachtete.

»Nehmt, was Ihr wollt«, sagte eine trockene, heisere Stimme in formellem Latein. »Nehmt, so viel Ihr tragen könnt; nur lasst uns in Frieden.«

Ich drehte mich um und sah einen hageren, kahlköpfigen Mann in der Tür stehen. Er war groß und hatte hängende Schultern; seine Arme hingen schlaff herab. Sein Gesicht war kantig, seine Nase die eines Falken, und er besaß ein schmales Kinn, sodass er mich insgesamt an einen Fischadler erinnerte – an einen äußerst bekümmerten allerdings, dank seiner dunklen traurigen Augen und den ernst nach unten gezogenen Mundwinkeln.

Zunächst glaubte ich, seine traurige Erscheinung rühre von der Tatsache her, dass er glaubte, einen Dieb in seinem Haus auf frischer Tat ertappt zu haben – ein Eindruck, den ich mich beeilte auszuräumen. »*Pax vobiscum*«, sagte ich. »Habt keine Furcht. Ich bin kein Dieb. Eure Tochter war so freundlich, mich hereinzulassen, und ich warte hier lediglich auf ihre Rückkehr.«

Der Mann schnaufte vernehmlich, als wolle er damit andeuten, dass eine derart offensichtliche Lüge weit unter seiner Würde sei, und fuhr fort, mich mit seinen traurigen Augen anzustarren. Er war noch weit größer, als er erschien, denn er stand leicht vornüber gebeugt.

»In Wahrheit«, sagte ich, um ihn meine Worte glauben zu machen, »hat man mir sogar *befohlen*, hier zu warten.« Der Mann antwortete nicht, sondern starrte mich nur weiter an. »Seid Ihr Jordanus?«, wagte ich mich zu erkundigen.

»Der war ich«, antwortete der Mann in feierlichem Ernst. Er straffte die Schultern und hob den Kopf. »Jordanus Hippolytus ist nicht mehr.« Wie ich bemerkte, war die Haut an seinem Hals so faltig, das sie in Lappen herunterhing, ebenso wie die auf seinen Armen. »Und wer mögt Ihr wohl sein?«

Ich nannte ihm meinen Namen, erzählte ihm von meinen Freunden und wie wir von Antiochia hierher gekommen waren und dass der dortige Komtur der Templer uns gesagt habe, wir sollten ihn, Jordanus, aufsuchen und ihn um Hilfe bitten. Ich hatte gehofft, diese Erklärung würde ihm meine Anwesenheit erträglicher machen. Ich hatte mich geirrt.

»Eure Probleme sind mir gleich«, sagte er und drehte sich unvermittelt um. »Nehmt, was Ihr wollt, und dann geht. Lasst mich in Frieden.«

Langsam schlurfte er davon, während ich ihm offenen Mundes hinterherstarrte.

Meine liebste Caitríona, es ist etwas geschehen, was mich mit einer Erregung erfüllt hat, wie ich sie schon seit langem nicht mehr verspürt habe. Es handelt sich um ein Ereignis, dessen Bedeutung mir noch nicht ganz klar ist, und doch kann ich nicht anders, als darin ein Zeichen von großer Wichtigkeit zu sehen. Mir ist durchaus bewusst, dass dies nicht das erste Mal wäre, dass ein Gefangener in einer plötzlichen Änderung seines öden Lebens einen Hoffnungsschimmer sieht, der keiner ist. Trotzdem überschlagen sich meine Gedanken, und meine Hände sind nass von Schweiß.

Früh an diesem Morgen – die Sonne war noch nicht aufgegangen, und es herrschte Dunkelheit im Palast – holten mich die Wachen. Ich war kaum wach, da zogen sie mich schon hinaus, sodass mir keine Zeit blieb, meinen Abgang vorzubereiten; sie wollten mir noch nicht einmal gestatten, meine Botschaft an dich, mein Herz, zu versiegeln. Glücklicherweise wurde auch Wazim durch den Lärm geweckt und kam uns nun im Gang entgegen; ich sagte ihm, was zu tun sei. So ging ich in dem sicheren Wissen, dass die Arbeit meiner Liebe eines Tages ihren Weg zu dir finden würde, meinem Schicksal entgegen.

Schließlich wurde ich vor den Kalifen al-Hafiz gebracht, um mein Urteil zu hören. Alles war genau wie zuvor. Wären nicht einige Tage seit meinem letzten Erscheinen vor dem Kalifen vergangen, hätte ich tatsächlich glauben können, nur um die Ecke gegangen zu sein, um Augenblicke später wieder zurückzukehren. Der Kalif mit seinem schneeweißen Turban und den Pfauenfedern saß wie zuvor auf seinem goldenen Thron unter der Palme und betrachtete mich mit unverhohlener Feindseligkeit, als man mich vor ihn führte.

Man stieß mich auf die Knie, und ich wollte gerade den polierten Boden küssen, da riss man mich wieder in die Höhe. Der Kalif hob den Finger, und die Wachen ließen mich los. Eine Zeit lang saß der Kalif einfach nur da, blickte mich an und strich sich über den langen grauen Schnurrbart; ich erwiderte seinen Blick mit aller Gelassenheit, derer ich fähig war.

»So!«, sagte er nach einer Weile. »Man hat mir gesagt, du hättest in den vergangenen Tagen eifrig an deinem Buch geschrieben.«

»Das ist wahr, ehrwürdiger Kalif. Ich versuche, meine Zeit zu nutzen.«

»Und worüber schreibst du?«

»Ich schreibe einen Bericht über …«

»… über deine Gefangenschaft«, ergänzte der Kalif.

»… über meine Reisen, Herr«, berichtigte ich ihn. »Ich schreibe einen Bericht über meine Reisen in Outremer.«

Er grunzte und zupfte an seinem Schnurrbart, während er über meine Antwort nachdachte. In diesem Augenblick erkannte ich, dass der Mann vor mir unzufrieden und von Sorgen geplagt war. Erschöpfung war in seinen Augen zu sehen, und dabei war der Tag noch jung. »Wer wird diesen Bericht über deine Reisen lesen?«

»Ich schreibe ihn für meine Tochter. Auch wenn sie noch sehr jung ist, so hoffe ich doch, dass sie eines Tages wird wissen wollen, was aus ihrem Vater geworden ist, und dass sie ihn dann liest.«

»Ha!«, rief er, als hätte er mich bei einer Lüge ertappt. »Wie, stellst du dir vor, soll sie dieses Buch erreichen? Wer wird es ihr bringen?«

»Ich weiß nicht, wie und ob es sie erreichen wird«, antwortete ich offen. »Das zu entscheiden liegt bei Euch, ehrenwerter Kalif.«

Die Antwort überraschte ihn. »Es liegt an *mir*, das zu entscheiden?«

»In der Tat, Herr. Man hat mir in Eurem Namen versprochen, dass man mir einen letzten Wunsch erfüllen würde, und dieser Wunsch lautet, dass man meine Schriften meiner Tochter überbringen möge.«

Der Kalif drehte den Kopf und verlangte von einem seiner Berater zu wissen: »Ist das so?«

Der Mann, ein dunkelbärtiger Geselle mit einem Korb voller zusammengerollter Pergamente, blickte auf ein vor ihm liegendes Dokument und nickte. »Das ist in der Tat so, o Herrscher aller Gläubigen. Wie es in Bagdad Brauch ist, hat man dem Gefangenen dieses Versprechen gegeben, und zwar eingedenk seiner adligen Herkunft.«

Man konnte den Eindruck gewinnen, als schlösse der Kalif die Augen, so stark runzelte er die Stirn. Er atmete tief durch und sagte: »Dann soll es auch so geschehen.«

Ich verneigte mich höfisch. »Ich danke Euch, mein Herr und Kalif.«

»Ich nehme an, du liebst deine Tochter«, sagte er steif.

»Natürlich, Herr. Sie ist das Juwel meines Herzens, und ich liebe sie über alle Maßen.«

»Eltern sollen ihre Kinder lieben«, erklärte al-Hafiz in einem Tonfall, als belehre er ein stures Kind. »So steht es im Heiligen Koran geschrieben.«

»Und in der Bibel«, erwiderte ich.

»Du hast keine Angst, zu sterben«, bemerkte er.

»Nein, Herr.«

»Sind dein Herz und deine Seele so rein, dass du nicht allein schon bei dem Gedanken zitterst, vor den Thron des höchsten Richters treten zu müssen?«

»Warum sollte ich zittern, Herr, wo ich doch weiß, dass ich vor diesem Thron den gerechtesten aller Fürsprecher haben werde?«

Das schien den Kalifen sehr zu interessieren. »Dieser Fürsprecher … wer ist das?«

»Es ist Jesus, den man den Messias nennt.«

»Ich kenne diesen Messias«, erwiderte al-Hafiz und winkte ungeduldig ab. »Die Gläubigen betrachten ihn als großen Propheten.« Er runzelte die Stirn, als wolle er mich herausfordern, ihm zu widersprechen; dann fragte er: »Warum sollte dieser Prophet sich für dich einsetzen?«

»Er setzt sich für jeden ein, der auf ihn vertraut«, antwortete ich.

Kalif al-Hafiz hob das Kinn und deutete somit an, dass er mit mir fertig sei. »Dann werden wir sehen, ob dieser Fürsprecher das Ohr Allahs hat«, sagte er. »Zur sechsten Stunde wird dein Kopf unter der Axt fallen, und du wirst deinem Richter gegenübertreten. Möge die Beredtheit deines Fürsprechers dir die Tore des Paradieses öffnen.«

Auch wenn ich gewusst hatte, dass dies kommen würde, so bekam ich in diesem Augenblick doch weiche Knie. Dennoch fand ich irgendwie die Kraft, mich zu verneigen, als Zeichen, dass ich das Urteil anerkannte.

»Macht dir das wirklich gar nichts aus?«, fragte al-Hafiz offensichtlich verärgert über meine gelassene Art.

»Mein Herr und Kalif«, erwiderte ich und versuchte, so ruhig wie möglich zu klingen, »ich liebe mein Leben genauso sehr wie jeder andere Mensch, doch es liegt in Euren Händen. Ich bin Euer Diener. Richtet über mich, wie Ihr wollt.«

»Du hoffst, ich würde ob deines unbedeutenden Glaubens Mitleid mit dir haben und dich verschonen«, sagte er, und seine Stimme nahm einen trotzigen Tonfall an, als erwarte er, ich würde um mein Leben flehen.

Ich hatte jedoch schon mit so etwas gerechnet und wusste, was ich sagen wollte. »Mit allem Respekt, Herr, ich hoffe auf den allmächtigen Gott, unseren Erlöser, denn nur er besitzt die Macht über Leben und Tod – in dieser Welt *und* in der nächsten.«

Der Kalif starrte mich an, und ich glaubte, Zweifel in seinem nachdenklichen Gesicht zu sehen. Plötzlich – als wäre ihm der Gedanke eben erst gekommen – fragte er: »Was weißt du über die politischen Angelegenheiten von Kairo?«

Die Frage überraschte mich, und ich wusste nicht, was ich darauf antworten sollte. »Nun … ich weiß nichts darüber«, erwiderte ich, nachdem der Kalif die Frage noch einmal wiederholt hatte. »Seit ich hierher gekommen bin, bin ich Euer Gefangener im Palast. Ich sehe niemanden, und niemand sieht mich.«

»Aha!«, rief er triumphierend, und ich erkannte, dass die Frage eine Prüfung gewesen war, doch zu welchem Zweck, das konnte ich noch nicht einmal erahnen. Der Kalif winkte den Wachen und befahl ihnen, mich wieder in meine Zelle zu bringen.

Ich wurde aus seiner Gegenwart entfernt und wieder in meine Zelle geführt, wo ich die letzten Augenblicke meines Lebens mit Beten verbrachte, um mich auf die harte Prüfung vorzubereiten, die mir bevorstand. Ich weiß nicht, wie viel Zeit vergangen war – ich glaubte, schon eine Ewigkeit auf den Knien zu liegen –, als wieder Schritte vor meiner Tür erklangen. Ich hörte, wie der Schlüssel im Schloss gedreht wurde und erhob mich, um den Wachen aufrecht gegenüberzutreten, die mich zum Richtblock führen würden.

Doch es war Wazim, der da erschien, und er war allein.

»Da'ounk«, sagte er und strahlte über das ganze Gesicht, »gute Neuigkeiten! Die Hinrichtung wurde aufgeschoben.«

»Aufgeschoben?« Erleichterung kam über mich. »Warum?«

»Den Grund hat man mir nicht genannt«, antwortete Wazim. »Aber ich weiß, dass es Ärger in der Stadt gibt und dass der Kalif alle Wachen hinausgeschickt hat, um sich darum zu kümmern. Er hat befohlen, keine Gefangenen hinzurichten, bis der Frieden wiederhergestellt ist. Ist das nicht wunderbar?«

Ich stimmte ihm zu und fragte: »Was ist das für ein Ärger? Und warum werden deswegen Hinrichtungen ausgesetzt?«

»Ich weiß nicht, was geschehen ist«, erklärte Wazim. »Aber wenn Ihr wünscht, werde ich es herausfinden. Soll ich?«

Sofort erinnerte ich mich daran, dass der Kalif mich gefragt hatte, was ich über die politischen Angelegenheiten von Kairo wisse. Da nun offensichtlich mein körperliches Wohlbefinden von diesen Angelegenheiten abhing, machte es Sinn, so viel darüber herauszufinden, wie ich nur konnte. »Ja«, antwortete ich Wazim, »bring so viel wie möglich in Erfahrung.«

»Mit Vergnügen, Da'ounk.«

Grinsend verließ Wazim meine Zelle. Ich hörte ihn davoneilen, und nach einem von Herzen kommenden Dankgebet ob der Aufschiebung meiner Hinrichtung kehrte ich zum Tisch zurück.

Nachdem ich einige Augenblicke über die unverhoffte Schicksalswende nachgedacht hatte, griff ich wieder nach meiner Feder und machte mich an die Arbeit.

Ich verließ das Haus von Jordanus Hippolytus und suchte Roupen und Padraig im Hof auf. Sie saßen neben dem kleinen Brunnen und sprachen leise miteinander. Als er meinen Gesichtsausdruck sah, sagte Padraig: »Er hat sich geweigert, dich zu empfangen.«

»Nein, gesehen habe ich ihn; er hat sich geweigert, uns zu helfen.« Rasch erzählte ich ihnen von der Begegnung mit Jordanus Hippolytus. »Er hat mir zu verstehen gegeben, dass ihn unsere Nöte nicht kümmern.«

»Dann lasst uns den Staub von unseren Füßen schütteln«, sagte Roupen. »Wir haben schon genug Zeit mit dieser Angelegenheit verschwendet.« Er stand auf. »Wir hätten gar nicht erst hierher kommen sollen. Hätten wir nicht auf diesen Templer gehört, wären wir jetzt schon auf halbem Weg nach Anavarza.«

Ich war gezwungen, ihm zuzustimmen, und wir beschlossen, so rasch wie möglich zum Hafen zurückzukehren und uns ein Boot zu besorgen. Allerdings hielt ich es für ausgesprochen unwahrscheinlich, dass uns das so einfach gelingen würde, denn von Bezus großzügigem Geschenk war nicht mehr allzu viel übrig geblieben. Dennoch machten wir uns auf den Weg aus dem Hof, doch als ich gerade unter der niedrigen Tür hindurchging, hörte ich jemand nach mir rufen. Ich drehte mich um und sah Jordanus' Tochter, die uns hinterhereilte.

Ich bat die anderen, einen Augenblick zu warten, und ging ihr entgegen.

»Wo geht Ihr hin?«, fragte sie. »Ich dachte, Ihr wolltet meinen Vater sehen.«

»Das habe ich bereits«, erwiderte ich. »Er wollte uns nicht helfen. Er sagte, unsere Nöte wären ihm gleich.«

»Das sagt er zu jedem«, seufzte sie. »Ich hätte Euch warnen sollen.« Ihre Art war nicht mehr so schroff wie zuvor, und ich fragte mich warum. »Manchmal ist er schwer zu verstehen.«

»Ich habe ihn sogar sehr gut verstanden. Es tut mir Leid, dass wir Euch Umstände bereitet haben.« Ich verbeugte mich. »Wenn Ihr mich jetzt bitte entschuldigen wollt; meine Freunde warten.«

»Geht bitte nicht.«

Die Verzweiflung in ihrer Stimme ließ mich innehalten. »Gute Frau?«

»Speist mit uns zu Abend, bitte. Ich werde mit meinem Vater reden. Das zweite Mal wird er Euch in besserer Stimmung empfangen.«

Nun war es an mir, die Stirn zu runzeln. »Wir haben den ganzen Tag damit verbracht, diesen Ort zu finden, und das nur, um gesagt zu bekommen, wir sollen wieder verschwinden – zuerst von Euch und dann von Eurem Vater. Und jetzt, wo wir genau das tun wollen, bittet Ihr uns zu bleiben?«

Sie lächelte plötzlich – ein herrliches, einnehmendes Aufblitzen weißer Zähne in ihrem gelbbraunen Gesicht. Da fiel mir zum ersten Mal auf, dass sie östlicher Abstammung war, denn ihre Augen und ihr Haar waren schwarz, und ihre dunkle Haut glänzte wie Honig gemischt mit Sahne.

»Wir haben Dringendes zu erledigen«, erklärte ich. »Wir dürfen keine Zeit verschwenden, und das nur, um die Launen eines alten Mannes über uns ergehen zu lassen.«

»Bitte«, sagte Jordanus' Tochter und legte mir die Hand auf den Arm. »Ihr müsst ohnehin irgendwo etwas essen, und es ist schon lange her, seitdem wir zum letzten Mal Gäste unter unserem Dach beherbergt haben. Esst mit uns zu Abend, und lasst uns sehen, was dabei herauskommt.«

Sie hatte Recht: Der Tag neigte sich seinem Ende zu, und wir würden uns so rasch wie möglich einen Platz für die Nacht suchen müssen. Außerdem dachte ich, nun, da wir schon so weit gekommen waren, konnten wir die Sache auch bis zum Ende durchstehen. »Also gut«, erwiderte ich. »Ich werde mit meinen Freunden sprechen.«

»Schön«, sagte sie, und ihr Gesicht erhellte sich schlagartig. »Holt sie zurück; dann werde ich Euch einen Platz zeigen, wo Ihr Euch ausruhen und erfrischen könnt.«

Ich ging hinaus und berichtete Padraig und Roupen, dass sich unser Plan ein wenig geändert hatte. Nachdem wir uns wieder zu Jordanus' Tochter im Hof gesellt hatten, sagte sie: »Da wir zusammen essen werden, muss ich noch einmal auf den Markt. Im Hof ist es kühl, und am Brunnen könnt Ihr Euch erfrischen. Ich bin bald wieder zurück.«

Ich dankte ihr für ihre Aufmerksamkeit, doch als sie sich daraufhin verabschieden wollte, verlangte Roupen zu wissen: »Willst du etwa mit ihnen essen?«

Bevor ich darauf antworten konnte, fügte er hinzu: »Ich esse nicht mit *Juden*!« Mit diesen Worten deutete er auf eine Bronzescheibe über der Haustür; darauf waren zwei einfache Dreiecke zu sehen, die so übereinander gelegt waren, dass sie den Stern Davids bildeten, ein Symbol, das von den Juden häufig verwendet wird.

»Mit Juden setze ich mich nicht an einen Tisch«, knurrte Roupen wütend. »Ihr beide könnt ja tun und lassen, was ihr wollt, aber ich breche kein Brot mit ihnen. Da würde ich lieber verhungern.«

»Dann tu das«, erwiderte ich entsetzt ob seiner groben Unhöflichkeit. Ich hatte ihn noch nie so erregt und wütend gesehen.

»Es sind *Juden*!«, protestierte er unverblümt. »Man kann ihnen nicht trauen. Wir brauchen sie ohnehin nicht. Ich gehe.« Mit diesen Worten machte er auf dem Absatz kehrt, schritt durchs Tor und eilte die Straße hinunter. Padraig rannte ihm hinterher, um ihn zu beruhigen und zurückzuholen, damit er um Verzeihung bitten konnte.

Über die Unhöflichkeit des jungen Armeniers zutiefst beschämt drehte ich mich rasch zu Jordanus' Tochter um, um mich bei ihr zu entschuldigen. »Es tut mir Leid, gute Frau. Die Dringlichkeit unserer Angelegenheit hat ihn über die Maßen erregt, doch das ist keine Entschuldigung für sein ungehobeltes Benehmen.«

»Und was ist mit Euch?«, fragte Jordanus' Tochter in scharfem Tonfall. »Denkt Ihr auch so schlecht über die Juden?«

»Ich muss gestehen, dass ich noch nie einen Juden kennen gelernt habe«, antwortete ich und fügte in dem verzweifelten Bemühen, Roupens Verhalten wieder gutzumachen, hinzu: »Doch wenn sie im Allgemeinen auch nur halb so höflich und großzügig sind wie Ihr, dann sind sie in der Tat ein nobles Volk – und ich werde jedem aufs Heftigste widersprechen, der das Gegenteil behauptet.«

Sie antwortete auf diese Bemerkung mit einem abfälligen Schnaufen und starrte mich an; ihre dunklen Augen suchten die meinen, während sie nachdenklich die Lippen schürzte. Nach einem Augenblick fragte sie: »Wollt Ihr immer noch mit uns zu Abend essen?«

»Es wäre mir eine Ehre, gute Frau.«

»Dann dürft Ihr heute Abend wieder zurückkehren.«

»Mit Vergnügen«, erwiderte ich noch immer bemüht, Roupens Ausfall vergessen zu machen. »In der Zwischenzeit werde ich versuchen, meinen jungen Freund zu beruhigen und ihm bessere Manieren beizubringen.«

»Tut das«, sagte Jordanus' Tochter in scharfem Ton. »Vielleicht findet Ihr dabei auch Zeit, über Folgendes nachzudenken: Mein Vater und ich, wir sind *keine* Juden.«

»Nein?«

»Wir sind Kopten«, erklärte sie, verschwand im Hof und schlug die Tür hinter sich zu.

Wir verbrachten den kurzen Rest des Tages auf dem Marktplatz der Oberstadt. Dank Padraigs priesterlicher Bemühungen und beruhigt durch die Tatsache, dass unsere Gastgeber doch keine Juden waren, ließ sich der hochmütige junge Fürstensohn davon überzeugen, doch an dem Abendessen teilzunehmen und von weiteren Beleidigungen abzusehen.

Als ein blasser gelber Mond über den Hügeln aufging, standen wir schließlich abermals vor der niedrigen Tür in der hohen Mauer, nachdem wir den weiten Weg bergauf gekommen waren. Neben der Tür hing ein eiserner Ring an einer Kette. Padraig zog kräftig daran, und irgendwo im Inneren läutete eine Glocke. Wir warteten eine Zeit lang, doch nichts geschah; also zog Padraig noch einmal an dem Ring und auch noch ein drittes Mal – nur um sicherzugehen. Der Mönch wollte gerade ein viertes Mal an dem Ring ziehen, als plötzlich die Tür aufflog und ein kleiner brauner Mann seinen Kopf heraussteckte. Er stieß eine Flut von Schmähungen aus, die jedoch keiner von uns verstehen konnte; dann warf er die Tür wieder ins Schloss.

»Da! Seht ihr?«, knurrte Roupen, der nur allzu bereit war, etwas aufzugeben, was er ohnehin für ein hoffnungsloses Unterfangen hielt.

»Zieh an der Kette«, sagte ich zu Padraig, unwillig, mich einfach so zurückzuziehen.

Erneut flog die Tür auf, und wieder funkelte der Mann uns an und redete wütend auf uns ein. Diesmal packte ich ihn jedoch am

Hemd und riss ihn hinaus auf die Straße. Er schimpfte und fluchte und begann, mit seinen nackten Füßen nach mir zu treten.

»Halte Frieden!«, befahl ich und hielt ihn auf Armeslänge von mir entfernt. »Wir wollen dir kein Leid antun. Hör auf, dich zu wehren. Wir wollen nur mit dir reden.«

Er wetterte weiterhin in einem fort, trat nach mir und schwang die Fäuste. Ich hielt ihn weiter auf Abstand – sowohl zu seinem eigenen wie auch zu unserem Schutz – und dachte gerade darüber nach, was wir als Nächstes tun sollten, als in der offenen Tür ein ungewöhnlich fetter Mann in weitem Gewand erschien. Er blickte uns mit großen, trägen Augen an und fragte: »Ja?«

Ich grüßte ihn höflich – ohne allerdings den wütenden, kleinen Mann loszulassen – und erklärte: »Jordanus war so freundlich, uns zum Abendessen einzuladen.«

»Das sagt Ihr«, erwiderte der Mann sichtlich ungerührt von meinen Worten. Er streckte den Arm aus und klopfte dem zornigen kleinen Mann auf den Kopf, der daraufhin augenblicklich aufhörte, sich zu wehren. Ich ließ ihn los, und er huschte eilig davon.

»Habt Ihr etwas für mich?«, fragte der fette Mann, nachdem der kleine Torwächter verschwunden war.

Verunsichert blickte ich zu Padraig, der jedoch nur hilflos mit den Schultern zuckte. »Nein«, antwortete ich schließlich. »Hätte ich etwas für Euch haben sollen?«

»Das zu sagen liegt an Euch.«

»Man hat mir nichts für Euch gegeben«, erklärte ich. Ich konnte noch nicht einmal ahnen, was der Mann von mir wollte.

»Schade«, erwiderte dieser und blickte von einem zum anderen; dann seufzte er und schwieg.

»Ist Jordanus zu Hause?«, erkundigte ich mich nach kurzem verlegenen Schweigen.

Der fette Mann gähnte, drehte sich um und winkte uns, ihm zu folgen. Wir traten durch die Tür und überquerten den inzwischen im Schatten liegenden Hof. Der Mann führte uns zum Haupteingang der Villa. »Wartet hier«, befahl er uns. Dann stieß er die Tür auf und verschwand in der dahinter liegenden Dunkelheit.

Nach kurzer Zeit kehrte der kleine, dunkelhäutige Geselle wieder zurück. Er sah uns vor der Tür warten und stürzte sich sofort wild fluchend auf uns. Er schien entschlossen zu sein, uns aus dem Haus zu jagen, und das wäre ihm vielleicht auch gelungen, wäre nicht plötzlich Jordanus' Tochter aufgetaucht. Sie trug eine lange weiße Robe und hielt eine Peitsche aus geflochtenem Leder in der Hand, mit der sie augenblicklich auf den kleinen Mann eindrosch.

»Geh, Omar!«, schrie sie und schwang die Peitsche. »Geh!«

Ich wollte mich gerade einmischen, als ich bemerkte, dass die meisten, wenn nicht alle Peitschenhiebe nur die Erde trafen. Allerdings erzielten sie dennoch die gewünschte Wirkung, und der kleine Mann rannte davon.

»Ihr müsst Omar verzeihen«, sagte Jordanus' Tochter und rollte die Peitsche auf. »Er fühlt sich oft nicht gut.« Sie ging zur Tür und forderte uns auf: »Hier entlang, bitte.«

Im Haus herrschte tiefe Dunkelheit. Wie Diebe schlichen wir durch einen Gang nach dem anderen, bis wir schließlich einen Raum in einem der großen Seitenflügel erreichten. Dutzende von Kerzen auf großen Leuchtern erhellten den Raum, und man hatte sämtliche Fenster geöffnet, um der kühlen Abendbrise Zugang zu gewähren, die die Kerzenflammen flackern ließ. Es gab keine Stühle, doch wie es im Osten Brauch ist, ließen wir uns auf großen Kissen nieder, die um einen niedrigen Tisch herum lagen, über den man ein reich besticktes Damaszenertuch gebreitet hatte.

Während unseres Besuchs auf dem Marktplatz hatten Padraig und ich die Gelegenheit genutzt, unsere Kleider reinigen zu lassen, um uns an Jordanus Tafel etwas weniger unappetitlich als heute Nachmittag zu präsentieren. Als wir den Speiseraum betraten, bot uns die Frau des Hauses eine Waschschüssel voll Duftwassers an. Roupen jedoch entehrte sich nicht nur dadurch, dass er die

Waschschüssel ablehnte, sondern auch, indem er jeden und alles anfunkelte, als müsse er in diesem Haus Demütigungen ertragen, die ihn geradezu körperlich schmerzten.

Die Frau verschwand und überließ uns unserer Waschung. Allerdings waren wir nur einen Augenblick lang allein, da kehrte sie schon wieder zurück. Hätte ich sie nicht gerade erst gesehen, ich hätte sie nicht als dieselbe Person wiedererkannt. Sie hatte sich der weißen Robe entledigt und trug nun ein Gewand aus dem dünnsten, feinsten Stoff, den ich je gesehen hatte. Mehr noch – der dünne Stoff schimmerte im Kerzenlicht mit einem Glanz wie Mondstrahlen auf dem Wasser. Das Kleid war mitternachtsblau und tief ausgeschnitten, sodass wir deutlich die Wölbung ihrer Brust erkennen konnten. Ein breites goldenes Stofftuch hielt es wie ein Gürtel an ihrer schlanken Taille zusammen und betonte ihre wohlgeformten Hüften. Ihr dunkles, lockiges Haar fiel offen über ihre bloßen Schultern.

Unerwarteterweise erfüllte mich der Anblick ihrer schlanken, wohlgeformten Arme mit einem derartigen Verlangen, wie ich es nicht mehr verspürt hatte, seit meine geliebte Rhona mich zum letzten Mal an ihr Herz gedrückt hatte. Es fiel mir mehr als schwer, die Frau nicht offen anzustarren, als sie uns einlud, uns zu setzen und es uns bequem zu machen. »Ich habe meinen Vater von Eurer Ankunft berichtet«, sagte sie. »Sobald er fertig ist, wird er sich zu uns gesellen.«

»Eure Freundlichkeit, gute Frau, wird nur noch von Eurer Schönheit übertroffen«, sagte ich und wünschte mir, mir wäre etwas anderes eingefallen als diese abgedroschene Schmeichelei.

Dennoch lächelte sie ob dieses Kompliments, und mir kam der Gedanke, dass sie trotz ihrer forschen Art vielleicht doch nicht so selbstbewusst war, wie es im ersten Augenblick den Anschein hatte. Auf jeden Fall lebte sie in einem verrückten Haus und war schlichte Höflichkeit vermutlich nicht gewöhnt. »Ich heiße Sydoni«, verriet sie mir.

»Ich bin Duncan Murdosson von Caithness«, erwiderte ich

und streckte ihr zum Gruß die Hand entgegen. Ohne zu zögern legte sie ihre Hand in die meine, und ich hob sie in die Höhe, um sie leicht mit den Lippen zu berühren. Dann stellte ich ihr Padraig und Roupen vor. Ich erklärte ihr gerade, wer sie waren und warum wir zusammen reisten, als Jordanus den Raum betrat.

Grimmig und mit fest aufeinander gepressten Lippen reagierte er auf unsere Anwesenheit mit kalter, wenn nicht gar feindseliger Gleichgültigkeit. Unser unglücklicher Gastgeber ließ sich sichtlich verärgert am Kopf der Tafel nieder, und seine große Gestalt sackte förmlich in sich zusammen. Er seufzte und stöhnte, knurrte und murmelte vor sich hin, und er gab sich alle Mühe, jedem zu zeigen, dass er sich nichts sehnlicher wünschte, als in diesem Augenblick irgendwo anders zu sein, nur nicht hier. Das war ein äußerst beschämendes Verhalten für einen Gastgeber, so viel stand fest, und es hätte mir sicherlich auch den Abend verdorben, hätte ich nicht nur Augen für Sydoni gehabt, und diese ignorierte die Unfreundlichkeit ihres Vaters mit einer Gelassenheit, als wäre er unsichtbar. Dieser Abend gehörte ihr, und sie würde ihn sich von niemandem ruinieren lassen.

Nachdem wir uns alle gesetzt hatten, bot Sydoni jedem eine Schüssel mit in süßer Soße gekochten Birnen an, die man hatte auskühlen lassen und die mit einem Gewürz veredelt worden waren, das ich noch nie zuvor gekostet hatte. Es war bitter, fast beißend, und es verursachte ein warmes Kribbeln im Mund. Als ich fragte, was das sei, lächelte Sydoni und antwortete: »Man nennt es Zimt.«

Roupen grunzte, als wolle er damit sagen, dieses Gewürz sei ja nun wirklich so gewöhnlich, dass es nicht der Rede wert war. Ich jedoch fand es wundervoll und pries es in den höchsten Tönen. Für das nächste Gericht fand ich auch Worte des Lobes: Fischrogen, Frischkäse und Sahne gewürzt mit Knoblauch und Limonensaft, alles gemischt zu einer dicken Paste, die wir uns aufs Brot strichen. Es gab auch süßen Wein und mehrere Sorten Obst.

Nachdem wir unseren Teil davon gegessen hatten, trug Sydoni

das nächste Gericht auf: gebratene Wachteln mit Brotkrumen, Nüssen und Kräutern. Mit Honig glasiert waren die schmackhaften Vögel derart vollkommen zubereitet, dass selbst Roupen widerwillig das Talent des Kochs loben musste. Bevor ich mich versah, hatte ich schon zwei davon gegessen, und ich griff gerade nach dem dritten, als ich bemerkte, dass Sydoni mich beobachtete. Sie lächelte das stolze Lächeln einer Frau, die mit sich selbst zufrieden war. Diesen Gesichtsausdruck kannte ich gut; Rhona hatte auch stets so gelächelt, wenn sie mir etwas gekocht hatte, von dem sie wusste, dass ich es genoss.

Das Essen und der Wein wirkten ihre uralte Magie, und nach und nach wurden sowohl Roupen als auch Jordanus deutlich umgänglicher. Im Laufe des Essens wurde der mürrische junge Herr sogar recht angenehm, und auch die Laune des säuerlichen alten Mannes besserte sich spürbar, bis man ihn beinahe als fröhlich bezeichnen konnte.

»Füllt die Becher!«, rief er plötzlich und hielt den seinen in die Höhe. »Ich möchte auf das Wohl meiner neuen Freunde trinken!« Das ließ ich mir nicht zweimal sagen, und so griff ich nach dem Krug und schenkte jedem von uns von dem guten Rotwein ein. Wieder hob Jordanus den Becher und sagte: »Ich trinke auf die Freundschaft, auf die Gesundheit und den Frieden … Gott segne alle seine Kinder.« Wir bejubelten diesen Trinkspruch, woraufhin unser Gastgeber sagte: »Möge der Herr des Festes uns auf ewig mit gutem Essen, gutem Wein und lieben Freunden an der Tafel segnen … auf immer und ewig! Amen!«

Roupen hatte nichts gegen das Gebet, doch konnte er nicht umhin, etwas dazu zu bemerken. »Der Herr des Festes?«, fragte er, nachdem alle getrunken hatten. »Ich habe gedacht, dass dieser Titel ausschließlich unserem Herrn Jesus Christus gebührt.«

Jordanus drehte den Kopf und blickte den jungen Mann fragend an. »Ja?«

»Das sind seltsame Worte aus dem Mund eines Kopten«, erklärte Roupen. Der Wein war ihm wohl zu Kopf gestiegen.

Der alte Mann versteifte sich. Das Lächeln gefror auf seinem Gesicht, und seine Augen verengten sich zu schmalen Schlitzen.

Nun bemerkte Roupen, dass er seinen Gastgeber beleidigt hatte, und Hilfe suchend blickte er zu mir; doch ich schwieg. Sollte er doch die Folgen seiner Unduldsamkeit allein tragen. »Ich habe doch gar nichts gesagt«, versuchte er, sich zu rechtfertigen. »Warum schaut ihr mich auf einmal alle so an?«

»Haltet Ihr die Kopten der Erlösung etwa für unwürdig?«, fragte Jordanus. Es fiel ihm sichtlich schwer, sich zu beherrschen.

Roupen errötete und hob abwehrend die Hand. »Ich wollte nicht unhöf...«

»Glaubt Ihr, weil ich ein Kopte bin, sei ich weniger Christ als Ihr?«, forderte ihn Jordanus entrüstet heraus.

Ich wollte dem jungen Mann zu Hilfe eilen, doch Padraig hielt mich davon ab. »Lass ihn ruhig ein wenig zappeln«, flüsterte der Priester. »Das wird ihm eine Lehre sein.«

Mit unverhohlenem Zorn starrte Jordanus den unverschämten jungen Armenier an. »Einst«, sagte er mit kalter Stimme, »hätte ich solch eine Beleidigung unter meinem eigenen Dach nicht einfach so hingenommen. Aber«, schicksalsergeben zuckte er mit den knochigen Schultern, »ich bin nicht mehr der Mann, der ich einmal war.« Er richtete einen langen Finger auf Roupen. »Ihr könnt von Glück reden, dass ich das nicht mehr bin.«

»Vater, *bitte* ...«, sagte Sydoni und griff über den Tisch nach seinem Ärmel.

Der alte Mann hob die Hände. »Mehr werde ich nicht sagen.« Er stand auf und stieß dabei seinen leeren Becher um. »Ihr müsst mich entschuldigen. Ich bin müde und werde zu Bett gehen.«

Voller Schuldgefühle stammelte Roupen verzweifelt: »Bitte ... Herr ... Ich ... Ich bin derjenige, der gehen sollte, und das werde ich auch tun.« Er sprang auf. »Aber bevor ich gehe, will ich Euch noch um Verzeihung bitten, weil ich Euch beleidigt habe. Bitte, nehmt meine tief empfundene Entschuldigung an.«

Er sprach so reumütig, dass Jordanus widerwillig dem stummen

Flehen seiner Tochter nachgab. »Also gut«, sagte der alte Kopte. »Setzt Euch, junger Mann. Niemandem ist ein Leid geschehen.« Er seufzte und zwang sich zu einem traurigen Lächeln. »Kommt. Setzt Euch«, bat er den jungen Herrn erneut. »Lasst uns dieses unglückliche Missverständnis einfach vergessen.«

Zögernd ließ sich Roupen wieder nieder. Jordanus betrachtete ihn einen Augenblick lang. »Seit nunmehr dreißig Generationen«, sagte der alte Mann und hob den Finger, »ist das Haus des Hippolytus ein christliches Haus. Lange bevor das Lob des Herrn in Konstantinopel, in Rom oder in Athen gesungen wurde, waren *wir* schon Christen.«

»Das ist eine wahrhaft edle Abstammung«, bemerkte Padraig. »Wenn jede Familie sich einer solch langen Gefolgschaft rühmen könnte, würde diese Welt nicht so sehr unter dem Gewicht der Gottlosigkeit und der Falschheit leiden.«

»In der Tat, Herr«, bestätigte Jordanus stolz. »Als die Anhänger des Weges aus dem Hohen Tempel zu Jerusalem geworfen wurden, waren meine Vorfahren unter ihnen. Am Tag, da man den Heiligen Stephanus dem Tode überantwortet hat, haben meine Vorfahren seinen geschundenen Leib ins Grab gelegt. Als die Verfolgungen begannen, hat sich die junge Kirche in alle Winde zerstreut. Ihre Anhänger zogen nach Norden, Süden, Westen, Osten – wo auch immer sie hofften, der Tyrannei der Tempelpriester und dem Zorn des Pöbels zu entkommen.«

Jordanus hob seinen Becher, und Sydoni füllte ihn mit dem letzten Rest Wein im Krug. Der alte Mann leerte den Becher in einem Zug und sagte: »Aber all das ist schon lange her. Niemand will jetzt noch etwas davon hören.«

Sichtlich bemüht, seinen Fehler wieder gutzumachen, beeilte Roupen sich zu sagen: »Wenn es Euch nichts ausmacht, Herr … Ich würde es gerne hören.«

Damit hatte Roupen offenbar die richtigen Worte gefunden, denn die Augen des alten Mannes funkelten plötzlich freudig.

»Nun, vielleicht werde ich Euch noch eines erzählen … nur um des besseren Verständnisses willen«, gab Jordanus nach; von Widerwillen war nichts mehr zu spüren. Er nahm eine kleine Bronzeglocke vom Tisch, klingelte mehrere Male laut und sagte dann: »In Jerusalem wurde es zu gefährlich; also flohen meine Leute gen Süden. Seit den Zeiten des großen Patriarchen Abraham suchten die Juden Zuflucht in Ägypten, wann immer die Lage in Palästina zu bedrohlich wurde. Das haben auch meine Vorfahren getan, und in Ägypten sind sie dann auch geblieben. Mit der Zeit wurden wir zu Ägyptern, und jene von uns, die im Glauben standhaft geblieben sind, wurden als Kopten bekannt. Meinen Vorfahren ist es gut ergangen; sie wurden Händler – manche besaßen Schiffe, andere Kamele, und einige hatten sogar Niederlassungen in allen größeren Städten.

In diesem Umfeld bin auch ich groß geworden. Ich wurde Händler, und mein Sohn folgte mir darin nach.« Bei diesen Worten huschte ein Schatten über das Gesicht des alten Mannes, und ihm drohte die Stimme zu versagen. »Mein Sohn ...« Er hielt kurz inne und räusperte sich; dann fuhr er fort: »Einst reichte mein Handel von den Ufern des Nils bis zu den Gipfeln des Taurusgebirges. Nun ist das alles Vergangenheit ... vorbei und tot ... wie mein Sohn, die letzte Hoffnung meines berühmten Geschlechts.«

Jordanus hob den Blick und lächelte traurig. »Es tut mir Leid«, sagte er und sackte wieder in sich zusammen. »Mein Leid ist eine Last, die ich Euch nicht aufbürden will. Verzeiht einem alten Mann.«

Erneut versank er in Schweigen, und kurz darauf erschien der fette Mann in der Tür, der uns am Tor empfangen hatte. »Gregior«, befahl Jordanus, »bring uns mehr Wein.« Der mürrische Diener drehte sich wortlos wieder um und schlurfte davon. »Und versuch, den Krug nicht zu leeren, bevor er den Tisch erreicht!«, rief ihm sein Herr hinterher.

»Ich halte nichts von Sklavenhaltung«, erklärte Jordanus. »Aber bei Gregior und Omar mache ich eine Ausnahme. Ihr stimmt mir sicherlich zu, dass die beiden hoffnungslose Fälle sind.

Würde ich sie hinauswerfen, würden sie alsbald verhungern, und als guter Christ kann ich das nicht zulassen. Also behalte ich sie zu ihrem eigenen Wohl, da niemand sie sonst nehmen würde.« Er lächelte schwach und breitete die Arme aus. »Ich entschuldige mich für den armseligen Empfang. Wohlgemerkt, das hat nichts mit Euch zu tun; anderen wäre es ebenso ergangen. Egal ob Kalif oder König, Bettler, Aussätziger oder Dieb – Omar empfängt jeden gleich.«

»Was ist das für eine Sprache, die er spricht?«, fragte Padraig. »Ich habe nicht ein Wort davon verstanden.«

»Soweit ich weiß, ist es überhaupt keine Sprache«, antwortete unser Gastgeber und lachte leise. »Omar glaubt, Latein zu sprechen; aber in all den Jahren, da ich ihn kenne, ist meines Wissens noch kein einziges verständliches Wort über seine Lippen gekommen.« Müde schüttelte er den Kopf. »Es ist hoffnungslos.«

Der Wein wurde uns in einem großen Silberkrug gebracht, und Sydoni füllte die Becher, die Jordanus uns dann mit den Worten anbot: »Ich trinke auf meine Freunde, alte wie neue! Möge der Allmächtige seine schützende Hand über Euch halten. Amen!«

Wir tranken; dann stellte unser Gastgeber den Becher auf den Tisch und sagte: »Nun denn, lasst uns zum Geschäft kommen. Warum hat Euch unser Templerfreund de Bracineaux zum alten Jordanus geschickt?«

Jordanus hörte mit halb geschlossenen Augen zu, während ich ihm in aller Kürze von den Ereignissen berichtete, die uns vor seine Tür geführt hatten. Er nickte und blickte zu Padraig, während ich davon erzählte, wie es dazu gekommen war, dass Padraig und ich gemeinsam auf Pilgerfahrt gegangen waren und wie wir in Rouen die Templer und den jungen Roupen getroffen hatten. Anschließend erzählte ich ihm alles, was sich aus diesem Treffen ergeben hatte – alles mit Ausnahme von Bohemunds Plan, die armenische Festung Anavarza einzunehmen. Ich hielt es für besser, das für mich zu behalten.

Als ich meinen Bericht schließlich beendet hatte, runzelte Jordanus leicht die Stirn und sagte: »Das ist in der Tat eine faszinierende Geschichte; dennoch werde ich den Eindruck nicht los, dass Ihr ein, zwei bedeutende Einzelheiten ausgelassen habt. Ohne Zweifel habt Ihr Eure Gründe dafür; aber wenn ich Euch helfen soll …« Er zuckte mit den knochigen Schultern.

Ich zögerte, während ich darüber nachdachte, ob ich das Wagnis eingehen konnte, ihm noch mehr zu erzählen. Jordanus bemerkte dies und hakte nach. »Ihr habt mir zum Beispiel nicht gesagt, warum Ihr so überstürzt aus Antiochia habt fliehen müssen.« Er deutete auf Roupen und fügte hinzu: »Würde ich mich sehr irren, wenn ich behaupte, dass Eure Probleme etwas mit Eurem jungen Freund hier zu tun haben?«

»Das wäre zumindest nicht ganz falsch«, antwortete ich vorsichtig. Roupen senkte den Blick, sagte aber nichts.

»Nun kommt schon, meine Freunde. Wenn ich Euch helfen soll, muss ich alles wissen. Was habt Ihr getan? Die Tugendhaftigkeit des Fürsten infrage gestellt? Den guten Namen des Patriarchen in den Dreck gezogen? Den Schwarzen Stamm von Antiochia gestohlen?«

Bei der Erwähnung des Heiligen Kreuzes begann mein Herz in der Brust wie wild zu schlagen. »Verzeiht mir, Herr«, beeilte ich mich zu sagen, »aber ich wollte Euch nicht unnötig mit unseren Problemen belasten.«

Jordanus wischte die wenig überzeugende Entschuldigung beiseite. »Erzählt es mir.«

Also berichtete ich ihm von Bohemunds Absicht, die armenische Festung anzugreifen, und wie Padraig und ich aus Freundschaft zu Roupen und der – wenn auch verschleierten – Bitte des Templerkomturs folgend beschlossen hatten, dem Ehrgeiz des ungestümen Fürsten nach Möglichkeit ein Ende zu bereiten.

»Wir gingen zu ihm und baten ihn, von seinem Plan abzulassen«, schloss ich meinen Bericht. »Unglücklicherweise waren wir dann jedoch nicht mehr Herr der Lage. Die Ereignisse überschlugen sich, und de Bracineaux wurde in der Zitadelle festgesetzt. Padraig, Roupen und ich waren gezwungen zu fliehen, bevor Bohemund auch uns gefangen nehmen konnte. Der gute Komtur ließ uns den Rat zukommen, uns an Euch zu wenden.«

Jordanus nahm eine rote Pflaume aus einem Korb und biss das Ende ab. Einen Augenblick lang saugte er den Saft heraus, dann bemerkte er: »Mir scheint, Euer Pfad ist von Beginn an festgelegt gewesen.«

»Ist er das?«, fragte ich verwundert. Padraig lächelte und nickte; er schien den alten Mann mit – wie ich glaubte – neuerlichem Respekt und vermehrter Wertschätzung zu betrachten.

Jordanus schob sich vom Tisch zurück und lächelte breit. »Freut Euch, meine Freunde!«, rief er. »Jordanus Hippolytus ist der einzige Mann auf der ganzen weiten Welt, der die Macht und den Willen besitzt, Euch schneller an Euer Ziel zu bringen.« Er blickte zu dem jungen Fürstensohn, der trotz der ermunternden Worte nach wie vor betrübt dreinblickte. Der alte Händler beugte sich vor und tätschelte Roupen väterlich den Arm. »Seid guten Mutes! Eure Gegner mögen ja vielleicht ohne Zahl sein, aber jetzt haben sie es mit mir zu tun.«

»Ich wusste nicht, dass wir so viele Feinde haben«, erwiderte Roupen, der versuchte, sich der Situation gewachsen zu zeigen.

»Die habt Ihr aber«, klärte Jordanus ihn auf. »Viele in diesem Teil der Welt würden nichts lieber sehen als die Vernichtung des Fürstenhauses von Armenien, und das so schnell wie möglich. Das werdet Ihr vielleicht nicht gerne hören, aber es ist die Wahrheit.«

Dann wandte er sich an Padraig und mich und fragte: »Nun denn, wer weiß sonst noch von Zweck und Ziel Eurer Reise?«

»De Bracineaux natürlich«, antwortete ich.

»Und inzwischen vermutlich auch Bohemund«, fügte Padraig hinzu.

»Sonst niemand?«

»Nur noch Ihr und Eure Tochter.« Ich blickte zu Sydoni, die ihr Kinn in die Hand gestützt hatte und mich ansah.

»Habt Ihr vielleicht auf dem Weg hierher mit jemandem darüber gesprochen?«

»Mit keiner Menschenseele«, erklärte ich; Padraig schüttelte den Kopf, und Roupen starrte missgelaunt vor sich hin.

»Nun gut.« Steif wuchtete sich Jordanus in die Höhe und traf eine Entscheidung. »Wir müssen rasch handeln. Die notwendigen Vorbereitungen müssen getroffen werden, und wir werden noch heute Nacht damit beginnen.«

Es war bereits spät, und ich war erschöpft; der lange Marsch durch die Hügel forderte nun seinen Tribut. »Noch *heute* Nacht?«

»Verzeiht mir. Ihr seid sicher vollkommen erschöpft. Überlasst alles mir. Ruht Euch aus, und so Gott will, wird am Morgen alles für Euren Aufbruch bereit sein.«

Er läutete die kleine Glocke und befahl dem kurz darauf

erscheinenden Gregior, uns in die Gästezimmer zu führen. Wir wünschten unseren Gastgebern eine gute Nacht und gingen so zuversichtlich und gut gelaunt zu Bett wie schon seit vielen Tagen nicht mehr. Padraig blieb noch ein wenig auf, um seine Gebete zu sprechen, doch ich legte mich hin und versank sofort in einen tiefen, traumlosen Schlaf. Kurz darauf wurde ich jedoch von flüsternden Stimmen im Hof geweckt. Ich hörte ihnen eine Weile zu, aber ich war zu schläfrig, als dass ich irgendetwas hätte verstehen können, und so schlief ich schon bald wieder ein.

Das Nächste, was ich bemerkte, war eine Hand, die mich wachrüttelte. Erschrocken setzte ich mich auf.

»Ruhig«, sagte Sydoni, die neben mir hockte. »Alles in Ordnung, doch es ist an der Zeit, aufzubrechen.« Sie stand auf. »Gregior hat Euch eine Schüssel Wasser gebracht. Ich werde Euch jetzt allein lassen, damit Ihr Euch waschen und ankleiden könnt. Kommt zu uns ins Vestibulum, sobald Ihr fertig seid.«

Sie ging hinaus, und während ich noch versuchte, meine Gedanken zu ordnen, hörte ich, wie Sydoni im Nachbarraum den jungen Fürsten weckte und ihm den Grund dafür erklärte. Ich stolperte zu der Schüssel mit dampfendem, warmem Wasser, wusch mich und pries unseren allmächtigen Herrn für das Geschenk der Seife. Dann trocknete ich mich rasch mit dem Leinentuch ab, das man mir gegeben hatte, zog mich an und schlurfte durch die an ein Kloster erinnernden Gänge der Villa ins Vestibulum. Der Himmel war dunkel und der Tagesanbruch meiner Schätzung nach noch weit entfernt.

Gähnend gesellte ich mich zu Jordanus, Sydoni und den anderen, die sich bereits an der Tür versammelt hatten. Gregior schlenderte hierhin und dorthin, entzündete träge die überall herumstehenden Kerzen und warf seinem Herrn finstere Blicke zu, der sich bei meiner Ankunft sofort in Bewegung setzte und uns winkte, ihm zu folgen. Er eilte in einen angrenzenden Raum, und als wir ihn schließlich einholten, durchwühlte er bereits einen Stapel Karten.

»Hier! Seht ihr? Das da …«, er deutete auf einen schwarzen Fleck in der Mitte der Karte, die er sich herausgesucht hatte, »das ist Antiochia. Der Hafen von Sankt Simeon liegt hier, und …«, sein Finger wanderte die Küste entlang zu einem braunen Fleck unmittelbar unterhalb einer Kette zerklüfteter Berge, »… das hier ist Anavarza.«

Roupen runzelte die Stirn, beugte sich vor und betrachtete den einfachen Fleck, der seine Heimat darstellte.

»Seht her«, fuhr Jordanus fort und zog mit dem Finger eine Linie von Antiochia nach Anavarza. »Bohemund muss über Land ziehen, weil er nicht genug Schiffe besitzt, um so viele Männer, Pferde und Ausrüstung zu transportieren.«

»Als wir ihn verließen, lagen im Hafen von Sankt Simeon noch immer zwei Rundschiffe«, erklärte Padraig.

»Das ist egal«, versicherte ihm Jordanus überzeugt. Mit einem Mal wirkte er weit jünger als noch vor wenigen Stunden beim Abendessen. Er war ernst und entschlossen, und ich erkannte, dass ich nun eine Seite von dem Mann kennen lernte, der er einst gewesen war. »Zwei, sagt Ihr? Zwei Schiffe könnten noch nicht einmal das Pferdefutter transportieren. Insgesamt bräuchte er mindestens zwanzig. Also«, fuhr er fort, »muss Bohemunds Heer zu Fuß gehen. Aber an der Küste entlang, durch Marionis, geht es weitaus schneller. Hier.« Er legte seinen langen Finger auf einen kleinen Punkt an der Küste nördlich von Antiochia. »Von dort aus kann man Mamistra über den Fluss erreichen. Seht Ihr? Dort.« Er deutete auf eine gewellte schwarze Linie, die zu einem weiteren braunen Fleck nördlich und ein wenig westlich des Hafens führte. »Von Mamistra aus muss man den Rest zu Pferd zurücklegen. Mit etwas Glück und Gottes Segen liegt Anavarza nur zehn Tagesritte vom Fluss entfernt. Selbst wenn Fürst Bohemund noch am selben Tag, als Ihr geflohen seid, sein Heer zusammengerufen hat und losmarschiert ist, werdet Ihr die Stadt noch immer vier bis fünf Tage vor ihm erreichen.«

Er hob den Blick, um sich zu vergewissern, dass wir alle verstanden hatten. »Ihr runzelt schon wieder die Stirn, meine Freunde. Was stimmt denn jetzt schon wieder nicht?«

»Wir haben zwar etwas Geld«, antwortete ich, »aber nicht genug, um Pferde zu kaufen.«

»Aber ich habe Geld genug für alles Mögliche«, sagte Jordanus und rieb sich fröhlich die Hände, »und ich werde mit Euch gehen. Gregior, geh, und hol meine Truhe.« Der plötzliche Eifer des alten Händlers war erstaunlich; es schien, als hätte er nicht nur seine Schwermut abgeschüttelt, die ihn so fest im Griff gehalten hatte, sondern auch Jahrzehnte seines Lebens.

Der schwerfällige Sklave kehrte mit einer kleinen Truhe aus dunklem, schwerem Holz zurück. Jordanus öffnete die Truhe und nahm drei Lederbeutel heraus; dann überlegte er es sich noch einmal und nahm drei weitere. »Hier«, sagte er und reichte mir drei Beutel, »ein Mann auf Reisen kann nie genug Geld bei sich haben.«

Ich dankte meinem Gastgeber für seine Großzügigkeit und Umsicht. Eine der Börsen band ich an meinen Gürtel, und die beiden anderen gab ich Padraig, damit er sie in seinem Mönchsranzen verstauen konnte. »Mit Eurer Hilfe werden wir wie Könige reisen«, erklärte ich an Jordanus gewandt.

»Wie zerlumpte Könige höchstens«, erwiderte der alte Mann und deutete auf unsere Kleider. »Glücklicherweise habe ich etwas für Euch.« Er ging zu einer großen Truhe an der Wand und warf den Deckel auf. Dann tauchte er in sie hinab und begann Stoff und Kleider herauszuwerfen. »Ah, hier! Und hier!«, sagte er und holte zwei lange, fließende Gewänder hervor, die an überlange Tuniken erinnerten.

Sie bestanden aus einem feinen, leichten Stoff und besaßen die Farbe des Nordmeers bei Nacht. Es gab auch noch Hosen aus dem gleichen Stoff und von der gleichen Farbe und neue Stiefel aus weichem Leder, deren Schäfte mit farbigen Fäden bestickt waren. Die Tuniken waren an der Hüfte eng, die Ärmel jedoch lang und weit. Als Gürtel dienten lange purpurne Stoffstreifen, die ineinander geflochten und mit unzähligen kleinen Bronzescheiben verziert waren.

Alles in allem war dies die Kleidung eines östlichen Fürsten, und auch wenn ich beeindruckt war, so konnte ich mir doch nicht vorstellen, so etwas zu tragen. »Die Leute werden glauben, ich würde vortäuschen, ein Araber zu sein«, sagte ich. »Ich würde mir dumm vorkommen. Ich sollte besser so bleiben, wie ich bin.«

»Unsinn«, erwiderte Jordanus, der meine Bedenken überhaupt nicht ernst zu nehmen schien. »Eure Kleider sind vollkommen unpassend für die Härten der Reise, die vor uns liegt, und nicht nur das: Sie kennzeichnen Euch auch als Fremde und Außenseiter. Wenn Ihr rasch vorankommen wollt, ohne unnötige Aufmerksamkeit zu erregen, dürft Ihr nicht das Banner des unwissenden Fremden erheben.«

Sydoni stimmte ihm zu. Ich schob meine anfänglichen Bedenken beiseite und ließ mich überzeugen. Trotz seiner Proteste, als Mönch habe er Gewand und Farben seines Klosters zu tragen, erfuhr Padraig die gleiche Behandlung. Zu guter Letzt zogen wir uns alle um und staunten über den Unterschied: Mir war kühler, und ich fühlte mich in meinen neuen Gewändern augenblicklich so wohl, dass ich mich leichten Herzens von meinen heimischen Kleidern verabschiedete, die ich erst nach langem Zögern gegen die Tracht des Ostens eingetauscht hatte.

Erst nachdem Padraig und ich angemessen gewandet waren, gestattete uns Sydoni, das Haus zu verlassen. »Ich werde Euch bis zum Hafen begleiten«, sagte sie.

Wir verließen die Villa, überquerten den Hof und warteten, während Gregior die Tür aufschloss; dann schlüpften wir auf die menschenleere Straße hinaus. Wir eilten den Hügel hinunter, durchquerten die Neustadt und setzten unseren Weg nach Alt-Famagusta fort. Als wir schließlich den stillen Hafen erreichten, färbte bereits das Licht der aufgehenden Sonne den Himmel im Osten rot.

»Ich werde mit dem Hafenmeister reden«, sagte Jordanus, als

wir den Pier erreichten. »Er wird wissen, welche Seeleute frei sind und wem man trauen kann.«

»Wie es der Zufall will«, meldete sich Padraig, »kennen wir uns auf einem Schiff recht gut aus. Zählt uns zur Besatzung.«

Unter den Fahrzeugen, die friedlich im blauen Wasser vor Anker lagen, befand sich die übliche Menge an Fischerbooten sowie ein paar größere Gefährte, die den Inselhändlern gehörten. Es gab auch vier große Schiffe, von denen ich annahm, dass sie der Besitz von Venezianern oder Genuesern waren. Das war jedoch ein Irrtum.

Am Kai angelangt deutete Jordanus auf die vier großen Schiffe und sagte: »Meine Schönen. Welches davon gefällt Euch am besten?«

»Das kleinste«, antwortete ich. Vor meinem geistigen Auge sah ich schon die Arbeit, die es uns allein kosten würde, das Segel zu setzen.

»Das schnellste«, schlug Padraig vor. Der schlaue Priester dachte wie üblich am vernünftigsten.

»Das wäre dann die *Persephone*«, sagte der alte Mann und deutete auf ein langes, flaches Gefährt am Ende der Reihe. Auch wenn es im griechischen Stil bemalt war – grüner Rumpf, schlanker roter Mast und Reling und Kiel leuchtend gelb – hatte es doch mehr mit den alten römischen Schiffen gemein, die über tausend Jahre lang dieses Meer beherrscht hatten. »Sie ist zwar nicht das kleinste, aber selbst bei der leichtesten Brise fliegt sie geradezu über die Wogen. Mit Gottes Hilfe und einem guten Wind werden wir Anavarza erreichen, bevor Bohemund Syrien auch nur verlassen hat.«

Cait, du wirst nicht glauben, was geschehen ist. Ich kann es ja selbst kaum glauben, und ich weiß nicht, wie ich es dir erklären soll. Auch vermag ich nicht mit Sicherheit zu sagen, ob es für mich nun gut oder schlecht ist. Gut, glaube ich. Auf jeden Fall hat es meine Hinrichtung doch um mindestens einen weiteren Tag hinausgezögert. Herr der Heerscharen, lass es noch mehr werden!

Nachdem ich Wazim losgeschickt hatte, um in Erfahrung zu bringen, was in der Stadt geschehen war, kehrte ich zum Pult zurück, um weiterzuschreiben, und dachte nicht mehr an das, was der Kalif über die politischen Angelegenheiten von Kairo gesagt hatte. Das Ergebnis meiner Mühen hast du gerade gelesen.

Meine Schrift wird jedoch von Tag zu Tag ungelenker, wie ich gestehen muss; meine Hand verkrampft und brennt, und die Arbeit ermüdet mich – Cait, manchmal habe ich das Gefühl von Sonnenauf- bis Sonnenuntergang mit Riesen gerungen zu haben, auch wenn ich mich nicht ein einziges Mal von meinem Stuhl erhoben habe! Dennoch habe ich aber den ganzen Tag hindurch und bis in die Nacht hinein gearbeitet, aber daran habe ich mich inzwischen ohnehin schon gewöhnt; der einzige Unterschied heute bestand darin, dass man mir kein Essen gebracht hat. Ich nahm an, dies hänge damit zusammen, dass ich schon bald sterben würde, und diese grimmige Annahme ließ mich noch härter arbeiten. Müde, wie ich war, schrieb ich dennoch mit unerbittlichem Fleiß, wohl wissend, dass jede Seite meine letzte sein konnte.

Es war schon sehr spät, als ich schnelle Schritte im Gang vor meiner Tür hörte. Ich legte die Feder beiseite und drehte mich um, als Wazim in den Raum platzte. Vor lauter Aufregung hatte er die Augen weit aufgerissen. Er war fortgegangen, um herauszufinden, was den Kalifen dazu bewegt hatte, die angesetzten Hinrichtungen auszusetzen. Nun war er mit einer Geschichte zurückgekehrt, die die gesamte Stadt in Aufruhr versetzte und die ich dir nun kurz berichten will. Zunächst muss ich jedoch etwas erklären, um dir das Ganze verständlicher zu machen:

Inzwischen wirst du erkannt haben, dass der Kalif etwas Besonderes unter den Herrschern der Mohammedaner ist. Doch bei der Ausübung seiner Macht ist er nicht allein. Er teilt sich die alltäglichen Aufgaben des Herrschens mit anderen Würdenträgern, deren Oberhaupt jemand ist, den man *Wesir* nennt. Der Grund dafür ist, dass der Kalif sich auf diese Art vornehmlich seiner wichtigsten Aufgabe widmen kann, nämlich der, seinem Volk als geistiger Führer zu dienen; alles andere überlässt er zumeist dem Wesir.

Wie es der Zufall will, ist der ansonsten vom Schicksal so reich bedachte Kalif von Kairo mit einem eigenwilligen und ungebärdigen Sohn gestraft: Hassan. Als der Kalif den Thron bestiegen hat, hat er sich in den Kopf gesetzt, seinen Frieden mit dem stürmischen jungen Mann zu machen und ihn wieder unter seine Kontrolle zu bringen, indem er ihn zum Wesir ernannte. Wazim hat mir erzählt, dass zwar viele dagegen waren, doch zu Beginn schien der Plan tatsächlich aufzugehen.

Nach einiger Zeit fühlte sich Hassan jedoch in seinem Amt eingeengt, und rasch nahm er wieder seine alten üblen Gewohnheiten an. Kurz darauf war er erneut der Fluch seines Vaters geworden, nur dass er diesmal eine Stellung innehatte, wo er all jenen großen Schaden zufügen konnte, die sich ihm widersetzten. Auch wenn mir nichts davon zu Ohren kam, so war es entlang des Nils, von Alexandria bis Luxor, doch wohl bekannt, denn der niederträchtige junge Mann bekam einen Wutanfall nach dem anderen, brachte Unruhe in die Regierung von Kairo und belastete sie mit allen möglichen Skandalen.

Die Lage wurde zusehends gefährlicher und unangenehmer, und der Aufschrei der zornigen Bevölkerung war nicht mehr zu überhören, sodass der Kalif mehr und mehr den Worten seiner Berater lauschte, die auf der Absetzung des Wesirs bestanden. Das, so vermute ich, hat auch hinter der Frage des Kalifen gestanden, als er von mir wissen wollte, was ich über die politischen Angelegenheiten Kairos wisse – doch davon später mehr.

Nun zu dem, was vor kurzem geschehen ist: Am Tage, da meine Hinrichtung angesetzt war, hat Wesir Hassan aus irgendeiner wahnsinnigen Laune heraus nicht weniger als vierzig Emire und Atabeks der Stadt zu sich gerufen, um ihre Huldigungen entgegenzunehmen. Nachdem sie alle versammelt waren, warf er ihnen vor, sich gegen ihn verschworen zu haben. Die Edelmänner hielten das für einen schlechten Scherz und verhielten sich entsprechend. Wütend darüber, dass man ihn auslachte, ließ Hassan sie in einen *Hafir* werfen – ein Getreidelager – und befahl dann seinen Wachen, sie samt und sonders abzuschlachten. Ohne Waffen und ohne Hilfe gab es nur wenig, was die Edlen tun konnten. Die Soldaten betraten den Hafir und streckten jeden nieder, der sich ihnen entgegenstellte; der Rest wurde auf der Flucht erschlagen.

Mit entsetztem Staunen lauschte ich Wazims schauriger Geschichte. »Was ist dann geschehen?«, fragte ich, nachdem er geendet hatte.

»Im selben Augenblick, da Ihr vor dem Thron des Kalifen gestanden habt, um Euer Urteil zu hören, Da'ounk«, antwortete er, »ist diese finstre Tat vollbracht worden.« Über die aberwitzige Kühnheit des Wesirs schüttelte er den Kopf. »Alle sind zutiefst erschüttert und erregt.«

»Das verstehe ich«, erwiderte ich. »Was ist aus dem Wesir geworden?«

»Wie Ihr wisst, war der Kalif gezwungen, seine Wache auszuschicken. Sie umstellte den Palast des Wesirs und verlangte von Hassan, sich zu ergeben. Dieser weigerte sich, und es kam zu einer kleinen Schlacht.« Wazim hielt kurz inne, atmete tief durch und fuhr dann fort. »Als die Leibwache des Wesirs erkannte, dass es sinnlos war, gegen die Soldaten des Kalifen zu kämpfen, gab sie auf und lieferte Hassan den Männern seines Vaters aus. Man sagt, der Wesir sei aus der Stadt an einen geheimen Ort gebracht worden, wo er bleiben soll, bis Kalif al-Hafiz entschieden hat, was mit ihm geschehen soll.«

So also, Cait, stellt sich im Augenblick die Lage dar. Wie Padraig mich so oft zu erinnern pflegt: Alles geht stets gut für jene aus, die den Herrn lieben. O Herrscher des Himmels, eben darum bete ich jetzt.

Sydoni weigerte sich, zurückgelassen zu werden. Während ihr Vater den verschlafenen Hafenmeister nach geeigneten Seeleuten befragte, bot Sydoni uns an, uns das Schiff zu zeigen. Wir nahmen uns ein kleines Boot, und Padraig und Roupen ruderten uns zu der Stelle, wo die schmucke *Persephone* vor Anker lag, dann kletterten wir an Deck. Einmal an Bord wurde rasch klar, dass Sydoni nicht daran dachte, das Schiff wieder zu verlassen.

Nachdem die letzten Vorräte an Bord gebracht und unter Deck verstaut worden waren, wandte sich Jordanus an seine Tochter, um ihr Lebewohl zu wünschen. »Spar dir den Atem, Vater«, sagte Sydoni und hauchte ihm einen Kuss auf die Wange. »Ich gehe mit euch.«

Jordanus war dagegen. Es folgte ein kurzer Streit, und natürlich setzte die Tochter sich gegenüber dem Vater durch. Je mehr ich von Sydoni zu sehen bekam, desto größer war meine Überzeugung, dass sie stets bekam, was sie wollte; kein noch so guter Einwand vermochte sie von einem einmal getroffenen Entschluss abzubringen, ebenso wenig wie Schmeicheleien, Drohungen oder pure Vernunft. Das hatte sie, so vermute ich, von ihrem Vater, und selbst dieser vermochte sich ihrem Willen nicht zu widersetzen.

So machten wir uns mit Hilfe zweier Seeleute und eines Steuermanns noch weit vor Mittag auf den Weg. Die *Persephone* war ein gutes Schiff, lang und schlank, doch mit genügend Stauraum, um eine beachtliche Menge Ladung unterzubringen. Da wir jedoch keine Ladung mit uns führten, waren der Steuermann und die beiden Seeleute in der Lage, das Schiff fast ganz allein zu steuern. Nachdem erst einmal das Segel gesetzt war, mussten Padraig und ich nur noch selten mit Hand anlegen, sodass uns genügend Zeit für uns selbst blieb.

Der erste Tag auf See war die reinste Freude. Es herrschte schwacher Westwind, aber das Schiff kam trotzdem gut voran. Es war ein schönes Gefühl, wieder mit solcher Schnelligkeit zu reisen und noch dazu im Namen einer gerechten Sache. Schon bald waren wir wieder frohen Mutes, und unsere Sorgen schienen mit der Insel in der Ferne zu verschwinden. Glücklich ob des, wie ich glaubte, unvermeidlichen Erfolgs unserer Mission, gestattete ich mir, Jordanus' Versicherungen zu glauben, Bohemund könne uns unmöglich zuvorkommen; wir würden Anavarza lange vor dem gierigen Fürsten und seinem Heer erreichen, beteuerte der alte Händler immer wieder. An Zeit schien es nun nicht mehr zu mangeln.

Gegen Abend erschienen Delfine vor dem Bug und schwammen mit uns. Sydoni genoss es, sie zu beobachten, und angezogen von ihrer Fröhlichkeit gesellte ich mich zu ihr an die Reling.

»Es heißt, Delfine seien ungezogene Kinder, die Neptun vom Ufer aus verspottet hätten«, erzählte mir Sydoni. »In seinem Zorn soll der Meeresgott dann eine große Woge heraufbeschworen haben, um sie zu ertränken, doch der alte Nereus brachte es nicht über sich, sie zu töten, und so verwandelte er sie stattdessen in Fische.«

»Diese Geschichte habe ich noch nie gehört«, sagte ich. »Aber wenn ich sie jetzt so in den Wellen spielen sehe, kann ich sie gut glauben.«

Wir beobachteten die schlanken dunklen Gestalten, wie sie aus den Wellen sprangen, wieder eintauchten, mit ihren Flossen die Wasseroberfläche durchschnitten und Spuren aus weißem Schaum im Meer hinterließen. Auf dem Deck hinter uns hatten die Seeleute ein kleines Kohlebecken entzündet, denn es ging allmählich auf die Nacht zu, und der Duft gebratenen Fischs stieg uns in die Nase.

»Ich liebe das Meer«, erklärte Sydoni und legte ihr Kinn in die Hand. »Mein halbes Leben habe ich auf Schiffen verbracht.«

»Und Jordanus?«, fragte ich, weil der wackere, alte Händler kurz nach unserer Abfahrt unter Deck gegangen war und seitdem nicht ein einziges Mal den Kopf herausgesteckt hatte.

»Er ist der schlimmste Seemann der Welt«, antwortete Sydoni vergnügt. »Schon bei der kleinsten Welle wird mein armer Vater grün und geht unter Deck.«

»Das muss ärgerlich sein für einen Mann, der seinen Lebensunterhalt vornehmlich an Bord eines Schiffes verdient.«

Sydoni blickte mich einen Augenblick lang an. Ihr schwarzes Haar glitzerte im Licht der untergehenden Sonne, und ihre dunkle Haut wirkte im Abendrot wie glühende Bronze. »Ja«, bestätigte sie mir mit leiser Stimme.

Noch während sie es sagte, wusste ich, dass sie mir eigentlich etwas anderes hatte sagen wollen, etwas Persönlicheres, doch im letzten Augenblick hatte sie sich anders entschieden. Schweigen trat zwischen uns, und ich glaubte schon, sie würde nicht mehr mit mir reden wollen.

Die Delfine sprangen ein letztes Mal aus dem Wasser und verschwanden dann inmitten der dunklen Wogen, doch Sydoni schien es nicht zu bemerken. Nachdenklich blickte sie weiter auf die Wellen hinaus. »Ich möchte Euch dafür danken, dass Ihr meinen Vater gerettet habt.«

Ich öffnete den Mund, um ihr zu widersprechen, aber dann sah ich, dass sie es ernst meinte. »Musste er denn gerettet werden?«, fragte ich.

Sie blickte zum Horizont hinaus. »Er starb in diesem Haus.« Die Art, wie sie sprach, erweckte den Eindruck, als hätten sie in einem Gefängnis gelebt. »Er hatte kein Interesse mehr am Handel, am Essen, ja noch nicht einmal am Leben selbst … Ihr habt ja gesehen, wie er war.«

»Ich sehe, dass er sich verändert hat«, bestätigte ich ihr. »Für uns ist er zu einem wahren Löwen geworden.«

»Ja, und dafür bin ich Euch dankbar.«

»Gute Frau, ich habe nichts getan. Euer Vater interessiert sich für unsere Angelegenheiten aus seinen eigenen Gründen, und deshalb hat er auch beschlossen, uns zu helfen. Glaubt mir: Ich bin derjenige, der dankbar sein sollte … und das bin ich auch.«

»Ich erwarte nicht, dass Ihr mich versteht«, sagte Sydoni steif und trat von der Reling weg.

In dieser Nacht saßen wir auf dem breiten, leeren Deck und aßen flaches Brot und in Olivenöl gebratenen Fisch, gewürzt mit Salz und getrockneten Kräutern. Langsam stieg der Mond in den klaren Himmel empor und erhellte die See. Nachdem sie ihr Mahl beendet hatte, stieg Sydoni sofort unter Deck, um ihrem Vater etwas zu essen zu bringen. Padraig, Roupen und ich blieben sitzen und unterhielten uns mit den Seeleuten, die alle drei schon oft ins Heilige Land gesegelt waren.

Nachdem die anderen zu Bett gegangen waren, beschloss ich, noch ein wenig auf Deck spazieren zu gehen, bevor auch ich mich schlafen legte. Ich schlenderte an der Reling entlang, und der Frieden der Nacht erfüllte meine Seele. Im Stillen betete ich für die Familie, die ich zu Hause zurückgelassen hatte, und für ein schnelles, erfolgreiches Ende meiner Reise. Derart in Gedanken versunken bemerkte ich nicht, dass ich nicht länger allein war. Schließlich hörte ich aber doch leise Schritte neben mir. Ich drehte mich um und sah, dass Sydoni mich beobachtete. »Es tut mir Leid, dass ich Euch gestört habe«, sagte sie leise, doch keineswegs zaghaft und trat näher.

»Ihr habt mich nicht gestört.«

»Eine schöne Nacht«, bemerkte sie und blickte in den Himmel hinauf. »Ich konnte noch nie schlafen, wenn der Mond so hell scheint und die Luft so warm ist. Oft sitze ich die ganze Nacht irgendwo allein und betrachte die Sterne.«

»Daheim habe ich oft das Gleiche getan.«

Den Blick noch immer nach oben gerichtet fragte sie: »Ist es schön dort, wo Ihr lebt?«

»Es ist ganz anders als hier«, antwortete ich, »und ich könnte mir denken, dass es sich sogar noch mehr von Eurer Heimat in Ägypten unterscheidet.«

Sydoni lächelte, und ihre Zähne funkelten weiß in der Dunkelheit. »Nicht alle Kopten sind am Nil geboren. Ich zum Beispiel habe nie in Ägypten gelebt – ebenso wenig wie mein Vater.«

»Aber ich dachte …«

»Ich bin in Damaskus aufgewachsen«, erklärte sie. »Bestimmt hätte ich mein ganzes Leben dort verbracht. Es ist eine wunderbare Stadt … oder zumindest war sie das. Ich war dort sehr glücklich.«

»Warum habt Ihr sie verlassen?«

»Wir waren gezwungen zu fliehen«, antwortete sie, und ihre Stimme nahm einen leicht düsteren Tonfall an, »und wir waren nicht die Einzigen. Dreitausend Christen sind an jenem Tag aus ihren Häusern vertrieben worden. Wir hatten mehr Glück als die meisten. Viele verloren alles … einschließlich ihres Lebens. Uns nahm man nur das meiste Gold und Silber ab, doch von dem Rest gestattete man uns, so viel mitzunehmen, wie wir tragen konnten.«

»War das wegen des Kreuzzugs?«, fragte ich.

Sydoni schüttelte den Kopf. »Nein, es war wegen der *Fedai'in.*«

Das Wort verwirrte mich. »Was ist ein Fedai'in?«

»*Die* Fedai'in. Einzeln heißen sie nur Fedai«, berichtigte sie mich. »Habt Ihr noch nie von Ihnen gehört?«

»Nein«, antwortete ich, »aber ich bin ja auch noch nicht lange im Orient.«

»Ich wünschte, *ich* hätte auch noch nie von ihnen gehört. Es sind widerwärtige, hassenswerte Mörder«, erwiderte sie voller

Abscheu in der Stimme. »Manche nennen sie Batinis – ›jene, die einem geheimen Glauben anhängen‹. Sie sind der Grund, warum man uns gezwungen hat, Damaskus zu verlassen.«

Als fürchte sie, schon zu viel gesagt zu haben, schwieg sie plötzlich. Ich versuchte, sie zum Weiterreden zu bewegen, doch sie sagte, sie wäre müde, und kurz darauf ging sie wieder hinunter und überließ mich der Nacht und den Sternen.

Am nächsten Tag ließen weder sie noch ihr Vater sich bis zum Mittag an Deck sehen. Padraig und ich verbrachten den Morgen mit Fischen, und tatsächlich fingen wir auch genug, dass es für das Abendessen reichte. Ich erzählte dem Priester, was Sydoni mir in der Nacht zuvor gesagt hatte, und fragte ihn, ob er je von den Fedai'in gehört hatte. Doch auch Padraig konnte mit dem Namen nichts anfangen, und so fragten wir Roupen.

»Wo habt ihr diesen Namen gehört?« Sein Blick huschte hierhin und dorthin, als fürchte er, jemand verstecke sich hinter dem Mast und würde sich jeden Augenblick auf uns stürzen.

»Sydoni hat mir von ihnen erzählt«, antwortete ich. »Sie sagte, sie wären der Grund dafür, warum man sie und ihren Vater aus Damaskus vertrieben hat. Sie sagte, außer ihnen hätten noch dreitausend andere Christen an diesem Tag die Stadt verlassen müssen.«

Der junge Fürstensohn zuckte mit den Schultern. »Das überrascht mich nicht. Solche Dinge geschehen nun mal … besonders wenn die Fedai'in damit zu tun haben.«

»Aber wer sind sie?«, hakte Padraig nach.

»Fedai'in bedeutet ›jene, die ihrem Leben …‹«, er suchte nach einem geeigneten Wort, »›… die ihrem Leben *entsagt* haben‹ … Sie haben ihr Leben geopfert, wenn ihr so wollt.«

»Sydoni hat gesagt, sie hingen einem geheimen Glauben an«, warf ich ein.

Roupen nickte. »Das ist der Grund, warum niemand etwas Genaueres über sie weiß. Sie sind sehr geheimnisvoll. Ich habe sogar gehört, dass sie sich lieber selber umbringen, als sich vom Feind gefangen nehmen zu lassen. Wenn sie im Kampf für Gott sterben, kommen sie augenblicklich ins Paradies. Zumindest«, erneut zuckte er mit den Schultern, »ist es das, was sie glauben.«

In just diesem Augenblick rief einer der Seeleute: »Land in Sicht!« Kurz darauf erschien Jordanus an Deck. Der alte Händler schlurfte zur Reling, hielt sich mit beiden Händen daran fest und blickte mit zusammengekniffenen Augen ins Sonnenlicht hinaus.

Wir drei gesellten uns zu ihm, und ich sagte Jordanus, dass es uns freuen würde, ihn endlich hier oben zu sehen. »Die Luft wird Euch gut tun«, fügte Padraig hinzu.

Der alte Kaufmann blickte über das Wasser hinweg zu dem dunstigen dunklen Streifen in der Ferne, der eine Hügelkette darstellte. »Seit wir Damaskus verlassen haben, habe ich keinen Fuß mehr auf das Festland gesetzt«, verriet er uns. »Und ich hätte nicht gedacht, dass ich es jemals wieder tun würde.«

»Sydoni hat mir von Eurem Schicksal erzählt«, sagte ich.

Traurig blickte er mich mit trüben Augen an. »Hat sie das?«, fragte er zweifelnd. »Das erstaunt mich.« Er wandte sich wieder von mir ab. »Das ist das erste Mal, dass sie überhaupt mit jemandem darüber gesprochen hat.«

Wir erreichten das Festland kurz nach Einbruch der Dunkelheit, blieben die Nacht über auf dem Meer und setzten am nächsten Morgen unseren Weg die Küste entlang fort. Die Sonne war noch nicht weit den bleichen, wolkenlosen Himmel emporgewandert, da sichtete der Steuermann die Flussmündung, und während das Schiff hineinfuhr, hatten Padraig und ich alle Hände voll mit Tauen, Segeln und dergleichen zu tun. Als ich dann schließlich Gelegenheit hatte, mich umzuschauen, sah ich eine breite, flache Trichtermündung zwischen zwei steilen Ufern.

Auf der rechten Seite des Flusses lag das Dorf Marionis, dessen dicht aneinander stehende, weiß getünchte Häuser mit ihren blauen Kuppeldächern im Sonnenlicht strahlten. Als sie sahen, dass das Schiff anlegen würde, sprangen einige Dorfbewohner in kleine Boote und ruderten uns entgegen; die ersten dieser unternehmenslustigen Seelen machten schon bald schreiend auf sich aufmerksam. Jordanus heuerte zwei robuste Boote an, um uns an Land zu bringen, und kurz darauf standen wir bereits auf dem kleinen Marktplatz und feilschten um ein paar Hammelkeulen.

Das Feilschen schien dem alten Händler wahrlich im Blut zu liegen. Er genoss das Hin und Her des Handels mit einer Leidenschaft, wie ich sie nur selten bei Männern gesehen hatte, die nur halb so alt waren wie er. Das Handeln ging auf Griechisch vonstatten, und schon bald bemerkte ich, dass Jordanus zwar stets einen glaubwürdigen Gesichtsausdruck bewahrte, doch jedes Mal handelte er einen Preis aus, der ein klein wenig über dem lag, was er mit etwas mehr Beharrlichkeit hätte erreichen können.

»Das hier sind zum größten Teil Bauern und Ziegenhirten und keine wohlhabenden Kaufleute«, erklärte er, als ich ihn später danach fragte. »Das Leben in den Dörfern ist hart. Wenn ich ihnen etwas mehr gebe, werden sie mit Freude im Herzen nach Hause gehen, und wenn sie heute Abend beten, werden sie für mich bitten. Ich bin ein reicher Mann. Ich brauche alle Gebete, die ich bekommen kann.« Er lächelte mit sichtlicher Freude. »Außerdem wissen wir nicht, ob wir nicht vielleicht auf diesem Weg wieder zurückkehren müssen. Wenn wir jetzt ein wenig guten Willen säen, wer weiß, was wir dann morgen ernten werden?«

Gegen Mittag hatte er alle Besorgungen erledigt und stand zufrieden vor einem Berg von Vorräten: große runde Brote, mehrere Tonkrüge mit gesalzenen Oliven, eine schwere Hammelkeule, Scheiben von getrocknetem Fleisch und Fisch, vier lebende Hühner, die man an den Füßen zu Paaren gebunden hatte, zwei Säcke Mehl und zwei Krüge Öl, runde Töpfe mit weichem Ziegenkäse, mehrere Bünde Knoblauch und verschiedene Wurzelgemüse, die ich noch nie zuvor gesehen hatte. Und da war auch Wein – nicht weniger als fünf große Krüge in geflochtenen Körben.

Auf Jordanus' Anweisung hin schnappten sich die Dorfjungen die Krüge, Körbe und den ganzen Rest und trugen sie zum Fluss hinunter. Padraig und ich standen am Ufer und beobachteten die lange Reihe von Trägern, die unsere Waren vom Dorfplatz den schlammigen Hang hinab zu den beiden Booten brachten.

Nachdem die Arbeit erledigt war, gab der alte Händler jedem der Jungen ein Silberstück, und die Kinder rannten freudig jubelnd zurück nach Hause. Wir gingen zu Jordanus und Roupen, die bei den Booten standen. »Mamistra liegt zwei Tage den Fluss hinauf«, erklärte Jordanus gerade, als wir uns ihnen näherten, »um diese Jahreszeit vielleicht auch drei. Es ist schon lange her, seit ich zum letzten Mal dort gewesen bin. Ich kenne da einen

Mann, der mit Pferden und Lasttieren handelt. Er wird uns einen guten Preis machen … wenn er denn noch in Mamistra lebt.«

»Anavarza liegt dann noch einmal zehn Tagesreisen entfernt«, schätzte Roupen. »Wir werden niemals rechtzeitig dort ankommen.« Seit wir Zypern verlassen hatten, war er immer unruhiger geworden. Seine ohnehin schon blasse Haut war noch fahler geworden – falls das denn überhaupt möglich war. Ich wusste, dass er so rasch wie möglich nach Hause zurückkehren wollte, um sein Volk vor Bohemunds Angriff zu warnen; das war nichts Neues, doch inzwischen war dem jungen Fürstensohn die Belastung deutlich anzumerken.

Jordanus blickte zu den kahlen braunen Hügeln hinter dem Dorf empor und tippte sich mit dem Finger an die Unterlippe. Einen Augenblick lang dachte er nach; dann sagte er: »Ein Heer kann nur so schnell marschieren wie sein Fußvolk. Wir sind gut weggekommen; selbst wenn sie den ganzen Weg rennen, könnten sie uns nicht mehr einholen. Habt keine Angst; wir werden Anavarza lange vor Bohemund erreichen.«

Roupen schien nicht davon überzeugt zu sein. Mit grimmigem Gesichtsausdruck stieg er ins Boot und setzte sich; er wollte die Reise so schnell wie möglich fortsetzen. Der Rest der Vorräte war rasch verstaut, und wir waren bereit abzulegen. »Es fehlt jemand«, sagte Padraig und zählte die Köpfe. »Wo ist Sydoni?«

»Sie war noch auf dem Markt, als wir gegangen sind«, erinnerte ich mich und bot an, sie holen zu gehen. Also eilte ich den Hügel hinauf zum Dorf zurück, lief zwischen den Häusern hindurch auf den Marktplatz. Sydoni war nirgends zu sehen, doch drei der Jungen, die uns beim Transport der Waren geholfen hatten, standen vor einem Haus und blickten durch die offene Tür hinein.

Ich ging zu dem Haus, um ebenfalls einen Blick hineinzuwerfen. Ich sah einen kahlen Raum mit einem sauberen Boden aus fest gestampfter Erde und einen einsamen Tisch an der Wand. Sydoni stand in der Mitte des Raums und hielt sich ein Stück Stoff an den Leib, während eine andere Frau es hier und da in die

Höhe hob und feststeckte. Eine dritte Frau, vielleicht die Mutter der ersten, hockte in einer dunklen Ecke und gab Anweisungen … und alle drei schnatterten munter auf Griechisch miteinander und schienen alles um sich herum vergessen zu haben.

Ich klopfte an den Türpfosten. Sydoni blickte auf, sah mich und lächelte. Es war ein Lächeln des Erkennens und des Willkommens, doch auch eines des überlegenen, unangreifbaren Selbstvertrauens. Hier war eine Frau, die sich ihrer selbst sicher war, eine Frau in ihrer Welt, der es nicht im Geringsten etwas ausmachte, mir einen Blick da hinein zu gewähren.

»Die Vorräte sind verstaut, und wir sind bereit aufzubrechen«, sagte ich ihr.

»Einen Augenblick noch«, erwiderte Sydoni und wandte sich wieder dem Stoff zu. Dann beachtete sie mich nicht mehr, bis alles erledigt war. Schließlich reichte sie der Frau den Stoff, die ihn sorgfältig faltete, zusammenband und auf ein leeres Wandregal legte. Zu guter Letzt reichte die Frau Sydoni etwas, das ein paar Weidenruten zu sein schienen, die man in ein Stück groben weißen Stoffs eingewickelt hatte.

Sydoni verabschiedete sich. Die beiden Frauen folgten ihr hinaus und wünschten ihr Lebewohl, wobei jede sie auf beide Wangen küsste. Als wir uns dann auf den Weg über den Platz machten, rief eine der Frauen einem Mädchen etwas zu, das vor dem Haus gewartet hatte. Das Kind folgte uns, begleitet von einer Freundin. »Mir scheint, wir haben eine Eskorte«, bemerkte ich. Als Sydoni nicht darauf antwortete, deutete ich auf das Bündel in ihrer Hand. »Was habt Ihr da?«

»Oh, das hier?«, erwiderte sie geistesabwesend. »Schaut her.«

Sie zog an dem zurechtgeschnitzten Ende einer Rute und schüttelte sie leicht, woraufhin ein hölzerner Ring zum Vorschein kam, der bis jetzt unter dem Stoff verborgen gewesen war. Sydoni packte den Ring und schob ihn die Rute hoch, und dann geschah etwas äußerst Bemerkenswertes: Der dünne Stoff breitete sich zu einer großen runden Scheibe aus und spannte sich über ein kompliziertes

Gitterwerk aus gespaltenen Weidenruten. Schließlich befestigte Sydoni den Ring irgendwie, und der Stoff blieb gespannt.

»Was ist das?«, fragte ich verwundert und betrachtete den seltsamen Gegenstand.

Als Sydoni meinen verwirrten Gesichtsausdruck sah, lachte sie lauthals auf. Das Geräusch war purer Zauber: Es war ein warmes, weibliches Geräusch voller Freude, das zwar ein wenig überlegen klang, doch frei von jeglichem Spott. »Habt Ihr noch nie einen Sonnenschirm gesehen?«, fragte sie lachend.

»Ein Sonnenschirm«, wiederholte ich, glücklich darüber, sie durch meine Dummheit fröhlich gestimmt zu haben. »Nennt man das so? Einen Sonnenschirm?«

Noch immer lachend fragte sie: »Was benutzen denn die Frauen in Eurer Heimat, wenn sie über Land reisen?«

»Nichts«, antwortete ich.

»Aber wie«, verlangte sie ungläubig zu wissen, »schützen sie sich denn vor der heißen Sonne, um nicht vorzeitig zu altern?«

»Bei uns scheint die Sonne so selten«, erklärte ich, »dass die Menschen sie willkommen heißen, wenn sie denn einmal am Himmel steht, anstatt sich zu verstecken.«

»Wollt Ihr mir damit etwa sagen, dass die Sonne bei Euch niemals scheint?« Sie blickte mich von der Seite her an. »Ich glaube Euch nicht.«

»Es ist aber so«, beharrte ich auf meiner Aussage. »Wenn die Männer und Frauen von Schottland einmal die Sonne sehen, ist das ein Grund zum Feiern. Niemand käme auf den Gedanken, sich vor ihrer Wärme und ihrem Licht zu schützen.«

»Dann hoffe ich, niemals dorthin zu kommen«, erwiderte Sydoni voller Leidenschaft. »Dieses Schottland scheint mir ein wirklich düsterer und trostloser Ort zu sein.«

Unerklärlicherweise versetzten mir ihre Worte einen Stich. Ich bedauerte, über mein Heimatland auf eine Art und Weise gesprochen zu haben, die Sydonis Verachtung hervorgerufen hatte. »Wie benutzt man diesen … diesen Sonnenschirm?«, fragte ich.

»So«, antwortete sie und legte sich die Rute über die Schulter. Ihr Gesicht, ihr Hals und ihre Schultern lagen nun im Schatten des gespannten runden Tuchs. »Seht Ihr?«

»Das ist sehr schlau«, musste ich gestehen. »Aber warum tragt Ihr nicht einfach einen Hut?«

Seit ich nach Outremer gekommen war, hatte ich viele breitkrempige Hüte gesehen, die zumeist aus geflochtenem Stroh bestanden. Diese schienen mir weit geeigneter zu sein, den Träger vor der glühend heißen Sonne zu schützen als dieser so genannte Schirm. »*Bauern* tragen Hüte«, erwiderte Sydoni. »Hier, versucht es einmal«, sagte sie und reichte mir das Ding.

Ich nahm es und legte es mir genau wie Sydoni über die Schulter. Der Anblick eines fremden Mannes mit einem Sonnenschirm schien für unsere junge Eskorte jedoch ausgesprochen belustigend zu sein, denn die beiden Mädchen begannen augenblicklich laut zu kichern und hörten auch nicht mehr damit auf. Ich gab Sydoni das Ding zurück, die es sich wieder auf die Schulter legte, die Stoffscheibe wie ein Rad drehte und fröhlich vor sich hin summte. Zum zweiten Mal innerhalb kurzer Zeit genoss ich nun ihre fröhliche Gesellschaft und die damit verbundene unerwartete Vertrautheit zwischen uns.

Als wir schließlich die Boote erreichten, berichtete Sydoni ihrem Vater, dass sie bei einer der Dorffrauen einen Umhang in Auftrag gegeben hatte, und sie bat ihn, das Geld dafür einem der Mädchen zu geben, das es dann seiner Mutter übergeben würde. Jordanus zählte ein paar Silbermünzen in die Hand des Mädchens. »Und auch noch etwas für den Sonnenschirm«, sagte Sydoni und legte selbst noch ein paar Silberstücke drauf.

Dann kletterten wir unter den wachsamen Blicken der Einwohner von Marionis in die Boote und begannen die langsame, ruhige Reise den Fluss hinauf nach Mamistra. Padraig und ich teilten uns das Rudern mit den beiden Männern aus dem Dorf; waren sie müde, lösten wir sie ab und umgekehrt. Auf diese Art arbeiteten wir uns den gewundenen Fluss hinauf. Die erste Nacht verbrachten wir auf einer Kiesbank mitten im Fluss, nur der Sternenhimmel lag über uns.

Die zweite Nacht lagerten wir in einem Olivenhain am Ufer, und als die Sonne am dritten Tag unterging, erreichten wir Mamistra. Während Padraig und Roupen den beiden Dörflern halfen, das Boot zu entladen, gingen Jordanus und ich am nächsten Morgen in die Stadt, um den Pferdehändler zu suchen, von dem der alte Kaufmann uns erzählt hatte.

Auf dem Weg hielten wir einen Bauern an, der ein Ferkel unter dem Arm trug, und fragten ihn, ob er jemanden kenne, der Pferde züchte oder verkaufe. Der Bauer kniff die Augen zusammen, rieb sich das stoppelige Kinn, nahm das Ferkel von einem Arm in den anderen und antwortete schließlich, dass er vielleicht schon mal von solch einem Mann gehört habe. Als Jordanus ihm einen Silberdinar für seine Mühen gab, verzog der Bauer seinen zahnlosen Mund zu einem Grinsen und erklärte, dass er sich nun erinnere und dass der Mann, den wir suchten, Nurmal heiße.

»Ja! Das ist genau der Mann, den ich zu finden hoffte. Wo wohnt er?«

»Das kann ich nicht sagen«, antwortete der Bauer. »Falls ich jemals gewusst haben sollte, wo er wohnt, dann habe ich es jetzt vergessen.«

Jordanus nahm zwei weitere Dinar aus seiner Börse und legte sie dem Bauern in die raue Hand. »Hilft das deinem Gedächtnis vielleicht ein wenig?«

»Nein, Herr«, erwiderte der Bauer und blickte traurig auf die Silbermünzen. »Ich weiß noch immer nicht, wo er wohnt; doch ich weiß, wo Ihr ihn finden könnt.«

»Dann sag's mir«, forderte Jordanus, »und du kannst das Silber behalten.«

»Dort drüben gibt es eine Mühle …«, sagte der Bauer und deutete auf eine Anhöhe hinter der Stadt, die von einer Windmühle gekrönt wurde. »An Markttagen kauft er dort Korn und Futter«, er drehte sich wieder zu uns um, »und heute ist Markt.«

Wir dankten dem zahnlosen Gesellen und entließen ihn, damit er seinen neu gewonnenen Reichtum genießen konnte. Die Mühle war weiter entfernt, als es zunächst den Anschein gehabt hatte, und es dauerte eine Weile, bis wir den langen, felsigen Hang hinaufgestiegen waren. Erst als wir den Gipfel erreichten, bemerkten wir, dass von der anderen Seite eine Straße hinaufführte. Wir entdeckten einen Ziegenpfad, dem wir folgten, um uns der Mühle von hinten zu nähern. Der Müller war ein bärbeißiger Mann, der nur wenig Worte machte, doch Jordanus' Silber löste ihm die Zunge, und wir erfuhren, dass Nurmal heute noch nicht hier gewesen sei, aber sicherlich im Laufe des Tages noch vorbeikommen würde.

»Ich werde hier auf Nurmal warten«, erbot sich Jordanus. »Ihr könnt zurückgehen und den anderen sagen, dass wir unseren Mann gefunden haben. Nurmal und ich werden zu Euch an den Fluss hinunterkommen.«

Es gefiel mir nicht, den alten Händler hier oben allein zu lassen, doch als ich den Hof verließ, brachte ihm die Müllersfrau bereits eine Schüssel Milch. Also ließ ich ihn im Schatten der Mühle zurück, wo er an seiner kalten Milch zu nippen begann; so sorglos hatte ich ihn noch nie gesehen.

Padraig und die Bootsleute hatten unsere Vorräte entladen und unter einen Baum gebracht. Bei meiner Rückkehr hatten die Boote sogar bereits wieder abgelegt, und Padraig hatte ein kleines Feuer am Ufer entfacht und kochte uns etwas zu essen. Sydoni schlief im Schatten des Baums, und Roupen saß nicht weit entfernt auf einem Felsen; er hatte die Knie unters Kinn gezogen und blickte verzweifelt auf das wirbelnde braune Wasser hinaus.

»Alles in Ordnung«, sagte ich und setzte mich neben ihn. »Wir kommen gut voran. Du wirst sehen: Wir *werden* Anavarza lange vor Bohemund und seinem Heer erreichen.«

»Das ist egal«, murmelte er, ohne den Blick vom Fluss zu wenden. »In ganz Armenien gibt es nicht genug Soldaten, um die Kreuzfahrer zurückzuschlagen. Sie werden uns wie Vieh abschlachten.«

»Roupen«, sagte ich nach kurzem Schweigen, »wir werden tun, was wir können. Was den Rest betrifft, vertrau auf Gott.« Um ihn zu trösten, legte ich ihm die Hand auf die Schulter. »Hoffe und bete.«

»*Du* hoffst«, knurrte er und stieß meine Hand beiseite, »und *du* betest.«

Ich überließ ihn seiner Verzweiflung und ging zu Padraig, um ihm beim Kochen zu helfen. Wir aßen und dösten anschließend ein wenig, während der Tag immer heißer wurde und die Luft vor Hitze waberte. Schließlich machte sich die Sonne jedoch an den Abstieg hinter die staubigen, kahlen Hügel jenseits von Mamistra. Padraig und ich sprachen gerade darüber, ob wir zur Mühle zurückgehen und nach Jordanus suchen sollten, als wir das Wiehern eines Pferdes hörten, und tatsächlich kam da der alte Händler den Pfad zur Stadt hinunter. Er ritt auf einem strahlend weißen Hengst, neben sich einen Mann auf einem Rappen. Ihnen folgten noch zwei weitere Reiter, die jeweils noch ein Pferd am Zügel führten.

Am Ufer hielten sie an, und während die beiden Männer die Pferde ans Wasser führten, stellte uns Jordanus Nurmal vor, einen freundlichen, graziösen alten Mann mit weißem Haar und einer Haut so braun, dass sie an Leder erinnerte. Er trug das seidene Gewand eines arabischen Herrschers, und als er sprach, zitterte sein langer weißer Schnurrbart vor lauter Aufregung.

»Was haltet Ihr von meinen Pferden?«, fragte Nurmal, nachdem ihm alle vorgestellt worden waren.

»Sie sind wunderbar«, antwortete ich. »In Schottland besitzen noch nicht einmal die Könige solch edle Rösser.«

»Das überrascht mich nicht. Hier sind sie allerdings recht häufig«, erklärte Nurmal bescheiden. »Die Araber schätzen ihre Pferde sehr, und sie züchten die besten der Welt. Jordanus und ich, wir sind uns bereits handelseinig geworden. Ihr müsst Euch nur noch welche aussuchen.« Er deutete auf die Pferde und lud uns ein, sie näher zu betrachten.

»Ich werde mit jedem von ihnen zufrieden sein – dessen bin ich sicher«, bemerkte ich beiläufig.

»Dann seid Ihr sehr leicht zufrieden zu stellen«, erwiderte Nurmal. »Aber so einfach ist das nicht. Jeder Mann, der Leib und Leben seinem Reittier anvertrauen will, ist gut beraten, sich bei der Wahl ein wenig Zeit zu lassen.«

Also trat ich näher und musterte die Tiere gründlich. Allesamt besaßen sie lange, schlanke Beine und hielten die Köpfe stolz erhoben; ihre Mähnen und Schweife waren voll und lang, ihre Hälse stark und schön geschwungen. Ich strich mit der Hand über ihr glänzendes Fell, und ich spürte förmlich die Kraft dieser mächtigen Schultern. Vor meinem geistigen Auge sah ich mich bereits übers Land fliegen.

Es waren wunderbare Kreaturen, und meine bescheidenen Kenntnisse reichten bei weitem nicht aus, sie zu beurteilen; abgesehen von der Fellfarbe unterschieden sie sich in nichts, was ich erkennen konnte. Also wählte ich einen Apfelschimmel, weil seine Farbe mich an den Nebel über den Mooren meiner Heimat erinnerte.

Auch die anderen suchten sich ein Tier aus, woraufhin Nurmal verkündete: »Nun denn, meine Freunde. Jetzt werden wir erst einmal zu mir nach Hause reiten, wo Ihr die Nacht verbringen werdet. Lasst uns gemeinsam zu Abend essen, und morgen werden wir uns auf den Weg nach Anavarza machen.«

»Wollt Ihr damit etwa sagen, dass Ihr uns begleiten wollt?«, fragte Roupen, der von dem Gedanken nicht sonderlich angetan zu sein schien.

»In der Tat, Herr. Ihr braucht einen Führer, und ich muss nach meinen Pferden sehen, nicht wahr?« Nurmals Lächeln war breit und freundlich.

»Vertraut diesem Mann, wie Ihr mir vertrauen würdet«, sagte Jordanus. »Ich habe ihm bereits gesagt, wie eilig Ihr es habt und dass Ihr so unauffällig wie möglich reisen müsst.«

»Deshalb ist es auch besser, wenn Ihr die Nacht bei mir verbringt und nicht in der Stadt«, erklärte Nurmal.

Misstrauisch runzelte Roupen die Stirn.

»Zumindest kommen wir so schneller voran«, sagte ich ihm, »und noch dazu auf recht angenehme Art.«

Welche Bedenken der junge Fürstensohn auch immer gehabt haben mochte, sie waren rasch zerstreut, als wir uns auf die edlen Rösser schwangen: Mutig, klug und gehorsam in ihrer Art war es eine wahre Freude, sie zu reiten. Es war schon einige Zeit her, seit ich zum letzten Mal auf dem Rücken eines Pferdes gesessen hatte. Aber noch nie bin ich auf einem geritten, das auch nur halb so gut auf meine Befehle ansprach und so erstaunlich gut erzogen war.

Wir ritten über die alte Straße, die hinter die Stadt und in die stillen Hügel führte. Die Luft war kühl und erfüllt vom Duft der Pferde. Langsam wurde es dunkel, und der Mond erschien am Himmel. Wir ritten weiter und waren zufrieden damit, zu schweigen, während wir das dunkle Land durchquerten und immer höher in die rauen, leeren Hügel stiegen. Schließlich erreichten wir in einem flachen Tal eine große, ummauerte Villa, die von Schuppen und Ställen umgeben war.

Wir stiegen ab, und Nurmal hieß uns mit den Worten willkommen: »Morgen steht uns eine schwere Reise bevor. Doch heute Nacht«, er lächelte, und seine Zähne leuchteten weiß in der Dunkelheit, »heute Nacht werden wir speisen und schlafen wie die Könige. Kommt, die Tafel ist bereitet. Es wird Euch an nichts mangeln, meine Freunde.«

So betraten wir dieses Haus der Großzügigkeit und Freundlichkeit, und im Laufe eines einfachen, bekömmlichen Mahls wurden wir alle zu Herrschern eines großen Reiches, und als wir uns wieder von der Tafel erhoben, waren wir erfrischt, gut genährt und bereit für die vor uns liegende Reise. Als wir schließlich zu Bett gingen, vertraute Padraig mir an: »Wenn Gastfreundschaft der Weg zur Erlösung wäre, dann bezweifle ich nicht, dass wir Nurmal von Mamistra zu Gottes Rechter finden würden, wenn die Engel uns dereinst an die himmlische Tafel führen.«

»Amen«, erwiderte ich glücklich. »Mit Nurmal an seiner Seite könnte Gott sich keinen besseren Tischgenossen wünschen.«

Es war noch dunkel, als wir das heimelige Haus verließen. Bei Sonnenaufgang hielten wir für den ersten Schluck Wasser eines langen, heißen Tages an. Der Nachthimmel wurde zunächst milchig grau, dann gelb und schließlich blau. Als dann die ersten Sonnenstrahlen in die Täler drangen und einzelne Hügel in der dunklen, gebirgigen Masse um uns herum zu erkennen waren, spürten wir die Hitze, die sich in Wellen über das Land ergoss. Sofort schwangen wir uns wieder in die Sättel, um so weit wie möglich vorwärts zu kommen, bis die Hitze uns zwingen würde, anzuhalten und auf den Sonnenuntergang zu warten.

Während des Ritts dachte ich an all jene, die ich in Schottland zurückgelassen hatte – an meine Mutter und meinen Vater, an Abt Emlyn und an alle anderen –, und ich dachte natürlich auch an dich, liebste Cait; an dich dachte ich vor allem. Ich wusste, dass Murdo und Ragna gut auf dich Acht geben würden – besser vermutlich, als ich es hätte tun können, wäre ich dort gewesen. Dennoch plagten mich Schuldgefühle, weil ich dich verlassen hatte, und ich wünschte, ich wäre ein Adler oder eine Möwe, um über das Meer zu fliegen und zu sehen, womit du dir gerade die Zeit vertriebest. Dir galten alle meine Gedanken, und ich versuchte mir vorzustellen, wie sehr du wohl gewachsen warst, seit ich dich zum letzten Mal gesehen hatte. Und dann, mein Herz, bat ich den Hohen König des Himmels, drei Engel zu senden, auf dass sie bis zu meiner Rückkehr Tag und Nacht über dich wachen mögen.

Ja, auf dieser rauen Straße inmitten der zerklüfteten, staubigen

Hügel waren alle meine Gedanken auf die Heimkehr ausgerichtet, und ich empfand den Schmerz, den Padraig *hiraeth* nennt, die unstillbare Sehnsucht nach der Heimat. Ich spürte ihn in meinem Herzen, als hätte irgendetwas mir die Seele selbst zerrissen und als wehe nun ein kalter, bitterer Wind hindurch. Zum ersten Mal, seitdem ich Caithness verlassen hatte, wünschte ich mir, bereits wieder auf dem Heimweg zu sein.

Erst kurz nach Mittag fanden wir einen geeigneten Ort, wo wir unsere Wasservorräte auffüllen und bis zum Abend warten konnten. Die Bäume hier waren klein und stachelig; sie wirkten wie mit Dornen bedeckte Eichen, und sie waren gerade groß genug, dass ein, zwei Mann unter ihnen Platz fanden. Auch die Fliegen mochten den Ort, und sie plagten uns endlos, doch zumindest vermochten die schmalen, ledernen Blätter uns vor der Sonne zu schützen. Wir banden die Pferde an langen Leinen fest, sodass sie grasen konnten, wo immer sie etwas zu fressen fanden; dann zogen wir uns in den Schatten zurück.

Seit mehreren Tagen hatte ich schon nicht mehr unter vier Augen mit Jordanus gesprochen, doch inzwischen gingen mir einige Fragen im Kopf herum. Also setzte ich mich zu ihm unter den Baum, den er sich ausgesucht hatte. Er freute sich über meine Gesellschaft, und wir begannen zu reden. »Es gibt da etwas, das ich Euch fragen wollte, seit wir Famagusta verlassen haben«, sagte ich.

»Eine unbeantwortete Frage ist wie Zahnschmerzen; sie kann nur geheilt werden, indem man sie stellt«, erwiderte er und drehte sich zu mir um. »Was bedrückt Euch denn nun, mein Freund?«

»Warum tut Ihr das?« Er blickte mich verwirrt an, und so fügte ich hinzu: »Schiffe, Vorräte und nun Pferde … all das. Warum helft Ihr uns?«

»Ah, nun«, antwortete er. »Darf ein Mann einem Freund in der Not denn nicht mehr helfen?«

»Verzeiht mir, Jordanus, aber da muss mehr dahinter stecken.« In diesem Augenblick kam mir der Gedanke, dass *ich* vielleicht gar nicht der Freund war, von dem er sprach. »Es ist wegen de Bracineaux«, vermutete ich. »Er hat uns zu Euch geschickt, weil er wusste, dass Ihr so handeln würdet. Aber warum? Was ist da zwischen Euch, dass Ihr solches Interesse an seinen Angelegenheiten zeigt?«

Jordanus lehnte sich an den knorrigen, kleinen Stamm, legte müde den Kopf gegen die schwarze Rinde und blickte über das schmale braune Tal hinweg, das im Dunst der Mittagssonne waberte. In dem nun folgenden Schweigen tönte das Summen der Fliegen geradezu unglaublich laut. Ich beschloss, den alten Mann nicht zu drängen, sondern ihm Zeit zu lassen.

Schließlich atmete er tief durch und erklärte mit einer Stimme voller Trauer und Schwermut: »Ich tue es für meinen Sohn.«

»Ihr habt ihn schon früher erwähnt«, sagte ich und versuchte, es dem alten Mann leichter zu machen, darüber zu sprechen. »Ihr müsst ihn sehr geliebt haben.«

»Sein Name war Julian«, sagte Nurmal. Der Pferdehändler hatte den Beginn unseres Gesprächs zufällig mitgehört, und nun gesellte er sich zu uns und brachte uns einen Wasserschlauch und einen Holzbecher. »Darf ich?«

»Bitte.« Jordanus nickte, klopfte auf den Boden neben sich, und Nurmal setzte sich. »Julian war ein Mensch, der die Hoffnungen eines jeden Vaters erfüllt hätte, der auf den Fortbestand und die Ehre seines Familiennamens bedacht ist«, fuhr Jordanus in stolzem Tonfall fort. »Er war meine ganze Hoffnung und meine Freude.«

Dann beschrieb der alte Händler die unglücklichen Ereignisse während ihrer letzten Tage in Damaskus. Seiner Einschätzung nach hatte der ganze Ärger mit dem Fall von Jerusalem begonnen, der sowohl die Seldschuken als auch die Sarazenen über die Maßen entsetzt hatte. Über Nacht war alles, was bis dahin als unumstößlich gegolten hatte, zusammengebrochen; die ganze Welt schien kopfüber ins Chaos gestürzt zu sein, und aus diesem Chaos entstanden neue und manchmal gefährliche Bündnisse. Überall trafen die Herrscher der alten Ordnung Abmachungen mit jedem, der ihnen auch nur die geringste Hoffnung auf Schutz vor dieser Vielzahl neuer Gefahren versprach, von denen beinahe täglich neue auftauchten.

»In Damaskus war es nicht anders«, erzählte Jordanus. »Atabek Toghtekin hielt so lange stand, wie er konnte. In seiner Blütezeit ist er ein fähiger Herrscher gewesen, aber am Ende seiner Tage machten ihm Alter und Gesundheit schwer zu schaffen. So verbündete er sich mit den Fedai'in.«

Das Wort erregte meine Aufmerksamkeit, und ich erinnerte mich daran, was mir Sydoni und Roupen über diese finstere Sekte erzählt hatten.

Jordanus sah, dass ich den Namen kannte, und sagte: »Wie ich sehe, habt Ihr von ihnen gehört.«

»Sydoni hat sie erwähnt; sie nannte sie Mörder und erzählte mir, dass sie einem geheimen Glauben anhängen, doch sagte sie nicht, was für ein Glaube das ist.«

»Sie sind Muslime«, erklärte Jordanus, »doch solche der strengen, übereifrigen Art. Es ist ihr größter Wunsch, alle Mohammedaner im Glauben und unter einem Herrscher vereint zu sehen. Um dieses Ziel zu erreichen, tun sie alles ... Selbst vor dem Martyrium schrecken sie nicht zurück.«

»Dann sind es sehr gefährliche Männer«, bemerkte ich.

»Sie sind mörderisch«, berichtigte mich Nurmal. »Besonders wegen des Haschisch.«

»Des Haschisch?« Ich hatte das Wort noch nie zuvor gehört, und so fragte ich, was das wohl sein mochte.

»Oh, Haschisch ist ein sehr starkes Kraut, das man auf vielerlei Art verwenden kann. Die Fedai'in essen es oder rauchen die getrockneten Blätter in Pfeifen. Es ist sehr wirkungsvoll, und es macht sie so tapfer, dass es an Torheit grenzt. Unter dem Einfluss von Haschisch fürchten sie sich vor nichts«, erklärte mir Nurmal. »Das ist auch der Grund, warum manche sie Haschischin nennen. Sie selbst hassen diesen Namen.«

»Das ist wahr«, bestätigte Jordanus. »Weder der Tod hält Schrecken für sie bereit, noch das Leben danach. Sie opfern alles für ihren Glauben, denn sie halten sich für Gottes Werkzeug; sie glauben, göttliche Gerechtigkeit zu üben.«

»Indem sie ihre Feinde töten.«

»Indem sie *jeden* niedermetzeln, der sich ihren Intrigen widersetzt«, stellte Jordanus klar. »Sie sind inzwischen überall, und überall werden sie gefürchtet. Wie Gott sehen und hören sie alles, und wie Gott halten sie Gericht über die Menschen.«

»Und ihr Urteil lautet stets gleich«, fügte Nurmal hinzu. »Schuldig.«

»Ihr habt gesagt, sie seien nach Damaskus gekommen«, warf ich ein, um die Geschichte wieder zu ihrem Anfang zu führen.

»Ja, und das war das Schlimmste, was dieser bewundernswerten Stadt je widerfahren ist. Als Gegenleistung für ihre Hilfe bei der Verteidigung hatte man ihnen Zuflucht in Damaskus gewährt. Warum der alte Toghtekin sich auf diesen Handel eingelassen hat, werde ich nie verstehen. Sicherlich hat er geglaubt, es sei besser, sie im Zelt zu haben, damit sie hinauspissen konnten, als umgekehrt … Ich weiß es nicht.

Aber wie jedermann leicht hätte vorhersehen können, erwies sich diese Entscheidung als verheerend. Einmal innerhalb der Stadtmauern nisteten sich die Fedai'in überall ein – wie Parasiten. Innerhalb nur weniger Monate hatten sie das Amt des Wesirs unter Kontrolle und übten auf alles großen Einfluss aus. Toghtekin wurde zu einem Geist in seinem eigenen Palast; ungesehen und ungehört streifte er durch die Gänge und beklagte seine eigene Torheit. Aber der Schaden war schon angerichtet. Man wurde die Fedai'in einfach nicht mehr los.

Die Menschen versuchten, so gut es ging, damit zurechtzukommen. Es war unglaublich schwer, noch Handel zu treiben. Wenn den Fedai'in beispielsweise die Farbe eines Stoffs nicht gefiel, der zum Verkauf stand, dann bezeichneten sie ihn als unrein, beschlagnahmten ihn und erlegten dem Händler eine hohe

Geldbuße auf. Wenn ein Mann auf der Straße stehen blieb, um mit einer Frau zu sprechen, musste er zahlen. Wenn eine Frau hinausging, ohne ihren Kopf zu bedecken, kostete sie das einiges an Gold. Wenn sie einen Turban als zu groß oder einen Bart als zu kurz empfanden – Geld her. Und wenn jemand diese Bußen nicht bezahlen konnte, wurde er ins Verlies geworfen.

Innerhalb kürzester Zeit hatte die Hälfte der Bevölkerung Schulden, die sie nicht bezahlen konnte, und die andere Hälfte saß im Verlies.« Reumütig schüttelte Jordanus den Kopf. »Und war jemand so dumm, seine Unschuld zu beteuern, dann verschwand er einfach. Wenn man Glück hatte, fand man nachher noch den Kopf des Unglücklichen ans Stadttor genagelt. Meistens jedoch verschwanden die Betreffenden einfach nur spurlos.«

»Ich nehme an, die Christen hatten am meisten unter ihnen zu leiden«, vermutete ich.

»Das sollte man meinen«, erwiderte Jordanus. »Aber nein, die Urheber dieses Chaos waren geradezu peinlich gerecht. Sie behandelten jedermann gleich – Reich und Arm, Jung und Alt, Christen, Juden, Muslime. Jahr für Jahr wurde es schlimmer, und das nicht nur für die Händler und Geldverleiher, sondern für jeden. Guter Handel beruht nicht nur auf einem regen Warenaustausch; er lebt auch vom Fortschritt und von einer gewissen Hoffnung auf die Zukunft. Wenn diese Quellen jedoch austrocknen, verschwindet der Handel so schnell wie ein Fluss in der Wüste.«

Nurmal füllte den Becher und reichte ihn Jordanus. »Wir versuchten, es so lange zu ertragen wie nur irgend möglich«, sagte der alte Händler, leerte den Becher und gab ihn wieder zurück. »Am Ende war das jedoch unmöglich.«

»Habt Ihr Euch dann entschieden fortzugehen?«, fragte ich.

»Wäre es doch nur so gewesen«, murmelte Jordanus, »dann würde Julian noch leben.« Auf seinem Gesicht stand so viel Leid geschrieben, dass ich es nicht länger ertragen konnte und mich rasch abwandte. »Der Stolz des Menschen ist sein Untergang«, sagte er reumütig.

Als er seinen Freund derart bekümmert sah, wechselte Nurmal rasch zu einem weit weniger schmerzvollen Thema, und ich blieb nun mit mehr Fragen zurück als zu Beginn unserer Unterhaltung.

Nachdem die Hitze des Tages sich zwischen den öden Hügeln aufgelöst hatte, machten wir uns wieder auf den Weg. Ich dachte darüber nach, was Jordanus mir erzählt hatte; immer und immer wieder beschäftigte ich mich mit jedem einzelnen Bruchstück der Erzählung. Mir schien, dass Julian und sein trauriges Schicksal im Mittelpunkt des Mysteriums lagen, und da ich Zweifel hatte, ob ich aus dem Vater mehr herausbekommen würde, beschloss ich, die Schwester zu befragen. Doch in jener Nacht bekam ich nicht die Gelegenheit, unter vier Augen mit ihr zu sprechen, ebenso wenig wie am Tag darauf. Die Gelegenheit sollte erst kommen, nachdem wir weit nach Einbruch der Dunkelheit unser Lager aufgeschlagen hatten und alle anderen bereits eingeschlafen waren.

»Sydoni«, sagte ich und trat zu ihr, denn sie war als Einzige noch immer wach und saß am Lagerfeuer. »Ich würde gerne mit Euch sprechen.«

Sie blickte zu mir empor, und die Glut des Feuers tauchte ihr Gesicht in das rosige Licht der Morgendämmerung. »Setzt Euch zu mir«, forderte sie mich mit sanfter, warmer Stimme auf. Ihr langes Haar hatte sie hochgebunden, doch einige Strähnen waren dem Knoten entkommen und schlängelten sich nun um ihre Ohren und den schlanken, wohlgeformten Hals hinunter. Ich fragte mich, was es wohl für ein Gefühl wäre, diese Locken um den Finger zu wickeln …

»Ich habe Euren Vater gebeten, mir zu erzählen, was damals in Damaskus geschehen ist«, sagte ich und ließ mich neben ihr auf den Boden nieder.

»Und hat er es Euch erzählt?« Sie blickte mich mit der gleichen nervenaufreibenden Offenheit an wie bei unserem ersten Treffen im Hof der Villa. Diesmal jedoch war kein Trotz mehr in ihrem Blick zu sehen; vielmehr schien sie mich abschätzen zu wollen.

»Er hat mir tatsächlich ein wenig erzählt«, antwortete ich. »Er hat auch von Julian gesprochen.«

»Dann hat er Euch viel erzählt«, erwiderte Sydoni und drehte sich wieder zum Feuer um.

»Ich habe ihn gefragt, warum er uns hilft, und er hat geantwortet, er täte es für seinen Sohn – für Julian.«

Sydoni schien einen Augenblick lang darüber nachzudenken. »Nein«, sagte sie schließlich. »Welchen Grund er auch immer haben mag, mit Julian hat das nichts zu tun.«

»Tut er es dann vielleicht aus Stolz?«, fragte ich. Es war das Letzte, wovon ihr Vater gesprochen hatte, und ich hoffte, sie wusste, was er damit hatte sagen wollen.

»Vielleicht«, gestand sie mir zu. »Ihr müsst wissen, dass mein Vater beinahe der Statthalter von Damaskus geworden wäre.« Sie blickte kurz zu mir herüber. »Wie ich sehe, hat er Euch *das* nicht erzählt.«

Ich schüttelte den Kopf. »Nein.«

»Es ist aber wahr. Julian war dagegen. Er drängte Vater bei mehreren Gelegenheiten, die Stadt zu verlassen, doch Jordanus weigerte sich. Er hatte sich nun einmal in den Kopf gesetzt, Statthalter zu werden.«

»Er gab den Fedai'in die Schuld an allem«, bemerkte ich.

»Natürlich«, erwiderte Sydoni in einem Tonfall, als wäre das das Offensichtlichste von der Welt. »Wären sie nicht gewesen, wäre das alles nicht geschehen. *Sie* waren es, die meinen Vater als Statthalter sehen wollten.«

Das ergab keinen Sinn für mich. »Aber ich dachte, die Fedai'in seien Mohammedaner«, sagte ich, »und Jordanus hat mir erzählt, sie seien die Herrscher der Stadt gewesen.«

»Schschsch«, zischte Sydoni. »Sprecht leise, sonst weckt Ihr noch alle. Seid still, und ich werde Euch erzählen, wie es war.« Sie zog ihre langen Beine an, schlang die Arme um die Knie und starrte in die Glut, als läge dort die Vergangenheit verborgen. Dann beschrieb sie ihre letzten Tage in Damaskus.

»Der Atabek …«

»Toghtekin?«

»Ebender. Er war ein alter, kranker Mann, der mit jedem Tag schwächer wurde. Als Wesir diente ihm damals ein Mann namens al-Mazdaghani – ein ekelhafter Stiefellecker, der sich mit den Batinis verbündete. Schließlich kam der Tag, da der Atabek sich nicht mehr von seinem Bett erheben konnte. Als er sah, dass er sterben würde, gab Toghtekin den Titel an seinen Sohn Buri weiter. Die Emire stimmten dieser Entscheidung freudig zu, denn Buri hatte geschworen, die Stadt von den verhassten Fedai'in zu befreien. Und das«, erklärte Sydoni mit Leidenschaft, »war der Punkt, an dem der Ärger begann.«

Sie sprach ruhig und offen, und ich hatte Freude daran, ihr zuzuhören …

»Die Fedai'in betrachteten sich als die einzigen wahren Muslime«, fuhr Sydoni fort, »und in ihren Augen waren Buri und seine Emire gottlose Ungläubige. Während Toghtekin immer schwächer wurde, übernahm der Sohn mehr und mehr die Macht des Vaters, und schließlich unternahm er die ersten Schritte, den verhassten Kult auszurotten. Das versetzte die Fedai'in natürlich in Unruhe, zumal sie geglaubt hatten, den neuen Atabek genauso leicht kontrollieren zu können wie seinen Vater.

Je mehr Buri seine Macht ausübte, desto mehr fürchteten die Fedai'in, den einzigen Ort zu verlieren, an dem man sie je willkommen geheißen hatte. Schon bald wurden sie öffentlich angegangen und kurz darauf sogar gejagt. In ihrer Verzweiflung suchten sie nach einem Beschützer, der ihr Überleben sichern konnte. Insgeheim – die Fedai'in sind die Meister der Heimlichkeit – sandten sie daher einen Gesandten nach Edessa …«

Bei der Erwähnung der früheren Heimat meines Onkels Torf in Outremer hörte Sydonis Erzählung plötzlich auf, eine Geschichte aus der Vergangenheit zu sein; sie betraf mich nun unmittelbar, wurde wirklich. »Balduin«, murmelte ich.

»Balduin II.«, fügte Sydoni hinzu. »Die Fedai'in boten dem

Grafen an, ihm die Stadt im Tausch für Tyros auszuliefern. Welcher Fürst hätte solch einem Angebot widerstehen können? Aber Balduin war ein vorsichtiger Mann. Er antwortete, dass die Christen der Stadt sich unter einem Führer vereinigen müssten, falls sie sein Eingreifen wünschten.

So kamen sie eines Nachts in unser Haus.« Die Erinnerung ließ Sydoni erschauern. »Sechs Männer ganz in Schwarz mit langen, gekrümmten Schwertern und gekreuzten Dolchen im Gürtel. Sie fragten nach Jordanus Hippolytus und erklärten, sie hätten ein Angebot für ihn, das er vielleicht einmal bedenken solle.

Julian war nicht zu Hause, sonst hätte er sie nicht eingelassen. Aber mein Vater wollte keinen Ärger; also willigte er ein, sie anzuhören. In jener Nacht haben sie ihm gesagt, dass die Stadt bald an Balduin von Edessa übergeben werden würde, und wenn er zustimmen würde, die Fedai'in unbehelligt abziehen zu lassen, würde man ihn zum Statthalter von Damaskus machen.«

»Hat er eingewilligt?«

»Zuerst nicht«, antwortete Sydoni. »Er hat ihnen gesagt, er würde darüber beten und sich mit den Ältesten der Christen beraten. Sie gaben ihm vier Tage Bedenkzeit; dann würden sie wieder zurückkehren, um sich die Antwort abzuholen.

Nun, Julian war dagegen. Er wollte nichts mit den Batinis zu tun haben, doch viele von den Freunden meines Vaters drängten ihn, das Angebot anzunehmen. Sie betrachteten es als Möglichkeit für die Christen, die Macht wiederzuerlangen, die sie unter den Muslimen verloren hatten. Doch mein Vater zögerte noch immer.«

»Um Julians willen?«

»Er wollte sich nicht gegen Julian stellen, das stimmt. Und er glaubte auch nicht, darauf vertrauen zu können, dass die Fedai'in ihren Teil des Handels einhielten. Er konnte sich nicht vorstellen, wie Christen eine Stadt regieren sollten, die vorwiegend von Muslimen bewohnt war.«

»Warum hat er seine Meinung geändert?«, fragte ich.

»Balduin sandte eine Nachricht, dass die Templer bereit seien, ihn zu unterstützen. Dafür versprach ihnen der Graf, eine Komturei in Damaskus zu errichten. De Bracineaux war damals in Edessa, und er hätte der Komtur werden sollen. Eines Nachts kam er zu meinem Vater und bat ihn um Unterstützung. Mit Hilfe der Templer hätte mein Vater seine Herrschaft sichern können, und so willigte er schließlich ein.«

»Was ist dann geschehen?«

»Wir warteten den ganzen Sommer hindurch, doch Balduin kam nicht«, antwortete Sydoni. »Ich weiß nicht, warum er uns im Stich gelassen hat. Ich habe allerdings sagen hören, dass er sein Heer bereits in Marsch gesetzt hatte und nur noch auf die Unterstützung des Fürsten von Antiochia wartete. Als er dann schließlich erkannte, dass Bohemund ihm nicht helfen würde, hatte bereits der Herbstregen eingesetzt. Balduin wollte keinen Feldzug in Schlamm und Kälte wagen, und so marschierte er wieder zurück nach Edessa.«

Als offensichtlich wurde, dass Balduin nicht angreifen würde, so erzählte sie mir, beschloss Buri, der neue Atabek, dass die Zeit zum Handeln gekommen sei. Er sammelte einige seiner Krieger, und an dem Morgen, da die Stadt hätte übergeben werden sollen, marschierte er in den Rosenpavillon des Palastes, wo der Wesir sich gerade im Gebet befand. Er befahl, den Wesir an Ort und Stelle hinzurichten. Die Soldaten hackten den Leib des Mannes mit ihren Schwertern in Stücke und hingen diese am Eisentor auf, zur Warnung für all jene, die sich dem rechtmäßigen Herrscher widersetzen wollten.

Anschließend beschloss der Atabek, alle Christen aus der Stadt zu weisen, damit diese keine Pläne zur Machtübernahme mehr schmieden konnten. Jedem einzelnen Christen in der Stadt wurde befohlen, bis Sonnenuntergang sein Hab und Gut zusammenzupacken und Damaskus zu verlassen. Man gestattete ihnen, alles mitzunehmen, was sie tragen konnten, solange sie nur die Stadt vor Schließung der Tore verließen. Es gab keine Ausnahme.

Jeder Christ, der nach Sonnenuntergang noch in der Stadt angetroffen wurde, sollte getötet werden.

Die Christen arbeiteten wie die Sklaven, und Jordanus heuerte sogar noch einige seiner jüdischen und muslimischen Freunde an. Er stellte eine regelrechte Karawane zusammen; ganze Schatztruhen wurden auf Kamele und Esel verladen. Bei Sonnenuntergang waren sie fast fertig, und Jordanus befahl Julian, die langsamen Packtiere schon einmal aus der Stadt zu führen, bevor die Tore geschlossen wurden.

Die Gefahr war groß, berichtete Sydoni, und ich glaubte ihr. In ganz Damaskus herrschte ein schier unglaublicher Tumult. Die Karawane machte sich auf den Weg, doch Julian sorgte sich um Sydoni und Jordanus, die noch zurückgeblieben waren. So kam es, dass er die Aufsicht über die Karawane einigen seiner Männer überließ, nachdem sie das Tor erreicht hatten, während er selbst wieder zu seinem Haus zurücklief, um den Rest der Familie und die Diener in Sicherheit zu bringen.

Sydoni leckte sich die Lippen und bereitete sich darauf vor, was als Nächstes kommen würde. »Nachdem Julian gegangen war, änderte mein Vater seine Meinung und verzichtete darauf, auch noch den Rest zu verpacken. Warum auch sollte er das alles mit sich schleppen? Stattdessen eilten wir Julian hinterher, doch die Straßen waren überfüllt, und es war nicht leicht durchzukommen. Als wir das Tor erreichten, sahen wir, dass die Karawane angehalten hatte und die angeheuerten Männer in alle Richtungen davongerannt waren, und Julian war nirgends zu sehen. Wir machten uns auf die Suche nach ihm, fragten jeden, der uns über den Weg lief, doch niemand vermochte uns etwas zu sagen.

Schließlich fanden wir einen unserer Karawanenführer, der uns berichtete, dass Julian wieder zurückgekehrt sei, da er durch das Gewühl nicht hatte durchkommen können. Die Torwachen verlangten daraufhin ein zweites Bestechungsgeld von ihm. Als Julian sich weigerte, packten ihn die Soldaten und schleppten ihn fort; jene unserer Leute, die ihm helfen wollten, bedrohten sie an

Leib und Leben. Der Mann zeigte uns, wohin die Soldaten Julian gebracht hatten, und dort fanden wir dann auch seinen zerschundenen Leib. Die Soldaten hatten ihn wieder und wieder geschlagen, ihn dann auf einen Misthaufen geworfen und verbluten lassen ...« Sydoni versagte die Stimme, und eine Zeit lang saßen wir schweigend da und lauschten dem Knistern des sterbenden Lagerfeuers.

»Wir konnten nichts tun«, fuhr sie schließlich fort. »Julian war tot, und allmählich wurde es dunkel. Wir mussten weiter, sonst wären auch wir dem Tod geweiht gewesen. Dennoch konnte ich meinen Vater nur mit großer Mühe dazu bewegen zu gehen. Wir bezahlten den Karawanenführer, damit er sich um die Leiche kümmerte, und machten uns auf den Weg zurück zum Tor. Die gierigen Soldaten hatten es jedoch bereits geschlossen und weigerten sich, es zu öffnen, solange mein Vater ihnen nicht die Hälfte seines Goldes gab. Am Ende nahmen sie sich natürlich mehr als nur das. Den Rest ließen sie uns nur, weil sie zu faul waren, die Packtiere zu entladen.

Wir brauchten neun Tage, um Tyros zu erreichen«, sagte sie, und abermals drohte ihr die Stimme zu versagen. »Und mit jedem Schritt dieser Reise verhärtete sich das Herz meines Vaters immer mehr – besonders Balduin und den anderen christlichen Führern gegenüber. De Bracineaux half uns, nach Zypern überzusetzen, und er sandte mehrere seiner Templer nach Sidon und Tripolis, um unsere Schiffe zurückzufordern. Die Kaufleute dort hatten davon gehört, dass man die Christen aus Damaskus ausgewiesen hatte, und sie hatten angenommen, dass Jordanus getötet worden sei. Doch es war Julian, den man erschlagen hatte.«

Sie drehte sich zu mir um, und Tränen glitzerten in ihren Augen. »Jetzt wisst Ihr, was geschehen ist«, sagte sie.

Ich bereute meine Neugier; hätte ich gewusst, dass ich ihr so große Schmerzen bereiten würde, ich hätte nicht gefragt. »Es tut mir Leid, Sydoni«, murmelte ich und fühlte ihr Leid wie Blei in meinem Herzen. Ich wünschte, ich hätte ihr erspart, sich diese schrecklichen Ereignisse noch einmal ins Gedächtnis zurückrufen zu müssen, um sie mir zu erzählen. Ich wollte ihr den Arm um die Schultern legen und sie an mich drücken, doch ich wusste nicht, wie sie es aufnehmen würde, wenn ich sie auf diese Art tröstete.

»Das war vor zwei Jahren, und seit dem Tag, da wir Damaskus verlassen haben, habe ich mit niemandem mehr darüber gesprochen«, sagte sie und wischte sich die Tränen aus den Augen. »Und von nun an werde ich auch *nie* wieder darüber sprechen.«

Das konnte ich ihr nicht verübeln.

Acht Tage ritten wir nun schon auf dieser Straße, und in der ganzen Zeit hatten wir nur eine Hand voll anderer Reisender getroffen: ein paar Bauern und Schäfer, die sich auf dem Weg zu einem weit entfernt liegenden Markt befanden oder von dort wieder zurückkehrten, vier griechische Priester und eine Gruppe von Kaufleuten, die ihr Glück bei den Armeniern machen wollten. Letztere gesellten sich zu uns und hofften, bis Anavarza mit uns reisen zu können, was wir ihnen schlecht verweigern konnten, zumal sie auch Pferde besaßen, um mit uns mitzuhalten. Abgesehen davon verlief die Reise vollkommen ereignislos. Noch dazu gleicht in dieser Gegend ein von Felsen übersäter Hügel dem anderen.

Wir schliefen, aßen und ritten weiter, und mit jedem Tag wurden alle zunehmend reizbar. Jordanus, der zu Beginn der Reise einen solchen Eifer an den Tag gelegt hatte, verließen allmählich die Kräfte; er war ein alter Mann, und sein Körper vermochte mit seiner Leidenschaft nicht mehr mitzuhalten. Sydoni wiederum schien sich mehr und mehr in sich selbst zurückzuziehen; sie wurde immer schwermütiger. Von Zeit zu Zeit, wenn sie mit dem Sonnenschirm auf der Schulter neben mir ritt, versuchte ich, sie in ein Gespräch zu verwickeln, doch ihr Geist war so sehr in düstere Gedanken gehüllt, dass sie diese nicht lange unterdrücken konnte, und so versank sie stets schon nach wenigen Worten wieder in der Welt ihrer Erinnerungen. Roupen, der ja schon in Antiochia gereizt und nervös gewesen war, wurde immer unruhiger, je näher wir unserem Ziel kamen. Niemand vermochte auch nur zwei Worte mit ihm zu wechseln, ohne sofort einen Streit zu entfachen oder ihn in krankhaftes Selbstmitleid zu stürzen.

Nur Padraig und Nurmal ließen sich von der bedrückenden Gleichförmigkeit der Umgebung nicht beeindrucken: Nurmal, weil er seine Pferde liebte und daher jeden Augenblick genoss, den er im Sattel verbrachte, und Padraig, weil er nun einmal so ist. Die Priester der Célé Dé empfinden Entbehrungen als anregend und unterhaltsam, da sie sich dadurch im Geiste zu verbessern hoffen. Sie sind sogar bekannt dafür, sich ihr eigenes Leid zu schaffen, wenn das Schicksal es einmal zu gut mit ihnen meint.

Ich wiederum wurde allmählich die ständigen Versuche leid, die anderen aufzuheitern, und immer öfter grübelte auch ich über die seltsamen Irrungen und Wirrungen nach, die das Leben immer wieder für uns bereithält – und das umso mehr, da diese mich gegenwärtig immer weiter von meinem eigentlichen Ziel wegführten, nämlich dem Auffinden des Heiligen Kreuzes. Ungeachtet der Dringlichkeit und des Zwecks unserer Mission wurde ich immer begieriger darauf, mich wieder meinen persönlichen Angelegenheiten widmen zu können, und ich sehnte mich nach dem Tag, da ich nur noch mich selbst verteidigen und versorgen musste.

So war ich auch von ganzem Herzen froh, als wir am achten Tag den Gipfel eines Hügels erreichten, von wo aus wir die Mauern von Anavarza sehen konnten. Da die Hügel uns bisher die Sicht versperrt hatten, waren wir näher an der Stadt, als wie geglaubt hatten, und nun lag sie endlich vor uns. Nach Süden und Osten hin erstreckte sich eine raue Ebene, in die sich ein Fluss gegraben hatte, während sich im Norden und Westen die Ausläufer des Taurusgebirges erhoben; Letztere lagen allerdings noch weit entfernt.

Einmal in Sichtweite der Stadt wurde Roupen, der bis jetzt bestenfalls mürrisch oder teilnahmslos gewirkt hatte, geradezu trunken vor Überschwang. Er hob die Hand und stieß einen Schrei aus, den man vermutlich noch in den Straßen der Stadt hören konnte. Dann trat er dem Pferd die Fersen in die Flanken.

Froh darüber, nach so vielen Tagen trübsinnigen Dahintrottens endlich laufen zu können, legte das Tier die Ohren an, stieg, sprang vorwärts und zog das Packpferd, das an den Sattelknauf gebunden war, hinter sich her.

Nurmal und ich folgten Roupens Beispiel und ließen die Pferde laufen; die anderen blieben bald weit hinter uns zurück. Es war ein Gefühl, als hätte mein Herz plötzlich Flügel bekommen. Die alles zermalmende Eintönigkeit der Straße war mit einem Mal wie weggeblasen, als wir auf die Stadt zuhielten. Roupen war der Erste, der die Tore erreichte, und als wir ihn einholten, war er bereits abgestiegen. Wir gesellten uns zu ihm, während er versuchte, die Torwachen davon zu überzeugen, uns einzulassen.

»Wisst Ihr denn nicht, wer es ist, der hier Einlass verlangt?«, knurrte er wütend ob der unverständlichen Sturheit der Torleute.

»Es ist Herr Roupen, Sohn von Fürst Leo!«, rief Nurmal, um den jungen Armenier zu unterstützen.

»Niemand betritt oder verlässt die Stadt ohne ausdrückliche Genehmigung des Herrn«, erwiderte einer der dickköpfigen Soldaten. Die beiden Männer hinter ihm nickten und rückten näher an ihn heran.

»Aber das ist doch lächerlich!«, erboste sich Roupen. Er wollte sich seinen Weg an den Wachen vorbei erzwingen, doch diese richtete augenblicklich die Waffen auf ihn.

»Warte!«, sagte ich und trat rasch zwischen Roupen und die Soldaten. »Irgendetwas stimmt hier nicht«, erklärte ich an meinen Freund gewandt. »Es ist sinnlos, sich mit ihnen zu streiten. Frag sie lieber, ob sie eine Nachricht zu deinem Vater bringen würden.«

Roupen gefiel mein Rat zwar nicht; dennoch leuchtete ihm mein Vorschlag ein. Er drehte sich zum Anführer der Torleute um und sagte mit vor Zorn zitternder Stimme: »Bringt Eurem Herrn folgende Nachricht: Sagt ihm, dass Herr Roupen vor der Stadtmauer wartet und darum bittet, mit seiner Familie vereint zu werden.«

Das rief einige Verwirrung bei den Wachen hervor. Ihr Anführer deutete auf den Mann, der ihm am nächsten stand. »Du hast es gehört«, sagte er und stieß den Mann vor die Brust. »Lauf!«

Der Soldat eilte davon und verschwand im Torhaus. »Ich bitte Euch um Verzeihung, Herr«, murmelte der Wachmann. »Wir wussten nicht, dass Ihr es seid.«

Roupen schien geneigt, sich mit dem Kerl heftig anzulegen; doch bevor er etwas sagen konnte, mischte sich Nurmal ein: »Spart Euch den Atem, mein Freund. Dieser Irrtum wird schon bald geklärt sein.«

Die Mauern von Anavarza schlängelten sich an einem großen, breiten Hügel entlang und waren über ihre gesamte Länge hinweg mit runden Türmen bewehrt. Mehr noch: Trotz des friedlichen, ruhigen Tages waren die Türme bemannt, und auch auf den Wehrgängen waren Soldaten zu sehen. Als ich Nurmal darauf hinwies, erwiderte dieser: »Das habe ich sofort bemerkt. Ich glaube, sie erwarten irgendjemanden … aber nicht uns.«

Roupen hörte das nicht, denn er stapfte aufgeregt zwischen uns und den Wachen hin und her; der Mangel an Respekt, den man ihm entgegenbrachte, machte ihn zunehmend wütender. Ich beschloss, dass es besser war, seine schlechte Laune zu ignorieren, und so setzte ich mich auf einen Felsen neben der Straße und wartete darauf, dass die anderen uns einholten. Nurmal löste einen Wasserschlauch vom Sattel, trank und reichte ihn mir. »Ich fürchte, es ist sehr warm; aber solange wir nichts Besseres bekommen …«

Ich trank, stand dann auf, schüttete mir etwas Wasser in die Hand und gab es meinem Pferd. Auf diese Art trank das durstige Tier den letzten Rest Flüssigkeit im Schlauch, und ich wollte gerade einen neuen holen, als Roupen rief: »Seht! Meine Brüder!«

Zwei Männer traten aus dem Torhaus – sie glichen dem jungen Herrn nicht im Mindesten. Während er schlank, ja geradezu zerbrechlich wirkte, waren sie stämmig und muskulös. Die einzige

Ähnlichkeit zwischen ihnen, die ich zu erkennen vermochte, war das dichte schwarze Haar … welches ich allerdings bei jedem Armenier bemerkt hatte, dem wir bisher begegnet waren.

Als sie den jungen Mann erblickten, riefen sie einen Gruß, und Roupen rannte ihnen entgegen. Die Soldaten waren sichtlich verlegen, da sie fürchteten, durch ihre treue Pflichterfüllung den königlichen Haushalt verärgert zu haben, und so sanken sie förmlich in sich zusammen, während die drei ungleichen Brüder ihr glückliches Wiedersehen feierten, welches die Torleute so eifrig hatten verhindern wollen.

Die beiden Männer packten den Jüngeren, hoben ihn in die Höhe und drückten ihn an sich; dann klopften sie ihm so kräftig auf den Rücken, dass er unwillkürlich zusammenzuckte, und die ganze Zeit über redeten sie in einer unverständlichen Sprache aufeinander ein. Die beiden stämmigen Männer stießen den Jüngling hierhin und dorthin, so wie es nur Brüder tun, und ich fühlte mich an Eirik erinnert und wie er sich mir gegenüber verhalten hatte, als wir noch jünger waren.

Nurmal und ich näherten uns den dreien und warteten darauf, dass man uns bemerkte. Schließlich drehte Roupen sich grinsend um und sagte: »Meine Freunde, dies hier sind meine Brüder!« Er deutete auf den Älteren der beiden. »Das ist Thoros.« Höflich verneigte sich der Mann. »Und das ist Konstantin.« Auch dieser neigte respektvoll den Kopf.

Dann stellte Roupen mich rasch vor und bedeutete den Brüdern, wäre ich nicht gewesen, dann würde er jetzt nicht hier stehen. »Duncan hat mir das Leben gerettet«, sagte er stolz, »und das nicht nur ein-, sondern zweimal. Er ist ein wahrer Freund.«

Der ältere Bruder, Thoros, trat daraufhin vor mich, packte meine Hand und umfasste sie mit beiden Händen. »Wir stehen in Eurer Schuld, Herr. Heute Nacht werden wir zu Euren Ehren ein Fest abhalten, um die Rückkehr unseres Bruders zu feiern.« Ich nahm die Einladung mit einer bescheidenen Verbeugung an, woraufhin Thoros sich Nurmal zuwandte.

»Ah! Nurmal, mein lieber Freund. Ich hätte wissen müssen, dass Ihr etwas damit zu tun habt.«

»Ich habe nicht im Geringsten etwas damit zu tun, Herr«, erwiderte der Pferdehändler höflich. »Die Entschlossenheit dieser Wanderer reichte aus, um sie nach Anavarza zu bringen. Ich habe ihnen die Reise nur ein wenig erleichtert.«

An mich gewandt sagte Thoros: »Habt Ihr das gehört? Glaubt kein Wort davon! Nichts geschieht östlich des Taurus, ohne dass Nurmal von Mamistra etwas damit zu tun hat.« Dann lachte er, doch Nurmal lächelte nur.

»Ihr übertreibt, Thoros«, protestierte er. »Aber das macht nichts. Ich bin froh zu helfen, wo ich kann.«

In diesem Augenblick erschien auch der Rest unserer Reisegruppe, und alle wurden nacheinander vorgestellt. Die meiste Aufmerksamkeit galt Padraig; die Armenier hatten noch nie einen Mönch gesehen, der nicht in Schwarz gewandet war, und so weigerten sie sich zunächst zu glauben, dass es sich bei ihm um einen Priester handelte. Jordanus und Sydoni wurde ebenfalls besondere Aufmerksamkeit zuteil, und mir entging nicht, dass Thoros ungewöhnlich lange über Sydonis Hand verweilte, als er sie und ihren Vater willkommen hieß. Dann dankte Thoros höflich allen, dass sie sich um seinen Bruder gekümmert und ihm bei der Rückkehr nach Hause geholfen hatten.

»Gott wird Euer Wohlwollen durch seine Engel belohnen«, erklärte er, »doch das Haus von Anavarza wird Eure Taschen mit Gold füllen!« Mit diesen Worten schloss er alle in einer Armbewegung ein, als wären wir Kinder. »Kommt jetzt, meine Freunde! Lasst uns hineingehen. Der Fürst wird wissen wollen, dass sein verlorener Sohn endlich heimgekehrt ist.«

Einmal innerhalb der mächtigen Stadtmauern wurden wir ohne Umschweife zum Palast geführt, der sich jenseits eines kleinen Platzes hinter dem Tor erhob. Der Palast selbst war wie eine Kirche gebaut und wurde von zwei Türmen flankiert, deren Kuppeln von goldenen Kreuzen gekrönt waren.

Als wir über den Platz gingen, bemerkte ich, dass hier nur wenige Leute unterwegs waren. Auch in den angrenzenden Straßen schien keinerlei Betriebsamkeit zu herrschen – hier und da spielten ein paar Kinder; eine alte Frau trug einen Korb Gemüse, und Männer schoben Karren vor sich her, doch entsprach dies nicht im Mindesten der Geschäftigkeit, wie man sie von einer Stadt wie Anavarza erwarten würde. Ich war nicht der Einzige, der die Abwesenheit der örtlichen Bevölkerung bemerkte. Nurmal, der gelassen neben Thoros einhermarschierte, fragte plötzlich: »Verstecken sich alle? Wo sind die ganzen Leute hin?«

»Wie es der Zufall will«, antwortete Thoros, »befinden wir uns im Alarmzustand. Seldschukische Banditen sind in den Hügeln gesichtet worden, und nun fürchtet man, dass ein Angriff unmittelbar bevorsteht.« Der große Mann warf mir einen kurzen Blick zu. »Wollt Ihr mir etwa sagen, Ihr hättet keine Spur von ihnen gesehen?«

»Nein, Herr. Nicht einen Turban zwischen hier und Mamistra«, berichtete ihm Nurmal.

»Nun, sie sind aber dort draußen. Unsere Späher sagen, dass die Hügel voll von ihnen sind. Ihr könnt von Glück sagen, dass Ihr dem Emir Ghazi nicht höchstpersönlich in die Arme gelaufen seid.«

»Ghazi also«, sinnierte der Pferdehändler. »Was hat der alte Teufel hier herumzuschnüffeln? Habt Ihr vergessen, ihm Tribut zu zahlen?«

Thoros lachte von ganzem Herzen und antwortete: »In letzter Zeit hatten wir andere Dinge im Kopf.«

Sie fuhren mit diesem Gespräch fort, doch meine Aufmerksamkeit wanderte zu Roupen und Konstantin hinter mir. »Was ist mit ihm los?«, fragte Roupen. Auch wenn er leise sprach, so bemerkte ich doch, wie besorgt er war.

»Er fühlt sich nicht gut«, antwortete sein Bruder. »Die Ärzte haben getan, was sie konnten, doch niemand weiß, was ihm fehlt.«

»Wie lange schon?«

»Vier Monate«, erklärte Konstantin. »Vielleicht auch ein wenig länger. Es gibt keine Hoffnung mehr; er leidet immer noch. Der alte Krieger will nicht aufgeben.« Der junge Mann hielt kurz inne; dann fügte er hinzu: »Er wird froh sein zu erfahren, dass du endlich nach Hause zurückgekehrt bist. Was ist mit den anderen geschehen?«

»Im selben Augenblick, da wir den Fuß ins Frankenland setzten, befiel uns das Fieber. Ich bin ihm entkommen, doch der Rest ist ihm zum Opfer gefallen.«

»Dem Fürsten ist es ähnlich ergangen«, bemerkte Thoros düster.

So erfuhr ich nach und nach, was zur Abschottung der königlichen Stadt geführt hatte: Fürst Leo war todkrank, und den fälligen Tribut an die Mohammedaner hatte man auch nicht gezahlt. In der Folge davon waren ihre seldschukischen Herren wütend geworden, und jene, die ihre Verbündeten und Beschützer hätten sein sollen, sammelten sich in den Hügeln zum Angriff. Und die Armenier, denen schon von den Seldschuken Böses drohte, sollten nun zudem noch die unangenehme Nachricht erhalten, dass auch das Heer von Bohemund II. im Anmarsch war.

Auch wenn die Zitadelle von Anavarza nicht so üppig war wie jene von Antiochia, so war der Palast der armenischen Fürsten doch ein beeindruckender Anblick. Obwohl die armenischen Fürsten offenbar den Ehrgeiz aller edlen Familien zu teilen schienen, so zeigten sie doch eine gewisse Zurückhaltung, was die Ausstattung der königlichen Residenz betraf – oder ihre Mittel waren einfach nicht so groß wie die anderer Geschlechter. Vielleicht aber hatten sie auch nur Besseres mit ihrem Geld zu tun, als es für überflüssigen Luxus auszugeben. Wie auch immer: Ich jedenfalls empfand die Schlichtheit meiner Umgebung als erfrischend.

Die Wände der Kammer zum Beispiel, die Padraig und ich uns teilen sollten, waren rubinrot gestrichen, während die Decke dunkelblau war, durchsetzt mit goldenen Scheiben. Niemand hatte sich hier die Mühe gemacht, die Deckenbalken zu verbergen; im Gegenteil, sie waren sogar leuchtend grün hervorgehoben. Als ich mich in jener Nacht zur Ruhe legte, kam es mir so vor, als blicke ich durch das Blätterdach eines Waldes in den sternenübersäten Nachthimmel empor.

Aber noch war es nicht so weit. Kaum waren wir angekommen, da setzte uns der Kammerherr davon in Kenntnis, dass Herr Thoros uns in seinem Empfangszimmer erwarte. Wir spritzten uns etwas Wasser ins Gesicht und wischten uns den Staub der Straße aus Haaren und Kleidung; dann folgten wir dem Diener.

»Du musst ihm sagen, dass Bohemunds Angriff unmittelbar bevorsteht«, erinnerte mich Padraig. »Sie brauchen Zeit, sich darauf vorzubereiten.«

»Natürlich«, stimmte ich ihm zu.

»Sofort«, beharrte der Mönch.

»Mach ich ja.«

Durch die inneren Gänge des Palastes wurden wir in einen gemütlichen Empfangsraum irgendwo jenseits der Haupthalle geführt. Thoros erwartete uns dort allein; er stand an einem Tisch und mischte Wein mit Wasser.

»Kommt herein! Kommt herein!«, rief Thoros und füllte zwei große, goldumrandete Silberbecher mit Wein. »Ich dachte, ein Schluck Wein würde Euch den Staub der Straße aus den Kehlen treiben«, sagte er und drückte Padraig und mir je einen Becher in die Hand. Nach den entsprechenden Begrüßungsritualen – die Thoros auf Armenisch abhielt –, lud er uns ein, uns zu ihm zu setzen.

»Mit Vergnügen, Herr«, erwiderte ich. »Ich wollte ohnehin noch vor dem Fest mit Euch reden.«

Kurz nach uns erschien Nurmal in der Tür. »Setzt Euch zu uns, mein Freund! Wir wollten gerade den Willkommensbecher leeren.«

»Nichts würde mich mehr freuen«, erwiderte Nurmal, und sein

weißer Schnurrbart zuckte vor Vergnügen. »Es ist schon viel zu lange her, seit wir zum letzten Mal zusammengesessen haben.«

»Nicht lange genug, als dass ich vergessen hätte, dass ich Euch eine Menge Geld schulde«, erwiderte Thoros. Reumütig schüttelte er den Kopf. »Ich muss Euch nicht erzählen, dass es in den vergangenen zwei Jahren hier sehr schwierig geworden ist.« Vor Kummer zog er die Mundwinkel nach unten, und starrte verzweifelt in den Becher, den er in seinen großen Händen hielt. »Die Ernte ... der Handel ...«

»Unsinn!«, spottete Nurmal gut gelaunt. »Ihr habt eine gute Ernte gehabt – nein, eine *hervorragende* Ernte! Hervorragend – und das drei Jahre in Folge. Und auch der Handel war nie besser. Armenien platzt förmlich vor Schätzen!«

Da Nurmal seine kleine Lüge durchschaut hatte, grinste Thoros verschämt und blickte mich unter seinen buschigen Augenbrauen hervor an. »Seht Ihr? Ich habe Euch ja gesagt, dass nichts östlich des Taurus geschieht, ohne dass er es weiß.«

»Ich bin nicht hierher gekommen, um mich von Euch auszahlen zu lassen«, erklärte Nurmal. »Doch wenn es Euer Gewissen beruhigt, mich zu bezahlen, so wäre ich selbstverständlich bereit, jedwede Summe anzunehmen, die Ihr entbehren könnt, um Eure längst vergessene Schuld zu begleichen.«

»Ha!«, rief Thoros und schlug mit der Hand auf den Tisch. »Ihr seid ein guter Kerl, Nurmal. Das habe ich schon immer gesagt. Habt keine Furcht: Ihr werdet Anavarza nicht mit leeren Händen verlassen.«

Herr Thoros, so beschloss ich, ähnelte einem großen, struppigen Bär, der nicht nur wild war, sondern auch etwas von einem Kind an sich hatte. In seinen großen dunklen Augen und seinem offenen Gesicht war noch nicht einmal ein Hauch von Tücke zu erkennen. Seine Gefühle vermochte man ihm deutlich im Gesicht abzulesen.

»Vor kurzem erschien Jordanus Hippolytus in Begleitung dieser guten Männer vor meiner Tür«, berichtete Nurmal. »Er sagte, sie müssten dringend nach Anavarza und dass er dafür Pferde für sich und seine Freunde benötige. Nachdem ich herausgefunden hatte, wofür sie meine Pferde brauchten, was hätte ich da anderes tun sollen, als sie zu ihrem Ziel zu begleiten, damit sie sicher dort ankommen?«

»Ihr wolltet nur Euren Einsatz beschützen«, sagte Thoros und wedelte wissend mit dem Finger. »Ich kenne Euch.«

»Das will ich nicht leugnen«, erwiderte Nurmal. »Aber da ist auch noch mehr.« Er stellte den Becher beiseite und blickte mich an. »Sagt es ihm, Duncan«, bat er mich, und seine Stimme nahm einen ernsten Tonfall an.

Thoros nippte an seinem Wein und betrachtete Padraig und mich wohlwollend. »Ja, was auch immer Ihr zu sagen habt, sagt es dem guten Thoros. Ich würde gern ein paar Neuigkeiten aus der Welt erfahren.«

Padraig musste mich nicht drängen, die Botschaft auszusprechen, die zu überbringen wir unter großen Mühen so weit gereist waren. »Herr, leider bringe ich Euch keine guten Neuigkeiten«, begann ich und berichtete, wie ich von Bohemunds Wunsch erfahren hatte, die alten Grenzen des Fürstentums Antiochia wiederherzustellen. »Er ist mit seinem Heer bereits hierher unterwegs«, schloss ich, »und er beabsichtigt, die Stadt zu nehmen.«

Thoros nahm die Nachricht bemerkenswert gut auf. »Das weiß ich bereits«, erklärte er unbekümmert und schenkte uns Wein nach. »Roupen hat es mir erzählt. Aber natürlich ist er bekannt dafür, dass er mitunter etwas … na, sagen wir, er übertreibt bisweilen. Ich freue mich zu hören, dass das diesmal nicht der Fall ist.« Er lächelte, als wolle er die Nachricht als unbegründetes Gerücht abtun.

»Das ist eine Tatsache«, meldete sich Padraig zu Wort. »Herr Duncan und ich haben es von Bohemunds Lippen selbst gehört. Wir haben ihn angefleht, im Namen Gottes von diesem Plan abzulassen.«

Die Erklärung des Priesters schien Thoros nun wirklich zu

beeindrucken. Er fragte, wie das gekommen sei, und so erzählte ich ihm von unserer Begegnung mit dem Templer Renaud, und wie dieser Roupen, Padraig und mir gestattet hatte, auf einem ihrer Schiffe mitzufahren. »Komtur de Bracineaux hat mir vom Plan des Fürsten erzählt. Allerdings war das kein Geheimnis. Bohemund hebt schon den ganzen Sommer über für diesen Zweck Truppen aus.«

»Aber er wollte nicht auf Euch hören«, bemerkte Thoros und schüttelte mitfühlend den Kopf. »Diese Franken hören ohnehin nur selten zu.« Falls diese Nachrichten, die zu überbringen wir solche Mühen auf uns genommen hatten, ihn auch nur im Geringsten beunruhigten, so verbarg er es bemerkenswert gut.

»Es ist uns nicht gelungen, ihn zu überzeugen. Stattdessen mussten wir aus Antiochia fliehen«, erklärte ich. »Wir sind so rasch wie möglich hierher gereist, um Euch zu warnen. Ich vermute, Bohemund hat bei der Aufstellung seines Heeres keine Zeit verschwendet. Es ist durchaus möglich, dass er nur noch wenige Tagesmärsche von hier entfernt ist.«

Nurmal nickte ernst. Padraig runzelte die Stirn und betrachtete den gleichmütigen Edelmann, als versuche er ein Rätsel zu lösen, das ihn schon seit Wochen umtrieb. »Herr Roupen wird ohne Zweifel bestätigen, was wir Euch gerade gesagt haben«, erklärte der Mönch und hielt nach irgendeinem Zeichen der Unruhe oder der Besorgnis bei unserem Gastgeber Ausschau.

Wieder nickte Thoros mitfühlend. »Ihr habt Euer Leben riskiert, um meinem Bruder zu helfen und uns zu warnen. Dafür sollt Ihr belohnt werden. Mehr noch: Ich werde anordnen, dass man heute Nacht Gebete für Euch singt.«

»Ihr seid zu gütig, Herr«, erwiderte ich. Inzwischen kam ich mir wie ein Narr vor. »Wir sind nicht wegen irgendeiner Belohnung hierher gekommen«, erklärte ich steif. »Vielmehr wären wir sogar damit zufrieden, uns so bald wie möglich wieder auf den Weg machen zu können.«

»Davon will ich nichts hören«, entgegnete Thoros freundlich.

»Ihr seid sehr weit gereist. Nun müsst Ihr Euch erst einmal ausruhen. Gestattet uns, Euch die Gastfreundschaft Armeniens zu zeigen.« Er stellte seinen Becher beiseite und stand auf. »Bitte, bleibt hier, und erfrischt Euch, so lange Ihr wollt. Heute Abend werdet Ihr neben mir an der Festtafel sitzen. Und wo wir schon davon sprechen … Mir fällt gerade etwas ein, was ich noch tun muss. Bitte, entschuldigt mich.« Er wünschte uns Lebewohl und verließ den Raum.

»Ihr solltet stolz sein«, sagte Nurmal. »Ihr habt gut getan. Die Armenier sind ein großzügiges Volk. Sie werden euch mit Sicherheit reich belohnen.«

»Wir haben nur getan, was jeder getan hätte«, erwiderte ich. Noch immer kämpfte ich mit dem Gefühl, dass Thoros trotz all des Dankes und des Lobes sich mehr um seinen Wein sorgte als um die Bedrohung, die wie ein Schwert über seiner Stadt schwebte. Sein Volk war in Gefahr, und all seine Gedanken galten der Vorbereitung eines Festes. Noch vor wenigen Augenblicken war es mein größter Wunsch gewesen, Bohemund und die Fürsten von Armenien versöhnt zu sehen; nun jedoch konnte ich nur noch daran denken, die zum Untergang verdammte Stadt Anavarza so rasch wie möglich zu verlassen, bevor der Emporkömmling Bohemund vor ihren Mauern erschien und sie in einen Trümmerhaufen verwandelte.

Padraig und ich kehrten in unsere Gemächer zurück. Ich war müde und wollte mich vor dem Fest noch ein wenig ausruhen. Also legte ich mich hin und schlief tief und fest, bis ich von einem Diener geweckt wurde, den Roupen uns mit frischen Kleidern für die fürstliche Tafel geschickt hatte. Der junge Diener sprach kein Latein, doch erklärte er uns mit Händen und Füßen, dass wir die neuen Kleider nehmen und ihm unsere alten geben sollten, damit sie – so vermutete ich – gereinigt und geflickt werden konnten.

Nachdem wir uns gewaschen und angekleidet hatten, gingen wir hinaus. Vor der Tür wartete Roupen auf uns, um uns zur Festhalle zu geleiten. »Ich nehme an, ihr werdet bald aufbrechen wollen«, sagte er, als wir über den Innenhof marschierten.

Dank der Nähe der Berge, deren Gipfel vom Licht der untergehenden Sonne rot gefärbt über dem Palastdach zu erkennen waren, war die Luft angenehm kühl; das Spiel von Licht und Luft erinnerte mich an einen warmen Sommerabend daheim in Caithness. Doch bevor diese Erinnerung mich in Schwermut stürzen konnte, schob ich sie rasch beiseite und ermahnte mich, dass ich einen Eid geschworen hatte – einen Eid, dessen Erfüllung ich nun schon viel zu lange aufgeschoben hatte. »So bald wie möglich, ja«, erwiderte ich. Mich interessierte nur noch, möglichst rasch auf den Pilgerpfad zurückzukehren und meine Queste wieder aufzunehmen. »Morgen.«

»Ihr müsst meiner Familie gestatten, euch angemessen zu ehren«, entgegnete Roupen tadelnd. »Immerhin habt ihr beiden

den verlorenen Sohn gerettet und euch als Verbündete Armeniens erwiesen. Es wäre taktlos, die Huldigungen meines Volkes abzulehnen.«

»Ich wollte niemanden beleidigen. Ich dachte nur …«

»Ruhig, mein Freund«, unterbrach mich Roupen leichthin. Ich hatte ihn noch nie so ruhig und selbstbeherrscht gesehen. »Das war ein Scherz. Natürlich wird man euch gestatten zu gehen, wann immer ihr wollt. Aber darüber können wir später immer noch reden. Heute Nacht ist es der Wunsch von Fürst Leo, dass euch nach alter Tradition Ruhm und Preis zuteil werden sollen.«

»Wie geht es deinem Vater?«, fragte Padraig. »Hast du ihn schon gesehen?«

»Er ist sehr krank«, antwortete Roupen; »doch die Nachricht meiner Rückkehr hat ihn aufgemuntert, und er hat mich sofort zu sich bringen lassen. Wir haben nur kurz miteinander gesprochen, doch meine Mutter sagte mir anschließend, so gut wie nach meinem Besuch sei es ihm schon seit Wochen nicht mehr gegangen. Die königlichen Ärzte hoffen bereits, dass er sich wieder erholt.«

»Gut. Ich freue mich, das zu hören.«

»So Gott will, wird mein Vater euch noch persönlich danken können, bevor ihr Hals über Kopf davoneilt.«

»Wir haben Thoros von Bohemunds Plan berichtet, Anavarza anzugreifen«, sagte ich. »Er reagierte mit bemerkenswerter Gelassenheit auf diese Nachricht. Ich glaube nicht, dass ich angesichts der drohenden Vernichtung meines Heims und meines Volkes derart ruhig bleiben würde.«

»Das ist seine Art«, erwiderte Roupen. »Thoros offenbart nur selten jemandem seine wahren Gefühle. Man weiß nie, was er gerade denkt.«

Dann erreichten wir den Eingang der Festhalle. Die Türen waren weit geöffnet, und wir wurden vom königlichen Mundschenk empfangen, der sich tief vor uns verneigte und den versammelten Gästen mit lauter Stimme verkündete, dass Herr Roupen und seine Freunde eingetroffen seien. Wir blieben kurz stehen, um die

Begrüßungen der Versammlung entgegenzunehmen; dann wurden wir durch die lärmende Halle geführt, und unsere Ohren dröhnten von den Jubelrufen. Viele der Höflinge streckten die Hände aus, um uns auf den Rücken zu klopfen; meine Arme und Schultern waren einem solch fröhlichen Hämmern ausgesetzt, dass ich schon fürchtete, gleich würden mir die Knochen brechen.

Padraig und ich wurden zu einer höher gelegenen Festtafel geführt, wo ein gekämmter, rasierter und frisch eingekleideter Jordanus mit einem sichtlich angespannten Konstantin sprach; Sydoni, die ein makelloses dünnes Sommerkleid aus schimmernder grüner Seide trug, lauschte einer grauhaarigen Frau mit traurigen dunklen Augen. Als wir näher kamen, streckte die Frau Roupen die Arme entgegen, der sie daraufhin küsste, umarmte und anschließend erklärte: »Herr Duncan, Bruder Padraig, darf ich Euch meine Mutter vorstellen, Fürstin Elena.«

Ich verneigte mich respektvoll. Die Fürstin bot mir ihre Hand an, und ich küsste sie. Padraig tat es mir nach, woraufhin sie sagte: »Mir fehlen die Worte, um die Dankbarkeit einer Mutter zu beschreiben, dass Ihr ihr den verlorenen Sohn zurückgebracht habt.« Ihr Latein war sehr formell und klang ein wenig gestelzt. »Doch vielleicht gestattet Ihr mir Euch dies hier zu geben, auf dass es das Haar einer Dame zieren möge, die Ihr liebt; und wann immer Ihr es seht, soll es Euch an die Frau erinnern, deren Gebete Ihr beantwortet habt.«

Mit diesen Worten griff sie hinter sich und nahm zwei Holzkästchen von einem Tisch. Eines davon gab sie Padraig, das andere mir; dann bat sie mich, es zu öffnen. Darin lag eine Brosche mit goldener Nadel. Die Brosche bestand aus einem einzigen blutroten Rubin umgeben von einem Ring aus winzigen Saphiren. In den Rubin war ein seltsames Symbol eingraviert: Es schien eine Kugel mit Adlerschwingen zu sein, und über der Kugel war der griechische Buchstabe *chi* zu sehen, der unserem X ähnelt.

Padraig hatte einen goldenen Reif erhalten, dessen Enden wie Vogelköpfe geformt waren – Störche oder Schwäne glaube ich –, und zwischen ihren Schnäbeln hielten sie einen funkelnden Smaragd. An Größe und Glanz übertrafen beide Edelsteine alles, was ich je gesehen hatte.

»Meine Mutter hat sie mir vermacht, und ich habe sie an meinem Hochzeitstag getragen. Ich weiß nicht, ob es den Priestern in Eurer Heimat gestattet ist zu heiraten – man hat mir gesagt, dass es einigen in der Tat verboten ist –; aber ich hoffe, dass Ihr diese Geschenke für eine Frau verwahrt, die Euch einen so liebevollen Sohn schenkt wie meinen Roupen.«

»Nichts wäre mir eine größere Freude, edle Frau«, sagte Padraig und dankte ihr mit einem gälischen Segen.

»Und Ihr, Herr Duncan«, sagte die Fürstin und klopfte mit dem Finger auf das Kästchen in meiner Hand. »Habt Ihr eine Gemahlin?«

»Leider nein, edle Frau«, antwortete ich schlicht. Ich wollte nicht die Erinnerung an deine liebe Mutter wieder wecken, liebe Cait. »Eines Tages vielleicht. So Gott will.«

Sydoni, die hinter der Fürstin stand, blickte mir bei diesen Worten in die Augen, und dieser Blick war so offen und direkt, dass ich ein wenig verlegen wurde.

»Dann bete ich, dass die Frau, die Ihr Euch erwählt, es stets in Liebe und Glück tragen wird«, sagte die Fürstin. Sie deutete auf das Symbol auf dem Rubin. »Dies ist das Siegel des königlichen Hauses von Armenien, unser Wappen seit tausend Jahren.«

»Euer Geschenk ist überwältigend, und ich danke Euch, aber ich kann es nicht annehmen«, wandte ich ein und riss mich von Sydonis Augen los … was mir weit schwerer fiel, als ich für möglich gehalten hätte. »Ich habe Euren Sohn nur auf seinem Weg begleitet.«

Das Gesicht der Edelfrau nahm einen gönnerhaften Ausdruck an. »Nun kommt aber. Falsche Bescheidenheit ist genauso unschicklich wie Eitelkeit. Roupen hat mir erzählt, dass Ihr ihm zweimal das Leben gerettet habt und dass Ihr den ganzen Weg über sein Schutzengel gewesen seid.«

Ich sah, dass es sinnlos war, noch weiter zu protestieren, und so verneigte ich mich erneut und nahm das Geschenk mit glühenden Wangen und so huldvoll wie möglich an. Zu meiner Erleichterung erschien in diesem Augenblick ein Diener mit einem Silbertablett voller kleiner Weingläser. Konstantin nahm ihm das Tablett ab und verteilte den Wein. Zu guter Letzt nahm er auch selbst ein Glas und sagte: »Lasst uns auf sichere Reisen und glückliche Heimkehrer trinken.«

Wir hoben die Gläser und tranken. Der Wein war süß und gut, und während wir tranken und sprachen, entspannte ich mich allmählich. Dann und wann kam einer der anderen Gäste an unseren Tisch, um Padraig und mir vorgestellt zu werden. Meistens übernahm Roupen die Vorstellung; doch wenn ihm ein Name oder ein Gesicht entfallen war, traten entweder Konstantin oder Fürstin Elena an seine Stelle. Zuerst versuchte ich, mir alle Namen und Gesichter zu merken, aber es waren zu viele, und für mich sahen sie nicht nur alle gleich aus, sie schienen auch auf eine ungewöhnlich komplizierte Art miteinander verwandt zu sein, sodass ich nach einer gewissen Zeit den einen nicht mehr von dem anderen unterscheiden konnte.

Immer mehr Menschen strömten in die Halle, und der Lärm der Menge machte schon bald jede Unterhaltung unmöglich. Also stand ich nervös neben Roupen und seiner Mutter, hielt mein Glas in der Hand und blickte auf die wimmelnde Masse hinunter. Gerade als ich zu dem Schluss kam, die Halle sei nun übervoll, da wurden die Türen geschlossen, was ein Geräusch verursachte, das sogar den Lärm der Menge übertönte.

Die Menge geriet in Bewegung, und plötzlich erschien Thoros und bahnte sich einen Weg hindurch; Nurmal folgte ihm. Sie kamen sofort zu unserem Tisch und begrüßten die Fürstin und die anderen Mitglieder des königlichen Hauses, die dort warteten. Während sie von einem zum anderen gingen, bemerkte ich, dass beide Männer bereits in Feststimmung waren. Sie lachten laut, küssten jeden und klopften allen auf den Rücken; jede ihrer Gesten erschien mir pompös und übertrieben. Sie machten auf mich den Eindruck wie Männer, die soeben ein Vermögen gewonnen hatten, oder wie Seeleute mit Silber in der Hand, die gerade nach langer Zeit in einen Hafen eingelaufen waren.

Ich war jedoch nicht der Einzige, der ihren Überschwang bemerkte. »Die Krakeeler sind also endlich aus ihren Weinbechern gekrochen«, erklärte Konstantin. Er hatte sich zu mir hinübergebeugt und musste schreien, damit ich ihn verstehen konnte. »Jetzt können auch wir anderen mit dem Feiern beginnen.«

Das hätte in der Tat so sein können – Gott weiß, dass zu viel Wein einen Mann beim Feiern ausgelassen macht –, und ich hätte Konstantin auch zugestimmt … wäre da nicht die Tatsache gewesen, dass Padraig und ich noch kurz vor dem Fest mit den beiden zusammen gewesen waren, und so wusste ich, dass sie nicht viel getrunken hatten. Nurmal war genau wie ich in seine Gemächer zurückgekehrt, und Thoros war sogar noch vor uns gegangen. Natürlich hätten die beiden sich später wieder treffen und miteinander trinken können, doch ich bezweifelte das. Ein Gefühl der Furcht überkam mich und sagte mir, dass die Erklärung für dieses Verhalten bei weitem nicht so simpel war.

Thoros nahm seinen Platz an der Tafel ein und winkte mir, zu seiner Rechten Platz zu nehmen, während Padraig sich links von ihm setzen sollte. Nurmal setzte sich neben mich. Auch die anderen Mitglieder des königlichen Hauses nahmen nun ihre Plätze ein, woraufhin die Halle in Aufruhr geriet, als die anderen Gäste versuchten, sich einen Sitzplatz an einem der übrigen Tische zu sichern. Es gab weit mehr Gäste als Sitzplätze, und so waren viele gezwungen, sich an den Rand zu stellen und darauf zu warten, dass einer der anderen mit dem Essen fertig war und sich erhob.

Nachdem wieder etwas Ruhe eingekehrt war, schritt ein alter Mann in langem schwarzem Gewand auf unseren Tisch zu und rief die Anwesenden mit lauter Stimme zum Gebet auf. Dann faltete er die Hände, hob sie vors Gesicht und bat den Allmächtigen in altem Griechisch, dieses Reich und seine Bewohner zu beschützen. Wie ich bereits gesagt habe, ist mein Griechisch bei weitem nicht so gut wie mein Latein; dennoch verstand ich das meiste von dem, was gesagt wurde. Der Mann betete für die Seelen aller Anwesenden und bat um göttliche Führung und Schutz. Das Gebet war lang, und häufig wechselte er vom Griechischen in die seltsame Sprache der Armenier. Nachdem er geendet hatte, wurden die Türen der Halle wieder aufgeworfen, und Diener trugen die Speisen herein.

Die ersten Speiseplatten wurden auf unseren Tisch gestellt – gebratenes Ochsen- und Wildschweinfleisch lag darauf –, und sofort ließ mir der Duft das Wasser im Mund zusammenlaufen, und ich spürte, wie hungrig ich war. Thoros, der das Amt des obersten Gastgebers übernommen hatte, griff in den Fleischberg vor sich und riss eine große Keule heraus. »Esst!«, rief er überschwänglich. »Esst, ihr alle! Genießt das Fest!«

Jeder der hungrigen Gäste griff nach dem, was vor ihm stand, und schon bald troff jedermanns Kinn von Bratensaft. Mein Glas wurde auf kuriose Weise immer wieder aufgefüllt, und in meinen Händen erschien immer wieder Brot. Ich achtete nicht darauf, wer oder was dafür verantwortlich war, sondern widmete mich voll und ganz dem Essen, das ich nur als hervorragend bezeichnen kann.

Tatsächlich war ich sogar so sehr damit beschäftigt, dass ich zunächst noch nicht einmal das Auftauchen des schwarz gewandeten Mannes hinter Thoros Schulter bemerkte. Nur langsam wurde mir bewusst, dass er mit nüchterner, ernster Stimme sprach, die in krassem Gegensatz zu dem rotgesichtigen, lachenden Mann stand, der vor ihm saß. Dunkel und drohend ragte er über Thoros auf, und jedes seiner Worte war ein düsterer Hauch.

Ich beobachtete, wie nach und nach aller Frohsinn von Herrn Thoros wich, und sein Gesicht nahm einen elenden und betrübten Ausdruck an, sodass bei seinem Anblick jedem das Lachen in der Kehle stecken bleiben musste. Einer nach dem anderen bemerkten die Gäste an unserem Tisch, dass die Laune ihres Herrn sich drastisch verändert hatte, und einer nach dem anderen fielen sie in Schweigen.

»Was ist mit dir los?«, erkundigte sich Konstantin. Seine Stimme klang in der plötzlichen Stille ungewöhnlich laut.

Thoros blickte zu seinem Bruder; dann wanderte der Blick zur Mutter, die neben Konstantin saß. Der stämmige Fürstensohn legte die Hände auf den Tisch und wuchtete sich – so schien es mir – unter großen Mühen in die Höhe. Dort stand er dann, ragte über alle anderen auf und verkündete mit gequälter Stimme: »Patriarch Baramistos hat mich gerade davon in Kenntnis gesetzt, dass mein Vater, Fürst Leo, gestorben ist.«

Der Tod von Fürst Leo brachte es mit sich, dass sämtliche Mitglieder der königlichen Familie eine Vielzahl langwieriger Rituale durchführen oder über sich ergehen lassen mussten. Die fremden Besucher waren rasch vergessen. Padraig und ich, wir sorgten gerne für uns selbst, um unseren Gastgebern in ihrer Trauer nicht zur Last zu fallen. Aber so begierig ich auch darauf war, die Stadt zu verlassen und meine Reise so rasch wie möglich fortzusetzen, so wollte ich aus Rücksicht auf Roupens Gefühle mich doch nicht wie ein Dieb in der Nacht einfach davonstehlen. Uns blieb also nichts zu tun, und so nahmen wir die Gelegenheit wahr, durch die Straßen der Stadt zu wandern und zu sehen, wie die Bevölkerung den Tod ihres Herrschers aufnahm.

Was ich sah, war eine Stadt in tiefer Trauer ob des Verlustes ihres viel geliebten Fürsten. Offenbar hatte Leo sein Volk über viele Jahre hinweg weise und klug geführt, und die Armenier waren ehrlich betrübt über seinen Tod. Überall gingen Männer und Frauen mit traurigen Gesichtern ihrer Arbeit nach und sprachen nur leise und bedächtig miteinander. Dutzende kleiner Schreine tauchten in den Straßen auf – ein Bild des Fürsten hier, eine Schnitzerei dort oder vielleicht auch eine Münze mit dem Konterfei des Herrschers –, und jeder einzelne von ihnen war mit grünen Zweigen und einer Kerze verziert. Wann immer jemand an einem dieser Schreine vorüberkam, malte er sich mit dem Finger das Zeichen des Kreuzes auf die Stirn.

Viele der älteren Männer und Frauen hatten sich Asche ins

Haar und auf die Kleider geschmiert; einige hatten sich sogar in Sackleinen gehüllt. Jeder gedachte des Todes des Fürsten auf angemessene Weise, und selbst die Jüngeren waren sichtlich betrübt.

Wenn je eine Stadt getrauert hat, dann Anavarza.

Der Fürst selbst lag in einem vergoldeten Sarg in der Kirche der Heiligen Georg und Nikolaus, der Hauptkirche der Stadt, die als Kathedrale des armenischen Ritus diente. Es war ein großes, doch wenig beeindruckendes Gebäude aus rotem Stein. Für eine solch große Kirche war sie ausgesprochen schlicht; nirgends waren überflüssige Verzierungen zu sehen – in dieser Hinsicht ähnelte sie sehr den Gotteshäusern der Célé Dé.

Den ganzen Morgen über wanderten Padraig und ich durch die Stadt und staunten über die langen Reihen der Trauernden, die über die Plätze und durch die Straßen in Richtung der Kirche zogen, wo man den toten Fürsten aufgebahrt hatte. Dann und wann warf einer der Trauernden die Hände in die Höhe und stieß einen von Herzen kommenden, gequälten Schrei aus. Ansonsten war die Menge ruhig und verhielt sich ausgesprochen ehrerbietig.

Als Mönch war Padraig fasziniert davon, zu sehen, wie die Armenier ihren Glauben ausübten, und das nicht enden wollende Ritual zog ihn mehr und mehr in seinen Bann. Ich jedoch empfand die Trauer und all die religiösen Zeremonien für ein Volk unangebracht, das am Rande eines Krieges stand.

Ganz seiner Trauer hingegeben schien Thoros weder einen Gedanken an die Seldschuken zu verschwenden, die in den Bergen lauerten, noch an den bevorstehenden Angriff Bohemunds und seiner Ritter. Der Tod des geliebten Fürsten Leo ließ alles andere in Vergessenheit geraten. Jedenfalls vermochte ich nichts zu erkennen, was auf Kriegsvorbereitungen hingedeutet hätte – abgesehen davon, dass man die Wachen auf den Mauern verstärkt hatte.

Das verwunderte und beunruhigte mich sehr. Wofür hatten wir Leib und Leben riskiert? Für eine Warnung, die ohnehin niemand ernst nahm? Falls die Herrscher von Armenien sich nicht um das

Wohl ihrer Stadt und ihres Volkes kümmerten, warum sollten wir es dann tun?

Verstört machte ich mich auf den Weg zurück zum Palast. Ich war fest entschlossen, nicht länger zu warten; wir würden sofort aufbrechen. Ich erreichte den Vorplatz des Palastes gerade rechtzeitig, um die Ankunft eines beachtlichen Kontingents Seldschuken zu beobachten. Mit großem Zeremoniell wurden die Türken zum Eingang der Großen Halle geführt, in der man eilig Vorbereitungen getroffen hatte, Trauergäste zu empfangen. Fürst Leos Totenfeier sollte bei Sonnenuntergang beginnen, und die verschiedenen Gottesdienste und Rituale würden die ganze Nacht hindurch dauern mit der eigentlichen Beisetzung am nächsten Morgen als Höhepunkt.

Ich stand im Schatten und beobachtete, wie die Botschafter der Seldschuken von einer Abordnung armenischer Edelleute empfangen wurden, die die Gäste sofort in die Halle führten, wo Thoros, seine Mutter und die anderen Mitglieder der königlichen Familie Hof hielten. Die ausgesprochene Höflichkeit, mit der die Muselmanen empfangen wurden, erstaunte mich. Offenbar war mir das auch anzusehen, denn Nurmal, der gerade die frische Luft im Hof genoss, trat auf mich zu, sah mich an und fragte: »Was denn? Habt Ihr noch nie einen Seldschuken gesehen?«

»Noch nie«, antwortete ich. »Um die Wahrheit zu sagen, weiß ich nicht, was ich erstaunlicher finden soll: dass sie den verstorbenen Fürsten auf diese Weise ehren oder dass man einem eingeschworenen Feind so mir nichts, dir nichts, Einlass in die Stadt gewährt, um der trauernden Familie seine Aufwartung zu machen.«

Nurmal lachte leise. »Ich weiß nicht, wie es sich in Eurem Land verhält, mein Freund, aber hier meißelt man Feindschaft nicht in Stein. Die Feindseligkeiten in diesem Land sind, sagen wir, *fließender* – wie Flüsse in der Wüste, die ständig ihren Lauf ändern. Der Feind von heute kann der Freund von morgen sein, den man um Hilfe bittet. Das dürft Ihr nie vergessen.«

Er sprach eine einfache Wahrheit des Ostens aus, doch eine, die ich bis heute nicht ganz verstehe. Aber wie auch immer: Die Worte jagten mir einen Schauder über den Rücken. Ich dachte: Wenn Feindschaft etwas so Vorübergehendes ist, dann gilt für Treue vermutlich das Gleiche.

»Erst gestern bereitete sich die Stadt auf einen Angriff eben dieser Seldschuken vor«, bemerkte ich.

»Das stimmt«, bestätigte mir Nurmal fröhlich. »Aber das war gestern. Die Dinge haben sich geändert. Würde sich nichts verändern, gäbe es auch keine Hoffnung.«

Mit Nurmals Worten im Kopf eilte ich davon, um Jordanus und Sydoni zu suchen, die ich beide seit dem Fest nicht mehr gesehen hatte. Ich ging in den kleinen Speiseraum, wo Thoros uns Wein serviert hatte, und dort fand ich Roupen mit seinem Bruder Konstantin.

Sie sprachen so ernst miteinander, dass ich es für besser hielt, mich nicht einzumischen. Aber ich konnte dennoch vernehmen: »... eine äußerst gefährliche Angelegenheit«, sagte Konstantin gerade. »Selbst Thoros muss das doch sehen. Falls nicht, dann ist er nicht dafür geeignet, die Nachfolge unseres Vaters anzutreten. Ich schwöre dir ...«

In diesem Augenblick sah mich Roupen, und die beiden Brüder hörten sofort auf zu reden – mir schien es beinahe so, als würden sie sich schuldig fühlen. »Mein Freund«, rief Roupen, »du musst uns verzeihen, dass wir euch so vernachlässigt haben. Die Pflichten der königlichen Familie wiegen in solchen Zeiten besonders schwer.«

»Das verstehe ich voll und ganz«, erwiderte ich und versicherte ihnen, dass sie sich meinetwegen keine Mühe machen müssten. Die beiden Brüder zögerten. Offensichtlich waren sie begierig darauf, ihr Gespräch fortzuführen; also sagte ich: »Wenn ihr mich jetzt bitte entschuldigen wollt. Ich suche nach Jordanus.«

»Wir haben ihn nicht gesehen«, erklärte Konstantin. »Bestimmt befindet er sich noch immer in seinen Gemächern.«

»Kommt zu Mittag in die Halle«, sagte Roupen und lächelte knapp, »und schließt euch der königlichen Familie an. Ich werde mich dann um euch kümmern.«

Ich dankte den beiden und machte mich davon; Konstantins verhaltene Wut war mir nicht entgangen. Auch wenn es mich nichts anging, so konnte ich doch nicht anders, als mich zu fragen, was wohl der Grund dafür war. Nach kurzer Zeit schob ich den Gedanken jedoch wieder beiseite und betrat jenen Flügel des Palastes, wo man Jordanus und seine Tochter untergebracht hatte. Der alte Händler saß auf einem Stuhl und blickte zum Fenster hinaus und über die Dächer der Häuser hinweg, die den Palast umgaben.

Ich grüßte ihn, und da ich keine Zeit verschwenden wollte, verlieh ich meinem Unverständnis Ausdruck, dass niemand auch nur das Geringste unternahm, um sich auf den bevorstehenden Kampf mit Bohemund vorzubereiten. Ich sagte ihm, dass Padraig und ich Anavarza schon bald verlassen würden, und da die Stadt so gut wie wehrlos gegen den zu erwartenden Angriff war, schlug ich ihm vor, er und seine Tochter sollten es uns gleichtun. »Natürlich«, sagte ich, »würden wir uns freuen, Euch und Sydoni bis nach Mamistra begleiten zu dürfen.«

Jordanus nickte ernst. »Wann?«

»Sobald wir Pferde und Vorräte haben … nicht später als heute Mittag.«

»Dann geht. Ich werde es Sydoni sagen.«

»Kommt zu den Stallungen, sobald Ihr bereit seid.«

Als Nächstes eilte ich zu den Stallknechten, um ihnen zu sagen, dass sie fünf von Nurmals Pferden bereitmachen sollten. Falls Nurmal einverstanden war, so hatte ich mir gedacht, dass wir die Pferde für ihn zurück nach Mamistra bringen könnten. Sollte es notwendig sein, würde ich sie ihm auch abkaufen. Mit der Brosche, die Fürstin Elena mir gegeben hatte, konnte ich ohne Zweifel ein ganzes Dutzend seiner besten bezahlen.

Auf dem Weg in den Stall traf ich Padraig und bat ihn, sich

zu beeilen und Vorräte für uns zu besorgen. »Lass dir von Roupen helfen. Das ist wohl das Mindeste, was er uns schuldet.« Mit diesen Worten setzte ich meinen Weg fort; doch im Stall fand ich niemanden, der auch nur ein einziges Wort Latein sprach, und mit meinem erbärmlichen Griechisch dauerte es weit länger, ihnen verständlich zu machen, was ich wollte.

Schließlich gelang es mir jedoch, und ich rannte in den Palast zurück, um meine Sachen zu packen und mich von Roupen zu verabschieden. Nurmal besaß ein Zimmer genau gegenüber dem unseren. Er lag auf dem Bett und ruhte sich für die Zeremonien aus, die heute Abend beginnen würden. Rasch erklärte ich ihm meinen Plan und bat ihn, bis Mamistra seine Pferde benutzen zu dürfen. »Natürlich, mein Freund«, antwortete er. »Es ist ja klar, dass wir früher oder später wieder zurückkehren. Geht mit meinem Segen. Aber«, fügte er hinzu, »wenn es Euch nichts ausmacht, dass ich das frage, so würde ich gerne wissen, warum Ihr es so eilig habt. Der Tag ist schon halb vorbei, und bis zum Einbruch der Nacht werdet Ihr nicht weit kommen. Warum wartet Ihr nicht bis morgen? Oder besser noch: Warum wartet Ihr nicht ein paar Tage, damit wir gemeinsam zurückkehren können?«

»Der Krieg ist nicht mehr weit, egal ob Anavarza das nun glaubt oder nicht.« Und ich erklärte ihm, dass ich nicht die Absicht hatte, daran teilzunehmen; der gierige Fürst Bohemund und seine hochfliegenden Pläne gingen mich nichts an. Soweit es mich betraf, hatte ich meine Pflicht Roupen und seinem Volk gegenüber erfüllt; jetzt mussten sie selber sehen, wie sie zurechtkamen. Was mich und Padraig anging, so würden wir nicht länger warten; wir würden die Stadt sofort verlassen.

Nurmal musterte mich amüsiert. »Es besteht aber keinerlei Grund zur Eile, mein Freund«, sagte er. »Wir können gehen, wann immer wir wollen.«

»Bohemund und sein Heer können jeden Augenblick hier eintreffen«, schnappte ich, unfähig, die Enttäuschung in meiner Stimme zu verbergen. »Er kommt mit Hunderten von Rittern und ein paar Tausend Mann Fußvolk. Ich verspüre nicht gerade den Wunsch, in einer belagerten Stadt gefangen zu sein, geschweige denn bei der Verteidigung derselben zu helfen.«

»Beruhigt Euch«, sagte Nurmal. »Bohemund wird die Stadtmauern nie sehen.«

Die Art, wie er das sagte – mit solch ruhiger Selbstsicherheit –, erzeugte ein misstrauisches Kribbeln auf meiner Haut. Ich starrte ihn an. »Warum? Was wisst Ihr darüber?«

»Emir Ghazi wird sich um sie kümmern«, antwortete er und erhob sich auf die Ellbogen, »und der Emir besitzt Tausende von Kriegern – allesamt beritten, und allesamt begierig darauf, für den Ruhm des Islams das Martyrium zu erleiden.«

Ich starrte ihn weiter an und versuchte, seinen Worten einen Sinn zu entnehmen. »Die Seldschuken? Warum sollten die Seldschuken sich einmischen?«

»Bei uns gibt es eine Redewendung«, erwiderte Nurmal leichthin. »›Der Feind meines Feindes ist mein Freund.‹ Thoros versteht das besser als die meisten anderen. Er schuldet Emir Ghazi eine große Menge Geld. Wie sollte er diese Schuld wohl besser begleichen, als dem Emir eine besondere Ehre anzubieten? Sagen wir, indem er ihm Fürst Bohemund ausliefert?« Er lächelte ruhig. »Das ist die perfekte Lösung: Anavarza wird verschont, der Eindringling geschlagen, und Ghazi erhält die unwiderstehliche Gelegenheit, Antiochia zurückzuerobern. Das Gleichgewicht wäre dann wiederhergestellt.«

»Aber das ist ungeheuerlich!«, protestierte ich von der Falschheit dieses Handels wie vor den Kopf geschlagen.

Der listige Pferdehändler schüttelte den Kopf. »Nein, das ist einfach nur zweckmäßig, mein Freund.«

»Hätte ich solchen Verrat auch nur vermutet, ich hätte Antiochia nie verlassen«, erklärte ich und zitterte vor Wut. »Das ist unerträglich! Undenkbar! Dem muss sofort ein Ende gemacht werden!«

Nurmal runzelte mitleidig die Stirn. »Haltet Frieden, Duncan.

Ihr fügt Euch sonst nur selbst Schaden zu.« Er erhob sich vom Bett und legte mir väterlich die Hände auf die Schultern. »Auch wenn ich Eure Ehrenhaftigkeit bewundere, so verstehe ich doch Eure Skrupel nicht. Warum seid Ihr überhaupt hierher gekommen?«

Ich wusste nicht, was er von mir wollte. »Ihr wisst genauso gut wie jedermann, warum wir hierher gekommen sind.«

»Ihr kamt hierher, um die Armenier vor Bohemunds Angriff zu warnen«, sagte Nurmal. »Stimmt das etwa nicht?«

»Ja, aber ...«

»Was habt Ihr denn geglaubt, würde geschehen?«

»Ich habe nicht gedacht, dass ...«, begann ich, hielt dann aber inne, als ich erkannte, dass ich nur ausgenutzt worden war. »Man hat meine Warnung zum Verrat benutzt. Man hat *mich* zu einem Verräter gemacht!«

»Warum sprecht Ihr von Verrat?«, verlangte Nurmal zu wissen, der allmählich die Geduld verlor. »Wo ist hier der Verrat? Wo, frage ich Euch? Hört mir zu, mein Freund. Das hier hat nichts mit Verrat zu tun. Das ist das Schicksal und die Unberechenbarkeit des Krieges. Ihr habt von dem drohenden Angriff erfahren und seid geflohen, um ein Gemetzel zu vermeiden ...«

»Ja ... Um der Liebe Gottes willen, ich habe an nichts anderes mehr gedacht.«

»Nun, Ihr hattet Erfolg. Ihr habt es verhindert. Dafür wird Emir Ghazi sorgen; habt keine Furcht.«

»Das Gemetzel ist nicht verhindert«, knurrte ich, und Schuldgefühle überkamen mich; »nur sind es jetzt andere, die abgeschlachtet werden.«

Die Sinnlosigkeit und die Schande meiner Tat brachen wie eine Flut über mich herein. Ich machte auf dem Absatz kehrt und floh aus dem Raum. Nurmal rief mir hinterher, doch ich antwortete ihm nicht. Rasch suchte ich meine Sachen zusammen. Es war nicht viel; meine Kleider hatte man zum Reinigen gebracht und mir bis jetzt nicht wieder zurückgegeben.

Nun gut, dann würde ich eben in dem fliehen, was ich am Leibe trug, entschied ich, und alles andere zurücklassen. Ich dachte auch kurz darüber nach, das Schmuckstück hier zu lassen, das mir Fürstin Elena geschenkt hatte – ich wollte nichts von den Armeniern. Doch dann ließ mich der gesunde Menschenverstand von der Entscheidung Abstand nehmen: Wollten wir Antiochia erreichen, brauchten wir Geld, und die Brosche war sehr wertvoll. Also nahm ich sie aus dem Kästchen und steckte sie in die Innenseite meines Wamses, wo sie sicher war.

Padraig wartete mit Roupen am Stall. Der junge Fürstensohn war traurig, uns so überstürzt abreisen zu sehen. »Ich wünschte, es ginge anders«, sagte ich ihm. Er bat mich, noch einmal über meine Entscheidung nachzudenken, doch ich lehnte ab. Als er sah, dass ich meine Meinung nicht mehr ändern würde, gab er widerwillig nach und verkündete, wie sehr er unsere Freundschaft schätze und dass er für den Erfolg unserer Pilgerfahrt beten würde.

Dann erschienen Jordanus und Sydoni in der Tür, und Roupen wünschte auch ihnen Lebewohl und dankte ihnen für ihre unschätzbare Hilfe, aufgrund derer er noch rechtzeitig nach Hause gekommen war, um sich von seinem Vater zu verabschieden. Während die drei miteinander sprachen, überprüften Padraig und ich die Pferde und das Gepäck. Zufrieden stellten wir fest, dass alles in Ordnung war. Schließlich führten wir die Tiere in den Hof hinaus und sagten Roupen ein letztes Mal Lebewohl.

Wir ritten durchs Tor hinaus auf die Straße, über die wir gekommen waren und ließen Anavarza hinter uns. Die Sonne stand hoch am Mittagshimmel; das Wetter war schön und heiß, und mit Nurmals hervorragenden Pferden kamen wir gut voran. Ich hatte dieselben Tiere ausgesucht, auf denen wir hierher gekommen waren, denn diese kannten uns bereits: den Apfelschimmel für mich, den Rotschimmel für Padraig und die beiden haselnussbraunen Stuten für Jordanus und Sydoni.

Nachdem die Stadt außer Sichtweite war, hielten wir kurz an, um etwas zu trinken; dann ritten wir etwas langsamer weiter. Nun, da ich wieder im Sattel war, fühlte ich mich schon nicht mehr ganz so unwohl. Was auch immer nun geschehen mochte, dachte ich, es ging mich nicht länger etwas an. Ich hatte getan, was ich tun konnte, nur dass man meinen guten Willen ausgenutzt und meine Hilfe zu Schlimmem missbraucht hatte. Ich wollte kein Teil von etwas derart Frevelhaftem sein, und so war ich von Herzen froh, diesem Nest des Verrats entkommen zu sein.

Heute, da ich die Dinge mit einigem Abstand sehe, meine liebe Cait, kann ich nicht anders, als mich über die Unschuld meiner Gedanken und Gefühle an jenem Tag wundern. Nurmal hatte nichts als die Wahrheit gesagt, so hart und unangenehm sie auch sein mochte. Bohemund hatte seinen Weg gewählt; lange bevor er Anavarza erreichte, hatte er sein Leben und das seiner Männer einem sinnlosen Plan verschrieben.

Wie konnte ich nur annehmen, dass irgendeine meiner Taten den Lauf der Dinge ändern konnte? Habe ich wirklich geglaubt, ich könnte mich der göttlichen Gerechtigkeit entgegenstellen?

Wer war ich denn? Doch nur ein armseliger Gesell, der sich in Dinge versuchte einzumischen, die weit über seinen Horizont hinausgingen. Wie im Namen von allem, was heilig ist, hatte ich nur hoffen können, den hochmütigen jungen Fürsten davon abzuhalten, die Früchte seines unstillbaren Ehrgeizes zu ernten?

Und warum habe ich es überhaupt versucht?

Die Antwort, glaube ich, lautet, dass ich den Gedanken einfach nicht ertragen konnte, dass Christen gegen Christen kämpften, dass Menschen Gottes größtes Geschenk, das Leben, einfach so wegwarfen, und das auch noch aus dem nichtigsten und dümmsten denkbaren Grund. Das Schicksal hatte es so gefügt, dass ich bestimmte Dinge wusste – die Bewegungen von Armeen, die Absichten von Herrschern –, und ich hatte mich aus irgendeinem Grund dem Glauben ergeben, dass dieses Wissen die Verpflichtung mit sich brachte, es zum Guten zu verwenden.

Das hat etwas mit Gefühlen zu tun, sage ich, nicht mit Vernunft. Hätte ich auch nur einen Augenblick innegehalten und über all das nachgedacht, so hätte ich ohne Zweifel die Sinnlosigkeit des Unterfangens erkannt. Wenn ich mir selbst doch nur eine einzige Frage gestellt hätte: Was wollte ich eigentlich?

Nun, nach endlosen Monaten nüchternen Nachdenkens, bin ich zu dem Schluss gekommen, dass ich nur eines gewollt habe: dass alle sich an einen Tisch setzen und ihre Streitigkeiten wie vernünftige Menschen aus der Welt schaffen. Ich hatte geglaubt, dass Christen, seien sie nun Armenier oder Franken, sich gegen den gemeinsamen Feind, die Seldschuken, vereinen ließen. Kurz gesagt, ich wollte den Frieden wahren, und ich habe keinen Grund gesehen, was dagegen gesprochen hätte. Ich habe geglaubt, dass ein Mann etwas bewirken konnte, solange er guten Willens ist, und dass Gott jenen hilft, die an ihn glauben.

Doch in dem Wahnsinn, den man hier im Osten Vernunft nennt, war dieser Glaube eine reine Illusion. Ein unendlich traurigerer und weiserer Mann versteht das jetzt.

An jenem schicksalhaften Tag jedoch floh ich Hals über Kopf aus der Stadt in dem Bemühen, so schnell und so weit wie möglich von diesem Ort des Verrats fortzukommen, damit Padraig und ich unsere Pilgerfahrt fortsetzen konnten. Ich gab ein rasches Tempo auf der rauen, unebenen Straße vor. Das Herz brannte mir in der Brust, und ich wünschte, ich hätte nie von Ghazi, Thoros oder Bohemund gehört.

Diese Gedanken gingen mir noch immer im Kopf herum, als wir einige Zeit später den Gipfel eines steilen Hügels erreichten, hinter dem das Land in eine weite Ebene auslief. Die Ebene war eine von Dornenbüschen übersäte Wildnis, die bis zu den Ausläufern der Berge im Norden reichte, und im Süden zog sich ein ausgetrocknetes Flussbett durch sie hindurch.

Noch während ich dieses Bild in mich aufnahm, zügelte ich mein Pferd, denn dort, wo die Straße mitten durch die Ebene verlief, sah ich eine wabernde Masse: die Reste von Bohemunds Heer.

»Christus, sei uns gnädig«, keuchte Sydoni. Padraig begann laut auf Gälisch zu beten, und Jordanus krächzte einen unverständlichen Fluch.

Weit unter uns im Tal kämpfte ein kleiner Haufen Kreuzfahrer noch immer tapfer um sein Leben. Inmitten der wirbelnden, heulenden Seldschuken versuchten die christlichen Heerführer verzweifelt, eine Schlachtreihe zu bilden. Die wenigen noch berittenen Soldaten hatten eine Keilformation eingenommen in der vagen Hoffnung, dem Angriff die Wucht zu nehmen und vielleicht sogar zum Gegenschlag ausholen zu können – ein sinnloser Versuch. Genauso gut hätten sie versuchen können, eine Meereswoge mit einem Ruder zu spalten.

Jedes Mal, wenn die Kreuzfahrer versuchten, den Feind zu stellen, wichen die Seldschuken zurück, doch nur, um dann die offenen Flanken zu attackieren. Wenn die Kreuzfahrer die Flanken zu schützen versuchten, griffen die Muslime von vorne an. Tatsächlich wirkte das ständige Hin und Her wie ruhelose Wellen, und der Waffenlärm klang wie das Tosen eines Sturms weit draußen auf See.

Der flache Boden des Tals formte sich zu einer schmalen Ebene zwischen dem tiefen Graben des ausgetrockneten Flussbetts im Süden und den zerklüfteten Ausläufern der Berge im Norden; eine Straße verlief von Ost nach West. Überall auf der Ebene lagen die Gefallenen von Bohemunds Heer. Anhand der Anordnung der Leichen erkannte ich, dass die Kreuzfahrer das Tal hinaufmarschiert sein mussten, wo sie in einen Hinterhalt geraten waren, den Emir Ghazi für sie vorbereitet hatte. Gefangen zwischen Flussbett und Bergen waren die unglückseligen Männer niedergemetzelt worden, während sie versucht hatten, auf demselben Weg zu fliehen, den sie gekommen waren.

Doch eine Flucht wäre nicht möglich gewesen. Die kahlen Hänge der umliegenden Hügel wimmelten nur so von berittenen Seldschuken. Einige trugen dunkle Turbane, andere weiße, rote, gelbe oder braune, sodass sie wie eine seltsam gefleckte Flut wirkten, die sich unaufhaltsam auf die Ebene ergoss. Mein Herz zog sich zusammen, als ich sah, wie die letzten der dem Untergang geweihten Franken ihre Waffen fallen ließen, um schneller fliehen zu können, und die unbarmherzigen Seldschuken ihnen nachsetzten, um ihnen den Todesstoß zu versetzen. Ich roch den Gestank von Blut im Wind.

Einmal, als Kind, stand ich auf einem Felsen über dem Gerstenfeld meines Vaters und beobachtete die tief hängenden dunklen Wolken eines Sommersturms, der über das Land zog. Zuerst kam der Wind, und er drückte die hohen Halme mit atemberaubender Kraft zu Boden. Und dann, bevor diese sich vom ersten Angriff erholen und wieder aufrichten konnten, kamen Regen und Hagel und hämmerten das gebeugte Korn in den Boden, bis es vollkommen darnieder lag.

Was ich damals als Kind gesehen hatte, das sah ich auch jetzt, nur dass diese Ernte weit schrecklicher war als alles, was ich mir bisher hatte vorstellen können. Selbst von meinem sicheren Standort aus konnte ich das Furcht erregende Funkeln der entsetzlichen arabischen Krummschwerter sehen, die immer wieder und wieder niedersausten und Bohemunds Heer wie ein schrecklicher Hagel in den Boden stampften, auf dass es sich niemals mehr erheben möge.

Reue, Scham und Wut kämpften in mir um die Vorherrschaft; ich wollte das Ende des Gemetzels nicht mehr sehen. »Kommt«, sagte ich und drehte mein Pferd herum, um den Hügel wieder hinunterzureiten.

Als ich mich jedoch umdrehte, bemerkte ich aus den Augenwinkeln heraus ein goldenes Funkeln. Ich sah genauer hin und entdeckte Bohemunds goldenes Banner, das hell in der Mittagssonne leuchtete. Und dann war es weg. Es war einfach verschwunden – ein kleines Licht verschlungen von einem Meer aus dunklen Turbanen. Kurz hielt die verräterische Flut inne, wogte hierhin und dorthin, und setzte ihren Weg dann wieder unaufhaltsam fort.

Doch plötzlich erschien das Banner erneut ... diesmal in der Hand eines Seldschukenkriegers. Der feindliche Reiter galoppierte mit seiner Beute davon, ließ sie im Wind wehen und schrie wie der Teufel selbst. Sogar auf unserem Hügel konnten wir ihn deutlich hören, und noch lange danach hallte das Heulen in meinen Ohren wider.

Nachdem wir das Schlachtfeld hinter uns gelassen hatten, richtete ich den Blick gen Himmel und betete für die Seelen der armen, unwissenden Soldaten, die der unbeherrschte Ehrgeiz eines hochmütigen Herrn in den Untergang geführt hatte. Ich bat den Höchsten Richter, ihnen nicht die Gier und die Dummheit ihrer Führer zum Vorwurf zu machen. »Erweise ihnen deine unermessliche Gnade, o du, unser aller Erlöser«, betete ich, »und gewähre diesen Unglücklichen einen Platz im Paradies ... wenn schon nicht in den höchsten Hallen des Himmels, dann doch zumindest in den umliegenden Zelten.«

Nach kurzem Ritt hielten wir an, um zu entscheiden, was als Nächstes zu tun sei. Mir schien es am Klügsten zu sein, auf der anderen Seite des ausgetrockneten Flussbetts entlangzuziehen, möglichst weit weg vom Schlachtfeld. Das bedeutete zwar einen großen Umweg für uns, aber zumindest durften wir auf diese Art hoffen, nicht gesehen zu werden. Padraig und Jordanus stimmten mir zu.

»In diesen Hügeln hier gibt es Ziegenpfade«, erklärte Jordanus. »wenn wir den Fluss zwischen uns und dem Tal halten, werden wir schon bald weit weg vom Schlachtfeld sein.«

So wählte ich einen Ziegenpfad, der auf der Rückseite unseres Hügels seinen Anfang nahm, und ritt voraus; Sydoni kam als Nächste, dann Jordanus und Padraig zuletzt, der auch das Packpferd führte. Wir folgten dem Pfad ein gutes Stück. Als er sich schließlich teilte, suchte ich uns einen neuen aus, wobei ich sorgfältig darauf achtete, immer die Hügel zwischen uns und dem Tal zu halten.

An einem Punkt führte der Pfad zu dem ausgetrockneten Flussbett hinunter, wobei er sich hierhin und dorthin wand und zwischen zwei Felsvorsprüngen hindurchführte. Felsbrocken waren von den Hängen zu beiden Seiten auf den schmalen Pfad gefallen, was unser Vorwärtskommen erschwerte. Es dauerte eine Zeit, bis wir einen Weg durch die Steine hindurch gefunden hatten, und als wir schließlich das Flussbett erreichten, hielten wir kurz an, um zu trinken.

Wir stiegen ab und traten in den Schatten der überhängenden Felsen. Padraig holte einen Wasserschlauch vom Packpferd, den wir reihum gehen ließen; jeder von uns trank ein, zwei Mund voll. Im Schatten war es deutlich kühler, und es war schade, dass wir weiter mussten, aber wir hatten noch einen langen Weg vor uns, bevor wir die Straße wieder erreichen würden, und bei Einbruch der Nacht wollte ich das Schlachtfeld so weit wie möglich hinter uns wissen.

Also stiegen wir wieder in die Sättel und setzten uns in Bewegung. Das ausgetrocknete Flussbett war flach und breit und an den Seiten hoch genug, dass wir nicht von den umliegenden Hügeln aus gesehen werden konnten, wo die Schlacht stattgefunden hatte. Ich wies Jordanus darauf hin, der ebenfalls glaubte, es wäre leichter, auf diesem Weg weiterzuziehen – zumindest für eine Weile –, denn das sandige Bett war breit genug, dass zwei Mann bequem nebeneinander reiten konnten. Sydoni ritt neben mir, und bald waren wir in ein Gespräch vertieft.

Wir sprachen über dies und das, nichts Besonderes, einfach nur so. Ich glaube, Sydoni wollte einfach nur das Gemetzel aus ihren Gedanken vertreiben, und ich war froh, ihr dabei helfen zu können. Um die Wahrheit zu sagen: Ich genoss Sydonis Gesellschaft. Bei den wenigen Gelegenheiten, da sie beschloss, meine Nähe zu suchen, galt all meine Aufmerksamkeit ausschließlich ihr. Sydonis Art, sich auszudrücken, war einmalig, und – für mich jedenfalls – erfrischend. Vermutlich, so glaubte ich, lag das an ihrem koptischen Blut und an ihrer Kindheit in Damaskus inmitten all der Mohammedaner, dass sie anders war als alle Frauen, die ich kannte.

Doch wie dem auch sein mochte, ich schenkte ihr mehr Aufmerksamkeit als dem vor uns liegenden Weg. »Pfaue sind meine Lieblingstiere«, sagte sie gerade, »besonders wenn sie fliegen. Ihre Schwänze sind so lang und graziös. In Damaskus isst man sie, doch ich glaube, sie sind zu schön dafür. Es ist, als würde man den Sonnenuntergang essen.«

»Wie schmecken sie?«, fragte ich und blickte ihr ins Gesicht. Sie zögerte kurz und riss die Augen auf. Die Worte erstarben ihr auf der Zunge.

Ich folgte ihrem Blick und sah eine Gruppe seldschukischer Krieger, die hinter einer Biegung ein paar Hundert Schritt vor uns auftauchte. Die Türken sahen uns ebenfalls sofort.

Es waren sechs. Alle trugen sie rote Turbane, schwarze Hemden und Hosen und kurze schwarze Umhänge. Auch ihre Pferde glichen sich wie ein Ei dem anderen, und jeder trug einen kleinen, mit Fell bespannten Rundschild mit spitzem Dorn. Den Turban des Anführers zierte ein weißer Rossschweif. Der Mann musterte uns einen Augenblick lang mit scharfem Blick, und ich hielt den Atem an.

Gütiger Gott, nimm uns in deine mächtige Hand, betete ich.

Dann drehte der Anführer sich zu den beiden Männern zu seiner Linken um, bellte einen knappen Befehl, wobei er auf uns deutete, und mein Herz setzte einen Schlag lang aus.

»Flieht!«, schrie ich und riss an den Zügeln. Mein Grauer reagierte, ohne zu zögern, und wir waren auf und davon. Mühelos fielen die Pferde in Galopp. Sie waren so schnell, dass ich meinem

Schöpfer im Stillen dafür dankte, dass Nurmal nur mit den besten Tieren handelte.

Padraig ließ das Packpferd los und galoppierte mit Jordanus voraus; Sydoni und ich waren hinter ihnen, doch nur eine Halslänge. Ich schlug meinem edlen Schimmel die Zügel auf die Schultern und ließ ihn laufen. Deutlich spürte ich die mächtigen Muskeln unter mir, während wir durch das ausgetrocknete Flussbett in dieselbe Richtung flohen, aus der wir gekommen waren, und die Hufe des Pferdes den trockenen Boden aufwühlten und Staub und Dreck gen Himmel schleuderten.

Es dauerte nicht lange, und wir hatten wieder die Stelle erreicht, wo der Ziegenpfad zwischen den beiden Felsvorsprüngen in das Flussbett mündete. Ich wagte es, einen Blick über die Schulter zurückzuwerfen, um zu sehen, wie nah uns die Verfolger waren. Das Ufer hinauf würden wir uns beeilen müssen, doch dahinter konnten wir die Pferde wieder laufen lassen, und ich bezweifelte, dass die Seldschuken es für sinnvoll hielten, uns hier hinauf zu folgen.

Also zügelte ich meinen Grauen mit einem Gebet auf den Lippen und klopfendem Herzen, um Sydoni den Vortritt zu lassen. Padraig hatte bereits den Pfad erreicht und verschwand zwischen den Felsen. Jordanus folgte ihm. Er klammerte sich an den Sattel wie ein Kind, während sein Pferd das Ufer hinaufflog. Sydonis Tier scheute. »Heja!«, schrie sie und trat dem widerspenstigen Tier die Fersen in die Flanken. Das Pferd sprang den anderen hinterher.

Dann war ich an der Reihe. Die Seldschuken hatten mich fast erreicht. Ich trieb mein Tier wieder an. Erneut reagierte mein edler Apfelschimmel auf meinen Befehl, ohne sich zu beschweren, und sprang den von Felsen übersäten Eingang des Pfads empor. Ich sah, wie Sydoni das freie Gelände jenseits der Felsenüberhänge erreichte. Sie hielt an und blickte zurück. »Flieh! Flieh!«, rief ich. »Ich bin direkt hinter dir!«

Sie verschwand mit lautem Hufgetrappel, und ich konnte vor mir nur noch einen leeren Pfad erkennen.

Und das war das Letzte, was ich sah. Denn das Nächste, woran ich mich erinnere, ist, dass Himmel und Erde mit einem Mal den Platz getauscht hatten, und der Boden auf mein Gesicht zuflog. Ich wurde vom Pferd geworfen, prallte hart gegen das Ufer und wurde von einem Hagel loser Steine bedeckt.

Staub drang mir in Mund und Augen; ich konnte weder atmen noch etwas sehen. Mein Kopf fühlte sich an, als hätte ihn mir jemand zwischen die Schultern gerammt. Mich schmerzte jeder Knochen im Leib, und mein rechter Arm kribbelte seltsam. Meine Hände waren aufgeschürft, meine Kleider zerrissen, und an der rechten Hüfte öffnete sich eine klaffende Wunde.

Ich konnte mir nicht denken, was geschehen war. Ich wusste nur, dass ich gerade noch fast entkommen war, und im nächsten Augenblick stand ein Seldschuke über mir und richtete sein Schwert auf mich. Ich versuchte aufzustehen, doch der Kerl stellte mir den Fuß auf die Brust und stieß mich wieder zurück. Also legte ich mich auf den Rücken, würgte und blinzelte und versuchte, meine Sinne zu sammeln.

Über mir erschien ein zweiter Krieger. Der Mann sagte etwas zu seinem Gefährten, und gemeinsam packten sie mich und rissen mich in die Höhe, sodass ich in das teilnahmslose Gesicht des seldschukischen Führers blickte.

Heute weiß ich natürlich, dass der arabische Häuptling, dem ich hier gegenüberstand, der Atabek von Albistan war. Damals erkannte ich jedoch lediglich, dass nicht nur der Rossschweif ihn als Anführer kennzeichnete; er strahlte die natürliche Autorität eines respektierten Führers aus. Ein einziges Wort von ihm oder eine Geste genügten, und seine Männer gehorchten ihm, ohne zu zögern.

Er betrachtete mich weder mit Hass noch mit Neugier; seine klugen Augen schätzten mich lediglich ab. Was er vor sich sah, empfand er offensichtlich nicht als sonderlich beeindruckend, denn bereits nach kurzer Musterung sagte er etwas zu seinen Gefährten und wandte sich ab. Er ging zu seinem Pferd, um wieder aufzusitzen.

Der Seldschukenkrieger neben mir verstärkte seinen Griff, während der andere mit dem Schwert beiseite trat – um einen besseren Hieb ansetzen zu können, dachte ich und bereitete mich auf den tödlichen Schlag vor.

Doch der Mann ging weg, und ich sah mein treues Tier hilflos auf dem Boden liegen und verzweifelt versuchen aufzustehen. Auch wenn ich benommen war, so konnte ich doch deutlich sehen, dass das Tier sich den Rücken gebrochen hatte und vermutlich auch das rechte Vorderbein. In seinem Eifer, die anderen einzuholen, war der kühne Schimmel den Pfad ein wenig zu schnell hinaufgestürmt und durch einen losen Stein zu Fall gekommen.

Der Seldschukenführer sagte erneut etwas zu dem Mann mit dem Schwert, der sich daraufhin bückte, um die Verletzungen des Tiers zu untersuchen. Es dauerte nicht lange, und er stand wieder auf. Sein langsames Kopfschütteln bestätigte, was alle bereits wussten: Es gab keine Hoffnung mehr für die Kreatur.

Der Anführer hob das Kinn, und der Krieger verneigte sich. Zwei Männer gesellten sich zu ihm. Einer packte die Zügel, und ein anderer zog einen kurzen Speer aus einer Scheide unter seinem Sattel. Sie ließen das Pferd sich auf die Seite legen, und während einer die Zügel hielt, drückte ein anderer den Kopf hinunter und flüsterte dem Tier beruhigende Worte ins Ohr. Der dritte Krieger mit dem Speer trat von hinten an den Schimmel heran.

Ein rascher Stoß unmittelbar unterhalb des Schädels, und es war vorbei. Der arme Schimmel trat aus, schnaufte und rührte sich nicht mehr. Zufrieden, dass das Tier nicht hatte leiden müssen, wendete der Seldschukenführer sein Pferd und machte sich auf denselben Weg wieder zurück, den sie gekommen waren.

Mir legte man ein Seil um die Hüfte und führte mich durch das ausgetrocknete Flussbett. Ich musste rennen, um mit den Reitern mitzuhalten, doch glücklicherweise ritten sie nicht weit, sonst wäre ich zusammengebrochen. Dennoch brannten meine Lungen, und dunkle Flecken tanzten vor meinen Augen, als wir endlich unser Ziel erreichten: einen Zugang zum Flussbett, wo ein paar Kreuzfahrer versucht hatten zu fliehen.

Sie waren einfach niedergeritten worden, und nun lagen ihre Leichen zwischen den Felsen verstreut in ihrem eigenen Blut. Die Seldschuken hatten entlang des Flusses nach Flüchtigen gesucht, als wir zufällig auf sie gestoßen waren.

Nachdem die Türken die Toten nach Wertsachen durchsucht hatten, nahmen sie ihnen Waffen und Rüstung ab, und der Seldschukenhäuptling führte seine Männer wieder das Ufer hinauf auf die Ebene. Mich und drei reiterlose Pferde zogen sie hinter sich her.

Die meisten Toten lagen in der Mitte der Ebene, in der Nähe der Straße, auf der sie entlanggezogen waren, als Ghazis Falle zugeschnappt war. Als wir uns der Straße näherten, wo die schlimmsten Kämpfe stattgefunden hatten, sah ich Leichen in Haufen übereinander liegen. Die meisten von ihnen trugen keine Rüstungen, und einige hatten sogar noch nicht einmal Waffen. Ich wunderte mich darüber und kam zu dem Schluss, dass die Ritter noch nicht einmal Zeit gehabt hatten, sich zu rüsten, weil der Feind so plötzlich über sie gekommen war. Man hatte sie niedergehauen, während sie noch versucht hatten, Helm und Harnisch anzulegen.

Das Blut der Erschlagenen hatte die staubige Straße in ein rotes Schlammloch verwandelt, das von den Füßen der Ritter und Seldschuken und den Hufen ihrer Pferde aufgewühlt war wie ein Acker. Durch die glühend heiße Sonne war der Gestank bereits jetzt unerträglich. Der Ekel erregende, süße Geruch trockenen Blutes stieg mir in die Nase, und mir kam die Galle hoch; ich keuchte und würgte, während man mich immer weiter vorwärts zog. Dennoch bemühte ich mich, mein Gleichgewicht zu behalten, um nicht in den widerlichen Schlamm zu fallen.

Ich versuchte, die Toten nicht anzusehen, und wann immer ich konnte, wandte ich den Blick von ihnen ab – von ihren schlaffen Mündern mit den heraushängenden Zungen, ihren erstaunten, leeren Augen, ihren klaffenden Wunden –, damit sie in meinen Augen nicht entehrt wurden. Ihr erbärmlicher Anblick erfüllte mich mit einem unbezähmbaren, bedrückenden Gefühl der Reue. Ich wankte über das Schlachtfeld, stolperte über die Leichen, und mit jedem Schritt wurde die Verbitterung größer. Ein ganzes Heer war abgeschlachtet worden, nur weil ein einziger sturer Edelmann seinen Ehrgeiz nicht im Zaum hatte halten können. Gott helfe mir, aber ich verfluchte Bohemund ob seines lästerlichen Hochmuts, dem er leichtfertig so viele Menschenleben geopfert hatte.

Meine seldschukischen Wächter führten mich zu einem Platz ein Stück von der Straße entfernt, wo sich die Sieger sammelten. Dort, unter den wachsamen Augen ihrer Anführer, war eine große Gruppe Krieger eifrig damit beschäftigt, die Toten ihrer Waffen, Rüstung und Kleidung zu berauben. Die verschiedenen Gegenstände – Schwerter, Schilde, Helme, Speere, Kettenhauben, Harnische und dergleichen – warfen sie auf einen rasch wachsenden Haufen. Daneben wuchs noch ein weiterer, kleinerer Haufen. Dieser bestand aus Silber und Gold und allen möglichen Wertgegenständen. Bohemund hatte die armenische Festung so rasch wie möglich erreichen wollen, und daher hatten die Kreuzfahrer darauf verzichtet, die Städte und Dörfer der Umgebung zu plündern, was nun die geringe Beute erklärte.

Während ich diesem traurigen Schauspiel zuschaute, hallte ein lauter Schrei von den seldschukischen Kriegern herüber, die sich ein Stück weiter entfernt aneinander drängten, um irgendeinem Vergnügen nachzugehen. Sie schwangen ihre gekrümmten Schwerter, johlten und grölten. Ich vermochte nicht zu erkennen, was ihre Aufmerksamkeit derart erregte, aber mehr und mehr Krieger gesellten sich zu ihnen.

Ich versuchte noch immer herauszufinden, was dort vor sich ging, als Emir Ghazi erschien. Umgeben von seiner Leibwache aus fünfzig berittenen Kriegern – die meisten auf strahlend weißen Hengsten wie dem des Emirs und alle in dunkelblaue Umhänge gehüllt und mit purpurroten Turbanen auf dem Kopf – saß er in einem gepolsterten, mit Silber beschlagenen Ledersattel. Der Emir war ein kleiner Mann mit glattem Gesicht. Er trug ein schimmerndes blaues Seidengewand und einen großen roten Turban, den eine Pfauenfeder zierte, welche an einem glitzernden Smaragd von der Größe eines Hühnereis befestigt war. Dazu kam noch ein weißer Seidenumhang, sodass die gesamte Gestalt auf ihrem prächtigen Sattel förmlich in der Sonne funkelte. Der Emir warf einen Blick auf die noch immer wachsenden Haufen von Wertsachen, Waffen und Rüstungen und lächelte ein gütiges Lächeln wie ein gut gelaunter Gott.

Er näherte sich unserer Gruppe und hielt vor dem Atabek und seinen Männern an. Die beiden begrüßten einander freundlich und sprachen, wie ich vermutete, über die Schlacht und das, was danach geschehen war. An einem Punkt blickte der Emir kurz zu mir. Der Atabek zuckte schlicht mit den Schultern, als wäre meine Gegenwart nicht weiter von Bedeutung; dann setzten sie ihre Unterhaltung fort.

Sie waren noch immer miteinander im Gespräch, als ein weiterer lauter Schrei von der Menge ein Stück entfernt herüberhallte. Der Emir drehte sich im Sattel um, stellte sich in den silbernen Steigbügeln auf und versuchte, über die Köpfe seiner Männer hinwegzublicken. Da ihm das nicht gelang, erteilte er einen knappen Befehl, und ungefähr ein Dutzend seiner Männer rissen ihre Pferde herum und ritten zu den versammelten Seldschuken. Mit Hilfe ihrer Speere bahnten die Krieger sich einen Weg durch die Menge hindurch, sodass der Emir sehen konnte, was da vor sich ging.

Als sich die Gasse weitete, sah ich mit wachsendem Entsetzen, worüber sich die Krieger so lauthals amüsierten: die blutige Hinrichtung der Gefangenen. Nicht alle Kreuzfahrer waren im Tal niedergemetzelt worden; knapp zweihundert hatten überlebt und sich ergeben. Diese Männer hatte man nun zusammengetrieben, um sie hinzurichten.

Das allein war ja schon schlimm genug, doch noch grauenvoller war die Art der Hinrichtung. Ich sah, wie man einen armen

Fußkämpfer schreiend von seinen Gefährten weg auf die Ebene zog, wo man ihn losließ. Im selben Augenblick preschten zwei Seldschukenreiter auf ihn zu – einer mit der Lanze, der andere mit dem Schwert. Rasch näherten sich die Reiter dem fliehenden Kreuzfahrer.

Der vorderste Türke beugte sich aus dem Sattel und schwang das Schwert. Kurz blitzte der Stahl in der Sonne auf, dann flog der Kopf des Opfers von den Schultern, und Blut spritzte in die Luft. Der enthauptete Körper taumelte noch ein paar Schritte, bevor er zusammenbrach, zuckte und sich schließlich nicht mehr rührte, während der körperlose Kopf auf den Boden fiel und durch den Staub rollte.

Das ganze grauenhafte Spektakel wurde von den ausgelassenen Jubelrufen der Umstehenden begleitet, von denen viele auf das Können des Reiters Wetten abgeschlossen hatten. Das widerte mich an, und wilde Wut stieg in mir auf. Es dauerte nur wenige Augenblicke, da konnte ich sie nicht mehr beherrschen. Vor meinen Augen wurde alles schwarz, und mein Blut brannte wie Feuer.

Angetrieben von machtlosem Zorn reckte ich meine Faust gen Himmel und beschwor Gottes feurige Rache herab, auf dass er die herzlosen Ungläubigen zu Asche verbrennen möge. Doch der Himmel blieb klar, und keine Blitze schossen herab, um die grausamen Sieger zu zermalmen. Wenn Gott seine schützende Hand zurückzieht, sind die Mächte der Hölle schnell dabei, sich die Reste zu schnappen.

Cait, mein Licht, ich kann mich nicht länger beherrschen. Zum ersten Mal in meiner Gefangenschaft überkommt mich eine große Furcht und Unsicherheit, und ich weiß nicht, was ich tun soll. Ich laufe auf und ab und bete, dass die Nacht endlich vorbei sein möge, während sich eine entsetzliche Hoffnungslosigkeit meiner bemächtigt, wie ich sie noch nie empfunden habe.

In dieser Nacht sind zwei Männer der Leibwache des Kalifen in meine Zelle gestürmt. Obwohl es spät war und im ganzen Palast Stille herrschte, wurde ich eilig in den Thronsaal geführt, wo der ehrenwerte Kalif mich nun schon zweimal empfangen hat, wie du dich sicher erinnern wirst. Der große Raum war in Dunkelheit gehüllt, abgesehen von zwei Fackeln in Halterungen zu beiden Seiten der Tür am anderen Ende des Saals.

Ich wurde über den leeren Boden zu eben jener Tür geführt. Sie stand offen, und einer der Soldaten bedeutete mir hineinzugehen. Das tat ich dann auch; die Tür wurde hinter mir geschlossen, und ich fand mich allein in einer kleinen Kammer wieder. Im Licht eines einzelnen Kerzenleuchters sah ich einen kleinen, dreibeinigen Stuhl mit gepolstertem Ledersitz und ein großes blaues Satinkissen von der Art, wie sie der Kalif bevorzugt. Auf einem Tisch stand eine Schüssel mit Datteln und Feigen und eine kleine Messingglocke.

Während ich diese Dinge betrachtete und mich darüber wunderte, warum man mich mitten in der Nacht hierher gebracht hatte, hörte ich ein seltsames Knirschen – ähnlich dem eines sich drehenden Mühlsteins. Es schien von der anderen Seite des Raums zu kommen, und als ich hinsah, öffnete sich ein schmaler Spalt in der Wand. Dieser Spalt verwandelte sich in eine niedrige Tür, die nach außen aufschwang. Kühle Luft wehte über mich hinweg, und ich roch den abgestandenen Geruch von feuchter Erde; da kam mir der Gedanke, dass die vielen verstreuten Räume und Gebäude der Palastanlage sicherlich durch ein ausgeklügeltes Tunnelsystem miteinander verbunden waren. Dann hörte ich Schritte, und nur einen Augenblick später trat niemand anders durch die Tür als der Kalif al-Hafiz mit einer Fackel in der Hand.

Er trug keinen Turban und war nur in sein Nachtgewand gehüllt. Sein weißes Haar hing an seinem Kopf herunter, als hätte er daran gerissen, und sein Bart war wild und ungekämmt. Er machte den Eindruck eines Mannes, den ein schrecklicher Albtraum aus dem Bett getrieben hatte.

Er zuckte unwillkürlich zusammen, als die Tür sich hinter ihm wieder schloss; dann drehte er sich um und blickte mich an. Seine dunklen Augen funkelten böse und waren starr auf mich gerichtet. Sein Gesichtsausdruck ließ mich nichts Gutes ahnen, was den Ausgang dieses Treffens betraf.

Dennoch verneigte ich mich ehrerbietig und wartete darauf, dass er mich ansprechen würde. Der Kalif steckte die Fackel in eine Halterung neben der Tür und bedeutete mir, mich auf den Stuhl zu setzen. Das tat ich auch, während er sich auf das Kissen hockte und die Beine übereinander schlug. Das ist ein seltsames Treffen, dachte ich – keine Ratgeber, Diener oder sonst wer, keine beeindruckende Leibwache, um ihm Statur zu verleihen, keine üppige Ausstattung aus Gold, Seide und Sandelholz –, nur wir zwei, von Mann zu Mann.

Er schaute mir in die Augen, und ich erwiderte seinen Blick. Ich sah, dass er leicht zitterte wie ein alter Mann, den die Schüttellähmung plagt – ein Wackeln des Kopfes und ein kaum wahrnehmbares Zittern der Hände. Dann begann er zu nicken und stimmte einen arabischen Gesang an. Nach einem Augenblick seufzte er, sprang wieder hoch und lief auf und ab.

Verwirrt ob dieses Verhaltens beobachtete ich ihn. Dass ihn große Sorgen plagten, war offensichtlich, und ich empfand so etwas wie Mitleid für ihn, obwohl dies hier der Mann war, der mich zum Tode verurteilt hatte.

»*So!*«, rief er schließlich mit lauter Stimme. Dann wiederholte er es noch einmal, doch leiser diesmal, als fürchte er sich vor der Gewalt seines eigenen Ausbruchs. »So! So weit ist es also schon gekommen.«

»Mein Herr?«, erwiderte ich.

»Ich bin der Kalif! Der Herrscher und Beschützer von Ägypten! Ganze Heere marschieren auf meinen Befehl hin! Ich sage, was sein wird, und es ist so. Ich bin das Gesetz und die Hoffnung meines Volkes, und nur Allah bin ich Rechenschaft schuldig.« Er starrte mich an, als erwarte er, dass ich ihm widerspreche.

»Das stimmt, Herr«, entgegnete ich schlicht.

»Und doch«, er stieß einen Finger in die Luft, »ist es so weit gekommen!«

Er schien mit dieser Erklärung zufrieden zu sein und begann wieder, steif auf und ab zu laufen. Ich verstand noch immer nicht, was er mir mit diesen Worten sagen wollte, und der Eindruck, dass ich einen Wahnsinnigen vor mir hatte, schien mit jedem Augenblick mehr zur Gewissheit zu werden. »Ihr wolltet mich sehen, Herr«, erinnerte ich ihn mit sanfter Stimme.

»Bilde dir nur ja nichts ein!«, schrie er von plötzlicher Wut gepackt. »Ein Wort von mir genügt, und du bist des Todes.«

»Verzeiht mir, ehrwürdiger Kalif. Euer Diener ist Euch wie stets zu Diensten.«

Das schien ihn ein wenig zu beruhigen. Er setzte sich wieder.

»Du bist ein Vater«, sagte er in fast vorwurfsvollem Tonfall.

»Das bin ich, Herr.«

»Dann kennst du auch die Liebe eines Vaters für seine Kinder«, erklärte er mit einer Stimme, als würde ich für diese Tatsache weithin gepriesen.

»Das tue ich, ja. Gott weiß es.«

Er nickte. »Und dann kennst du auch das Leid eines Vaters, der ein rebellisches Kind bestrafen muss.«

»Es ist eine Qual, die einem die Seele zu zerreißen vermag«, erwiderte ich.

»Ja'allah! Das ist wahr!«, rief er. Dann schloss er die Augen und begann langsam auf seinem Kissen zu schaukeln. Der Schmerz, den er litt, stand deutlich in seinem faltigen Gesicht geschrieben.

So saß er eine Weile da, und ich ließ ihn in seinem Leid in Ruhe. Schließlich atmete er tief durch und öffnete die Augen wieder. »Ich bin das Gesetz und der Schutz meines Volkes«, sagte er, und seine Stimme klang nun ruhig und fest. »Es ist an mir, der Gerechtigkeit Genüge zu tun. So steht es geschrieben: Ein Mann, der den Willen Allahs kennt und ihn nicht erfüllt, wird den Feuern der Verdammnis nicht entkommen. Und: Ein Gläubiger, der vom Pfad der Rechtschaffenheit abweicht, ist nicht besser als ein Ungläubiger; er wird seine Belohnung bei den Verdammten finden.« Er blickte mich scharf an. »Ist das nicht so?«

»Das ist so, Herr«, bestätigte ich.

»Ja«, seufzte er, und jetzt klang seine Stimme sanft, fast wie die eines gebrochenen Mannes. »Darauf läuft es also hinaus: Mein Sohn ist rebellisch und ungläubig. Er hat Böses getan, und das Blut der Ermordeten verlangt Gerechtigkeit. Du bist ein Vater. Du liebst dein Kind. Du weißt, wovon ich spreche.«

Bis zu diesem Augenblick hatte ich nicht gewusst, was der Grund für seine Qualen war, doch bei diesen letzten Worten wurde mir plötzlich die ganze Bedeutung dieser seltsamen Zusammenkunft bewusst.

»Auge um Auge, Zahn um Zahn … Leben um Leben. Das«, sagte er, »ist das kalte Herz des Gesetzes.«

Ich spürte, wie mein Herz zu Eis erstarrte.

»Mein Sohn muss sich vor Allah für seine Taten verantworten«, fuhr der Kalif fort. »Der Gerechtigkeit muss Genüge getan und der Rechtschaffenheit zum Sieg verholfen werden. Ich bin der

Kalif, und so muss es sein.« Er warf mir einen bedeutungsvollen Blick zu, auf dass ich ihn verstehen möge.

Mir sträubten sich die Nackenhaare. Plötzlich wusste ich, warum er ausgerechnet mit mir darüber sprach: *Ich* sollte das Werkzeug dieser Gerechtigkeit sein. Das war der Grund, warum er mich zu sich gerufen hatte.

»Du bist ein Edelmann und Vater«, sagte er erneut. »Du verstehst diese Dinge.«

»Ich verstehe Eure Lage, Herr«, gestand ich hölzern und wünschte mir von ganzem Herzen, es wäre anders.

»Ich bin der Kalif!«, schnappte er plötzlich. »Bilde dir nur ja nichts ein!«

»Verzeiht mir, ehrwürdiger Kalif. Ich bin Eurer Gnade unwürdig.«

Erneut sprang er auf. Er rief nach den Wachen, und die Tür wurde sofort geöffnet. Der Kalif deutete auf mich und erteilte einen knappen Befehl auf Arabisch, woraufhin man mich packte und hinauszerrte. Al-Hafiz rief mir hinterher: »Bete zu deinem Gott, Christ! Bete als Vater, dass du leben mögest, um dein geliebtes Kind noch einmal zu sehen!«

So wurde ich in meine Zelle zurückgebracht, um dort darüber nachzudenken, was geschehen war. Aber je mehr ich über diese merkwürdige Audienz sinnierte, desto seltsamer erschien sie mir. In seiner großen Verzweiflung hatte der Kalif von Ägypten sich ausgerechnet an mich gewandt; er hatte *mich* um Hilfe wegen seines bösen Sohnes gebeten. In gewisser Weise war ich zum Beichtvater des Kalifen geworden.

Warum, fragte ich mich. Warum hatte er ausgerechnet mich auserwählt?

Er gebot über Armeen, wie er nicht versäumt hatte, mir gegenüber zu erwähnen. *Das Wort des Kalifen ist Gesetz … Ich muss der Gerechtigkeit Genüge tun …* Warum hatte er mir diese Dinge anvertraut? Mir, einem einfachen Gefangenen in seinem Palast?

Die Gründe des alten Mannes blieben so dunkel wie die Nacht. Auge um Auge, Zahn um Zahn und Leben um Leben.

Die Gründe, warum der Kalif mich in sein Vertrauen gezogen hatte, mochten mir ja vielleicht verborgen bleiben, doch was er damit *bezweckte*, das vermutete ich … und ich fürchtete es. Er verlangte von mir, das Werkzeug seiner Gerechtigkeit zu sein. Er verlangte von mir, seinen Sohn zu töten.

Großer König und Erlöser, betete ich in Gedanken, lass diesen Kelch an mir vorübergehen.

Auf Befehl des Atabek wurde ich zu den anderen Gefangenen geschafft, die auf ihre Hinrichtung warteten. Zu erschöpft und entmutigt, um auch nur ihre Köpfe zu heben, saßen sie auf dem Boden und hatten den Blick gesenkt. Ihre Gesichter waren aschfahl von Müdigkeit und ihre Herzen von Schrecken erfüllt.

Jene, deren Verstand noch wach genug war, um die Lage zu erkennen, beteten laut. Ihre Stimmen vereinten sich zu einem tiefen Murmeln, über das sich das Stöhnen und Jammern der Verwundeten wie ein Leichentuch legte.

Meine türkischen Peiniger banden mich los und stießen mich auf den Boden neben die anderen. Der Mann neben mir hob den Kopf, als ich an seine Seite sank. Er betrachtete mich mit trüben Augen. Die Flecken auf seinem zerschundenen Gesicht verwandelten sich bereits von Blau in Schwarz. Er hatte sich das Kinn aufgeschlagen, und Blut rann in dicken Tropfen seinen Hals hinunter. »Bist du ein Priester?«, fragte er mit rauer Stimme.

»Nein«, antwortete ich. Er erwiderte nichts darauf, sondern senkte nur den Kopf noch tiefer. Und dann wurde mir bewusst, was er mit dieser Frage bezweckt hatte. Kein Mann, der die kalte Hand des Todes auf seiner Schulter spürt, will ohne göttliche Vergebung sterben. »Aber ich werde für dich beten, wenn du willst«, bot ich ihm an.

Er nickte, faltete die Hände unterm Kinn, kniete sich vor mich und begann zu beten. Es war ein schlichtes Gebet, doch gut gesprochen, und am Ende flehte er unseren Himmlischen Vater um Vergebung für seine vielen Sünden an und bat ihn, sich seiner

Mutter und seines Weibes zu erinnern und sie nicht in Armut zu stürzen, nun, da er von ihnen gegangen war und nicht mehr für sie sorgen konnte.

Nachdem er geendet hatte, betete ich, dass Christus, unser aller Erlöser, dieses Gebet vor den Himmlischen Thron tragen möge, und … »Wie lautet dein Name?« Der Mann öffnete die Augen und blickte mich an. »Dein Name, Freund. Wie lautet er?«

»Gerhardus.«

»… trage dieses Gebet vor den Himmlischen Thron und bitte darum, dass Gerhardus' letzter Wunsch erhört werden möge.« Dann sprach ich das Amen und segnete ihn mit dem Zeichen des Kreuzes, wie ich es häufig bei Emlyn und Padraig gesehen hatte.

Der Soldat wischte sich über die Augen, dankte mir und senkte den Kopf, um sich auf den Tod vorzubereiten, nachdem er nun seinen Frieden mit unserem Schöpfer gemacht hatte.

Plötzlich herrschte große Unruhe auf dem Feld. Ich blickte in die Richtung, aus der der Lärm kam, und sah einen Reiter auf uns zugaloppieren, gefolgt von einem Dutzend anderen. Als sie Emir Ghazi auf seinem prächtigen weißen Ross erreichten, hielten sie an und tauschten ein paar Worte mit ihm aus. Der Emir rief seinen Männern einen Befehl zu, die gerade dabei waren, einen weiteren schreienden Kreuzfahrer auf die Ebene hinauszuzerren.

Dann brüllte einer der Neuankömmlinge etwas – ein kleiner, dunkelhäutiger Türke mit struppigem weißem Bart und einem Gesicht so platt und verschrammt wie eine Stiefelsohle –, wendete sein Pferd und ritt zu uns, die wir auf unsere Hinrichtung warteten. Der Türke trug keinerlei Waffen, abgesehen von einem gekrümmten Dolch mit goldenem Heft, dessen Knauf aus seinem schmutzigen Gürtel ragte. Er funkelte alle um ihn herum mit seinen dunklen Augen an, als sei er wütend auf uns, weil wir hier herumsaßen, während er sich im Sattel abschuften musste.

Der prächtig gewandete Emir kam ebenfalls heran, lächelte freundlich und redete, wie ich glaube, beschwichtigend auf den wütenden Türken ein. Die beiden begannen, sich zu unterhalten, und ich vermutete, dass der Emir den erregten Neuankömmling davon in Kenntnis setzte, dass man gerade dabei sei, sich der Gefangenen zu entledigen.

»Der ist so wütend wie ein geteertes Frettchen«, bemerkte Gerhardus.

»Den Emir scheint das nicht sonderlich zu kümmern«, erwiderte ich.

»Das ist nicht der Emir«, erklärte mir mein Nachbar. Er deutete auf den dunklen, kleinen Mann und sagte: »*Das* ist Emir Ghazi.«

Ich betrachtete den Mann noch einmal genauer, den ich bis jetzt für einen einfachen Späher gehalten hatte. Im Gegensatz zu den anderen arabischen Häuptlingen, die ich bisher gesehen hatte, war der Emir nicht besser gewandet als der niederste Soldat in seinem Heerbann. Anstatt seine Erhabenheit mit prächtigen Roben zur Schau zu stellen, trug er das einfache schwarze Wams und die schwarze Hose eines Seldschukenkriegers sowie schwarze Stiefel aus weichem Leder. Der einzige Unterschied, den ich zu erkennen vermochte, war sein Turban: Während die der anderen Türken schwarz oder braun waren, war seiner sandfarben. Hätte Gerhardus mir erzählt, der Mann sei ein Hausierer, ich hätte ihm geglaubt. Auf jeden Fall schien der Türke, der uns da vom Sattel herab anfunkelte, eher dazu geeignet zu sein, Messingschüsseln von Tür zu Tür zu verkaufen als die vereinten Armeen der mächtigen Seldschukenstämme zu befehligen.

»Das ist Emir Ghazi?«, fragte ich und starrte auf den staubigen, schwitzenden Türken. »Bist du sicher?«

»Ja, und er ist wütend.«

»Warum?«

»Er ist wütend, weil seine Unterführer so viele Gefangene getötet haben. Edelleute sind ein Vermögen an Lösegeld wert, und den Rest kann man als Sklaven verkaufen. Ghazi sagt, ihre Gedankenlosigkeit hätte ihn eine Menge Geld gekostet, das er gut für den Krieg gegen die Franken hätte verwenden können.«

Ich blickte Gerhardus erstaunt an. »Woher weißt du das?«

»Ich spreche ein wenig ihre Sprache«, antwortete er, und ich gestand ihm, dass ich das für ein Wunder hielt. »Nein.« Er schüttelte den Kopf. »Das ist nur die Folge von sechs Jahren Dienst in Antiochia.«

»Wenn das Ghazi ist«, sagte ich, »wer ist dann der andere?«

»Das ist Kaisin Tanzuk, der Sultan von Jezirah«, erwiderte mein Nachbar. »Man sagt, er sei reicher als selbst der Kalif von Bagdad.«

»Was sagt er ge…?«

»Schschsch!«, unterbrach mich Gerhardus, während er versuchte, der Unterhaltung zu folgen. Kurz darauf drehte der Kreuzfahrer sich wieder zu mir um, und Erleichterung zeigte sich auf seinem Gesicht. »Das Töten hat aufgehört. Wir werden nach Damaskus gebracht.«

Zufrieden, dass man seinen Befehl verstanden hatte, kehrte Emir Ghazi wieder zu seinen Häuptlingen zurück und befahl den Rückzug seines Heeres.

Zwar war ich dankbar dafür, einem blutigen und ehrlosen Tod auf dieser Ebene entkommen zu sein, doch meine Erleichterung wurde ein wenig durch die Erkenntnis getrübt, dass meine Rettung nun noch länger auf sich warten lassen würde. Ich hatte mir gestattet zu hoffen, dass Padraig und die anderen sofort nach Anavarza reiten und Roupen um Hilfe bitten würden, auf dass die Armenier mich hier herausholten.

Kurze Zeit später näherte sich uns eine Anzahl Türken mit Stricken und begann, die Gefangenen aneinander zu binden. Es ist nur für kurze Zeit, sagte ich mir selbst, als mir ein Türke eine Schlinge um den Hals legte. Sie werden mich holen. Wenn sie erkennen, was geschehen ist, werden sie mich holen.

Die Schlinge wurde straff gezogen, das Seil um meine Hände gewickelt und festgebunden. Nachdem der Mann damit fertig war, band er mich an Gerhardus, den man wiederum an seinen Nachbarn band und so fort … und schließlich riss der Krieger an dem Seil und führte uns fort. Ich stolperte vorwärts in die fremde, schreckliche Albtraumwelt der Kriegsgefangenen.

So begann die schlimmste Zeit meines Lebens. Ich werde dir die schmerzhaftesten Ereignisse ersparen, meine liebste Caitríona. Ich könnte den Gedanken nicht ertragen, dass mein Leid dir solchen Kummer bereitet. Während der härtesten Prüfungen war mein einziger Trost, dass du nicht wusstest, wie dein Vater leiden musste. So würden deine Erinnerungen an mich immer nur von Glück geprägt sein – falls du dich denn meiner überhaupt noch erinnerst. Du warst noch so jung, als ich dich verlassen habe, Herz meines Herzens, und das bekümmert mich mehr als alles andere. Glaub mir, seitdem habe ich das schon zehntausendmal bereut.

Doch ach, als der träge, unwissende Mann, der ich bin, habe ich Gottes schnelle, sichere Hand nicht erkannt, die auch im Chaos dieser unheilvollen Tage mein Geschick gelenkt hat. Ohne Zweifel hätte Padraig den Verstand besessen, das feine Muster des göttlichen Plans im verwirrenden Gewebe der Zeit und der Myriaden menschlicher Taten zu erkennen.

»Schau her, Duncan«, hätte der gute Priester vermutlich gesagt. »Schau dir an, wie dieser Mantel aus unzähligen Fäden gewoben ist – einige dunkel, andere hell. Das Muster entsteht aus dem Zusammenspiel von beiden, und wer außer dem Weber vermag es schon vorherzusehen?«

Ich vermisse Padraig sehr, und ständig bete ich für ihn wie auch für dich, meine Seele. Ja, und jeden Tag verfluche ich meine Unwissenheit und meine Torheit. Wie überheblich ich doch war zu glauben, dass ich ein wenig Ordnung in das Chaos des wogenden, finstren Ostens bringen könnte. Ich bereue den Tag, da ich mich darauf einließ, so tief in Ereignisse hineingezogen zu werden, die mich nichts angingen und die mich nur immer weiter vom eigentlichen Ziel meiner Pilgerfahrt wegführten.

Hätten wir nur einen Tag länger gewartet – ja, einen *halben* Tag nur! –, die Schlacht wäre zu Ende gewesen, und ich wäre nie gefangen genommen worden. Hätten wir nur einen halben Tag lang gewartet, wäre ich jetzt nicht der Gnade des Kalifen von Kairo ausgeliefert. Und doch … Wie Padraig nie müde wird zu betonen: Die schnelle, sichere Hand unseres Herrn biegt alles für jene zurecht, die ihn lieben.

Aber sosehr ich auch meine Hoffnung auf diesen Glauben setzte, so kann ich doch nicht behaupten, auch nur den Hauch des Guten auf dem langen, beschwerlichen Marsch nach Damaskus verspürt zu haben. Falls hinter all diesem Leid und den Strapazen ein Plan verborgen war, so muss ich gestehen, dass ich ihn nicht erkannte. Vielleicht wird der Herr mir meine Kurzsichtigkeit jedoch verzeihen, denn die meiste Zeit über kämpfte ich um das nackte Überleben.

Emir Ghazi befahl seinem Heer, sofort nach Süden zu marschieren. Wenn ich jetzt darüber nachdenke, so nehme ich an, dass er die einmalige Gelegenheit erkannt hatte, die sich ihm nun bot. Nachdem er Antiochias Schutzmacht vernichtet hatte, beabsichtigte er, seinen Vorteil so weit wie möglich auszunutzen.

So kam es, dass den Kriegern des Emirs keine Zeit blieb, um Atem zu holen, geschweige denn, ihren Sieg zu feiern; stattdessen setzten sie sich sofort wieder in Bewegung. Zu diesem Zweck gingen die Seldschuken mit gezogenen Schwertern durch die Reihen der gefangenen Kreuzfahrer; jeder, der eine größere Wunde davongetragen hatte, wurde an Ort und Stelle erschlagen. Jene mit kleineren Wunden wurden verschont. Man gestattete ihnen weiterzuleben – solange sie laufen konnten. Dennoch gab es Tage, da ich glaubte, ein rascher Hieb in den Nacken wäre diesen Qualen vorzuziehen gewesen.

Wir marschierten vom Schlachtfeld in die niedrigen Hügel im Nordosten. Erst lange nach Einbruch der Dunkelheit hielten wir wieder an. Ich verbrachte eine kalte Nacht auf dem Boden in Gesellschaft von acht anderen Gefangenen. Man hatte uns in Gruppen aneinander gebunden, um uns die Flucht unmöglich zu machen, und jede Gruppe wurde von den anderen getrennt, um es nicht zu einem Aufruhr kommen zu lassen.

Viel zu entmutigt, um zu sprechen, legten wir uns auf den steinigen Untergrund und schliefen den Schlaf der Toten. Am folgenden Morgen standen in der Tat auch einige nicht mehr auf, und mancher, der den Marsch wieder aufnahm, beendete ihn nicht mehr.

Dieser Tag sollte das Muster für die folgenden sein: Bei Sonnenaufgang weckten uns unsere Wächter mit den stumpfen Enden ihrer Speere. Jeweils zu zweit wurden wir aneinander gefesselt – mit einem kurzen Strick an den Fußgelenken und einem etwas längerem am Hals –, und anschließend band man uns die Hände. Dann gab man uns einen Schluck Wasser, und das Heer setzte sich wieder Richtung Süden in Bewegung. Die Hauptstreitmacht der Seldschuken ritt uns voraus. Wir Gefangene befanden uns bei dem langsamer dahinziehenden Tross.

Wir schlurften die Straße entlang, sahen zu, wie der trübe Himmel immer heller wurde, und versuchten, die ledernen Fesseln an unseren Füßen zu ignorieren, die bei jedem Schritt schürften. Schon bald erschien die Sonne hinter den Hügeln, und wir spürten die erste Hitze des Tages. Je weiter die Sonne in den leeren weißen Himmel emporstieg, desto heißer wurde es, bis uns auch die letzte Kraft verließ, die wir in der Kühle der Nacht zurückgewonnen hatten. Gegen Mittag hatten einige von uns, denen es besonders schlecht ging, das Ende der Reise erreicht; sie brachen einfach am Straßenrand zusammen.

Unsere türkischen Herren waren den Schreien und dem Flehen der Sterbenden gegenüber taub. Gnadenlos trieben sie uns voran. Nur dann und wann ließen sie anhalten, um Wasser zu verteilen, damit wir weitermarschieren konnten; doch nie gaben sie uns genug, um das Feuer in unseren ausgetrockneten Kehlen zu stillen.

Hungrig, durstig und mit Schmerzen am ganzen Körper taumelten wir über die kahlen Hügel, die Köpfe gesenkt und unsere Herzen kalt und hart wie Stein. So ging es Tag für Tag. Wir redeten nicht miteinander, denn es gab ja auch nichts zu sagen.

Die Sonne verbrannte unsere nackten Köpfe mit der Hitze eines Schmiedefeuers. Der Schweiß floss in Strömen, brannte uns in den Augen und verdampfte in der mörderischen Wüstenluft mit schier unglaublicher Schnelligkeit. Auf diese Art schleppte sich der Rest des christlichen Heeres durch die Glut der Wüste. Leise Flüche und gemurmelte Psalmen stiegen bisweilen gen Himmel empor, während Hitze und Durst ihren Tribut forderten.

Wenn ein Mann stürzte, kam der nächstbeste Seldschuke herbeigeritten, um zu sehen, ob es sich noch lohnte, den Gestürzten wieder auf die Beine zu hieven. Hatte der Kreuzfahrer noch genug Leben in sich, wurde jenen in seiner Nähe befohlen, ihn zu tragen. Falls nicht, ließ man ihn einfach liegen, und der Leichenzug zog weiter. Oft riefen die Zurückgelassenen nach einem Messer, um ihrem Leid ein Ende zu bereiten, doch auch diese Bitten wurden nicht erhört.

Der vierte Tag war der schlimmste, den ich je habe ertragen müssen. Gegen Mittag brach ein schwer verwundeter Kreuzfahrer unmittelbar vor mir und Gerhardus zusammen und riss den Mann, an den er gefesselt war, mit hinunter. Ein Seldschuke ritt heran, und ohne auch nur aus dem Sattel zu steigen, befahl er uns dreien, den Bewusstlosen wieder auf die Füße zu hieven.

Dafür brauchten wir allerdings unsere Hände, und so löste man uns die Fesseln, was an sich schon eine Gnade war. Zu dritt gelang es uns dann tatsächlich, den armen Kerl wieder in die Höhe zu bekommen, aber es war klar, dass er nicht mehr länger ohne Hilfe marschieren konnte. Also wechselten wir uns damit ab, ihn zu stützen. Jeweils zwei von uns nahmen ihn zwischen sich und schleppten ihn mit, während der Dritte sich ausruhte. Wenn einer von uns müde wurde, nahm der Ausgeruhte seinen Platz ein und so weiter.

In der Zwischenzeit ging es unserem leidenden Gefährten immer schlechter. Nach einiger Zeit konnte er noch nicht einmal mehr die Beine bewegen, und so trugen wir ihn – das heißt, sein ganzes Gewicht nahmen wir nun auf die Schultern. Das war eine recht mühselige Art des Vorwärtskommens, und schon bald waren wir vollkommen erschöpft. Allein das Aufrechtgehen bereitete uns schon unendliche Mühe.

Ich biss die Zähne zusammen und trottete den schier endlosen Tag über weiter. Nach einer Weile ließ der Schmerz in meinen Armen und Beinen nach, denn meine Glieder wurden allmählich taub. Ich spürte nicht länger den unebenen Grund unter meinen Füßen, und so stolperte ich immer wieder über verstreut liegende Felsbrocken, und jedes Mal, wenn einer von uns stolperte oder ins Wanken geriet, stieß unser besinnungsloser Gefährte ein Stöhnen aus, doch selbst das wurde nach und nach immer leiser und seltener.

Das Land war eine mit Felsen und Dornenbüschen übersäte Einöde. Knorrige Bäume, weiß vom Staub, verdorrten in der sengenden Sonne, und unregelmäßige Spalten und Gräben zogen sich über den Boden. Alles in diesem gottverlassenen Land war verbrannt und missgestaltet. Ebenso hart für das Auge wie für die Kehle brannte sich einem die Ödnis in die Seele. Nirgends war auch nur ein einziger grüner Fleck zu sehen; alles war grau, schwarz oder braun.

Um Zuflucht vor Hitze und Trockenheit zu suchen, richtete ich meine Gedanken auf unser gesegnetes Schottland und auf die Familie, die mich dort erwartete. Ich rief mir jedes geliebte Gesicht in mein Gedächtnis zurück und betete für jeden, an den ich mich erinnerte. Auf diese Art überstand ich die Qualen dieses unmenschlichen Tages.

Als die Sonne schließlich im Westen hinter den Hügeln versank, hielten die Seldschuken an, um das Nachtlager aufzuschlagen. Wir drei legten steif, doch vorsichtig unseren verwundeten Freund auf den Boden und brachen neben ihm zusammen. Dort lagen wir dann und keuchten wie von der Sonne versengte Hunde, rührten uns nicht mehr, und der Schweiß lief uns in Strömen über die geschundenen Körper und vermischte sich mit dem Staub unter uns.

Die Sonne war schon fast zur Gänze untergegangen, als uns einer der Seldschuken einen Wasserschlauch brachte und uns mit einigen Schlucken Wasser wieder zum Leben erweckte. Nachdem ich getrunken hatte, stützte ich mich auf die Ellbogen, um unseren bewusstlosen Kameraden zu wecken, damit auch er seinen Teil trinken konnte. Da bemerkte ich, dass er tot war.

Wann er gestorben war und wie lange wir seinen leblosen Körper noch mit uns geschleppt hatten, das vermag ich nicht zu sagen. Ich weiß nur, dass ihn das Leben still und heimlich verließ; er hatte noch nicht einmal einen Seufzer ausgestoßen. Mit offenem Mund und geschlossenen Augen lag er einfach nur da, als schliefe er …

Unsere Wache hatte für den Tod unseres Gefährten nur ein Schulterzucken übrig und wandte sich ab. So schliefen wir diese Nacht an eine Leiche gebunden; erst am nächsten Morgen wurden wir von ihr befreit, als die Wache uns losschnitt, damit wir weitermarschieren konnten. Ich betete, dass ich nicht so wie diese arme Kreatur sterben würde: unbetrauert, unbekannt und nicht mehr als eine verfluchte Last für jene um mich herum.

Der nächste Morgen markierte den Beginn eines weiteren höllischen Tages. Meine Arme und Beine fühlten sich an wie Blei. Mein Kopf schmerzte, und mein Mund war staubverklebt. Jenen von uns, die noch lebten, gab man eine großzügige Ration Wasser, welches wir rasch hinunterschluckten, bevor die Wachen es sich anders überlegen konnten. Ich dankte Gott für jeden Mund voll. Es gab viele, die den kommenden Tag nicht mehr aushalten würden, und sie weigerten sich aufzustehen. Die Seldschuken töteten zwei Unglückliche, und so fand der Rest angesichts der türkischen Speere doch noch einen letzten Rest Kraft, um sich aufzurappeln und wieder in Bewegung zu setzen.

Ich hielt mich mit Psalmen und Gebeten am Leben. Immer wieder wiederholte ich: »Der Herr ist mein Hirte. Mir wird an nichts mangeln ... Der Herr ist mein Hirte. Mir wird an nichts mangeln ... Der Herr ist mein Hirte ... und wandere ich auch im finstren Tal ... ich fürchte nichts Böses.«

Immer und immer wieder sprach ich diese Worte, und ihr Rhythmus wurde für mich zur Litanei des Lebens, denn solange ich sie sagen konnte, wusste ich, dass ich noch am Leben war – zumindest bis zum Ende des Psalms.

Die sengende, erbarmungslose Hitze und der Mangel an Wasser forderten ihren Tribut von uns. Überall um mich herum brachen Männer zusammen, und während der Tag einfach nicht enden wollte, begann ich, die Toten zu beneiden.

Meinen Psalm vor mich hin murmelnd versank ich immer wieder in Träume. Ich sah Padraig vor mir gehen und versuchte, ihn zu grüßen, doch meine Kehle war so ausgetrocknet, dass ich keinen Laut herausbrachte. Als ich dann genauer hinsah, erkannte ich, dass es sich nur um einen weiteren gefangenen Kreuzfahrer handelte. Ich sah meinen Vater, Murdo, auf einem Felsen neben der Straße sitzen. Mitleidig schüttelte er den Kopf, als ich an ihm vorüberging, und ich wollte mit ihm sprechen, wollte ihm sagen, wie Leid es mir tat, dass ich unser Heim verlassen hatte, ohne noch einmal mit ihm zu sprechen, doch er verwandelte sich in Luft, bevor ich meine Stimme finden konnte.

Ich roch die salzige Luft der See meiner Heimat. Ich roch das Wasser und hörte das endlose Rauschen der Wellen, die gegen die Felsen schlugen und sie glatt rieben. Ich hörte das schrille Kreischen der Seevögel, die am blauen, wolkigen Himmel kreisten – an einem Himmel, wie man ihn in den Wüsten des Heiligen Landes niemals sieht.

Die Gerüche und Geräusche riefen Bilder in mir hervor: Bilder

der Menschen, die ich liebte. Ich hörte ihre Stimmen, und ich versuchte zu verstehen, was sie sagten, aber in ihrer Freude, mich wieder bei sich zu haben, redeten sie alle durcheinander, sodass es mir nicht gelingen wollte.

Ich hob die Hände und wollte etwas sagen, doch ich brachte nur ein heiseres Krächzen hervor, und das steigerte ihre Aufregung noch. Sie eilten auf mich zu, und ich wurde hierhin und dorthin gezerrt, und ich erkannte, dass sie mich zum Meer hinunterschleppen wollten. Steifbeinig versuchte ich, mich ihnen zu widersetzen. Mir fehlte jedoch die Kraft, und so wurde ich ins Wasser gestoßen.

Ich spürte die gesegnete Nässe an Füßen und Beinen; ich hörte die anderen mir platschend folgen, und ich drehte mich um und sah die verstaubten Gesichter meiner Mitpilger in der See. Wie, so fragte ich mich, waren die denn nach Schottland gekommen? Waren sie mir hierher gefolgt? Waren sie den ganzen Weg zu Fuß gegangen?

Und dann begannen die Leute, Wasser über mich zu schütten. Das kühle Nass brachte mich wieder zu Verstand. Wasser! Ich sank auf die Knie und begann, es mit den Händen zu schöpfen, schüttete es mir in den Mund, schluckte es runter und würgte daran, und dann trank ich noch mehr.

Das Wasser erweckte mich wieder zum Leben. Ich hob den Blick und schaute mich um. Die kühle Meeresbucht war verschwunden, ebenso wie das reiche Gut inmitten der strahlend grünen Hügel. Vor mir lag eine von der Sonne gebackene Siedlung im Schatten einiger knorriger Bäume und verloren wirkender Palmen am Ufer eines schlammigen, doch wirklichen Sees. Die Menschen hier waren nicht meine geliebte Familie, sondern muselmanische Hirten. Unwillkürlich zog sich mein Herz zusammen, als ich erkannte, wo ich mich befand: Ich lebte noch, aber ich war weit, weit weg von daheim.

Die Nacht über blieben wir in der Siedlung. Vom Wasser wieder zum Leben erweckt und gesegnet mit einem Augenblick der Ruhe nach den Anstrengungen des Tages begannen die Gefangenen im Angesicht des nahenden Abends dem Herrn für ihr Überleben zu danken. Und sie begannen miteinander zu reden.

Schon bald erfuhr ich, was geschehen war, nachdem Padraig, Roupen und ich aus Antiochia geflohen waren. Komtur Renaud hatte nicht zugelassen, dass die Templer für die Torheit des Fürsten missbraucht wurden. Er hatte sich Bohemund widersetzt und sich geweigert, die armen Soldaten Christi in den Kampf gegen andere Christen zu schicken. Unter den Gefangenen war die Meinung darüber geteilt, ob das nun gut oder schlecht gewesen war.

»Bei Christus, wenn die Templer bei uns gewesen wären«, schwor einer der Soldaten, »dann wären wir nicht geschlagen worden.«

»Das beweist uns nur, wie dumm du bist, Thomas Villery«, knurrte der Mann neben ihm. »Wären die Templer dort gewesen, wären sie genauso abgeschlachtet worden wie die anderen.«

»Ja«, stimmte ihm ein weiterer zu. »So ist es am besten. Zumindest haben wir so noch eine Hoffnung auf Rettung.«

»Wie kommst du darauf, dass irgendjemand uns retten wird? Es kümmert niemanden, was mit uns geschieht«, schloss der andere düster und ließ den Kopf auf die Brust sinken. »Gott hat uns dem Untergang anheim gegeben. Seine Hand ist gegen uns. Wir sind tot ... jeder Einzelne von uns. Es gibt keine Hoffnung.«

»Seit wann ist ein Stück Scheiße denn ein Philosoph?«, spottete der Soldat mit Namen Thomas. »Wenn die Komturei erfährt, dass ein Teil von Bohemunds Heer gefangen genommen worden ist, dann werden die Templer kommen und uns retten.«

»Und wer wird gehen und es ihnen sagen, na?«, verlangte ein anderer Soldat zu wissen und versuchte aufzustehen. Er war am Arm verletzt, und unter dem blutverschmierten Hemd war seine Wunde deutlich zu erkennen, denn der zerfetzte Stoff war von geronnenem Blut und Eiter schwarz und gelb gefärbt. »Wer reitet nach Antiochia und sagt es ihnen? Na? Na?« Er funkelte die Männer um sich herum wütend an. »Gaston hat Recht: Wir sind tot.«

»Was denn? Was denn?«, meldete der Mann mit Namen Thomas sich wieder zur Wort. »Wenn sie erfahren, dass auch das Kreuz geraubt worden ist, werden sie kommen, bei Gott.«

»Sprich zu mir weder von Gott noch vom Kreuz«, knurrte Gaston. »Wenn das Kreuz uns voranzieht, können wir nicht verlieren … Das haben sie gesagt. Es ist Gottes Wunsch, uns zum Sieg zu führen, haben sie gesagt. Ha! Wo ist er denn jetzt, dieser Sieg?« Wieder blickte er mit wilden Augen von einem zum anderen. »Verdammt sollen sie sein! Sie und ihre Lügen!«

»Verzeih mir, Bruder«, unterbrach ich die Kreuzfahrer, »aber sprichst du vom *Heiligen* Kreuz?«

»Ja«, bestätigte Thomas misstrauisch. »Von was denn sonst?«

»Der Schwarze Stamm«, murmelte einer der Kreuzfahrer. »Das Kreuz Christi von den heidnischen Seldschuken geraubt.« Er spie aus. »Was auch immer das ihnen nützen mag. Gott weiß, dass es uns nicht geholfen hat.«

»Halt dein stinkendes Maul, Matthias!«, knurrte Thomas. »Vielleicht hat der Allmächtige uns wegen Gotteslästerern wie dir verlieren lassen. Hast du je darüber nachgedacht?«

»Was fällt dir ein, mir so zu kommen? Bist du plötzlich zum Heiligen geworden, oder was?«, fauchte der beleidigte Matthias. »Wie jedem anderen, so hat man auch mir die Beichte abgenommen, bevor wir die Stadt verlassen haben, und uns *allen* hat man die Absolution erteilt. Wenn du mir noch einmal die Schuld für diese Misere in die Schuhe schiebst, dann … dann … Gott helfe mir …«

»Wo ist es?«, fragte ich und unterbrach sie erneut.

»Das Kreuz? Nun, die Türken haben es genommen«, antwortete Matthias. »Sie werden es beim Rest der Beute verwahren. Gott allein weiß, was die Heiden damit anfangen werden.«

»Sie werden es verbrennen«, vermutete Gerhardus traurig. »Bei Gott, das werden sie. Diese gottlosen Teufelsanbeter sind zu allem fähig.«

Das Gespräch wandte sich nun der Frage zu, was wohl mit uns

geschehen würde, nachdem wir Damaskus erreicht hatten, aber da niemand auch nur die geringste Ahnung hatte, zog ich mich zurück und dachte darüber nach, was ich gerade erfahren hatte: Das Heilige Kreuz war hier in diesem Lager … irgendwo.

Da beschloss ich, meine Pilgerfahrt wieder aufzunehmen, sollte der Herr des Himmels sich mir gnädig zeigen und mir gestatten weiterzuleben: Irgendwie würde ich das Heilige Kreuz finden und es retten. Das schwor ich bei meiner Seele.

Vier Tage blieben wir in Kadiriq, einer von der Sonne verbrannten Siedlung am Ufer eines schlammigen Sees, und sammelten unsere Kräfte für die Tage, die da kommen mochten. Ich vermutete, die Seldschuken hatten den Marsch von Anavarza bisher absichtlich so hart wie möglich gestaltet, um die Starken von den Schwachen zu trennen. Die Seldschuken wollten Sklaven, die man auch verkaufen konnte, und jene, die stark genug waren, eine solche Qual zu überleben, würden einen ansehnlichen Preis bringen.

Den ersten Tag in der Siedlung schlief ich fast nur, und den zweiten verbrachte ich im Schatten eines kleinen Baumes liegend am Ufer des Sees. Ich konnte es nicht ertragen, längere Zeit ohne den Anblick des Wassers zu sein, und mehrere Male ging ich schwimmen, um mich abzukühlen. Der Anblick des weißhäutigen Fremden, der in den flachen Wassern des Sees herumplanschte, rief große Heiterkeit bei den Kindern von Kadiriq hervor, die gekommen waren, um sich die Gefangenen anzusehen.

In dieser Nacht gab man uns zum ersten Mal seit der Schlacht auch etwas zu essen: flaches Brot, dünn und trocken und zäh wie Pergament und jeweils eine Schüssel mit in Brühe gekochten Linsen. In der zweiten Nacht gab man uns wieder Brot und Linsen und ein paar ledrige Streifen Ziegenfleisch.

Am dritten Tag erschien Emir Ghazi. Er zog mit einer *Karawane*, was heißen soll, dass er all seine Berater, Lehnsmänner und eine Leibgarde von dreihundert oder mehr Kriegern bei sich hatte. Allesamt waren sie beritten, und ihnen folgte ein langer Tross von Packtieren, zumeist Pferde. Allerdings sah ich auch die seltsamen Wüstenwesen, die man Kamele nennt, und die wie ein Schiff schwanken, wenn sie gehen. Mit ihren buckligen Rücken, den langen Hälsen und den kleinen, flachen Köpfen überragten sie alles und jeden und strahlten eine herrschaftliche Ruhe aus.

Die Neuankömmlinge brachten auch noch ein paar Dutzend Gefangene mit. Rasch verbreitete sich das Gerücht, dass die Seldschuken die Grenzstadt Marash eingenommen hatte, wodurch der Emir sich mit weiteren christlichen Sklaven und Schätzen hatte versorgen können.

Ghazi schlug sein Lager auf der uns gegenüberliegenden Seite des Sees auf. Ich zählte mehr als hundert Zelte, bevor ich das Interesse verlor. Die Dorfbewohner waren überglücklich, dass ihnen die Ehre zuteil wurde, den Emir zu beherbergen, und in dieser Nacht hielten sie ein großes Fest in seinem Namen ab. Ein Dutzend Kühe wurden geschlachtet und mehr als zwanzig Ziegen und Schafe. Schon bald war das ganze Dorf in Feierstimmung, wovon sogar wir Gefangenen etwas hatten, denn auch wir sollten etwas von dem Festmahl abbekommen. In dieser Nacht hatten wir nicht nur Brot – diesmal dicke, flache Laibe, die mit etwas gewürzt waren, das man *Anis* nannte –, man gab uns auch mit Feigen gefülltes Lamm. Das Lamm war sehr gut, und es war nicht einer unter uns, der seine hölzerne Schüssel nicht sauber leckte. Auch gab man uns gegorene Ziegenmilch zu trinken; sie schmeckte etwas salzig und besaß einen leicht säuerlichen Nachgeschmack, was nicht gerade meinen Gaumen reizte.

Ausgeruht, wohlgenährt und so gut auf die kommenden unsicheren Tage vorbereitet wie nur irgend möglich, beschloss ich, am nächsten Morgen mein Glück mit Emir Ghazi zu versuchen.

Die Sonne stand hoch am Himmel, und der Wind wehte heiß aus Süden. Ich badete gerade im See, als zwei von Ghazis Leibwächtern erschienen. Sie sprachen mit unserem seldschukischen Wächter am Ufer, und ich beschloss, dass die Zeit gekommen war.

Ich stieg aus dem Wasser, winkte Gerhardus, mich zu begleiten und ging auf die drei Türken zu.

»Was tust du da?«, flüsterte Gerhardus verzweifelt.

»Sag ihnen, dass ich den Emir sprechen will.«

Er starrte mich ungläubig an und wollte mir gerade widersprechen.

»Sag es ihnen.«

Die Soldaten blickten uns hochmütig und verächtlich an, ignorierten uns aber sonst.

»Ich glaube nicht, dass sie dieselbe Sprache sprechen wie ich. Die Türken haben genauso viele Dialekte wie Stämme«, sagte Gerhardus rasch. »Lass uns gehen, bevor wir Ärger bekommen.«

»Sag es ihnen. Falls nötig mit Händen und Füßen.«

Gerhardus rollte mit den Augen und unterbrach die Seldschuken in ihrem Gespräch, die nicht gerade erfreut von unserer Aufdringlichkeit waren. Unser Wächter schrie etwas und wedelte mit der Hand, um uns zu verscheuchen. »Sie sagen, wir sollen verschwinden«, übersetzte Gerhardus erleichtert.

»Ich verlange, den Emir zu sehen«, beharrte ich und blieb an Ort und Stelle stehen. »Sag ihnen, dass ich es *verlange*, Gerhardus. Benutz genau dieses Wort. Ich *verlange*, ihn sofort zu sehen.«

Nach einem weiteren lauten Wortwechsel übersetzte Gerhardus: »Sie sagen, niemand darf den Emir sehen.«

»Sag ihnen, dass ich ein Edelmann sei und ein Freund von Fürst Thoros von Armenien, und ich verlange, sofort den Emir zu sprechen.«

Zu seiner Ehre muss man Gerhardus zugestehen, dass er tapfer seine Furcht hinunterschluckte und sich wieder an die Türken wandte. Mit zitternder Stimme sagte er den Soldaten, was ich ihm aufgetragen hatte. Unser Wächter trat auf uns zu, wedelte mit dem Speer und schrie; doch einer der Männer des Emirs packte ihn am Arm und zog ihn zurück. Er winkte mich zu sich heran.

Ohne zu zögern, trat ich auf ihn zu. Er blickte mich an, und seine dunklen Augen suchten die meinen. Der zweite Leibwächter sagte etwas und deutete mit der Hand auf mich, aber der erste ergriff meinen Arm, drehte mich herum und bedeutete mir, ihm vorauszugehen.

»Gott möge mit dir sein«, rief mir Gerhardus hinterher.

Die beiden Soldaten führten mich um den See herum ins Lager des Emirs. Dort angekommen wurde ich vor das Zelt des Fürsten gebracht, welches blau anstatt dunkelbraun wie die anderen war. Man gab mir zu verstehen, dass ich genau hier warten sollte – ein paar Dutzend Schritte vor dem Zelt –; dann sprachen meine beiden Führer mit einem Mann, der kurz im Zelteingang erschien, bevor sie sich in den Schatten einer Dattelpalme zurückzogen, von wo aus sie mich beobachten konnten. So stand ich da, wartete auf meine Audienz und beobachtete das Treiben im Lager.

Emir Ghazi war ein äußerst geschäftiger Mann, dem Kommen und Gehen der vielen Berater und Lehnsmänner nach zu urteilen. Ein paar Männer betraten das Zelt und blieben lange dort. Ich vermutete, dass sie dem Emir nur ihre Aufwartung machen oder ihn von der Erledigung irgendeiner Pflicht berichten wollten. In der Tat haben alle Araber, zu denen ich auch die Türken zähle, vom Kalifen bis zum Ziegenhirt eine schier unglaubliche Vielzahl an Pflichten zu erfüllen, von denen nicht eine auch nur ein Gran verändert werden darf.

Während ich die nicht enden wollende Prozession der Edelleute verfolgte, bemerkte ich abermals, wie prächtig sie gewandet waren: Sie trugen wallende Roben aus feinstem, mit Gold und Juwelen bestickten Stoff; ihre Turbane zierten Straußen- und Pfauenfedern, und ihre Waffen waren mit Edelsteinen besetzt, die in der Sonne funkelten. Jeder Einzelne brachte seine Pferde mit und ein ganzes Gefolge von Dienern und Beratern.

Sie alle hatten Geschenke in Kästchen aus geschnitztem Sandelholz dabei. Manchmal – je nach dem Rang des Gastes, glaube ich –, empfing der Emir einen Mann am Zelteingang persönlich und begrüßte ihn mit einem Kuss. Meistens jedoch war es einer der Diener, der sich tief verneigte und den Gast vor den Fürsten führte.

Doch nicht alle Gäste des Emirs waren Männer. Viele der Edlen brachten auch ihre Frauen mit. Soweit ich sehen konnte, waren diese sogar noch prächtiger ausstaffiert als die männlichen Besucher – auch wenn sie diese Pracht zumeist unter langen, weiten Gewändern verbargen, die sie von Kopf bis Fuß bedeckten; selbst die untere Hälfte ihrer Gesichter war von Schleiern verborgen, sodass man nur noch ihre Augen sehen konnte. Aber was waren das für Augen! Mandelförmig und schwarz wie Schlehen mit langen Wimpern und dünnen, dunklen und fein geschwungenen Brauen.

Ihr Anblick erinnerte mich an Sydoni, und eine Zeit lang erfreute ich mich an diesem Gedanken … bis ich mich schließlich wieder meiner Lage erinnerte. Wäre ich nicht solch ein hitzköpfiger Tor gewesen, so wäre ich jetzt wohl bei ihr gewesen; daran zweifelte ich nicht. Meine Gedanken wurden derart bekümmert, dass ich gezwungen war, sie beiseite zu schieben. Selbstmitleid nutzt niemandem etwas. Was gewesen sein *könnte*, ist genauso unmöglich wie das, was niemals sein kann.

Nach einer Weile schlief einer meiner Wächter ein, und da ich nun schon längere Zeit in der Sonne stand, nutzte ich die Gelegenheit und setzte mich hin. Dem anderen Soldaten gefiel das nicht. Er zischte mich an und winkte mir, wieder aufzustehen, und ich gehorchte. Schon bald jedoch war auch der zweite Mann fest eingeschlafen, und so setzte ich mich wieder und zog mein Wams über den Kopf, um mich vor der Sonne zu schützen, während ich wartete.

Mittag ging vorüber, und die Sonne begann ihren langen Abstieg nach Westen. Ich saß noch immer an meinem Platz, nickte von Zeit zu Zeit ein und wartete auf den Emir, und weiterhin kamen Männer und Frauen, um dem Fürsten ihre Aufwartung zu machen und ihre Treue zu bekunden. Als die untergehende Sonne schon lange Schatten vor den Zelteingang warf, hörte ich Pferde näher kommen.

Ein Trupp arabischer Häuptlinge ritt ins Lager. Ich rappelte mich auf, und nachdem sie abgestiegen waren, lief ich mitten in sie hinein in Richtung des Zelts von Emir Ghazi. Einer der Araber rief mir zu stehen zu bleiben. Ich beachtete ihn nicht und lief weiter. Doch einer meiner Wachen wurde durch den Ruf geweckt und sah mich; er sprang auf mich zu und zerrte mich auf meinen Platz zurück, wo sich zwei andere zu ihm gesellten, und alle drei deckten sie mich mit lauten Flüchen und kräftigen Hieben ein.

Ich weiß nicht, ob es der Tumult war, den ich vor dem Zelt entfacht hatte, was die Aufmerksamkeit des Emirs erregte. Aber während ich auf dem Boden lag und versuchte, Kopf und Hals vor den Fäusten der Soldaten zu schützen, erschien plötzlich ein Mann.

Er bellte nur ein einziges Wort und die Männer stellten ihre Attacken ein. Ich hob den Blick und sah den Atabek von Albistan, jenen Mann, der mich Tage zuvor gefangen genommen hatte. Auch er erkannte mich und winkte mir aufzustehen; er deutete auf das Zelt, und ich sah den Emir höchstpersönlich inmitten seiner Berater und Lehnsmänner im Eingang stehen. Missmutig runzelte Ghazi die Stirn; die Störung schien ihm ganz und gar nicht zu gefallen.

Langsam erhob ich mich, klopfte den Staub von meinen Kleidern und bereitete mich auf das vor, was auch immer jetzt geschehen mochte.

Der unglückliche Emir winkte seinen Lehnsmann zu sich. Der Atabek packte mich am Arm und zog mich von den Soldaten fort. Ich wurde vor den Emir gebracht, wo ich mich niederknien musste. Damit wollten sie mich demütigen, doch das machte mir nichts aus. Es ist keine Schande, jemandem Respekt zu erweisen, der höher gestellt ist als man selbst, und da ich nur eine von vielen Geiseln hier im Lager war, stand der Emir ohne Zweifel über mir.

Der dunkelhäutige Emir funkelte mich an. Ich kann nicht sagen, was in seinem Kopf vorging, doch ich verneigte mich, wie ich es bei den türkischen Edelleuten gesehen hatte und berührte mit der Stirn den Boden; dann sagte ich in meinem besten Griechisch: »Ich bin Duncan von Caithness, und ich bin ein Freund von Fürst Thoros von Armenien.«

Noch immer funkelte der Emir mich wütend an, bellte einen Befehl, und einer seiner Berater kam herbeigerannt. Dieser Mann – ein Armenier, nehme ich an, denn er trug die gleiche Kleidung und zeigte das gleiche Verhalten wie jene, die ich bei dem Festmahl in Anavarza gesehen hatte – war ein ungelenker, gelbhäutiger Kerl mit großer Adlernase und glattem, haarlosem Kinn, das an ein Schwein erinnerte. Er musterte mich mit gnadenlosen schwarzen Augen. »Wer seid Ihr?«, fragte er auf Griechisch. Das Misstrauen in seiner schnarrenden Stimme war kaum zu überhören.

Ich wiederholte, was ich zuvor gesagt hatte, und fügte hinzu: »Ich bin ein Pilger aus einem Land weit im Nordwesten, wo ich zu den Edlen zähle. Ich habe mich mit dem jungen Herrn Roupen angefreundet, dem Bruder von Fürst Thoros und dem Sohn von Leo, und bin sein Beschützer geworden. Ich hatte Anavarza gerade verlassen, als ich durch Zufall in die Schlacht geraten bin.«

Ich wusste, dass der Mann mir kein Wort glaubte; er musterte mich von Kopf bis Fuß, als wolle er für meinen Sarg Maß nehmen. »Seht Ihr, wie ich gewandet bin? Sind das die Kleider eines Kreuzfahrers?« Sein misstrauisches Stirnrunzeln wurde noch ausgeprägter. »Außerdem sprechen wir gerade Griechisch«, fügte ich hinzu.

»*Schlechtes* Griechisch«, schnaufte er verächtlich und unbeeindruckt.

»Sagt mir Euren Namen«, verlangte ich.

Der Armenier versteifte sich ein wenig ob meiner Kühnheit; doch er war es gewohnt, Befehle entgegenzunehmen, und so antwortete er: »Ich bin Katib Sahak aus Tarawan, Ratgeber des mächtigen Emirs Ghazi.«

Ich dankte ihm und sagte: »Ich frage Euch nun, Katib …«

»Nur Sahak«, unterbrach er mich. »*Katib* ist ein arabisches Wort. Es bedeutet Schreiber.«

»Ich frage Euch nun, Sahak: Sprechen die Franken Griechisch?«

Auf diese Worte hin drehte der Armenier sich um und sprach mit dem Emir, dessen Interesse sichtlich wuchs, als er hörte, was Sahak über mich zu sagen hatte. Ich sprach ein stilles Gebet und erklärte laut: »Ich hatte nichts mit Bohemunds Heer zu tun und habe auch nicht an der Schlacht teilgenommen. Ich war ein Gast von Fürst Thoros und bin nur durch Zufall gefangen genommen worden. Zu diesem Zeitpunkt war ich noch mit drei anderen unterwegs.« Ich deutete auf den Atabek. »Fragt ihn, ob ich die Wahrheit sage. Die anderen konnten entkommen. Nur mich hat man gefangen nehmen können.«

Sahak besprach meine Geschichte mit dem Atabek, der nickte, was ich als Bestätigung auffasste. »Der Atabek von Albistan bestätigt, dass Ihr die Wahrheit sagt«, erklärte der Schreiber auch tatsächlich. Dann sprach Ghazi, und Sahak fügte hinzu: »Der Emir verlangt einen Beweis.«

Ich blickte den Emir an und erwiderte: »Sagt ihm, dass ich in der Tat beweisen kann, dass ich vom Hof des Fürsten gekommen bin.« Ich wartete, bis der Armenier dem Emir meine Worte übersetzt hatte und fuhr fort: »Dies hier hat mir die Fürstin Elena gegeben, weil ich ihrem Sohn Roupen geholfen habe, wieder nach Hause zurückzukehren.«

Mit diesen Worten zog ich den Kragen meines Wams hinunter und drehte ihn um, sodass die Brosche sichtbar wurde, welche ich am Tag meiner Abreise aus Anavarza dort versteckt hatte. Sahak riss erstaunt die Augen auf. »Wenn Ihr sie Euch genauer anschaut«, sagte ich und lenkte seine Aufmerksamkeit auf den Rubin, »dann werdet Ihr das königliche Wappen erkennen.«

Ich zeigte das Schmuckstück jedem der Reihe nach. Ghazi und der Atabek tauschten ein paar Worte aus, und der Emir erteilte einen Befehl. »Gebt mir die Brosche«, verlangte der armenische Übersetzer.

Ich weigerte mich und sagte: »Der Emir hat befohlen, die Edelleute gegen Lösegeld einzutauschen. Dies hier«, ich hielt die Brosche in die Höhe, »soll mein Lösegeld sein. Wie lautet das Wort dafür?«, fragte ich. »In der Sprache des Emirs … Wie lautet das Wort für Lösegeld?«

»Namus'lu keza«, erwiderte der Berater.

Ich tippte auf die Brosche und wiederholte das Wort. »Namus'lu keza«, sagte ich und betete, dass er verstand, was ich meinte.

Der Emir traf eine Entscheidung. Er sagte etwas in rauem Tonfall und hielt mir die Hand entgegen.

»Emir Ghazi sagt, Ihr sollt ihm das Schmuckstück geben.«

Ich zögerte.

»Ihr habt keine andere Wahl«, erklärte mir Sahak. »Ihr müsst es ihm jetzt geben. Man wird es nach Anavarza schicken, um den Fürsten von Eurer Gefangennahme zu unterrichten.«

Mit großem Widerwillen gehorchte ich. Ich löste die Brosche von meinem Wams und legte sie mit einer letzten Bitte in die Hand des Emirs. »Namus'lu keza.«

Der Emir schloss die Hand um die Brosche, machte auf dem Absatz kehrt und ging davon; nur kurz blieb er stehen, um seinen Wachen einen Befehl zu erteilen, dann verschwand er im Zelt. Die Wachen packten mich, und ich wurde wieder zurück auf die andere Seite des Sees zu den übrigen Gefangenen gebracht.

Gerhardus war froh, mich wieder ›im Schoß der Familie‹ – wie er sagte – begrüßen zu können. »Ich hätte nicht gedacht, dich jemals wiederzusehen«, gestand er mir. »Man sagt, der Emir hielte gerade Hof, und Urteile würden gesprochen.«

»Das stimmt auch«, bestätigte ich. Andere Gefangene versammelten sich um uns, um mir zuzuhören. »Der Emir hält in der Tat Hof, und er scheint von seinen Vasallen zu verlangen, die Treueschwüre zu erneuern.« Ich fuhr fort zu beschreiben, was ich von dem Kommen und Gehen der Edelleute und ihrer Frauen gesehen hatte, und von den Geschenken, die sie gebracht hatten.

Nachdem ich meinen Bericht beendet hatte, fragte Gerhardus: »Was haben sie mit dir gemacht?« Er hatte geglaubt, man habe mich gefoltert und geschlagen.

»Sie haben mich den ganzen Tag lang in der Sonne warten lassen«, antwortete ich, »und dann haben sie mich wieder hierher zurückgebracht.«

»Hast du den Emir gesehen?«

»Ich habe ihn gesehen«, erklärte ich in mürrischem Tonfall. »Ich hatte gehofft, ihn davon zu überzeugen, mich freizulassen; aber er war nicht in der Stimmung, sich von irgendetwas überzeugen zu lassen.«

»Er hat dich leben lassen«, bemerkte Gerhardus. »Das ist doch zumindest schon mal etwas.«

Ich blieb die Nacht über bei den anderen, doch welch Wunder – am nächsten Morgen kamen die Wachen und brachten mich wieder vor das Zelt des Emirs. Wie gestern, so wartete ich auch jetzt, während ein Edelmann und Würdenträger nach dem anderen das Zelt betrat, um dem Emir seinen Respekt zu erweisen. Ich dachte über die Bedeutung dieser Aufwartungen nach, und mir kam der Gedanke, dass der Sieg über Bohemunds Heer für die Seldschuken vielleicht weit mehr bedeutete, als ich ahnte.

Obwohl ich nichts über die Machtverhältnisse wusste, die im Heiligen Land herrschten, so vermochte ich mir doch vorzustellen, dass ein einziger Sieg ausgesprochen weit reichende Folgen für den Mann nach sich ziehen konnte, der ihn errungen hatte. Sicherlich wäre es nicht das erste Mal, dass ein gerissener Landesherr eine bedeutende Eroberung dazu genutzt hätte, seine Macht zu festigen und auszudehnen.

Mehr noch: Ich konnte mir ebenfalls vorstellen, dass dieser Sieg ein so tiefes Loch in die Verteidigung von Antiochia geschlagen hatte, dass ein Führer wie der Emir sich diese Gelegenheit nicht entgehen lassen würde. Was genau Ghazi im Sinn hatte, vermochte ich natürlich noch nicht einmal zu erahnen, aber das Treiben im Lager erweckte in mir den Eindruck, dass er sich Unterstützung für ein bedeutendes Unterfangen holte.

Diese Gedanken beschäftigten mich noch bis kurz nach Mittag, als plötzlich der Atabek von Albistan aus dem Zelt trat, den ich inzwischen für einen der wichtigsten Berater des Emirs hielt. Er stellte sich vor mich, und ich stand sofort auf. Nachdem er mich kurz gemustert hatte, winkte er den Wachen, und ich wurde zum Zelt des Emirs geführt.

Ein arabisches Zelt ist ein wunderliches Ding. Mit nur geringem Aufwand gestalten die Wüstenvölker es so geräumig und bequem wie einen Palast. Das Innere ist oft in kleinere Räume aufgeteilt, in denen man schlafen, essen und anderes machen kann. So besaß auch Ghazis Zelt einen großen Vorraum, wo er seine Gäste empfing, bevor er sie sozusagen in die »inneren Gemächer« führte. In diesen Vorraum wurde auch ich gebracht. Hier lagen dann auch die Geschenke, die all jene gebracht hatten, welche dem Emir Treue schuldeten.

Es gab viele mit Juwelen besetzte Schwerter, Dolche und Schmuckwaffen aller Art – Speere, Schilde, Helme, Bögen und Pfeile – und auch andere Dinge, in deren Herstellung die arabischen Handwerker unübertroffen sind: Kelche, Schüsseln, Teller und beschnitzte Holzkästchen, die überdies mit Einlegearbeiten aus Gold und Edelsteinen verziert waren. Als ich meinen Blick über diese zusammengewürfelten Schätze schweifen ließ, erkannte ich einige Gegenstände, die offensichtlich aus der Kriegsbeute stammten, welche die Seldschuken bei den Kreuzfahrern gemacht hatten. Ich konnte sogar Bohemunds goldenes Banner erkennen, das um die Fahnenstange gewickelt war, einen edlen, neuen Stahlharnisch auf einer Truhe, ein Paar Panzerhandschuhe mit dem Bild eines Falken, einen silbernen Halsschutz und ein langes Frankenschwert.

Ich betrachtete all die Dinge und mehr, und plötzlich kam mir der Gedanke: *Es ist hier .... Das Heilige Kreuz ist hier?* Konnte das wirklich sein? Mein Herz schlug immer schneller. Nichts von Wert entkam dem suchenden Blick eines Arabers. Ich starrte auf den Schatzhaufen und wusste, dass es wahr sein musste. Irgendwo inmitten all dieser Geschenke und all der Beute lag der größte Schatz der Christenheit verborgen.

Es dauerte nicht lange, und der armenische Schreiber erschien, der mir gestern als Übersetzer gedient hatte. »Wisst Ihr, warum Ihr hierher gebracht worden seid?«, fragte Katib Sahak. Seine Stimme klang kalt und hart.

»Ich hatte gehofft, dass der Emir mein Lösegeld angenommen hat und mir nun gestatten wird, in Frieden davonzuziehen.«

»Das zu entscheiden ist Sache des Emirs.« Mit seiner Haltung und seinem Tonfall machte Sahak mehr als deutlich, wie sehr er mich verachtete. »Er wünscht, Euch ein paar Fragen zu stellen. Ich rate Euch, ihm stets die Wahrheit zu sagen. Euer Leben hängt davon ab.«

»Seid versichert, dass ich genau das tun werde.«

Er machte ein Geräusch, als hielte er das für mehr als unwahrscheinlich. »Folgt mir.«

Der Schreiber schlug eine Zeltbahn zurück, hinter der sich ein weiterer Raum verbarg und winkte mir hineinzugehen. Die Einrichtung war ungewöhnlich schlicht. Es gab keinerlei Möbel, nur Kissen. Auf dem Boden lagen edle Seidenteppiche in mehreren Lagen, sodass von dem harten Untergrund nichts mehr zu spüren war. Auch in diesem Raum befanden sich Geschenke, doch im Gegensatz zu dem Berg im Vorraum war es in diesem Teil des Zeltes nur ein Hügel; allerdings waren die Gegenstände weitaus wertvoller.

Der Emir saß in der Mitte des Raums umgeben von vier Seldschuken, bei denen es sich ihrer Gewandung und ihrem Verhalten nach zu urteilen um Edelleute und Ratgeber handelte – der Atabek von Albistan war einer von ihnen. Emir Ghazis Gesichtsausdruck war streng und herausfordernd. Sein weißer Bart sträubte sich wie die Stacheln eines Igels; seinen sandfarbenen Turban hatte er abgelegt, und das lange graue Haar hatte er sich zu einem Zopf zurückgebunden, der bis auf seine Schulter reichte. »Gott ist groß!«, sagte er auf Arabisch.

Sahak übersetzte mir die Worte des Emirs, worauf ich erwiderte: »Amen!«

Ghazi nickte und hob die Hand. Der Armenier verneigte sich, drehte sich zu mir um und sagte: »Seine Hoheit, der erhabene Emir Ghazi hat über Eure Bitte nachgedacht. Er hat sie mit seinen Ratgebern besprochen, und es ist die Meinung des Emirs, dass Ihr aus der armenischen Festung geflohen sein müsst, ansonsten hätte man Euch nicht gefangen genommen. Ist das so?«

»Ja, das ist so«, antwortete ich und blickte den Emir an.

»Es ist die Meinung des Emirs, dass es viele Gründe für einen Mann gibt zu fliehen. Die häufigsten Gründe und somit auch die wahrscheinlichsten – in der Meinung des erhabenen Emirs – sind die folgenden: Entweder habt Ihr Feinde in der königlichen Familie, oder aber Ihr habt ein Verbrechen gegen sie begangen. Vielleicht der Diebstahl der Brosche, mit der Ihr Eure Freiheit habt erkaufen wollen, ja?«

»Sagt meinem Herrn, dem Emir, dass ich kein Dieb bin«, erklärte ich und versuchte, so ruhig wie möglich zu bleiben. »Ich habe nichts gestohlen, und ich habe auch keine Feinde innerhalb der königlichen Familie.«

Ich hätte darauf bestehen können, dass man mich als Edelmann anerkannte, aber in Zeiten wie diesen ergibt es keinen Sinn, seiner Selbstherrlichkeit Geltung verschaffen zu wollen. Wie Abt Emlyn zu sagen pflegt: Märtyrer werden oft verbrannt, doch nicht wegen ihres Glaubens, sondern allein wegen ihres hochfliegenden Stolzes.

Sahak wiederholte meine Worte und übersetzte mir dann die knappe Antwort des Emirs. »Das macht keinen Unterschied«, sagte er. »Emir Ghazi sagt, dass Ihr ein Gefangener bleiben werdet. Ihr habt gesagt, Eure Freunde seien entkommen. Wenn dem so ist, dann werden jene, die Euch begleitet haben, auch das

Lösegeld schicken, und dann werdet Ihr freigelassen werden. Dadurch werden wir wissen, dass Ihr die Wahrheit sprecht, und die Angelegenheit ist erledigt.«

»Und wenn niemand kommt, für mich zu bezahlen?« Ich hasste diese Frage, doch ich musste es einfach wissen.

»Dann wird man Euch mit dem Rest der Sklaven, die nicht hoffen können, ausgelöst zu werden, auf dem Markt von Damaskus verkaufen.«

Der Emir beobachtete mich, um zu sehen, wie ich diese Nachricht aufnahm. Als ich nicht schrie oder sonst wie meinen Unmut äußerte, fragte Sahak: »Habt Ihr verstanden, was ich Euch gerade gesagt habe?«

»Voll und ganz«, antwortete ich. »Ich bin dem Emir für seine Nachsicht ausgesprochen dankbar.«

Der giftige Schreiber kniff die Augen zusammen, während er überlegte, ob ich ihn wohl verspottete. Schließlich war er mit meinem Ernst zufrieden und übersetzte Ghazi meine Worte, der daraufhin durch den Armenier fortfuhr: »Die Tatsache, dass Ihr ein Kriegsgefangener seid, macht Euch zu einem Verdammten. Doch es steht geschrieben: Der, der Gnade erwartet, soll Gnade walten lassen. Daher werde ich auch Euch, dem Niedersten der Niederen, Gnade erweisen.«

Er wartete, während man mir die Worte übersetzte; dann sagte er: »Ihr behauptet, ein Edelmann zu sein, und in der Tat ist mir nicht entgangen, dass Ihr Euch mit bemerkenswerter Höflichkeit und Zurückhaltung benehmt – zwei der Haupttugenden des Adels. Gnade und Großzügigkeit sind zwei weitere.«

Nun sah ich, dass der schlaue Ghazi, der eigentlich ein eher nüchterner Mann war, sich offenbar auch für einen Philosophen hielt.

»Daher«, fuhr Sahak fort, »wird man Euch durch die unermessliche Gnade und Großzügigkeit unseres Herrn Ghazi den Rang und die Ehre eines Edelmanns in Gefangenschaft gewähren.«

Diese Worte ließen mich verzweifeln – ich kann nichts anderes behaupten –, doch ich schulterte diese Bürde, so gut ich konnte. Ich hielt den Kopf aufrecht und den Mund geschlossen. Ich versuchte, meine Würde selbst unter diesen Umständen zu bewahren, indem ich mich daran erinnerte, dass ich so wenigstens noch ein wenig länger in der Nähe des Heiligen Kreuzes blieb, dass sich ja irgendwo hier im Lager befinden musste.

»Alle Edelleute sollen in Damaskus gegen Lösegeld freigelassen werden«, erklärte mir Sahak mit verabscheuungswürdiger Schadenfreude, »und sollte irgendjemand Anspruch auf Euch erheben, so hat der Emir den Preis auf zehntausend *Dinar* festgesetzt.«

»Bitte sagt dem ehrenvollen und bewundernswerten Emir Ghazi, dass mich seine Gnade und Großzügigkeit geradezu überwältigen.«

Sahak verzog das Gesicht. »Morgen werden wir unsere Reise nach Damaskus fortsetzen. Ihr werdet wie die anderen edlen Gefangenen mit dem Tross des Emirs reisen. Und damit Ihr den ruhmreichen Atabek Buri bei Eurer Ankunft nicht beleidigt, wird Euch der weise und mildtätige Emir Ghazi mit einem Geschenk Eurem Rang entsprechend ausstatten.«

Nachdem der Übersetzer geendet hatte, klatschte der Emir in die Hände, und eine Wache trat herein. Ghazi winkte den Mann zu sich heran und flüsterte ihm etwas ins Ohr. Sofort verschwand der Soldat wieder. Der Emir gönnte sich ein hinterhältiges Lächeln auf meine Kosten, und ein Gefühl düsterer Vorahnung überkam mich und jagte mir einen Schauder über den Rücken, als der Soldat mit einer großen Holzkiste wieder zurückkehrte, die er auf den Boden zwischen mir und dem Emir stellte.

Die Kiste selbst war von reich beschnitzter Art, wie ich sie schon im Vorraum gesehen hatte. Sie bestand aus edlem Holz und war mit Gold verziert. Sie war wertvoll, das war klar, doch ich glaubte nicht, dass dies das Geschenk war, welches der gerissene Emir im Sinn hatte.

»Öffnet sie«, befahl Ghazi durch seinen spöttisch dreinblickenden armenischen Mund.

Ich kniete nieder und öffnete das einfache Schloss. Dann packte ich den Deckel mit beiden Händen, bereitete mich auf das Schlimmste vor und hob ihn hoch. Darunter kam ein abgetrennter menschlicher Kopf zum Vorschein. Ein kurzer Blick auf das lange gelbe Haar und den geteilten Bart genügten, um zu wissen, dass hier der Kopf von niemand anderem lag als der des unvorsichtigen Fürsten Bohemund.

Bohemund wirkte nicht länger ungestüm; stattdessen sah er ruhig und gelassen aus; sein edles Gesicht strahlte etwas Friedliches, ja Seliges aus – ein deutlicher Beweis für die Kunst des Einbalsamierers, denn nach meiner kurzen Begegnung mit dem Fürsten von Antiochia konnte ich sagen, dass Gelassenheit nie ein Teil von ihm gewesen war. Auf jeden Fall hatte ich ihn noch nie zufriedener gesehen … als hätte er nun im Tod, da der Krieg der Welt vorüber war, einen Frieden gefunden, der ihm im Leben verwehrt geblieben war.

Die Haut hatte etwas Wächsernes an sich und glitzerte leicht gelblich, was auf das Harz zurückzuführen war, mit dem man den Kopf haltbar gemacht hatte. Doch ansonsten wirkte alles so lebensecht, dass man glauben konnte, der arme Bohemund schlafe nur den friedlichen Schlaf der Gerechten im goldenen Licht der untergehenden Sonne. Aber es war ein Schlaf, von dem es kein Erwachen gab, und ich hätte eigentlich den grausamen Tod eines Bruders in Christo bedauern müssen – wäre da nicht die Tatsache gewesen, dass er selbst für dieses schreckliche Ende verantwortlich war.

Er hatte Tod und Zerstörung gesät und reiche Ernte eingefahren. Jene, die mein Mitgefühl verdienten, waren die Männer, welche keine andere Wahl gehabt hatten, als ihrem hochmütigen Herrn in die kalten, dunklen Hallen des Todes zu folgen.

Meine seldschukischen Herren wollten, dass ich mit eigenen Augen sah, welch schreckliches Schicksal einen verräterischen

Edelmann erwartete. Oh, sie genossen ihren Sieg; sie genossen ihn sogar sehr, und der abgetrennte Kopf des Fürsten war das Symbol dafür. Hätte man ihm die Wahl gelassen, ich glaube, Emir Ghazi hätte das Lösegeld vorgezogen. Ohne Zweifel hätte der Fürst ein wahres Vermögen im Tausch für seine Freiheit aufgeboten. Dennoch tat es dem listigen Emir nicht Leid, den Feind vernichtet zu haben, dessen Existenz ihm immer ein Fluch gewesen war.

Man reichte mir die Kiste, und der armenische Katib setzte mich davon in Kenntnis, dass ich sie tragen solle … als eine Strafe, nehme ich an, weil ich dem Emir so viel Ärger bereitet hatte. Oder vielleicht war es auch die Rache des Schreibers für meinen verhaltenen Spott am Tag zuvor. Aber wie auch immer: Ich trug Bohemunds Kopf den ganzen weiten Weg nach Damaskus auf dem Rücken. Es war eine abscheuliche Arbeit, und ich verfluchte den hochmütigen jungen Fürsten bei jedem Schritt.

Man gab mir ein Stoffband, das mir als Tragegurt dienen sollte. Dieses nutzte ich, um die mit Juwelen besetzte Kiste auf meinen Rücken zu wuchten und folgte fortan den Dienern des Emirs im Tross. Die Kiste war schwer, und nach erschreckend kurzer Zeit brannten meine Schultern und Arme vor Schmerzen. Schließlich fand ich heraus, dass ich mir die Arbeit deutlich erleichtern konnte, wenn ich das Stoffband über meine Stirn legte; auf diese Art wurde der Druck von meinen Händen und Schultern genommen. Es war eine seltsame Art des Transports, und ich musste gebückt gehen wie ein alter Mann; aber zumindest konnte ich so längere Strecken zurücklegen, ohne vollends zu ermüden.

An jenem ersten Tag fragte ich mich, warum der Zug des Emirs sich nicht bemühte, mit dem Heerbann Schritt zu halten. Nach einiger Zeit wurde jedoch offensichtlich, dass wir einer anderen Route folgten. Das bereitete mir einige Sorgen, und ich hoffte, wir würden irgendwann wieder auf das Seldschukenheer treffen, denn es gefiel mir nicht, von den anderen christlichen Gefangenen getrennt zu sein.

Dann, als der Tag sich dem Abend zuneigte und wir anhielten, um das Lager aufzuschlagen, gesellten sich drei andere Edelleute zu mir, die ebenfalls in Damaskus gegen Lösegeld freigelassen werden sollten; alle drei waren Franken. Einer von ihnen war in der Schlacht verwundet worden und litt noch immer daran. Bei den anderen beiden handelte es sich um eher ›ländliche‹ Herren, die nur wenig Latein sprachen und überhaupt kein Griechisch, was es mir nahezu unmöglich machte, mich mit ihnen zu unterhalten. Außerdem hielten sie mich aufgrund meines Gewands und meiner Sprache für einen Armenier, und für diese hatten sie nichts als Verachtung übrig. Ich konnte sagen, was ich wollte, sie waren nicht von dieser Meinung abzubringen. So kam es, dass sie nichts mit mir zu tun haben wollten und ich die meiste Zeit über allein war.

In vielerlei Hinsicht ging es den Dienern, die mit dem Aufbau und der Versorgung des Lagers betraut waren, auf dem Marsch am besten. Da ein Großteil der Schätze und des Tributs immer auf Packtiere verladen wurde, mussten die Diener neben ihnen hergehen und häufig anhalten, um den Tieren Wasser zu geben und ein wenig Ruhe zu gönnen – was hier weit häufiger geschah, als bei der Hauptstreitmacht, die sich mit beachtlicher Schnelligkeit durchs Land bewegte. Wenn sie sich also ausruhten, dann ruhten auch meine Gefährten und ich uns aus; und wenn sie tranken, dann tranken auch wir.

Die ersten Tage waren auf diese Art angenehm kurz, sonst glaube ich auch nicht, dass ich es überlebt hätte. Meist marschierten wir, bis die glühend heiße Sonne hinter uns lange Schatten über das Land warf. Nachdem dann der Anführer des Trosses, der Truchsess des Emirs, einen geeigneten Platz gewählt hatte, pflegte er den Befehl zu geben, das Lager aufzuschlagen. Mit dieser Arbeit hatte ich nichts zu tun; jeder Diener hatte seine besonderen Pflichten, und da niemand mich mit etwas beauftragt hatte – außer gelegentlich Wasser für die Tiere zu holen –, hatte ich oft Gelegenheit, mich auszuruhen und zuzuschauen, wie die Zelte errichtet, die Kochfeuer entzündet und die Speisen zubereitet wurden.

Jeden Abend, wenn der Himmel blutrot im letzten Licht des Tages leuchtete, erschienen der Emir und sein Gefolge, und dann war das Lager fertig. Der Emir aß nur einfache Mahlzeiten und für gewöhnlich allein. Anschließend pflegte er oft, Gefolgsleute zu empfangen – manche einzeln, doch oft auch in Gruppen zu zweit oder zu dritt.

Da man mich die meiste Zeit über mir selbst überließ, suchte ich mir einen Schlafplatz, legte mich auf den Boden und lauschte dem Klang seldschukischer Stimmen, die laut durchs Lager hallten. Die Türken sprachen meist bis tief in die Nacht hinein miteinander, und ihre Unterhaltungen wurden häufig von ausgelassenem Gelächter unterbrochen, das jedoch stets so rasch wieder verstummte, wie es erklungen war. Dann, am Morgen, pflegte der Emir aus seinem Zelt zu treten, dem Truchsess einige Befehle zu erteilen, aufs Pferd zu steigen und davonzureiten. Seinen Dienern überließ er es, das Lager abzuschlagen und zum nächsten Rastplatz weiterzuziehen.

Nach einigen Tagen unterwegs, begannen meine Wachen das Interesse an mir zu verlieren. Ich wurde nicht besser oder schlechter behandelt als ein Maultier, das zum Lager gehörte; aber wenn niemand sich um mein Wohlergehen kümmerte, so fügte mir zumindest auch niemand unnötige Qualen zu. Die Männer hier waren keine Krieger, sondern Diener. Sie hatten keinerlei Erfahrung in der Bewachung von Gefangenen, und so verspürten sie auch nicht das Bedürfnis, mich zu fesseln. Vielleicht hielten sie eine Flucht auch für unwahrscheinlich, zumal sich um uns herum nur Wüste befand. Wohin hätte ich da wohl fliehen sollen?

So vergingen die nächsten acht oder zehn Tage. Jeder einzelne glich so sehr dem anderen, dass ich vergaß, sie zu zählen; ich trottete einfach den anderen hinterher, bis wir Damaskus erreichten. Ich hörte einen der Araber etwas rufen, und plötzlich wurde überall geredet. Ich hob den Kopf und sah etwas in der Ferne schimmern.

Es war bereits spät am Tag, und die tief stehende Sonne ließ die weißen Steinmauern der Stadt wie Elfenbein oder Alabaster wirken. Ich wischte mir den Schweiß aus den Augen und blickte besorgt und erregt zugleich auf das schimmernde Damaskus. Vor mir lag das Schicksal, dem ich mich nun schon so viele Tage langsam entgegenbewegt hatte, und ich hatte nicht die geringste Ahnung, was mich an unserem Ziel erwartete.

Doch anstatt weiter in Richtung Stadt zu ziehen, befahl der Truchsess, an einem nahe gelegenen Brunnen das Lager aufzuschlagen. Während die Diener hierhin und dorthin eilten, stellte ich meine Last ab und setzte mich auf die Lehmumrandung des Brunnens, um dem Treiben zuzuschauen. Mir fiel auf, dass die Diener diesmal weit sorgfältiger arbeiteten, als ich es von ihnen gewohnt war, und mir kam der Gedanke, dass der Emir vielleicht beabsichtigte, Würdenträger aus der Stadt zu empfangen.

Nachdem man unter einigen hohen Dattelpalmen das Zelt des Emirs aufgeschlagen hatte, lud man diesmal den Schatz ab – für gewöhnlich ließ man ihn auf den Tragegestellen der Tiere – und brachte ihn ins Zelt. Nachdem diese Arbeit erledigt war, machten sich die Diener daran, das Abendessen zuzubereiten, und ich nahm die Gelegenheit wahr, um ein wenig im Sonnenuntergang zu dösen.

Der Truchsess muss mich mit meiner Kiste zwischen den Beinen schlafen gesehen haben, denn ich wurde von einem kräftigen Tritt in die Rippen geweckt und sah den Mann über mir. Wütend redete er in Türkisch auf mich ein. Bevor er mich jedoch ein zweites Mal treten konnte, sprang ich auf, woraufhin er die Kiste aufhob und sie mir in die Arme drückte. Noch immer brüllend deutete er auf das Zelt des Emirs, und schließlich verstand ich, dass ich die Kiste dort zum Rest des Schatzes stellen sollte.

Ich gehorchte. Da niemand mir die Kiste abnahm – alle waren mit irgendetwas beschäftigt –, und da die Zeltklappe offen war, trat ich frech hinein. Den Schatz hatte man einfach auf einen Haufen geworfen. Ich unterdrückte meinen anfänglichen Wunsch, die Kiste einfach dazuzuwerfen, aus Furcht, sie könne sich öffnen und ihr widerlicher Inhalt über den Boden rollen; stattdessen beschloss ich, mich einen Augenblick lang nach einem sicheren Aufbewahrungsort umzusehen.

Vorsichtig zog ich einige Gegenstände aus dem Schatzhaufen und stellte sie beiseite: eine goldene Schüssel, einen Zeremonienköcher mit vier goldenen Pfeilen, einen Alabasterkelch mit Silberrand, ein Paar perlenbesetzte Seidenschuhe und so weiter. Dadurch schaffte ich mir ausreichend freien Raum, doch als ich mich bückte, um die Kiste wieder hochzuheben, rutschten ein paar Gegenstände von oben herunter, und schon bald war ich eifrig damit beschäftigt, die Schätze neu anzuordnen, damit nicht alles zusammenbrach.

Einer der Gegenstände erregte meine Aufmerksamkeit, als ich ihn hochhob. Es handelte sich um einen länglichen schwarzen Holzkasten, der sehr alt zu sein schien. Der Kasten war kaum so lang wie mein Unterarm, und beide Enden waren mit einer dicken Goldschicht beschlagen, in die man eine Reihe von Rubinen eingelassen hatte; jeder dieser Rubine war von einem Ring winziger Perlen umgeben. Seltsamerweise vermochte ich weder Scharniere noch ein Schloss zu erkennen, und eine genauere Untersuchung ergab, dass es in der Tat auch keinen Deckel oder dergleichen gab. Mehr noch: Das Holz war zerfurcht, doch glatt gerieben von unzähligen Berührungen, und es war schwer und hart wie Eisen.

Ein seltsames Gefühl überkam mich, als ich hier so stand, dieses Stück uralten Holzes in Händen hielt und erkannte, dass ich den heiligsten Schatz diesseits des Himmels gefunden hatte. Ich hatte den Schwarzen Stamm, das Heilige Kreuz gefunden. Mein Herz pochte, und mich überkam das unwiderstehliche Verlangen, niederzuknien und die heilige Reliquie an die Brust zu drücken.

Doch ich fürchtete, entdeckt zu werden, und so drehte ich mich rasch um und ging zum Zelteingang, um mich zu vergewissern, dass alle Diener beschäftigt waren. Der Truchsess beaufsichtigte das Anzünden der Kochfeuer; in der Nähe des Zeltes war niemand zu sehen. Also zog ich mich wieder ins Zelt zurück, kniete nieder, nahm die Reliquie und hielt sie in meinen Händen, wie man ein Neugeborenes hält.

Wie mein Vater vor mir, so hatte auch ich den Schatz eines Lebens achtlos beiseite geworfen in einem arabischen Zelt gefunden. Eine Kriegsbeute, weiter nichts, die für jene, die sie erobert hatten, nur das Gold und die Juwelen wert war, die sie zierten.

All diese Gedanken waren jedoch nur die flüchtigen Gedanken eines Augenblicks. Ich kniete, hielt das heilige Holz in den Händen und erwies ihm mit geschlossenen Augen und einem Dankgebet auf den Lippen meine Verehrung. Es war ein seltsames Gefühl, vom Anblick eines so uralten Holzstücks derart überwältigt zu werden. Es hatte keineswegs etwas Geheimnisvolles an sich, und doch *war* es ein Geheimnis.

Denn als ich hier, im schwächer werdenden Licht der Abendsonne, das durch den offenen Eingang fiel, auf den Seidenteppichen kniete, spürte ich eine seltsame Gegenwart. Die Luft schien plötzlich von einer schier ungeheuren Macht erfüllt zu sein. Meine Lungen arbeiteten, als versuchten sie, Wasser zu atmen. Meine Hände begannen, unbeherrscht zu zittern. Aus Furcht, die Reliquie fallen zu lassen, legte ich sie vor mir auf den Boden, und um das Zittern aus meinen Händen zu vertreiben, faltete ich sie zum Gebet.

»Ich halte fest an meinem Gott«, betete ich, »und er hält fest an mir. Ich halte fest an Christus, und er hält fest an mir. Ich halte fest am Heiligen Geist, und er hält fest an mir. O Großer König, Herr des Himmels und der Erde, halte fest an mir!«

Ich legte meine zitternden Hände auf die heilige Reliquie und betete weiter: »Höre deinen Diener, o du, mein Herr: Hier knie ich, bereit, deinen Willen zu tun. Lass diesen heiligen Schatz nicht durch Missachtung der Unwissenden aus dieser Welt verschwinden. Mein Gott und Erlöser, lass ihn mich aus den Händen der Unwürdigen erlösen, die dein Geschenk in ihrem hassenswerten Stolz und ihrer Torheit entweiht haben.«

Der Gedanke, dass die unsauberen Hände Ungläubiger die heilige Reliquie berührt hatten und auch wieder berühren würden, erfüllte mich mit Abscheu. So nahm ich einen der vielen Teppiche, die als Zeltboden dienten, wickelte das Heilige Kreuz, von Gebeten begleitet, hinein und band das Ganze mit einer Kordel zusammen, die ich von einem Weihrauchfass entfernte.

Dann legte ich den Schwarzen Stamm mit aller Ehrfurcht wieder zum Rest der Beute zurück, stand auf und schlich aus dem Zelt. Nachdem ich nun den Gegenstand meiner Suche gefunden hatte, wollte ich nicht unnötig den Verdacht meiner seldschukischen Herrn erregen. Also verließ ich das Zelt, bevor ich entdeckt werden konnte, und kehrte zu meinem Platz am Brunnen zurück.

In jener Nacht schlief ich nicht, sondern blickte zu den Sternen empor und dachte an den Schwarzen Stamm. Immer wieder und wieder betete ich, dass der Herr mich für würdig erachten möge, die Reliquie zu retten. Während dieser Gebete fühlte ich dieselbe Gegenwart wie in Ghazis Zelt … ein wahrhaft seltsames Gefühl. Einmal, daheim in Schottland, hatte ich so etwas Ähnliches im Wald gefühlt. Damals kniete ich an einem Bach, um meinen Durst zu stillen, als ich plötzlich glaubte, jemand würde sich mir nähern, und als ich mich daraufhin umdrehte, sah ich in der Tat eine Wildkatze, die ein gutes Dutzend Schritt von mir entfernt auf dem Weg hockte.

Schlank, wild, mächtig und mit angespannten Muskeln kauerte die prächtige Kreatur unter einem Baum und hielt den Kopf gesenkt. Ihre goldenen Augen schienen förmlich zu brennen, während sie die neue Beute musterte. Jetzt hatte ich ein ähnliches Gefühl – als belauere mich jemand von großer Macht und Grazie, und dieser jemand war sehr nah und musterte mich mit feurigem Blick.

Ich blickte durch das stille Lager zum Zelt des Emirs, das nur als Schatten vor dem von Sternen erleuchteten Himmel zu erkennen war. Niemand rührte sich; nirgends war auch nur ein Geräusch zu hören.

Das Nächste, an das ich mich erinnere, ist, dass ich plötzlich auf meinen Beinen stand und auf das Zelt des Emirs zuhielt. Die Wachen schliefen; niemand rief mir zu stehen zu bleiben. Und dann war ich drin. Eine kleine Lampe hing am Mittelpfosten und warf ihr waberndes Licht auf den Berg von Schätzen, mit dem der Emir seine vielen Gäste zu beeindrucken pflegte. Ich hörte das ruhige Schnaufen des schlafenden Emirs auf seinem mit dicken Kissen bedeckten Bett im angrenzenden Raum; nur ein dünnes Stück Stoff trennte uns voneinander.

Seltsamerweise fürchtete ich mich nicht vor Entdeckung, auch wenn diese ohne Zweifel meine sofortige Hinrichtung zur Folge gehabt hätte. Tatsächlich war ich sogar von solcher Ruhe, dass mich ein Gefühl heiterer Freude überkam, während ich die verschiedenen Gegenstände im Schatzhaufen des Emirs beiseite schob, um das Heilige Kreuz freizulegen. Ich nahm einen Schatz nach dem anderen, legte ihn auf den Boden, und dann … lag die unschätzbare Reliquie vor mir.

»O König des Himmels, zeige deine Größe durch deinen Diener«, flüsterte ich.

Ich hatte einfach das Erste ausgesprochen, was mir in den Sinn gekommen war, doch kaum hatten die Worte meinen Mund verlassen, da, Wunder über Wunder, verschwamm das Zelt um mich herum. Es schien, als bestünde das Zelt mit einem Mal aus einem feinen, durchsichtigen Stoff, wie eine Art Schleier, durch den ich das ganze Lager überblicken konnte. Doch war es nicht das Lager, was ich sah, sondern eine geschäftige Straße, die zu den Mauern einer großen Stadt führte.

Während ich noch versuchte, dem allen einen Sinn zu entnehmen, erscholl ein Schrei aus Richtung der Stadt. Ich blickte zu den riesigen Mauern und sah eine große Menschenmenge aus den weit offenen Toren strömen.

Mit einem Heulen wie Hunde, die Blut gerochen haben, ergoss sich diese dunkle, tobende Flut fast ebenso schnell aus der Stadt, wie sich die blauschwarzen Sturmwolken über ihren Köpfen am gelben Himmel sammelten. Die Wolken schienen in der stickigen

Wüstenluft förmlich zu kochen, und in weiter Ferne hörte ich ein Donnern.

Es waren noch andere in der Nähe. Sie standen neben der Straße und warteten, bis die Menge vorüber war. Rasch gesellte ich mich zu ihnen, um zu sehen, was da vor sich ging. Die Menschenmenge kam näher und erreichte schon bald den Ort, wo ich stand. Da sah ich, dass sie irgendeinen armen Kerl vor sich her trieben. Die Arme des Mannes waren an einen groben Holzbalken gebunden, und wenn er stürzte, rissen sie ihn an den Enden des Balkens wieder hoch und stießen und schoben ihn weiter.

Die Menschen waren so sehr mit dem armen Mann beschäftigt, dass sie mir keinerlei Beachtung schenkten. Es schien mir ein mörderischer Haufen zu sein: größtenteils schmutzige Bettler und Straßenschläger, auch wenn man hier und da in dem zerlumpten Mob einen Goldring funkeln sah, eine Silberbrosche oder die hoch aufragende Spitze eines guten Hutes, was mir verriet, dass auch einige Wohlhabendere an dem Schauspiel teilnahmen – ebenso wie auch einige Soldaten in römischen Rüstungen.

Als sie an mir vorüberkamen, stolperte der Gefangene erneut und fiel zu Boden. Jene, die die Menge anführten, rissen ihn wieder in die Höhe, und der Mann zuckte vor Schmerzen unwillkürlich zusammen. Und da sah ich auch warum: Der Rücken des armen Kerls war eine einzige blutige Masse aus zerfetztem Fleisch und Haut. Gütiger Gott, Hautfetzen hingen ihm von den Schultern herab, die ihm eine bösartige, mit Bleikugeln bewehrte römische Peitsche heruntergerissen hatte. Das Blut floss ihm in Strömen an der Seite herunter, befleckte sein zerfetztes Gewand und tropfte mit jedem Schritt in den Staub der Straße.

Der Mann kam nur einen Schritt weit, dann stürzte er erneut. Sofort war der Mob über ihm, trat ihn und schrie ihn an aufzustehen. Zwei Soldaten drängten sich in die Menge, und während der eine die Leute zurückschob, packte der andere den Balken und löste die Stricke, mit denen der Gefangene daran festgebunden war.

Die Menge heulte vor Zorn, und drei weitere Legionäre erschienen. Zu viert drängten sie die Menge mit ihren kurzen Speeren zurück. Einer der Soldaten packte sich einen Mann – einen großen schwarzen Äthiopier, der sich eigentlich gerade auf dem Weg in die Stadt befand, und der wie ich nur an der Straße stand und die wilde Prozession beobachtete. Viel zu verängstigt, um Widerstand zu leisten, wurde der unglückliche Mann auf die Straße gezogen und zur Arbeit verpflichtet.

Befreit von der Last des Balkens schickte der verwundete Gefangene sich an aufzustehen; er hob den Kopf, seine Augen trafen die meinen, und das Herz schlug mir bis zum Hals, denn ich blickte in das zerschundene Gesicht von Gottes eingeborenem Sohn.

Das einst edle Gesicht war nun blutig und zerschlagen, die noble Stirn zerschunden und die feine, gerade Nase gebrochen. Man hatte ihm aus den Zweigen der Wüstenrose einen Stirnreif geflochten, und die Dornen bohrten sich nun in seinen Kopf. Blut troff aus den Wunden und mischte sich mit dem Staub auf seinem Gesicht zu dunklen Bächen, die ihm über die Wangen rannen. Die Augen, mit denen er mich ansah, waren zwar leiderfüllt, doch gleichzeitig strahlten sie auch Weisheit und einen festen Willen aus.

Das war alles, was ich erhielt – einen kurzen, flüchtigen Blick –, doch ich schwöre, dass alles Leid der Welt in ihm gelegen hat. Die wie Hunde heulende Menge drängte ihn weiter. Die Legionäre packten ihn an den Armen und rissen ihn in die Höhe. Man stieß ihn weiter die Straße hinauf, hinter ihm der Äthiopier, der den schweren Balken trug. Und das grässliche Gefolge setzte sich ebenfalls wieder in Bewegung.

Einen Augenblick lang stand ich einfach nur da. Ich war zu verwirrt und zu entsetzt, um mich bewegen zu können; und dann, bevor ich mich versah, folgte ich der Menge und fand mich umgeben von einer Gruppe laut jammernder Frauen und fröhlichen, aufgeregten Kindern. Wir folgten der Straße zu einem seltsamen, runden Hügel nicht weit entfernt von den Stadtmauern.

Auf der Hügelkuppe war ein großer Felshaufen zu sehen, gegen den man einen Holzrahmen errichtet hatte. Ein kleiner Trupp gelangweilt dreinblickender Legionäre saß am Hang neben der Straße. Nachdem es mir schließlich gelungen war, bis in die vorderste Reihe vorzudringen, sah ich unseren Herrn Jesus würdevoll und mit hoch erhobenem Haupt inmitten der Menschen stehen und sich bemühen, aufrecht stehen zu bleiben, während die Menge um ihn herum wogte.

Die Legionäre verschwendeten keine Zeit. Sie nahmen dem Äthiopier den Kreuzbalken ab, schleppten das schwere Stück Holz ein paar Schritt den Hang hinauf und warfen es auf den Boden. Dann packten sie den Verurteilten, rissen ihm die Kleider vom Leib, schoben ihn zum Balken, drehten ihn um und stießen ihn auf den blutigen Rücken hinunter. Unser Herr zitterte vor Schmerz, schrie aber nicht.

Einer der wartenden Legionäre, ein breiter, kräftiger Kerl, der sich eine lederne Schmiedeschürze um den Bauch geschlungen hatte, stand auf und trat rasch auf den Gefangenen zu. Er trug kein Hemd, und seine Arme glitzerten vor Schweiß. Er nickte knapp, und ein anderer Legionär legte den Arm des Verurteilten auf das Holz. Dann kniete sich der stämmige Kerl auf den Arm, um ihn ruhig zu halten, drückte seinen gespreizten Daumen unmittelbar auf das Handgelenk des am Boden Liegenden und ließ ihn einen Moment in dieser Position.

Mit der anderen Hand zog der Legionär einen dicken Eisennagel aus der Tasche in seiner Schürze und setzte ihn an die Stelle, die er mit dem Daumen markiert hatte. Schließlich griff er mit einer raschen, geübten Bewegung hinter sich und zog einen schweren Schmiedhammer aus dem Gürtel. Die Bewegung war so schnell, dass ich zunächst gar nicht sah, was hier vor sich ging.

Ich sah den Legionär seinen Arm mit schrecklicher Entschlossenheit heben und auch, wie er ihn herniedersausen ließ. Ein lautes Krachen war zu hören. Im selben Augenblick riss unser Herr Jesus den Kopf in die Höhe; seine Augen drohten ihm aus den Höhlen zu quellen, und sein Mund öffnete sich zu einem stummen Schmerzensschrei, als das harte Metall durch Fleisch, Sehnen und Adern des Handgelenks drang.

Mein Herz zitterte, und ich wollte mich abwenden – doch ich konnte nicht. Ich sah zu, rang die Hände und murmelte hilflose Gebete.

Helles Blut spritzte plötzlich in einer Fontäne empor, und die Menge johlte vor Befriedigung, als zwei weitere mächtige Schläge den Nagel ins harte Holz trieben, woraufhin der Legionär sich wieder erhob, über sein Opfer hinwegtrat und das Gleiche mit dem anderen Arm machte. Wieder genügten drei Schläge, um den Nagel zwischen Elle und Speiche hindurch ins Holz des Balkens zu treiben.

Kaum waren die Schläge verhallt, da zogen die Legionäre Seile unter dem Balken hindurch, um damit die Arme des Verurteilten an den Ellbogen zu sichern. Dann drehten sie sich um und schleppten den Balken den Hügel hinauf, drei Legionäre an jedem Ende des Seils. Ihr Opfer zogen sie mit sich. Der Boden war rau und steinig, und die Wunden auf dem Rücken unseres Herrn hinterließen eine feuchte, blutige Spur im trockenen Staub.

Auf der Hügelkuppe angelangt, warf der Legionär mit der Schürze die Seile über das dort wartende Holzgestell. Anschließend reichte er die Enden den Legionären unter ihm, die mit Hilfe eines guten Dutzends eifrigerer Zuschauer kräftig daran zogen. Die Seile spannten sich und hoben unseren leidenden Herrn Jesus vom Boden hoch.

Immer höher und höher hinauf wurde er gezogen, bis der Balken, an den er genagelt war, auf die obere Querstrebe des Rahmens traf. So schwebte unser Herr hoch über der Menge, die Arme an den schweren Stamm genagelt, und schwang unruhig hin und her.

Der Balken wurde rasch an dem Rahmen befestigt, und dort – die sanften, heilenden Hände zu Klauen verkrampft – hing der Herr Jesus. Blut rann ihm an den Armen und an den Seiten herab und mischte sich mit dem Schweiß, den er ob seiner Qualen vergoss. Gefangen zwischen Himmel und Erde hielten nur die festgenagelten Arme das ganze Gewicht des zerschundenen Körpers.

In der Zwischenzeit wurden zwei weitere Unglückliche ebenfalls gekreuzigt – Diebe, die man auf frischer Tat ertappt hatte – und rechts und links von unserem Herrn in die Höhe gezogen. Nachdem auch diese beiden festgebunden waren, holten die Legionäre einen langen, groben Balken herbei und banden ihn unmittelbar unter den Knien der Gekreuzigten quer an den Holzrahmen. Anschließend schlug der große Römer mit der Lederschürze Nägel durch die Knöchel seiner Opfer, um sie an dem Balken zu befestigen. Die beiden Diebe schrien und wanden sich vor Schmerz, während die Menge freudig grölte.

Unfähig, die Qualen noch länger zu ertragen, öffnete Jesus den Mund und schrie: »Elo-i!« Seine Nackenmuskeln spannten sich, so laut schrie er. »Elo-i!«

Ob der entsetzlichen Kraft des Schreis wich die Menge unwillkürlich zurück. Die Menschen blickten sich an und murmelten untereinander. »Er ruft Elias«, sagte jemand. »Nein, wartet!«, sagte ein anderer. »Er ruft nach Gott, er solle ihn retten!«

»Er hat andere gerettet«, spottete ein grober Kerl. »Soll er sich jetzt einmal selbst retten!«

»Ruhig! Er sagt irgendwas!«, rief ein Mann weiter vorne. »Ich kann ihn nicht verstehen. Hier, gebt ihm etwas zu trinken; vielleicht sagt er es dann ja noch mal.«

Ein in Wein eingeweichtes Stück Brot wurde an einem Stock befestigt und unserem Herrn vor den Mund gehalten, doch dieser senkte nur den Kopf und schwieg.

In diesem Augenblick traf eine Gruppe älterer Juden aus der Stadt ein; es waren vielleicht ein Dutzend. Einige trugen Priestergewänder, andere kostbare rote Roben und Goldketten um den Hals. Sie rafften ihre Gewänder in die Höhe, um nicht die Säume durch den Staub zu schleifen, während sie den Hügel emporstiegen und sich in die vordersten Reihen drängten.

Mit selbstgefälligem, hartem Gesichtsausdruck nahmen sie ihre Plätze vor der Menge ein, standen dort wie Monumente selbstgerechter Vergeltung und blickten verächtlich zu dem sterbenden Mann hinauf. Die Römer, die ihre Arbeit inzwischen erledigt hatten, wandten ihre Aufmerksamkeit anderen Dingen zu. Sie hatten sich ein wenig Brot und Wein mitgebracht und ließen sich nun ein Stück vom Kreuz entfernt nieder, um zu essen und zu trinken, während sie auf das unvermeidliche Ende der Hinrichtung warteten.

Die grausame Menge ließ die Sterbenden nicht in Ruhe. Sie verspottete sie und lachte über ihr Elend, während die Unglücklichen versuchten, das Gewicht ihrer Körper von den festgenagelten Beinen zu nehmen und gleichzeitig die ausgestreckten Arme zu entlasten. Einige der älteren Jünglinge hielten es für lustig, die Verurteilten mit Steinen zu bewerfen – was sie dann auch straflos taten. Einer der jugendlichen Schläger landete sogar einen glücklichen Treffer; er traf einen der Diebe mitten ins Gesicht. Das Jochbein der Mannes brach, und der Wurf kostete ihn ein Auge; der arme Kerl stöhnte und warf den Kopf hin und her, während sein herausgeschlagenes Auge an einem Fetzen Fleisch herabbaumelte, sehr zum Vergnügen der johlenden Zuschauer.

Die anderen fühlten sich durch diesen Treffer ermutigt, und ich glaube, die Jünglinge hätten die Gekreuzigten gesteinigt, wäre nicht ein fehlgeleiteter Stein vom Kreuzbalken abgeprallt und mitten zwischen die römischen Soldaten geflogen, die ihr Mahl inzwischen beendet hatten und nun um die Kleider und Sandalen der Verurteilten würfelten. Der Stein traf einen der Legionäre am Bein, und der Mann sprang sofort auf. Mit gezogenem Schwert stürmte er zwischen die Jünglinge, hieb um sich und erwischte ein oder zwei der vorwitzigeren Raufbolde mit der flachen Seite seiner Klinge. Die Jungen heulten wie geschlagene Welpen, und die ganze Meute floh.

Eine seltsame Ruhe senkte sich daraufhin auf den Hügel herab, und die Zuschauer richteten sich darauf ein zu warten. Der Himmel wurde dunkler, und seine schreckliche gelbe Farbe wich dem Graugrün einer schwärenden Wunde; aber noch immer regte sich auch nicht der geringste Lufthauch, und die Schwüle wurde allmählich unerträglich. Das einzige Geräusch, das man hörte, war das Stöhnen und Wimmern der Gekreuzigten, die verzweifelt versuchten, Luft in ihre Lungen zu bekommen; auch wenn alle drei offenbar nicht mehr zu retten waren, so weigerte sich das Leben doch, sie loszulassen.

Die Menge wurde des langweiligen Schauspiels rasch überdrüssig; Unruhe griff um sich. Schon bald wanderten am Rand die ersten Zuschauer ab; jene, die einfach nur neugierig gewesen waren, überließen Spott und Hohn den Eiferern. Kurz darauf erschien ein berittener römischer Offizier. Einen Augenblick lang stand er einfach nur da und ließ seinen Blick über die Menge schweifen, bevor er den am Boden hockenden Legionären einen Befehl zurief.

Ich konnte nicht verstehen, was der Römer sagte, denn ich war auf den Hang hinausgedrängt worden, während der Zenturio auf der Straße stand. Doch zwei der Legionäre sprangen augenblicklich auf und rannten zu der Stelle, wo sie ihr Werkzeug abgelegt hatten. Einer der Männer griff nach einer Leiter und der andere nach einem Hammer und einem flachen Stück Holz. Der Legionär mit der Leiter lehnte diese an den Kreuzbalken und kletterte hinauf, während der andere unten stehen blieb und ihm Hammer und Brett hinaufreichte. Dann befestigte der erste Legionär das Brett neben Jesus Kopf.

Soweit ich sehen konnte, stand nichts auf dem Brett geschrieben, doch dieser Fehler wurde schon bald behoben, denn der Zenturio rief seinen Männern abermals etwas zu, woraufhin der unten Wartende einen Stock aufhob, ihn in zwei Teile brach und einen davon seinem Kameraden auf der Leiter reichte. Der Legionär nahm den Stock und tunkte das abgebrochene Ende ins Blut unseres Erlösers, um anschließend in groben roten Buchstaben die Worte auf das Brett zu schreiben: *Iesu Nazareni Rex Iudorum.*

Als die Zuschauer das sahen, stießen sie angewiderte Schreie aus. Die Priester und Ältesten, die bisher stolz und unbeweglich in der ersten Reihe gestanden hatten, begannen zu heulen und zerrissen sich die Gewänder. Zwei der jüdischen Führer eilten zu dem Zenturio, der noch immer auf seinem Pferd saß und das Ganze amüsiert verfolgte.

»Bitte, hört uns an, Herr«, rief der ältere der beiden Männer. »Dieser Mann ist *nicht* der König der Juden!«

»Wir haben keinen König außer Cäsar!«, fügte der andere hinzu. Einige der Zuschauer wiederholten eilig den Satz im Chor. »Wir haben keinen König außer Cäsar!«, bekundeten sie halbherzig.

Ein weißhaariger Mann im Priestergewand gesellte sich zu den beiden. »Das Schild ist eine Beleidigung für unser Volk«, erklärte er. »Wir bitten Euch, Herr: Lasst es abnehmen.«

Der Zenturio, der den Aufruhr sichtlich genoss, welchen er mit seinem unschuldigen Befehl heraufbeschworen hatte, betrachtete die drei fröhlich und schüttelte langsam den Kopf.

»Herr«, flehte der alte Priester, »das ist eine Abscheulichkeit im Angesicht Gottes. Bitte, lasst das Schild sofort entfernen.«

Wieder schüttelte der Offizier den Kopf und erwiderte: »Es bleibt, wo es ist.«

»Wenn es nicht entfernt werden kann«, schlug einer der anderen Ältesten in vernünftigem Tonfall vor, »dann könnte man es doch vielleicht ändern, sodass es ungefähr lauten würde: Dieser Nazarener *behauptete*, der König der Juden zu sein.«

In diesem Augenblick löste sich einer der Schläger aus der Menge. Bevor irgendjemand ihn aufhalten konnte, rannte er zu der Leiter, kletterte hinauf und hätte fast den Legionär von der obersten Sprosse gestoßen, als er versuchte, das Schild herunterzureißen.

Der Zenturio trat seinem Pferd in die Flanken, galoppierte den Hügel zur Leiter hinauf, packte den Mann am Bein und zog ihn hinunter, sodass er zu Boden fiel. Fluchend und schreiend wälzte der Mann sich herum. Die Priester eilten herbei und flehten den Zenturio an, das Schild zu entfernen, um so den Frieden wiederherzustellen. Aber der römische Offizier, der dieses Geschwätzes allmählich überdrüssig wurde, machte keinerlei Anstalten, sich auf einen derartigen Streit einzulassen. Er befahl seinen Soldaten, den Mann zu entfernen, der versucht hatte, das Schild herunterzureißen; als diese daraufhin den Kerl packten und fortschafften, hallte ein drohendes Donnern vom Himmel herab.

Eine Windböe wirbelte Staub über den Hügel. Der Zenturio richtete den Blick gen Himmel, und als dann die ersten Regentropfen in den Staub fielen, hielt er die Zeit für gekommen, die Menge zu zerstreuen, bevor die Angelegenheit noch außer Kontrolle geriet. An seine Männer gewandt befahl er: »Macht der Sache ein Ende!«

Der große Römer mit der Schürze griff wieder nach seinem Hammer, ging zu einem der Verurteilten und schlug dem Mann mit aller Kraft vors Bein. Das Schienbein brach mit einem Übelkeit erregenden Krachen; es war ein derart widerwärtiges Geräusch, dass selbst die blutrünstige Menge vor Schreck zusammenzuckte. Der Unglückliche stieß ein lautes Wimmern aus und verlor das Bewusstsein. Dann zerschlug der Legionär auch das zweite Bein, der Bewusstlose sackte hinunter, und das Gewicht seines eigenen Körpers riss ihm die Arme aus den Gelenken. Kurz erlangte der Geschundene das Bewusstsein wieder und würgte an seiner eigenen Zunge; wenig später war er tot.

Nun ging der Henkersknecht zum nächsten Dieb, der noch klar genug bei Verstand war, um zu wissen, was nun kam. Er flehte den Römer an, ihn zu verschonen; doch der Legionär schenkte dem Jammern keine Beachtung und zerschlug auch diesem Mann die Beine. Das zweite Opfer hatte nicht so viel Glück wie das erste: Der Dieb verlor nicht das Bewusstsein, sondern schrie und wand sich, während er verzweifelt versuchte, sich in die Höhe zu ziehen, um Luft in seine Lunge zu bekommen. Sein Zucken war mitleiderregend; zerbrochene Knochen ragten aus seinen Beinen heraus, und jede Bewegung verursachte dem Mann neue Qualen.

Nun richtete der große Römer seine Aufmerksamkeit auf sein letztes Opfer. Er holte mit dem Hammer aus, doch im letzten Augenblick hielt er inne. Nach einem kurzen Blick ins Gesicht des Gekreuzigten verkündete er: »Der hier ist schon tot.«

Als die jüdischen Ältesten das hörten, riefen sie: »Wie kann das sein? Es ist noch lange nicht Abend!«

Einer der Ältesten, ein Mann in rotem Gewand und mit einer schweren Goldkette um den Hals, trat vor. »Seht her, Zenturio«, sagte er in gebildetem Latein. »Die Leute haben Recht. Der Mann hat nur die Besinnung verloren. Weckt ihn wieder auf. Ihr werdet sehen.«

Der Henker hörte das und wurde wütend. »Nennst du mich einen Lügner?«, knurrte er.

»Aber keineswegs!«, erwiderte der Älteste und hob abwehrend die Hände. »Doch dieser Jesus ist als Zauberer bekannt. Er könnte seine Magie benutzen, um uns seinen Tod vorzuspielen. Lasst Euch nicht täuschen. Tut einfach nur Eure Pflicht.«

»Ich kenne meine Pflicht«, zischte der große Römer und trat auf den Mann zu. »Und ich erkenne auch einen toten Mann, wenn ich einen sehe.« Er wedelte mit seinem Hammer. »Vielleicht willst du ihm im Hades ja Gesellschaft leisten – oder wo auch immer ihr Leute hingeht, wenn eure Zeit gekommen ist.«

Der reiche Jude schrie entsetzt auf und wich zurück. Der Henker setzte an, ihm hinterherzulaufen, doch der Zenturio hielt ihn zurück. »Longinus! Das reicht! Wir werden es ihnen beweisen«, sagte er und blickte kurz zu den sich sammelnden Sturmwolken hinauf. »Vielleicht kommen wir dann noch rechtzeitig in die Stadt zurück, bevor wir bis auf die Knochen durchnässt sind.«

Der große Römer kehrte zum Kreuzgestell zurück. Dort nahm er dann seinen Speer, den er an den Holzrahmen gelehnt hatte, und stieß ihn unserem Herrn und Erlöser unmittelbar unter den Rippen in die Seite. Wässriges Blut spritzte aus der Wunde in den Staub. Weder rührte sich Longinus Opfer noch stieß es einen Schrei aus, und ich wusste, dass ich einen Leichnam sah.

In diesem Augenblick ertönte ein lautes Donnern, und der Sturm kam mit solcher Wucht über uns, dass die Erde erbebte. Ein kalter Wind wirbelte um den Hügel herum, heulte wie ein gequältes Tier und schleuderte Unmengen an Staub in die Höhe. Da sie sahen, dass die Verurteilten tot waren, drehten die Zuschauer sich um, zogen schützend ihre Gewänder über den Kopf und strömten in die Stadt zurück. Auch die Römer sammelten rasch ihre Waffen und Ausrüstung ein, um den Juden zu folgen; nur zwei von ihnen blieben als Wache bei den Gekreuzigten zurück.

Der Regen fiel in Strömen. Ich sah mich in der Erwartung um, allein auf dem Hügel zurückgeblieben zu sein, aber einige Schritte von mir entfernt drängte sich ein armseliges Häuflein Menschen aneinander – größtenteils Frauen. Sie weinten, klammerten sich aneinander und schienen den Sturm um sie herum kaum zu bemerken.

Der Wind heulte wie ein waidwundes Tier. Blitze zuckten herab, und Donner ließ die Erde erzittern, als wolle er die Mauern von Jerusalem in Stücke hauen. Die Tropfen fielen immer dichter; eine wahre Flut ergoss sich aus dem Himmel. Fast schien es, als hätte der Sturm den Himmel entzweigerissen, sodass alles Wasser auf einmal zu Boden fiel. Langsam verwandelte sich der ausgedörrte Hügel in einen wahren Sumpf.

Trotz des heftigen Sturms wartete ich, um zu sehen, was als Nächstes geschehen würde, und tatsächlich verschwand das Unwetter kurz darauf so schnell, wie es gekommen war. Das Donnern hörte auf, und der Wind legte sich. Die frische, regenfeuchte Luft roch wunderbar nach seltenen Wüstenblumen. Vom Regen gewaschen hingen die Leiber der Toten an ihren Kreuzbalken, bereit zur Beisetzung.

Über dem Heulen der Frauen hörte ich jemanden von der Straße unter mir rufen. Ich drehte mich um und sah einen jungen, dunkelbärtigen Mann in edlem gelben Gewand den Hügel hinaufeilen und die Trauernden grüßen. Ein Stück hinter ihm folgte ein Mann mit einem Eselskarren. Ich weiß nicht, ob einer von beiden auch bei der Hinrichtung dabei gewesen war, doch nun gesellte sich der junge Mann zu den weinenden Frauen. Sie redeten kurz miteinander; dann löste sich der Mann wieder von der Gruppe und trat zum Kreuz.

Die beiden Soldaten, die sich zum Schutz vor dem Sturm unter einen Felsen zurückgezogen hatten, krochen nun wieder hervor und verlangten von dem Mann zu wissen, was er hier mache. Dieser antwortete ihnen in gutem Latein, dass er den Leichnam Jesu holen wolle. »Es ist schon spät«, erklärte er. »Bei Sonnenuntergang beginnt der Sabbat. Wir müssen den Leichnam noch vorher entfernen, denn es ist uns verboten, am Sabbat jemanden zu bestatten; gleichzeitig ist es jedoch verwerflich, einen Toten unbeerdigt zu lassen.«

Der jüngere der beiden Legionäre runzelte die Stirn. »Man hat uns nichts davon gesagt. Ihr braucht die Genehmigung des Statthalters.«

»Bitte«, sagte der junge Mann, »wir haben keine Zeit dafür.« Er deutete auf das Bündel, das er unter dem Arm trug. »Ich habe das Leichentuch schon mitgebracht, und natürlich übernehme ich die volle Verantwortung für die Beisetzung.«

Er griff in seinen Gürtel und holte mehrere Silberstücke hervor, um sie dem Legionär zu reichen. »Das hier ist für die Umstände, die wir Euch bereiten. Ich werde Eure Hilfe brauchen, ihn abzunehmen.«

Der zweite Legionär blickte auf das Geld und stieß seinem zögernden Kameraden den Ellbogen in die Seite. »Also gut«, sagte der Jüngere der beiden schließlich. »Was mich angeht, kannst du mit den dreien machen, was du willst.«

Der junge Mann rief den wartenden Trauernden etwas zu, die sich noch immer dicht aneinander drängten und weinten. Zwei Männer, die ich bis jetzt nicht bemerkt hatte, lösten sich aus der Gruppe der Frauen. Die Römer lehnten die Leiter an das Gerüst, und einer von ihnen kletterte mit gezogenem Schwert hinauf, um dem Toten die Hände abzuschlagen.

»Nein! Bitte, nein!«, rief der junge Mann. »Ihr dürft den Körper nicht verstümmeln.«

Der Legionär verzog das Gesicht. »Ich dachte, du hättest es eilig, Freund.« Er wedelte mit seinem Schwert. »Ein sauberer Schlag, und das war's dann.«

»Der spürt sowieso nichts mehr«, fügte der andere Legionär hilfsbereit hinzu. »Der ist so tot wie ein Haufen Scheiße.«

Der junge Mann deutete auf die Frauen, die sich inzwischen unter dem Toten versammelt hatten, und sagte: »Bitte, um seiner Mutter willen, lasst ihm wenigstens diesen Rest an Würde.«

Der Legionär zuckte mit den Schultern, und anstatt die Hände abzuhacken, zerschlug er mit dem Schwert das Seil, das den Kreuzbalken unseres Herrn am Gerüst festhielt. Der Leichnam sackte zu einer Seite weg, woraufhin der Römer sich über ihn beugte und auch das andere Seil durchschlug. Das wiederum hatte zur Folge, dass nun der ganze Körper vornüber fiel; die Beine waren allerdings noch immer am unteren Balken festgenagelt. Jene, die sich unter dem Kreuz versammelt hatten, fingen den gesegneten Leib unseres Herrn auf und hielten ihn fest, während der zweite Legionär mit einer großen Zange die Nägel aus den Fußgelenken zog.

Das Ganze war eine ausgesprochen schwierige Arbeit, und der junge Jude ermahnte die Legionäre ständig, vorsichtig zu sein. Alle Trauernden waren vonnöten, um den Leichnam zu stützen, damit ihm die Füße nicht abgerissen wurden. Schließlich jedoch gelang es dem Legionär, den Toten zu befreien, und die Trauernden legten den reglosen Körper unseres Herrn Jesus auf die feuchte Erde.

Als Nächstes machte sich der Legionär an den Nägeln zu schaffen, die die Arme des Toten festhielten. Während er versuchte, mit der schweren Zange die verbogenen Nägelköpfe zu packen, ermahnte ihn der junge Jude wieder, dass er sich beeilen solle, denn es sei schon spät. Der Legionär wurde wütend. »Willst du es schnell oder sauber?«, verlangte er zu wissen. »Was denn nun?«

»Josef«, sagte eine der Frauen in sanftem Tonfall. Sie war jünger als die anderen, und langes dunkles Haar quoll unter der Kapuze ihres Umhangs hervor. »Ärgere den Mann nicht. Er versucht nur, uns zu helfen.« Der Klang ihrer Stimme war wie Balsam für die Seelen derer, die diesen schrecklichen Tag hatten miterleben müssen.

»Miriam, wir müssen …« Der junge Mann wollte ihr widersprechen, doch die Frau brachte ihn mit solch einem wunderbaren, traurigen Lächeln zum Schweigen, dass es mir das Herz zerriss. »Bitte, Josef. Es wird schon alles gut werden. Es gibt keinen Grund zur Eile mehr.«

»Nun gut«, gab der wohlhabende junge Mann nach. Und an den Legionär gewandt sagte er: »Nehmt Euch Zeit, mein Freund.«

Der Legionär blickte zu der Frau namens Miriam, und sein Blick zeigte mehr als nur wohlwollendes Interesse; dann machte er sich wieder an die Arbeit, und schließlich gelang es ihm auch, zuerst das linke und dann das rechte Handgelenk zu befreien. Vorsichtig breiteten die Frauen das Leichentuch auf dem Boden aus, und darauf legte man dann den irdischen Leib von Gottes Sohn. Die Männer schauten zu, während die Frauen die Glieder und Haare des Leichnams richteten und dabei unablässig Gebete murmelten. Schließlich wurde das Leichentuch über dem Toten gefaltet und an Hals, Brust und Füßen mit breiten Stoffstreifen zusammengebunden. Die Männer dankten den römischen Legionären, hoben den Leichnam hoch und trugen ihn den Hügel hinunter zu dem Eselskarren. Dort angekommen, legten sie unseren Erlöser hinein und machten sich langsam auf den langen Weg zurück in die Stadt.

Die Legionäre wiederum teilten das Geld des jungen Juden unter sich auf, warfen einen letzten Blick auf die beiden toten Diebe, legten die Speere über die Schultern und gingen ebenfalls.

»Wer, glaubst du, war das?«, hörte ich einen von ihnen fragen, als sie den Hügel hinuntergingen.

»Egal«, erwiderte der andere. »Jude ist Jude. Die sind alle gleich. Allesamt Eiferer, Verrückte und Mörder.«

Sie entfernten sich, und ich fand mich allein auf dem Hügel wieder. Ich starrte auf den Kreuzbalken, den man einfach auf dem Boden hatte liegen lassen, auf die herausgerissenen Nägel, die noch vor kurzem die Arme und Beine unseres Erlösers durchbohrt hatten, und auf das Blut auf dem groben Holz.

Ich kniete nieder, legte ehrfürchtig die Hand auf den Stamm und fühlte das raue, harte Holz. Dann hörte ich plötzlich Stimmen hinter mir. Ich glaubte, die Legionäre seien wieder zurückgekehrt; doch als ich mich umdrehte, sah ich mich selbst neben einem Brunnen schlafen.

Alsgleich befand ich mich wieder in Emir Ghazis Lager.

Der Mond war untergegangen; die Sterne verblassten, und im Osten zeigte sich das erste Grau der Morgendämmerung, während ich mich wieder an meinem Schlafplatz vor den Toren von Damaskus befand.

Ich stand auf. Das Lager war ruhig; nichts hatte sich verändert. War ich wirklich ins Zelt des Emirs geschlichen? Oder war ich eingeschlafen und hatte das alles nur geträumt? Es spielte alles keine Rolle. Ich wusste, dass mir eine Vision von außergewöhnlicher Kraft und Seltenheit zuteil geworden war. Ich spürte ein seltsames Kribbeln im Gesicht und in den Händen, und der Boden unter meinen Füßen fühlte sich wie Wasser an.

Mein Körper begann zu zittern – nicht aus Furcht oder aus einer düsteren Vorahnung heraus, sondern aus wilder Leidenschaft. Ich verspürte das Verlangen, zu singen und zu tanzen; ich wollte meine Hände gen Himmel erheben und meinem gütigen Schöpfer für die wunderbare Vision danken, die er mir geschenkt hatte.

Nur mit großer Mühe konnte ich mich davon abhalten, laut aufzulachen und das ganze Lager durch den Lärm zu wecken. Also blieb ich vollkommen still neben dem Brunnen liegen, doch bebte ich vor Erregung; Freude strömte durch meine Adern, aber nicht wie Wasser, sondern wie ein süßer, schwerer Wein.

Als die Sonne im Osten über den Hügeln erschien, stand ich

auf, kniete nieder, blickte zur Sonne empor, breitete die Arme aus und schwor feierlich und von ganzem Herzen, mir die gleiche Demut, die gleiche Kraft und den gleichen Mut anzueignen, die ich bei unserem Herrn Jesus Christus in der Stunde seines Todes gesehen hatte, auf dass ich mich des Opfers unseres Erlösers als würdig erweisen mochte.

17. November 1901: Paphos, Zypern

Professor Rossides lebte im Erdgeschoss eines kleinen Stadthauses. Die oberen Stockwerke hatte ein Violinlehrer gemietet, und während ich im Halbdunkel vor der schlichten braunen Tür stand und darauf wartete, dass mein Gastgeber auf mein Klingeln antwortete, hallte ein Duett für Violine und Cello die Treppe hinunter.

Erneut zog ich an der Klingelschnur, wartete noch etwas und wollte gerade aufgeben und wieder nach Hause gehen, als ich schlurfende Schritte auf der anderen Seite vernahm. Dann wurde ein Schlüssel im Schloss umgedreht, und die Tür schwang auf.

Vor mir stand ein kleiner dunkler Mann mit buschigen Augenbrauen und einer widerspenstigen Masse dicken, gewellten Haares, das ihm nach allen Seiten vom Kopf abstand. Ich fühlte mich an einen Seemann erinnert, der stundenlang einem wilden Sturm ausgesetzt gewesen war. Nur mit Mühe vermochte ich mich von dem erstaunlichen Anblick loszureißen, und ich sagte: »Professor Rossides? Ich bin Gordon Murray. Man hat mir zu verstehen gegeben, dass Sie mich erwarten.«

Bei Erwähnung meines Namens erwachte das schläfrige Gesicht des Mannes zum Leben. »Das ist in der Tat so, Sir! Sie sind sehr pünktlich.« Er lächelte, seine dunklen Augen begannen zu funkeln, und sein Gesicht nahm einen jungenhaften, gewinnenden Ausdruck an. »Bitte, kommen Sie herein, Mr Murray.« Er nahm mir den Mantel ab und winkte mich zu einem Stuhl an einem Tisch mit dünnen Beinen, auf dem gefährlich hohe Stapel aus Büchern und Papieren lagen. Über dem Tisch hing eine Messinglampe mit grünem Glasschirm, deren Licht die Papierstapel beleuchtete wie die Sommersonne eine Highlandebene.

»Zeit ist kostbar«, verkündete Professor Rossides. »Wir werden sofort beginnen.« Dann rezitierte er das griechische Alphabet, lief hinter mir auf und ab und schlug bei jedem Buchstaben die Faust in die Hand. Nach zwei Wiederholungen forderte er mich auf, es ihm nachzutun. So arbeiteten wir neunzig Minuten ohne Unterlass, und als ich mich gerade an die unvertrauten Laute zu gewöhnen begann, erklärte er die Lektion für beendet.

»Hervorragend! Hervorragend!«, rief er und strahlte mich an, als wäre ich ein Preisbulle. »Sie sind der geborene Gelehrte, Mr Murray. Gemeinsam werden wir das Unmögliche vollbringen.«

»Ich wäre schon mit dem Passablen sehr zufrieden«, erwiderte ich.

Der Professor lachte und schüttelte den Kopf. »Nein, nein«, sagte er. »So etwas will ich gar nicht hören. Sie sind viel zu klug und begabt, um sich mit dem zweiten Platz zufrieden zu geben. Nein, mein Freund, wenn wir fertig sind, werden Sie in der Lage sein, sich in Aphrodites Taverne am Hafen von Rhodos mit den Fischern über Politik zu unterhalten.«

»Oh«, erwiderte ich und stand auf, um meinen Mantel zu holen. »Ist das alles? Ich dachte, ich würde dem Studium von Platos *Symposion* frönen können.«

»Ts, ts, ts«, schalt mich der Professor und runzelte amüsiert die Stirn. »Ich habe gesagt, wir würden das Unmögliche schaffen ... keine Wunder vollbringen!«

So begann meine kurze, aber intensive Lehrzeit in Umgangsgriechisch. Mein Lehrer sandte mich an jenem Abend mit zwei Büchern nach Hause – eines auf Griechisch, das andere auf Latein – und wies mich an, beide bis zu unserem nächsten Treffen in der kommenden Woche zu lesen. Ich weiß nicht, wie es ihm gelang, mir in den wenigen Stunden, da wir uns sahen, so viel Wissen zu vermitteln; aber im Laufe der nächsten Wochen machte ich beachtliche Fortschritte. All die kleinen Eigenheiten und

Schwierigkeiten der Sprache, die mich auf dem College so sehr geplagt hatten, lösten sich dank des scharfen, forschenden Intellekts des Professors förmlich in Luft auf.

Der Sommer kam und ging, und im Laufe des Herbstes begann ich darüber nachzudenken, was mich wohl Ende September erwarten würde. Die Antwort darauf erhielt ich bei meinem letzten Besuch in Professor Rossides Arbeitszimmer. Tatsächlich wusste ich nicht, dass dies mein letzter Besuch sein würde, bis mein gewissenhafter Lehrer nach dem Textbuch vor meiner Nase griff und es zuklappte. »Perfekt«, erklärte er. »Unsere gemeinsame Arbeit ist beendet.«

»Wie kann sie beendet sein? Ich habe das Gefühl, sie hat gerade erst begonnen.«

»Oh. Das ist in der Tat so, und ich gratuliere Ihnen zu einem ausgesprochen viel versprechenden Anfang; aber es war nur meine Aufgabe, Ihnen beizubringen, sich in Schrift und Wort zu verständigen, und das haben sie erreicht – und sogar mehr. Ich werde Ihren Kollegen demnächst einen entsprechenden Bericht zukommen lassen. Gute Arbeit, Mr Murray.«

Ich wünschte ihm Lebewohl und ging. Ich war ein wenig traurig darüber, dass ich nicht länger das Vergnügen seiner außerordentlich anregenden Lektionen haben würde. Dieses Gefühl hielt bis zur Mitte der darauf folgenden Woche an, als ich einen weiteren Besuch von Pemberton und Zaccaria erhielt.

Wieder erschienen sie kurz vor Büroschluss und verkündeten mit sichtlicher Freude, dass ich meine Aufgabe in jeder Hinsicht zufrieden stellend erfüllt hätte. »Wir wussten, dass Sie Gefallen an ihren Studien finden würden«, gestand mir Zaccaria.

»Es war eine außerordentlich erfreuliche Erfahrung, wie ich zugeben muss. Ich habe es wirklich sehr genossen.«

»Wie dem auch sein mag«, sagte Pemberton und zog einen weißen Umschlag aus der Innentasche seines Mantels. »Ich glaube, dass Sie es noch weit mehr genießen werden, ihre neu erworbenen Fähigkeiten in der Praxis anzuwenden.«

Er reichte mir den Umschlag und bedeutete mir, ihn zu öffnen.

Das tat ich auch und zog zwei Schifftickets heraus – eines für mich, das andere für meine Frau. Als Ziel war Paphos auf Zypern angegeben. »Wie Sie sehen können, läuft das Schiff in zwei Wochen von heute an aus«, sagte Pemberton. »Ich glaube, das lässt Ihnen genug Zeit, Ihre Angelegenheiten zu regeln.«

»Sechs Wochen Zypern«, sinnierte ich, während ich das Rückfahrtdatum las. »Ja, ich glaube, Caitlin und mir wird das gefallen. Ich danke Ihnen.«

»Ich denke nicht, dass sich aus dieser Reise Probleme für Ihre Arbeit in der Kanzlei ergeben werden.« Der Art und Weise, wie er das sagte, konnte ich nicht entnehmen, ob diese Äußerung eine Vermutung oder eine Feststellung war; doch wie auch immer: Ich ging davon aus, dass Pemberton und Zaccaria alle möglichen Probleme vorhergesehen und aus dem Weg geräumt hatten.

»Nicht im Geringsten«, erwiderte ich. »Wie es der Zufall will, geht es zu dieser Jahreszeit in der Kanzlei ohnehin recht ruhig zu. Während meiner Abwesenheit kann einer meiner Referendare sich um alles kümmern.«

»Hervorragend.«

Somit war dann alles geregelt. Mir blieb nur noch, zu packen und mich und meine liebe Frau rechtzeitig auf den Dampfer zu befördern – eine Aufgabe, die, wie sich herausstellte, jede freie Minute in Anspruch nahm, derweil Caitlin jeden freien Koffer und jede Tasche bis oben hin mit allem Möglichen voll stopfte. Erst als das Schiff die Leinen losmachte und Richtung Zypern dampfte, fiel mir auf, dass niemand auch nur ein Wort darüber verloren hatte, welche Aufgabe mich an meinem Ziel erwartete.

Im Hafen von Paphos traf ich dann auf ein weiteres Mysterium in Gestalt eines jovialen Herrn Melos, der in einen blauen Anzug gewandet auf dem Kai stand und ein Schild mit meinem Namen in der Hand hielt. Sein dunkles Haar war geölt und glatt gekämmt, und sein Kinn zierte ein Dreitagebart. Er grinste und winkte, als er uns sah; dann sprang er uns auf der Gangway entgegen, um uns die Hände zu schütteln.

»Was ist das?«, wunderte sich Caitlin, die von dem Eifer des Mannes ausgesprochen angetan war. »Du hast mir ja gar nicht gesagt, dass wir einen Begleiter haben werden, Liebling?«

»Es ist vom Anfang bis zum Ende als Abenteuer geplant«, erwiderte ich lächelnd.

Der Mann stellte sich uns vor, und ich verstand sofort, warum ich den ganzen Sommer über ohne Unterlass gelernt hatte: Herr Melos verstand kein Englisch. Doch ich sollte alsbald feststellen, dass es sich bei ihm um den kenntnisreichsten Führer handelte, den man sich vorstellen konnte. Er war ein Archäologe, der sein gesamtes Berufsleben mit Ausgrabungen auf dieser Insel verbracht hatte; es gab so gut wie nichts über Zypern und seine Geschichte, was er nicht wusste. Auch unterhielt er ein kleines Privatmuseum mit angeschlossenem Gästehaus, und beides hatte er bis unters Dach mit Erinnerungsstücken von seinen diversen Ausgrabungen gefüllt. »Die wertvolleren Fundstücke gehen an Museen überall auf der Welt«, erklärte er, als er uns eines Tages durch seine Räume führte. »Aber die kleineren Stücke und die Duplikate behalte ich.«

Die ersten Tage verbrachten wir als einzige Bewohner seines Gästehauses in Herrn Melos' Obhut. Caitlin verliebte sich sofort in unsere Umgebung und verkündete, es sei höchste Zeit gewesen, dass ich sie an einen derart schönen Ort bringe, und überdies beabsichtige sie, nie mehr von hier fortzugehen.

An jenem ersten Tag aßen wir nur ein leichtes Mittagsmahl und warteten auf unser Gepäck, das dann auch schließlich gegen Abend auf einem Eselskarren eintraf. Bis dahin hatten wir beide uns schon an das gewöhnt, was Caitlin die ›Zypernzeit‹ nannte: an die Geschwindigkeit, mit der hier alles vonstatten ging – oder auch nicht. Wann etwas erledigt wurde, schienen die Einheimischen ausschließlich ihren Launen zu überlassen.

Der Grund für mein Abenteuer blieb jedoch weiterhin ein Geheimnis, und ich fragte mich schon, ob ich etwas deswegen unternehmen sollte, als eines Morgens Herr Melos beim Frühstück erschien. Er übergab mir einen Brief, der – wie ich vermute – kurz zuvor angekommen war. Er stammte von Zaccaria und beinhaltete den Zweck meiner Reise. Nachdem wir uns von der Fahrt erholt hatten, sollten wir uns zu einem bestimmten Kloster in den Bergen begeben. »Ich werde Sie dorthin bringen«, erklärte Herr Melos, als ich ihn fragte, wo das sei. »Ich kenne den Ort sehr gut. Überlassen Sie das mir. Ich werde mich um alles kümmern.«

Später am selben Morgen sammelten wir unsere Sachen ein und fuhren per Kutsche in die Ausläufer des Troodos-Gebirges, in ein kleines Dorf namens Panayia, wo man ein kleines Landhaus für uns gemietet hatte. Wir erreichten den Ort kurz vor Einbruch der Dämmerung, und Herr Melos führte uns zu dem Haus und stellte uns der Haushälterin vor: seiner Schwester mit Namen Helena, eine kleine, untersetzte, ältere Frau, die wie ein Beo schnatterte, ganz gleich, ob man ihr zuhörte oder nicht. Bei unserer Ankunft hatte sie ein Essen für uns vorbereitet. Sie zeigte uns, wo alles zu finden war, und ließ uns dann zum Essen und Schlafen allein.

Wir verbrachten einen wunderbaren ersten Abend in diesem kleinen Haus, aßen bei Kerzenlicht und hatten die Fenster zum Hof weit geöffnet, wo noch immer Rosen blühten. Am nächsten Morgen führte uns unser liebenswürdiger und kenntnisreicher Gastgeber zum Kloster.

»Agios Moni ist ein sehr alter Ort«, erklärte Herr Melos. »Die Mönche dort besitzen eine Bibliothek mit Manuskripten von unschätzbarem Wert.«

Natürlich waren es diese Manuskripte, die zu sehen ich hierher gekommen war – oder besser: *ein* Manuskript.

Bei unserer Ankunft wurden wir dem Abt vorgestellt, der uns auf einen Rundgang durch sein kleines, sauberes Kloster führte, welches inzwischen nur noch dreißig Mönche beherbergte. Am Ende des Rundgangs sagte er: »Ich vermute, Sie wollen so bald wie möglich anfangen.«

»Um die Wahrheit zu sagen«, erwiderte ich und dankte im Geiste Professor Rossides für mein neu entdecktes Sprachtalent,

»würde ich nichts lieber tun. Unglücklicherweise weiß ich nicht genau, weswegen ich hierher gekommen bin.«

Der kahle Abt mit Namen Naxos lachte und sagte: »Sie sind wohl hierher gekommen, um sich das Caithness-Manuskript anzuschauen.«

»Caithness«, sagte Caitlin, nachdem ich ihr die Worte des Abtes wiedergegeben hatte. »Meinst du Caithness in Schottland?«

»Ich habe nicht die geringste Ahnung.«

Der Abt führte uns in die Bibliothek, wo ein paar Mönche an alten Schriftrollen und Pergamenten arbeiteten. Er sprach ein paar Worte mit dem Bruder, der die Aufsicht über die Bibliothek führte – ein Mann namens Nikolaos –, woraufhin der schwarz gewandete Mönch zwischen den Regalen verschwand und kurz darauf mit einem schweren, in Leinen gebundenen Bündel wieder zurückkehrte.

»Sehen Sie es sich gut an«, sagte Abt Naxos, »eines der wertvollsten Besitztümer unseres Ordens.« Er winkte Bruder Nikolaos zu einem Tisch unter den Fenstern, und dort öffnete der Mönch das Bündel. »Die Tinte ist verblasst, und da sind auch ein paar Wasserflecken … Im 15. Jahrhundert hatten wir einen schlimmen Sturm, und das Dach war undicht. Für ein Dokument aus dem Jahre 1132 ist es aber dennoch in bemerkenswert gutem Zustand.«

Ich übersetzte die Worte des Priesters für Caitlin, die staunend das alte Manuskript betrachtete.

Liebevoll strich der Abt über den Pergamentstapel und die Seidenschnur, die ihn zusammenhielt. »Dies wird das letzte Mal sein, dass das Manuskript an jenem Ort gelesen werden kann, wo es geschaffen wurde. Ich halte es nur für angemessen, dass Sie der letzte Leser sein sollen.«

Er warf mir einen bedeutungsvollen Blick zu, doch ich verstand den Sinn seiner Worte nicht, und das sagte ich ihm auch.

»Nächsten Monat wird es in die Gewölbe des Ministeriums für Altertümer in Athen überführt«, erklärte der Abt, und bevor ich noch erwidern konnte, dass ich das nicht gemeint hatte, fügte er hinzu: »Meine Oberen in Khyrsorroyiatissa haben das Gefühl, dass es hier nicht länger angemessen geschützt werden kann.«

»Unsinn!«, knurrte Mr Melos säuerlich.

»Na ja, eine Zeit lang haben wir es ja noch.« Der Abt lächelte traurig und zog einen Stuhl zum Tisch. »Bitte, setzen Sie sich. Es ist uns eine Ehre, Sie als unseren Gast betrachten zu dürfen. Bitte, bleiben Sie, so lange Sie wollen.«

Wieder verstand ich zwar, dass er mir einen außergewöhnlichen Gefallen erwies, doch der Sinn dahinter blieb mir nach wie vor verborgen.

Ich übersetzte Caitlin, was er gesagt hatte, und fragte sie, ob es ihr etwas ausmache, sich für eine Weile allein zu amüsieren. »Komm schon«, erwiderte sie. »Sei nicht dumm. Natürlich macht es mir nichts aus. Ich bin durchaus imstande, ein paar Tage allein zurechtzukommen.«

So setzte ich mich mit dem Segen des Abts und meiner Frau auf den Stuhl, auf dem ich von nun an die meiste Zeit verbringen sollte. Nachdem die anderen gegangen waren, löste ich das Seidenband und schlug den mitgenommenen, alten Deckel auf.

Die Schrift, die ich erblickte, war klar und schön. Das ursprüngliche tiefe Schwarz war zu einem hellen Sepiarot verblasst; dennoch war alles noch hervorragend lesbar. Ich las die ersten Worte und wusste sofort, warum man ausgerechnet mir diese Aufgabe anvertraut hatte. Mein Herz begann plötzlich so heftig zu schlagen, dass ich glaubte, meine Arbeit schon aufgeben zu müssen, bevor ich sie begonnen hatte. Vor mir auf dem Tisch lag der Bericht von Murdos Sohn, Duncan, der in seinen eigenen Worten seine Pilgerfahrt ins Heilige Land beschrieb.

Drittes Buch

Emir Ghazis Ankunft in Damaskus wurde gefeiert wie der triumphale Einzug eines heldenhaften Eroberers. Er sammelte sein Heer auf der weiten Ebene vor den Stadtmauern und führte dann seine siegreichen Krieger und ihre elenden Gefangenen in die Stadt. Der Emir sparte an nichts, um seinen Einmarsch so beeindruckend wie möglich zu gestalten. Trommler zogen vor dem Emir und seiner Leibwache einher und erfüllten die Luft mit einem dumpfen Dröhnen; Kinder rannten neben dem Pferd des Emirs her und streuten Rosenblüten, und Trompeter stießen schrille Fanfarenstöße über der Menge am Straßenrand aus, die das Ereignis mit offenen Mündern verfolgte.

Wir marschierten durch die Straßen zur Zitadelle, wo Atabek Buri und seine Würdenträger den prächtigen Zug im Hof des Rosenpavillons erwarteten. Der stolze Ghazi machte ein großes Spektakel daraus, den Damaszenern seine Gefangenen zu präsentieren. Die Gefangenen wurden vor eine Doppelreihe edler Araber geführt, von denen einige auf gepolsterten Stühlen saßen, andere auf Thronen, und dort mussten sich die Franken dann demütig verneigen. Ich, der ich Bohemunds Kopf auf dem Rücken trug, wurde gezwungen, den Arabern die schreckliche Trophäe zur Schau zu stellen.

Aus den vorderen Rängen der Gefangenen wurde ich vor die Seldschuken und Sarazenen geführt, die in ihre festlichen Prachtgewänder gehüllt die Demütigung ihrer verhassten Feinde genossen. Zwei Krieger führten mich zu der breiten Treppe, die zu dem duftenden Pavillon hinaufführte, und Emir Ghazi ließ mir befehlen, die Kiste zu öffnen. Die arabischen Edlen lachten, als sie den mächtigen Fürsten, ihren einstigen Fluch, im Tode derart entehrt sahen.

Einer der Araber lachte jedoch nicht mit den anderen. Gehüllt in ein prächtiges Gewand, das nur mit glitzernden blau-grünen Pfauenfedern besetzt war, und mit einem großen blauen Turban auf dem Kopf verfolgte er die Demütigung des Christenfürsten mit nachdenklichem Gesichtsausdruck. Als die allgemeine Freude ihren Höhepunkt erreichte, winkte er Atabek Buri zu sich heran und sprach eine Zeit lang mit ihm unter vier Augen. Währenddessen stand ich einfach nur da, hielt die Kiste zur Belustigung der Araber offen und hasste mich für die Rolle, die ich bei diesem beschämenden Spektakel spielte.

Nachdem die beiden Araber ihr Gespräch beendet hatten, bat der Atabek Emir Ghazi, sich zu ihnen zu gesellen. Der Emir trat vor und wurde dem Fremden mit dem blauen Turban vorgestellt, woraufhin Ghazi sofort auf die Knie sank und sich die Hand des Edelmanns auf die Stirn legte. Selbstbewusst und gelassen ließ der arabische Herrscher die Unterwürfigkeit des Emirs über sich ergehen; dann deutete er sehr zu meinem Verdruss auf mich.

Ghazi sprang auf und winkte mich mit einer weit ausholenden Armbewegung zu sich heran. Meine Wachen führten mich die Treppe zum Pavillon hinauf, und dort ließ man mich mit der Kiste niederknien, sodass der prahlerische Emir dem prächtig gewandeten arabischen Fürsten Bohemunds Kopf präsentieren konnte.

Warum der Araberfürst etwas derart Groteskes verlangt hatte, vermochte ich nicht zu sagen; doch der alte Ghazi schien sichtlich erfreut darüber zu sein, dem Mann damit gefallen zu können. Ein breites Grinsen zeigte sich auf seinem rauen, verwitterten Gesicht, und in einem Anflug von Freigiebigkeit bot er dem offensichtlich Höhergestellten all seine Schätze an: die Gegenstände aus Gold und Silber, die Sättel, die Waffen und Rüstungen, die Pferde und den ganzen Rest, den er nach der Schlacht zusammengerafft hatte – einschließlich der Gefangenen, und ja, auch mich.

Auch wenn ich damals schon vermutete, was hier vor sich ging, so sollte es doch noch eine ganze Weile dauern, bis ich erfuhr, um wen es sich bei der prächtigen Gestalt handelte, die mein neuer Herr werden sollte. Sahak, der armenische Schreiber und Ratgeber, klärte mich mit sichtlicher Freude darüber auf. »Du gehörst jetzt dem Kalifen von Bagdad«, sagte er, unfähig, sich ein schadenfrohes Lächeln zu verkneifen, denn er vermutete, dass die Nachricht mich zutiefst bestürzen würde.

»Aber das ist unmöglich!«, rief ich. Meine Reaktion befriedigte Sahak sehr, und sein haarloses Doppelkinn zitterte vor Freude.

In Wahrheit war ich jedoch nicht im Geringsten bestürzt. Wie gesagt, hatte ich selbst schon herausgefunden, was hier geschah, und war zu dem Schluss gekommen, dass es keine Rolle spielte, *wer* das Ende meiner Kette hielt, solange ich nur in der Nähe des Schwarzen Stamms blieb. Doch ich besaß genug Verstand, ein betrübtes Gesicht zu machen, um so viel wie möglich über meinen neuen Herrn herauszufinden. Sollte Sahak nämlich glauben, dass die Information mir in irgendeiner Weise nützen konnte, würde er sie mir ohne Zweifel aus purer Bosheit verweigern.

Also gab ich vor, zutiefst entsetzt zu sein, klammerte mich an seinen Ärmel und schluchzte verzweifelt: »Was wird mit mir geschehen?«

»Wer kann das sagen?«, erwiderte er genüsslich. »Aber da du nun schon einmal fragst … Ich nehme an, man wird dich töten.«

»Nein!«, keuchte ich. »Ich habe nichts getan. Meine Freunde …«, fuhr ich fort und verstärkte den Griff um seinen Ärmel, »… sie werden mich auslösen.«

»Das sagst du.« Er riss sich von mir los. »Aber bis jetzt sind sie dich nicht holen gekommen, oder irre ich mich da? An deiner Stelle würde ich mir das mit dem Lösegeld aus dem Kopf schlagen. Deine Freunde haben dich schon längst vergessen.«

»Das würden sie niemals tun!«, schrie ich, und meine Erregung erhöhte sein Vergnügen noch.

»Sie haben dich aufgegeben«, beharrte er, »sonst wären sie dich schon längst holen gekommen. Hätten sie dich auslösen wollen, wäre das schon lange geschehen.«

»Sie werden kommen«, wiederholte ich. »Der Kalif von Bagdad, sagt Ihr? Ich kann nicht mit ihm gehen. Ich muss mit Emir Ghazi sprechen. Ihr müsst ihn bitten, mich in Damaskus bleiben zu lassen, wo meine Freunde mich finden können. Ihr müsst es ihm sagen, Sahak. Ihr seid meine einzige Hoffnung!«

»Oh, sei versichert, dass ich tun werde, was ich kann«, erwiderte er, und Verrat funkelte in seinen Augen.

»Ich danke Euch, Sahak. Ich danke Euch«, erklärte ich, beruhigt zu wissen, dass ich nun ohne Zweifel beim Kalifen und somit in der Nähe des Kreuzes bleiben würde.

Der hinterlistige Katib schlurfte davon, und ich blickte ihm hinterher. Sahak war ein wahrhaft verabscheuungswürdiger Kerl – so viel stand fest –, aber er hatte auch seinen Nutzen. Ich setzte mich in eine Ecke meiner Zelle und dachte darüber nach, dass sich noch nicht einmal die Bösen dem Zugriff der Schnellen Sicheren Hand entziehen konnten, die alle Dinge so richtete, dass sie ihren Zwecken dienten.

Denn nach Emir Ghazis Triumphzug und seinem plötzlichen Anfall von Großzügigkeit hatte Atabek Buri, der eingebildete Herrscher von Damaskus, mich und meine Mitgefangenen in ein stinkendes, mit Ungeziefer verseuchtes Gefängnis stecken lassen, wo wir auf ein Wort unseres neuen Herrn, des Kalifen von Bagdad, warten sollten.

Doch alles in allem betrachtet standen die Dinge gar nicht mal so schlecht für uns, und nun, da ich gewiss sein konnte, in der Nähe des Wahren Kreuzes zu bleiben, war ich zufrieden. Den Gestank konnte ich ertragen; nach den schier endlosen Tagen unter der sengenden Wüstensonne erschien uns die kühle, feuchte Dunkelheit des Verlieses geradezu wie eine Erholung. Nur die

Ratten und Mäuse waren die reinste Pest; niemand wagte es, des Nachts zu schlafen, denn im selben Augenblick, da man die Augen schloss, huschten die Ratten herbei und begannen, an einem zu nagen. Mehrere Männer verloren Fingerspitzen und Zehen, sodass wir bei Tag schlafen mussten, wenn das Ungeziefer weit seltener zu sehen war.

Neben den drei Edelleuten, die ebenfalls bei Emir Ghazis Tross gewesen waren, hatte man auch noch andere Christen zu mir gesperrt; jene Kreuzfahrer, die die Schlacht und den anschließenden Marsch von Anavarza hierher überlebt hatten, waren von Emir Ghazi ebenfalls als schmückendes Beiwerk seiner Prozession hinzugefügt worden. Gerhardus war einer dieser Überlebenden, doch ich konnte nicht mit ihm sprechen, denn man hatte mich von den anderen getrennt und in eine Einzelzelle gesteckt. Wie ich später erfuhr, war der Grund dafür, dass die christlichen Gefangenen *mir* die Schuld an Bohemunds Niederlage gaben.

Unter den Gefangenen hatte sich nämlich verbreitet, dass ich der Spion gewesen sei, der sie an die Seldschuken verraten hatte. Der Verlust ihrer Gefährten und ihre andauernde Gefangenschaft war in ihren Augen meine Schuld, und mehr als einer von ihnen hatte sich geschworen, mich zu töten, sobald sich die Gelegenheit dazu bot. Mein Freund Gerhardus hätte ihnen das Gegenteil sagen können, und vielleicht hatte er das auch versucht, doch falls ja, dann hörte zumindest niemand auf ihn. Ich vermute, sie brauchten einfach jemanden, dem sie die ganze Schuld für ihr Elend aufladen konnten. Bohemund war tot, ebenso wie seine engsten Ratgeber und Vertrauten, und so hatten die überlebenden Gefangenen beschlossen, mich als Ursache allen Übels zu betrachten.

Vermutlich verdiente ich ihren Hass sogar – auch wenn ich der einzige Beteiligte an diesem unglückseligen Unterfangen war, der nie gewollt hatte, dass irgendjemandem ein Leid geschah. Aber was machte das schon? Hätte ich mich nicht in die Angelegenheit hineinziehen lassen, wäre es nie zu diesem Massaker gekommen.

Bohemund hätte Anavarza eingenommen, und damit wäre alles vorbei gewesen. Sicher, eine große Zahl Armenier wäre vermutlich abgeschlachtet worden, aber – wie man mich immer wieder auf unangenehme Art erinnerte – im Osten war ein Menschenleben nicht allzu viel wert. Das Schicksal ganzer Völker wurde für einen kurzen Augenblick des Ruhms verkauft, für ein Silberstück oder für den sinnlosen Ehrgeiz eines verblendeten Fürsten.

Viel zu spät begann ich zu verstehen, wie mein Vater für das Heilige Land empfand und warum.

Im Laufe der nächsten Tage setzte ich alles daran, herauszufinden, was für eine Art Mann der Kalif von Bagdad war. Unter dem Vorwand, sich um meinen Verbleib in Damaskus zu bemühen, besuchte mich immer wieder der schleimige Sahak; er genoss es sichtlich, mich leiden zu sehen, doch dadurch wurde ich Stückchen für Stückchen mit wertvollen Informationen versorgt.

So erfuhr ich, dass der Kalif von Bagdad nicht nur der mächtigste König dieser Lande war, sondern dass er auch als ausgesprochen fähiger und nachdenklicher Herrscher galt; er studierte die schwierige Kunst der Philosophie, und zwar an einer Schule, die er selbst ins Leben gerufen hatte. Er war ausgesprochen religiös, ein frommer Muselman, der anderen den Inhalt und Sinn des Heiligen Buchs der Araber lehrte, des Koran, und überdies war er ein anerkannter Gelehrter auf dem Gebiet des islamischen Rechts.

Wenn ich Sahak erst einmal zum Reden gebracht hatte, konnte ich mich auch darauf verlassen, etwas Nützliches zu erfahren. Für den geringen Preis, dass ich bisweilen Sahaks Eitelkeit ertragen musste, erwarb ich eine recht genaue Vorstellung davon, um was für eine Art Mann es sich bei dem Kalifen handelte, und schon ein paar Tage später sollte mir dieses Wissen zugute kommen, als ich vor den Herrscher gerufen wurde.

Nachdem Ghazi ihm das versprochene Geschenk übergeben hatte, hatte der Kalif beschlossen, seinen Wert einzuschätzen. Daher befahl er nun, dass die Gefangenen ihm vorgeführt wurden.

Da keiner der Christen Arabisch sprach, fiel Sahak die Aufgabe zu, dem Kalifen als Übersetzer zu dienen. Der Ruf kam ohne Vorwarnung. Zwei Tage nach dem triumphalen Einmarsch des Emirs erschienen zwei Seldschuken in meiner Zellentür, um mich in den Wachraum über dem Verlies zu bringen. Dort gab man mir Wasser zum Waschen und einen Kamm für Bart und Haare.

Nachdem ich mich, so gut es ging, gesäubert hatte, wurde ich durch die langen, gewundenen Gänge des Palastes zu dem Ort geführt, wo der Kalif Hof hielt. Dort angekommen erteilte mir ein königlicher Ratgeber Anweisungen, wie ich mich in Gegenwart des erlauchten Kalifen zu verhalten hätte. Schließlich gab ich dem Mann zu verstehen, dass ich wusste, was man von mir erwartete, und ohne größere Zeremonie wurde ich vor den Herrscher geführt. Sahak wartete bereits auf mich, bereit sowohl für mich als auch für den Kalifen zu sprechen.

Nachdem ich mich dem Kalifen gegenüber angemessen ehrerbietig gezeigt hatte, gestattete man mir aufzustehen und frei zu sprechen. Der Kalif wirkte weit jünger, als er tatsächlich war. Seine prächtigen Gewänder hatte er abgelegt und auch den mächtigen Turban, der bei den Arabern so beliebt ist; stattdessen trug er ein schlichtes dunkles Gewand, das an eine lange Tunika erinnerte, und um den Hals einen silbernen Halbmond an einer Kette. Einen Augenblick lang betrachtete er mich schweigend und trommelte leise mit den Fingern auf seiner Stuhllehne.

»Man hat mir gesagt, du seist ein Edelmann«, sagte er. Als ich ihm das bestätigte, fragte er: »In welchem Land bist du geboren worden?«

»Meine Heimat ist Caithness, mein Herr und Kalif.« Es war schwer zu übersehen, dass er noch nie von diesem Ort gehört hatte, und so fügte ich hinzu: »Das ist ein Land im Norden der Insel, die man Britannien nennt.«

Erkenntnis funkelte in seinen Augen. »Ich glaube, das liegt sehr weit weg von hier. Warum bist du hierher gekommen? Hast du gehofft, durch Ausplündern der Araber reich zu werden? Die meisten Franken scheinen von diesem Gedanken angetrieben zu sein.«

»Nicht im Mindesten, Herr. Ich befand mich auf Pilgerfahrt«, erwiderte ich und wartete, bis Sahak meine Worte übersetzt hatte, dann fuhr ich fort: »Ich bin nur aufgrund eines unglücklichen Irrtums gefangen genommen worden.«

»Das ist in der Tat ein Unglück«, entgegnete der Kalif, doch ohne wirklich besorgt zu sein. »Im Krieg geschieht viel, und für den ein oder anderen ist es stets ein Unglück, was du mir sicher bestätigen wirst. Der Emir hat den Preis für deine Freilassung auf zehntausend Dinar festgesetzt. Das ist viel Geld.« Ich stimmte ihm zu. »Hoffst du, ausgelöst zu werden?«

»Das werde ich mit Sicherheit, ehrwürdiger Kalif«, erklärte ich selbstbewusst und ohne auf Sahaks böses Grinsen zu achten. »In eben diesem Augenblick sind meine Freunde auf dem Weg nach Damaskus, um meine Freiheit zu erkaufen.« Da ihn das zu interessieren schien, fuhr ich fort zu berichten, dass wir noch in Anavarza gewesen waren, als die Schlacht begonnen hatte, und ich erzählte ihm, wie es dazu gekommen war, dass man mich gefangen genommen hatte.

Der Kalif hörte mir aufmerksam zu; dann sagte er: »Deine Mitgefangenen nennen dich einen Verräter und Spion.«

Er beobachtete mich aufmerksam, um zu sehen, wie ich auf diese Anschuldigung reagieren würde. »Ich bin mir ihrer Gefühle durchaus bewusst«, erwiderte ich in nüchternem Tonfall und ohne zu zögern. »Sie haben Recht, bekümmert darüber zu sein, was ihnen widerfahren ist, aber mich trifft keine Schuld daran.«

»Ich verstehe. Dennoch klagt man dich unglücklicherweise an.«

»Wie Ihr gesagt habt, o weiser Kalif, geschieht im Krieg so manches Unglück.«

Kalif al-Mutarshid lächelte ob dieser Worte. Er faltete die Hände und blickte mich über die Fingerspitzen hinweg an. »Dann sag mir, *wer* die Schuld daran trägt? Emir Ghazi? Fürst Thoros?«

»Nein, mein Herr und Kalif. Diese Männer handelten nur den Umständen entsprechend, die das Schicksal ihnen aufgezwungen hat. Wenn die Gefangenen nach einem Schuldigen suchen, würde ich an ihrer Stelle auf den Fürsten von Antiochia blicken, der sie ohne Not in diese Katastrophe geführt hat und ohne vorher darüber nachzudenken.«

»Der Fürst ist tot, nicht wahr? Ich glaube, man hat mir seinen Kopf in einer Kiste als Andenken an diesen Sieg überreicht. Daher kann man ihn nicht länger zur Verantwortung ziehen.«

»Das ist wahr.«

»Und ebenso wenig kann er bestätigen oder bestreiten, was du ihm vorwirfst.«

»Vielleicht nicht«, räumte ich ein, »und doch… Bitte, verzeiht mir meine Anmaßung, mein Herr und Kalif, aber wenn meine Mitchristen mich des Verrats anklagen, dann folgt daraus, dass ich in den Diensten der Seldschuken stehe. Wenn ihr das glaubt, warum bin ich dann noch immer ein Gefangener?«

Der Kalif presste die Lippen aufeinander, und seine Augen verengten sich ein wenig. »Ich glaube, du bist nicht so unschuldig, wie du zu sein vorgibst«, bemerkte er unvermittelt. Dann winkte er den Wachen, mich fortzuschaffen, doch noch bevor ich mich umdrehen konnte, sagte er: »Ich werde über diese Angelegenheit nachdenken. Wir werden später weiter darüber reden.«

Erneut winkte er den Wachen zu, und ich wurde in meine Zelle zurückgebracht. Unfähig, der Versuchung zu widerstehen, Salz in die Wunden zu streuen, von denen er glaubte, dass sie mir geschlagen worden seien, kam Sahak später am Tag zu mir. »Es war nicht sonderlich klug von dir, den Kalifen zu verärgern«, schalt er mich und wedelte tadelnd mit dem Finger. »Er hält sich für einen Logiker und Philosophen von beachtlichen Fähigkeiten. Es wird dir nicht gerade gut bekommen, ihn auf dem Feld herauszufordern, das er zu seinem eigenen erklärt hat.«

»Es war nicht meine Absicht, ihn herauszufordern«, erwiderte ich. »Ich habe nur gehofft, dass er als Mann der Weisheit die

Wahrheit in meinen Worten erkennen und dies dann in die Beurteilung meiner Lage einfließen lassen würde.«

Sahak lachte lauthals auf und ging kopfschüttelnd davon. So erfuhr ich von meinem Fehler und beschloss, ihn nicht noch einmal zu begehen. Doch der Schaden war bereits angerichtet. Am nächsten Tag erschienen die Wachen und führten mich wieder vor al-Mutarshid. Der Kalif hatte beschlossen, sein scharfsinniges Urteil vor dem versammelten Hofstaat aus Beratern und Lehnsmännern zu verkünden, um seine Untertanen so mit seiner Weisheit zu beeindrucken, was wiederum bedeutete, dass er nicht zu Spielchen aufgelegt war.

»Ich habe über das nachgedacht, was du mir gesagt hast«, verkündete er, als ich vor ihn trat, »und ich bin zu dem Schluss gekommen, dass du ein Spion der gefährlichsten Sorte bist: Der, der ohne Treue ist, ist keinem Herrn untertan als sich selbst. Daher habe ich entschieden, dass du in Gefangenschaft bleiben wirst.«

»Es war ein Fehler«, versicherte ich ihm. »Ich hätte nie hierher gebracht werden dürfen.«

»Und dennoch *bist* du hier«, erwiderte der Kalif. »*Quismah!* Es ist der Wille Allahs. So etwas wie Fehler gibt es nicht. Wenn du ein Gefangener bist, dann weil Allah es so gewollt hat. Wer ist so weise, dass er Gottes Rat infrage stellen könnte?« Er ließ seinen Blick über sein Gefolge schweifen, um die bewundernden Blicke seiner Untertanen zu ernten; dann sagte er: »Du wirst ein Gefangener bleiben.«

Diese Ankündigung bereitete Sahak, meinem treulosen Übersetzer, sichtliches Vergnügen; nur mit Mühe konnte er sich davon abhalten, vor Schadenfreude lauthals aufzulachen. Doch die nächste Erklärung schreckte sogar Sahak auf. Der Kalif musterte mich kalt und sagte: »Mehr noch: Sollte innerhalb der nächsten drei Tage niemand kommen, um für dich das Lösegeld zu bezahlen, wird man dich hinrichten. Im Namen Allahs, so lautet mein Urteil.«

Ich war nicht im Mindesten auf dieses Urteil vorbereitet. Meine Gedanken überschlugen sich. Ich dachte an dich, Cait, und an alle, die ich zu Hause zurückgelassen hatte; ich dachte an Padraig, der zu spät kommen und meinen leblosen Körper an der Stadtmauer hängen sehen würde, an Sydoni, die an meinem Grab weinte ... So viele seltsame Gedanken gingen mir durch den Kopf, dass ich eine Weile brauchte, um mich wieder zu sammeln.

»Mein Herr und Kalif«, sagte ich und bemühte mich, angesichts dieses ungerechten Urteils so ruhig wie möglich zu bleiben, »ich weiß nicht, warum meine Freunde mich noch nicht holen gekommen sind. Ich kann Euch jedoch versichern, dass man das Lösegeld zahlen wird; aber drei Tage sind nicht genug. Es ist ein langer Weg von Anavarza bis Damaskus.«

»Seit deiner Gefangennahme hatten sie genug Zeit, dich zu holen; doch sie sind nicht gekommen«, erklärte mir der Kalif. »Ich vermute, dass diese *Freunde*, von denen du ständig sprichst, lediglich eine List sind, um deine von Falschheit bestimmte Existenz zu verlängern. Es ist sinnlos, dich noch länger am Leben zu lassen. Drei Tage ... nicht mehr.«

Die versammelten Höflinge murmelten zustimmend ob der Bestimmtheit, die ihr Herrscher in seinem Urteil zeigte. Ich atmete tief durch, um so tapfer als möglich dazustehen, und sagte: »Dann bitte ich den weisen Kalifen, dass er mir als Edelmann einen letzten Wunsch gewähren möge.«

Der Vorschlag erregte das Interesse von al-Mutarshid. Ich glaube, er hat nicht damit gerechnet, dass ich auf diesen Gedanken kommen könnte. »Im Rahmen der Vernunft natürlich«, erwiderte er. »Was wünschst du dir?«

»Ich würde gerne eine Nachricht an meine Familie in Schottland hinterlassen, damit sie erfahren, was mir widerfahren ist.«

Das war ein einfacher Wunsch, doch zeugte er von einer gewissen edlen Gesinnung, und ich hatte den Eindruck, dass er al-Mutarshid gefiel. »Also gut«, stimmte er schließlich zu, »du wirst deine Nachricht schreiben können.« Er betrachtete mich mit nachdenklicher Neugier. »Wie im Namen des Propheten – Friede sei mit ihm – glaubst du, dass dieser Brief deine Familie erreichen soll?«

»Erhabener Herr«, antwortete ich, »es liegt in Eurer Macht, dies geschehen zu lassen. Viele Pilger kehren nach dem Ende ihrer Pilgerfahrt in den Westen zurück. Ohne Zweifel würde einer von ihnen sich bereit erklären, den Brief zu überbringen.«

»So soll es geschehen«, verkündete der Kalif, und die Audienz war beendet.

Überrascht darüber, dass er mir so ohne weiteres meinen Wunsch gewährt hatte, dankte ich ihm für sein Erbarmen und seine Großzügigkeit; dann wurde ich wieder in meine Zelle zurückgebracht. Da ich die arabische Denkweise inzwischen besser kenne, weiß ich, dass er mir meine Bitte unmöglich hat abschlagen können; ansonsten hätten ihn seine um ihn versammelten Ratgeber und Lehnsmänner als schwachen, willkürlichen Herrscher betrachtet. Während seiner gesamten Herrschaft hatte er sich stets bemüht, seinem Volk als Born der Weisheit und des Wissens zu erscheinen, und so hatte er sich nun keinesfalls als weniger edel erweisen können als die armselige Kreatur, die er soeben verdammt hatte.

So wurde mir die Gunst zuteil, um die ich gebeten hatte. Hätte ich gewusst, dass es derart einfach war, meine liebe Cait, ich hätte ihn um etwas Bedeutenderes gebeten; doch ich war zufrieden.

Die Wachen brachten mich in meine Zelle zurück, wo ich den Rest des Tages und die kommende Nacht im Gebet verbrachte und unseren Herrn darum bat, mich lange genug leben zu lassen, um meinen Eid zu erfüllen, meine Pilgerfahrt zu beenden und das Wahre Kreuz zu retten. Am nächsten Morgen erschien Sahak mit einem kleinen Stück Pergament, einem Tintenfass und einem Vorrat an Federn. Das sei ein Geschenk des Kalifen, sagte er, für meinen Brief.

Ich war froh, diese Dinge zu haben, und ich bat Sahak, dem Kalifen in meinem Namen für seine Großzügigkeit zu danken. »Er wird dich hinrichten lassen, wie er gesagt hat«, erklärte mir der Katib in traurigem Tonfall. »Das war nicht nur so dahingesagt.«

Ich erwiderte, dass ich auch nicht den Eindruck gehabt hätte, dass der Kalif Gefangenen zu drohen pflege, nur um ihnen seine Macht zu beweisen. »Es wird mir Leid tun, dich sterben zu sehen«, sagte Sahak.

»Warum? Ihr habt mich nie gemocht. Es hat Zeiten gegeben, da Ihr Euch für mich hättet einsetzen können, aber Ihr habt es nicht getan, und ich, der Mann, der Euer Volk vor Bohemunds Heer gerettet hat ...« Ich richtete die volle Wucht meines Zorns und meiner Verzweiflung auf ihn. »Du hättest es allein schon aus Mitleid für einen Bruder in Christo tun können, wenn schon aus keinem anderen Grund!«

Der unglückliche Schreiber ließ den Kopf hängen. »Das ist wahr«, jammerte er. »Aber da ist noch etwas, was du nicht weißt.«

»Ja?«

Er zögerte und wischte sich mit dem Ärmel über die feuchten Augen. »Die Brosche ...«

Ich starrte ihn an, und mir wurde übel. »Was ist damit?«

Unfähig, mir in die Augen zu sehen, senkte er den Kopf noch tiefer. »Ich habe sie nicht nach Anavarza zurückgeschickt«, murmelte er. Dann überwältigte ihn die Größe seiner Schuld, und er sprang herum und lief davon, bevor ich den Zorn des Himmels auf sein wertloses Haupt herabbeschwören konnte.

Ich setzte mich und dachte lange und intensiv über das nach, was er mir gesagt hatte. Nachdem der erste Zorn verflogen war, begann ich, meine Lage nüchtern zu überdenken. Am Ende entschied ich, dass es egal war, ob Sahak die Brosche wie versprochen überbrachte oder ob er sie – wie ich vermutete – für sich selbst behielt. Ich wusste, dass sich das Heilige Kreuz unter Ghazis Beute befand, und ich wollte so lange wie möglich in seiner Nähe bleiben. Als Gefangener war mir das möglich, ohne auch nur den Hauch von Verdacht zu erregen.

Das Todesurteil des Kalifen von Bagdad war natürlich etwas vollkommen anderes, doch was das betraf, konnte ich ohnehin nichts tun. Auch war es mir nicht möglich, meine gegenwärtige Lage zu verbessern, und so gab ich mich damit zufrieden, alles unserem Herrn und Erlöser zu überlassen.

Zwei Tage vergingen, doch niemand kam mich holen, und auch Sahak erschien nicht in meiner Tür. Ich schrieb meinen Brief und nahm mir die Zeit, über jedes einzelne Wort nachzudenken, bevor ich es niederschrieb, sodass ich es später nicht wieder unleserlich machen musste. Wenn es schon Teil von Gottes ewigem Plan war, dass ich dem Henkersbeil anheim fallen sollte, dann sollte mein letzter Brief zumindest vollkommen sein.

Den Rest der Zeit wanderte ich in meiner kleinen Zelle auf und ab, und manchmal betete ich, dass wie durch ein Wunder Padraig plötzlich im Verlies erscheinen möge mit einem Beutel voller Silberdinar in der Hand, um meine Freiheit zu erkaufen. »Ich hoffe, du hast dir keine allzu großen Sorgen gemacht«, konnte ich ihn schon sagen hören. »Ich bin ein wenig aufgehalten worden; aber, Gott sei gelobt, ich bin ja noch zur rechten Zeit gekommen. Bevor du dich versiehst, bist du hier raus.«

Unnötig zu sagen, dass Padraig nicht erschien.

Am Morgen des dritten Tages seit meiner letzten Audienz mit dem Kalifen al-Mutarshid wurde ich von einem Poltern geweckt, das aus dem Wachraum über den Zellen kam: Schritte und das Klirren von Waffen. Zunächst glaubte ich, dort oben tobe ein Kampf; vielleicht hatten die Kreuzfahrer die Stadt aus Rache für Bohemunds Niederlage angegriffen. Dann wurde es plötzlich wieder vollkommen still, und die anderen Gefangenen und ich warteten den ganzen Tag hindurch auf irgendeinen Hinweis auf die Geschehnisse hinter den Gefängnismauern.

Gegen Abend kehrten die Wachen in den Wachraum zurück, und einer von ihnen brachte uns unsere Tagesrationen an Essen und Wasser. Er verstand uns nicht, ebenso wenig wie wir ihn, und so dauerte es bis zum nächsten Tag, an dem Sahak mich wieder besuchen kam, bis ich erfuhr, dass ein Abgesandter des Kalifen von Kairo eingetroffen sei.

Damals hielt ich das nicht für ein Ereignis von allzu großer Bedeutung, doch es war wie mit so vielen Dingen im Osten: Bündnisse verlagern sich wie Sand im Wind; Treue kommt und geht wie Ebbe und Flut. Der ruhelose Wind weht durch uralte Reiche, und alte Ordnungen werden von einem Augenblick auf den anderen davongeweht. Ein Gesandter aus Ägypten war eingetroffen, und die Zukunft des Heiligen Landes hatte sich verändert.

Und auch meine Lage veränderte sich; auch wenn ich die Natur dieser Veränderung damals kaum wahrgenommen, geschweige denn verstanden habe, so war sie doch dennoch bemerkenswert. Tatsächlich sollte es sogar noch mehrere Wochen dauern, bis ich zur Gänze begriff, wie außergewöhnlich meine Umstände geworden waren – *und* wie dünn der Faden war, an dem mein Leben hing.

Ich erwartete, dass sie mich am Morgen holen würden, und das taten sie auch. Ich erwartete jedoch nicht, dass sie Sahak schicken würden, doch es war sein Gesicht, das ich sah, als der eiserne Riegel zurückgeschoben und die Tür geöffnet wurde. »Fall auf die Knie, und lobe Gott, mein Freund«, verkündete er, und ich sah deutlich, dass es ihm große Freude bereitete, mir das mitzuteilen. Er hatte mich noch nie als seinen Freund bezeichnet, und ich fragte mich, was wohl der Grund für diese fröhliche Begrüßung sein mochte. »Ein Wunder ist geschehen. Man hat dir eine Gnadenfrist gewährt.«

Bevor ich ihn fragen konnte, wie es dazu gekommen sei, sagte er: »Beeil dich. Du sollst sofort mit mir kommen. Sie wollen dich sehen.«

»Warum?«, fragte ich, während ich bereits durch die offene Tür trat. Zwei Wachen begleiteten Sahak, doch keine von ihnen schien sonderlich an den Vorgängen interessiert zu sein.

»In den vergangenen zwei Tagen ist viel geschehen. Es wird ein großes Fest geben.«

Wir liefen den Gang entlang, und ich war bereits zur Hälfte die Treppe emporgestiegen, als es mir plötzlich einfiel … »Mein Brief!«

»Lass ihn, wo er ist«, sagte Sahak. »Wir haben keine Zeit. Sie warten.«

»Dann sollen sie eben warten.«

»*Inshallah!*«, seufzte Sahak.

Ich rannte in meine Zelle zurück, schnappte mir das zusammengefaltete Stück Pergament und stopfte es in mein Wams, während ich mich wieder zu dem Schreiber auf der Treppe gesellte. »Nun sag mir, Sahak: Wer wartet auf mich? Sind es meine Freunde? Ist Padraig gekommen, um das Lösegeld für mich zu bezahlen?«

»Äh … leider nein«, antwortete Sahak; daran hatte er offensichtlich gar nicht gedacht. »Der Kalif von Kairo hat seinen persönlichen Abgesandten nach Damaskus entsandt«, erklärte er bedeutungsvoll. »Der Mann ist hier … *hier* in diesem Palast, in eben diesem Augenblick.«

»Dieser Gesandte … Ist das der Mann, der mich sehen will?«

»In gewissem Sinne ja. Du wirst nach Kairo gehen, mein Freund. Ist das keine wunderbare Neuigkeit? Es ist bereits alles vorbereitet. Lob sei Gott.«

Doch jegliche Freude, die ich über den Aufschub meiner Hinrichtung empfunden haben mochte, wurde sofort von einem Gefühl der Hoffnungslosigkeit verschluckt. »Wenn ich nach Kairo gehe«, sagte ich, »werden meine Freunde mich niemals finden.«

»Wenn sie dich in Damaskus suchen, werden sie dich im Grab eines Verräters finden«, erwiderte Sahak. »Ist es das, was du willst?«

Tatsächlich war Rettung nicht mein sehnlichster Wunsch; mir bereitete weitaus mehr Sorgen, dass man mich vom Heiligen Kreuz trennen wollte. Aber auch dagegen konnte ich nichts tun, und abgesehen davon, hätte mich eine Hinrichtung ebenfalls von der Reliquie getrennt, und das sogar endgültig. So beschloss ich, anstatt Sahak zu tadeln, ihm dankbar zu sein.

Wir folgten den Wachen die steinernen Stufen hinauf, durch den leeren Wachraum und über den inneren Palasthof hinweg. Vielleicht lag es an Sahaks Aufregung, und ich bildete mir nur etwas ein; aber ich *roch* einen gewissen Duft in der Luft – einen Duft, wie man ihn kurz vor dem Wechsel der Jahreszeiten riechen kann. Doch die Sonne, die sich über den weißen Kuppeldächern erhob, war dieselbe und die Luft noch immer heiß und trocken.

»Das war meine Idee«, erklärte der Schreiber stolz. »Es bereitete mir große Sorgen, dass du sterben solltest, weil du meinem Volk geholfen hast, und ich betete zu Gott, dass er mir eine Möglichkeit eröffnen möge, dir zu helfen. Und dann ist der Abgesandte eingetroffen.« Er lächelte, als wäre der Rest vollkommen eindeutig.

Ich dankte ihm für seine geschickte Einmischung zu meinen Gunsten und sagte: »Aber ich verstehe immer noch nicht, warum der Abgesandte des Kalifen von Kairo daran interessiert sein sollte, mir zu helfen.«

»Genau genommen weiß er nicht, dass er dir hilft. Er glaubt, lediglich ein Geschenk für seinen Herrn erhalten zu haben. Aber Gottes Wege sind unergründlich, nicht wahr?«

»Ja, und die deinen auch, Sahak.«

Als wir schließlich den Rosenpavillon erreichten, wo Atabek Buri seine beiden wichtigen Gäste mit einem frühen Mahl nach dem Morgengebet unterhielt, hatte ich von Sahak im Wesentlichen herausgefunden, was geschehen war, und nun wusste ich, warum man mich gerufen hatte. Den Rest herauszufinden dauerte recht lange, doch durch beharrliches Nachfragen gelang es mir, die verworrene Geschichte der Beziehungen zwischen den beiden mächtigsten Kalifaten des Ostens zu entschlüsseln.

Hier sollte ich wohl kurz innehalten und dir, liebe Cait, die Einzelheiten meiner Audienz beim Atabek und seinen illustren Gästen beschreiben; doch alles in allem betrachtet, verlief sie eigentlich recht bedeutungslos. Die edlen Araber wollten sich lediglich vergewissern, ob ich noch lebte und gesund genug war, um die Reise nach Kairo anzutreten – zusammen mit dem Rest der Beute, die dem Kalifen als Geschenk überbracht werden sollte. Wie du siehst, Cait, lieben es die Araber, egal welcher Art sie auch angehören mögen, einander Geschenke zu machen. Es gehört zu ihren festen Traditionen, und zwar aus den unterschiedlichsten Gründen: Die Wohlhabenden tun es, um ihre Rivalen herabzusetzen, die Verbindung zweier edler Häuser zu verstärken oder um sich der Treue ihrer Untertanen zu versichern; die

Armen wiederum tun es, um sich dadurch einen Gefallen von ihren Oberen zu erkaufen, sich einen Vorteil bei einem Handel zu verschaffen oder um ihre Ehre und ihren Gehorsam unter Beweis zu stellen.

Als Teil der Kriegsbeute, die Ghazi Buri gegeben hatte, um sich dessen Unterstützung zu sichern, wurde ich nun vor die muslimischen Herrn geführt. Nachdem diese mich begutachtet hatten, führte mich ein Diener des Abgesandten fort. Ich sollte Sahak, al-Mutarshid, Buri, Ghazi und meine Mitgefangenen niemals wiedersehen, und ich erfuhr auch nie den Namen meines neuen Herrn, des Abgesandten. Abermals wurde ich zu einem Handelsgut, mit dem sich andere Gefälligkeiten erkauften – in diesem Fall das Wohlwollen des Kalifen von Kairo.

In den folgenden Tagen wuchs mein Verständnis ebenso wie die Erkenntnis, welch schreckliche Bedeutung die Ereignisse hatten, die Bohemund mit seiner Entscheidung, die Armenier anzugreifen, in Gang gesetzt hatte.

Aufmerksam beobachtete ich meine neuen Herren, und so erhielt ich Einblick in die verwirrenden Angelegenheiten der Araber – einen Einblick, der mir in den kommenden Tagen noch von Nutzen sein sollte. Ich hielt Augen und Ohren offen, sammelte jede noch so unbedeutend erscheinende Information und dachte ausführlich darüber nach. Dies ist, was ich zusammengetragen und herausgefunden habe:

Ghazis Sieg über Bohemunds Heer brachte den Mohammedanern große Erleichterung und ermutigte sie. In einer einzigen Schlacht hatte der Emir der christlichen Macht im Land einen schweren Schlag versetzt und die Hoffnung der Muslime wieder erweckt, dass man die verhassten Franken vielleicht doch noch vertreiben konnte. Antiochia war nun reif für eine Belagerung und zur Übernahme. Die Templer konnten die Stadt unmöglich allein verteidigen; ohne raschen Nachschub an Männern und Material war das Ende unvermeidlich. Zum ersten Mal seit vielen, vielen Jahren durften die Türken wieder daran denken, diese großartige Stadt einzunehmen. War Antiochia erst einmal unter der Herrschaft der Seldschuken, würde Jerusalem bald folgen.

Gerissen, wie er war, waren natürlich auch dem Emir die Möglichkeiten bewusst, die sich ihm durch seinen Sieg nun boten. An jenem Tag, da er den Hinrichtungen auf dem Schlachtfeld Einhalt geboten hatte, hatte er bereits die Kosten für sein nächstes Unternehmen durchgerechnet: die Belagerung von Antiochia.

In dem Wissen, dass sein Schlag rasch und hart kommen musste, war Emir Ghazi nach Damaskus geeilt, wo seit kurzem auch der Kalif von Bagdad weilte. Auf dem Weg hatte er sich die Unterstützung jener gesichert, die ihm bei der Aufstellung des Heeres helfen konnten, welches er für seinen Plan benötigte. Eine Belagerung ist eine ausgesprochen langwierige und kostspielige Angelegenheit, und Ghazi bedurfte der Hilfe anderer, um eine Stadt wie Antiochia einnehmen zu können. Außerdem brauchte er die Zustimmung von Mächtigeren – nicht nur für seinen militärischen Plan, sondern auch für seine weiter reichenden Ziele. Und hier zeigte sich wieder, welch scharfen Verstand der Emir besaß: Ihm war durchaus bewusst, dass er selbst nicht die nötige Autorität besaß, und so versuchte er einen Handel abzuschließen, der ihm am Ende die Herrschaft über Antiochia sichern würde, nachdem es erst einmal erobert war.

Aus diesem Grund überhäufte er sowohl seine Lehnsherren als auch seine Vasallen mit Geschenken, um ihnen zu beweisen, dass er die Größe und Freigiebigkeit besaß, derer es bedurfte, um weise und gut zu regieren. Ich erfuhr, dass der Austausch von Geschenken bei den Arabern eine äußerst heikle und gefährliche Angelegenheit ist; denn jedes einzelne Geschenk bringt eine Verpflichtung des Empfängers gegenüber dem Geber mit sich, und das auf unterschiedlichste Art und Weise. Ghazi gab seinen Oberherrn Geschenke, damit diese ihm erlaubten, mit seinen Eroberungsplänen fortzufahren. Demzufolge wurden dem Kalifen al-Mutarshid, der die höchste Macht innehatte, auch die größten Geschenke gemacht.

Das zufällige Erscheinen des ägyptischen Gesandten fügte ein weiteres Element dem verwirrenden Geflecht aus Macht und Verpflichtungen hinzu, das zu manipulieren sich die Herrscher des Ostens rühmen. Wie es das Schicksal wollte, galt die Feier, die Sahak erwähnt hatte, dem Vorschlag eines Friedensvertrags zwischen Kairo und Bagdad. Erst sehr viel später sollte ich erfahren, dass die beiden mächtigen Kalifate schon seit vielen, vielen Jahren miteinander in Fehde lagen, woran hauptsächlich religiöse Streitigkeiten schuld waren. Der Fall von Jerusalem hatte beiden Seiten ins Bewusstsein gerufen, wie verwundbar sie durch diesen Streit geworden waren, und die Gefahr bestand weiterhin. Der Kalif von Kairo, der vorausschauendere der beiden Herrscher, hatte gleich zu Beginn der Invasion seine große Flotte angeboten, um damit ein vereintes arabisches Heer im Kampf gegen den gemeinsamen Feind zu unterstützen. Gemeinsam, so glaubte der Kalif, könnte es Bagdad und Kairo vielleicht gelingen, den fremden Eindringling wieder zu vertreiben.

Dieses Angebot war jedoch von dem hochmütigen und stolzen Kalifat Bagdad zurückgewiesen worden, denn es betrachtete sich als Kairo in jeder Hinsicht überlegen. Doch im Laufe der Jahre, während die Kreuzfahrer sich zum Bleiben einrichteten und sich als ständige Bedrohung und Dorn im Fleisch der Araber erwiesen, begann Bagdad Gefallen an der Idee zu finden, sich gegen diesen Feind zu vereinen. Nun, da der Fall von Antiochia unmittelbar bevorstand und somit auch die Rückeroberung Jerusalems nicht mehr fern schien, hatte der junge Kalif al-Mutarshid beschlossen, es sei an der Zeit, Frieden mit Kairo zu schließen. Zu diesem Zweck war der ägyptische Gesandte, der nur zu einem seiner regelmäßigen Besuche nach Damaskus gekommen war, vor den Kalifen gerufen und mit Geschenken überhäuft worden, um dem Friedensangebot Nachdruck zu verleihen.

Die Araber erfreuen sich schon seit langem an einem geradezu unglaublich kunstvollen Spiel, das zwei Leute auf einem hölzernen Spielbrett mit geschnitzten Figuren spielen. Einmal beobachtete ich ein solches Spiel, und auch wenn ich nur ein paar der Grundregeln verstand, so schien es doch auf beeindruckende Weise das Wesen der östlichen Denkweise widerzuspiegeln. Obwohl es auf einem Brett aus mehreren gleich großen Vierecken gespielt wird, die abwechselnd rot und weiß gefärbt sind, so bewegen sich die Figuren doch, wie sie wollen – allerdings innerhalb eines Rahmens, der ihrem jeweiligen Rang entspricht – und für jede Bewegung gibt es eine Gegenbewegung, und jede Macht findet ihr Gegengewicht. Es ist ein Spiel der unendlichen Möglichkeiten, und dennoch unterliegt es Regeln, die so unveränderlich sind wie die Berge und der Sonnenaufgang.

Ich war zu einer der niederen Figuren in diesem Spiel geworden, und als der Gesandte zwei Tage später Damaskus verließ, ging ich mit ihm, begleitet vom ganzen Rest der Beute, die Emir Ghazi errungen hatte und die nun als Zeichen der Versöhnung zwischen den beiden Kalifen nach Kairo gesandt wurde. Nach einem Fünf-Tage-Marsch von Damaskus an die Küste wurde ich in der Hafenstadt Sidon auf ein großes Schiff der ägyptischen Flotte verfrachtet, und wir segelten Richtung Kairo. Weitere fünf Tage später erreichten wir Damiette am breiten, vielfingrigen Delta des Flusses mit Namen Nil.

Wir ließen die Schiffe in Damiette, einem stinkenden Loch von einer Stadt, und setzten unseren Weg auf einer Barke den breiten, schlammigen Fluss hinunter fort. Ich stand an der niedrigen Reling und beobachtete die schlanken Flussschiffe mit ihren großen, dreieckigen Segeln und langen Steuerrudern, die langsam durch das braune Wasser glitten. Wir kamen an winzigen Siedlungen vorüber, hinter denen sich lange grüne Getreidefelder erstreckten. So viel Siedlungen säumten das Flussufer, dass ich bald den Eindruck gewann, der ganze Weg nach Kairo bestünde aus einer einzigen Kette von Dörfern.

Ich stand an Deck der Barke und schaute auf das Leben am Ufer, das sich wie ein großer, nahtloser Wandteppich vor mir entfaltete und mir jahrhundertealte Bilder dieses Flussreichs zeigte:

drei Jungen, die auf einem Esel ritten, welcher mit einem beachtlichen Berg an Palmwedeln beladen war; ein Mädchen mit einer Weidenrute in der Hand, das eine Gänseherde über die Straße scheuchte; zwei Frauen, die am Ufer Wäsche wuschen; Männer in kleinen, schwankenden Booten, die Netze auswarfen; ein Jüngling mit einer Stange über der Schulter, an der mehrere Dutzend getrocknete Fische hingen; lachende Mädchen, die Wasserkrüge auf ihren Köpfen trugen; ein Bauer, der mit einer Sichel Schilf schnitt, und nackte, dunkelhäutige Kinder, die fröhlich im Wasser spielten.

Im selben Augenblick, da wir auf den Fluss hinausfuhren, schien sich alles, was vorher gewesen war, in der warmen, schweren Luft des fruchtbaren Tals aufzulösen. All die Leiden, die ich in den letzten Wochen hatte ertragen müssen, schrumpften angesichts der schier unglaublichen und alles durchdringenden Ruhe des Nils zur Bedeutungslosigkeit. Die Menschen und ihre Taten vermochten unmöglich den wunderbaren Frieden dieses Landes zu stören. Der Sturm des Krieges, der so viel Unheil unter den Menschen anrichtete, schien hier nur eine Böe zu sein, die kam und ging, verschluckt von einer Gelassenheit, die so alt war wie die Erde selbst. Ich stand an Deck der Barke und fühlte, wie ich mehr und mehr von der tiefsten Ruhe erfüllt wurde, die ich jemals empfunden hatte; doch hatte ich zugleich das Gefühl, dass der zeitlose Himmel selbst mit seinem Meer aus Sternen mir auf seiner ewigen Runde zurief: *Auch dies wird vorübergehen*.

Von Anfang an wurde ich von den Menschen gut behandelt, in deren Obhut ich gegeben worden war. Vielleicht hatte man ihnen nicht die Umstände meiner Gefangenschaft erklärt. Doch andererseits, wie mein kleiner Wärter, Wazim Kadi, mir erklärt hatte, als ich in den Palast des Kalifen geführt worden war: »Die Seldschuken sind Barbaren. Das weiß jeder. Sie sind grobe Schläger aus dem Land der Rum, wo sie wie die Tiere umherwandern.«

Von all den miteinander in Streit lebenden Völkern des Ostens betrachten sich die Sarazenen als das kultivierteste, und sie halten es für ihre Pflicht, ihre Tugenden und Sitten an jene weiterzugeben, die nicht so erleuchtet sind wie sie. Es könnte durchaus sein, dass die höflichen und zivilisierten Sarazenen beschlossen hatten, mir ihre Gastfreundschaft zu zeigen, nachdem sie erfahren hatten, was ich als Gefangener der Seldschuken hatte erdulden müssen.

Dennoch verließ ich das Schiff mit einer gewissen Beklommenheit und betrat den hölzernen Kai des unglaublichen Gewirrs, das die Araber *al-Quahirah* nennen – die Siegreiche –, denn mit seinen unzähligen Versuchungen überwältigt Kairo all seine Möchtegern-Eroberer.

Ich blickte über den Kai auf eine Schwindel erregende Flut aus schwitzenden Menschenleibern, die in der Mittagssonne glitzerten, und unwillkürlich zuckte ich zurück. Meine *Gnadenfrist*, wie Sahak es genannt hatte, bedeutete nur den Tausch eines Kerkers gegen einen anderen. Ich wusste nicht, was für eine Art Empfang mir die Sarazenen bereiten würden; ich wusste nicht, ob sie mich freilassen oder noch vor Sonnenuntergang dem Henker überantworten würden.

Der Schwarze Stamm, das Heilige Kreuz unseres Erlösers, begleitete mich noch immer in dem Teppich, in den ich ihn gewickelt hatte. Das war das Einzige, was mir Mut machte; die heilige Reliquie spendete mir Kraft und Trost, während wir uns gefolgt von einem Zug von Trägern, die die Geschenke des Kalifen trugen, auf den Weg vom Fluss in die Stadt machten. Durch ein armseliges Viertel nach dem anderen zogen wir bis vor die eisernen Tore, welche die innere Stadt bewachten. Überall im Osten haben die Armen und Unglücklichen gehört, dass die Straßen von Kairo mit Gold gepflastert seien, und die Stadt kann sie nicht alle aufnehmen; also errichten sie ihre Hütten zwischen den Ufern des Nils und den hohen Stadtmauern, und jedes Frühjahr spült das Hochwasser die armseligen Behausungen hinweg. Viele ertrinken in diesen Zeiten, und ihre Leichen werden von den Krokodilen gefressen – gierige, drachenartige Ungeheuer, welche die unteren Flussmarschen heimsuchen.

Eine andere Art von verabscheuungswürdiger Kreatur nistet auf den Müllhaufen vor den Stadtmauern und drängt sich an den Toren, wo sie den Unvorsichtigen auflauert: Bettler. Zunächst erfüllte mich christliches Mitleid, als ich dieses entsetzliche Schauspiel sah. Gott sei mir gnädig, es waren so viele ... Blinde und Stumme, Alte und Lahme, Aussätzige, Verstümmelte, Taube, Verhungernde, Nackte und Kranke. Meine Seele wand sich ob ihres Elends. Aber das feindliche und streitlustige Verhalten dieser Unglücklichen trieb mir rasch alles Mitleid aus. Wie Schakale belauern sie die Menge und halten nach Opfern Ausschau. Haben sie dann eines gefunden, schleppen sie ihre zerschundenen Leiber heran und stimmen ihr eingeübtes Heulen und Jammern an. Auch wenn ich ein Gefangener war, der nichts hatte, was er ihnen geben konnte, ließen sie nicht von mir ab; sie zerrten und rissen mit ihren klauenartigen Händen an meinen Kleidern und stießen ihr für mich unverständliches Gejammer aus. Gott verzeih mir, aber ich lernte schon bald, sie zu ignorieren, und wie meine Wächter bewegte ich mich rasch durch ihre elenden Reihen hindurch, wobei ich jeden rüde beiseite stieß, der dumm genug war, mir nicht schnell genug aus dem Weg zu gehen. Ihren Schreien gegenüber war ich vollkommen taub.

Die Sorge über das mir bevorstehende Schicksal überlebte nicht länger, als bis ich ein paar Hundert Schritte jenseits des Tores gegangen war. Denn die Stadt war nicht nur größer, lärmender und voller als alle, die ich bisher gesehen hatte, sie war geradezu unglaublich – und das in jeder Hinsicht. Sofort wurden meine von der Sonne vernebelten Sinne von einer wahren Flut von Eindrücken überwältigt ...

Als Erstes sind es die Gerüche, die einem den Atem verschlagen, denn hier lässt man es zu, dass der Abfall der Händler und Bewohner in der Sonne verrottet, was die Luft mit einem entsetzlichen Pesthauch erfüllt.

Zugleich hämmern die unterschiedlichsten, lärmenden Geräusche auf die Ohren ein: das nicht enden wollende Schreien der

Bettler, die schrillen Rufe der Händler, das Kreischen von Kindern, Hundegebell. Überall wurde geredet, geschrien, gebrüllt … tausend Stimmen sprachen gleichzeitig. Das daraus entstehende stürmische Brausen ist kaum zu ertragen.

Und was es alles zu sehen gibt! Cait, nach nur wenigen Dutzend Schritten innerhalb der Mauern von Kairo hat man schon mehr außergewöhnliche Dinge gesehen, als die meisten Menschen in ihrem ganzen Leben zu sehen bekommen. Wo auch immer der Blick des Besuchers hinschweift, überall sieht er etwas Neues. Ich sah wohlhabende Männer und Frauen, die von Kopf bis Fuß in die erstaunlichsten Gewänder gehüllt waren, deren Farben sich bei jeder Bewegung veränderten wie die des Regenbogens. Ich sah Moscheen mit Kupferkuppeln, die ganz und gar mit glitzernden persischen Fliesen verkleidet waren, sodass sie aussahen, als bestünden sie vollständig aus buntem Glas.

Und die Menschen, Cait, sind die ungewöhnlichsten, die unter Gottes weitem Himmel wandeln. Ihre Hautfarbe reicht von Mitternachtsschwarz über Braun in jeder Schattierung bis hin zum vollen Ton der Walnuss, der gebackenen Erde und der sanften Blässe des Pergaments. Ihre Gestalt und Größe ist nicht weniger unterschiedlich. Ich sah Männer so groß, schlank und schwarz wie Ebenholzbalken und andere so klein wie Halbwüchsige. Die schönsten von allen aber sind die Ägypter selbst. Sie besitzen sanfte, gleichmäßige Gesichtszüge, eine hohe, edle Stirn, gerade weiße Zähne und volles schwarzes Haar, das in der Sonne glänzt; allesamt sind sie groß gewachsen und bewegen sich mit natürlicher Eleganz, während sie die Welt amüsiert mit ihren dunklen, mandelförmigen Augen betrachten. Sie behaupten, von den alten Göttern abzustammen, und man muss sie nur ansehen, um das zu glauben. Schönere Menschen vermag ich mir nicht vorzustellen.

Durch die Stadt zu gehen bedeutet, an jeder Ecke neue Wunder zu entdecken. In den Straßen von Kairo gibt es mehr Farben, mehr Lärm, mehr von *allem* als an jedem anderen Ort unter der

Sonne. In den höher gelegenen Fenstern sah ich metallene Käfige hängen mit Vögeln so groß wie Raben, doch farbenprächtiger als ein König, mit langem Schwanz und krummem Schnabel und Federn in Scharlachrot und Grün, Meeresblau, Weiß und Gelb. Ich habe keine Ahnung, was das für Vögel waren oder woher sie kamen, aber sie krächzten so laut wie die Möwen in unserer Heimat, dass es einem in den Ohren schmerzte. Auch gab es hier Hunde, wie ich sie noch nie gesehen hatte: groß und schlank mit langen, schmalen Köpfen, muskulösen Schultern, doch eingefallenen Seiten. Sie waren fast so groß wie unsere Wolfshunde, doch feiner gebaut, um besser im Sand laufen zu können.

Was ich allerdings erst nach einer Weile entdeckte, waren Katzen. Nachdem ich sie jedoch erst einmal gesehen hatte, erstaunte mich ihre Zahl. Es waren unglaublich viele, und sie waren überall. Man konnte nicht in einen Schatten in der Stadt blicken, ohne dort das Funkeln gelber Augen zu sehen; es gab nicht einen Baum, nicht einen Marktstand, nicht eine Tür, ein Fenster oder eine Mauer, wo nicht eine Katze saß, ging oder sich streckte.

In den gewundenen Straßen wimmelte es von jeder Art Händler, die man sich nur vorstellen kann: Einige arbeiteten an Ständen, andere trugen ihre Waren in Stapeln auf dem Kopf oder in den Armen … und jeder Einzelne von ihnen schrie aus vollem Hals, um sich im allgemeinen Lärm Gehör zu verschaffen. Hier kam mir ein Kerzenmacher entgegen mit Hunderten von Kerzen, deren Dochte an eine lange Stange gebunden waren; dort rief ein Metzger mit Wurstringen an den ausgestreckten Armen nach Kunden; neben ihm balancierte ein Schreiner vier Stühle auf dem Rücken; ein Stück weiter rasselte ein Eisenwarenhändler mit den Ketten, die er zum Verkauf anbot … und es gab noch mehr: Goldschmiede, Juwelen- und Sklavenhändler und alle möglichen Arten von Leuten, die Obst, Gemüse und andere Nahrungsmitteln feilboten.

Jeder freie Platz auf der Straße, sei er nun groß oder klein, wurde zu einem Marktplatz. Ich sah Karren voller süßer schwarzer

Datteln und andere mit Persimonen, Birnen, Limonen, Mandeln oder grünen bitteren Quitten.

Menschen drängten sich auf diesen scheinbar willkürlich entstehenden Märkten oder *Basaren*, wie sie genannt werden, und feilschten derart leidenschaftlich und laut mit den Händlern, dass man kaum sein eigenes Wort verstehen konnte. Durch das Gedränge huschten kleine braune Kinder. Sie tollten um die Beine der Erwachsenen herum und trugen mit ihrem Geschrei ihr Übriges zu dem allgemeinen Lärm bei. Mehr als einmal beobachtete ich allerdings auch, wie eines dieser Kinder einen ahnungslosen Erwachsenen um seine Börse erleichterte.

Unsere Prozession schlängelte sich durch die Menge, durch ein exotisches Viertel nach dem anderen – auch einem, das ausschließlich aus winzigen Häusern bestand. Dieses schien die einzige ruhige Ecke in der gesamten Stadt zu sein, und ich sollte auch bald den Grund dafür erfahren. Zunächst einmal ließ mich jedoch allein schon der hier herrschende Gestank erahnen, dass die Einwohner dieser Gegend ein großes Unglück befallen haben musste. Tatsächlich war es der Geruch des Todes, der über den verlassenen Straßen hing; nur dann und wann sah man schwarz gewandete Männer von einem Haus zum andern huschen.

»Ah, die Totenstadt«, erklärte mir Wazim, als ich ihn danach fragte. »Viele Ägypter halten noch immer an den alten Traditionen fest. Sie betrachten es als ihre Pflicht, ihre Vorfahren mit Unterkunft und Essen zu versorgen.«

Die Männer des Kalifen schenkten dem Tumult keinerlei Beachtung, der um sie herum herrschte, sondern gingen hoch erhobenen Hauptes durch die Menge hindurch, als sei sie unsichtbar; nicht ein einziges Mal schauten sie nach rechts oder links. Dennoch dauerte es wegen des Gedränges und der Enge der Straßen fast den ganzen Morgen, bis wir unser Ziel erreichten: einen Palast aus Stein, der aussah, als wäre er aus einem einzigen Felsblock herausgehauen worden.

In der schier unerträglichen Hitze der Mittagssonne wirkte

der blasse ockerfarbene Stein wie stumpfes Gold. Rote und blaue Wimpel flatterten unregelmäßig an großen Standarten, als wir die lange Rampe zu dem reich verzierten Eisentor hinaufschritten. Vier große schwarze Männer mit Speeren und Löwenfellen über den Schultern bewachten den Eingang. Als der Gesandte sich ihnen näherte, öffneten die Männer wortlos das vergoldete Tor. Schließlich betrat auch der Tross den Palastbezirk, und ich hatte mein prächtiges, neues Verlies erreicht.

Noch immer benommen von der berauschenden Reise durch die Straßen Kairos bewegte sich unser Tross durch ein Labyrinth aus Toren, Korridoren, Mauern und Wegen und erreichte schließlich einen Innenhof, wo wir in der Sonne warten sollten, während der Gesandte in einer der vielen Räume verschwand, die den Hof umgaben. Bei dem Hof handelte es sich um eine grasbewachsene Fläche mit kleinen Bäumen allerlei Art, die sorgfältig geschnitten und angeordnet waren, sodass sie gut zur Geltung kamen. Pfauen putzten sich in den niedrigen Ästen oder paradierten im Sonnenlicht, und weiße Tauben flatterten um einen Brunnen mit fließendem, klarem Wasser herum. Blumen in riesigen Steintöpfen erfüllten die Luft mit einem wunderbaren Duft und zogen fröhlich summende Bienen an.

Dieses Paradies wurde an drei Seiten von den königlichen Gemächern begrenzt; die vierte bildete eine hohe, mit Weinranken bewachsene Mauer. Jedes der königlichen Gemächer besaß einen so genannten ›Balkon‹: eine überdachte, doch ansonsten offene Plattform, die an der Außenseite des Obergeschosses befestigt und von einem hölzernen Geländer umgeben war. Diese Balkone sind im trockenen Osten durchaus üblich, erlauben sie es doch den Menschen, der Hitze des Tages zu entfliehen und gleichzeitig eine kühle Brise zu genießen.

In der Stadt hatte ich viele solcher Balkone gesehen, einige mit reich verzierten Holzschirmen verkleidet; diese Balkone hier, die den Hof umgaben, waren jedoch offen, sodass die Bewohner der Gemächer die Schönheit und Ruhe des Gartens genießen konnten.

Während wir in der Sonne warteten, erschien auf einem der Balkone ein großer, fetter Mann in goldenem Gewand und mit goldenem Turban; er betrachtete uns kurz, dann schlurfte er wieder davon. Ein paar Augenblicke später wurde ich mit dem Rest des Gepäcks in eine kleine, mit Holz ausgelegte Halle jenseits des Hofes geführt, wo eben der fette Mann die Geschenke im Namen des Kalifen entgegennahm.

Der Mann balancierte seinen beachtlichen Leib auf einem Stuhl vor einem kleinen Tisch, auf dem ein Blatt jenes wunderbar dünnen ägyptischen Pergaments lag. Darauf verzeichnete er alle Gegenstände, die die Träger nach und nach zu ihm brachten. Ich beobachtete, wie sowohl die Kiste mit Fürst Bohemunds einbalsamiertem Kopf als auch der Schwarze Stamm pflichtgemäß aufgelistet und gemeinsam mit dem Rest des Schatzes fortgeschafft wurden – wohin, das vermochte ich nicht zu sagen.

Dann war ich an der Reihe. Der Mann blickte von seiner Liste auf, musterte mich kurz und lächelte. »Ah«, sagte er und stand auf. Zunächst sprach er Latein, dann Griechisch, und schließlich fragte er mich, welche Sprache ich vorziehen würde.

»Latein, wenn es Euch nichts ausmacht, Herr.«

»Natürlich nicht«, erwiderte der Mann. »Ich bin der Emir Abu Rafidi«, so stellte er sich vor und erklärte mir, er sei der offizielle Katib des Kalifen, was unter anderem bedeute, dass er die Aufsicht über die Diener, die anderen Schreiber und die meisten Höflinge habe, wodurch es auch seine Pflicht sei, die Geschenke des Kalifen von Bagdad entgegenzunehmen. Da ich nun einmal Teil dieser Geschenke sei, müsse er auch mich auflisten, und er hoffe, dass mich diese kleine Formalität nicht allzu sehr störe. »Man hat mir gesagt, Ihr seid ein Edelmann, der nicht mehr darauf hoffen kann, freigekauft zu werden«, sagte er.

»Im Gegenteil«, entgegnete ich. »Ich bin durchaus noch guter Hoffnung, dass meine Freunde noch kommen werden. Ich vermute jedoch, dass es ihnen recht schwer fallen wird, mich zu finden, zumal ich seit meiner Gefangennahme ständig von einem Ort zum anderen gebracht worden bin.«

»Ich verstehe«, erwiderte der Katib. »Man hat mir ebenfalls berichtet, Ihr wärt ein Spion, den der Kalif von Bagdad zum Tode verurteilt hat. Ist das wahr?«

»Nicht ganz«, antwortete ich. »Zwar entspricht es der Wahrheit, dass der Kalif befohlen hat, mich hinzurichten, doch bin ich kein Spion.«

Ob meiner Antwort verzog der Emir sein fettes Gesicht zu einem Lächeln. Er schien ein recht fröhlicher Mann zu sein, und ich gewann rasch den Eindruck, dass er mir nichts Böses wollte. »Es bedürfte schon eines sehr außergewöhnlichen Mannes, so etwas einfach zuzugeben.«

Ich stimmte ihm zu, betonte aber, dass ich dennoch die Wahrheit gesagt hätte.

Der Emir kehrte an seinen Tisch zurück und blickte auf das Pergament vor ihm. Ich sah deutlich, dass er angestrengt darüber nachdachte, was er denn nun schreiben sollte. Vorsichtig ließ er sich auf den kleinen Stuhl herab, verschränkte die Arme, legte das Kinn in die Hand und tippte sich mit dem Finger auf die Wange. Er blickte zur Decke hinauf und dann wieder auf den Tisch. Schließlich stand er auf, faltete die Hände hinter dem Rücken und begann, auf und ab zu gehen. Nach einer Weile blickte er zu mir und sagte: »Ihr seid ein Edelmann.«

»Das bin ich, ja.«

»Das macht es nur umso schwerer für mich, wisst Ihr?«

»Das tut mir Leid.«

»Nein, nein. Macht Euch deswegen keine Gedanken«, beruhigte er mich rasch. »Bisweilen sind die Dinge nun einmal ein wenig komplizierter.«

Er kehrte zu seinem Platz zurück und griff nach der Feder. Diese tauchte er in die Tinte; dann zögerte er, und seine Hand schwebte über dem Pergament. Nachdenklich blickte er mich an.

»Ah!«, sagte er plötzlich, als hätte er unvermittelt die Lösung für ein Problem gefunden, das ihn schon seit langem plagte.

Wieder tauchte er die Feder in die Tinte, begann zu schreiben, und schließlich beendete er den Text mit einem eleganten Federschwung. Dann legte er die Feder wieder beiseite, nahm das Pergament – der seltsame Stoff war derart dünn, dass das Licht durch ihn hindurchschien und ich die fremdartigen Buchstaben sehen konnte, die auf der anderen Seite geschrieben waren. Er nahm also das Pergament, hielt es sich vors Gesicht, kniff die Augen zusammen und grunzte zufrieden. Anschließend stand er auf, ging zur Tür, rief irgendetwas und kehrte wieder zu seinem Stuhl zurück.

Ein paar Augenblicke später erschien ein kleiner brauner Mann in einem fließenden weißen Gewand. Der Mann hatte feine Gesichtszüge und eine Haut wie poliertes Nussbaumholz; auf dem kurz geschorenen Haar trug er eine kleine weiße Kappe. Er trat einen Schritt in den Raum, verneigte sich und ging dann leichtfüßig zum Tisch, wo er stehen blieb und mich interessiert betrachtete.

»Kalif al-Hafiz wird in nächster Zeit nicht in Kairo sein«, erklärte mir Abu Rafidi und fügte dem, was er geschrieben hatte, noch ein paar Worte hinzu. »Nur er kann über Euer Schicksal entscheiden.« Er blies auf die feuchte Tinte, um sie zu trocknen. »Solange der Kalif also nicht zurück ist, wird man Euch einen Raum im Palast zuweisen.«

Wieder legte er die Feder beiseite, deutete auf den weiß gewandeten Diener und sagte: »Das ist Wazim Kadi. Er wird Euer … äh …«, er hielt kurz inne und suchte nach einem geeigneten Wort, »… er wird Euer, sagen wir, *Wärter* sein. Solange Ihr hier im Palast weilt, wird er sich um Eure Bedürfnisse kümmern.«

»Ich bleibe also Euer Gefangener?«, fragte ich.

»Ihr werdet unser …«, wieder zögerte der Katib, »… unser *Gast* sein – zumindest bis zur Rückkehr des Kalifen.«

»Verzeiht mir die Frage, mein Herr Emir«, sagte ich, »aber wann wird der Kalif denn zurückerwartet?«

»Das weiß nur Allah«, antwortete der Katib, »und Allah behält seine Pläne für sich.« Er lächelte freundlich. »Oder zumindest teilt er sie nicht mit Rafidi. Kommt jetzt. Wazim wird Euch in Euer Gemach führen und für Eure Bequemlichkeit sorgen.«

So begann meine Freundschaft mit Wazim, meinem verdienstvollen Sarazenenwärter, der mir unzählige Male unschätzbare Dienste erwiesen hat, indem er kleinere und größere Dinge für mich erledigte. So war es zum Beispiel Wazim Kadi, der mich mit einem schier endlosen Vorrat an Federn und Tinten versorgte, mit denen ich dies hier schreibe, und er war es auch, der mich zum ersten Mal mit dem seltsamen pergamentartigen Stoff vertraut machte, den man *Papyrus* nennt. Die Ägypter stellen ihn aus langen Schilfhalmen her, die überall am Flussufer wachsen. Er ist zäh und doch leicht, und man kann ihn zusammenrollen. So ist Papyrus unserem Pergament weit überlegen – mit einer wichtigen Ausnahme: Einen Schreibfehler kann man nicht wieder ausradieren. Im Gegensatz zu Pergament, auf dem man einen Fleck einfach wegkratzen kann, bis darunter eine neue Schicht zum Vorschein kommt, bleibt auf Papyrus ein Fehler auf ewig erhalten.

Trotz des anderen Menschenschlags und trotz des anderen Glaubens hätte ich mir keinen besseren Diener wünschen können. Stets freundlich und rücksichtsvoll hat Wazim Kadi über mich gewacht wie ein Engel – ähnlich wie Padraig, doch auf seine eigene Art.

Und nun, meine liebste Caitríona, Herz meines Herzens, muss ich mein langes und bei weitem zu mildes Schreiben beenden. Was als einfacher Abschiedsbrief begonnen hat, ist zu einem Buch geworden. Wenn ich jetzt so die Arbeit betrachte, die ich geleistet habe, so bin ich zum größten Teil zufrieden. Wäre nicht die Versicherung des Kalifen gewesen, dass es eines Tages seinen Weg zu dir finden wird, so hätte ich schon seit langem verzweifelt. Aber die Sarazenen sind ein vertrauenswürdiges Volk; ist ihre Ehre erst beschworen, werden sie sich selbst dem Tod entgegenstellen, um ein einmal gegebenes Versprechen zu erfüllen.

Das Ende ist nah, wie immer es auch aussehen mag. Seit kurzem höre ich Rufe und Schreie aus den Gängen und Höfen des Palastes. Sie sind immer lauter geworden, und jetzt rieche ich auch Rauch, der durch das offene Fenster hereinweht. Wazim, der versprochen hat, mir zu berichten, was dort draußen vor sich geht, ist noch nicht wieder zurückgekehrt, und das kann unmöglich ein gutes Zeichen sein. Wenn es Gottes Wille ist, dass dieses Werk vollendet wird, so fürchte ich, dass ein anderer es wird tun müssen. Ich bin zufrieden.

Ich will mit einem Gebet für dich schließen, für dich und für all jene, die nach uns kommen: Mögest du in der Tugend Weisheit finden … und in der Weisheit Frieden … im Frieden Zufriedenheit … in der Zufriedenheit Freude … in der Freude Liebe … in der Liebe Jesus … und in Jesus Gott und das ewige Leben. Amen.

Lebewohl, Cait, meine Seele. Bis wir uns im Paradies wiedersehen.

Unfähig, die Tür aufzubrechen, stand ich am Fenster und blickte zu der mattroten Blüte hinaus, die sich rasch am Nachthimmel ausdehnte. Es brannte in der Stadt, und der Wind wehte ein Stöhnen und Seufzen zu mir hinauf – das unheimliche Wehklagen Tausender schreiender und heulender Stimmen. Der Rauchgeruch war inzwischen stärker geworden, und ich vermutete, dass sich die Flammen in den engen Gassen rasch verbreiten und so lange von Haus zu Haus springen würden, bis aus der ganzen Stadt ein einziges Flammenmeer geworden war.

Ich hatte gerade begonnen, darüber nachzudenken, was ich tun würde, wenn die Flammen den Palast erreichten, als ich einen Schlüssel im Türschloss hörte. Ich drehte mich im selben Augenblick um, da die Tür geöffnet wurde, und Wazim erschien. Sein Gesicht war voller Dreck und Ruß, seine lange Tunika verschmutzt und schweißdurchtränkt. Er blutete aus einer Wunde an der Schläfe und rang nach Atem.

»Wazim!« Ich eilte auf ihn zu. »Was ist ge…?«

Er warf einen raschen Blick über die Schulter zurück und bedeutete mir zu schweigen; dann winkte er mich zu sich heran. »Wir müssen uns beeilen Da'ounk«, flüsterte er mit heiserer Stimme.

Ich eilte zu meinem Pult zurück, wo ich das Papyrusbündel mit meinem Bericht in ein Wams wickelte, das ich anschließend mit einer Schnur zusammenband. Schließlich warf ich mir das Ganze über die Schulter und eilte zu Wazim zurück, der an der Tür auf mich wartete. »Geh voran.« Ich verließ den Raum, ohne einen Blick zurückzuwerfen.

Wazim führte mich rasch den Gang hinunter und dann eine Treppe hinab in den Gang darunter. Diesen durchquerten wir ebenfalls, bis wir schließlich den kleinen Innenhof erreichten, den ich von meinem Fenster aus sehen konnte. Wazim wollte in die Dunkelheit davoneilen, doch ich packte ihn am Arm und sagte: »Wazim! Warte! Sag mir, was geschehen ist. Wohin gehen wir?«

»Es ist sehr schlimm«, antwortete er und schüttelte den Kopf. »Wir haben keine Zeit. Wir müssen uns beeilen.«

»Sag es mir.«

Er drehte sich um, und die Augen in seinem dunklen Gesicht funkelten hell durch das rote Glühen am Himmel. »Es herrscht Aufruhr«, erklärte er mit zitternder Stimme. »Viele sind getötet worden. Sie haben den großen Basar in Brand gesteckt, und der Kalif ist in die Zitadelle geflohen. Wir müssen uns beeilen, wenn wir noch entkommen wollen.«

»Die Soldaten, Wazim ... Wo sind sie?«

»Einige beschützen den Kalifen«, antwortete er. »Die meisten sind jedoch hinausgeschickt worden, um den Aufruhr niederzuschlagen.«

»Was ist mit dem Palast? Sind hier noch Soldaten?«

»Ein paar, nicht viele.« Er zog mich an den Händen. »Kommt hier entlang. Wir müssen zum Fluss hinunter. Eure Freunde ... Sie warten dort auf Euch.«

»Meine Freunde? Meinst du Padraig?« Nach so langer Zeit vermochte ich seinen Worten kaum zu glauben. Konnte das wirklich wahr sein? »Padraig ist hier in Kairo?«

»Ja ... er und die anderen. Jordanus Hippolytus ist bei ihm und noch ein paar andere. Sie haben ein Schiff. Kommt. Sie warten.« Wieder wollte er losrennen, doch ich hielt ihn fest.

»Vorher muss ich noch etwas tun.«

»Nein. Bitte, Da'ounk. Wir haben keine Zeit. Die Soldaten können jeden Augenblick wieder zurückkehren. Wir müssen aus dem Palast verschwunden sein, bevor sie herausfinden, dass ich Euch befreit habe. Ich habe Euren Freunden gesagt, dass ich Euch zu ihnen bringen werde. Sie erwarten Euch am Kai. Wir müssen uns beeilen.«

»Ich kann noch nicht gehen«, beharrte ich. »Ich brauche deine Hilfe, Wazim. Hör mir jetzt gut zu.« Ich packte ihn an den Schultern und blickte ihm in die Augen. »Am Tag, da man mich hierher gebracht hat, waren auch einige Schätze dabei – Geschenke für den Kalifen.«

»Geschenke?«, erwiderte Wazim, der allmählich Angst bekam. »Ich weiß nichts von Geschenken. Wir müssen gehen.«

»Du weißt genau, wovon ich rede«, entgegnete ich und bemühte mich, so ruhig und gelassen wie möglich zu sprechen. »Die Geschenke, die der Kalif von Bagdad gesandt hat. Was ist mit ihnen passiert?«

»Vielleicht hat man sie ins Schatzhaus gebracht«, räumte er ein; »aber es …«

»Bring mich dorthin«, befahl ich ihm. »Bring mich zum Schatzhaus!«

»Das ist unmöglich! Wir können nicht dorthin gehen. Es ist fest verschlossen, und nur der Kalif hat die Schlüssel. Ohne sie kann das Schatzhaus nicht geöffnet werden.«

»Wenn du mir nicht helfen willst, werde ich es selber suchen müssen.« Ich tat so, als wolle ich allein davongehen.

»Jordanus hat mich dafür bezahlt, dass ich Euch heil zum Schiff bringe. Aber wie soll ich das tun, wenn Ihr nicht mit mir kommen wollt?« Er zerrte an meinem Ärmel. »Bitte, Da'ounk, es ist sehr gefährlich, noch länger hier zu bleiben.«

Das Drängen und Flehen in seiner Stimme warnte mich. »Warum?«

»Es heißt, die Fedai'in seien in der Stadt«, gestand er. »Vielleicht sind sie in eben diesem Augenblick schon hier im Palast. Wenn sie uns finden, werden sie uns töten. Wir müssen gehen, solange wir noch können.«

»Gleich. Zuerst aber zum Schatzhaus.«

Wazim rollte mit den Augen und atmete tief durch; aber er musste erkennen, dass es keinen Sinn hatte, mir noch länger zu widersprechen. Leise vor sich hin fluchend führte er mich über den kleinen Hof in ein anderes angrenzendes Gebäude, durch einen Gang und in den großen Gartenhof, den ich bereits bei meiner Ankunft gesehen hatte. Schnell und leise folgten wir einem unsichtbaren Pfad in der Dunkelheit und huschten von einem Gebäude ins nächste, bis wir schließlich ein ungewöhnlich großes, mehrstöckiges Gebilde erreichten, das ein wenig abseits vom Hauptflügel des Palastes inmitten eines Blumengartens stand.

Am Rand des Gartens hielten wir an und versteckten uns unter den niedrig hängenden Ästen eines kleinen Baums. Der Garten war mit nachtblühenden Pflanzen besetzt, die einen derart süßen, schweren Duft verströmten, dass es mir in der Nase brannte. Ich unterdrückte ein Niesen und beschloss, dass es an der Zeit war weiterzugehen. Nirgends war jemand zu sehen; weder im Garten noch in den umliegenden Gebäuden schien sich irgendjemand zu befinden.

»Das ist das Schatzhaus?«, fragte ich verwundert. Auch wenn es in Bodenhöhe keine Fenster gab, so waren an den oberen Stockwerken doch große, breite Balkone zu erkennen, die zwar zumeist mit hölzernen Schirmen verkleidet waren, aber manche waren vollkommen offen, sodass jeder hineingelangen konnte, der des Kletterns mächtig war.

»Das ist der *Harem*«, antwortete Wazim. »Das ist der bestbeschützte Ort im gesamten Palast. Tag und Nacht sind hier Soldaten.« Der Grund dafür – so erklärte mir Wazim – war, dass dieser so genannte *Harem* die weiblichen Mitglieder der königlichen Familie beherbergte: Frauen, Konkubinen und Töchter.

»Ich sehe aber keine Soldaten«, erwiderte ich.

»Man hat die königliche Familie in die Zitadelle gebracht.«

»Wo ist das Schatzhaus?«

»Es liegt unter dem Harem«, antwortete Wazim. »Unter der

Erde, wisst Ihr?« Während Wazim diese Worte sprach, erinnerte ich mich meines mitternächtlichen Treffens mit dem Kalifen und an sein unerwartetes Erscheinen aus der geheimen Tür.

Das Schatzhaus unter dem Harem anzulegen, war eine bewundernswerte Idee. Auf diese Weise konnten dieselben Soldaten, die die Frauen beschützten, auch die Schätze des Kalifen bewachen. Im Augenblick war jedoch in keinem der Fenster ein Licht zu sehen, und im gesamten Gebäude herrschte Stille. »Hier entlang«, sagte ich und machte mich auf den Weg Richtung Eingang.

Auch wenn die Wachen verschwunden waren, so war die Tür doch mit Balken verriegelt, und diese wiederum wurden von einem mächtigen, eisernen Schloss gesichert, das man nur mit einem Schlüssel öffnen konnte. »Seht Ihr?«, flüsterte Wazim, der hinter mir herangekrochen kam. »Sie sind verschlossen. Ihr könnt nicht hinein. Wir werden jetzt gehen müssen.«

»Es muss noch einen anderen Weg hinein geben.«

»Es gibt nur diesen Weg«, erklärte Wazim. »Das ist der Harem. Es *kann* keinen anderen Weg geben.«

»Eben *weil* es der Harem ist«, widersprach ich, »*muss* es einen anderen Weg geben.« Auch wenn ich nur wenig über diese Dinge wusste, so erschien es mir doch mehr als unwahrscheinlich, dass es im Sinne des Kalifen war, dass jedermann im Palast wusste, wann er seine Frauen besuchte. Ich vermutete, dass es auch hier einen Geheimgang gab, ähnlich jenem, den ich in dem kleinen Raum hinter dem Thronsaal gesehen hatte.

Ich ließ meinen Blick über die umliegenden Gebäude schweifen. Es gab zwei Reihen von Lagerräumen, einer links neben dem Harem, der andere dahinter; die dritte Seite nahm der Hauptflügel des Palastes ein, und auf der vierten befand sich ein niedriges Gebäude mit vier Kaminen, die von kuppelförmigen Hauben gekrönt waren. »Was ist das?«, fragte ich.

»Die Küche des Harems.«

Ich machte mich auf den Weg dorthin. »Dort werdet Ihr nichts finden«, sagte Wazim und eilte mir hinterher.

Auf den ersten Blick erschien es so, als hätte er Recht. Der lange, niedrige Raum war leer und die großen, runden Öfen kalt. Ein paar Brotlaibe lagen auf dem Tisch und in einem Korb ein paar Birnen, aber ansonsten vermochte ich in der Dunkelheit nichts zu sehen. Ich ging hinein und tastete den gewölbten Rand des Herdes ab. »Was tut Ihr da?«, fragte Wazim. »Man wird uns finden. Lasst uns von hier verschwinden, mein Freund.«

Nur einen Augenblick später fand ich, wonach ich gesucht hatte: einen Haufen Stroh, das man benutzte, um das Feuer zu entfachen. Ich nahm eine Hand voll davon und presste es in meiner Hand zusammen; dann beugte ich mich vor und wischte mit meinem so verlängerten Arm die oberste Aschenschicht beiseite. Darunter kam ein letzter Rest von Glut zum Vorschein. Ich hielt das Stroh an die Glut, blies darauf, und schon bald wurde ich mit einer hellen gelben Flamme belohnt. Kurz darauf brannten alle meine Halme, und ich hielt sie in die Höhe. Rasch durchsuchte ich den Raum nach einer Kerze und fand auch drei. Eine davon zündete ich an; die zweite steckte ich mir in den Gürtel, und die dritte reichte ich Wazim und befahl ihm, sich neben die Tür zu stellen und Wache zu halten. »Warn mich, wenn irgendjemand in den Garten kommt.«

Mit Hilfe der Kerze durchsuchte ich die Küche gründlich; nur einmal hielt ich kurz inne, um ein Stück Brot aus einem Laib zu reißen und es mir in den Mund zu stecken. Das Brot war alt, doch essbar, und kauend fuhr ich mit meiner Suche fort. Ich suchte zwischen den Öfen und drum herum und fand eine kleine Tür, die nach draußen führte und durch die das Brennmaterial herbeigeschafft wurde. Ich ging hinaus und fand mich in einem kleinen, ummauerten Hof voller Holz und Zunder wieder. Um nicht gesehen zu werden, deckte ich die Kerzenflamme mit der Hand ab und sah mich abermals um, bis ich eine Klappe zwischen zwei Stapeln fand. Diese hob ich hoch, hielt meine Kerze ins Dunkle und sah eine Treppe, die nach unten führte.

Leise entfernte ich die Klappe; dann holte ich Wazim. Mein

treuer Diener warf nur einen Blick auf meinen Fund und sagte: »Da wird die Asche runtergeworfen, wenn die Öfen gesäubert werden. Sonst gibt es da nichts.«

Ich ignorierte ihn, stieg die Treppe hinunter und fand heraus, dass er Recht hatte. Am gegenüberliegenden Ende des Raums, in dem ich mich befand, war eine Ziegelrampe zu erkennen, über die die Asche aus den Öfen hinuntergeleitet wurde. Ein Laufsteg vor der Rampe gestattete es den Dienern, die Asche einzusammeln. An einem Ende des Laufstegs befand sich eine kleine Lüftungsöffnung für die Öfen oben und am anderen Ende eine Tür.

Ich rief Wazim zu, mir zu folgen, und ging zur Tür. Vorsichtig öffnete ich sie und trat in die kühle, feuchte Dunkelheit eines höhlenartigen Raums. In der Ferne hörte ich das Tropfen von Wasser. »Das ist die Zisterne des Harems«, erklärte mir Wazim, nachdem er sich zu mir gesellt hatte. Seine Stimme hallte von den unsichtbaren Wänden wider. »Kommt. Sonst gibt es hier nichts.«

»Und es gibt hier *doch* etwas«, widersprach ich. »Schau!« Ich hob die Kerze vor die Wand, um eine Fackel in einer Halterung neben der Tür zu enthüllen. Diese nahm ich an mich und entzündete sie mit der Kerze. Im nun weit besseren Licht sah ich, dass der Laufsteg am Rand der Zisterne entlangführte. An seinem Ende befand sich wieder eine Tür. »Hier entlang.«

Die Tür öffnete sich in einen kleinen Raum, der dazu diente, zwei Gänge miteinander zu verbinden: einen zur Linken, den anderen zur Rechten. Da wir uns nun unmittelbar unter dem Harem befanden, vermutete ich, dass einer der Gänge ins Schatzhaus führte. Während ich noch darüber nachdachte, welchen ich nun versuchen sollte, ertönte ein deutliches Klopfen ein gutes Stück weit entfernt im rechten Gang. Dreimal klopfte es, dann herrschte kurz Stille, und wieder klopfte es dreimal.

Wazim hörte das Klopfen ebenfalls und zog an meinem Ärmel. »Da unten ist jemand«, flüsterte er verzweifelt. »Sie werden uns finden, wenn wir noch länger hier bleiben.«

»Bleib dicht bei mir«, sagte ich und machte mich auf den Weg den Gang hinunter. Es handelte sich um einen niedrigen, gewölbten Korridor aus Ziegelsteinen. Die Fackel in der ausgestreckten Hand, ging ich leise voran und lauschte dem rhythmischen Klopfen, das immer lauter wurde, je weiter wir vorwärts kamen. Überall in der Tunneldecke waren kleine Öffnungen zu erkennen, nicht größer als die Hand eines Mannes, doch deutlich spürte ich kühle Luft durch sie hereinwehen.

Nach ein paar Dutzend Schritten endete der Gang und traf sich mit einem anderen, der steil nach unten führte. Das Klopfen war hier lauter, und ich hörte noch etwas anderes: Es klang wie Stimmen, doch waren sie zu gedämpft, als dass ich hätte verstehen können, was gesagt wurde. Angezogen von diesen Geräuschen stieg ich den Gang hinab. Wazim begann zu zittern und zerrte bei jedem Schritt an meinem Ärmel.

Bald erreichten wir eine weitere Abzweigung; das flackernde Licht der Fackel tanzte über eine Ziegelwand ein paar Schritt vor mir. Das rhythmische Klopfen war inzwischen zu einem gleichmäßigen Hämmern geworden, das bisweilen von Knurren und Murmeln unterbrochen wurde.

»Bleib hier«, sagte ich. Ich reichte Wazim die Fackel, nahm das eingewickelte Papyrusbündel von der Schulter und gab es ihm ebenfalls. »Ich werde nachsehen, was dort vor uns ist.«

Wazim wollte dagegen protestieren, doch ich winkte ihm zu schweigen und deutete auf einen Punkt am Boden, von wo er sich nicht wegrühren sollte; dann schlich ich allein weiter. Als ich mich dem Ende des Ganges näherte, sah ich, dass der Ausgang von einem schweren Eisengitter versperrt war. Ich legte mich auf den Boden und kroch die letzten paar Schritt auf dem Bauch. Am Gitter angelangt spähte ich zwischen den Gitterstäben hindurch um die Ecke herum in den nächsten Gang.

Im schmutzigen Licht eines halben Dutzends Fackeln, die überall verteilt auf dem Boden lagen, hackten zwei Männer mit kleinen Äxten auf eine Holztür ein. Die Tür war jedoch mit Eisenbändern verstärkt und widerstand jedem Versuch, sie zu durchbrechen. Die Männer waren Araber. Sie trugen schwarzbraune Turbane und glichen keinem der Soldaten des Kalifen, die ich bisher gesehen hatte. Ihre entschlossenen Gesichter und das erbarmungslose Hämmern verrieten mir, dass ich in der Tat das Schatzhaus gefunden hatte.

Ich kroch vom Gitter zurück und wollte mich gerade wieder zurückziehen, um mir einen Plan auszudenken, wie ich diese unerwünschten Mitdiebe loswerden konnte, als plötzlich jemand etwas rief. Die beiden Männer hörten auf zu arbeiten, und einen Augenblick lang herrschte Stille. Neugierig kroch ich zu dem Gitter zurück. Die beiden hatten ihre Äxte beiseite gelegt und sprachen mit jemandem, der sich zu ihnen gesellt hatte. Der dritte Mann blieb jedoch außer Sichtweite jenseits der nächsten Biegung; aber auch wenn ich ihn nicht sehen konnte, so hatte seine Stimme doch etwas an sich, was meine Aufmerksamkeit erregte.

Der Art und Weise nach zu urteilen, wie die Diebe sprachen und mit ihren Äxten immer wieder auf die Tür deuteten, vermutete ich, dass sie einem ungeduldigen Oberen ihr Leid ob der Aussichtslosigkeit ihres Unterfangens klagten. Aber dieser Obere schien wenig Mitgefühl zu zeigen, denn einer der Diebe bot plötzlich dem Neuankömmling seine Axt an und bedeutete ihm, er solle es selbst einmal versuchen.

Das angebotene Werkzeug hing zwischen ihnen, und einen Augenblick lang glaubte ich, der andere würde nicht auf die Aufforderung reagieren, doch dann wurde eine Hand ausgestreckt, die nach der Axt griff. Der Neuankömmling trat in mein Sichtfeld, um sich an der unnachgiebigen Tür zu versuchen. Die Klinge hämmerte gegen das Holz – ein-, zwei-, dreimal –, dann hörte der Mann auf und gab die Axt ihrem Besitzer zurück. Er drehte sich um, und mir stockte der Atem, als ich sein Gesicht im flackernden Licht der Fackeln sah.

Es war der Templer de Bracineaux.

De Bracineaux gab dem Araber die Axt zurück, und die beiden besprachen die Angelegenheit. Mein erster Gedanke war, ihm zuzurufen, ihn wissen zu lassen, dass ich hier war ... aber der Anblick des Templerkomturs, der arabischen Dieben Anweisungen in ihrer eigenen Sprache erteilte, war sehr, sehr seltsam, und – so erschien es mir – das Ganze hatte etwas Finsteres an sich. Also zögerte ich und beobachtete das Geschehen zunächst einmal.

Ich versuchte noch immer zu entscheiden, was zu tun war, als ich plötzlich Wazim neben mir bemerkte. Ich legte den Finger an die Lippen, um ihn zum Schweigen zu ermahnen, bevor ich ihm gestattete, um die Ecke zu spähen. Im selben Augenblick, da er seinen Kopf durch das Gitter steckte, und noch bevor er um die Ecke spähen konnte, geschah etwas Seltsames: Er schnaufte kurz, erstarrte und riss entsetzt die Augen auf. Sofort zog er sich wieder in den Gang zurück. Ich folgte ihm und hielt nur an, um die Fackel aufzuheben, die er fallen gelassen hatte. Als ich ihn schließlich einholte, hatte das Hämmern wieder eingesetzt.

Kurz bevor er in den nächsten Gang einbiegen konnte, bekam ich seinen Ellbogen zu packen und bereitete seiner Flucht so ein Ende. »Wer sind die?«, verlangte ich zu wissen. »Die Araber meine ich ... Du kennst sie. Wer sind sie?«

»Fedai'in!«, keuchte Wazim.

»Bist du sicher?«

Er nickte. Seine Augen waren noch immer vor Entsetzen weit aufgerissen. »Der Geruch«, sagte er. »Habt Ihr sie nicht gerochen?«

Nun, da er es erwähnte, erinnerte ich mich tatsächlich daran, einen süßen Duft wahrgenommen zu haben. »Ich dachte, das käme von den Fackeln.«

»Das ist Haschisch. Wir müssen von hier verschwinden. Wenn die Fedai'in uns finden, sind wir tot.«

Templer und Fedai'in gemeinsam? War das nicht die fanatische Sekte, die den Tod von Jordanus Sohn verursacht hatte, und der Grund, warum die Familie aus Damaskus hatte fliehen müssen? Zu jeder Zeit hätte ich die Möglichkeit eines solch unwahrscheinlichen Bündnisses geleugnet. Nun jedoch wusste ich, dass Wazim Recht hatte.

Was suchten sie im Schatzhaus des Kalifen? Nicht sein Gold und Silber – oder jedenfalls nicht nur. Die Anwesenheit von Renaud de Bracineaux ließ mich vermuten, dass auch sie das Heilige Kreuz an sich bringen wollten. Die Beute, die bei der Schlacht gemacht worden war, war nicht groß, doch de Bracineaux war sich zweifellos darüber im Klaren, dass der Verlust der Reliquie weit schwerer wog als der Untergang Bohemunds und seines Heers.

Je länger meine Gedanken sich auf diesem Pfad bewegten, desto überzeugter wurde ich davon, dass de Bracineaux und ich uns auf derselben Queste befanden. Wenn die Templer den Schwarzen Stamm als Erste fanden, würde ich ihn für immer verlieren.

»Bitte, Da'ounk, lasst uns gehen. Alle Schätze der Welt werden Euch nichts mehr nützen, wenn Ihr tot seid.«

»Das Gold des Kalifen ist mir gleich.« Ich beschloss, dass es an der Zeit war, Wazim die Wahrheit zu sagen. »Hör mir jetzt gut zu, mein Freund. Es gibt da etwas, was du wissen musst.« Ich erzählte ihm von dem Stück des Heiligen Kreuzes, das sich nun unter den Schätzen des Kalifen befand.

»Bei allem, was heilig ist ...«, keuchte Wazim Kadi und fiel in ein erstauntes Schweigen.

Seine Reaktion überraschte mich. Ich hatte nicht erwartet, dass ein Sarazene solche Ehrfurcht vor einer christlichen Reliquie zeigte; doch ich hatte keine Zeit, mich weiter darüber zu wundern.

»Aus diesem Grund sind auch die Templer hier. Sie wissen, dass Bohemund das Kreuz verloren hat, und sie wollen es wieder zurückholen.«

»Dann wird ihnen das sicherlich auch gelingen«, schloss Wazim düster. »Auch gemeinsam können wir weder die Templer noch die Fedai'in bekämpfen.«

»Ich beabsichtige auch nicht, mit ihnen zu kämpfen«, erwiderte ich. »Aber ich werde auch nicht einfach daneben stehen und zusehen, wie sie es fortschleppen.« Mit diesen Worten warf ich mir das Papyrusbündel wieder über die Schultern und machte mich erneut auf den Weg den Gang hinunter, diesmal jedoch in die andere Richtung. Mein Herz war schwer. Ich hatte de Bracineaux zu meinen Freunden gezählt; unter allen anderen Umständen hätte ich ihn gegrüßt und als Bruder umarmt. Doch das grausame Schicksal in Form von Bohemunds Dummheit hatte einen erbitterten Wettstreit zwischen uns entfacht. Wenn ich als Erster den Schwarzen Stamm in Händen halten sollte, würde ich ihn weder den Templern noch sonst irgendjemandem geben. Ich hatte einen heiligen Eid geschworen, und nichts und niemand würde mich davon abbringen, ihn zu erfüllen.

»Bitte, können wir jetzt gehen?«, erkundigte sich Wazim, der pflichtbewusst hinter mir hertrottete.

»Nicht, solange wir nicht einen anderen Weg ins Schatzhaus gefunden haben.«

»Aber es *gibt* keinen anderen Weg. Es ist ein Schatzhaus. Es gibt nur einen Weg hinein.«

»Das hast du auch vom Harem gesagt.«

Wir eilten zurück zur ersten Abzweigung, wo der Gang nach rechts und links verzweigte. Die linke Abzweigung führte zur Zisterne; also nahm ich die rechte. »Hier entlang.«

Beinahe sofort erreichten wir eine Öffnung und dahinter eine Treppe, die nach oben führte – in den Harem, vermutete ich. Am Fuß der Treppe hing eine Fackel in einer Halterung. Ich reichte sie Wazim und ging weiter. Nach ein paar Hundert Schritten verengte sich der Gang und schlängelte sich wieder hinab. Vom Hauptgang führten zwei weitere Öffnungen ab, eine nach rechts, die andere nach links. Die zur Linken war nur halb so hoch wie ein Mann, und die zur Rechten war auch nicht viel größer.

Als wir an der rechten Öffnung vorüberkamen, ließ ein Windhauch die Fackelflamme flackern; die Luft war warm, und ich roch Blumen. Ich steckte die Fackel in die Öffnung hinein, konnte aber nur einen nach unten verlaufenden Schacht und einen anderen vertikal darüber sehen. Ich schob den Kopf hinein und blickte nach oben; deutlich waren die Sterne am anderen Ende des vertikalen Schachts zu erkennen.

Es schien sinnlos zu sein, noch länger hier zu verweilen; also machten wir uns rasch wieder auf den Weg. Immer steiler ging es bergab; alle paar Schritte erschien nun eine Stufe, und dann zwei oder drei gleichzeitig. An weiteren Abzweigungen oder Öffnungen kamen wir jedoch nicht vorbei.

Nach einer Weile verließ mich der Mut, und ich glaubte schon, Wazim habe doch Recht gehabt. Da erreichten wir eine lange Treppe, deren Ende wir im Licht der Fackeln nicht erkennen konnten. Wir hielten an.

»Warum bleiben wir stehen?«, erkundigte sich Wazim, der ein wenig außer Atem war.

»Hör mal.«

Den Gang hinunter – ein gutes Stück vor uns, dem Geräusch nach zu urteilen – hörte ich das Plätschern fließenden Wassers – ein Aquädukt vielleicht, das den Palast mit Trinkwasser versorgte.

»Das hört sich wie ein Fluss an. Wir haben den Palast hinter uns gelassen. Vielleicht ist das der Nil.«

»Vielleicht«, räumte ich ein und setzte mich wieder in Bewegung. Die Treppe führte immer tiefer hinunter, und bald roch ich Wasser und spürte eine kühle Feuchtigkeit auf meiner Haut.

Die letzten Stufen schließlich verschwanden unter der Wasseroberfläche. Es ging so steil hinunter, dass ich fast in den Fluss gefallen wäre; erst im letzten Augenblick konnte ich mich noch fangen. Ein rostiger Eisenring ragte aus der Stufe, auf der ich stand; ein Seil war daran festgebunden. Ich bückte mich und zog an dem Seil, doch es war an irgendetwas Schwerem befestigt, das ich allerdings nicht sehen konnte, da es sich jenseits des Lichtkreises der Fackel befand. Ich reichte die Fackel Wazim, packte das Seil mit beiden Händen und zog mit aller Kraft daran; ein Knarren ertönte, und ein Boot glitt heran.

Wazim warf einen Blick auf das Boot und sagte: »Das ist der Kanal des Kalifen al-Hakim. Er führt direkt zum Fluss.«

»Das weißt du?«

Er zuckte mit den Schultern. »Ich habe davon gehört. Der Kanal ist vor vielen Jahren angelegt worden – vor hundert oder mehr. Al-Hakim war ein verhasster Mann. Er hat viele große Dinge gebaut – den Palast, den Harem und die Zitadelle –, aber er erhob auch sehr hohe Steuern, um all diese Dinge bezahlen zu können. In jenen Tagen kam es immer wieder zu Unruhen. Es heißt, er hätte diesen geheimen Kanal angelegt, damit er entkommen konnte, wann immer die Menschen sich gegen ihn erhoben.« Er deutete auf das Wasser und fügte hinzu: »Solche Dinge hört man im Palast. Bis jetzt habe ich das alles allerdings nur für Geschichten gehalten.«

Die Zeit lief uns davon. In jedem Augenblick, den wir verschwendeten, kamen die Templer mit ihrer Arbeit einen Schritt voran, während ich zunehmend ins Hintertreffen geriet. So rannten wir wieder zurück und nahmen zwei Stufen auf einmal, bis wir schließlich atemlos das obere Ende der Treppe erreichten. Ein paar Schritte weiter trafen wir dann auf zwei kleine Öffnungen, und ich beschloss, zunächst die tiefer gelegene auf der rechten Seite auszuprobieren.

Wieder übergab ich Wazim mein Papyrusbündel und bat ihn, auf mich zu warten. Dann ließ ich mich auf alle viere nieder und kletterte in die Öffnung hinein. Im Inneren des Tunnels war es trocken und staubig, und er endete bereits nach ein paar Dutzend

Schritten. Unfähig, mich umzudrehen, kroch ich rückwärts wieder hinaus. »Der ist zugemauert«, berichtete ich Wazim, nachdem ich wieder bei ihm anglangt war. »Dann probieren wir eben den anderen aus.«

Ich kletterte in die zweite Öffnung. Die Decke des Tunnels war höher als bei letzterem, wenn auch nicht so hoch, dass ein Mann aufrecht hätte gehen können, und er war sehr eng; nach ein paar Schritten war ich gezwungen, mich seitwärts fortzubewegen, bis ich schließlich mit dem Rücken an der Wand entlangschabte – was ausgesprochen schwierig war, da ich mich ja, wie gesagt, nicht aufrichten konnte.

Auf diese langsame Art arbeitete ich mich immer weiter voran, bis ich an eine scharfe Biegung gelangte, hinter der ich nur Dunkelheit sah. Hätte ich nicht einen kühlen Windhauch auf dem Gesicht gespürt, ich wäre umgekehrt. So jedoch rief ich Wazim zu, er solle mir mit dem Licht folgen, quetschte mich durch die enge Stelle und wartete auf der anderen Seite auf ihn.

Die zirkulierende Luft ließ die Fackel nervös flackern. »Sie wird bald ausgehen«, bemerkte Wazim.

»Gib sie mir«, bat ich ihn, »und halte die andere bereit.«

Nachdem wir den Engpass erst einmal hinter uns gelassen hatten, verbreiterte sich der Tunnel wieder. Wir gingen weiter und erreichten schließlich einen kleinen, dreieckigen Raum, aus dem eine steile, steinerne Treppe hinausführte. Die Stufen dieser Treppe waren spiralförmig angeordnet und führten zu einem Raum hinauf, der jenem darunter bis aufs Haar glich und von wo ein weiterer enger Tunnel in die entgegengesetzte Richtung verlief. Wir hielten kurz an, um die zweite Fackel zu entzünden, und ich nahm Wazim wieder mein Bündel ab; dann gingen wir weiter.

Dieser neue Tunnel war recht kurz, und an seinem Ende erwartete uns eine weitere Treppe, die diesmal nach unten führte, und eine verrottete Holztür. Die Tür war verriegelt gewesen, doch das Holz war alt und morsch. Irgendjemand hatte die untere Hälfte der Tür einfach eingetreten, und nun lagen die Splitter überall am Boden verstreut.

Die Fackel vor mich haltend duckte ich mich hindurch. Ich kroch über das zerbrochene Holz und fand mich in einem kleinen gewölbten Raum wieder. Hier lagerten etliche mit geflochtenen Schnüren zusammengebundene Papyrusstapel, die langsam vor sich hin moderten. Rasch ging ich weiter und durch die Bogentür an der gegenüberliegenden Wand und betrat einen noch weit größeren Raum. Dieser war mit zeremoniellen Sätteln, Zaumzeug und anderer Ausrüstung für Pferde und Kamele voll gestopft. Unzählige, mit Gold und Silber beschlagene Sättel waren hier zu finden; sie hingen in Reih und Glied an der Wand oder waren einfach auf dem Boden gestapelt worden. Auch Lanzen gab es hier – die meisten mit Stoffwimpeln an den Spitzen verziert –, und in einer Ecke sah ich vier Streitwagen, die auf ihren Achsen ruhten und deren abmontierte, bemalte Räder an einer Säule lehnten.

»Wir haben das Schatzhaus gefunden, Wazim«, sagte ich leise. »Jetzt lass uns den Kreuzesstamm suchen.«

Ich hatte einen einzigen riesigen Raum erwartet, wo der Kalif seine Schätze stapelte – einen großen Haufen von Gegenständen und Kisten voller Münzen, Schmuck und dergleichen. Stattdessen war dieses Schatzhaus aber tatsächlich ein *Haus*: Ein Raum folgte auf den nächsten; es gab Verbindungsgänge, Hallen und Galerien. Rasch durchquerten wir die ersten zwei Räume und erreichten eine lange, doppelt gewölbte Galerie mit einer zentralen Säulenreihe und niedrigen Türen zu beiden Seiten.

Als wir diese Galerie betraten, begann das Hämmern von neuem, welches eine Zeit lang verstummt war. Diesmal waren die Schläge härter, rhythmischer und klangen entschlossener. Ich vermutete, dass entweder frische Männer an die Aufgabe befohlen worden waren oder dass die Diebe neues Werkzeug gefunden hatten – vielleicht beides. Ich wusste nicht, wie lange das eisenbeschlagene Holz diesen Angriffen noch standhalten konnte, doch ging ich davon aus, dass uns nicht allzu viel Zeit blieb, das Heilige

Kreuz zu finden und wieder zu verschwinden. Es gab jedoch viele Räume zu erkunden, und wir hatten nur eine Fackel, und die würde nicht mehr lange halten. Also machten wir uns ohne zu zögern auf die Suche, beginnend mit dem nächstgelegenen Raum.

Die ersten beiden Kammern enthielten verschiedene Arten von Krügen; da im Staub keine frischen Spuren zu sehen waren, machte ich mir nicht die Mühe, weiter als bis zur Tür in sie hineinzugehen. Im dritten Raum befanden sich zusammengerollte oder aufeinander gestapelte Teppiche. Der vierte stand voller Kisten, und zunächst glaubte ich, hier vielleicht einen Teil der Beute zu finden, die mich nach Kairo begleitet hatte; doch da auch hier der Staub seit langer Zeit unberührt war, verzichtete ich darauf, ihn näher zu untersuchen, und wir gingen rasch weiter.

In der Zwischenzeit wurde das Hämmern an der großen Holztür beständig lauter; die Schläge kamen nun härter und schneller, als würden diejenigen, die die Äxte schwangen, plötzlich von neuer Entschlossenheit gepackt. Wir hatten erst vier Räume untersucht, und mehr als das Vierfache war noch übrig. Bei der Geschwindigkeit, mit der wir vorankamen, würde die Fackel schon lange ausgebrannt sein, bevor wir fertig waren – falls die Templer nicht schon vorher durchbrachen. »Das muss doch leichter gehen«, knurrte ich und rannte zur Tür des nächsten Raums.

Und dann fiel es mir ein … Der Staub auf dem Boden … Natürlich!

Ich gab die Suche in den Räumen am Ende der Galerie auf und hielt auf die am Eingang zu. Die Fackel dicht über dem Boden sah ich, dass die Kammer zur Rechten vor kurzem nicht benutzt worden war. Ich ermahnte Wazim, sich still zu verhalten, und ging rasch auf die andere Seite der Galerie, vorbei an der Tür, die unter dem Angriff bebte. Ich hörte, wie das Holz unter den Axthieben splitterte und das Stöhnen der Männer, die auf die harten Balken einhämmerten.

An der Tür des letzten Raums blieb ich stehen und hielt die Fackel über den Boden und gleichzeitig den Atem an. Und dann sah ich es: eine Spur im Staub der Kammer, die von vielen Füßen stammte. »Hier entlang«, flüsterte ich. Ich trat in die Kammer, und mich verließ der Mut.

Es war überhaupt keine Kammer, sondern eine andere Galerie und noch dazu größer als die, die wir gerade abgesucht hatten. Die Fackel flackerte bereits, als würde sie bald ausbrennen, und den Geräuschen vor der Tür nach zu urteilen, würden die Templer bald durch sein. Mir blieb nichts anderes übrig, als weiterzugehen und auf das Beste zu hoffen.

Erneut hielt ich die Fackel unmittelbar über den Boden, bewegte mich, so schnell ich konnte, und folgte der Spur im Staub. Einmal in der Galerie verlief sich die Spur jedoch in alle möglichen Richtungen. Ich hatte allerdings den Eindruck, als würden die meisten Spuren zu den Räumen auf der linken Seite führen, und dort begannen wir dann auch unsere Suche.

Die erste Kammer enthielt eine Reihe von kleinen und großen Kästen – viele beschnitzt und mit eingelegtem Perlmutt verziert. Eine rasche Untersuchung ergab, dass die Kästen goldene und silberne Becher, Schüsseln und dergleichen enthielten. »Halt das«, sagte ich zu Wazim und reichte ihm die Fackel. Dann leerte ich einen der Kästen, trug ihn hinaus in die Galerie und zerschlug ihn an einer Säule. Das Holz war alt und trocken und splitterte leicht. Ich befahl Wazim, die Stücke noch kleiner zu machen und eilte davon, um einen zweiten Kasten zu holen und zu zerbrechen. Das Gleiche tat ich dann noch mit drei weiteren. Anschließend holte ich noch ein Stück Stoff, legte es dazu und zündete das Ganze mit der Fackel an.

»Bleib hier, und halt das Feuer am Brennen«, sagte ich zu Wazim; dann schnappte ich mir wieder die Fackel und eilte weiter.

Der zweite Raum enthielt Tonkrüge, die mit parfümiertem Öl gefüllt waren; im dritten fand ich prächtige, mit Gold und Silber durchwirkte Stoffe. Ich blickte noch in drei weitere; alle beinhalteten ähnliche Dinge, doch nirgends fand ich etwas, was ich als Teil von Emir Ghazis Beute erkannte.

Als ich zu den nächsten Räumen eilte, ertönte ein lautes Krachen aus der Hauptgalerie. Das Geräusch schien das gesamte Schatzhaus zu erfüllen und durch sämtliche Gänge zu hallen. Ihm folgte eine lange Stille, bevor die Äxte ihre Arbeit wieder aufnahmen.

Rasch beendete ich die Untersuchung der letzten drei Räume – einer war wenig mehr als ein Alkoven und enthielt nichts außer ein paar Tonkrügen, und hoch oben in der Wand befand sich ein halb offenes Lüftungsgitter. Die anderen beiden Räume waren mit zeremoniellen Waffen und Rüstungen gefüllt: Stapel bemalter Holzschilde, Schwerter mit gold- und juwelenbesetzten Scheiden und prächtige Helme. Nachdem ich auch den letzten Raum untersucht hatte, sprang ich auf die andere Seite der Galerie, um dort meine Suche fortzusetzen.

Mit zunehmender Verzweiflung betete ich: »O großer König des Himmels, wenn dir die Ehre deines Namens etwas wert ist, dann hilf mir jetzt, sie wiederherzustellen.«

In Wahrheit wusste ich nicht, was ich damit meinte; die Worte kamen mir einfach in den Sinn, und ich sprach sie aus. Die Antwort kam sofort.

»Da'ounk!«, rief Wazim Kadi hinter mir. Ich drehte mich um und sah den kleinen Sarazenen neben der Säule stehen; das Feuer brannte hell. Er deutete auf eine Kammer auf der gegenüberliegenden Seite des Eingangs. »Seht!«

Ich folgte seinem Finger und sah das Glühen einer Fackel, das in der Kammer verschwand.

»Hast du gesehen, wer das war?«, rief ich und rannte auf die Kammer zu.

»Es war ein Vater«, antwortete Wazim.

Zumindest glaubte ich, dass er das gesagt hatte; es ergab keinen Sinn für mich, doch mir blieb keine Zeit für weitere Fragen. Ich rannte zur Kammer und blickte hinein. Es war ein großer Raum mit mehreren von Säulen umrahmten Seitenschiffen, wo irgendjemand alle möglichen Gegenstände zu hohen Haufen zusammengeworfen hatte. Nirgends war eine Spur von dem Fackelträger zu sehen, den Wazim entdeckt hatte. Hatte uns das Licht einen Streich gespielt? Hatten wir uns das alles nur eingebildet? Dann sah ich den goldumrandeten Kasten, der Bohemunds Kopf enthielt, und alle Fragen waren wie weggeblasen. Nachdem ich die groteske Trophäe den ganzen Weg von Kadiriq nach Damaskus geschleppt hatte, erkannte ich sie im Schlaf.

Ich ging zu dem entsprechenden Haufen, und in ebendiesem Augenblick erklang ein weiteres lautes Krachen von der Tür her; diesmal wurde es von einem Knarren und Ächzen begleitet, gefolgt von einem lauten Klappern. Ich vermutete, dass ein Teil der Tür nachgegeben hatte. Es würde nicht mehr lange dauern, bis die Templer und ihre Verbündeten, die Fedai'in, die Tür durchbrechen würden.

Ich stürzte mich auf den Schatzhaufen, warf die Fackel auf den Boden und begann, verschiedene Gegenstände herauszuziehen und beiseite zu werfen. Viele der Gegenstände erkannte ich, und das gab mir Mut; aber als der Haufen immer kleiner wurde, ohne dass ich etwas fand, verließ mich die Hoffnung wieder.

Erneut ertönte ein ohrenbetäubendes Krachen gefolgt von einem Ächzen, als ein weiterer Teil der eisenbeschlagenen Tür nachgab. Einen Augenblick später flackerte meine Fackel ein letztes Mal auf und erlosch. Ich rannte zur Tür zurück und rief Wazim zu, er solle mir ein brennendes Scheit aus dem Feuer bringen.

»Sie sind fast da«, sagte mein treuer Diener, als er mir das brennende Holzstück reichte.

»Und wir sind fast fertig«, erwiderte ich. »Die Reliquie ist hier irgendwo.«

Aus der Hauptgalerie ertönte ein weiteres Krachen. Ich hörte das Holz splittern, als immer größere Teile herausgebrochen wurden.

»Was soll ich tun, Da'ounk?«

»Bete.«

Zu meiner großen Überraschung faltete mein kleiner Wärter und Diener die Hände, schloss die Augen und begann, leise zu singen. Ich überließ ihn seinen Gebeten, nahm den brennenden Holzscheit, kniete mich neben den Kasten mit Bohemunds Kopf und öffnete ihn.

Das flackernde Licht tanzte über das einbalsamierte Gesicht des Fürsten, was den Anschein erweckte, er wache gerade aus einem friedlichen Schlummer auf. »Möge Gott mir verzeihen, was ich jetzt tun werde«, sagte ich und hielt den Scheit ans steife Haar des Fürsten.

Die daraus entstehende Flamme war weit heller und größer, als ich erwartet hatte; aufgrund des Balsamierungsöls fing das wächserne Fleisch sofort Feuer. Einen Augenblick lang beobachtete ich, wie die Flammen über das Gesicht leckten, Wimpern und Augenbrauen verbrannten und die friedlichen Züge in ein unheimliches Licht tauchten. Zufrieden, dass diese Flamme nicht so rasch ausgehen würde, nahm ich den Kasten und trug ihn rasch zum nächsten Schatzhaufen. Dort, im Licht von Bohemunds brennendem Kopf, begann ich erneut, die Schätze zu durchwühlen – diesmal begleitet von Wazims gemurmelten Gebeten, die er nur einmal kurz unterbrach, um mich zur Eile zu ermahnen.

Zwei weitere mächtige Schläge ließen die Wände des Schatzhauses erzittern, bevor ich den Boden des Haufens erreichte und das nur, um abermals mit leeren Händen dazustehen. Meine Enttäuschung wurde lediglich von dem Gedanken gemildert, dass nur noch ein Haufen übrig war, und dort musste der Kreuzesstamm ja sein.

Inzwischen brannte auch der Kasten, der den Kopf enthielt und war zu heiß, um ihn noch anzufassen; also schob ich ihn mit dem Fuß zum nächsten Haufen und watete dabei durch die unzähligen Wertsachen, die ich überall verstreut hatte.

Krach! Die Tür in der Hauptgalerie splitterte und stöhnte.

»Beeilt Euch!«, schrie Wazim. Er stand in der Tür der Kammer.

»Sie haben ein Loch in die Tür geschlagen. Ich kann sie schon sehen.«

»Hier rüber!«, rief ich. »Es muss irgendwo in diesem Haufen sein. Hilf mir beim Suchen.«

Wazim eilte an meine Seite, und gemeinsam pflügten wir durch die Schätze. Achtlos warf ich selbst die wertvollsten Gegenstände einfach irgendwohin. Ich warf mit Juwelen besetzte Dolche beiseite, edle Bögen und Köcher mit goldenen Pfeilen, und Silberschüsseln und -pokale rollten über den Boden. Und dann fand ich ihn: den Teppich, in den ich das Heilige Kreuz gewickelt hatte. Sofort stürzte ich mich darauf und zog ihn zu mir heran.

Doch im selben Augenblick, da meine Hand den Teppich berührte, wusste ich, dass ich enttäuscht werden würde. Die Teppichrolle war leer. Der Schwarze Stamm war verschwunden. Unter dem Teppich sah ich eines der mit Edelsteinen besetzten Goldbänder, die die Enden des Kreuzes geziert hatten. Das andere Band lag daneben, platt getreten von den ungeschickten Füßen eines Trägers. Mein armes Herz drohte vor Verzweiflung zu zerreißen. Ich beugte mich vor und hob das zerstampfte Band auf. Dort, im nachlassenden Licht von Bohemunds brennendem Schädel, traten mir die Tränen in die Augen; das Gefühl, versagt zu haben, war überwältigend.

Meine ganze Gefangenschaft über hatte ich die Hoffnung gehegt, irgendwie die heilige Reliquie zu retten – egal wie gering die Aussicht darauf auch gewesen sein mochte. Aber nun war der Schwarze Stamm verschwunden!

»Da'ounk?«, fragte Wazim. »Stimmt was nicht?«

»Es ist verschwunden«, antwortete ich und ließ das Goldband fallen. »Wir sind fertig.«

Aus der Hauptgalerie hallte zum letzten Mal ein lautes Krachen zu uns herüber, und wieder hörten wir deutlich Holz splittern. Die Diebe auf der anderen Seite jubelten. In diesem Augenblick verlosch das Feuer von Bohemunds Kopf; der Kasten fiel zu glühenden Stücken zusammen, und der Schädel rollte über den

Boden. Er starrte mich aus leeren Augen an, und sein fleischloser Mund grinste spöttisch. Einen Augenblick lang glühte der verbrannte Knochen rot; dann war auch das verschwunden.

Wazim sprach mich erneut an. Ich antwortete nicht.

Es gab auch nichts zu sagen. Die Soldaten würden jeden Augenblick über uns sein, und das wäre das Ende.

Ich hörte Wazim sich in der Dunkelheit bewegen und spürte eine Berührung auf meinem Arm. Ich glaubte, er wolle mich zum Aufbruch drängen. »Es tut mir Leid, Wazim«, sagte ich. »Es war alles umsonst.«

Draußen in der Hauptgalerie gab der letzte Rest der Tür endlich nach, und mit lautem Triumphgeheul stürmten die Templer in das Schatzhaus.

Ich stand in der Dunkelheit und lauschte den Rufen und dem Heulen der Templer und der Fedai'in, die durch die Gänge und Kammern des Schatzhauses hallten, und ich sah das Licht ihrer Fackeln auf den Wänden tanzen. Ein Geisterheer schien aus der Anderwelt in das Schatzhaus des Kalifen eingedrungen zu sein, um es auszuplündern.

Und sie würden bekommen, was sie wollten. Niemand konnte sie aufhalten. Templer und Fedai'in gemeinsam, dachte ich. An was für einem unheiligen Tag ist dieses Bündnis geschmiedet worden?

Ich lauschte den eiligen Schritten, als die Diebe zu ihrer Beute rannten ... ein Rennen, das zu gewinnen ich gehofft hatte.

Ich hatte versagt. Das war eine Wahrheit, die umso schlimmer war, da ich geglaubt hatte, Gott sei mit mir und würde mich bei jedem meiner Schritte führen. Ich hatte geglaubt, dass all die Prüfungen, die ich hatte ertragen müssen, einem Zweck dienten, dass meine Leiden einen Sinn hatten.

Aber das war alles eine Lüge. Das wusste ich jetzt, und dieses Wissen ließ mein Herz sich winden wie eine Schlange im Feuer. Ich hätte weinen können, wäre da nicht diese unbändige Wut in meinem Leib gewesen.

Wazim flüsterte erneut meinen Namen und riss mich auf diese Art sanft aus meinen düsteren Gedanken. »Schaut!«, flüsterte er mit ehrfurchtsvoller Stimme. »Ein heiliger Vater ist hier!«

Ich drehte mich zu ihm um und sah ein schwaches goldenes

Schimmern auf einer der Steinsäulen hinter uns. Es verschwand, bevor ich seine Quelle entdecken konnte. Doch ging ich auf die Säule zu und erkannte, dass sie vor einem der Alkoven stand, die ich vor wenigen Augenblicken durchsucht hatte. Das Licht schien aus dem Inneren des kleinen, engen Raums zu kommen.

Rasch trat ich hinein und sah einen ganz in Weiß gewandeten Mann mit einer Fackel in der Hand. Sein Gewand war das eines Kirchenmannes – ein Priester eines östlichen Ordens, glaubte ich –, und seine Haltung war edel und demütig zugleich wie die eines hoch geachteten Patriarchen. Ich verstand sofort, warum Wazim ihn einen Vater genannt hatte. Doch in Gesicht und Gestalt war er noch immer jung, Haar und Bart schwarz und der Blick seiner Augen scharf und klar.

Er winkte mich zu sich, doch erstaunt, wie ich war, rührte ich mich nicht vom Fleck. Denn obwohl er eine Fackel in der Hand hielt, war nicht sie es, die das Licht verbreitete, sondern seine Gestalt, sein Wesen.

Er hob die Hand, winkte mir erneut und sagte: »Komm schnell, Duncan. Die Zeit läuft uns davon.«

Bei der Erwähnung meines Namens trat ich einen oder zwei Schritte vor. »Wer seid Ihr, Herr, dass Ihr meinen Namen kennt?«

»Duncan«, erwiderte der Priester mit mildem Tadel in der Stimme. »Kennt der Herr seine Diener nicht? Wie könnte ich jemanden vergessen, der mir stets so gut gedient hat?«

»Der Weiße Priester«, flüsterte ich. Wazim Kadi sank neben mir auf die Knie, senkte den Kopf und schloss die Augen.

»Nenn mich Bruder Andreas«, entgegnete der Priester leichthin. »So wie ich einst deinen Vater gefragt habe, so frage ich jetzt dich: Was willst du?«

Die Frage kam mir seltsam vor. Mit Soldaten hinter uns, die plündernd durch die Hauptgalerie zogen, welchen Unterschied machte es da, was ich wollte oder nicht? Seltsam war auch, dass die Frage die Erinnerung an den kühlen Wind Schottlands in mir weckte, und vor meinem geistigen Auge sah ich die dunklen Wellen der Nordsee an die Felsenküste von Caithness schlagen; auf der hohen Landspitze, die weit ins Meer hinausragte, standen zwei Gestalten: die eine groß und hager, die andere klein, engelsgleich, und ihr langes Haar flatterte im Wind – Murdo, mein Vater, mit der kleinen Caitríona an der Seite –, und gemeinsam blickten sie auf die stürmische See hinaus und suchten sie ab.

In diesem Augenblick wünschte ich mir nichts sehnlicher, als in ebendiese Bucht zu segeln und meine Leute in die Arme zu schließen. »Ich will wieder nach Hause«, murmelte ich und spürte, wie mir die Tränen in die Augen traten.

»Das hat auch dein Vater gewollt«, erwiderte der Priester; »er war jedoch zu stolz und wollte es nicht zugeben.«

»Vielleicht war er aus härterem Holz geschnitzt als sein unglücklicher Sohn.«

»Warum unglücklich?«, fragte der geheimnisvolle Mönch. »Du trägst das Heilige Licht in dir, um dich auf dem Wahren Weg zu führen. Um das zu lernen, was du bereits weißt, hat Murdo teuer bezahlt.«

Ein Ruf ertönte in der Tür der Kammer hinter uns. Wazim, der noch immer mit gefalteten Händen neben mir kniete und inbrünstige Gebete murmelte, sprang auf, drehte sich um und rannte zum Eingang des Alkovens.

»Ich weiß gar nichts«, erklärte ich und fühlte erneut die ganze Last meines Versagens. »Und wenn Ihr uns nicht helfen könnt, werde ich ohnehin keinen Sonnenaufgang in diesem Land mehr erleben.«

»O du kleingläubiger Mann. Ich werde dir das Gleiche sagen, was ich deinem Vater bei unserem ersten Treffen gesagt habe.«

»Was war das?«

»Hab Mut. Du bist deinem Ziel näher, als du glaubst.«

In diesem Augenblick flüsterte Wazim drängend von der Tür: »Da'ounk! Sie kommen hierher!«

Ich blickte zu Wazim, als er sprach, und gleichzeitig verblasste das Licht in dem Alkoven. »Was ist, wenn …?«, begann ich und drehte mich wieder zu dem Weißen Priester um. Er war verschwunden, und wo er gestanden hatte, war nur noch ein schwaches Glühen zu sehen. Aber in diesem schwachen Licht sah ich, dass er Recht hatte.

»Was sollen wir jetzt tun?«, krächzte Wazim verzweifelt. »Sie sind fast hier!«

»Ruhig, Wazim«, flüsterte ich. »Komm weg da.« Ich packte ihn am Arm und zog ihn vom Eingang fort. »Bruder Andreas hat uns zum Schatz geführt.«

Er schaute sich in dem fast leeren Raum um und blickte mich dann ängstlich an. »Wo?«, fragte er.

»Dort«, antwortete ich und deutete auf einen Lüftungsschacht, dessen Gitter von einem alten Holzbalken offen gehalten wurde. »Und er hat uns auch den Weg hinaus gezeigt.«

Während die Dunkelheit sich um uns schloss, streckte ich den Arm nach oben und bekam den Rand des Lüftungsschachts zu packen. Ich sprang, und Wazim umklammerte meine Beine und schob mich in die Öffnung, worauf ich in den Schacht kroch. Einmal drin griff ich hinunter und zog Wazim herauf. Dann ergriff ich vorsichtig und ehrfurchtsvoll den kurzen Holzbalken, und mit Wazims Hilfe gelang es mir, das schwere Eisengitter zu schließen. Es schloss sich im selben Augenblick mit einem leisen Klirren, da zwei Templer den Alkoven betraten.

Sie durchsuchten den Raum mit ihren Fackeln, fanden nichts und eilten weiter.

Ich gestattete mir ein leises, erleichtertes Seufzen und setzte mich kurz, um wieder zu Atem zu kommen und darüber nachzudenken, wie wir uns am besten zurückziehen könnten. »Jetzt gehen wir«, flüsterte ich Wazim zu.

»Was ist mit dem Heiligen Kreuz?«, fragte er.

»Die Suche ist vorbei«, antwortete ich. »Hier … Gib mir deine Hand.«

In der Dunkelheit fand ich seine Hand und führte sie zu dem zerkratzten Balken, den ich in meinen Armen hielt. Wie ein Blinder folgte er mit den Fingern den tiefen Rillen in dem uralten Holz, und uns beiden traten die Tränen in die Augen, während wir jeder auf seine Art der heiligen Reliquie die Ehre erwiesen.

Die Stimmen der Templer und der Fedai'in hallten durch die Kammer unter uns, und ich richtete meine Gedanken wieder auf die Flucht. Von den wenigen Möglichkeiten, die uns zur Verfügung standen, schien mir der Lüftungsschacht die besten Aussichten zu bieten, um nicht gefangen genommen zu werden. Der Aufstieg war steil, aber nicht unmöglich. Ohne größere Mühe konnte ich ihn auf allen vieren hinaufklettern und das Kreuz dabei vor mir her schieben.

Kurze Zeit später erreichten Wazim und ich den Geheimgang über uns. Auch wenn es hier so dunkel war wie in einer Berghöhle, so roch ich doch den Duft der Blumen, der von weiter oben zu uns hinunterwehte, und da wusste ich, wo wir uns befanden. Wir hatten den Tunnel erreicht, der rechts und links von uns wegführte. Rechts ging es zur Zisterne und zur Küche und links zu dem unterirdischen Kanal.

Der Kanal würde uns zum Fluss bringen, wodurch wir nicht nur die im Palast lauernden Templer und Fedai'in umgehen konnten, sondern auch die überfüllten Straßen, wo Aufruhr herrschte. Für diesen Weg entschied ich mich.

Ich legte mir den Kreuzesstamm auf die Schulter, und wir setzten uns in Bewegung – ein Blinder folgte dem anderen. Wazim ging vor mir. Er hatte sich meine Papyri über die Schulter gehängt, und ich folgte ihm, wobei ich mit den Fingern leicht seinen Rücken berührte … allerdings mehr aus Trost als aus Notwendigkeit, da der Gang ohnehin nur in eine Richtung führte und es keinerlei Abzweigungen gab; wir konnten uns unmöglich verlaufen.

So machten wir uns auf den Weg zu dem geheimen Gewässer. Dann und wann stolperten wir zwar, doch insgesamt kamen wir recht gut voran. Die heilige Reliquie war schwer und unhandlich, aber nachdem ich Bohemunds Kopf solch eine lange Strecke mit mir herumgeschleppt hatte, wusste ich, wie man eine solche Last zu tragen hatte, ohne unnötig Kraft zu vergeuden. Nach einer Weile machte mir noch nicht einmal die Dunkelheit etwas aus, auch wenn ich so blind wie ein Maulwurf war. Ich wusste, dass der Kanal unmittelbar vor uns lag und dass dort ein Boot wartete, das uns zum Nil bringen konnte, wo ich endlich wieder mit Padraig und den anderen vereint sein würde.

Nach kurzer Zeit wurde das Gefälle steiler, und wir erreichten die ersten Stufen – zunächst eine, dann zwei, drei und so weiter, bis wir schließlich das Plätschern des Wassers vor uns hörten. Wir verlangsamten unseren Schritt und ließen mehr und mehr Vorsicht walten; dann endlich erreichten wir den Rand des Wassers. Ich gab den Kreuzesstamm an Wazim, kniete mich auf die Stufe und tastete am Stein entlang nach dem Ring, an dem das Boot befestigt war. Schließlich fand ich ihn auch und versuchte, das Seil zu lösen.

Es war jedoch so fest gebunden, dass ich es nicht lockern konnte. Allerdings war es alt und morsch, und indem ich es an der Steinkante rieb, gelang es mir tatsächlich, es durchzuschneiden.

Ein Ende des Seils wickelte ich um mein Handgelenk; dann zog ich das Boot zur Treppe und befahl Wazim, das Heilige Kreuz auf die Stufen hinter mir zu legen und ins Boot zu steigen. »Ich werde es für dich ruhig halten«, sagte ich ihm. »Wenn du bereit bist, gebe ich dir das Kreuz.«

Langsam kletterte Wazim ins Boot. Mit übertriebener Vorsicht reichte ich ihm den Schwarzen Stamm und wies ihn an, ihn aufrecht zwischen seine Knie zu klemmen und immer mit einer Hand festzuhalten. Dann war ich an der Reihe. Es gelang mir, ins Boot zu klettern, ohne es zum Kentern zu bringen. Anschließend ließ ich die Strömung uns drehen, und nachdem der Bug herumgeschwungen war, stieß ich uns ab.

Die Strömung war nicht schnell; nur langsam trieb das Boot davon. Es war ein seltsames Gefühl, sich auf solche Art durch vollkommene Dunkelheit zu bewegen. Wäre nicht der sanfte Luftzug gewesen, der uns in die Gesichter wehte, wir hätten genauso gut mitten auf dem Wasser sitzen können, ohne uns zu bewegen. Dennoch steckte ich von Zeit zu Zeit die Hand ins Wasser, um mich zu vergewissern, dass wir auch tatsächlich fuhren. Einmal prallten wir gegen die Kanalwand, was uns beide erschreckte und Wazim ängstlich aufschreien ließ. Es gelang mir, uns wieder abzustoßen, und von nun an streckte ich die Hände aus, um einen weiteren Zusammenstoß zu vermeiden.

Der Schaden war jedoch bereits angerichtet. Das Boot war alt, das Holz verrottet, und auch wenn der Aufprall nur schwach gewesen war, so hatte sich doch eine Planke gelockert, und Wasser sickerte ins Boot. Ich bemerkte das, als meine Füße auf einmal nass wurden. Ich griff hinunter und musste feststellen, dass bereits eine gewisse Wassermenge eingedrungen war.

»Beweg dich so wenig wie möglich«, warnte ich Wazim. »Das Leck ist nicht groß, und wir können immer noch unser Ziel erreichen, ohne dass das Boot ganz voll gelaufen ist.«

Damit sollte ich jedoch nicht Recht behalten. Schon bald stand uns das Wasser bis über die Knöchel. Es hinauszuschöpfen war sinnlos. Zwar versuchte ich es eine Weile mit den Händen, doch es drang bei weitem zu viel Wasser ein. »Kannst du schwimmen, Wazim?«, fragte ich.

»Nein, Herr«, antwortete er mit zitternder Stimme.

Ich versicherte ihm, ich könne gut genug für uns beide schwimmen und dass er sich keine Sorgen zu machen brauche. Das versicherte ich ihm auch noch, als das Boot plötzlich wieder gegen die Kanalwand prallte und das Leck sich weiter öffnete. Ich spürte, wie das Wasser weiter stieg und sagte: »Hör mir jetzt gut zu, Wazim. Ich werde jetzt aus dem Boot und ins Wasser steigen. Du bleibst, wo du bist, und rührst dich nicht. Ich werde mich an der Bootswand festhalten. Alles wird gut.«

Dieses Vorhaben in die Tat umzusetzen erwies sich jedoch als weit schwieriger als erwartet, zumal die Dunkelheit mir zusätzliche

Probleme bereitete; selbst die einfachsten Bewegungen bargen nicht wenige Schwierigkeiten. Am Ende gelang es mir jedoch, über die Seitenwand hinabzugleiten, ohne das wackelige Gefährt zum Kentern zu bringen. Das Wasser war nicht übermäßig kalt, und ich schätzte, dass wir es nun, da mein Gewicht nicht mehr im Boot war, bis zum Fluss schaffen konnten.

Noch zweimal kurz hintereinander prallten wir gegen die Kanalmauer, und der zweite Aufprall drehte das Boot herum. Obwohl ich mich im Wasser befand, gelang es mir auch diesmal, das Boot vor dem Kentern zu bewahren, und wir hätten es sicherlich auch bis zu unserem Ziel geschafft, wäre die Strömung nicht in ebendiesem Augenblick schneller geworden. Ich konnte den Grund dafür nicht sehen, doch vermutete ich, dass der Kanal sich verengt hatte.

Und dann hörte ich in der Ferne das Rauschen eines Wasserfalls oder eines Wehrs. Um Wazim nicht zu beunruhigen, sagte ich so ruhig wie möglich: »Ich glaube, es wäre eine gute Idee, wenn du jetzt zu mir ins Wasser kommen würdest.«

»Ich bin hier im Boot ganz glücklich, Da'ounk«, erwiderte Wazim in ängstlichem Tonfall.

»Ich glaube, dir bleibt keine andere Wahl, Wazim. Ich möchte, dass du mir zuerst den Holzbalken gibst; dann lass dich langsam über die Seite zu mir herunter. Wir können uns an der Bootskante festhalten. Das Boot wird noch lange schwimmen, selbst wenn es mit Wasser gefüllt ist.«

Ich spürte Wirbel im Wasser um mich herum, während die Strömung immer mehr an Stärke zunahm. Das Rauschen wurde lauter. In der Dunkelheit war unmöglich festzustellen, wie tief es hinunterging oder in welcher Entfernung der Sturz auf uns wartete. Das behielt ich jedoch für mich, da ich Wazim nicht unnötig ängstigen wollte. »Hier«, sagte ich und klopfte mit der Hand auf den Bootsrand. »Gib mir den Kreuzesstamm, und dann werde ich dir hinunterhelfen.«

Wazim murmelte etwas in einer unverständlichen Sprache vor

sich hin und reichte mir die Reliquie, um sich dann darauf vorzubereiten, aus dem Boot zu klettern. Er packte die Kante und wollte gerade aufstehen, als das Boot plötzlich wieder herumgeworfen wurde. Erneut prallte unser Gefährt gegen die Wand, und der arme Wazim verlor das Gleichgewicht. Er stieß einen entsetzten Schrei aus, ließ meine Hand los und fiel ins Boot zurück.

Ich hörte das trockene Krachen von verrottetem Holz gefolgt von lautem Platschen, als losgebrochene Holzstücke ins Wasser fielen, und das altersschwache Gefährt begann sich aufzulösen. Ich packte ein Wrackteil, rief nach Wazim und schwamm in die Richtung, aus der ich sein Husten und Prusten hörte.

Plötzlich riss das Wasser mit schier unglaublicher Kraft an mir. Ich spürte, wie zuerst meine Füße den Grund berührten; dann schabte ich von der Strömung unbarmherzig vorwärts getrieben mit Knien und Schienbeinen darüber. Ich rief Wazim zu, den Kopf über Wasser zu halten, und fast im selben Augenblick stürzte ich über den Rand des Wasserfalls.

Den Schwarzen Stamm fest umklammernd fiel ich seitwärts hinab und prallte auf ein paar Steinblöcke im Flussbett. Ich wurde unter Wasser gezogen und von Wrackteilen getroffen, als unser zerstörtes Boot ebenfalls den Wasserfall hinunterfiel. Der Schwarze Stamm entglitt meinem Griff, und ich wurde immer und immer wieder herumgewirbelt.

Alles war nur noch Dunkelheit und Chaos. Ich vermochte weder zu sagen, wo ich war, noch in welcher Richtung die Wasseroberfläche lag. Ich wedelte mit den Armen, versuchte verzweifelt aufzusteigen, doch die Strömung riss mich mit sich. Meine Lungen brannten. Meine Brust schmerzte. Wenn ich nicht bald atmete, würde ich platzen.

Und dann prallte ich mit etwas Hartem zusammen – einer festen Masse, die mit mir im Wasser trieb. Obwohl ich noch immer blind und verwirrt war, wusste ich, dass ich das Heilige Kreuz wieder gefunden hatte. Ich schlang meine Arme darum und ließ es mich an die Oberfläche führen.

Ich klammerte mich ans Heilige Kreuz, keuchte, rang nach Luft und dankte der Schnellen Sicheren Hand für die Rettung aus höchster Not.

Dann spürte ich, wie sich etwas im Wasser wand, als ich daran vorübertrieb. Ich streckte die Hand aus, bekam Wazims Gewand zu fassen und zog ihn hoch. Er hustete, spie Wasser und schlug wild um sich.

»Ruhig, Wazim!«, schrie ich. »Ich habe dich. Sei ruhig! Du wirst nicht ertrinken.«

Das musste ich noch mehrere Male wiederholen, bevor er endlich aufhörte, um sich zu schlagen; doch schließlich verließ ihn der Kampfeswille, und er gestattete mir, ihn über Wasser zu halten.

Das Heilige Kreuz in der einen und Wazim in der anderen Hand – und während ich gleichzeitig versuchte, meinen Kopf über Wasser zu halten –, blieb mir nichts anderes übrig, als mich von der Strömung treiben zu lassen, bis das Wasser ein wenig von seiner Kraft und Wildheit verlor. Eine Zeit lang trieben wir noch weiter, doch schließlich prallte ich mit dem Fuß gegen die Kanalwand. Kurz ließ ich Wazim los und tastete nach einem Haltegriff in der Dunkelheit. »Hier Wazim«, sagte ich und zog ihn an die Wand. »Wir sind gerettet. Halt dich hier dran fest.«

Wir waren in der Tat gerettet. Die heilige Reliquie ausgestreckt haltend arbeitete ich mich an der Wand entlang, tastete mich von einem Griff zum nächsten und redete die ganze Zeit über beruhigend auf Wazim ein. So bewegten wir uns scheinbar eine Ewigkeit voran. Es ist schon seltsam, aber in vollkommener Dunkelheit, wo einem nichts hilft, den Lauf der Zeit oder die Entfernung einzuschätzen, scheint die Zeit stillzustehen. So gab es für uns in diesem Augenblick weder eine Vergangenheit noch eine Zukunft, sondern nur eine feuchte, endlose Gegenwart.

Ich weiß wirklich nicht, wie lange wir uns auf diese Weise vorwärts bewegt haben; aber schließlich kamen wir an eine Stelle, wo ich einen neuen Griff zu packen suchte, doch ich spürte nicht

Steine, sondern feuchtes Moos oder Schleim unter den Fingern und rutschte ab. Mein Kopf versank unter der Wasseroberfläche. Ich trat mit den Beinen, um wieder nach oben zu kommen, und spürte etwas Weiches unter meinen Füßen. Es dauerte einen Augenblick, bis ich erkannte, dass es Schlamm war.

Der Grund des Kanals war mit weichem Schlamm bedeckt. Kurze Zeit später konnte ich stehen und meinen Kopf über Wasser halten. »Sieh her, Wazim«, ermutigte ich meinen treuen Freund. »Es wird immer flacher. Versuch zu stehen.«

Wir bewegten uns weiter, und der Wasserstand sank ständig, während der Kanal immer breiter wurde; schon bald wateten wir nur noch durch hüfthohes Wasser. Den Schwarzen Stamm schob ich nach wie vor vor mir her, und es dauerte nicht mehr lange, da sah ich undeutlich etwas Graues vor mir. Nach so langer Zeit in völliger Dunkelheit traute ich zunächst meinen Sinnen nicht; aber der helle Fleck wurde immer deutlicher. Auch Wazim bemerkte es. »Da vorne ist es heller. Lob sei Gottes allmächtigem Sohn, Jesus Christus«, sagte er und bekreuzigte sich auf östliche Art.

»Du überraschst mich, Wazim.«

»Warum? Habt Ihr etwa geglaubt, Ihr wärt der einzige Christ in Ägypten?« Er lächelte mich müde an. »Die Kopten gehören vielleicht nicht zu den mächtigsten unter den Christen, doch wo es uns an Kraft mangelt, glänzen wir durch Verstand.«

»Du wusstest … Die ganze Zeit über wusstest du, dass *ich* ein Christ bin, und doch hast du nie ein Wort gesagt. Warum? Warum hast du es mir nicht gesagt oder es mir sonst irgendwie zu verstehen gegeben?«

»Ein Christ am Hofe des Kalifen muss sehr vorsichtig sein, wenn er Wert darauf legt, den Kopf auf den Schultern zu behalten.«

Der Wasserstand fiel weiter, und der Kanal verbreiterte sich immer mehr. Ich bemerkte, dass die Decke des Tunnels aus blankem Fels bestand und nicht aus Ziegeln, und es dauerte nicht mehr lange, da reichte uns das Wasser nur noch bis zu den Knien.

Ich hob den Kreuzesstamm aus dem Wasser und warf ihn mir über die Schulter.

Wir gingen weiter, und das Licht wurde stetig heller. Ich vermutete, das lag daran, dass es draußen heller geworden war. Während wir uns unter der Erde abgeplagt hatten, war in der Welt die Sonne aufgegangen. Die Menschen machten sich an ihre tägliche Arbeit, und ich … *ich* war frei und auf dem Weg nach Hause und hatte den Preis gewonnnen, den zu retten ich ausgezogen war.

Die Befriedigung, die ich ob dieses Erfolgs empfand, wurde allerdings nur ein paar Schritte weiter wieder gedämpft, als ich bemerkte, dass ich mein Papyrusbündel verloren hatte.

»Wazim, das Bündel, das ich dir gegeben habe … Wo ist es?«

Wazim blieb stehen und klopfte seine Brust und seinen Rücken ab. »Ich weiß es nicht, mein Freund.« Er drehte sich um und blickte in die Dunkelheit des Tunnels hinter uns. »Ich glaube, der Riemen hat sich gelöst, als ich aus dem Boot gefallen bin.« Er blickte mich traurig an. »Es tut mir Leid, Da'ounk.«

»Macht nichts«, erwiderte ich schwach und trauerte um den Verlust. All die Zeit, die ich dieser einen Arbeit gewidmet hatte, und nun … weg. Wie lächerlich, um so ein armseliges Ding zu trauern, dachte ich. Der Brief – oder das Buch, wenn man es so nennen will – war nur ein schwacher Versuch, mich ob meines Versagens zu trösten, und alles in allem betrachtet, war es wohl weit besser, wenn ich in Fleisch und Blut wieder nach Hause zurückkehren konnte. Aber auch wenn es dumm erscheinen mag, so trauerte ich doch um den Verlust von etwas, worum sich monatelang all meine Gedanken gedreht hatten. Ich fühlte mich, als wäre gerade ein Teil meines Lebens einfach so weggeworfen worden.

»Schaut her, Da'ounk«, sagte Wazim und riss mich aus meinen Gedanken. Ich blickte zu der Stelle, auf die er deutete, und sah Sonnenlicht auf der blassgrauen Steinwand ein paar Hundert Schritt vor uns; kurze Zeit später erreichten wir hinter einer Biegung unser Ziel.

Ein massives Eisengitter versperrte den Kanalausgang, aber es war alt und rostig, und überall waren bereits Löcher zu erkennen. So dauerte es nicht lange, bis wir eines dieser Löcher weit genug vergrößert hatten, um uns hindurchquetschen zu können. Noch einige Schritte um einen großen überhängenden Felsen herum und wir standen am schilfbewachsenen Ufer des Nils und blickten mit zusammengekniffenen Augen in den Sonnenaufgang.

Unsere unterirdische Reise hatte uns zu einem Platz am Fluss unmittelbar unter der Stadtmauer geführt, die sich wie eine steile, ockerfarbene Klippe über uns erhob. Die Sonne ging gerade auf und warf ihre goldenen Strahlen übers Land, und die Luft war bereits warm und schwer. Die hohen Schilfhalme und das Flussgras wiegten sich in der leichten Brise, und ich hörte das Summen von Fliegen über unseren Köpfen, während wir am sandigen Ufer standen und das lebensspendende Sonnenlicht auf unseren Gesichtern genossen.

Jenseits des Flusses leuchteten die kleinen Lehmziegelhütten der Handwerker und Bauern im blassgoldenen Licht der Morgensonne. Ein Mann und ein Junge führten einen Ochsen ans Ufer und scheuchten dadurch zwei Reiher auf. Draußen auf dem Wasser setzte eines der eleganten ägyptischen Schiffe gerade das Segel, um seine Reise gen Norden zu beginnen. Alles war so friedlich, hell und ruhig, dass uns unsere Leiden der vergangenen Nacht klein und unbedeutend und sehr weit weg erschienen.

Ich blickte das Ufer hinunter. So weit das Auge sehen konnte, war es mit Schilf und Gras bewachsen. Während ich dort stand, spürte ich, wie etwas gegen mein Bein prallte. Ich blickte hinunter und sah ein Stück unseres zerstörten Bootes, das aus dem Kanal herangetrieben war, und darin verfangen mein Papyrusbündel.

»Gute Neuigkeiten, mein Freund«, krächzte Wazim fröhlich. »Gott hat Euch Eure Schriften zurückgegeben!«

»Ich wünschte, er hätte ein wenig besser auf sie aufgepasst«, erwiderte ich und zog das durchnässte Bündel aus dem Strom. Tintenblaues Wasser tropfte aus einer Ecke. Die Blätter in meinem Wams waren mit Sicherheit nur noch eine einzige schwarzblaue Masse. Ich hatte weder den Mut, das Bündel zu öffnen, noch es fortzuwerfen; also warf ich es mir wieder über die Schulter, und wir machten uns auf den Weg.

Wazims Schätzung nach befanden wir uns ein gutes Stück südlich des Kais, und so wateten wir am Ufer entlang, bis wir einen Trampelpfad fanden, der hinaufführte. Die Stadtmauer bog nach Osten ab, fort vom Fluss, der sich um einen großen Haufen honigfarbener Felsbrocken in entgegengesetzter Richtung wand.

Meine feuchten Kleider begannen in der Sonne zu trocknen, und obwohl ich vollkommen erschöpft war, besserte sich meine Stimmung erheblich. Jeder Schritt brachte mich dem freudigen Wiedersehen mit Padraig, Sydoni und Jordanus näher und somit auch meiner Heimat. Das Heilige Kreuz lag schwer auf meiner Schulter, doch das Gewicht machte mir nichts aus. Angesichts dessen, was unser Herr und Erlöser um meinetwillen ertragen hatte, hätte ich es von einem Ende der Welt zum anderen geschleppt.

Nach einer Weile erreichten wir eine Gruppe von Hütten mit kleinen grünen Bohnen-, Melonen-, Zwiebel- und Knoblauchfeldern dahinter. Rauch von Kochfeuern wehte über den Weg, und ich roch Brot und Fleisch. Der Geruch ließ meinen Magen knurren und erinnerte mich so daran, dass ich schon seit geraumer Zeit nichts mehr gegessen hatte. Ich blieb stehen und schaute mich um. »Glaubst du, wir könnten uns etwas zu essen erbetteln?«, fragte ich.

»Ja«, antwortete Wazim und sah sich ebenfalls um, »aber nicht hier.« Er setzte sich wieder in Bewegung.

»Warum nicht?«, erkundigte ich mich. »Ist es, weil sie Mohammedaner sind?«

»Schlimmer«, erwiderte Wazim und senkte die Stimme. »Es sind Heiden. Götzenanbeter. Sehr schlimme Leute.«

»Woher weißt du das?« Die Hütten schienen mir recht gewöhnlich zu sein. Es gab Tausende von ihnen entlang des Flusses.

Wazim wollte jedoch nicht mehr sagen, und so gingen wir weiter, durch eine kleine Siedlung nach der anderen, bis wir schließlich zu einer gelangten, in der Wazim anhielt. »Das hier sind Kopten«, erklärte er.

»Woher weißt du das?«, fragte ich erneut.

»Ein wahrer Kopte lebt stets in Sichtweite einer Kirche.« Er streckte die Hand aus und sagte: »Seht Ihr?«

Ich folgte seinem Finger und sah ein kleines weißes Gebäude mit einer glockenförmigen Kuppel, deren Spitze ein schlichtes Kreuz zierte; abgesehen davon war das Gebäude nur wenig bemerkenswert. »Wir werden schon bald etwas zu essen haben.«

Wir gingen zu der kleinen Kirche. Wazim klopfte an die Tür, die aus wenig mehr als aus Treibgut zu bestehen schien. Sein Klopfen wurde von einem alten Mann mit langem weißen Bart beantwortet, der eine schwarze Robe trug. Ein Auge des Mannes war eingefallen, die Höhle leer, und das andere war wässrig und trüb, doch er begrüßte uns mit einem zahnlosen Lächeln, presste die Hände zusammen und verneigte sich.

Wazim tat es ihm nach, und die beiden redeten kurz miteinander, aber leidenschaftlich in ihrer Sprache und begleitet von allerhand Gesten. Der alte Priester hob den Kopf, spie aus, packte mich dann am Arm und führte uns über die festgestampfte Erde zu einer winzigen Hütte, an deren Tür er mit der flachen Hand klopfte. Eine Frau öffnete daraufhin und spähte hinaus; nur ein Auge und ihre Nase waren zu sehen. Der Priester sprach ein paar Worte zu ihr, und sie schloss die Tür; einen Augenblick später öffnete sie sie wieder, und eine Hand mit zwei Eiern erschien.

Der alte Kopte nahm die Eier, segnete die Frau, und wir setzten unseren Weg fort. Das Ritual wiederholte sich am nächsten Haus, wo man uns drei runde, flache, kleine Brote gab und zwei grüne Zwiebeln. Nach drei weiteren Häusern hatten wir noch ein Ei, etwas Salz, vier getrocknete Feigen, eine Melonenscheibe und ein paar gesüßte Datteln eingeheimst – woraufhin ich der Nahrungssuche Einhalt gebot und Wazim bat, dem Priester für seine Hilfe zu danken.

Nachdem er mit dem Mann ein paar Worte gewechselt hatte, berichtete Wazim: »Er will unseren Dank nicht dafür, dass seine Leute Fremden in Not haben helfen dürfen. Heute haben sie sich eine große Belohnung im Himmel verdient.«

»Dann biete ihm unseren Segen an«, erwiderte ich. »Sag ihm, Gold und Silber hätten wir nicht, aber was wir besitzen, würden wir gern mit ihm teilen: den Segen des dreifaltigen Gottes, auf dass er seinen Leuten beistehen und ihnen Frieden und Wohlstand spenden möge – jetzt und in alle Ewigkeit. Amen.«

Dem alten Priester gefiel dieser Segen, und Wazim musste ihn zweimal wiederholen, damit der Mann ihn sich merken konnte. Wir verabschiedeten uns von ihm und suchten uns einen Platz am Ufer, wo wir einen guten Blick auf den Fluss hatten, um unsere Mahlzeit einzunehmen. Ich knickte ein paar Schilfhalme, um einen Ruheplatz für das Heilige Kreuz zu schaffen, sodass es nicht auf der nackten Erde liegen musste. Dann setzte ich mich vollkommen erschöpft daneben und begann zu essen.

Die Eier waren gekocht; also schälten wir sie und tunkten sie ebenso wie die Zwiebeln ins Salz. Nach einer so langen Fastenzeit schmeckten diese Speisen besser als manch anderes Festmahl. Ich saß im Schilf, spürte, wie die Sonne mir den Rücken wärmte, während ich auf den Fluss hinausblickte, und dachte an das Willkommen, das mich bald erwartete, und an meine Reise in die Heimat. Morgen um diese Zeit, so glaubte ich, würde ich schon auf dem Weg nach Hause sein.

Nach unserem Mahl setzten wir uns wieder in Bewegung. Sosehr es mir auch gefallen hätte, noch ein paar Augenblicke länger zu rasten, so begierig war ich darauf, Padraig und die anderen wiederzusehen. Ich wischte mir die Brotkrumen aus dem Schoß, stand widerwillig auf, warf mir das Bündel mit den ruinierten Papyri über die Schulter, nahm den Schwarzen Stamm und erklärte, dass wir uns beeilen müssten, wenn wir das Schiff noch vor Mittag erreichen wollten.

Wir gingen ein kurzes Stück, und hinter einer kleinen Anhöhe kam die Stadtmauer wieder in Sicht und dahinter der Fluss, der sich hier wieder gen Osten wand. Dann entdeckte ich das Pier und die breite Straße, die zu den Stadttoren führte. Irgendwo dort unten, inmitten der unzähligen Schiffe und Boote, wartete Jordanus' Schiff *Persephone* auf mich, um mich aus Ägypten fort und nach Hause zu bringen.

Hinter den Mauern stieg Rauch aus der Stadt empor. »Das«, erklärte mir Wazim, »ist der überdachte Markt.«

»Und das andere?« Eine zweite Rauchsäule stieg aus einem Viertel in der Nordstadt auf.

»Ah ... Das kommt von der Zitadelle her.«

Es hätte auch genauso gut der Palast sein können, der dort brannte. Nun erkannte ich, welches Wagnis Wazim wirklich auf sich genommen hatte, als er zurückgekommen war, um mich zu holen. »Ich danke dir, Wazim Kadi«, sagte ich. »Was du vergangene Nacht getan hast, war sehr tapfer. Ich stehe für immer in deiner Schuld.«

Er verbeugte sich leicht und erwiderte: »Ich habe nur getan, was jeder Christ für einen anderen getan hätte.«

»Nein«, berichtigte ich ihn und dachte an all den Verrat, die Untreue und den Betrug, die ich hatte erleben müssen, »du hast weit mehr als das getan, glaub mir. Du hast dein Leben für mich gewagt, und dafür danke ich dir. Ich werde es nicht vergessen.«

Die Trampelpfade und Wege entlang des breiten Nilufers verbanden eine Ansiedlung nach der anderen miteinander, so weit das Auge sehen konnte, und das auf beiden Seiten des Flusses. Wir durchquerten weitere kleine Siedlungen, und Wazim grüßte geflissentlich jeden, dem wir begegneten: eine alte Frau, die gebeugt von einem Bündel Stroh so groß wie sie selbst den Weg entlangging; zwei nackte Jungen, die ein Seil mit Fischen daran zwischen sich trugen; einen Mann mit einem Milchkrug in der einen und einer Kuh an der anderen Hand, und Frauen mit gebratenen Gänsen auf dem Weg zum Markt. Wazim grüßte sie alle, und das erinnerte mich daran, wie viel ich während meiner langen Gefangenschaft versäumt hatte.

Gegen Mittag näherten wir uns dem Pier. Aus den Pfaden und Wegen wurden Straßen, die sich immer mehr bevölkerten, je näher wir dem Stadttor kamen. Seit wir den Pier zum ersten Mal gesehen hatten, hatte ich nach Jordanus' Schiff Ausschau gehalten, und als wir den Anlegestellen immer näher kamen, entdeckte ich schließlich den vertrauten roten Mast inmitten des ungeordneten Waldes am entfernten Ende des Kais. Meine Schritte wurden immer schneller, während ich mich durch die Menschen drängte und Wazim hinter mir herzog. Ich rannte fast, als ich schließlich den leuchtend grünen Rumpf der *Persephone* sah.

Keuchend und schwitzend hielt ich kurz an, um wieder zu Atem zu kommen, bevor ich jene an Bord begrüßte. »Lauf weiter, Da'ounk«, drängte mich Wazim aufgeregt. »Sie warten auf dich.«

»Es ist schon lange her, seit ich zum letzten Mal so gerannt bin«, sagte ich und stellte den Kreuzesstamm vorsichtig auf den Kai. »Gib mir zumindest Zeit, mir den Schweiß aus der Stirn zu wischen.«

In ebendiesem Augenblick hörte ich eine vertraute Stimme rufen: »Duncan!«

Ich blickte auf und sah Padraig an der Reling stehen. Er winkte mir zu und rief dann jemandem auf dem Deck etwas zu, bevor er von Bord sprang. Mein Herz schlug schneller, und ich eilte ihm über den Pier entgegen. Und dann erschien ein weiteres Gesicht an der Reling, und der Anblick ließ mich mitten im Schritt innehalten: Gislebert, der Templer-Sergeant.

Im selben Augenblick bemerkte ich zwei weitere Templer auf dem Pier unmittelbar unter dem Bug der *Persephone*. Ich drehte mich zu Wazim um und sagte: »Rasch, Wazim. Tu genau, was ich dir sage. Nimm den Kreuzesstamm. Bleib hier, und beschütze ihn mit deinem Leben. Ich werde es dir später erklären. Was auch immer geschehen mag, gib ihn niemandem! Hast du verstanden?«

»Voll und ganz, mein Freund.« Er nahm den schlichten Balken von mir entgegen und baute sich auf dem Pier auf.

Ich drehte mich um, machte ein gutes halbes Dutzend Schritte und fand mich in Padraigs starken Armen wieder. »Halleluja!«, rief er und hob mich in die Höhe. »Du lebst und bist gesund, Duncan. Lob sei der Schnellen Sicheren Hand und ihrer schützenden Macht!«

Meine Freude ob des Wiedersehens mit Padraig wurde durch Gisleberts Anwesenheit arg gedämpft. Ich blickte zu Padraig, und mit echtem Dank in meinem Herzen machte ich mich sofort auf in Richtung Schiff und ließ einen zutiefst verwunderten Wazim zurück. Aber ich konnte nicht anders. Sosehr mein treuer Freund es auch verdiente, in die Feierlichkeiten mit einbezogen zu werden; ich konnte nicht zulassen, dass die Templer auch nur einen Blick auf die heilige Reliquie warfen – zumindest nicht, solange ich nicht wusste, wie die Dinge an Bord standen.

»Ich wusste, dass ihr mich holen kommen würdet«, sagte ich zu Padraig. Das Sprechen fiel mir schwer, denn ständig klopfte er mir überglücklich auf den Rücken, und immer wieder umarmte er mich und drückte mich an sich. »Keinen Augenblick lang habe ich daran gezweifelt.«

»Oh, Duncan, Duncan, Duncan«, sagte der Mönch und nahm mein Gesicht in beide Hände, »sieh dich doch nur einmal an. Die Erde und der Himmel seien meine Zeugen: Es scheint, als wärst du nur mal eben den Pier hinuntergegangen und sofort wieder zurückgekehrt, so gesund siehst du aus. Geht es dir gut, mein Bruder?«

Bevor ich darauf antworten konnte, sagte er: »Wir haben dir viel zu erzählen. Oh, wie ich für diesen Tag gebetet habe!« Er lachte lauthals auf und schüttelte ungläubig, aber glücklich den Kopf. »Lob sei Gott! Ihr himmlischen Heerscharen lobet ihn! Der verlorene Sohn ist gefunden! Lobet ihn, ihr Engel! Ihr Heiligen, singt und lobpreiset ihn …!«

»Hör mir zu, Padraig«, unterbrach ich ihn, obwohl ich es hasste, ihn aus seiner Freude zu reißen. »Es ist auch schön, dich zu sehen, doch es gibt da etwas, was ich dir sagen muss, bevor wir das Schiff betreten.«

Er blickte mich an und blinzelte fröhlich. »Sprich, mein Bruder. Ich werde dir den ganzen Tag lang zuhören, nur um den Klang deiner Stimme zu genießen.«

»Ich meine es ernst, Padraig. Hör mir zu.«

Das Lächeln verschwand aus dem Gesicht des Priesters. »Dann sprich. Ich höre zu.«

Wir hatten das Schiff fast erreicht. »Ich habe keine Zeit, dir jetzt alles zu erklären. Wir müssen Kairo so rasch wie möglich verlassen; aber zuerst müssen wir Gislebert und die Templer loswerden ... Schick sie sofort zu irgendeinem Auftrag aus.«

»So bald schon?«

»Je eher, desto besser.«

Der Priester akzeptierte dies ohne weitere Fragen. »So soll es sein.«

»Duncan!« Der Klang der Stimme zog meine Aufmerksamkeit auf sich. Es war Jordanus, der mir zuwinkte und mich fröhlich willkommen hieß; unmittelbar neben ihm stand seine dunkelhaarige Tochter. Sydonis Lächeln wirkte weit feinsinniger. Ich vermochte nicht zu sagen, ob sie sich nun freute, mich wiederzusehen, oder ob sie sich nur über mein abgerissenes Aussehen amüsierte.

»Duncan, mein Sohn, mein Sohn!« Jordanus packte und drückte mich im selben Augenblick an seine Brust, da ich über die Reling aufs Deck der *Persephone* kletterte. »Dank sei Gott, du bist in Sicherheit und endlich hier ...« Dem alten Mann traten die Tränen in die Augen. »Endlich bist du hier.« Wieder drückte er mich an seine Brust. »Gott und all seine Engel seien gepriesen; du bist in Sicherheit.« Er klopfte mir immer wieder auf den Arm, als wolle er sich vergewissern, dass ich wirklich in Fleisch und Blut vor ihm stand.

»Willkommen, Duncan«, sagte Sydoni mit ihrer tiefen, sanften

Stimme. Sie lächelte und bot mir sittsam ihre Wange an. »Es ist schön, dich wieder heil und gesund bei uns zu haben.« Verglichen mit dem überschwänglichen Willkommen ihres Vaters mangelte es dem ihren nicht nur an Wärme; es war auch recht widersprüchlich – wenn auch nicht aus Schüchternheit, wie ich glaubte, denn ihre Augen glänzten stolz wie eh und je.

Mutig stellte ich mich ihrem kühlen Verhalten, küsste sie auf die Wange und drückte ihr die Hand. »Es ist auch schön, dich wiederzusehen, Sydoni.«

Gislebert, der die ganze Zeit über ein wenig abseits gestanden und uns beobachtet hatte, trat nun vor mich. Er streckte die Hand aus und sagte: »Lob sei Gott, mein Freund. Seit Tagen arbeiten wir nun schon auf Eure Befreiung hin.« Ich ergriff seine Hand und dankte ihm. »Wir sind froh, dass Ihr frei seid.«

»Das sind wir in der Tat, ja«, sagte Jordanus. »Wir haben dich nicht einen Augenblick lang vergessen; das kann ich dir versichern. Willkommen, Duncan.« Er ergriff meine Hand. Der Händler strahlte förmlich vor Freude und tanzte von einem Fuß auf den anderen; er konnte sich kaum zurückhalten. »Willkommen, mein Junge. Lob sei unserem Herrn und Erlöser Jesus Christus.«

»Ist das alles, was Ihr bei Euch habt?«, fragte Gislebert und deutete auf das durchnässte Papyrusbündel.

»Ja«, antwortete ich ihm. »Ich habe einen Bericht über meine Gefangenschaft angefertigt, und ich hatte gehofft, ihn mit hinauszubringen. Leider ist er ruiniert.«

»Lass mich mal einen Blick darauf werfen«, sagte Padraig und nahm mir das Bündel ab.

»Und wer ist das da bei Euch auf dem Kai?«, fragte Gislebert und nickte auf die von Menschen wimmelnde Mole. Für jemanden, der sich lediglich über meine wiedererlangte Freiheit freute, war der Templer-Sergeant für meinen Geschmack ein wenig zu sehr an den Einzelheiten meiner Befreiung interessiert.

»Das ist Wazim«, erklärte ich so wahrheitsgemäß wie möglich, »ein Führer, der mir geholfen hat, das Schiff zu finden.«

»Woher habt Ihr gewusst, dass wir mit dem Schiff hier auf Euch warten?« Das Misstrauen in Gisleberts Stimme war unverkennbar.

Auch Jordanus und Padraig entging das nicht, und sie warfen dem Templer tadelnde Blicke zu. Sydoni jedoch schien sehr interessiert an meiner Antwort zu sein; sie lehnte in ihrem blauen Kleid an der Reling, hatte die Arme vor der Brust verschränkt und hob eine Augenbraue – wie ein zweifelnder Richter, der mich einlud, mein Bestes zu tun, um den Sachverhalt zu erklären.

»Er wird von uns gehört haben. Wir haben ihn ebenfalls gesucht, erinnert Ihr Euch?«, schalt Jordanus. Er trat rasch vor und umarmte mich erneut. »Kommt. Lasst uns die Rückkehr unseres Freundes feiern! Padraig, lass uns die Becher füllen und auf Duncans Wohl trinken.«

»Verzeiht mir«, sagte Gislebert hochmütig. »Ich wollte lediglich wissen, ob Ihr vielleicht Komtur de Bracineaux gesehen habt.«

»Wie hätte ich ihn wohl sehen sollen?«, fragte ich lächelnd. »Hat er auch nach mir gesucht?«

»Als die Unruhen begannen, ist er zum Palast geeilt, um zu sehen, ob er Euch vielleicht retten könnte«, antwortete der Sergeant. »Ich habe gedacht, er sei es gewesen, der Euch befreit hat.«

»Ich bete, dass ihm nichts geschehen ist«, mischte sich Padraig rasch ein. Der listige Priester hatte die Gelegenheit erkannt und beschlossen, sie beim Schopf zu packen. »Vielleicht solltet Ihr ihn suchen gehen.«

Unentschlossen runzelte Gislebert die Stirn. Ihm gefiel ganz und gar nicht, in welche Richtung sich die Dinge entwickelten, aber er war nicht schnell genug, um etwas dagegen zu unternehmen. »Ich glaube, der Priester hat Recht«, fügte Jordanus unschuldig hinzu. »Ja, geht sofort, Gislebert. Komtur de Bracineaux könnte Euch brauchen.«

»Mein Befehl lautet, hier mit Euch zu warten«, erwiderte der Sergeant bedrückt.

»Und das habt Ihr auch getan«, mischte sich Sydoni plötzlich ein. Sie trat vor, ergriff Gisleberts Arm und drehte ihn zur Reling um. »Dank Euch und der Umsicht des guten Komturs ist alles in Ordnung. Wir kommen hier ganz gut allein zurecht – zumindest, solange Ihr fort seid, um zu sehen, ob Eure Hilfe andernorts benötigt wird.«

Die Falten auf Gisleberts Stirn vertieften sich. Sydoni hatte ihn sanft bis an die Reling geführt. Unfähig, ihr noch länger zu widersprechen, sagte er: »Also gut, wenn Ihr glaubt …«

»Macht Euch keine Sorgen um uns«, unterbrach ihn Sydoni. »Eure Pflicht gilt jetzt Eurem Komtur.«

»Ohne Zweifel wird es ihn freuen, von Duncans sicherer Rückkehr zu erfahren«, sagte Padraig. »Es wäre gut, ihm so rasch wie möglich davon zu berichten, damit er sich keine unnötige Mühe macht.«

Widerwillig kletterte der Templer über die Reling. »Ich werde den Komtur davon in Kenntnis setzen, dass Herr Duncan wieder zurückgekehrt ist«, sagte er, warf mir einen letzten misstrauischen Blick zu und sprang aufs Kai. Er rief den zwei Templern vor dem Schiff zu, ihn zu begleiten, und gemeinsam eilten die drei davon. Wir blickten ihnen hinterher, bis sie außer Sichtweite waren.

»Jordanus«, fragte ich, »wie schnell ist das Schiff bereit abzulegen?«

Von der Frage überrascht zögerte er kurz. »Du willst absegeln? Aber der Komtur wird …«

»Wie bald?«

»Nun, sobald wir ein paar Vorräte an Bord genommen haben«, erwiderte er nachdenklich. »Ich weiß, dass du begierig darauf bist, nach …«

»Vorräte können wir auch unterwegs aufnehmen«, unterbrach ihn Sydoni, und an mich gewandt sagte sie: »Wir können sofort ablegen, wenn es das ist, was du willst.«

»Wir können Komtur de Bracineaux doch nicht einfach hier zurücklassen, ohne ihm zumindest …«, begann Jordanus.

»Vater, ich glaube, Duncan möchte den Templern aus dem Weg gehen«, sagte Sydoni und blickte auf der Suche nach Bestätigung zu mir.

»Das ist wahr«, gestand ich. »Ich weiß, dass ihr alle sehr viel um meinetwillen getan habt, aber ich fürchte, ich muss euch bitten, mir noch ein wenig länger zu helfen. Verrat ist hier am Werk, und ich fürchte, wir können Komtur de Bracineaux nicht mehr vertrauen. Wir müssen sofort aufbrechen.«

»Der Steuermann schläft unter Deck«, sagte Sydoni. »Ich werde ihn aufwecken. Du und Padraig, ihr könnt schon mal alles vorbereiten.«

Sydonis plötzlicher Stimmungswechsel überraschte mich, doch mir blieb keine Zeit, länger darüber nachzudenken. »Ich werde Wazim holen«, sagte ich zu Padraig und sprang über die Reling. »Macht schon mal die Leinen los.«

Ich eilte zu der Stelle, wo ich Wazim zurückgelassen hatte, und fand ihn mit verschränkten Beinen und geschlossenen Augen auf dem Kai sitzend. Die heilige Reliquie war nirgends zu sehen. »Wo ist der Stamm?«, verlangte ich in scharfem Tonfall zu wissen. »Was hast du damit gemacht?«

»Beruhigt Euch, mein Freund.« Wazim lächelte, stand auf, und ich sah, dass er auf der Reliquie gesessen hatte. »Möge Gott mir verzeihen«, er lachte leise und bückte sich nach dem heiligen Gegenstand; »aber was ein Dieb nicht sieht, das kann er auch nicht stehlen.«

Ich zog mein Hemd aus und wickelte es rasch um das Heilige Kreuz; dann eilten wir zum Schiff zurück. Inzwischen waren der Steuermann und zwei Matrosen geweckt worden, die nun müde damit beschäftigt waren, das Schiff zum Auslaufen bereitzumachen. Jordanus und die anderen kannten Wazim natürlich bereits, und sie hießen ihn willkommen und fragten ihn nach dem Grund für unsere Verspätung. »Wir haben euch schon letzte Nacht erwartet«, sagte Jordanus.

Ich überließ es Wazim, alles zu erklären, und ging unter Deck, um dort das Kreuz zu verstauen. Neugierig wollte Padraig mir folgen, doch ich bat ihn, zurückzubleiben und dafür zu sorgen, dass niemand zu mir hinunterkam. »Ich werde dir alles erzählen«, versprach ich ihm, »sobald wir die Stadt hinter uns gelassen haben.«

Ich stieg die kurze Holztreppe hinunter und bemerkte, dass Sydoni mich aufmerksam beobachtete. Unten angekommen versteckte ich den Kreuzesstamm im Laderaum zwischen den Körben und Kisten mit Proviant; dann gesellte ich mich wieder zu den anderen auf Deck. Ich stellte mich an die Reling und hielt nervös nach irgendwelchen Anzeichen Ausschau, die auf die Rückkehr der Templer hindeuteten; doch de Bracineaux erschien nicht. Ein paar Augenblick später legte die *Persephone* dann ab, und wir verließen Kairo, um niemals wieder zurückzukehren.

Der von grünen Feldern gesäumte Nil wand sich sanft vor uns und trug die *Persephone* Richtung Norden nach Alexandria und zum Meer. Ich stand am Bug und beobachtete, wie das Schiff durchs Wasser glitt, während wir uns immer mehr von den winzigen Ufersiedlungen entfernten, und blickte zu den beiden Rauchsäulen in der Ferne – das war alles, was noch von Kairo zu sehen war, und auch das verschmolz bald mit dem strahlend blauen Sommerhimmel und war verschwunden.

Ich stieg hinunter in den Laderaum, holte meinen Preis hervor und gesellte mich wieder zu den anderen, die sich um den Mast versammelt hatten, wo Wazim Kadi ihnen von unserer Flucht aus dem Palast berichtete. Jordanus und Sydoni saßen auf Kissen, und Padraig lag auf den Planken und hatte den Ellbogen auf einen Teppich gestützt; sie alle lauschten aufmerksam meinem kleinen Wärter und Freund, der aus unserer mühseligen Flucht eine bunte Geschichte voller Abenteuer machte.

»Und das!«, sagte Wazim stolz und deutete schwungvoll auf das Bündel, welches ich auf den Teppich vor die Zuhörer legte. »*Das* ist das Heilige Kreuz Christi, gerettet aus dem Schatzhaus des Kalifen al-Hafiz.«

Padraig richtete sich auf die Knie auf, und Jordanus und Sydoni rückten neugierig näher, als ich langsam die heilige Reliquie enthüllte. Ich schlug den Stoff beiseite, und darunter kam das dunkle, uralte Holz zum Vorschein. Padraig verschlug es den Atem. Er streckte die Hand aus, zögerte dann aber.

»Mach ruhig«, sagte ich. Der Priester senkte die Hand und strich mit zitternden Fingern über das vom Alter glatt polierte Holz. Das Sonnenlicht enthüllte etwas an dem Stamm, das mir bis jetzt nicht aufgefallen war: eine schmale, tiefe Spalte in der Mitte, die – so konnte ich mir vorstellen – durchaus von einem Nagel stammen konnte.

Padraigs Finger fanden die Spalte, und er schnappte hörbar nach Luft. »An diesem schlichten Balken hat unser Herr und Erlöser, Gottes eingeborener Sohn, sein Blut zu unserer Erlösung vergossen«, sagte er. Die Stimme drohte ihm zu versagen, und Tränen liefen ihm die Wangen hinab. »Seht her«, sagte er, »dieser schlichte schwarze Stamm gibt Zeugnis dafür, dass unsere Hoffnung nicht umsonst ist.«

Den Finger in der Spalte sagte der Priester, mit Tränen in den Augen: »Hier wurde der grausame Nagel hineingetrieben, der Adern durchstieß, Knochen brach und Sehnen durchschnitt – jener Nagel, der unseren Herrn Jesus Christus tötete. Aber die Weisheit unseres Vaters im Himmel umfasst Dinge, von denen die Herzen der Menschen nicht zu träumen wagen. In ihm ist vereint, was geteilt war, und was zerrissen und zerbrochen war, ist wieder eins.

Durch den von Nägeln zerrissenen Leib ist die Kluft zwischen Zeit und Ewigkeit wieder geschlossen worden. Im Tod von Gottes eingeborenem Sohn ist das ewige Leben geboren worden, denn die Schnelle Sichere Hand hat ihn nicht im Grab gelassen, sondern er ist am dritten Tage auferstanden. Und alle, die an diesem Heiligen Stamm festhalten, werden dereinst ebenfalls auferstehen.«

Daraufhin schwiegen wir eine Zeit lang und betrachteten die kostbare Reliquie, deren schlichter Anblick unsere Herzen mit dem Wissen erfüllte, dass Gott in seiner Macht alle Dinge stets zu einem guten Ende führt, auf dass uns am Ende aller Tage die Erlösung erwarte.

»In Antiochia haben wir gehört, dass das Kreuz verloren worden sei«, sagte Jordanus nach langem Schweigen. »Ich hätte nie geglaubt, dass ich es je mit eigenen Augen sehen würde.« Auch er strich ehrfürchtig über das alte Holz – so wie vermutlich schon unzählige Menschen vor ihm seit jenem Morgen, als die Frauen aus dem leeren Grab gerannt waren, um den Zwölfen zu berichten, dass ihr Herr verschwunden war. Für die Gläubigen war dies eine natürliche Reaktion, ähnlich wie bei Liebenden, die sich unbewusst an den Händen hielten, um dem anderen ihre Zuneigung zu zeigen.

»Ich danke dir, Duncan«, sagte er, und seine Augen wurden trüb. »Ich weiß, dass ich nicht mehr lange in dieser Welt weilen werde.«

»Vater, nein«, schalt ihn Sydoni sanft.

»Sieh mich an«, forderte er seine Tochter auf. »Das ist die Wahrheit. Ich bin ein alter Mann; doch dank Duncan werde ich nun frohen Mutes ins andere Leben hinübergehen.«

»Aller Dank gebührt dir, Jordanus«, erwiderte ich. »Wärst du nicht gewesen, wäre ich noch immer ein Gefangener, und das Heilige Kreuz wäre für die Welt verloren.«

Seine Worte standen nicht im Einklang mit dem, was ich von de Bracineaux im Schatzhaus des Kalifen gesehen hatte; doch ich hielt meine Zunge im Zaum und ließ ihn zu Ende reden.

»Ich verstehe nun, warum du Kairo ohne Verzögerung verlassen wolltest«, sagte Jordanus; »aber wenn es dir nichts ausmacht, dann sag mir doch bitte, warum du so begierig darauf warst, die Templer zurückzulassen. Hattest du Angst, sie würden dir das Kreuz abnehmen?«

»Hätten sie gewusst, dass ich es habe, hätte sie nichts davon abhalten können«, erwiderte ich.

»Aber es gehört ihnen doch auch rechtmäßig«, erklärte mir Jordanus. »Oder zumindest gehört es der Stadt Antiochia.«

Damit stimmte ich absolut nicht überein, doch ich brachte es nicht über mich, Jordanus zu widersprechen. Also sagte ich stattdessen: »Erzählt mir, woher ihr wusstet, dass ihr mich in Kairo suchen müsst.«

»Aaah … Nun das ist eine lange Geschichte«, sagte Padraig und machte es sich bequem.

»Aber wenn wir sie dir erzählen sollen«, meldete sich Sydoni zu Wort, »dann werde ich uns vorher ein paar Becher holen.« Wazim gefiel dieser Vorschlag, und er eilte Sydoni hinterher, um ihr zu helfen. Es dauerte nicht lange, und er kehrte mit mehreren Brotlaiben und Weinkrügen wieder zurück. Sydoni folgte ihm mit den Bechern und drei Schüsseln auf einem Holztablett. Die eine war mit Olivenöl und geriebenem Knoblauch gefüllt, die andere mit Salz, gemischt mit schwarzem Pfeffer, und die dritte war leer. Sie stellte das Tablett aufs Deck und verteilte die Becher.

»Zuerst haben wir nicht gewusst, dass du gefangen genommen wurdest«, berichtete Jordanus und schenkte sich Wein ein; dann reichte er den Krug an mich weiter. Ich tat es ihm nach und gab den Wein an Padraig. »Wir dachten, du wärst unmittelbar hinter uns, als wir vor den Seldschuken flohen. Erst als Padraig anhielt und zurückblickte, bemerkten wir, dass du nicht länger bei uns warst.«

»Ich wünschte, ich hätte vorher zurückgeblickt«, bemerkte Padraig und reichte den Krug an Wazim.

In der Zwischenzeit hatte Sydoni das Brot gebrochen und in die leere Schüssel gelegt, die sie dann vor uns stellte. »Als wir schließlich umkehrten, um dich zu suchen«, sagte sie, »hatten die Seldschuken dich bereits fortgeschleppt.«

»Wir haben dein Pferd gefunden«, fuhr Jordanus fort, »aber das war alles. Es blieb uns nichts anderes übrig, als nach Anavarza zurückzureiten und dort um Hilfe zu bitten.« Traurig schüttelte er den Kopf. »Das war keine gute Idee. Es war schrecklich.«

»Was? Warum?«, fragte ich. Wäre ich an ihrer Stelle gewesen, ich hätte das Gleiche getan.

»Die Seldschuken haben sich nicht damit zufrieden gegeben, Bohemunds Heer zu vernichten«, erklärte Jordanus ernst. »Sie haben beschlossen, die Armenier dafür zu bestrafen, dass sie ihren Tribut nicht gezahlt hatten. Sie haben die Stadt angegriffen. Das muss kurz nach unserem Aufbruch geschehen sein. Wie du weißt, waren Seldschuken ja bereits in der Stadt, und da sich die königliche Familie und alle Edlen auf Fürst Leos Beisetzung befanden, war es ihnen ein Leichtes, die Kirchentüren zu verriegeln und die Garnison zu besetzen.«

»Diejenigen, die Widerstand leisteten, wurden an Ort und Stelle erschlagen«, fügte Sydoni traurig hinzu.

Jordanus nahm ein Stück Brot, tunkte es zunächst ins Olivenöl und dann ins Salz und kaute nachdenklich darauf herum. »Es gab nur wenig Widerstand«, bemerkte er.

»Was ist mit Roupen und seiner Familie geschehen?«, fragte ich besorgt.

»Viele sind aus der Stadt geflohen«, erzählte Padraig. »Wir haben sie auf der Straße getroffen, und sie haben uns gesagt, die königliche Familie sei beim Gebet erschlagen worden – allerdings wissen wir nichts Genaues.«

»Niemand wusste etwas Genaues, abgesehen davon, dass die Seldschuken die Stadt in ihrer Gewalt hatten.« Sydoni bot mir das Brot an. »Sie haben die Tore geschlossen, und niemand durfte hinein oder hinaus.«

»Wir hatten keine andere Wahl, als wieder umzudrehen und nach Mamistra zu reiten«, sagte Padraig. »Wie du weißt, ist das ein Acht-Tage-Ritt ... Nun, wir haben es in sechs geschafft, und wir bereuten jeden Tag, da wir nicht nach dir suchen konnten. Ich wünschte, wir hätten eine andere Möglichkeit gehabt, aber was blieb uns übrig? Unsere einzige Hoffnung bestand darin, so schnell wie möglich nach Antiochia zu gelangen. Sobald wir Mamistra erreicht hatten, segelten wir nach Sankt Simeon, und von dort eilten wir nach Antiochia, um zu berichten, was geschehen war.«

»Nach Bohemunds Niederlage waren nur noch wenige übrig, um Antiochia zu verteidigen«, berichtete Jordanus. »Der törichte Fürst hatte seine gesamte Streitmacht mitgenommen und nur die Templer zurückgelassen. Das war sehr, sehr dumm. Erinnere dich meiner Worte: Er wird sich dafür am Tag des Jüngsten Gerichts verantworten müssen.«

Ich nickte, tunkte mein Brot ins Öl und begann missgelaunt darauf herumzukauen. »Emir Ghazi hat sein großes Glück erkannt«, berichtete ich ihnen. »Er hat nicht einen Augenblick verschwendet und ist sofort nach Damaskus geeilt, um Unterstützung für die Belagerung von Antiochia anzuwerben.«

»Ja«, erklärte Jordanus. »Wir waren dort, als der Angriff begonnen hat.«

»Komtur de Bracineaux hat Boten nach Jerusalem entsandt, um Truppenunterstützung zur Verteidigung der Stadt zu erbitten. Wir verbrachten eine ganze Reihe sorgenvoller Tage dort und warteten darauf, welches Heer die Stadt als erstes erreichen würde: das der Templer oder das der Seldschuken«, sagte Padraig. »Am Ende waren es die Templer, die als Erste eintrafen, doch Emir Ghazi war kurz hinter ihnen. Der Stadt blieben nur zwei Tage, um sich vorzubereiten; dann begann die Belagerung. Zunächst lief es nicht schlecht, aber dann brach die Ruhr aus, und es war schwer, noch sauberes Wasser zu finden.«

»Hätte Jerusalem keinen Entsatz geschickt«, fügte Sydoni hinzu und schenkte mir frischen Wein ein, »ich weiß nicht, was wir getan hätten.«

Wir aßen unser Brot und tranken unseren Wein, und auch wenn ich mich zunächst etwas seltsam fühlte, nachdem ich so lange Zeit allein in Gefangenschaft verbracht hatte, so gewöhnte ich mich doch rasch wieder an die Gesellschaft anderer. Aber es war ein seltsames Gefühl, von Dingen zu hören, die mich direkt betrafen, doch von denen ich nur einen Teil kannte, wenn überhaupt.

Ich blickte meine um mich herum versammelten Freunde der Reihe nach an und dankte ihnen im Stillen für ihre Treue und Beharrlichkeit um meinetwillen: Jordanus, leidenschaftlich wie ein Jüngling, sodass man ihm sein Alter kaum anmerkte, und noch immer schlank … und neben ihm Sydoni mit ihrem dunklen Haar und dem gefühlvollen Blick, wachsam und stets ein wenig reserviert, ein Geheimnis, das darauf wartete, enthüllt zu werden … und der lächelnde Wazim mit seinem dunklen Gesicht, der mutig in eine unbekannte Welt hinausfuhr und den Gott mit einem Übermaß an gutem Willen gesegnet hatte … und Padraig, der wahre Freund meiner Seele, mein weiser Ratgeber und ein Segen als Gefährte, sei es nun für eine Pilgerfahrt oder fürs Leben … Der Herr hatte mich über die Maßen reich beschenkt, und während die Sonne meinen Rücken und der Wein meinen Bauch wärmte, wusste ich, dass mich die starken Arme einer Liebe hielten, die weit größer war als alles, was ich mir je hätte erträumen können.

»Was ist dann passiert?«, fragte ich und wünschte plötzlich, dass dieser Tag nie enden und dass ich auf ewig mit meinen Freunden hier beisammensitzen und die Zeit stillstehen würde.

»Nachdem die Templer Jerusalem verlassen hatten«, antwortete Jordanus, »hat König Balduin Boten nach Jaffa und Akkon entsandt, um sie zu bitten, in seiner Abwesenheit die Heilige Stadt zu bewachen. Es hatte lange gedauert, bis sie kamen, denn in diesen Tagen werden Kämpfer überall gebraucht, und niemand kann welche entbehren.« Reumütig schüttelte er den Kopf. »Bohemunds verwerfliche Dummheit wird das Heilige Land einen hohen Preis kosten, und das noch auf Jahre hinaus.«

»Schließlich gelang es Balduin, ein ausreichend großes Heer aufzustellen, um Antiochia zu entsetzen«, erzählte Padraig die Geschichte weiter. »Die Belagerung dauerte länger, als Ghazi erwartet hatte, und als Balduin schließlich eintraf, hatten die Seldschuken kaum noch Unterstützung aus den eigenen Reihen. Der Rest floh beim Anblick von Balduins Rittern, auch wenn es insgesamt nicht mehr als siebenhundert waren.«

»Die Seldschuken besitzen nicht den Mut für eine richtige Schlacht«, warf Wazim ein. »Stellt Euch ihnen entschlossen entgegen, und sie kneifen den Schwanz ein und laufen davon. Sie sind feige Hunde.«

»Gott weiß, dass das die Wahrheit ist«, stimmte ihm Jordanus zu. »Niemand war glücklicher als wir, Balduin und seine Kreuzfahrer triumphierend durch die Stadttore reiten zu sehen. Außerdem hatten sie gute Neuigkeiten; sie brachten die Nachricht mit, dass einige von Bohemunds Rittern das Gemetzel überlebt hatten und dass man diese Ritter nach Damaskus gebracht hatte, wo sie gegen ein Lösegeld wieder freigelassen werden sollten. Die Seldschuken hatten allerdings einen hohen Preis für die Überlebenden festgesetzt: zehntausend Dinar.

Ich habe noch immer viele Freunde in Damaskus, und so bereiteten wir alles vor, um uns dorthin zu begeben. Unglücklicherweise lief es in Damaskus nicht allzu gut. Es fiel uns ausgesprochen schwer, verlässliche Informationen von den Höflingen des Atabeks zu erhalten. Man sagte uns, dass du dort seist und dass man dich freilassen würde, wenn ich das Lösegeld zahle. Aber als ich ihnen das Geld brachte, konnten sie dich nicht mehr finden.« Er hielt kurz inne und schüttelte den Kopf. »Wir fürchteten schon, man hätte dich hingerichtet.«

»Gefangene, für die kein Lösegeld bezahlt wird, werden oft zum Vergnügen ihrer Peiniger getötet«, bemerkte Wazim.

»Aber dann kam Renaud«, sagte Padraig.

»Er kam nach Damaskus?« Ich konnte das Misstrauen in meiner Stimme kaum verbergen. Sydoni bemerkte das und warf mir einen wissenden Blick zu; den anderen schien es jedoch entgangen zu sein. »Warum?«

»Ebenfalls um Gefangene freizukaufen«, antwortete Jordanus. »Seine Ankunft war ein Glück für uns, denn ihm gelang es, herauszufinden, was mit dir geschehen war.«

Ja, dachte ich, ohne Zweifel haben die Fedai'in es ihm erzählt. An Jordanus gewandt sagte ich: »Ihr habt also erfahren, dass man mich nach Kairo gebracht hat.«

»Und so sind wir so schnell wie möglich hierher gekommen.«

»Wann seid ihr eingetroffen?«

»Vor sieben Tagen«, antwortete Padraig.

Ich versuchte, mich daran zu erinnern, was für ein Tag das gewesen war, doch ich hatte alles Zeitgefühl verloren. »Dann wart ihr also schon hier, bevor der ganze Ärger angefangen hat?«

»Wesir Hassan hat die Emire vor genau zwei Tagen ermorden lassen«, sagte Wazim.

»Ja«, bestätigte Jordanus; »danach begann dann alles.«

»Ich verstehe.« Ich wusste aus tiefstem Herzen, dass ich Recht hatte, was Renaud betraf, doch vor Jordanus, seinem Freund, wollte ich nicht schlecht über ihn sprechen.

»Du siehst besorgt aus«, bemerkte Padraig. »Stimmt etwas nicht?«

»Ich bin müde«, antwortete ich. »So viel habe ich schon seit langem nicht mehr geredet. Ich hatte vergessen, wie anstrengend das sein kann.«

»Du solltest dich etwas ausruhen«, schlug Sydoni vor. »Unter Deck gibt es einen Raum, wo dich niemand stören wird.« Sie stand auf. »Komm mit; ich werde ihn dir zeigen.«

»Ja, geh mit ihr. Wir können heute Abend noch miteinander reden«, sagte der alte Mann. »Mach es ihm bequem, Sydoni.«

Ich erhob mich auf die Knie, nahm den Schwarzen Stamm und legte ihn in Padraigs Hände – zusammen mit der Verantwortung, ihn zu behüten. »Glaubst du, du kannst einen sicheren Platz dafür finden?«

»Es wird mir eine Freude und eine Ehre sein«, erwiderte der Mönch und verneigte sich respektvoll, als er die wertvolle Reliquie entgegennahm.

Ich zog mein Hemd wieder an, in das ich den Kreuzesstamm gewickelt hatte, und folgte Sydoni nach vorne zu einer Klappe im Deck, unter der eine Holztreppe in einen kleinen, fast vollkommen kahlen Raum führte, der vom Laderaum abgetrennt war, wo unser Proviant und für gewöhnlich die Ladung aufbewahrt wurde. Ruhig und dunkel war der Raum, den Sydoni sich mit ihrem Vater teilte – das einzige Licht stammte von einem Holzgitter im Deck über uns –, und er enthielt zwei lange Strohsäcke in hölzernen Bettkästen, die man an dem geschwungenen Schiffsrumpf befestigt hatte. Die Strohsäcke waren mit Leinentüchern und Kissen bedeckt, was zwei einladende Betten ergab.

Ich dankte Sydoni und setzte mich auf den Rand des Bettes, um mir die Stiefel auszuziehen. Sydoni beobachtete mich einen Augenblick lang und machte keinerlei Anstalten zu gehen. »Ich schulde dir und deinem Vater großen Dank«, sagte ich. »Ich werde es euch zurückzahlen … oder zumindest werde ich es versuchen.«

Sie lächelte. »Das brauchst du nicht.«

Ich dankte ihr erneut, doch anstatt mich allein zu lassen, setzte sie sich auf die Kante des anderen Bettes, und mir stieg der Duft von Sandelholz und Gewürzen in die Nase, mit denen sie ihr Haar und ihre Kleider parfümierte. »Du machst dir Sorgen wegen de Bracineaux.« Sie hob die Augenbrauen, als wolle sie mich herausfordern, ihr zu widersprechen.

»Ist das so offensichtlich?«

»Für meinen Vater vielleicht nicht«, räumte sie ein; »aber er neigt dazu, nur das zu sehen, was er sehen will.«

»Und du, Sydoni? Was siehst du?«

»Ich sehe einen Mann, der jedes Mal zusammenzuckt, wenn man den Namen Templer auch nur erwähnt.«

»Ich zucke nicht zusammen.«

»Du zuckst wie eine alte Frau mit Zahnschmerzen.«

»Eine alte Frau …« Der Vergleich war mir egal.

Sydoni lachte, und das Geräusch betörte und beschämte mich zugleich. »Es hat etwas mit dem Heiligen Kreuz zu tun, nicht wahr?«

»Ja«, gestand ich. »Ich gebe zu, dass das nun wirklich offensichtlich ist.«

Sie nickte und wartete darauf, dass ich weitersprach. Als ich jedoch schwieg, schnaufte sie: »Nun, du musst nichts sagen, wenn es dir zu schwer fällt.«

»Ich will es dir ja sagen. Es ist allerdings nicht einfach.«

»Das sagen die Leute nur«, bemerkte sie gereizt, »wenn sie nicht wissen, wie viel sie auslassen sollen.«

Ich hatte vergessen, wie launisch sie sein konnte: Wie das Wetter, so konnte auch Sydoni im einen Augenblick ruhig und sanft sein, doch nur, um sich im nächsten in einen Gewittersturm zu verwandeln.

»Wenn ich daran gedacht haben sollte, irgendetwas auszulassen«, erwiderte ich allmählich ungeduldig, »dann nur, um deine Gefühle zu schonen.«

»Meine Gefühle?« Sie neigte den Kopf zur Seite und betrachtete mich, als sei ich plötzlich wahnsinnig geworden. »Ich hege keine Gefühle für Komtur de Bracineaux.«

»Dann eben die Gefühle deines Vaters. Ich weiß, dass sie Freunde sind.«

»Ts! Du verlangst von uns, Kairo mit ungehöriger Eile zu verlassen«, schnappte sie, »um so den Templern aus dem Weg zu gehen, und jetzt machst du dir Sorgen um die Gefühle meines Vaters?«

Ich war müde, und es war ohnehin sinnlos, mit ihr zu streiten. »Ich vermute, dass die Templer mit den Fedai'in im Bunde sind«, sagte ich.

»Ich hab's gewusst!«, schrie Sydoni und packte mich erregt am Arm. »Ich *wusste*, dass er uns belogen hat. Der gute und freundliche Herr de Bracineaux hat bei jedem Wort gelogen, das über seine verräterischen Lippen gekommen ist.«

Unnötig zu sagen, dass ihre Reaktion mich überraschte – egal wie dankbar ich ihr für ihre Offenheit auch sein mochte.

»Er hat uns gesagt, er würde alles in seiner Macht Stehende tun, um für deine Freilassung zu sorgen«, sagte sie, und die Worte sprudelten förmlich aus ihr heraus. »Als Vater ungeduldig wurde, hat er uns gesagt, wir sollten warten und beten, wir sollten alles ihm überlassen und dass die Verhandlungen einen entscheidenden Punkt erreicht hätten – nur ein unbedachtes Wort, und wir würden alles verlieren, hat er gesagt. Lügen! Alles Lügen!«

»Und dann hat Jordanus sich an die Kopten gewandt«, vermutete ich.

»Stimmt. Das war sein erster Gedanke«, bestätigte mir Sydoni. »Er wollte schon am Tag unserer Ankunft mit ihnen Kontakt aufnehmen, doch er hatte de Bracineaux versprochen, es die Templer zuerst versuchen zu lassen. Nachdem drei Tage vergangen waren, beschlossen Padraig und er, dass es nichts schaden würde, wenn unsere Freunde sich ebenfalls der Sache annähmen. Die Kopten von Kairo«, fügte sie stolz hinzu, »leben schon lange mit den Sarazenen zusammen; sie haben viele Verbindungen und sind sehr einflussreich in der Stadt.«

»Wären eure Freunde nicht gewesen«, erklärte ich, »so zweifle ich nicht daran, dass ich noch immer ein Gefangener im Palast des Kalifen wäre. De Bracineaux war ich egal … oder zumindest galten mir nicht seine ersten Gedanken.«

»Er wollte das Heilige Kreuz«, sagte Sydoni. »Du warst nur ein Vorwand, damit wir ihm halfen, es zu bekommen. Er hat dich ebenso benutzt wie meinen Vater.« Sie blickte mich fragend an. »Aber wie hast du herausgefunden, dass er mit den Fedai'in unter einer Decke steckt?«

»Ich habe sie zusammen gesehen.« Ich gähnte, denn ich konnte kaum noch die Augen offen halten. »Sie haben versucht, ins Schatzhaus des Kalifen einzubrechen.«

»Um sich den Kreuzesstamm zu holen.«

»Ja … jedenfalls glaube ich, dass es das war, was sie wollten.«

Sie stand unvermittelt auf. »Schlaf jetzt. Zum Abendessen werde ich dich wecken.«

»Sydoni«, sagte ich und erkannte, wie sehr ich es genoss, ihren Namen auszusprechen, »bitte sag Jordanus nichts von meinen Vermutungen.«

»Wir müssen es ihm sagen. Wir dürfen es nicht vor ihm verheimlichen.«

»Ich weiß. Aber lass uns wenigstens bis heute Abend warten. Ich will, dass auch Padraig es hört.«

»Nun gut«, willigte sie ein. »Dann also heute Abend.«

Sie schloss die Tür, und ich hörte, wie sie die Treppe hinaufstieg und dann ihre sanften Schritte auf Deck. Ich legte mich aufs Bett und meinen Kopf auf die gleiche Stelle, wo für gewöhnlich Sydonis lag. Und dann ließ ich mich vom Schiff in den Schlaf wiegen, während der Duft von Sandelholz meine Träume erfüllte.

Ich erwachte durch eine kühle Berührung auf meiner Stirn und warmen Atem in meinem Ohr. Ich hatte lang und tief geschlafen, und es fiel mir schwer aufzustehen. Als ich schließlich die Augen öffnete, war Sydoni verschwunden, und ich fragte mich, ob ich nur geträumt hatte, dass sie hier gewesen war. Ich zog meine Stiefel an und stieg die Treppe zum Oberdeck hinauf. Dort erwartete mich ein leuchtend dunkelroter Himmel mit einem Hauch von Saphirgrün im Osten, wo bereits die ersten Sterne zu erkennen waren. Die niedrigen grünen ägyptischen Hügel glitten langsam an uns vorbei, und Ziegen- und Schafsglocken klingelten am Ufer, während Schäfer ihre Herden für die Nacht in den Stall trieben.

Sydoni kniete vor einem Holzkohlebecken und briet rote Fische an kleinen Spießen. Sie träufelte Olivenöl über den Fisch, welches die Kohle zischen und flackern ließ und was eine wohlduftende Rauchwolke erzeugte. Als die Flammen wieder verloschen waren, presste sie den Saft einer gelben Limone über den Fisch und blickte dabei zu mir hinauf. Ihr Lächeln war warm und freundlich. »Guten Abend«, sagte sie.

»Es riecht wunderbar«, erklärte ich.

Sie reichte mir eine Schüssel mit großen, flachen gelben Körnern. »Versuch die einmal.«

Ich nahm ein paar davon in den Mund und kaute darauf herum. Sie schmeckten salzig. »Nett.«

»Getrocknete Zitronenkerne. Die Bauern machen sie. Und sie

machen auch das hier.« Mit diesen Worten griff sie nach einem Krug und goss eine bernsteinfarbene Flüssigkeit in einen großen Kupferbecher. Die Flüssigkeit schäumte, und ich roch den Duft guten, frischen Bieres, als ich den Becher an die Lippen hob. »Sie nennen es die Tränen des Krokodils.«

»Øl ist ein anderer Name dafür«, sagte ich und genoss den bitter-süßen Geschmack, als die Flüssigkeit meine Kehle hinunterrann. Wie lange war es jetzt schon her, seitdem ich zum letzten Mal Bier getrunken hatte?

»Die Ägypter behaupten, sie hätten das Bier erfunden«, erzählte Sydoni und zuckte leicht mit den Schultern. »Aber das sagen sie über so ziemlich alles.«

»Padraig besteht darauf, dass die Kelten als Erste Bier gebraut haben«, ich lächelte; »aber das sagt er über so ziemlich alles.« Zufrieden nippte ich an dem bitter-süßen Gebräu und sog die duftende Luft in meine Lunge. »Wo ist Padraig überhaupt?«

»Er ist unter Deck gegangen, um zu beten.« Sydoni wendete den Fisch und träufelte noch etwas Limone darauf. »Die Vesper vor dem Heiligen Kreuz hat er gesagt.«

»Der Träumer ist erwacht!«, rief Jordanus. Ich drehte mich um und sah ihn vom Heck her kommen, wo er mit seinem Steuermann gesprochen hatte. Padraig und Wazim waren nirgends zu sehen.

»Ich fühle mich, als könnte ich es mit einem ganzen Heer aufnehmen«, sagte ich.

»Ich hoffe, du kannst auch wie eines essen«, sagte Sydoni. »Mein Vater hat ein Festmahl zu deinen Ehren angeordnet. Vor kurzem haben wir an einem Marktflecken angehalten und alles gekauft, was wir brauchen.«

»Wir wollen deine Befreiung entsprechend feiern«, sagte Jordanus. »Gott segne dich, Duncan; es ist schön, dich wiederzusehen. Es tut mir Leid, aber ich kann nicht anders, als es dir zu sagen. Ich möchte dich nicht in Verlegenheit bringen, doch es ist *wirklich* schön.«

»Es ist auch schön, dich zu sehen, Jordanus«, erwiderte ich.

»Aber ich bitte dich! Du bringst mich doch nicht in Verlegenheit. Es gab Zeiten, da habe ich nicht mehr geglaubt, dich oder einen der anderen jemals wiederzusehen.«

Wir sprachen über meine Gefangenschaft im Palast des Kalifen. Die Zeit hatte ihre Arbeit bereits begonnen, und jene Tage erschienen mir schon nicht mehr ganz so schlimm, wie sie tatsächlich gewesen waren.

»Ist das der Grund, warum du alles niedergeschrieben hast?«, fragte Sydoni. Ich bemerkte, dass sie neben mich gerückt war, und erkannte, wie sehr ich ihre Weiblichkeit vermisst hatte.

»So ist es«, bestätigte ich und erinnerte mich daran, was im Kanal geschehen war. »Aber ich fürchte, meine Aufzeichnungen sind jetzt ruiniert. Ich werde wohl oder übel versuchen müssen, alles so gut wie möglich in Erinnerung zu behalten.«

»Vielleicht auch nicht«, sagte Padraig, als er sich zu uns gesellte, und ich sah, dass er mein Papyrusbündel bei sich trug. »Dieser Papyrus ist in vielerlei Hinsicht ausgesprochen bemerkenswert. Sieh her.« Er entrollte ein Blatt, um die noch immer feuchte Oberfläche zu enthüllen. »Die Tinte ist weggewaschen, das ist wahr; aber Flecken sind zurückgeblieben.«

Verzweifelt blickte ich auf die grauen Flecken. »So kann man es nicht lesen.«

»Nein«, stimmte mir Padraig zu, »aber man kann es kopieren.«

»Die Mönche von Agios Moni sind hervorragend, was solche Arbeiten betrifft. Sie kopieren ständig irgendwelche alten Schriften. Wir könnten dein Buch zu ihnen bringen«, schlug Jordanus vor.

»Vater«, sagte Sydoni, »du maßt dir zu viel an. Vielleicht will Duncan ja gar nicht nach Zypern zurückkehren.«

»Nein?« Der alte Mann ließ den Kopf hängen, doch er erholte sich schnell. »Natürlich. Ich habe mich vergessen. Meine Freunde, ihr müsst nur sagen, wohin ihr wollt, und dieses Schiff wird euch dorthin bringen.« Erwartungsvoll blickte er von mir zu Padraig. »Nun?«

»Ich glaube«, sagte Sydoni und berührte meinen Arm leicht mit den Fingerspitzen, »es wäre besser, wenn du meinem Vater jetzt erzählen würdest, was du mir erzählt hast.«

Ich nickte und atmete tief durch. »Ich glaube, dass keiner von uns im Augenblick nach Zypern zurückkehren sollte«, begann ich. »Ich habe Grund zu der Annahme, dass de Bracineaux und seine Männer mit den Fedai'in im Bunde stehen.«

»Unmöglich!«, rief Jordanus. »Du musst dich irren. Komtur de Bracineaux würde an so etwas noch nicht einmal denken.«

»Wenn es eine andere Erklärung dafür gibt, dann will ich sie gerne hören und wäre froh, meinen Fehler einzugestehen. Aber ich weiß, was ich gesehen habe.«

Diese Neuigkeiten erwiesen sich als derart quälend für Jordanus, dass Sydoni uns vorschlug, wir sollten uns setzen und das Ganze bei ein paar Bechern Bier besprechen. »Das Essen wird noch eine Zeit lang dauern. Lasst uns vorher diese unangenehme Angelegenheit hinter uns bringen.«

Als wir unsere Becher füllten, erwachte auch Wazim, doch er wollte sich nicht zu uns gesellen, als wir uns auf die Teppiche neben dem Mast niederließen; so trug ihm Sydoni stattdessen auf, bei der Essensvorbereitung zu helfen. Ich berichtete, was Sydoni über de Bracineauxs beharrliche Forderung erzählt hatte, persönlich mit dem Kalifen verhandeln zu wollen. »Falls er den Kalifen wirklich aufgesucht haben sollte, so habe ich zumindest nie etwas davon erfahren«, sagte ich. »Ich erfuhr erst von seiner Gegenwart, als ich ihn an der Seite der Fedai'in vor dem Schatzhaus gesehen habe, in das sie einbrechen wollten.«

»Bist du sicher, dass es Fedai'in waren?«

»Ich wusste nicht, *wer* sie waren«, antwortete ich und erklärte, dass es Wazim gewesen sei, der sie anhand meiner Beschreibung erkannt hatte.

»Er könnte sich irren«, wandte Jordanus ein. »Das ist doch möglich, oder?«

»Das ist möglich«, räumte ich ein. Ich rief Wazim zu uns herüber und fragte ihn, ob es irgendeinen Zweifel daran gebe, wer in das Schatzhaus eingebrochen sei.

»Nein, mein Freund«, antwortete er entschieden. »Das waren Haschischin.«

»Aber du hast sie nicht gesehen, Wazim, nicht wahr?«, fragte Jordanus. »Du hast sie nicht mit eigenen Augen gesehen.«

»Ich musste sie nicht sehen«, erwiderte Wazim. »Ich habe sie gerochen. Sie rochen nach Haschischrauch.«

»Vergangene Nacht stand ein Großteil der Stadt in Flammen«, sagte der alte Mann gerissen. »Woher willst du dann so genau wissen, dass es wirklich Haschisch war, was du gerochen hast.«

Er hatte die Saat des Zweifels ausgebracht, doch ich war nach wie vor von dem unheiligen Bund zwischen Templern und Fedai'in überzeugt. Ich fragte Wazim, ob irgendjemand an den Hof des Kalifen gekommen sei, um ein Lösegeld für mich auszuhandeln. »Nein«, erklärte er erneut. »Niemand ist gekommen.«

»Könnte vielleicht jemand gekommen sein, ohne dass du es weißt?«, hakte Jordanus nach. Auch wenn sein Verhalten taktvoll und freundlich war, so wusste ich doch, worauf er hinauswollte, und das verschaffte mir ein unangenehmes Gefühl. Hatte ich mein Urteil über die Templer vielleicht zu schnell gefällt? Womöglich hatte die lange Gefangenschaft meine Meinung über Renaud verändert.

»Ich bin ein guter Wärter«, antwortete der kleine Mann. »Es ist meine Pflicht, solche Dinge zu wissen. Wenn irgendjemand Lösegeld für einen meiner Gefangenen anbietet, dann weiß ich das auch. Aber es *kam* niemand in den Palast, um ein Lösegeld anzubieten.«

»Wer hat dich wegen mir angesprochen, Wazim?«, fragte ich.

»Vater Shenoute hat mich zu sich gerufen.«

»Das ist der Patriarch der Kirche von Kairo«, erklärte Padraig. »Als Renaud Probleme zu haben schien, eine Audienz beim Kalifen zu bekommen, sind Jordanus und ich zum Patriarchen gegangen und haben ihn gefragt, ob er uns helfen könne. Vater

Shenoute stellte ein paar Nachforschungen an und fand heraus, dass Wazim der richtige Mann am richtigen Ort sei, um uns zu helfen.«

Wazim nickte. »Vater Shenoute hat gesagt, ich würde Gottes Willen tun, wenn ich Da'ounk helfen würde, seine Freiheit wiederzuerlangen. Als die Unruhen begannen, erkannte ich die Gelegenheit und packte sie beim Schopf.«

»Da! Seht ihr?«, sagte Jordanus. »Es könnte alles ein Missverständnis gewesen sein. Vielleicht ist mir einfach nur gelungen, wobei die Templer versagt haben. Das bedeutet noch lange nicht, dass sie dich wirklich auf irgendeine Art verraten haben.«

Das gestand ich ein. »Es könnte durchaus so sein, wie du sagst«, erklärte ich; »aber eines beunruhigt mich immer noch: Wenn sie mir nur haben helfen wollen, warum sind sie dann als Erstes zum Schatzhaus gegangen? Als sie die Gelegenheit dazu hatten, warum haben sie dann nicht versucht, mich zu befreien?«

»Ich vermute, sie haben gehofft, das Heilige Kreuz zu retten«, sagte Jordanus.

»Das vor allem anderen«, erwiderte ich und versuchte, so ruhig wie möglich zu bleiben.

»Willst du ihnen das etwa übel nehmen?«, fragte Jordanus. »Es gehört der Kirche von Antiochia. Der törichte Bohemund hat es verloren, und es ist ihre heilige Pflicht, es zurückzuholen.«

»Sie haben die Wiederbeschaffung der Reliquie über mein Leben gestellt«, sagte ich; »doch euch gegenüber haben sie diese Absicht mit keinem Wort erwähnt. Warum sollten sie so etwas vor euch verheimlichen?«

Jordanus breitete die Hände aus. »Das müssen wir Komtur de Bracineaux fragen, wenn wir ihn das nächste Mal sehen.«

»Was schlägst du vor?«, fragte Padraig. Sein Tonfall und sein Blick verrieten mir, dass ihm alles andere als wohl bei dem Gedanken war, dass die Templer die heilige Reliquie wieder in die Finger bekommen sollten.

»Meine Freunde, ich glaube, das alles ist nur ein unglückliches

Missverständnis. Ich schlage vor, dass wir heim nach Zypern segeln, und mit deinem freundlichen Einverständnis, Duncan, werde ich Renaud eine Nachricht zukommen lassen und ihn bitten, uns in Famagusta zu treffen, um die Angelegenheit zu besprechen. Immerhin«, sagte er, »hat der gute Komtur uns in Damaskus sehr geholfen. Bevor wir ihn verdammen, sollten wir ihn zumindest anhören. Das schulden wir ihm.«

In diesem Augenblick kam Sydoni und rief uns zum Abendessen, und an diesem Abend verlor niemand mehr ein Wort über die Angelegenheit. Ich machte mir noch immer Sorgen deswegen, doch ließ ich mir nichts davon anmerken, um die festliche Stimmung nicht zu verderben, die nach Jordanus' und Sydonis Willen dieses Mahl begleitete. Und nach ein paar Bechern Bier und nach Sydonis hervorragendem Essen gelang es mir tatsächlich, meine Zweifel Renaud und die Templer betreffend beiseite zu schieben, und trotz der dunklen Wolke der Vorahnung, die über meinem Haupt schwebte, amüsierte ich mich.

Es gab für jeden etwas. Die Speisen waren so ausgewählt, dass jede ihren eigenen Geruch und Geschmack besaß, die sich deutlich von den anderen unterschieden. Es gab Fisch, geröstete Pfefferschoten mit Knoblauch, Oliven, gewürztes Fladenbrot, das die Dorffrauen gebacken hatten und – mein Leibgericht – kleine, in Olivenöl eingelegte Lammstückchen, die mit getrockneten Kräutern gewürzt und mit winzigen Zwiebeln auf kleinen Holzspießen über dem Feuer geröstet worden waren.

Wir saßen an Deck und sprachen und aßen miteinander, während die Nacht sich herabsenkte. Am Ufer waren die Kochfeuer in den Hütten der Bauern zu sehen, und am Himmel funkelten die ersten Sterne. Der Mond ging erst spät auf, doch dann warf er sein Licht auf den Fluss und ließ das wirbelnde Wasser silbern schimmern. Nach einer Weile wünschte Jordanus uns eine gute Nacht und ging zu Bett. Padraig und Wazim taten es ihm nach, und ich war mit Sydoni allein.

Wir unterhielten uns lange bis in die Nacht hinein, genossen die milde Luft und die sanfte Musik des Wassers, das an der Schiffshülle entlangplätscherte. Der Steuermann hielt das Schiff mitten auf dem Fluss; von Zeit zu Zeit löste einer der Matrosen ihn ab, und er legte sich eine Zeit lang auf eine Strohmatte am Heck, bis er wenig später wieder geweckt wurde, um erneut das Ruder zu übernehmen. Es war eine schöne Nacht zum Segeln, und ich war froh, auf dem Wasser zu sein. Ich blickte in den sternenübersäten Himmel, der keine Grenzen kannte, und erst jetzt wurde mir wirklich bewusst, dass ich endlich frei war.

Einige Zeit später wünschte auch Sydoni mir eine gute Nacht und ging zu Bett; doch ich blieb noch an Deck, blickte zu den Sternen empor und lauschte dem Geräusch des dunklen Flusses, der unser Schiff nach Norden Richtung Meer trug. Ich schlief nur wenig. Bei Sonnenaufgang wachte ich wieder auf und ging zum Heck. Im Laufe der Nacht war der Fluss deutlich breiter geworden, und das nächste Ufer war nun ein gutes Stück weit entfernt.

Hinter uns waren keine Schiffe zu sehen, doch vor uns fuhren zwei Boote mit genau der gleichen Geschwindigkeit wie wir. Ich fragte den Steuermann, wie lange die beiden schon dort seien, und er antwortete, seit kurz vor Sonnenaufgang. »Das sind Fischerboote«, erklärte er mir in unbeholfenem Latein. »Macht Euch keine Sorgen, mein Freund. Niemand folgt uns.«

Ich dankte ihm, ließ jedoch nicht in meiner Wachsamkeit nach, sondern hielt den ganzen Tag und auch den nächsten über ständig nach Verfolgern Ausschau. Erst als wir Alexandria hinter uns gelassen hatten und in die dunkelblauen Wasser des Mittelmeers vorgedrungen waren, wagte ich zu glauben, dass uns tatsächlich die Flucht gelungen war. Nachdem das Segel gesetzt war, erfreute ich mich an dem Gedanken, dass ich mich trotz der vereinten Bemühungen von Sarazenen und Seldschuken, mich hier zu behalten, auf dem Weg in die Heimat befand.

Die Reise nach Zypern war schnell und schön. Das Wetter war zwar heiß, doch gut zum Segeln, und dank eines guten Windes und klarer, wolkenloser Nächte erreichten wir die Insel in nur drei Tagen. Während das Land noch ein blau-brauner Klumpen am Horizont war, gelang es mir, Jordanus zu überreden, nicht in Famagusta, sondern in einem anderen Hafen anzulegen.

»Aber warum?«, fragte er. Mein stetes Misstrauen und meine Unruhe waren ihm ein wahres Rätsel.

Da mir keine zwingenden Gründe einfielen, Zypern als Ganzes zu meiden, antwortete ich schlicht: »Ich würde mich besser fühlen, wenn unsere Rückkehr nicht direkt jedermann bekannt wäre.«

»Aber wo ist die Gefahr?«, konterte der alte Händler unschuldig. »Ich bin sicher, dass der Kalif Wichtigeres zu tun hat, als sich um die Flucht eines einzelnen Gefangenen zu kümmern. Aber wenn es dich beruhigt, werde ich mit dem Magistrat sprechen und ihn bitten, die Garnison für die nächsten Tage in Alarm zu versetzen.«

»Vater«, schalt ihn Sydoni, »wir wissen beide, dass der Magistrat stets alle möglichen Gerüchte verbreitet und sich überall einzumischen pflegt, und die Garnison besteht nur aus einem Dutzend alter Hunde, die noch weit schlechter bellen, als dass sie beißen.« Und an mich gewandt: »Wir besitzen ein kleines Haus in Paphos auf der anderen Seite der Insel. Dort können wir bleiben, solange du willst.«

Jordanus rollte mit den Augen und seufzte laut, doch fügte er sich schweigend den Anweisungen seiner Tochter. Ich sprach mit dem Steuermann und bat ihn, es so einzurichten, dass wir erst kurz nach Sonnenuntergang an Land gehen würden; ich wollte so wenig Aufmerksamkeit wie möglich erregen. Als wir dann endlich an Land waren, eilten wir rasch durch die kleine, geschäftige Hafenstadt und einen Hügel hinauf zu einem ruhigeren Viertel, das man Nea Paphos nannte. Dort waren inmitten der Villen wohlhabender Gutsbesitzer noch immer die Ruinen antiker Festungen und Paläste zu sehen, die von knorrigen Olivenbäumen und Dornenbüschen überwuchert waren.

Das Haus, das Jordanus hier besaß, war nur ein Viertel so groß wie das in Famagusta, aber für unsere bescheidenen Ansprüche reichte es allemal. Es war von einer hohen, weiß getünchten Mauer umgeben, und eine einzige Holztür führte hinein. Einmal im Inneren erwartete den Besucher ein gepflegter, viereckiger Hof, der von einer ängstlichen, kleinen Hausverwalterin in Ordnung gehalten wurde, die auf den Namen Anna hörte. Ein einzelner großer Feigenbaum wuchs in der Mitte des Hofs umgeben von ein paar Holzbänken, und in einer Ecke befand sich ein Brunnen, um die Bewohner des Hauses mit Wasser zu versorgen.

Anna führte uns hinein und beschwerte sich darüber, dass man sie nicht rechtzeitig von unserem Kommen in Kenntnis gesetzt hatte; dann machte sie sich daran, das Essen vorzubereiten. In der Zwischenzeit sicherte ich die Tür zum Hof. Jordanus beobachtete mich belustigt, und als ich fertig war, fragte er mich, ob ich zufrieden sei.

»Das ist stabil genug«, erwiderte ich und rüttelte an dem Eisenriegel, den ich davor geschoben hatte. »Das wird reichen.«

»Gut. Dann lass uns zu den anderen gehen und noch einmal auf deine glückliche Befreiung anstoßen.«

Da der Hauptraum des Hauses auch als Küche diente, wollte Anna uns nicht an den Tisch lassen, bis das Essen fertig war; sie scheuchte uns in den Hof, wo Padraig neben den Bänken auch noch ein paar Stühle fand, die er rasch zu einem Kreis zusammenstellte. Sydoni erschien mit einem Krug Wein und ein paar Olivenholzbechern. Sie schenkte uns allen ein, und wir tranken auf das Wohl des jeweils anderen und wünschten uns gegenseitig ein langes, glückliches Leben.

»Was wollt Ihr jetzt tun, Herr?«, fragte Wazim. Nun nannte er mich wieder Herr, was er – wenn ich mich recht entsann – bisher nur einmal, und zwar während unserer Flucht im Kanal, getan hatte.

»Wir werden uns ein oder zwei Tage ausruhen«, antwortete ich sorglos, »und dann werden Padraig und ich uns eine Passage nach Caithness in Schottland suchen.« Ich blickte zu dem kleinen

Kopten, der mein einziger Freund im Palast des Kalifen gewesen war. »Was ist mit dir, Wazim? Was wirst du tun?«

Er dachte einen Augenblick lang nach. »Jordanus hat keine Verwendung mehr für mich«, antwortete er schließlich, und seine Stimme klang enttäuscht. »Ich werde nach Alexandria zurückkehren.«

»Nicht nach Kairo?«, fragte ich leichthin.

»Oh, nach Kairo kann ich nie wieder zurückkehren, Da'ounk«, erwiderte er. »Der Kalif würde mich aufspießen und bei lebendigem Leibe rösten lassen.«

Der kleine Wärter hatte für mich sein Leben riskiert und seine Beschäftigung verloren, und ich warf ihn fort wie ein altes Stück Tuch, mit dem ich mir gerade die Nase geputzt hatte. »Es tut mir Leid, Wazim. Verzeih mir. Ich habe nicht nachgedacht.«

»Da gibt es nichts zu verzeihen. Ihr müsst in Euer Land zurück. Das verstehe ich.«

»Du hast mir bewundernswert gut gedient. Als wahrer Christ hast du um meinetwillen ein großes Opfer dargebracht. Wärst du nicht gewesen, wäre ich jetzt nicht hier. Ich werde dafür sorgen, dass du für diese edle Tat belohnt wirst.«

Er lächelte, als er dieses Lob von meinen Lippen hörte. »Ich will nichts von Euch, Da'ounk. Gott hat meine Belohnung schon vorbereitet.«

»Daran zweifle ich nicht, Wazim, mein Freund; doch es könnte noch einige Zeit dauern, bevor du dir diese Belohnung abholen kannst; es wäre mir eine Freude, dafür zu sorgen, dass du gut abgesichert bist, bevor wir lossegeln.«

Ich blickte zu Padraig, der ein Stück weit entfernt saß, und sah, dass er unser Gespräch verfolgte. Mein treuer *anam cara* nickte mir zustimmend zu, um mich wissen zu lassen, dass ich erneut eine Schlacht gegen jenen schlüpfrigen Feind mit Namen Stolz gewonnen hatte.

Dann rief uns Anna zum Essen herein, und wir fanden ein Mahl aus Eiern, Pfefferschoten, Trockenfisch, Wein und Oliven vor. Nach dem Essen blieben wir noch bis lange in die Nacht hinein am Tisch sitzen und sprachen mit Jordanus und Sydoni darüber, wie und wo wir am besten ein Schiff finden könnten, das uns nach Hause bringen würde. Während des Gesprächs wurde immer deutlicher, dass Jordanus alles andere als froh darüber war, uns gehen zu sehen. Er wollte de Bracineaux und mich versöhnt wissen. Er wollte, dass wir unsere Streitigkeiten beilegten und dass das Heilige Kreuz wieder an seinen angestammten Platz zurückgebracht wurde.

Ich war dagegen, wie ich gestehen muss, doch ich stand in Jordanus' Schuld, und so widerstrebte es mir, ihm ob dieser Meinungsverschiedenheit Kummer zu bereiten. In dieser Nacht fanden wir keine Lösung mehr für unser Problem, aber ich versprach ihm, in den nächsten Tagen eingehend darüber nachzudenken. Das stellte ihn zufrieden, und er sprach nicht mehr darüber, sondern überließ mich meinen Gedanken.

Am nächsten Morgen wickelten Padraig und ich mit Sydonis Hilfe das Heilige Kreuz in rote Seide und verstauten es in einer stabilen Holzkiste, wo Anna für gewöhnlich ihre guten Schuhe und Festtagsgewänder aufzubewahren pflegte. Wir legten die heilige Reliquie auf den Boden der Kiste und darüber Kleider, Halstücher, Tischdecken und dergleichen. Die Kiste ließ sich nicht verschließen, doch Sydoni sagte, das sei sogar besser so. »Ein Dieb wird sich zuerst auf jene Dinge stürzen, die verschlossen sind«, erklärte sie.

Wir schoben die Kiste unter Padraigs Bett, und zufrieden damit, dass unser Schatz zumindest vorläufig in Sicherheit war, gingen wir zum Hafen hinunter und sorgten dafür, dass man uns über jedes Schiff Bescheid geben würde, das Richtung Westen fuhr. Ich hegte allerdings die Vermutung, dass wir uns zu einem größeren Hafen begeben mussten, um solch ein Schiff zu finden, doch das würde unglücklicherweise unser Risiko vergrößern, entdeckt zu werden. Ebenso erhöhte jeder Tag, den wir warteten, dieses Risiko, denn ich glaubte nicht einen Augenblick lang daran, dass die

Templer einfach so die Suche nach der heiligen Reliquie aufgeben würden. Und mit Sicherheit würden sie nicht zulassen, dass sich ihnen irgendjemand dabei in den Weg stellte.

Mein plötzliches und unerklärliches Erscheinen auf dem Kai von Kairo hatte Sergeant Gislebert verwirrt, und ich wusste, ich *wusste* einfach, dass de Bracineaux alsbald seine Bemühungen auf mich ausrichten würde – wenn auch nur, um sicherzugehen, dass sich die Reliquie *nicht* in meinem Besitz befand. So hatte Jordanus' Vorschlag, ihm eine Nachricht zukommen zu lassen und ihn zu einem Gespräch einzuladen, vom Standpunkt der Überraschung her durchaus etwas für sich; trotzdem fiel mir kein einziger wirklich vernünftiger Grund ein, warum ich mich mit den Templern treffen sollte. Das sagte ich Jordanus jedoch nicht. Ich bat ihn lediglich darum, mir noch etwas Zeit zu gewähren, um den Vorschlag zu überdenken.

»Nimm dir Zeit, so viel du willst«, erwiderte der alte Mann bereitwillig. »Aber während du nachdenkst... Warum gehst du nicht zum Kloster hinauf und sprichst mit den Mönchen dort über die Wiederherstellung deiner Papyri? Es ist nicht weit. Du wärst nur ein paar Tage fort, und auf dem Weg dorthin bekämst du auch noch etwas von Zypern zu sehen.«

Padraig hielt das ebenfalls für eine gute Idee, und so taten wir das auch.

Die Einwohner Zyperns reisen per Esel, und auch wenn das recht würdelos ist, so sind die zähen kleinen Tiere doch trittsicher und genügsam. Sie fressen wenig und brauchen auch weit weniger Wasser als ein Pferd oder ein Ochse, und sie können sowohl Hitze als auch Kälte ertragen, wodurch sie wesentlich besser zum Reisen geeignet sind als ihre Stallgenossen. Wir liehen uns drei dieser Tiere in Paphos – je eines für Padraig und mich und eines, um unseren Proviant und das Futter für die Reise zu tragen. Wie Jordanus gesagt hatte, war das Kloster nicht weit entfernt, doch die Menschen in den Hügeln hinter Paphos sind sehr arm, und so war es mehr als unwahrscheinlich, dass wir auf dem Weg Proviant würden aufnehmen können.

»Ich glaube, es ist am besten, wenn man so wenig wie möglich von den Bauern verlangt und dennoch so angenehm wie möglich zu reisen versucht«, riet uns Jordanus.

So schnürten wir früh am nächsten Morgen ein paar Dinge zusammen mit den Papyri zu einem Bündel und beluden damit den geduldigen Packesel. Um den Schaden so gering wie möglich zu halten, hatte Padraig mein Manuskript in eine feuchte Schafshaut gewickelt. Dann wünschten wir Jordanus, Wazim und Sydoni Lebewohl und machten uns auf den Weg zum Kloster Agios Moni, einer Zuflucht des Wissens und des Gebets am Rande des Troodos-Gebirges.

Die Straße war viel benutzt und gut markiert, und das Wetter war trocken und schön, sodass wir gut vorankamen. Als wir die erste Anhöhe erreichten, blickte ich zurück und sah die weißen Häuser von Paphos wie Juwelen in der sonnendurchfluteten Bucht funkeln.

Es war ein schönes Gefühl, wieder mit Padraig unterwegs zu sein, nur wir zwei, und dabei fiel mir ein, dass wir seit Beginn unserer Pilgerfahrt eigentlich nie allein gewesen waren. Wir ritten Seite an Seite, und ich erzählte ihm von meiner Gefangenschaft bei Emir Ghazi. Als wir höher in die mit Pinien bewachsenen Hügel hinaufstiegen, wurde die Luft allmählich kühler und angenehmer. Der sanfte Wind, der über die Straße strich, roch nach Pinien und erinnerte mich an die schottischen Wälder. Sehnsucht überkam mich, und nur der Gedanke, dass ich bald wieder dorthin zurückkehren würde, vermochte mich zu trösten.

Fast den ganzen Tag verbrachten wir im Sattel; nur dann und wann hielten wir an, um die Tiere an einem Bach oder einer Quelle zu tränken. Wir kamen durch einige winzige Siedlungen, und wie Jordanus uns vorhergesagt hatte, handelte es sich um ausgesprochen elende Dörfer: Sie bestanden aus zusammengeflickten, rußgeschwärzten Hütten, und davor lungerten abgemagerte Hunde herum, und schmutzige Kinder hockten in dreckigen Höfen und starrten uns hungrig an. An einer dieser Behausungen war Padraig derart bewegt vom Anblick eines nackten Jungen und seiner kleinen Schwester, dass er ihnen die Hälfte unseres Brotes gab, etwas Trockenfleisch und sämtlichen Käse, den wir mitgenommen hatten.

Später, als die Sonne in dem grünen Tal im Westen versank, suchten und fanden wir ein Stück von der Straße entfernt eine Lichtung im Pinienwald, wo wir unser Nachtlager aufschlugen. Wir machten ein Feuer aus duftenden Pinienzweigen und kochten uns einen schlichten Erbsenpudding; dann schliefen wir auf Betten aus Piniennadeln, während die Sterne über uns durch die Wipfel der Bäume hindurch auf uns hinabfunkelten.

Bei Tagesanbruch standen wir auf und setzten unseren Weg fort. Unser Ziel erreichten wir just in dem Augenblick, da die

Glocken des Klosters zur Vesper läuteten. Das Tor stand noch immer offen; also ritten wir hinein und stellten uns beim Pförtner vor. Die Mönche waren zum größten Teil Griechen, doch dank Padraigs guten Griechischkenntnissen hatten wir keinerlei Mühe, uns verständlich zu machen. Padraig erzählte dem Pförtner, dass er ebenfalls Priester sei und dass wir auf Pilgerfahrt gewesen und gerade aus dem Heiligen Land hier eingetroffen seien … woraufhin der Mönch schrecklich aufgeregt wurde und zu seinem Abt rannte.

Abt Demitrianos war ein freundlicher und sanfter Mann, demütig in Art und Erscheinung, mit lockigem dunklem Haar und einem Bart mit je einem grauen Streifen zu beiden Seiten des Mundes. Wie die Brüder unter seiner Obhut, so war auch er in ein einfaches, langes schwarzes Gewand gehüllt, das ihm vom Kinn bis zu den Zehen reichte, und trug eine spitze schwarze Kappe mit einem aufgenähten weißen Kreuz. Um seinen Hals hing ein Holzkreuz an einem Lederband, und in der Hand hielt er einen kurzen Stab.

Demitrianos empfing uns wie lange verloren geglaubte und betrauerte Vettern und hieß uns in seinem Kloster willkommen. Er befahl dem Pförtner, das Gästehaus vorzubereiten, und sagte: »Es ist uns eine Ehre, jemanden zu beherbergen, der im Heiligen Land gewesen ist. Falls Ihr von Eurer Reise nicht allzu erschöpft seid, könntet Ihr ja vielleicht beim Abendessen von Eurer Pilgerfahrt berichten.«

»Es wäre uns eine Freude, die Neuigkeiten von unserer Reise mit Euch zu teilen«, entgegnete Padraig. »Ich muss Euch jedoch sagen, dass wir durch ein großes Unglück nie in Jerusalem angelangt sind. Falls Ihr gehofft haben solltet, etwas aus der Heiligen Stadt zu erfahren, dann fürchte ich, müssen wir Euch enttäuschen.«

»Das macht nichts«, erwiderte der Abt. »Viele von uns sind noch nicht einmal bis Paphos oder Limassol gekommen und einige noch nicht einmal bis ins nächste Tal. Ich bin sicher, dass alles, was Ihr uns über die weite Welt erzählen könnt, mit Dank und Respekt angenommen werden wird.«

Das kleine Kloster von Agios Moni, so erklärte uns der Abt, war sehr alt; die ersten Mönche waren vor siebenhundert Jahren aus Konstantinopel hierher gekommen. »Davor«, berichtete er, »war dies hier ein Tempel der Göttin Hera. Unsere Kapelle steht auf den Grundmauern des Tempels. Es ist ein sehr alter und heiliger Ort.«

Als Padraig sein Interesse daran bekundete, mehr über das Kloster zu erfahren, wurde der Abt unser Führer und geleitete uns nacheinander in jedes Gebäude und zeigte uns die Schätze seiner Bruderschaft einschließlich einer kleinen, verblassten und – ich muss es sagen – sehr schlichten Ikone der Jungfrau Maria, die von niemand anderem gemalt worden sein soll als vom heiligen Evangelisten Lukas. Nachdem ich dieses Wunder längere Zeit betrachtet hatte, hatte ich das Gefühl, etwas unendlich Altes und Bedeutungsvolles gesehen zu haben.

Da ich jedoch solche Dinge noch nie so recht habe schätzen können, muss ich gestehen, dass es nicht das Bild der jungen Frau mit den schwermütigen Augen war, was mich so sehr beeindruckte, sondern die Ehrfurcht, mit der die Mönche die wertvolle Reliquie behandelten. Ihre Liebe und Verehrung kam aus dem Herzen und beschämte die hochmütigen Kreuzfahrer, die so achtlos das Heilige Kreuz entweiht hatten. Es war schier unglaublich, wie oft jene, die geschworen hatten, die Reliquie zu schützen, diese auf schändliche Art missbraucht hatten. Die Ehrfurcht und Demut dieser Mönche erfüllte meinen Entschluss mit neuer Kraft, den Schwarzen Stamm so weit wie möglich von den Templern fortzuschaffen.

Die Mönche von Agios Moni lebten ein einfaches Leben der Arbeit und des Gebets. Sie bauten Getreide und Gemüse an, züchteten Hühner und Schafe … und all das teilten sie bereitwillig mit den Armen, die Tag für Tag vor ihr Tor kamen, um Nahrung und Kleidung zu erbetteln. Sie waren geschickte Heiler, eine Kunst, für die sie zu Recht berühmt waren, und sie verteilten ihre Tränke und Salben überall dort, wo sie gebraucht wurden. Auch unterhielten sie einen Weinberg, aus dem sie einen köstlichen Wein gewannen, den sie ihren Gästen servierten. Der Wein war süß und schwer und stand in dem Ruf, Heilkräfte zu besitzen, weil er auf heiligem Boden gewachsen war.

Die Ordensregeln verboten es den Mönchen, während der Mahlzeiten zu reden, doch während unseres Besuchs wurde diese Regel gelockert, damit Padraig und ich den guten Brüdern von unserem Aufenthalt im Heiligen Land berichten konnten. In Wahrheit war es hauptsächlich Padraig, der das Reden übernahm, denn mein Griechisch war bei weitem nicht fließend genug, um genau das auszudrücken, was die Mönche hören wollten. So saß ich am Tisch neben dem Abt und genoss einen köstlichen Eintopf aus Lamm und Gerste, während Padraig am Pult stand, wo normalerweise der Vorbeter Bibeltexte zitierte. Er sprach gut und schmückte den Bericht mit geschickten Porträts der Menschen und Orte aus, die wir auf unseren Reisen gesehen hatten. Er berichtete von meiner Gefangenschaft bei den Sarazenen und Seldschuken und von meiner Flucht – er ließ mich weit tapferer erscheinen, als ich mich zu dem Zeitpunkt gefühlt hatte – und wurde mit einem anerkennenden Murmeln belohnt. Nachdem er geendet hatte, stand die gesamte Gemeinschaft – fünfunddreißig bis vierzig Mönche, würde ich schätzen – zu seinen Ehren auf, während der Abt ihm mit einem Segen dankte.

Nach der Mahlzeit wurden wir in Abt Demitrianos' Haus zu einem Umtrunk vor dem Nachtgebet geladen. Im sanften Licht des Sonnenuntergangs gingen wir über den ruhigen Klosterhof, und ich spürte, wie mich der Friede dieses Ortes mehr und mehr gefangen nahm. Das Haus des Abts bestand aus wenig mehr als aus einer schlichten Zelle, in der es jedoch immerhin einen Herd, ein mit einem Wolltuch ausgelegtes Bett, mehrere Stühle und einen Tisch gab, auf dem ein paar einfache Holzbecher und ein Tonkrug standen. Der Abt bat uns, uns zu setzen, und goss eine weiße, leicht trübe Flüssigkeit in die Becher, die er Padraig und mir reichte. Dann legte er die Hand auf seinen Becher und sprach einen Segen, woraufhin wir das süße Feuer der Mönche von Agios Moni tranken: einen köstlichen, honigsüßen Nektar, der sowohl beruhigte als auch von innen wärmte und den Unvorsichtigen mit seinem rauchigen Geschmack verführte, bevor er ihm die Sinne vernebelte.

Nach nur ein paar Schlucken verspürte ich das Bedürfnis, die gesamte Welt zu umarmen. Nur widerwillig stellte ich den Becher beiseite, doch als das Gespräch auf den Grund für unseren Besuch kam, fürchtete ich, meine Sprachfähigkeit zu verlieren, sollte ich noch mehr von dem wunderbaren Elixier zu mir nehmen.

»Wir wissen aus guter Quelle«, begann ich, während der freundliche Abt mich verträumt über den Becherrand hinweg anblickte, »dass Eure Gemeinschaft hervorragend in der Herstellung und dem Kopieren von Manuskripten ist.«

»Das stimmt«, bestätigte mir Abt Demitrianos. »Wir besitzen viel Erfahrung in dieser Arbeit. Wenn das auch außerhalb dieser Mauern bekannt ist, dann freut mich das, denn es bedeutet, dass Gott uns wohl gesonnen ist.«

»Wie Ihr wisst«, sagte Padraig, »sind wir gerade erst aus Ägypten hier eingetroffen, wo Duncan mehrere Monate lang gefangen war.«

»Ja.« Der Abt nickte bewundernd. »Während Eurer Gefangenschaft habt Ihr große Tapferkeit bewiesen«, sagte er an mich gewandt. »Offensichtlich war unser Herr auf Eurer Seite.«

»Während er Gast des Kalifen war«, fuhr Padraig fort, »schrieb er seine Erfahrungen ...«

»Ich habe geglaubt, ich würde meine junge Tochter niemals wiedersehen«, erklärte ich, »und daher wollte ich sie wissen lassen, was mit ihrem Vater geschehen ist.«

»Das war eine sehr lobenswerte Absicht«, sinnierte der Abt feierlich. »Eine wahre Arbeit der Liebe, so viel steht fest.«

»Unglücklicherweise«, fuhr ich fort, »ist diese Arbeit ruiniert.« Ich erzählte ihm, was während der Flucht aus dem Palast des Kalifen geschehen war; nur den Einbruch in das Schatzhaus und die Rettung des Heiligen Kreuzes ließ ich aus.

Abt Demitrianos runzelte die Stirn und schnalzte mit der Zunge. »Das ist wirklich sehr bedauerlich.« Er griff nach dem Krug und bot uns an, die Becher wieder zu füllen. »Noch etwas *alashi?*« Ich lehnte ab, doch Padraig gab nach. »Aber«, fuhr der Abt fort und füllte auch seinen eigenen Becher wieder, »Euer Leben ist gerettet worden – Lob sei unserem Vater im Himmel –, und das ist von unschätzbarem Wert für Eure geliebte kleine Tochter.« Er hob den Becher und nahm einen kräftigen Schluck von dem starken Getränk.

»Wie es der Zufall will«, sagte Padraig, »ist dieser Bericht auf gutem Papyrus geschrieben worden, den die Ägypter anstelle von Pergament verwenden.«

»Wir kennen diesen Stoff«, erwiderte der Abt zufrieden. »Wir nennen ihn allerdings *papuros*. Es ist ein feiner Stoff, doch sehr spröde; er hat nicht die Haltbarkeit von Pergament. Ich vermute jedoch, dass, wenn Ihr keine Schafe besorgen könnt …« Er seufzte, als wäre das das größte Leid seines Lebens. »Was könnt Ihr nur tun?«

»Das ist der Grund, warum wir zu Euch gekommen sind«, sagte Padraig. »Wir haben die Papyri mitgebracht in der Hoffnung, dass die weisen Brüder von Agios Moni uns helfen können, das wiederherzustellen, was verloren ist.«

»So, so.« Der Abt rutschte ein Stück von seinem Stuhl. Er blickte von Padraig zu mir und wieder zurück und blinzelte langsam. »Auch wenn es mich bekümmert, Euch das sagen zu müssen, meine Freunde, so sagt mir die Erfahrung doch, dass in einem solchen Fall nichts zu machen ist. Wie gesagt, Papyrus ist ein sehr empfindlicher Stoff; ist er erst einmal ruiniert, kann er nicht wieder verwendet werden.« Er hob den Krug. »Seid Ihr sicher, dass Ihr nicht noch einen Schluck wollt?«

Wieder lehnte ich höflich ab und war überrascht, als Padraig den Krug selber nahm und in seinen Becher leerte. »Ich zweifle nicht daran, dass das, was Ihr sagt, wahr ist«, erwiderte der durstige Priester. »Doch mir scheint, als könne das Werk kopiert werden.«

In diesem Augenblick läutete die Glocke zum Nachtgebet. Padraig stand auf. »Ah, das Nachtgebet. Ich bin sehr daran interessiert, dem Gottesdienst heute Abend beizuwohnen. Mit Eurer freundlichen Erlaubnis können wir dieses Gespräch ja morgen fortsetzen. Ich glaube, wenn Ihr einen Blick auf die Papyri werfen würdet, würdet Ihr verstehen, was ich meine.« Dann drehte er sich zu mir um und sagte: »Komm, Duncan. Wir müssen in die Kapelle.« Und wieder an den Abt gewandt: »Ich danke Euch für Eure Freundlichkeit und wünsche Euch eine gesegnete Nacht, mein Herr Abt.«

Der Abt segnete uns und schickte uns zum Gebet. Wir ließen ihn ruhen, und als ich die Tür hinter uns schloss, bemerkte ich, dass Padraig noch immer seinen Becher in der Hand hielt. »Ein geringerer Mann hätte schon lange aufgegeben«, sagte ich.

»Dieser Mann jedenfalls gibt nun auf«, erwiderte er und leerte den fast vollen Becher auf den Boden. Dann stellte er das leere Gefäß neben die Tür, und wir eilten zu der Kapelle und nahmen unsere Plätze in den hinteren Reihen der Mönche ein. Zu beiden Seiten der Tür stand je eine kurze Bank, und auf einer saß ein älterer Bruder mit gefalteten Händen und schnarchte leise. Der Rest stand, hatte die Hände erhoben und die Handflächen in Schulterhöhe nach oben gerichtet. Der Betgesang der griechischen Mönche war ein dumpfes Dröhnen.

Padraig stimmte in den Gesang ein, doch ich kannte das Gebet nicht und fand es schwer, ihm zu folgen. Von Zeit zu Zeit erhob einer der Mönche seine Stimme und rief einen Satz, und gerade wenn ich glaubte, das Gebet zu erkennen, da änderten sie plötzlich ihren Gesang. Nach einer Weile gab ich es auf und setzte mich auf die Bank neben den schlafenden Bruder, bis der Gottesdienst vorüber war. Der Mann wachte auf, als ich mich setzte, blickte mich aus trüben Augen an, lächelte und schlief wieder ein. Ich wünschte ihm angenehme Träume.

Das Gästehaus war bequem, wenn auch sehr klein. Am nächsten Morgen erwachten wir ausgeruht und bereit, die Angelegenheit zu Ende zu bringen, weswegen wir hierher gekommen waren. Nach dem Morgengebet frühstückten wir im Refektorium ein Mahl aus Brot, Honig, reifen Oliven und weichem Ziegenkäse. Die Brüder baten uns, ihnen noch mehr von unseren Erlebnissen im Heiligen Land zu erzählen, besonders von Antiochia, wo Paulus, der große Apostel, und sein Gefährte Barnabas der Großzügige gepredigt und gewirkt hatten. »Sie sind auch nach Zypern gekommen, wisst Ihr?«, erzählte uns einer der älteren Brüder. »Paphos war die erste christliche Stadt des gesamten römischen Imperiums. Das ist wahr.«

»Fürwahr«, fügte ein anderer hinzu. »Man kann noch immer die Stelle sehen, wo Paulus an den Pfeiler gekettet und ausgepeitscht wurde, weil er die Souveränität des Kaisers angezweifelt hat.«

Padraig und mir gingen schon bald die wenigen Erinnerungen aus, die wir an Antiochia hatten. Ich wünschte, ich hätte ihnen mehr erzählen können. Ich hatte nur einen einzigen Tag dort verbracht und von der Stadt so gut wie nichts gesehen. Doch zumindest war ich in der Lage, ihnen das Tal des Orontes zu beschreiben und die berühmten weißen Mauern von Antiochia, die hoch über dem Fluss aufragten, sowie die breite Hauptstraße, die zur Zitadelle hinaufführte, und die Zitadelle selbst und den Palast.

Während wir aßen, betrat Abt Demitrianos den Raum, gesellte sich zu uns und nahm sich etwas Brot und Käse. Ich mochte ihn und seine offene, freundliche Art sowie die Tatsache, dass er nicht den geringsten Wert auf Rang und Förmlichkeiten legte, sondern sich benahm wie seine Brüder auch. In dieser Hinsicht erinnerte er mich an Emlyn, und wieder einmal wünschte ich, ich wäre schon längst auf dem Weg zurück in die Heimat.

Nach dem Frühstück führte uns der Abt ins Scriptorium und

stellte uns den beiden älteren Mönchen vor, denen die Aufsicht über die Schreibarbeiten im Kloster oblag.

»Ich stelle Euch Bruder Ambrosios vor«, sagte der Abt und deutete auf einen kleinen Mönch mit runden Schultern und spärlichem weißem Haar – es war der Mönch, mit dem ich am Abend zuvor in der Kapelle die Bank geteilt hatte. »... und Bruder Thomas, unsere zwei erfahrensten und geschicktesten Schreiber. Wenn wir irgendetwas für Euch tun können, dann wissen sie es.« Die beiden verneigten sich demütig und forderten uns auf einzutreten. Der Raum war klein, doch luftig und hell; eine Reihe breiter Fenster in der Südwand gestattete dem Sonnenlicht die hohen Arbeitstische der Mönche zu erhellen. Im Augenblick befanden sich die meisten Brüder aber noch immer beim Frühstück, und so hatten wir das Scriptorium für uns.

»Meine Brüder«, sagte Padraig, »wir kommen mit einem Problem zu Euch und bitten Euch um Eure Hilfe. Ihr habt mich von Herrn Duncans Gefangenschaft bei den Mohammedanern sprechen hören.« Die beiden nickten eifrig. »Wie es das Schicksal will, hat er die Zeit seiner Gefangenschaft genutzt, um seine Erfahrungen und Erlebnisse niederzuschreiben. Unglücklicherweise ist dieser Bericht arg beschädigt worden.« Padraig fuhr fort, ihnen von den Papyri und meiner Flucht durch den unterirdischen Kanal zu berichten.

Nachdem er geendet hatte, sagte der Abt: »Ich habe unsere Freunde bereits gewarnt, dass wir ihnen vermutlich kaum helfen können. Doch solltet ihr das entscheiden.«

»Bitte«, sagte Bruder Ambrosios, »dürfen wir die betreffenden Schriftstücke einmal sehen?«

»Es wird uns leichter fallen, ein Urteil abzugeben, nachdem wir die Dokumente eingehend untersucht haben«, fügte Bruder Thomas hinzu.

»Aber natürlich«, erwiderte Padraig. Ich holte das Papyrusbündel hervor, legte es auf den Tisch und begann, es aus der Schafshaut zu wickeln.

Bruder Ambrosios hielt mich sofort auf. »Bitte, wenn Ihr gestattet«, sagte er, trat zu mir und zog meine Hand beiseite. »Lasst uns einmal sehen, was wir da haben.« Er beugte sich tief über das Bündel, sodass sein Kopf unmittelbar darüber hing und schlug vorsichtig das feuchte Leder von dem Manuskript. Bruder Thomas gesellte sich auf der anderen Seite des Tisches zu ihm, und nur wenige Augenblicke später hatten die beiden die zusammengerollten Papyrusblätter enthüllt.

Sie betrachteten die feuchte, langsam verrottende Masse, als wäre es der Kadaver eines viel geliebten Hundes, und schnalzten traurig mit den Zungen. Am Rand der Rolle war bereits grüner Schimmel zu sehen, und die Papyri stanken. Die beiden Mönche blickten einander an und schüttelten die Köpfe. »Ich fürchte, es ist, wie der Abt gesagt hat«, erklärte mir Ambrosios traurig. »Da können wir nichts machen. Die Papuri können nicht wiederhergestellt werden. Es tut mir Leid.«

Auch wenn ich mich auf diese Antwort vorbereitet hatte, so war ich doch enttäuscht.

»Ich bin sicher, dass Ihr Recht habt«, erwiderte Padraig rasch, »und damit haben wir auch schon gerechnet. Aber vielleicht könnt Ihr mir sagen, ob ich mit meiner Vermutung richtig liege, dass man diese Seiten kopieren kann.«

Diese Frage hatte eine weitere, eingehendere Untersuchung zur Folge sowie eine längere Diskussion zwischen den beiden Meisterschreibern. Vorsichtig zogen sie ein Blatt heraus und brachten es zum nächsten Fenster, um es ins Licht zu halten und sorgfältig zu betrachten. »Das *könnte* man«, räumte Thomas vorsichtig ein. »Jedes einzelne Blatt des Papuros muss langsam getrocknet und geglättet werden, damit es nicht zerbricht.«

»Dann«, fuhr Ambrosios fort, »ist es vielleicht möglich, abzuschreiben, was einst hier gestanden hat. Auch wenn es Latein ist«, er schüttelte sich, »so ist die Schrift doch schön und offen. Man könnte der Spur der Feder folgen, auch wenn jetzt so gut wie nichts mehr davon zu sehen ist.«

»Das wäre zwar sehr aufwendig«, bemerkte Thomas und blickte zu seinem Oberen, »aber durchaus möglich.«

»Das sind wahrhaft gute Neuigkeiten«, sagte der Abt. »Allerdings fürchte ich, dass wir nicht in der Lage sind, diese anstrengende Arbeit für Euch zu unternehmen. Wir sind nur eine kleine Gemeinschaft, und wir haben bereits jetzt so viel Arbeit, dass wir auf lange, lange Zeit hin keine neue mehr annehmen können.«

»Ich bin bereit, Euch zu bezahlen«, bot ich an. »Eine solche Arbeit verlangt viel Können und Mühe, das weiß ich. Ich wäre mehr als glücklich, Euch bezahlen zu dürfen, was immer Ihr verlangt.«

»Bitte«, sagte Demitrianos und hob abwehrend die Hand, »Ihr missversteht mich. Ich wollte Euch kein Geld entlocken. Ich will Euer Silber nicht. Ich sage Euch die Wahrheit, meine Freunde. So gerne ich Euch auch helfen würde«, entschuldigend breitete er die Arme aus, »aber ...«

»Verzeiht mir, mein Herr Abt«, meldete sich Ambrosios zu Wort. »Mir ist gerade etwas eingefallen. Auf ein Wort?«

Er führte den Abt ein Stück beiseite, und die beiden sprachen einen Augenblick lang leise miteinander. Ich hörte den Abt sagen: »Also gut.« Und dann drehte er sich um, lächelte und sagte: »Unser Bruder hat mich gerade auf etwas aufmerksam gemacht, was ich übersehen hatte. Er hat mir erklärt, dass es doch einen Weg gibt, Euch zu helfen – vorausgesetzt, Ihr seid damit einverstanden.«

»Ich versichere Euch, dass ich mit allem einverstanden bin – im Rahmen der Vernunft«, erwiderte ich, »und im Rahmen meiner Börse.«

»Die Arbeit, die wir hier tun, ist nicht nur für uns bestimmt, sondern für alle in der Welt. Sie dient der Erbauung und der Verbreitung von Wissen, und das nicht nur für uns, sondern auch für die Nachwelt. Das ist auch der Grund dafür, warum wir so sorgfältig arbeiten – damit unsere Nachkommen die Früchte unserer Arbeit ernten können.« Er deutete auf den älteren Mönch, der uns hoffnungsvoll anblickte. »Bruder Ambrosios hat mich daran erinnert, dass das, was Ihr über Euren Aufenthalt im Heiligen Land geschrieben habt, sich für kommende Generationen vielleicht als einmalige Quelle unseres vergänglichen Zeitalters erweisen könnte. Er schlägt vor, dass wir Euch Eure Bitte erfüllen sollen.«

»Es freut mich, dass zu hören«, erwiderte ich erleichtert.

»Es gibt nur eine Bedingung«, sagte Abt Demitrianos und hob die Hand, um meine Geduld auf die Probe zu stellen. »Dass Ihr uns gestattet, nicht nur eine, sondern *zwei* Kopien anzufertigen.«

»Eine Kopie ist natürlich für Euch«, sagte Ambrosios, der sich nicht länger zurückhalten konnte, »und die andere für uns.«

Mir war nie der Gedanke gekommen, dass meine Aufzeichnungen für irgendjemanden von Interesse sein könnten, abgesehen von mir selbst und meiner Familie, die es kümmerte, was mit mir geschah. Doch auch wenn auf den Papyri nichts stand, dessen ich mich hätte schämen müssen, so war ich doch nicht sicher, ob ich wollte, dass jeder meine tiefsten Gedanken las.

Bevor ich jedoch eine Entscheidung treffen konnte, nickte Padraig eifrig und erklärte: »Das ist eine hervorragende Lösung. Natürlich! Nichts würde uns besser gefallen, als zu wissen, dass Herr Duncans Arbeit anderen auf diese Weise dienen kann.«

»Da ist noch etwas«, sagte der Abt ein wenig verlegen. »Man hat mich daran erinnert, dass das Scriptorium ein neues Dach braucht. Unnötig zu erwähnen, dass es unserer Arbeit sehr zuträglich wäre, wenn wir nicht eine solche Bedrohung über unseren Köpfen hätten.«

»Ich verstehe vollkommen«, erwiderte ich. »Es wäre mir eine Freude, die Kosten für ein neues Dach zu übernehmen.«

Die Brüder Ambrosios und Thomas klatschten freudig in die Hände und priesen unseren Schöpfer, der für die Seinen sorgte. Wir dankten den Brüdern für ihre Umsicht und Rücksichtnahme und sprachen den Zeitpunkt ab, wann wir die Kopie holen kommen sollten. Dann, lange bevor die Sonne den Zenit erreicht hatte, befanden Padraig und ich uns bereits wieder auf dem Weg zurück nach Paphos.

Am Abend des folgenden Tages trafen wir dort ein und erfuhren, dass Jordanus verschwunden war.

»Wohin ist er gegangen?«, fragte ich. Unglauben ließ meine Stimme barsch klingen. Zorn flammte in mir auf und brannte heiß wie die Sonne in meinem Kopf, auch wenn ich mein Bestes gab, ihn zu unterdrücken.

Sydoni biss sich auf die Lippe. Sie wusste, dass ich verärgert war, und war es leid, die Wahrheit vor mir zu verbergen – auch wenn das bedeutete, der Absicht ihres Vaters zuwiderzuhandeln. »Er ist nach Famagusta gegangen«, antwortete sie scheu. »Er hat Wazim mitgenommen. Ich weiß, dass du gesagt hast …«

»Wann?«, verlangte ich zu wissen. »Wie lange ist er schon fort.«

»Er ist am selben Tag abgereist, als ihr zum Kloster geritten seid. Ich vermute, du hast das Recht, wütend zu sein. Aber er versucht doch nur, dir zu helfen.«

»Es wird uns aber nicht helfen, wenn die Templer uns hier finden.«

»Er hat versprochen, nichts ohne deine Zustimmung zu tun«, erwiderte sie halbherzig.

»Dann hätte er überhaupt nicht erst gehen sollen!«, schnappte ich.

»Er will nur nach seinen Geschäften sehen – weiter nichts.« Sie nahm eine abwehrende Haltung ein. »Hab keine Furcht. Mein Vater wird dein kostbares Geheimnis schon nicht verraten.«

»Es war dumm, so etwas zu tun!«

»Haltet Frieden!«, rief Padraig, der in eben diesem Augenblick den Hof betrat. »Wenn ihr nicht sofort damit aufhört, wird bald die ganze Insel wissen, was hier los ist.« Er ermahnte uns, mit dem Geschrei aufzuhören, und ging ins Haus, um nachzusehen, ob das Heilige Kreuz noch immer sicher in der Kiste unter seinem Bett lag.

Sosehr ich es mir auch anders gewünscht hätte, Jordanus war verschwunden, und ich konnte nichts dagegen unternehmen. Dennoch schäumte ich vor Wut, und schließlich sandte Padraig mich auf die Straße hinaus; ich sollte mir den Zorn aus dem Leib laufen. Ich stapfte im Licht der heißen Sonne einher und spürte die Hitze auf meinem Rücken. Bald war meine Kleidung schweißdurchtränkt, und ich war müde, doch auch wenn die Erregung noch immer in mir glühte, so fehlte mir doch die Kraft, sie noch länger am Leben zu erhalten. Ich blieb stehen und schaute mich um. Ich stand vor einer der alten Ruinen, die in diesem Teil der Insel überall in den Hügeln zu finden waren.

Die Ruine war wenig mehr als nur ein mit Olivenbäumen und Brombeersträuchern überwucherter Steinhaufen; doch hier und da war noch eine umgestürzte Säule zu erkennen, ein Torbogen oder ein Teil einer Wand, der wie der Knochen einer riesigen Kreatur aus den umliegenden Trümmern ragte. Schließlich verflog mein Zorn, und ich setzte mich auf das verzierte Kapitel einer umgestürzten Säule im Schatten einer halb toten Palme, um mich auszuruhen und wieder zu sammeln. Von meinem Sitzplatz aus konnte ich die Bucht überblicken, und ich beobachtete ein paar Fischerboote, die von ihrer Arbeit zurückkehrten. Von Jordanus' Schiff war jedoch nichts zu sehen.

Padraig und ich waren gegen Mittag in Paphos eingetroffen, und als wir in Sichtweite der flachen Bucht gekommen waren, wurde ich plötzlich aufgeregt. Anschließend ging es den Hügel über dem Hafen hinab, und da wusste ich, was mich so beunruhigte: Die *Persephone* war fort. Das Schiff lag nicht im Hafen; es war nirgends zu sehen.

Wir eilten zum Haus, wo wir von Sydoni empfangen wurden,

die nur einen Blick auf mein verzweifeltes Gesicht werfen musste, um zu wissen, was los war. Sie erklärte uns, dass sie ihren Vater gebeten habe, nicht zu gehen, doch Jordanus hatte darauf bestanden. Er wisse schon, was er tue, und außerdem würde er lange vor uns wieder zurück sein.

Tatsächlich kehrte er aber erst zwei Tage nach uns wieder heim.

Die Zwischenzeit verbrachte ich damit, über die Hügel zu stapfen und wütend irgendetwas vor mich hin zu murmeln. Am Abend des zweiten Tages saß ich an meinem gewohnten Platz an der Ruine, die ich bei meiner ersten Wanderung entdeckt hatte, und sah kurz vor Sonnenuntergang ein Schiff an der Landspitze, das in die Bucht einfuhr. Ich beobachtete es mit wachsender Spannung, bis ich sicher war, dass es sich um die *Persephone* handelte; dann rannte ich zum Haus zurück, um Sydoni und die anderen davon zu unterrichten, dass Jordanus zurückgekehrt war.

Noch während Sydoni und Anna hin und her huschten, um eine Mahlzeit für Jordanus' Rückkehr vorzubereiten, stand der alte Händler im Hof und verkündete, dass seine Reise ausgesprochen erfolgreich gewesen sei und dass es keinen Grund zur Sorge gäbe. Wazim stand neben ihm, und die beiden versicherten mir, dass nichts Ungewöhnliches geschehen sei. Schweigend hörten Padraig und ich uns ihre armselige Entschuldigung für ihren Ungehorsam an.

»Ich weiß, dass du mir etwas anderes gesagt hast«, räumte Jordanus ein, »und ich habe mich deinen Wünschen nicht leichtfertig widersetzt, glaub mir. Und doch«, er hob beschwichtigend die Hand, »ist der Tag nicht mehr fern, da wir eine Nachricht an Komtur de Bracineaux in Antiochia senden müssen. Ich habe Gregior angewiesen, die nötigen Vorbereitungen für diese Reise zu treffen. Auch musste ich meine Börse wieder auffrischen.« Er lächelte selbstgerecht. »Silber vermehrt sich nicht von selbst, wie du sicherlich weißt, und Reisen sind eine teure Angelegenheit.«

Es war sinnlos, den Mann zu schelten. »Nun, getan ist getan, und jetzt ist es vorbei«, sagte ich so gnädig wie möglich. »Wir wollen nicht mehr darüber sprechen.«

»Das ist sehr weise«, stimmte mir Jordanus zu. In diesem Augenblick kam Anna auf den Hof mit Schüsseln voller Speisen und einem Korb mit Brot; Sydoni folgte ihr mit Bechern und einem Weinkrug. Die beiden Frauen stellten die Tabletts auf die Bänke unter dem Feigenbaum, und wir vier Männer setzten uns, um zu essen.

»Ich bin neugierig zu erfahren, was bei Eurer Reise zum Kloster herausgekommen ist«, sagte Jordanus. »Konnten die Mönche euch helfen?«

»Das konnten sie«, antwortete Padraig. Er berichtete vom Kloster und der Abmachung, die wir wegen der Kopien getroffen hatten. »Sie waren nur allzu bereit, uns zu Diensten zu sein, nachdem wir ihnen gestattet hatten, auch eine Kopie für sich selbst anzufertigen.«

»*Und* wir haben ihnen ein neues Dach für ihr Scriptorium versprochen«, fügte ich hinzu. Die Worte kamen gehässiger über meine Lippen, als ich beabsichtigt hatte. Sowohl Padraig als auch Jordanus blickten mich verwirrt an.

»Als wir den Handel abgeschlossen haben, schienst du damit zufrieden gewesen zu sein, mein Bruder.« Padraig ist nur selten missgelaunt, und so kommt es, dass er stets recht deutlich ist, wenn etwas sein Missfallen erregt hat. »Ich muss schon sagen, du wusstest deine Missbilligung bis jetzt bemerkenswert gut zu verbergen.«

»Entschuldigung«, murmelte ich. »Ich habe mich falsch ausgedrückt. Vergesst, dass ich überhaupt etwas gesagt habe.«

Nach einer Weile gesellte sich Sydoni zu uns, und sie begann, sich mit Padraig über das Hügelland nördlich von hier und die Klostersiedlungen zu unterhalten, die man in diesem Teil der Insel fand. In der Zwischenzeit erzählte Jordanus eine lange und sinnlose Geschichte, um Wazim zu unterhalten. Es hatte etwas mit Bauern in der Nähe von Paleapaphos zu tun, die kürzlich einen Schatz entdeckt hatten, der in einem Feld vergraben gewesen war, das sie hatten pflügen wollen. Der Fund bestand offensichtlich aus mehreren Goldbändern und einem Onyxpokal, der für römisch gehalten worden war, sich bei näherer Untersuchung durch den Bischof von Paphos aber als griechisch herausgestellt hatte. Man glaubte, dass diese Gegenstände einst einem der Herrscher gehört hatten, der einen der zerstörten Paläste auf den Hügeln bewohnt hatte.

»Ich vermute, sie werden ihren Fund abgeben müssen«, bemerkte ich unschuldig. »Wie immer, so wird auch hier irgendjemand einen besseren Anspruch auf den Schatz haben als jene, die ihn gefunden haben.« Wieder verriet mein Tonfall meine wahre Absicht. Die anderen betrachteten mich mit offenem Missfallen. »Was? Darf ich denn keine eigene Meinung mehr haben?«

Nach ein oder zwei misslungenen Versuchen, mich den Unterhaltungen anzuschließen, gab ich auf und fiel in ein missmutiges, nervöses Schweigen. Im Laufe des Abends empfand ich es als zunehmend schwierig, einfach nur ruhig dazusitzen und dem Geplapper der anderen zuzuhören. Ich nippte an meinem Wein, knabberte an meinen Oliven und versank mehr und mehr in Trübsinn. Als ich das Geplapper schließlich nicht länger ertragen konnte, stand ich so abrupt auf, dass ich meinen Wein verschüttete. Ich knurrte eine Entschuldigung und erklärte, dass ich mich nun zurückziehen würde; ich sagte, die Sonne hätte mir den Kopf verbrannt und aus diesem Grund würde ich jetzt zu Bett gehen.

Und dort fand mich Padraig später dann auch. Er hatte sich noch eine ganze Weile mit Sydoni und Jordanus unterhalten, und nun sah er mich wach in meinem Bett. Ich hatte mich die ganze Zeit über unruhig hin und her gewälzt und konnte nicht einschlafen. Einen Augenblick lang stand er über mir, und auch wenn ich sein Gesicht in der Dunkelheit nicht erkennen konnte, so wusste ich doch, dass er empört über mich war. Ich tat mein Bestes, ihn zu ignorieren.

»Ich weiß, dass du nicht schläfst«, sagte er schließlich in scharfem Tonfall.

»Ist das ein Wunder? Wenn du die ganze Nacht vor meinem Bett stehst, wird keiner von uns schlafen können.«

»Nicht ich bin es, der dich nicht schlafen lässt; es ist dein schlechtes Gewissen.«

Das war ungerecht. Ich setzte mich auf. »Schlechtes Gewissen! Weswegen sollte ich wohl ein schlechtes Gewissen haben?«

»Du weißt, was du getan hast«, sagte Padraig. »Dein eigenes Herz verdammt dich.«

»Ich habe nichts getan – es sei denn, jedermann mit ausgesuchter Höflichkeit zu behandeln ist neuerdings einen Tadel wert.«

»Wenn ich dich tadele«, sagte Padraig mit unverhohlener Verachtung, »dann nur, weil du es verdienst. Jedes Mal, wenn Jordanus den Mund geöffnet hat, bist du ihm an die Kehle gesprungen. Was hast du dir dabei gedacht? Der Mann ist unser Gastgeber und Wohltäter. Er hat uns auf tausend verschiedene Arten geholfen und im Gegenzug nur unsere Freundschaft verlangt. Doch du behandelst ihn wie den Dreck unter deinen Füßen.«

»Aus welchem Grund sollte Jordanus sich wohl beschweren?«, erwiderte ich trotzig. »Ich war nicht derjenige, der hinter *seinem* Rücken *seine* Befehle missachtet hat. Aber wie auch immer... Habe ich ihm nicht vergeben? Warum wirfst du mir das jetzt vor?«

»Jetzt hör dich einmal an... *meine Befehle missachtet*... Wer bist du denn, dass du anderen Befehle erteilst? Duncan der Große, Duncan der Mächtige hebt sein Bein und lässt einen fahren, und die ganze Welt muss zu seiner Melodie tanzen. Ist es das?«

»Du verdrehst mir die Worte im Mund, lästiger Priester!«, knurrte ich wütend.

»Tu ich das?«, schnaufte er. »Tu ich das wirklich?«

»Ja, das tust du.«

»Vielleicht waren deine Worte ja von Anfang an verdreht.«

»Was willst du denn damit schon wieder sagen?«

»Denk einmal darüber nach. Blick lang und tief in deine Seele, und lass ab von deinem Zorn und deinem sündigen Dünkel. Das steht Euch nicht gut an, mein Herr.«

Er drehte sich um und ließ mich in meiner eigenen Galle schmoren. Sein Tadel traf mich hart – umso mehr, als dass ich wusste, dass er Recht hatte. Auch wenn ich es mir nicht eingestehen wollte, der kluge Priester hatte in meiner Seele gelesen. Stolz wie ich war, nahm ich Jordanus die Mühen übel, die er um meinetwillen auf sich genommen hatte – nicht zuletzt weil ich fürchtete, seine Einmischung würde dazu führen, dass ich den Schwarzen Stamm an die Templer übergeben musste. Und das war noch nicht alles. Ich hasste es, von jemandem abhängig zu sein, auf andere Rücksicht nehmen zu müssen. Während meiner langen Gefangenschaft hatte ich mich daran gewöhnt, niemandem außer mir selbst zu trauen, und nun ärgerte ich mich über die Einmischung anderer in meine Angelegenheiten, auch wenn sie es gut mit mir meinten, und ich betrachtete ihre kleinen Fehler als persönlichen Angriff.

Diese unangenehmen Gedanken hielten mich vom Schlafen ab. Ich lag lange wach, starrte in die Dunkelheit und warf mich ruhelos hin und her. Der Sonnenaufgang war nicht mehr weit entfernt, als ich es schließlich aufgab. Ich stand auf und beschloss hinauszugehen, in der Hoffnung, ein wenig Trost in der kühlen Dunkelheit des Hofs zu finden.

Um den schlafenden Haushalt nicht zu stören, schlich ich so leise wie möglich durchs Haus, hob den Türriegel, schlüpfte durch die halb offene Tür und schloss sie hinter mir wieder. Einen Augenblick lang blieb ich stehen und blickte in den Himmel hinauf. Der Mond war untergegangen, und die Sterne verblassten angesichts des nicht mehr fernen Tageslichts. Die Luft war ruhig und klar, und aus einer unsichtbaren Ecke hörte ich das Zirpen einer Grille … und noch etwas anderes: ein Plumpsen und dann ein Rascheln.

Das Geräusch erinnerte mich an eine Ratte, die in ihr Nest

zurückhuschte, aber wenn dem so war, dann besaß diese Ratte die Größe eines Esels. Ich rührte mich nicht, lauschte, und als ich das Schaben von Eisen auf Holz hörte, schlich ich langsam zur Hausecke und blickte zu der niedrigen Tür in der Mauer.

Eine Gestalt in Schwarz – wenig mehr als ein Schatten im tieferen Schatten der Mauer – stand an der Tür und schob den Eisenriegel zurück. So schnell und leise, wie ich konnte, huschte ich Richtung Tür und wünschte mir, ich hätte etwas von Murdos legendärer Geschicklichkeit geerbt. Ich eilte zu dem Feigenbaum, und als ich mich in seinen Schatten duckte, roch ich etwas, was ich zuletzt in den Tunneln unter dem Harem des Kalifen gerochen hatte: Haschisch.

Ich erstarrte.

Fedai'in!

Ein Irrtum war ausgeschlossen. Scharf und süß, ein rauchiger, leicht metallischer Geruch, den man nur einmal riechen musste, um ihn nie wieder zu vergessen. Ich packte eine der kleinen Bänke unter dem Feigenbaum und stürmte vor.

Der Eindringling hörte mich, als ich mich ihm näherte. Er trat von der Tür zurück und schwang den schweren Eisenriegel.

Ich nahm die Bank hoch und fing die Eisenstange ab; dann rammte ich ihm die kleine Bank vors Kinn. Laut schlugen die Zähne des Fedai aufeinander, und sein Kopf flog in dem Augenblick zurück, als sein Gefährte durch die Tür drängte. Die Tür schlug wieder zu, und der Eindringling versuchte, mir zu entkommen. Ich stieß ihm die Bank vor die Brust und trieb ihm so die Luft aus den Lungen; den Rücken zur Tür sank er zu Boden.

Ich ließ die Bank fallen und hob die Eisenstange auf. »Padraig!«, rief ich aus Leibeskräften. »Padraig! Hilfe!«

Der Fedai auf der anderen Seite stemmte sich mit aller Kraft gegen die Tür, und schließlich gelang es ihm, Arm und Hand hindurchzuschieben. Die Hand hielt ein Messer, das nach mir schlug, während ich versuchte, den Riegel wieder vorzulegen. Als ich erkannte, dass ich die Tür nicht verriegeln konnte, solange der

Arm des Mannes dazwischen war, trat ich einen Schritt zurück und warf mich gegen das Holz. Der Arm des Angreifers zerbrach wie Zunder.

»Padraig!«, schrie ich.

Der heulende Fedai zog den Arm zurück, und ich stieß die Tür zu. Wieder rief ich nach Padraig. Im selben Augenblick erscholl ein dumpfes Krachen an der Tür, als irgendjemand auf der anderen Seite sich dagegen warf, um sie wieder aufzubrechen.

Hinter mir ertönte ein Rascheln. Ich drehte mich um und sah das matte Funkeln von Metall, das auf meinen Hals zuflog. Ich riss die Hände vors Gesicht und duckte mich. Der Hieb war schlecht bemessen und übereilt geführt; dennoch traf er mich an der Schulter, als ich mich umdrehte. Die Klinge drang ein – es war ein Gefühl, als hätte man mir mit einer glühend heißen Nadel ins Fleisch gestochen.

Wild um mich schlagend stolperte ich zurück und fiel über den bewusstlosen Fedai neben der Tür; allerdings entriss ich meinem Angreifer im Fallen die Waffe. Er sprang auf mich zu und versuchte, die Klinge wiederzuerlangen, die noch immer in meinem Fleisch steckte. Als er sich vornüber beugte, trat ich ihm in den Unterleib – wieder und wieder. Der Mann stöhnte, wankte, presste die Hände auf den Unterleib und sank dann auf die Knie.

Rasche Schritte ertönten auf der Erde neben mir. Meine Hand schloss sich um das Heft des Messers. Ich riss es mir aus der Schulter und schlug damit in weitem Bogen um mich, um meinen Angreifer aus dem Gleichgewicht zu bringen. Der Mann schrie auf. »Duncan! Ich bin's!«

Das Nächste, was ich wusste, war, dass Padraig mich packte und in die Höhe riss. Der Fedai, den ich getreten hatte, versuchte ebenfalls aufzustehen. Keuchend und mit Tränen in den Augen gelang ihm das auch.

»Gott möge mir verzeihen«, sagte Padraig und zielte mit einem mächtigen Tritt auf die Weichteile des schon arg mitgenommenen Haschischin. Der Mann kreischte, fiel nach vorne und wand sich vor Qualen. Er würgte, übergab sich und verfiel dann in ein elendes Wimmern.

»Sind das alle?« Padraig wirbelte herum und suchte die Dunkelheit nach weiteren Eindringlingen ab. »Sind da noch welche?«

»Es waren drei«, sagte ich. Ich hielt meinen Arm umklammert und blickte auf die Fedai'in am Boden, die nun beide das Bewusstsein verloren hatten. »Der Dritte ist noch draußen. Ich habe ihm den Arm gebrochen.«

»Bist du schlimm verletzt? Komm, lass mich sehen …«

Als der Priester die Hand nach meiner verletzten Schulter ausstreckte, ertönte aus dem Inneren des Hauses ein Schrei.

Sydoni!

Ich flog zum Haus. Padraig war zwei Schritte vor mir. Er sprang durch die Tür und rannte durch den dunklen Raum in Richtung von Sydonis gedämpften Schreien. Ich lief hinter ihm her und prallte mit einer schwarz gewandeten Gestalt zusammen, die über irgendetwas auf dem Boden hockte. Der Eindringling überschlug sich, und mir riss es die Füße unter den Beinen weg. Ich fiel und landete mit meiner verletzten Schulter in einer klebrigen Pfütze.

Schmerz durchzuckte meinen Körper; mein Arm pochte und brannte. Ich rollte mich auf den Rücken und fand mich neben Jordanus wieder, der inmitten eines Sees aus Blut auf dem Boden lag.

Der Fedai torkelte auf mich zu. Ich sah seine in der Dunkelheit bleichen Hände, die am regungslosen Körper des alten Mannes herumtasteten, und ich erkannte, dass der Mann nach seinem Messer suchte, das bis zum Heft in Jordanus Kehle steckte. Wir beide entdeckten die Waffe zur gleichen Zeit und griffen danach. Ich war der Schnellere. Meine Finger schlossen sich um das Heft, und ich riss die Klinge heraus.

Der schwarz gewandete Araber sprang über Jordanus hinweg auf mich zu. Ich versuchte, mich zur Seite zu rollen, doch seine Hände fanden meinen Hals und drückten zu. Ich stieß das Messer mit aller Kraft gegen seinen Kopf. Ohne größeren Widerstand drang die Klinge in seine Schläfe. Seine Gliedmaßen versteiften und sein Rücken wölbte sich. Er stieß einen erstaunten Schrei aus und begann zu zucken. Seine Zähne klapperten, während er sich neben seinem Opfer auf dem Boden wand. Dann ließen die

Krämpfe nach, und nur einen Augenblick später rührte er sich nicht mehr.

Ich richtete mich neben Jordanus auf die Knie auf. Die Augen des alten Mannes starrten nach oben; sein Mund war leicht geöffnet, als wolle er gerade etwas sagen, doch seine Brust bewegte sich nicht mehr. Er war tot.

Von irgendwoher im hinteren Teil des Hauses hörte ich Stimmen. Ich stand auf, eilte auf die Geräusche zu und stellte fest, dass sie aus dem Raum kamen, wo Sydoni und Anna schliefen. Die Tür war verschlossen, doch ich hörte Padraigs ruhige, nüchterne Stimme und Sydonis erregtes Flehen. Ich legte die Hand auf den Riegel, hob ihn so leise wie möglich hoch und stieß die Tür auf.

Im Licht einer einzigen Kerze sah ich Sydoni am anderen Ende des Raums, die sich über Annas am Boden liegenden Körper beugte. Padraig stand über ihr und hatte zum Schutz die Arme über sie gebreitet.

Der Fedai stand mit dem Rücken zur Tür. Als die Tür aufflog, blickte er über die Schulter, sah mich und sagte etwas auf Arabisch. Dann sah er das Messer in meiner Hand und drehte sich um, um sich mir zu stellen.

Ich sah die geschwungene Klinge im Kerzenlicht funkeln, als er sich zu mir umdrehte, und ich wartete nicht darauf, dass er meine Verletzung bemerkte.

»Jetzt, Padraig!«, rief ich und stürmte auf den arabischen Eindringling zu. Er holte mit dem Messerarm aus, und ich duckte mich bereits unter den Schlag, als Padraig herbeigesprungen kam und die Messerhand des Mannes mit beiden Händen packte. Der Angreifer richtete seine Aufmerksamkeit auf Padraig, und ich nutzte die Gelegenheit, ihm mein Messer zwischen die Rippen zu rammen. Blut und heiße, feuchte Luft spritzten aus der Wunde.

Der Fedai schlug mich mit dem Ellbogen, traf mich am Kiefer und warf mich aus dem Gleichgewicht. Ich taumelte zurück. Der Mann riss sich von Padraig los, sprang auf mich, warf mich zu Boden, und sein Messer ritzte mir über die Wange.

Der Mörder hob erneut die Waffe. Ich wusste, dass ich dem Angriff nicht ausweichen konnte, doch ich stieß dem Kerl mein Messer in den Hals. Die Klinge drang unmittelbar unter dem Kinn ein und fuhr hinauf in den Mund. Der Fedai stieß einen erstickten Schrei aus und versuchte, noch auf mich einzustechen, aber Padraig hatte inzwischen wieder seinen Arm gepackt.

An der Klinge würgend versuchte er, sie herauszureißen, doch ich hielt das Heft fest umklammert. Blut lief ihm aus dem Mund, das Kinn hinunter und über meine Hände. Die Kreatur fiel zurück. Ihre Finger kratzte über meine Hände, doch ich hielt fest.

»Es ist genug!«, schrie Padraig. »Duncan, es ist genug!«

Noch immer hielt ich die Klinge umklammert, und nach und nach hörte der Mann auf, sich zu wehren. Erst als er sich gar nicht mehr rührte, riss ich das Messer heraus. »*Jetzt* ist es genug«, sagte ich und sackte auf den Boden.

Entsetzt und verängstigt eilte Sydoni an meine Seite. »Du bist verwundet«, schrie sie und berührte meine Wange mit zitternden Fingern. »Dein Gesicht … dein Arm …«

»Es ist nicht schlimm«, erklärte ich und hob die Hand, damit Padraig mir aufhelfen konnte.

»Ich habe fünf von ihnen gesehen«, sagte ich, nachdem Padraig mich wieder hochgezogen hatte. »Wir müssen das Haus durchsuchen. Vielleicht sind noch mehr hier.« Ich blickte auf den zusammengesunkenen Körper der alten Frau. Ich wollte nicht fragen, ob sie noch lebte. Später war immer noch Zeit, die Toten zu betrauern; im Augenblick galt all meine Sorge den Lebenden.

»Wo ist Wazim?«

Weder Sydoni noch Padraig hatten ihn gesehen. »Bleibt hier, und lasst die Tür verriegelt«, befahl ich Sydoni. Sie blickte auf den toten Araber und schüttelte den Kopf. Ich hatte keine Zeit, mich mit ihr zu streiten; also sagte ich: »Dann kommt mit; aber haltet euch zurück.«

Wir gingen durchs Haus, fanden aber keine Fedai'in mehr. Als wir die Küche erreichten, sah Sydoni ihren Vater auf dem Boden liegen. Sie stieß einen gequälten Schrei aus, sank auf die Knie und nahm den leblosen Leib in ihre Arme. Auch wenn ich mir nichts sehnlicher wünschte, als sie in diesem Augenblick zu trösten, so musste ich doch zunächst sichergehen, dass keine weiteren Fedai'in mehr unterwegs waren. Padraig und ich gingen hinaus in den Hof, und dort fanden wir Wazim, der einen Speer auf den Araber richtete, den ich getreten und so bewusstlos geschlagen hatte. Inzwischen war der Mann wieder erwacht, lag mit dem Rücken am Hoftor, funkelte den kleinen Ägypter an und wehrte sich gegen dessen Speerstöße. Den anderen Meuchelmörder hatte der Ägypter wohl bereits töten müssen.

»Gut gemacht, Wazim!«, rief ich und eilte zu ihm.

Bei unserem Anblick richtete der Araber sich auf. Sichtlich froh, von dieser gefährlichen Pflicht entbunden zu werden, wandte Wazim den Blick von seinem Gefangenen ab. Die Speerspitze senkte sich ein wenig, als er sich umdrehte. Das war ein tödlicher Fehler. Der Fedai sprang vor, und bevor ich eine Warnung rufen konnte, griff er hinter sich und zog einen dünnen Dolch. Wazim fühlte den Angriff, hob den Speer und erwischte den Araber im Bauch.

Entsetzt beobachtete ich, wie der Araber den Speer packte und festhielt, und dann, mit einer weit ausholenden Bewegung, schlitzte er Wazim die Kehle auf. Die beiden fielen gemeinsam zu Boden, einer über den anderen.

Padraig rollte den sterbenden Araber beiseite und kniete sich über Wazim Kadi. Ich ergriff die Hand des kleinen Ägypters, und er blickte zu mir auf und lächelte. Er bewegte seinen Mund, doch konnte er nicht sprechen. »Es tut mir Leid, mein Freund«, sagte ich. »Geh mit Gott.«

Er stieß einen leisen Seufzer aus, und das Leben verließ ihn. Padraig und ich knieten noch eine Zeit lang neben ihm. Als guter Célé Dé legte Padraig dem Toten eine Hand auf die Stirn und die andere aufs Herz; dann sprach er die Totenrune und betete für unseren Freund.

»Der Schlaf der sieben Freuden möge dich erwarten, mein lieber Freund.

Und mögest du erwachen im Paradies.

Mit Freuden erwachen im Paradies des ewigen Friedens.«

Alsdann setzten wir unsere Suche fort und durchkämmten jeden Winkel in Haus, Hof und Nebengebäuden, bis wir zufrieden feststellten, dass keine weiteren Eindringlinge mehr zu finden waren. Padraig legte mir die Hand auf die Schulter. »Es ist vorbei.«

»Nein«, widersprach ich ihm. »Einer ist noch da.«

Ich nahm Wazims Speer, den Padraig aus dem toten Araber gezogen hatte, überquerte den Hof, öffnete die Tür und fand den letzten der Fedai'in neben der Mauer. Er wiegte sich langsam vor und zurück und drückte den gebrochenen Arm an die Brust. Als wir auf die Straße hinaustraten, drehte er sich zu uns um. Seine Augen waren halb geschlossen und seine Bewegungen träge, als er versuchte aufzustehen.

Die leeren Hände ausgestreckt ging Padraig langsam auf den Fedai zu. »Friede«, sagte er. »Salaam.«

Der Araber fummelte mit seiner gesunden Hand am Gürtel herum und zog das Messer. Er richtete es auf uns und stieß ein tiefes warnendes Knurren aus. Seine Stimme klang lallend.

»Das muss das Haschisch sein«, sagte ich und trat rasch neben Padraig.

»Das Töten wird aufhören«, erklärte Padraig und streckte erneut die Hand aus. »Gib mir deine Waffe.«

In diesem Augenblick krähte eine Krähe im Hof eines Hauses ein Stück die Straße hinunter. Der Araber schwang unbeholfen das Messer, um uns zurückzuhalten; dann lehnte er sich gegen die Wand und blickte in die aufgehende Sonne.

»Gib mir das Messer«, forderte Padraig ihn auf, der noch immer die Hand ausgestreckt hatte.

Der Fedai sah uns an, und seine dunklen Augen funkelten von haschischberauschtem Hass. Er atmete tief durch und legte den Kopf zurück.

»*La ilaha illa 'llah!*«, rief er; dann richtete er das Messer gegen sich selbst und stieß es sich ins Herz. Er sackte zu Boden und fiel zur Seite. Ein Zittern durchfuhr seinen Körper, und mit einem letzten Stöhnen endete sein Todeskampf.

Nach einem Augenblick bückte ich mich und zog das Messer heraus. »Großer Gott im Himmel, ich bete, dass das wirklich der Letzte war«, sagte Padraig leise.

»Amen.«

»Woher haben sie gewusst, wo sie uns finden können?«

»Fragst du dich das wirklich?«, erwiderte ich. Mir war mit einem Mal alles so klar, dass ich mich über meine eigene Blindheit nur noch wundern konnte. »Sie müssen Jordanus' Haus in Famagusta beobachtet haben. Als er nach Paphos zurückgekehrt ist, sind sie ihm hierher gefolgt.«

»Aber wer könnte sie nach Fa…«, begann der Priester und hielt dann inne. »… de Bracineaux.« Padraig drehte sich zu mir um, und sein Gesicht leuchtete im ersten Licht des Tages. »Du wusstest, dass das geschehen würde.«

»Nein«, erwiderte ich. »Ich habe es nur befürchtet.«

»Nun, da sie wissen, wo sie uns finden können«, mutmaßte Padraig, »hält sie nichts davon ab, weitere Fedai'in zu schicken. Die Templer werden nicht eher ruhen, bis sie ihr Ziel erreicht haben.«

»Wir können nicht länger hier bleiben«, sagte ich. Plötzlich erschöpft wischte ich mir mit der Hand übers Gesicht. Mein Arm pochte, und der Schmerz breitete sich von dort bis zum Kopf und in die ganze Seite aus.

Die Krähe krächzte erneut, und dann wurde alles seltsam still. Ich wankte, und vor meinen Augen verschwamm alles. Ich blickte zu Padraig und sah, dass er den Mund bewegte; nur hören konnte ich ihn nicht mehr.

Ich erinnere mich nur noch an wenig, was danach geschah. Nur an Dunkelheit und an ein Gefühl ruhiger Bewegung … und dann an nichts mehr.

Liebste Caitríona, mein Leben, mein Licht, meine Hoffnung. Wären nicht die vergifteten Klingen der Haschischin gewesen, ich wäre schon längst wieder daheim.

Wie es das Schicksal jedoch wollte, bin ich gezwungen, eine weitere Gefangenschaft zu ertragen – diesmal in einer kleinen, kahlen Zelle in den Mauern von Agios Moni. Abt Demitrianos wird mir verzeihen, wenn ich das sage. Diese saubere, leere Kammer ist zwar weit weniger bequem als mein Gemach im Palast des Kalifen, doch ist sie diesem zugleich bei weitem überlegen. Seit meiner Ankunft vor vielen Monaten ist mir nur die beste Pflege zuteil geworden. Tatsächlich muss ich feststellen: Wären nicht die Heilkünste der Mönche hier gewesen, würde ich jetzt wahrscheinlich nicht mehr atmen, geschweige denn die Feder führen, um dir diese Zeilen zu schreiben.

Auch wenn ich mich wieder über die Gefangenschaft ärgere, so ertrage ich sie doch mit Hoffnung im Herzen, und so nehme ich die Arbeit wieder auf, die mich auf meiner langen Reise durch Outremer schon die meiste Zeit beschäftigt hat. Der freundliche Bruder Thomas besucht mich täglich und bringt mir eine Liste mit Problemen, auf die seine fleißigen Schreiber bei ihrer geduldigen Arbeit gestoßen sind, mein armseliges Gekrakel auf den ruinierten Papyri auf gutes, sauberes Pergament zu übertragen. Manchmal ist es ein Wort, das sie nicht lesen können, weil die Stelle allzu sehr zerstört ist; doch oft ist es auch meine unbeholfene Schrift, deren Entzifferung sie an den Rand der Verzweiflung getrieben hat.

So sitzen wir dann zusammen, der liebe Bruder und ich; er bittet mich, ihm die Bedeutung einer Stelle zu erklären, und ich versorge ihn mit einer Geschichte, die im Nachhinein doch wieder anders ist, als ich sie damals niedergeschrieben habe. Der nachsichtige Schreiber mag es jedoch nicht, wenn ich zu verbessern versuche, was ich geschrieben habe. Er besteht darauf, dass es so kopiert werden muss, wie ich es zuerst niedergeschrieben habe. Dies, so erklärt er mir immer wieder, garantiert die Echtheit des Berichts – das ist etwas, was die anspruchsvollen Brüder ausgesprochen hoch einschätzen, wie mir scheint. Doch andererseits bin ich ja auch kein Gelehrter und werde es auch niemals sein. Trotzdem kann ich nicht anders; die Erinnerungen kommen immer wieder, und sie sind so klar; je mehr ich erzähle, desto mehr erinnere ich mich. Meine geduldigen Schreiber schreiben alles nieder, ohne sich zu beschweren, und wie Weber fertigen sie aus unzähligen Fäden ein Bild. So wächst mein Werk unter den fleißigen Händen dieser rechtschaffenen Brüder.

Auch Abt Demitrianos besucht mich jeden Tag. Er erzählt mir, dass ich in den ersten paar Wochen – wie er sich ausdrückt – ›nicht auf dieser Welt‹ gewesen sei. Auch war ich nicht in der nächsten Welt, wie ich gestehen muss, denn ich erinnere mich an nichts mehr außer an immer wiederkehrende Perioden von Hell und Dunkel; Tage vielleicht, außer das sich dieses Hell und Dunkel so rasch abwechselte wie die Speichen eines sich schnell drehenden Rades. Und dann war da noch das ständige leise, ferne Murmeln beruhigender Stimmen, das oft von einem gewissen rauchigen Geruch begleitet war. Man hat mir erzählt, dass ich zwischen Leben und Tod gehangen hätte, und in den Zeiten, da ich den Rauch bemerkt hatte, hätte ich mich wohl dem göttlichen Altar genähert und bereits den himmlischen Weihrauch gerochen.

Was das betrifft, so weiß ich sogar noch weniger. Sollte hinter dem Schleier wirklich das Paradies gewartet haben, so habe ich es zumindest nicht gesehen; der Schleier hob sich nie, und so blieben die Geheimnisse des ewigen Lebens meinen neugierigen Blicken verborgen.

Später, als ich aus meinem langen Schlaf erwachte, war das Erste, was ich sah, nachdem meine Augen ob des ungewohnten Lichts nicht mehr tränten, das liebliche Gesicht von Sydoni, die meine glühende Stirn mit einem Tuch befeuchtete. Denn auch sie hat mich ständig besucht, ist sogar kaum von meiner Seite gewichen, außer wenn auch sie sich hat ausruhen müssen.

Die griechischen Mönche gestatten für gewöhnlich nach Sonnenuntergang Frauen keinen Zugang mehr zu ihren Klöstern, aber der weise Abt hat Sydoni einen Dispens erteilt. Angesichts der Umstände war dies sowohl eine Notwendigkeit wie auch ein Segen – außerdem kann ich mir gut vorstellen, dass sie den guten Brüdern einen Kampf geliefert hätte, hätten sie versucht, sie fortzuschicken. Sie war für mich eine Quelle der Kraft und des Trostes, und beides habe ich gebraucht. Besonders in den ersten Tagen nach meinem Erwachen, als ich zu schwach war, meinen Kopf vom Kissen zu heben, hat sie mich gefüttert und gepflegt. Ich glaube, Sydoni hat mich allein durch ihre Entschlossenheit wieder von den Pforten des Todes zurückgeholt.

Auch Padraig war ein wahrer Held in dieser Zeit – ein Held, den in ihren Hallen willkommen zu heißen die alten Kelten nicht zögern würden. Padraig war für mich der Fels in der Brandung, der wahre Freund meiner Seele, mein *anam cara* in Wort und Tat. Es ist Padraigs scharfem Verstand zu verdanken, dass ich noch immer unter den Lebenden weile.

Denn nachdem ich auf der Straße zusammengebrochen war, hat der kluge Priester sofort erkannt, dass meine Wunden allein daran nicht schuld sein konnten. Er rief Sydoni zu sich, die ihm bestätigte, dass die Fedai'in oft Gift auf ihre Waffen träufelten für den Fall, dass der erste Hieb nicht tödlich war. Er verschwendete keinen Augenblick, sondern wickelte mich in ein Gewand und legte mich gemeinsam mit der Kiste, die das Heilige Kreuz enthielt, in einen Wagen und fuhr mit mir, so schnell es ging, nach

Agios Moni. Wenn es die Mönche waren, die mich mit ihrem Wissen geheilt haben, so war es Padraig, der ihnen die Gelegenheit dazu gegeben hat.

Die arme Sydoni sah sich mit der Frage konfrontiert, entweder mich ins Kloster zu begleiten oder für die Beisetzung ihres Vaters zu sorgen. Doch nicht dass sie Zeit gehabt hätte, länger darüber nachzudenken; Padraig brauchte Hilfe, um mich zum Kloster zu bringen, und er konnte ihr auch nicht gestatten, allein zurückzubleiben. Er hielt es für sehr wahrscheinlich, dass bald ein weiterer Angriff folgen würde, wenn diejenigen, die für den ersten verantwortlich waren, herausgefunden hatten, dass ihre Mörder versagt hatten.

Damit endete seine Umsicht aber bei weitem nicht. Kaum hatte er mich in die fähigen Hände der griechischen Brüder übergeben, da eilte er nach Paphos zurück, um das Schiff zu verlegen. Er segelte nach Famagusta, und mit Hilfe der Mannschaft sowie Gregiors und Omars Unterstützung lud er so viel von Jordanus' Schätzen auf die *Persephone,* wie er konnte, ohne den Verdacht der Einheimischen zu erregen. Dann versteckte er das Schiff in einer winzigen Bucht im Nordwesten der Insel bei einem kleinen Fischerdorf mit Namen Latchi in der Nähe der alten römischen Stadt Polis, um uns so unsere Flucht in die Heimat zu sichern, wenn die Zeit dafür reif ist.

Nachdem das alles erledigt war, kehrte er ins Kloster zurück, um Sydoni bei ihrer langen, selbstlosen Wacht an meinem Bett zu helfen. Abwechselnd beteten sie bei mir, salbten meinen bewusstlosen Leib mit heiligem Öl und rieben mir Heilpasten ins halb tote Fleisch. Gemeinsam mit den griechischen Mönchen bewirkten sie das langsame Wunder meiner Genesung.

Zwei Jahreszeiten vergingen, während ich an der Grenze zwischen diesem und dem nächsten Leben stand. Ich erwachte an einem schönen Frühlingsmorgen, und strahlend weißes Licht fiel durch das offene Fenster meiner Zelle herein. Ich benutze das Wort ›erwachen‹, weil ich nicht weiß, wie ich es anders beschreiben soll; doch tatsächlich war es ein Gefühl, wie ich es noch nie empfunden habe. Ich öffnete die Augen und blickte mich um, und wie ein Neugeborener kehrte ich in die Welt zurück, ohne Erinnerung an das, was vorher geschehen war. Ich hob die Hand, um meine Augen zu schützen, hörte jemanden nach Luft schnappen und drehte mich zu dem Geräusch um. Ich blickte in das Gesicht der Frau, die meine Hand hielt, und verstand nur, dass sie mir teuer war – warum, das weiß ich nicht. Ebenso wenig kannte ich ihren Namen, noch wusste ich sonst etwas über sie. Ich liebte sie für die Freundlichkeit in ihrem Gesicht und für die Freudentränen in ihren Augen.

Und dann schlief ich wieder ein.

Diesmal war es jedoch ein echter Schlaf, tief und erholsam. Als ich am nächsten Morgen die Augen wieder öffnete, saß Sydoni neben mir und betete für meine Genesung. Im selben Augenblick, da ich ihren anmutigen Kopf über ihren gefalteten Händen sah und ihre Arme auf meinem Bett, da wusste ich, dass ich leben und nicht sterben würde. Von da an freute ich mich jeden Tag an einer kleinen Besserung: meine Brühe ohne Hilfe zu trinken, mein erstes festes Essen zu mir zu nehmen, aufrecht zu sitzen und so weiter. Auch wenn es noch lange dauern sollte, bis ich ohne Hilfe würde gehen können, so war dieser Tag doch der Anfang meiner Genesung.

Auch wenn Sydoni und Padraig die meiste Zeit des Tages mit mir verbrachten, so blieb mir doch genug Zeit zum Nachdenken. Nachdem ich wieder etwas zu Kräften gekommen war und die Anstrengung ertragen konnte, dachte ich darüber nach, was geschehen war. Zunächst waren meine Erinnerungen noch vage, schattenhaft und unwirklich – wie durch ein trübes Glas betrachtet, wie Padraig sich auszudrücken pflegt. Aber nach und nach wurde alles klarer, und schließlich konnte ich mich auch wieder an die Ereignisse jener schrecklichen Nacht erinnern.

Doch ach, es wäre besser gewesen, diese Erinnerung schlafen zu lassen. Ich fürchte, der Schrecken dieser Nacht wird mich noch lange Zeit heimsuchen. Ich habe gute Freunde verloren, und ich kann nicht anders, als meiner eigenen Sturheit die Schuld dafür zu geben.

Padraig sagt mir, dies sei dumm, denn nicht ich sei es gewesen, der die Fedai'in geschickt hat, um uns zu töten und die Reliquie zu rauben. Das war Komtur de Bracineaux allein, und ich will aus tiefstem Herzen glauben, dass er Recht hat. Doch je mehr ich darüber nachdenke, desto größer wird meine Überzeugung, dass ich das vor unserem göttlichen Richter nicht beschwören könnte. Sosehr ich auch glaube, dass der Templerkomtur die Verantwortung trägt, so habe ich doch keinen wirklichen Beweis für seine Schuld – nur einen erhärteten Verdacht. Sicher, de Bracineaux war der einzige Mensch, der wusste, wo wir zu finden waren; aber hat er die heilige Reliquie wirklich so sehr begehrt, dass er dafür töten würde? Dabei muss erwähnt werden, dass es Renaud war, der uns überhaupt zu Jordanus geschickt hat. Immer wieder frage ich mich: Ist er fähig dazu, einen Freund zu verraten und sogar in den Tod zu schicken?

Vielleicht wollte er nicht, dass irgendjemand getötet wurde. Aber wenn das der Fall war, warum hatte er dann die Fedai'in geschickt? Warum war er nicht selbst gekommen und hatte die Rückgabe der Reliquie verlangt?

Doch andererseits könnte es natürlich auch sein, dass er die Mörder *nicht* gesandt hatte. Vielleicht waren sie aus eigenem Antrieb gekommen in der Hoffnung, sich mit Hilfe der Reliquie das Wohlwollen der Templer zu erkaufen – aus welchem Grund auch immer. Vielleicht war es wirklich so. Doch auch das vermag ich nicht zu sagen, und ich glaube, niemand wird es je erfahren.

So glaube ich zwar, dass Renaud de Bracineaux der Urheber dieser schrecklichen Ereignisse war, aber dennoch bleibt die Tatsache, dass ich es nicht beweisen kann. Ich weiß jedoch, dass *ich* meinen Teil der Schuld zu tragen habe. Wäre ich mit leeren Händen aus dem Palast des Kalifen gekommen, Jordanus, Wazim und Anna wären heute noch am Leben. Ich trauere um sie und mache mir schwere Vorwürfe ob ihres grausamen Todes. Bevor ich diese Insel verlasse, werde ich an ihre Gräber gehen und sie um Verzeihung bitten, wie ich es in meinem Herzen schon tausendmal getan habe.

Padraig sagt, dass die Erfahrung ganze Bücher füllen würde, aus denen man lernen kann – wenn man denn dazu bereit ist. Also frage ich mich selbst: Was habe ich aus meiner seltsamen Pilgerfahrt gelernt? Sosehr ich mich auch bemühe, Gold im Sumpf dieses missglückten Unterfangens zu suchen, so höre ich doch ständig die Worte Nurmals von Mamistra: *Der Feind von heute ist vielleicht der Freund von morgen.*

Ich denke darüber nach und erinnere mich daran, was Emlyn mir über die Kreuzfahrer der Großen Pilgerfahrt erzählt hat, die, von Blutlust und Gier besessen, Griechen und Juden abgeschlachtet haben, Armenier, Kopten und Araber; sie haben keinen Unterschied gemacht, damit ihnen kein Feind entkommen konnte. Auf meiner Pilgerfahrt waren es jedoch die Feinde dieser ersten Kreuzfahrer, die mir zu Freunden geworden sind, während jene, die ich für Freunde hielt, die schlimmsten Feinde waren.

Das war eine bittere Lektion. Ich weiß jetzt, wie mein Vater fühlt und warum. Ich weiß, warum er auf die Kreuzfahrerei so schlecht zu sprechen ist und warum er nicht wollte, dass ich ging. Ich bete, dass er mir meinen törichten Ungehorsam vergeben wird.

Padraig, der weise Priester, sagt mir, dass ich nicht um etwas bitten müsse, was mir schon tausendmal gegeben worden sei. Er sagt, es sei die Lehre der Célé Dé, dass jeder Mensch dem Licht folgen muss, das ihm gegeben ist, und dass Pilger auf dem Wahren Weg sich nie verirren, solange sie dem Heiligen Licht folgen. Ich hoffe, das habe ich getan. Gott weiß, dass ich es versucht habe.

Und nun, meine liebe Cait, gelten meine Gedanken und Gebete immer häufiger der Heimat. Ich sehne mich nach dem Tag, da ich dich wiedersehe und dich wieder in die Arme nehmen kann. Ich sehne mich danach, dich auf meinen Schoß zu setzen und dir zu erzählen, wie sehr ich deine leuchtenden Augen und dein Lächeln vermisst habe. Schon bald – es kann nicht bald genug sein, liebste Cait –, wenn die winterliche See sich wieder beruhigt hat, werden Padraig und ich das Segel setzen und nach Hause fahren. Sei versichert, dass wir ein gutes, schnelles Schiff haben, und haben wir erst einmal die Leinen losgemacht, wird uns nichts und niemand mehr aufhalten, keine Abenteuer mehr, bis wir die Küste von Caithness erreichen.

In meinem Herzen bin ich bereits auf diesem Schiff. Ja ich kann den frischen Nordwind schon fast in meinem Gesicht spüren und die Taue singen hören, während die schlanke *Persephone* durch die Wellen pflügt und uns um die Landspitze in die Bucht von Banvarð trägt.

Was werde ich mitbringen?

Viele außergewöhnliche Erinnerungen, ein paar Narben, ein wenig Weisheit. Ich werde die Pergamente mitbringen, die die guten Brüder so eifrig für mich angefertigt haben. Natürlich werde ich auch den Schwarzen Stamm mitbringen, und allein das war die Reise wert. Und ich werde auch noch einen anderen Schatz mitbringen: Sydoni, damit sie dir eine Mutter und mir eine Frau ist.

Liebste Cait, ich weiß, dass du sie genauso sehr lieben wirst wie ich. Ich bete, dass die Schnelle Sichere Hand den Weg für uns bereitet, denn ich kann es nicht erwarten, euch beide unter einem Dach zu sehen. Wenn ich wieder meine Familie um mich habe, dann verspreche ich, nie wieder die wilden Hügel Schottlands aus den Augen zu lassen. Das ist ein Eid, den ich nur allzu gern erfüllen werde.

30. November 1901: Paphos, Zypern

Paphos glitzert im warmen Herbstlicht. Die weiß getünchten Fischerhäuser schimmern, während ich auf eine Bucht hinausblicke, die aus flüssigem Silber zu bestehen scheint. Die Luft am späten Nachmittag ist angenehm und duftet nach Limonenblüten, und ich habe weit länger über meiner Arbeit geschlafen, als ich beabsichtigt habe.

Hier in diesem uralten Fischerdorf, von der Sonne und guten Luft verwöhnt, scheint mir das verregnete Schottland in der Tat weit weg zu sein. Wenn Caitlin und ich die gewundenen Straßen dieses charmanten, ruhigen Orts entlangschlendern, fällt es schwer, sich die eiskalten Nordseewinde vorzustellen, die durch Edinburgh wehen, während der Winter sich darauf vorbereitet, die letzte Unze Geduld aus der zähen schottischen Seele zu quetschen, bevor er widerwillig seine Herrschaft an einen traurigen und düsteren Frühling abgibt.

Ich übertreibe nicht, wenn ich sage, dass ich hier die wunderbarsten Ferien meines Lebens verbracht habe. Auch wenn ich erst seit ein paar Wochen hier bin, so habe ich doch schon das Gefühl, den Rhythmus des Dorfes wie ein Einheimischer zu kennen. Um es kurz zu machen: Ich habe mich in diese kleine Insel mit ihrem altmodischen, gemütlichen Charme verliebt. Es mag ja vielleicht schwärmerische Romantik sein – die Krankheit des Schotten im Ausland –, aber ich glaube, die Dörfler haben uns auch ins Herz geschlossen. Zumindest sind wir schon lange genug hier, dass die

Zyprioten nicht mehr nur die Kuriosität in uns sehen, die wir sicherlich sind.

Die kleinen Damen – Fischfrauen und Witwen zumeist, von Kopf bis Fuß in Schwarz gekleidet und mit schwarzen Schals um die Schultern – grüßen nun eifrig, wenn sie uns auf unseren morgendlichen Expeditionen zum Markt begegnen. Und die Ladenbesitzer und Markthändler scheinen Gefallen an Caitlin gefunden zu haben. Jeder will sie berühren. Sie tätscheln ihr die Hand, streicheln ihr übers Haar und behandeln sie wie eine Göttin, die plötzlich in ihrer Mitte erschienen ist: die wieder geborene Aphrodite mit dem Lächeln eines Engels und dem schnurrenden Akzent einer Schottin.

So verzaubert sind wir von Zypern, dass ich mich bereits nach einem kleinen Haus in Kato Paphos umgesehen habe, wo Cait und ich herumwerkeln können, wenn meine Tage als Anwalt vorüber sind. In den wenigen Wochen seit unserer Ankunft habe ich das Gefühl gewonnen, neu geboren worden zu sein. Ich vermute, die Jahre trübsinniger Rechtsgeschäfte haben ihren Tribut gefordert. Ohne es zu bemerken, habe ich mir nach und nach die Routine eines pflichtbewussten Arbeitstiers angeeignet und bin in meiner wenigen Freizeit banalen Vergnügungen nachgegangen. Mein Leben war zu einer bequemen, um nicht zu sagen monotonen Gleichförmigkeit herabgesunken, die genauso tödlich für die Seele ist wie die Sünde.

Ich weiß jetzt auch, warum ich hierher gesandt worden bin – und warum es notwendig war, dass Caitlin mich begleitete. Während der letzten paar Wochen befand ich mich auf einer Queste – auf einer Pilgerfahrt, wenn man so will –, die mich von Grund auf verändert hat. Ich weiß jetzt, wer ich bin, und wichtiger noch, ich kenne meine Ahnen und meinen Stammbaum. Ich weiß jetzt, dass meine Auswahl durch die Sieben kein Zufall war. Ich gehöre einer alten und edlen Sippe an.

In diesen letzten gesegneten Tagen des Lichts und der Wärme, bevor die Dunkelheit und die Kälte der Schlacht sich herabsenken, hat man mir ein unschätzbares Geschenk gemacht, um mich durch die vor uns liegende bittere Zeit zu bringen.

In diesen letzten Tagen habe ich etwas von der berauschenden Tollkühnheit und dem Gefühl des Sich-Verlierens zurückerlangt, das ich zuletzt empfunden habe, als ich in jenem glühend heißen Feuer meiner Vision den Stift aufs Papier gedrückt habe. Zu jener Zeit hatte ich wirklich das Gefühl, den Verstand zu verlieren; ich fürchtete, wahnsinnig zu werden, sollte ich auch nur einen Augenblick lang aufhören zu schreiben, und in die bodenlose Grube der Demenz zu stürzen, wo ich dann auf ewig etwas suchen würde, das ich verloren hatte, doch von dem ich nicht mehr wusste, was es war oder warum es mir so viel bedeutete.

Solcherart war das Fieber, das mich angetrieben hat.

Natürlich habe ich dieses fleckige Manuskript gelesen – nicht einmal, sondern mehrmals, und ich bin überzeugt, dass ich mit seiner Hilfe die Wahrheit dessen herausgefunden habe, was mir in jener Nacht in der Krypta mitgeteilt worden ist. Ich erwähne das hier, weil ich überzeugt bin, meine Annahme, dass meine Pilgerfahrt zu Ende sei, ist in Agios Moni für immer zerstört worden.

Tag für Tag, da ich über dem uralten Manuskript gesessen und versucht habe, den Worten einer seit langem toten Sprache einen Sinn zu entnehmen, ist das Feuer wieder ein wenig mehr entfacht worden. Und als ich die letzte Seite umblätterte, war die Verwandlung beendet, die begonnen hatte, als ich zum ersten Mal meine Hand auf das verblasste Pergament gelegt habe. Ich verstehe nun, dass ich in einer langen Linie stehe und dass die Suche, die vor all diesen Jahrhunderten begonnen worden ist, auch heute noch nicht ihr Ende gefunden hat. Wann und wo sie enden wird, vermag ich nicht zu sagen, aber ich weiß, dass ich mich in guter Gesellschaft befinde. Wie Duncan lerne ich, dass wir niemals allein reisen, egal wie dunkel und unsicher der Pfad vor uns auch sein mag: Überall auf dem Weg sind Engel, die uns helfen und uns Freunde sind.

Der tapfere, treue Duncan steht mir in vielerlei Hinsicht näher als ein Bruder. Fast ein ganzes Jahrtausend trennt uns voneinander, und doch höre ich seine Stimme über die Jahrhunderte hinweg, als würde er unmittelbar neben mir stehen. Mehr noch: Nicht nur bin ich in dem Glauben bestärkt worden, dass Vergangenheit und Gegenwart miteinander verbunden sind, ich habe auch erkannt, dass die Vergangenheit weder fern noch tot ist; sie hat Bestand und übt ihre Macht auf Gegenwart und Zukunft aus, ganz gleich, was da kommen mag.

In diesen letzten Tagen bin ich zu der Überzeugung gelangt, dass niemand von uns so sehr von seinem Erbe entfremdet ist, dass er den jahrhundertealten Rhythmus nicht in seinen Adern spürt. Die Leben der vergangenen Generationen finden sich in den Linien auf unseren Händen wieder und in den Gedanken in unseren Herzen. Denn wir sind nicht allein; wir sind all das, was vorher war.

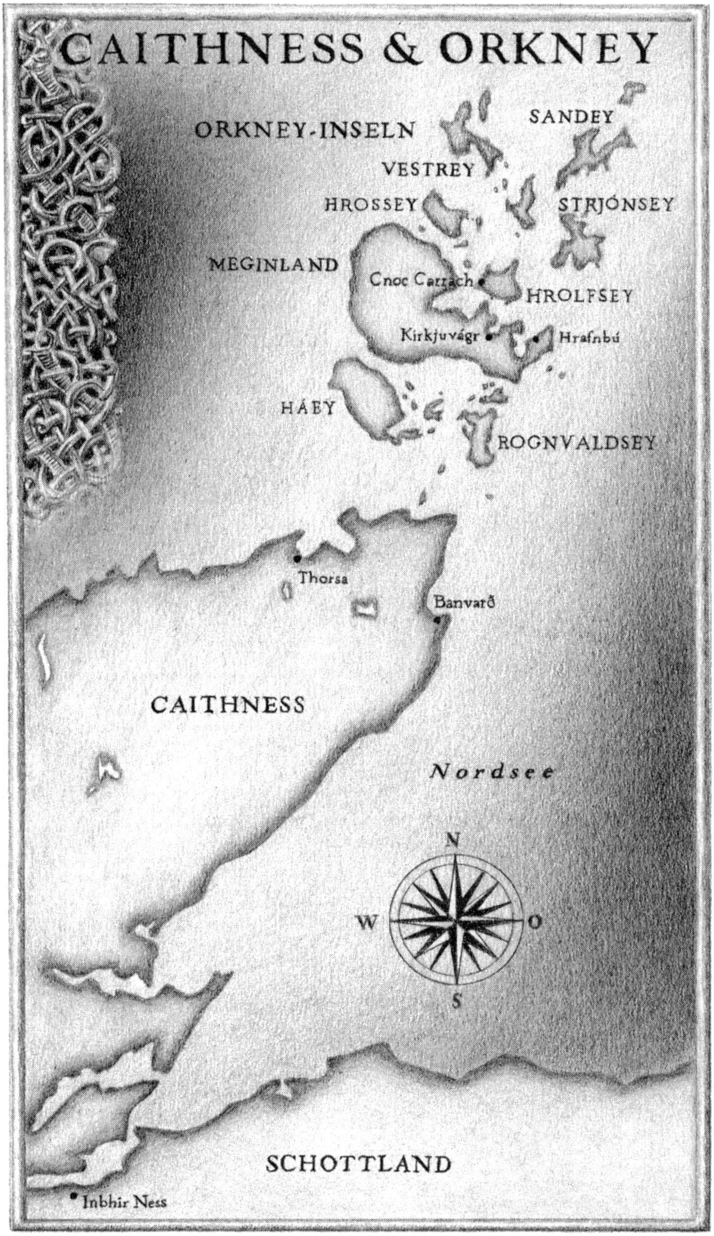
CAITHNESS & ORKNEY
ORKNEY-INSELN
SANDEY
VESTREY
HROSSEY
STRJÓNSEY
MEGINLAND
Cnoc Carrach
HROLFSEY
Kirkjuvágr
Hrafnbú
HÁEY
ROGNVALDSEY
Thorsa
Banvarð
CAITHNESS
Nordsee
N
W
O
S
SCHOTTLAND
Inbhir Ness

DAS HEILIGE LAND
SELDSCHUKEN
VON RUM
Anavarza
Ceyhan
ARMENIEN
Tarsus
Mamistra
GRAFSCHAFT
EDESSA
Edessa
Euphrat
Aleppo
Antiochia
St. Simeon
FÜRSTENTUM
ANTIOCHIA
REICH
DER GROSS-
SELDSCHUKEN
Orontes
ZYPERN
FEDAI'IN
Famagusta
Agios Moni
Paphos
Limassol
Tripolis
GRAFSCHAFT
TRIPOLIS
Sidon
Damaskus
Mittelmeer
Akkon
EMIRAT VON
DAMASKUS
Jordan
Jaffa
Jerusalem
Askalon
Totes Meer
Damietta
KÖNIGREICH
JERUSALEM
N
W
O
S
Nil
KALIFAT ÄGYPTEN
Kairo

Tilman Röhrig

Wir sind das Salz von Florenz

Historischer Roman

»Wir sind das Salz von Florenz«, sagt Lorenzo de' Medici zu seinem Bruder Giuliano, als beide auf der Höhe ihrer Jugend und Macht über den Domplatz gehen und die Huldigung des Volkes entgegennehmen.

Aber Girolamo Savonarola, der finstere Prediger von San Marco, ist überzeugt, dass das Heil der Welt in der Abkehr von allem liegt, was Freude bringt. Nur die junge Laodomia Strozzi lässt sich von ihm nicht täuschen. Trotz Willkür und Glaubenswahn sucht sie mit ihren Freundinnen, der Magd Petruschka und der lebenshungrigen Fioretta, unbeirrt ihren eigenen Weg.

Der prächtige Fürst, der fanatische Mönch und die schöne Patrizierin – durch ihre Augen öffnet sich der Blick auf die dramatische Zeit der Renaissance, die uns wie ein dunkler Spiegel der Gegenwart erscheint.

896 Seiten
mit 14 Illustrationen, 1 Karte und Lesebändchen
gebunden mit Schutzumschlag

Gustav Lübbe Verlag

ATLANTISCHER OZEAN
INBHIR NESS
SCHOTTLAND
NORDSEE
ENGLAND
LONDON
N
W
O
S
RÖMISCHES
REICH
ROUEN
PARIS
FRANKREICH
VENEDIG
ARLES
GENUA
MARSEILLE
BARCELONA
ROM
CHRISTLICHES GEBIET
MUSLIMISCHES GEBIET
DUNCANS WEG NACH KAIRO